W0314515

BASTEI
LÜBBE
TASCHENBUCH

Weitere Titel des Autors:

Der Tag der Messer
Lichtbringer

Alexander Lohmann, geboren 1968 in München, studierte nach seiner Ausbildung zum Informatiker Germanistik und Geschichte und war als Redakteur bei Zeitschriften tätig. Die Lektüre des »Herrn der Ringe« weckte schon früh seine Liebe zur Fantasy. Während der 90er-Jahre war er im Fandom aktiv, z. B. als Mitherausgeber eines Fanzines. Seine Vorliebe für spannungsreiche Gegensätze setzt er am liebsten in eigenen Büchern um, wovon die »Gefährten des Zwielichts« beredtes Zeugnis ablegen. Wenn Alexander Lohmann gerade kein Buch schreibt, arbeitet er als freier Lektor und Literaturübersetzer in Leichlingen.

Alexander Lohmann

GEFÄHRTEN DES ZWIELICHTS

BASTEI
LÜBBE
TASCHENBUCH

BASTEI LÜBBE TASCHENBUCH
Band 20 283

1. Auflage: Oktober 2011

Vollständige Taschenbuchausgabe
der bei Bastei Lübbe erschienenen Paperbackausgabe

Bastei Lübbe Taschenbuch in der Bastei Lübbe GmbH & Co. KG

Copyright © 2009 by Bastei Lübbe GmbH & Co. KG, Köln
Textredaktion: Monika Hofko, Agentur Scripta
Lektorat: Ruggero Leò
Titelillustration: Blaz Porenta/www.ninjaassn.com
Umschlaggestaltung: Guter Punkt, München
Satz: Urban SatzKonzept, Düsseldorf
Gesetzt aus der Baskerville
Druck und Verarbeitung: CPI – Ebner & Spiegel, Ulm
Printed in Germany
ISBN 978-3-404-20283-6

Sie finden uns im Internet unter
www.luebbe.de
Bitte beachten Sie auch: www.lesejury.de

Der Preis dieses Bandes versteht sich einschließlich
der gesetzlichen Mehrwertsteuer.

Danksagungen und Widmung

Bedanken möchte ich mich bei allen, die mir beim Schreiben des Buches zur Seite standen – vor allem bei meinen Testlesern Andrea Broichhausen, Marcel König und Ellen Schulz.

Grüße und Dank gehen auch an den »Tintenzirkel«, der ein lebendiges schreiberisches Umfeld geschaffen hat.

Mein besonderer Dank gilt Linda Budinger, die mir die Grundidee für diesen Roman so freundlich zur Verfügung gestellt hat und auch sonst meine erste Leserin und Zuhörerin war. Ohne sie hätte es dieses Buch nicht gegeben.

Widmen möchte ich dieses Buch – wie könnte es anders sein – den großen Autoren, die vor uns kamen und auf deren Schultern wir alle stehen. Hoffen wir, dass wir dabei über die Köpfe unserer Vorgänger hinwegblicken und ein wenig weiter in die Ferne schauen können.

INHALT:

Prolog

Vor über tausend Jahren stürzte in einem feurigen Stern Leuchmadan vom Himmel. Die Essenz seines Seins mischte sich mit dem lebendigen Blut der Erde und formte die Grauen Lande. Dort nahm Leuchmadan Gestalt an. Er machte sich zum Herrn über alle Finstervölker und schickte sich an, die ganze Welt zu unterwerfen.

Die Menschen von Bitan, dem Reich an der Grenze der Grauen Lande, sollten seine ersten Opfer werden. Doch in ihrer Not suchten die Bitaner Hilfe, und sie wandten sich an die Elfen und die Zwerge und an all ihre anderen Verbündeten. Die Völker des Lichts versammelten sich. Sie erkannten, dass mit Leuchmadan etwas Fremdes in die Welt gekommen war und sie alle bedrohte. Sie warfen Leuchmadans finstere Horden zurück, und auf der Ebene von Daugazburg stellten sie sich zur letzten Schlacht …

Graue Asche trieb durch die Luft wie schmutziger Schnee. Innerhalb eines Augenblicks war alles Grün auf der Ebene, war jeder zähe Baum welk geworden und zerfallen wie verkohltes Holz. Der leiseste Windhauch trug die Flocken empor – und die Stiefel der streitenden Heere wirbelten dichte Wolken auf.

Eine Anhöhe ragte über dem Schlachtfeld auf, gekrönt von einem riesigen Zelt, das grau geworden war von der Asche. Auf diesem Hügel hatten sich die Könige und Heerführer der Freien Völker mit ihren Leibwachen versammelt, um den Fortgang der Schlacht zu verfolgen. Das war schwer geworden. Sie mussten sich auf Botenläufer verlassen und darauf, dass sie die schemenhaften Bewegungen im Dunst richtig deuteten.

König Lukar von Bitan wischte sich den Schmutz von der Stirn, aber die Asche löste sich im Schweiß zu einer beißenden Brühe, die ihm immer wieder in die Augen lief. Seine schulterlangen schwarzen Haare und der fein gestutzte Bart sahen aus, als seien sie mit einem Mal grau geworden. Weiße Verwehungen sammelten sich auf den breiten Schultern und auf seiner schweren Rüstung und rieselten bei jeder Bewegung herab. »Es war ein Fehler, die Schlacht in Leuchmadans eigenem Land zu suchen«, knurrte er. »Die Erde selbst wendet sich hier gegen uns.«

Parestas, der Elfenkönig, hatte sich, wie alle Elfenfürsten auf dem Hügel, zum Schutz vor dem Staub ein Halstuch bis über die Nase hochgezogen, so dass nur noch wenig von seinem langen und schmalen Antlitz zu erkennen war. Die edle Blässe seiner Stirn war wie fortgepudert, das glatte blonde Haar war vom Staub aufgehellt und mattiert. Nie hätte er sich dazu herabgelassen, seinen menschlichen Verbündeten inmitten einer Schlacht mit Vorwürfen zu behelligen. Doch er zwinkerte kaum merklich über das Tuch hinweg, und Prinz Perbias sprang für seinen Vater in die Bresche:

»Ja, aber warum sehen wir uns dazu gezwungen?«, sagte er. Die Spitzen seiner Ohren zitterten, als er unter dem schützenden Tuch das Gesicht verzog. »Doch nur, weil die Menschen in Scharen zu Leuchmadan überlaufen. ›Der Gott, der das Licht vom Himmel herabgebracht hat‹, so nennen sie ihn.«

»Nur die Barbaren aus dem Süden«, fuhr Lukar auf. »Wir Menschen von Bitan beugen unser Haupt nicht vor Dämonen und falschen Göttern!«

»Wie dem auch sei«, sagte Parestas und zuckte die Achseln. »Jedenfalls sind Menschen dafür verantwortlich, dass Leuchmadans Truppen mit jedem Tag mehr an Kraft gewinnen. Deshalb müssen wir hier die Entscheidung suchen, solange wir noch einen Vorteil haben.«

»Frieden, meine Freunde«, warf Bendecir ein. Der Priester der Götter des Lichts hob begütigend die Hände. »Das Schicksal wird uns beistehen. Denkt daran: Es muss erst finster werden, bevor die Sonne sich erheben kann!«

Weitere Boten eilten heran. Die Heerführer der Freien Völker traten in das Zelt an den großen Kartentisch. Die luftigen Planen sollten Schutz bieten, konnten aber die Ascheflocken nicht fernhalten. Lukar fegte mit der Hand über den Plan, um besser sehen zu können, hinterließ aber nur eine schmutzige Spur.

»Grau. Alles grau. Das ganze Land hier ist grau geworden«, murmelte er. Dann holte er Luft, um die Asche fortzublasen, doch er musste husten. Er hielt sich einen Zipfel seines Mantels vor den Mund. »Na, zumindest dürfte das die Zwerge nicht behindern.«

»Solange sie der Versuchung widerstehen können und ihre Reihen nicht verlassen, um sich im Dreck zu suhlen«, spottete Prinz Perbias. Er schüttelte die Flocken aus seinem langen Goldhaar, zwischen dem die Elfenohren scharf hervorstachen.

»Sprich bitte mit mehr Respekt von unseren Verbündeten«, tadelte sein Vater ihn mit belustigtem Augenaufschlag. Dann wurde er wieder ernst und starrte auf die Karte.

Einige Befehlshaber im Zelt blickten sich unbehaglich um, aber es waren keine Zwerge anwesend. Deren Könige hatten die größere Sicherheit des bitanischen Befehlsstandes abgelehnt und führten lieber ihre kämpfenden Truppen in der Schlacht.

»Die Zwerge halten noch stand«, sagte Lukar. Von der Ebene drang Brüllen und Waffengeklirr herauf. »Leuchmadan wirft immer wieder seine Trolle gegen sie in den Kampf, aber die Angriffe zerschellen am Wall der Schilde.«

»Ich mache mir Sorgen um die Flanken«, meinte Parestas und wies auf die Karte. »Leuchmadan will die Barttreter doch nur im Zentrum festhalten, während die Hauptmacht seiner Goblins im Schutz dieser Staubwolke unsere Truppen umzingelt. Da ist eine Schlacht aus tausend Scharmützeln im Gange, in diesen schmutzigen Nebeln. Meine Bogenschützen drängen die Goblins zwar immer weiter ab, aber es ist nur eine Frage der Zeit, bis unsere Reihen so weit auseinandergerissen sind ...«

»Sie sind durchgebrochen!«, ertönte ein Ruf.

Alle stürmten nach draußen.

Die vereinigte königliche Leibwache von Menschen und Elfen bezog Stellung rings um die Hügelflanke und spähte angestrengt ins schmutzige Zwielicht. Eine fahle Sonne brannte verschwommen, aber heiß vom verhangenen Himmel herab. Immer wieder ballten sich die Flocken in der

Luft zu dichteren Wolken zusammen und täuschten Bewegung vor, doch die einzigen Krieger, die man sehen konnte, waren einige uniformierte menschliche Botenläufer, die hastig heranliefen und von den Wachen durchgelassen wurden.

»Sie sind durchgebrochen«, wiederholte der vorderste Bote. Er trat vor den Elfenkönig. »Sie kommen auf den Hügel zu.«

»Wo?«, fragte Parestas und tat einen Schritt auf den Mann zu.

»Hier«, sagte der Läufer, und mit einem Mal hielt er einen Dolch in der Hand. Wie eine zustoßende Schlange fuhr die mattierte Klinge auf den Hals des Elfen zu, aber König Lukar warf sich dazwischen.

Eine Armschiene aus blauschwarzem Stahl traf den Angreifer am Unterarm, und mit einem Schmerzenslaut ließ der Mann das Messer fallen. Das Antlitz unter der Kapuze verzerrte sich, die menschlichen Züge verschwammen, wurden runder und weicher – und in der Uniform des bitanischen Botenläufers stand plötzlich ein Nachtalb vor ihnen, an dem grünbraunen Mondgesicht deutlich zu erkennen.

»Ein Hinterhalt!«, rief Parestas erschrocken. »Sie haben sich mit einem Zauber getarnt!«

Da zogen auch schon die anderen Boten ihre Schwerter und stürzten sich auf die überraschten Befehlshaber. Der vorderste Nachtalb schob Lukar mit der Schulter beiseite und griff den Elfenkönig an. Seine langen, spitzen Finger zuckten zu Parestas' Kehle, im Begriff, den tödlichen Zauber zu sprechen.

Perbias griff nach der eigenen Waffe, doch er war zu weit von seinem Vater entfernt, genau wie die Leibwache, deren Ring der Feind durchbrochen hatte. König Lukar holte mit dem schweren Reiterhelm aus, den er die ganze Zeit in der Linken gehalten hatte. Mit einem Brüllen sprang er vor und hieb auf den Nachtalb ein.

Die kantige Helmzier bohrte sich knirschend durch den Kapuzenstoff in den Schädel des Angreifers. Die Wucht des Schlages riss den Nachtalb vom Elfenkönig fort.

Parestas hob erschrocken die Hände und betastete seinen Hals. Er war so bleich geworden, dass man es trotz der grauen Asche, die auch ihm unter dem verrutschten Halstuch im Gesicht klebte, noch erkennen konnte.

»Danke«, hauchte er, aber der König der Bitaner hörte ihn gar nicht mehr.

Mit einem Kampfesruf stürmte Lukar den übrigen Angreifern entgegen. Den toten Anführer der falschen Kundschafter schleifte er noch einige Schritt weit über den Boden hinter sich her. Dann blieb der Nachtalb in einer grünen Blutlache liegen, mit einem Büschel bunter Federn vom Helmschmuck auf dem Kopf.

Zwischen den Eindringlingen und dem Rest der Heerführer war ein Handgemenge entbrannt. Die meisten der Elfen und Menschen hatten nicht einmal Zeit gefunden, eine Waffe zu zücken. Die Menschen in ihren schweren Rüstungen stellten sich schützend zwischen Elfen und Nachtalben und wehrten mit Armschienen und Brünne gekrümmte Klingen ab. Aber die schmalen Schwerter schoben sich unter die Panzerplatten, Blut floss, und die Schreie der Verletzten mischten sich mit den Flüchen der Kämpfenden.

Bendecir der Priester floh in einen Winkel des Befehlszeltes, wo hinter einem Sichtschutz die Heiligen Gegenstände verwahrt waren, die der Tempel den vereinten Heeren für diese Schlacht mitgegeben hatte.

Einer der Nachtalben bahnte sich seinen Weg durch das Getümmel und stürzte sich hasserfüllt auf einen Elfenfürsten. Er versetzte diesem drei harte Hiebe über die Brust. Der Elf taumelte rückwärts und versuchte, der blitzenden Klinge auszuweichen. Der Wappenrock wurde ihm in Fetzen geschlagen, aber das feine Kettenhemd darunter hielt stand.

Prinz Perbias stand unschlüssig zwischen den Angreifern und seinem Vater. Lukar stürmte an ihm vorüber.

»Bitan! Bitan!«, brüllte er und schwang den Helm wie einen Streitkolben. Der Helmschmuck zischte durch die Luft, und mit dumpfem Laut traf der Helm die Nachtalben von hinten. Sie schrien auf vor Schmerz und stoben auseinander.

Das Blatt wendete sich. Inzwischen bewaffnet, setzten Menschen und Elfen den Nachtalben nach. Auch die Wachen hatten ihren Kreis enger geschlossen. Die falschen Kundschafter waren eingekesselt. Bald war der Kampf vorbei, und Lukar hielt keuchend inne.

»Nachtalben.« Perbias spie aus. »Von dieser Brut kann man nur Hinterlist erwarten.«

»In der offenen Schlacht haben sie sich bisher jedenfalls nicht gezeigt«, sagte Parestas und nickte seinem Sohn zu. »Aber was haben sie erreicht?«

»Sie haben gar nichts erreicht«, stieß Perbias hämisch hervor. »Er-

bärmliches Gesindel. Mit ihrer tückischen Magie können sie vielleicht einfache Gemüter verwirren, aber im Kampf sind sie zu nichts zu gebrauchen.«

Parestas blickte seinen Sohn an und schüttelte den Kopf.

»Wir haben mehrere Verletzte«, warf Lukar ein. Allmählich kam er wieder zu Atem, aber die rußige Luft reizte seine Kehle. Immer wieder wurde er von Husten geschüttelt. »Allerdings hätte es schlimmer kommen können. Sie waren so versessen darauf, euch Elfen zu erschlagen, dass sie ihre Möglichkeiten nicht genutzt haben. Pflegt ihr etwa einen besonderen Zwist mit den Nachtalben?« Er griff nach einem schlaffen Weinschlauch und trank ein paar hastige Schlucke.

»Ich frage mich«, sagte Parestas nachdenklich, »wo die Wardu geblieben sind. Warum hat Leuchmadan seine mächtigsten Verbündeten noch nicht eingesetzt?«

Er blickte zum Himmel, aber die fliegenden Truppen, die Leuchmadan aufgeboten hatte, waren schon zu Beginn der Schlacht von elfischen Bogenschützen zersprengt worden. Seither war keiner der grauenerregenden kämpfenden Hexenmeister mehr gesehen worden.

»Sie sind durchgebrochen!«, rief eine Stimme, und alle Köpfe fuhren herum. Eine Gestalt eilte durch den Aschenebel den Hügel empor.

Diesmal waren die Soldaten der Leibwache auf der Hut. Sofort rissen sie den Boten zu Boden. Sie traten auf seinen Mantel, hielten den Mann fest, und einer der Krieger schlug ihm den Panzerhandschuh ins Gesicht.

»Diese Nachtalben«, lachte Perbias auf. »Sie müssen wahnsinnig sein, ein zweites Mal dieselbe List zu versuchen.«

»Halt!«, rief Lukar. »Haltet ein!«

Die Wachen zogen den Botenläufer wieder auf die Füße. Das Gesicht des Mannes war blutig, es zeigte keine Spur nachtalbischer Züge. Er blickte verwirrt drein und spie seinem König einen Zahn vor die Füße.

»Schind durch'brochen«, nuschelte er. »Drolle. Über die Schwerge. Un' überall Goblinsch.«

Der bitanische König fluchte. Der ganze Trupp stürmte wieder durch die hochgeschlagene Zeltwand zum Tisch und versuchte, anhand der Karte die Lage einzuschätzen.

Plötzlich schob sich eine kleine Gestalt zwischen Menschen und Elfen hindurch. Sie reichte den großen Leuten bis an die Hüfte, und auch das menschliche Gesicht hatte etwas Kindliches an sich. Das Wesen bewegte sich geschmeidig, und die Ohren unter dem wirren braunen Schopf liefen nach oben spitz zu, als wäre es halb Mensch, halb Elf.

Es war ein Wichtel.

Seine Kleidung war zerfetzt, sein Gesicht von blutigen Schrammen übersät. Er musste Schlimmes durchgemacht haben.

»Gestatten?«, murmelte er und zupfte den König am Mantel. Lukar trat erschrocken zurück, und der Wichtel stellte ein zierliches Silberkästchen auf den Tisch. »Ich sollte hier etwas abgeben.« Er grinste.

»Wie bist du hereingekommen?«, stieß Lukar hervor und schaute zu der Reihe der Wachsoldaten.

»Leuchmadans Herz!«, stieß Parestas hervor. »Ihr habt es geschafft!«

»Keine Umstände«, sagte der Wichtel und blickte in die Runde. Alle starrten wie gelähmt auf die Schatulle. »Ihr hattet mich um diesen Dienst gebeten – und ich habe das Ding geholt. Habt ihr daran gezweifelt?«

»Das ... ändert alles«, flüsterte Parestas. Mit zitternden Fingern zog der Elfenkönig das Kästchen zu sich heran.

Lukar kratzte sich am Kopf. »Meint Ihr, das reicht?«

»Das reicht.« Parestas nickte. »Wenn Eure Reiter stark genug sind, unseren Plan umzusetzen, heißt das.«

»Dann«, verkündete König Lukar, »werdet Ihr nun die Stärke meines Reiches kennenlernen.«

Er setzte sich den blutverschmierten Helm mit dem zerrupften Federschmuck auf und verknotete die Riemen, während er nach draußen ging. »Macht die Kataphrakten bereit!«, brüllte er. Dann schritt er durch die Reihen seiner Leibwache, und die Garde folgte ihm. Panzerplatten klirrten. Nur eine kleine Schar Infanterie und die Elfen verteidigten noch die Anhöhe.

Einige Generäle vom Volk der Menschen waren zurückgeblieben und blickten sich besorgt um, und auch Prinz Perbias schien seine Zweifel zu haben.

»Wird Leuchmadan noch dort sein, wo wir ihn vermuten?«, fragte er.

»Das wird er«, sagte sein Vater. Seine Hand ruhte auf dem Kästchen, das der Wichtel gebracht hatte. »Leuchmadan hatte keinen Grund, seine Stellung zu wechseln. Keine unserer Einheiten ist auch nur in seine Nähe gekommen. Wenn er sich im Schutz des Aschenebels bewegt hat, dann

nur im Triumph nach vorn, und umso rascher werden Lukars Kataphrakten auf ihn stoßen.«

Er beugte sich zu dem Wichtel hinab.

»Volpar, wir alle sind euch zu Dank verpflichtet. Dir und deinen Gefährten. Ihr habt uns Leuchmadans Herz gebracht, den magischen Edelstein, in den Leuchmadan seine Lebensessenz gegossen hat – und mit dem er die magischen Kräfte des Landes lenken kann. In der finstersten Stunde, im Augenblick höchster Gefahr, habt ihr uns den Sieg gebracht.«

Der Elfenkönig blickte sich um. Ernst blickte er auf seinen Sohn, auf die anderen Anwesenden. »Viele haben gezweifelt, ob die Wichtel zu diesem Bund gehören sollten. Doch hier und heute leiste ich den Eid, für mich und für alle Elfen: Wir werden stets für den Platz der Wichtel unter den Völkern des Lichts bürgen. Wir werden nicht vergessen, was ihr heute für uns getan habt.«

Die Erde erbebte. Ein dumpfes Grollen stieg in den ascheverhangenen Himmel hinauf. Sechstausend bitanische Panzerreiter, eigens für diesen Vorstoß oder für den Augenblick höchster Not hinter dem Hügel in Bereitschaft gehalten, rückten vor.

Die schweren Rösser mit ihren Schabracken aus Stahllamellen stürmten um den Hügel, immer schneller. Die einstmals blauschwarz schimmernden Rüstungen der Reiter vereinigten sich im Dunst zu einem dahinrollenden schwarzen Wall. Unwillkürlich zogen die Männer im Zelt den Kopf ein.

Donnernd wie eine unaufhaltsame Woge wälzte sich die Formation der Kataphrakten vorwärts und tauchte ein in den Lärm des unsichtbaren Schlachtengetümmels, ja, sie übertönte ihn sogar. Bald waren sie dort, wo die Reihen der Zwerge gestanden hatten und inzwischen vielleicht die Trolle durchgebrochen waren. Wie auch immer das Schlachtfeld hinter dem Staubwall aussehen mochte – das Trommeln der Hufe stockte nicht.

Parestas blickte auf. »Da ist etwas in der Luft ...«, murmelte er. Dann wandte er sich an die Menschen: »Rasch! Ich höre die Wardu! Sie sind zurück.«

In dem offenen Zelt brach Hektik aus. Planen wurden abgerissen, Seile gekappt, und bald stand der Kartentisch ungeschützt im Freien, inmitten des schmutzig grau wallenden Staubs. Der Tisch – und ein gewaltiger Bronzegong, der hinter der Abtrennung des Priesters verborgen gewesen war.

Parestas zog ein großes Tuch aus der Tasche seines Gewandes, blau und mit goldenen Zeichen bestickt. Als er es auseinanderfaltete, wurden die Farben innerhalb weniger Augenblicke matt von der schmierigen Asche.

Der Elfenkönig legte das Tuch bereit.

»Verhüllt das Kästchen«, rief Bendecir, der mit einem Schlägel neben dem Gong bereitstand.

»Noch nicht«, gebot ihm Parestas. »Wir müssen den rechten Augenblick abwarten, den Moment größtmöglicher Überraschung. Schlagt den Gong, sobald ich Leuchmadans Herz mit dem Tuch verhüllt habe.«

»Warum sollten wir es verhüllen?«, fragte Volpar der Wichtel neugierig.

»Leuchmadans Herz ruht in diesem Behältnis. Dieses mächtige Artefakt birgt das Leben des Finsteren Herrschers«, erklärte der Elfenkönig. »Das Kästchen selbst zieht magische Kraft aus dem Land und speist damit das Herz, während Leuchmadan über das Herz und das Kästchen ... Dinge mit dem Land tun kann. Doch dieses Tuch wird jede Verbindung zwischen dem Herz, seinem Behältnis und Leuchmadan unterbrechen.«

»Bewirken das die magischen Zeichen?«, fragte Volpar weiter und kniff die Augen zusammen.

»Nein«, antwortete Parestas und lächelte. »Das bewirkt die Seide allein. Aber für uns Elfen ist das kein Grund, unsere Tücher nicht zu verzieren.«

Plötzlich ballte sich die Asche über dem Schlachtfeld dichter zusammen. Im nächsten Augenblick war sie verschwunden, als habe der Boden selbst sie eingeatmet. Von einem Augenblick zum nächsten lag die Ebene wieder frei vor den Blicken der Beobachter auf dem Hügel.

Deutlich erkannten sie das Heer der Kataphrakten, das auf den Kern von Leuchmadans Stellungen zuhielt. Phalangen von Zwergen hoben sich aus dem Dunst wie flachgetretene Maulwurfshügel, Trolle und Goblins stoben in alle Richtungen auseinander.

Aber Leuchmadans Banner wehte stolz über einem großen Karree wohlgerüsteter Streiter, Menschen, Goblins, Trolle oder Nachtalben – was für Völker auch immer Leuchmadan in seine persönliche Leibwache eingereiht hatte. Dahinter erhoben sich die Wälle von Daugazburg, hoch und trutzig und überragt von gewaltigen Türmen mit Scharten und Pechnasen. Aber Leuchmadan würde keine Zeit mehr haben, sich dorthin zurückzuziehen.

Etwas regte sich am Boden vor den Reitern. Spalten taten sich auf und krochen durch den Staub auf die heranrückenden Pferde zu ... Da verhüllte Parestas unvermittelt das von Leuchmadan geraubte Kästchen. Die bedrohliche Bewegung am Boden erstarrte.

Bendecir schlug den Gong, und ein Laut hallte über das Schlachtfeld, mehr zu spüren als zu hören und von eigentümlichen Untertönen begleitet. Wie zur Antwort erklang ein Klagen aus Leuchmadans Schar.

Der Priester schlug den Gong heftiger. Die Leute im Zelt hielten sich die Ohren zu. Unaufhaltsam stürmten die Bitaner vor, dann krachten die Panzerreiter in Leuchmadans Reihen und pflügten zum Zentrum seiner Stellungen.

Der Morgen nach der Schlacht. Abseits der aufgewühlten Walstatt hatten die Befehlshaber der Freien Völker ein neues, prächtigeres Zelt aufgebaut. Hier trafen sie sich zur letzten Unterredung.

»Es ist getan«, sagte Parestas erleichtert. »Leuchmadans Leichnam ist verbrannt, und seine Wardu vom Antlitz der Erde gebannt – der Klang ihrer Seele ausgelöscht vom Heiligen Gong. Und solange die Seide verhindert, dass die Kraft von Leuchmadans Herz nach außen dringt, wird keiner von ihnen zurückkehren. Jetzt müssen wir entscheiden, was mit dem Herz geschehen soll.«

Der Zwergenkönig stand allein auf der einen Seite des riesigen Tisches; alle Elfen waren von ihm abgerückt. Sein braunes Haupthaar und der gelockte Bart waren zu einem wilden Schopf verwachsen, aus dem nur die kleinen Augen hervorblitzten und der über die Rüstung aus Kettengliedern und hartem Leder herabfiel. Die Asche des Schlachtfelds klebte noch an ihm, und Fett und Öl und Blut und der Schmutz des ganzen Feldzugs. Immer wenn er den Mund aufmachte, wandte sich Prinz Perbias hinter seinem Vater ein wenig ab und hielt sich die Nase zu. »Entscheiden?«, knurrte der Zwerg. »Kaputt machen, das verdammte Ding!«

»Ich gebe zu bedenken«, sagte Parestas, »dass dieses Kästchen im Lebensblut des Landes gehärtet wurde und weiterhin damit verbunden

ist. Wenn wir die Macht des Kästchens meistern – und ich zweifle nicht daran, dass wir Elfen dazu imstande sind –, dann können wir Großes damit bewirken. Aus dieser grauen Ebene ließe sich wieder ein blühender, lebendiger Landstrich schaffen, mit freundlichem Grün anstatt jener verderbten Gewächse, die unseren Vormarsch so unerfreulich gestaltet haben.«

»Aber du sagst es doch selbst«, hielt der Zwerg dagegen. »Wenn wir das Seidentuch davon wegnehmen, gewinnen Leuchmadan und sein Gelichter wieder an Kraft.«

»Nicht, wenn wir diese Kraft beherrschen«, sagte der Elfenkönig.

»Wir könnten auch einfach Leuchmadans Herz herausholen«, schlug sein Sohn vor. »Wenn wir nur das eine Artefakt vernichten, bleibt Leuchmadans Kraft in dem anderen ohne seinen Geist zu unserer Verfügung.«

»Aber nicht für die Elfen«, warf einer der Menschen ein. »Wenn jemand Anspruch auf dieses Land hat, ist es Bitan!«

»Bevor wir das Ding einem von euch anvertrauen, vernichten wir es lieber!«, rief der Zwerg.

König Lukar griff über den Tisch und zog die verhüllte Schatulle zu sich heran.

»Ich nehme die Beute an mich … bis wir uns geeinigt haben.«, verkündete er. »Immerhin haben meine Kataphrakten Leuchmadan erschlagen. Und ich habe das Bündnis einberufen.«

Mit grimmig zusammengezogenen Brauen blickte er sich um und drückte das umhüllte Behältnis an sich. Dann biss er sich nachdenklich auf die Unterlippe und murmelte: »War das nicht ein viereckiges …?«

Er hielt das Bündel ein wenig von sich weg und tastete misstrauisch unter die Seide.

»Sei vorsichtig, du dämlicher Mensch«, fauchte Prinz Perbias. »Wenn die Seide entfernt wird …«

Lukar riss das Tuch fort, und ein Stein, etwas kleiner als das Kästchen, kam zum Vorschein.

Jeder im Zelt schnappte nach Luft.

»Wen wolltet ihr mit diesem Tuch täuschen?«, rief Lukar empört und funkelte die Elfen an. »Ihr habt Leuchmadans Herz schon vorher an euch gerissen!«

»Wie könnt Ihr es wagen?«, sagte Parestas. »Das müssen die Zwerge gewesen sein, heute Nacht. Hätten wir das Bündel einfach in die Quelle *des Blutes geworfen, wie die Barttreter es vorgeschlagen haben, so hätte jeder das Artefakt zerstört gewähnt und niemand hätte den Diebstahl bemerkt.«*

Der Streit wurde lauter, die Vorwürfe heftiger, und nur die Erinnerung an die gemeinsam ausgestandene Schlacht verhinderte, dass Waffen gezogen wurden. Doch was auch immer geschah, als das Bündnis brach – Leuchmadans Herz blieb verschwunden.

Bis tausend Jahre später ein Nachtalb Leuchmadans Geist beschwor und ein neuer Herrscher sich in den Grauen Landen erhob. Und ein kleines silbernes Kästchen auftauchte, das unverhüllt auf dem Kaminsims im Hause eines Wichtels stand.

Teil 1

Eine Reise ins Licht

1. Kapitel:
Ein unmöglicher Auftrag

Die Spinne im Haus
hält das Übel heraus;
wer die Netze fegt,
böse Geister einlädt.

Sprichwort der Bitaner,
an den Grenzen der Grauen Lande

Daugazburg, im 28. Jahr nach Leuchmadans Rückkehr

Geliuna, die Schwarze Fei, betrat das Turmgemach und blieb respektvoll am Eingang stehen. »Mein Gebieter«, sagte sie mit einer angedeuteten Verbeugung.

Staub und schwefliger Qualm stiegen von der Ebene empor und umhüllten selbst den höchsten Turm von Daugazburg, der Hauptstadt der Grauen Lande. Trübe sickerte das Licht durch die Fenster. Davor stand eine Gestalt, blickte auf die hohen Brücken zwischen den Türmen und in die finsteren Gassen hinab. Es war Leuchmadan, der Herrscher der Finstervölker, und er wandte Geliuna den Rücken zu.

Die Schwarze Fei wartete ehrerbietig, den Oberkörper leicht gebeugt, bis der Herr und Gebieter ihr seine Aufmerksamkeit schenkte.

Die Luft prickelte. Blitze zuckten aus den Staubwolken am Himmel herab in die Spitzen der bizarren Türme, in die Eisenstangen an den steilen Dächern, an den Erkern und den vorspringenden Graten der hohen Bauwerke. Sie überstrahlten die fahle Sonne, die nur ein mattes rotes Glühen auf die titanenhaften Mauern warf.

Endlich, nach einer Zeit, die Geliuna als Demütigung empfand, wandte Leuchmadan sich ihr zu. Auf den ersten Blick glich er einem gewöhnlichen Nachtalb. Er war nicht besonders groß, und das volle, halblang geschnittene Haar umrahmte ein rundliches Gesicht mit braunem, fast olivfarbenem Teint. Doch ein Schatten lag über der ganzen Erscheinung und machte es schwer, seine Gesichtszüge zu erkennen.

»Es ist gefunden worden«, sprach Leuchmadan, die Nachtalbenstimme kaum merklich unterlegt von einem Echo wie aus großer Tiefe.

»Deshalb wollte ich mit Euch sprechen, mein Gebieter«, sagte Geliuna. Sie machte einen formvollendeten Knicks. Mit einer Armbewegung sorgte sie dafür, dass das schwarze Schleierkleid anmutig ihre Gestalt betonte. Ein Lächeln zeigte sich auf ihrem blassen Antlitz. »Wir müssen die Rückführung Eurer ... Preziose planen.«

»Wir werden Unsere sieben Wardu schicken«, kündigte Leuchmadan an.

Geliuna nickte, und sie lächelte immer noch. »Das wäre eine Möglichkeit, mein Gebieter«, sagte sie. »Aber der Krieg findet vor unseren Toren statt. Wir können die Wardu hier nicht entbehren.«

»Das müssen wir«, erwiderte Leuchmadan. »Dies Unternehmen ist von höchster Dringlichkeit.«

»Gewiss, mein Gebieter«, säuselte Geliuna in schmeichlerischem Tonfall. »Aber das heißt nicht, dass wir unbedingt die Wardu schicken müssen. Wie unsere Kundschafter vermelden, wurde Euer Herz zu den Elfen auf Keladis gebracht. Nicht einmal Eure Wardu könnten es aus dieser Festung herausholen. Doch es gibt eine andere Möglichkeit.«

Leuchmadan ballte die Faust. Die Schatten vor seinem Gesicht wurden tiefer, während ein Blitz den übrigen Raum erhellte. Der Finstere Herrscher blickte Geliuna direkt an. »Also gut, Geliuna. Woran denkst du?«

»Ich denke an Gnome.«

Leuchmadan zuckte zusammen. »Gnome!«, zischte er. »Wir sollen unser aller Schicksal in die Hände von *Gnomen* legen?«

»Sie sind unsere Kundschafter.« Geliunas Stimme klang lockend. »Sie können sich unbemerkt bewegen und sich selbst durch die schmalsten Spalten Einlass verschaffen. Womöglich sogar nach Keladis.«

»Vielleicht.« Leuchmadan schwieg einen Augenblick lang. »Aber sie sind zu schwach.«

»Wir können ihnen fähige Begleiter zur Seite stellen, eine Gruppe, die vielseitiger ist als Eure Wardu. Die besten aus all unseren Völkern, und jeder bringt seine Fähigkeiten ein.«

Leuchmadan schnaubte. »Welche Krieger und Zauberer wären besser als Unsere Wardu?«

»Vergesst nicht«, sagte Geliuna, »Eure Wardu haben schon einmal versagt. Außerdem wollte ich sie nicht ganz außen vor lassen. Wenn wir die Besten aus *all* unseren Völkern schicken, so sollte auch ein Wardu dabei sein. Ich schlage Baskon vor.«

»Warum ausgerechnet Baskon?« Leuchmadan blickte überrascht auf.

»Eure anderen Wardu waren mächtige Zauberer, Herrscher der Menschen oder große Feldherren. Baskon war nur ein Bauer aus dem Grenzgebiet, bevor Ihr ihn erhoben habt. Ein ganz gewöhnlicher Bitaner.«

»Und das befähigt ihn in welcher Weise?«, fragte Leuchmadan spöttisch. »Zu dieser wichtigsten Unternehmung überhaupt, an der Unser Schicksal und das deines Landes gleichermaßen hängt?«

»Nun, mein Gebieter ... Überlegt, was das für eine Unternehmung ist: ein verstohlener Vorstoß weit hinter die feindlichen Linien – in dieselben Länder, in denen Baskon einst unauffällig als Mensch lebte. Von allen Wardu weiß er am besten, wie man sich dort bewegt. Lasst Eure Könige und Feldherren hier die Schlachten schlagen. Aber Baskon und die Gnome und eine anständige Hilfstruppe soll sich Eurer ... Herzensangelegenheit annehmen.

So tut ein jeder, was er am besten kann.«

Leuchmadan nickte bedächtig. Dann wandte er sich wieder zum Fenster.

»Ein jeder, was er am besten kann«, bestätigte der Finstere Herrscher. »Stelle du deine Leute für dieses Unternehmen zusammen. Aber wähle gut, denn du weißt, was davon abhängt. Wir schicken Baskon zu dir. Es ist viel Zeit vergangen, aber Wir werden Uns auf dich verlassen. Genau wie früher.«

Geliuna verließ das Turmgemach. Leuchmadan wollte vielleicht die alten Zeiten wieder aufleben lassen. Aber die Zeit schritt stets nur in eine Richtung fort. Einstmals war Leuchmadan der Herr gewesen. Doch heute war er nur noch ein Usurpator in *ihrem* Königreich, und sie würde auf angemessene Weise mit ihm verfahren.

Südgrenze der Grauen Lande, 28 nLR, 5 Tage vor Wandelmond

Wito, der Gnom, versammelte seine Schar. Sie gaben eine seltsame militärische Einheit ab: Gnome reichten einem Menschen nur bis zur Leiste, und auf dem dürren Leib saß ein übergroßer Kopf. Ihre feisten, dreieckigen Nasen verstärkten den kopflastigen Eindruck noch, und fast mochte man meinen, die kleinen Geschöpfe müssten bei jedem Schritt vornüberkippen.

Ihre Haut war dunkel, und das schwarze Haar saß in schütteren Büscheln über der hohen Stirn, so dass es aussah wie eine Wiese, auf der die Ziegen die besten Streifen abgeweidet hatten. Sie alle trugen zweckmäßige Kleidung in Dunkelgrau, Braun oder mattem Grün. Vor der nächtlichen Berglandschaft waren sie fast nicht zu sehen.

»Ihr wisst, worauf es ankommt«, schärfte Wito seinen Kampfgenossen ein. »Wir schleichen zum Eingang der Höhle. Dort nehmen wir unsere kleine Gestalt an und huschen an den Wachen vorüber. Im Inneren der Grotten schätzen wir die Stärke des Feindes ab und suchen nach weiteren Zugängen. Keine Heldentaten.«

Er blickte auf Darnamur, einen Gnom in fleckiger schwarzer Lederweste und mit besonders kurz geschorenem Haar. Als der das Auge seines Hauptmanns auf sich ruhen fühlte, protestierte er: »Heldentaten? Da schaust du aber den Falschen an!«

Wito seufzte. »Du hast recht. Heldentaten wäre wohl der falsche Ausdruck. Aber denk daran: Wir sind nur Kundschafter. In diesen Grotten steckt eine ganze Kompanie der Menschen aus Bitan, und ein jeder von ihnen ist doppelt so groß wie einer von uns. Diese Bitaner bedrohen schon seit Wochen die Verbindungswege zu Leuchmadans Verbündeten. Wir haben lange gebraucht, um den Unterschlupf aufzuspüren. Durch voreilige Aktionen würden wir die Bitaner warnen und all unsere Bemühungen zunichte machen.«

Er holte einige blasse schmale Gegenstände aus dem Rucksack und verteilte sie an seine Leute. Sie waren spitz und scharf und ein gutes Stück länger als der Arm eines Gnoms. Ein Ende war als Griff mit Lederriemen umwickelt.

»He«, sagte Darnamur. »Das sieht ja aus wie ein Messer! Wenn ... es nicht aus Knochen wäre.«

Wito lächelte. »Unsere menschlichen Verbündeten haben mich auf die Idee gebracht. Bei einigen von ihnen habe ich Nadeln aus Bein gesehen. Ich konnte erfahren, dass sie bei sich zu Hause vieles aus Knochen fertigen. Wenn sie für den Krieg herkommen, gibt Leuchmadan ihnen bessere Waffen – aber diese Messer konnte ich bei ihnen eintauschen.«

Er blickte über das Dutzend Gnome seiner Schar hinweg, und seine Stimme klang streng. »Die Messer sind nicht so gut wie unsere üblichen Waffen. Aber wir können sie mitnehmen, wenn wir unsere Größe ändern. Wir können uns damit verteidigen und sind nicht auf zufällig umherliegende Waffen angewiesen. Das ›Verteidigen‹ meine ich allerdings ernst: Wir nehmen die Messer nur für den Notfall mit! Wenn alles läuft wie geplant, werden sie nicht zum Einsatz kommen.«

Sein Blick wanderte von Darnamur zu Nidhogir. »Und ich

hoffe, diesmal denken alle daran: Die Aura unseres Zaubers wirkt nur auf lebende oder einstmals lebende Dinge. Um an den Wachen vorbeizukommen, müssen wir unsere Größe ändern. Manches können wir dabei mitnehmen, unsere Kleidung beispielsweise oder auch diese neuen Knochenmesser. Aber Stein oder Eisen nicht! Wenn wir uns also klein machen wie die Käfer, will ich nicht wieder erleben, dass jemand zappelnd unter einem hübschen *Knopf* liegt, den er unbedingt an seiner Jacke haben musste und dann vergessen hat.«

Nidhogir blinzelte verlegen unter seiner Lederkappe hervor. Seine Finger strichen über die Jacke und tasteten nach dem Inhalt seiner Taschen.

»Alle Ausrüstung, die wir nicht brauchen«, fuhr Wito fort, »lassen wir hier zurück. Wir gehen in Zweiergruppen. Jeder ist für seinen Begleiter verantwortlich. Ich nehme Skerna mit ...«

Er sah zu einer Gnomin, die ihre Haare oben auf dem Kopf zu einem Schopf zusammengebunden hatte. Anders als die übrigen Gnomen, die zumeist Leder oder robustes Tuch bevorzugten, trug sie eine dunkelgrüne Filzweste.

»Darnamur geht mit Nidhogir ...«, fuhr Wito fort.

»Augenblick mal«, unterbrach ihn Darnamur. »Sollten wir dann nicht *alle* Gruppen so einteilen, dass ein besserer mit einem schwächeren Gefährten geht? Damit jede Zweiergruppe halbwegs ausgeglichen ist?«

Wito nickte. »Im Prinzip hast du recht. Aber da ich vorangehen und auch die gefährlichen Abstecher übernehmen werde, möchte ich keinen unerfahrenen Begleiter dabeihaben.«

»Abstecher«, wiederholte Darnamur mit unterdrücktem Kichern und breitem Grinsen. »Haha, der ist gut, verstehst du? Von *abstechen*!«

Wito verdrehte die Augen. »Also gut. Skerna und ich übernehmen die Vorhut. Die anderen Gruppen folgen uns ...«

Die Gnome näherten sich dem Eingang und nutzten jede Felsspalte, jeden Stein als Deckung. Die Höhle, in der sich die Krieger aus Bitan verschanzt hatten, war fast uneinnehmbar. Eine größere Schar konnte sich nicht unbemerkt nähern; und nur weil die Gnome so klein waren, konnten sie einen Teil des Weges in ihrer normalen Gestalt zurücklegen.

Schließlich erreichten sie die letzte sichere Deckung. Darnamur hielt Abstand zu seinem Begleiter, dann schloss er die Augen und konzentrierte sich. Wer wusste schon, was Nidhogir diesmal wieder vergessen hatte?

Was ein Gnom nicht in seiner persönlichen Aura mit sich schrumpfen lassen konnte, behielt die ursprüngliche Größe. Ein übersehenes Stiefelmesser vielleicht, das Nidhogirs schrumpfendes Schuhwerk durchschnitt und dann zur Seite kippte und seinen insektengroßen Begleiter zerquetschte!

Die Wandlung vollzog sich in einem Augenblick. Darnamur spürte wenig davon, allerdings wusste er, wann der Vorgang abgeschlossen war. Er öffnete die Augen wieder. Die Welt sah mit einem Mal ganz anders aus.

Zuvor kaum wahrnehmbare Bodenwellen bildeten plötzlich eine Hügellandschaft; zuvor unbeachtete Kiesel wurden zu gewaltigen Findlingen, hinter denen sich ganze Armeen verbergen konnten.

Die bis dahin so ruhige Nacht war erfüllt von vielfältigen Lauten. Es raschelte und knirschte, und die Luft vibrierte von den Rufen zahlloser Insekten. Nidhogir blickte sich mit großen Augen um, und auch Darnamur brauchte eine Weile, bis er sich wieder zurechtfand.

»Komm«, sagte er schließlich und folgte entschlossen einem Weg, der in Richtung des Höhleneingangs führte.

Sie kämpften sich durch struppigen Bewuchs – durch dürre Grasbüschel, die auf dem steinigen Boden noch gediehen, oder an trockenen Sträuchern vorbei. Einmal kreuzten zwei große Käfer mit zitternden Fühlern ihren Weg, und die beiden Gnome blieben stehen und warteten, bis die Tiere zwischen den Steinen verschwunden waren. An einer anderen Stelle entdeckte Darnamur eine Fangheuschrecke, und sie machten einen großen Bogen um sie.

Dann kamen sie an den steilen Hang, der zum Höhleneingang führte, und kletterten mühsam hinauf. Um sich herum hörten sie Steinschläge niedergehen, und auch sie selbst traten Steine und Geröll los, die polternd und prasselnd hinunterrollten.

Darnamur zuckte bei jedem Laut zusammen, aber was für sie ein Steinschlag war, war für die großen Wesen nur ein wenig rieselnder Sand. Die menschlichen Wachen im Höhleneingang würden nichts davon bemerken.

Oben am Hang gab es mehrere Spalten im Berg, und jede konnte der gesuchte Eingang sein. Darnamur fluchte. Wenn sie in jeden finsteren Winkel erst hineinspähen mussten, bis sie die richtige Öffnung fanden, waren sie morgen früh noch unterwegs!

Nidhogir zupfte ihn am Ärmel und machte ihn auf einen Gnom aufmerksam, der in einiger Entfernung auf einem kleinen Felsvorsprung stand und die Richtung zur Höhle wies. Darnamur ging schneller.

Bald nahm er vor sich Menschen wahr. In seiner jetzigen Gestalt kamen sie ihm vor wie riesige Ungeheuer. Die Gegenwart der gewaltigen Leiber war erdrückend, ihr Geruch und die Wärme, die von ihnen ausging, erfüllte alles um sie herum, jede Bewegung ließ den Boden erzittern. Irgendwo in der Ferne sah Darnamur ein unruhiges Licht, Fackeln, die tief in den Grotten brannten, während die Wachen selbst im Dunkeln verharrten.

Darnamur atmete schwer. Es war beklemmend, so klein zu sein und den Feind so groß über sich zu spüren. *Jetzt bin ich für sie unsichtbar,* sagte er sich immer wieder, *und ich kann jederzeit wieder meine große Gestalt annehmen und sie überrumpeln. Dann wird man sehen, wie sterblich sie sind.* Aber dieser Gedanke war nur ein schwacher Trost. Darnamur umfasste den Griff seines Knochenmessers.

Dann spürte er einen der Wachposten unmittelbar über sich. Vorsichtig schlichen die beiden Gnome an der Wand entlang, nutzten jede Rille und jeden Spalt. Die Menschen würden die insektengroßen Eindringlinge in dem dunklen Gang kaum entdecken, aber sie konnten aus Versehen auf sie treten.

Plötzlich hörte Darnamur einen erstickten Aufschrei. Er hatte seinen Begleiter kurz aus den Augen verloren und bewegte sich auf das Geräusch zu.

»Nidhogir?«, flüsterte er, räusperte sich dann und verzog das Gesicht. »Nidhogir?«, rief er entschlossener. »Alles in Ordnung?«

»Ich bin hier«, flüsterte Nighogir zurück. »Hilfe!«

Darnamur ging der Stimme nach. »Du kannst ruhig normal sprechen«, herrschte er den Gefährten an. »Die Menschen werden es nicht mitbekommen. Oder hast du schon mal einen Käfer reden hören?«

Aber Nidhogirs Stimme klang immer noch erstickt. »Ich weiß nicht«, sagte er. »Ich glaube ... ich habe ein Problem.«

Dann war Darnamur bei ihm und stieß erschrocken die Luft aus. »Oh, Nid!«, entfuhr es ihm.

Nidhogir zog einen Arm zurück und strampelte, doch das Netz, an dem er hing, zog sich mit jeder Bewegung fester um ihn zusammen.

»Beweg dich nicht«, zischte Darnamur. Sein Blick huschte über die Höhlenwand. Die Spinne verbarg sich im Schatten, aber Gnome konnten auch im Dunkeln gut sehen. Das ferne Licht der Fackeln reichte aus, um zumindest im näheren Umkreis alle Einzelheiten zu unterscheiden.

Es hätte auch für Nidhogir ausreichen müssen, um das Netz zu sehen. Darnamur ballte die Fäuste und spürte dabei den Messergriff in der Rechten.

»Nid!«, sagte er scharf, und sein Begleiter erstarrte. Angsterfüllt blickte er ins Leere und wagte nicht einmal mehr, den Kopf zu drehen.

»Wo ist sie?«, wisperte er.

»Sie zögert noch«, flüsterte Darnamur zurück. »Du bist wohl ein ungewohnter Brocken für sie, und sie traut sich nicht recht heran.«

Er bemühte sich, seiner Stimme einen lockeren Klang zu geben. Es war eine kleine Spinne, kleiner als ihre Beute. Aber jede Bewegung von Nidhogir im Netz mochte sie zum Angriff reizen. Womöglich reichte schon der Klang ihrer Stimmen.

»Ich mache mich groß«, sagte Nidhogir.

»Nein!«, befahl Darnamur.

»Aber Dar«, flehte Nidhogir. »Was können wir sonst tun?«

Ja, was sollten sie tun? In ihrem Netz war die Spinne beweglich und schwer zu erreichen, so dass sie auch mit dem Messer nicht gegen sie ankommen würden. Aber wenn Nidhogir jetzt seine Größe änderte, stünde unvermittelt ein Gnom zwischen den Beinen der Wachen. Das würde die Menschen ohne Zweifel überraschen, und vielleicht konnten sie in dem Durcheinander alle entkommen. Aber ihre Gegner wären dann gewarnt, und der Auftrag wäre gescheitert.

»Wir müssen nachdenken«, sagte Darnamur.

»Gib Wito Bescheid«, schlug Nidhogir vor. »Der weiß bestimmt einen Rat.«

»Er ist zu weit weg«, sagte Darnamur. Er blickte sich verzweifelt um. Wito … »Was würde Wito tun? Er wüsste bestimmt etwas, aber wir müssen jetzt allein darauf kommen.«

»Ja«, flüsterte Nidhogir. Seine Stimme klang verzweifelt. »Was würde Wito tun?«

Darnamur spähte ins Dunkel. Irgendwo dort war ihr Anführer mit seiner Begleiterin unterwegs. Ja, Darnamur wusste, was Wito tun würde – aber Wito war nicht hier, und er, Darnamur, musste die Entscheidung treffen.

»Was nun?«, fragte Nidhogir. Er wandte mühsam den Kopf und versuchte, seinen Gefährten auszumachen. Die Spinne tastete sich ein Stück aus ihrem Spalt heraus, und der Gnom spürte, wie das Netz erbebte. Er wand sich und riss an den Strängen, die ihn banden.

»Ich mach mich jetzt groß«, stieß er hervor. »Es gibt keinen anderen Ausweg.«

»Nein!«, rief Darnamur. »Ich weiß jetzt, was Wito tun würde.«

Nidhogir blickte ihm vertrauensvoll entgegen. Darnamur hob das Knochenmesser und trat auf ihn zu.

»Dar«, sagte Nidhogir zweifelnd. »Glaubst du wirklich, du kannst mit der Klinge Spinnfäden durchschneiden?«

»Nein«, sagte Darnamur und stieß seinem Begleiter das Messer ins Herz.

Es war ein präziser Stich, und Nidhogir starb sofort. Ein Zittern lief durch das Netz, als sein Körper erschlaffte. Rasch, aber ohne Hast trat Darnamur zurück und behielt die Spinne im Auge. Diese saß wieder regungslos da, als würde sie abwarten.

Darnamur wischte seine Waffe ab, doch das Blut ließ sich nicht restlos von der leicht porösen Oberfläche entfernen. Schließlich setzte Darnamur seinen Weg fort. Er war jetzt auf sich allein gestellt, aber er hatte immer noch einen Auftrag zu erledigen.

Was würde Wito tun? Darnamur hatte nicht lange nachdenken müssen, um darauf zu kommen, was ihr Anführer unternommen hätte. Wito hätte Nidhogir ohne Zögern befohlen, seine ursprüngliche Größe anzunehmen – weil das der einzige Weg war, wie der Gnom hätte entkommen können.

Solange die Möglichkeit bestand, den Kameraden zu retten, hätte Wito alles dafür getan. Aber damit hätte er die Mission verraten. Gnome waren Kundschafter, aber Kundschafter waren auch Krieger, und Krieger konnten in der Schlacht fallen. Wito wusste das, aber er würde keinen seiner Leute bewusst *opfern.*

Deshalb war es Darnamur zugefallen, die Mission zu retten. Wito war ein guter Anführer, aber manchmal *musste* man Opfer bringen, um an sein Ziel zu kommen. Darnamur hatte gewusst, was sein Anführer getan hätte. Aber er war allein gewesen und hatte eine *bessere* Entscheidung getroffen.

Der Höhlenboden war feucht und lehmig, und die Furchen und Falten darin sahen aus wie erstarrter Wellenschlag. Für die winzigen Gnome waren es Täler und Hügelketten, und sie mussten am Rand des Ganges entlanggehen, wo es ein wenig ebener war.

»Schau mal hier«, rief Skerna.

Wito drehte sich nach ihr um und stolperte. Skerna kicherte.

»Schau mal *was?*«, fragte Wito gereizt.

»Die Felsstufe vor dir. Ich dachte mir, du hättest sie noch nicht gesehen. Und so war es ja auch. Eine gute Gelegenheit für einen netten Scherz.«

Wito verzog das Gesicht. »Wir dringen gerade in das feindliche Lager ein«, sagte er scharf. »Jetzt ist nicht die Zeit für Scherze und Streiche.«

»Für Scherze und Streiche ist *immer* Zeit«, sagte Skerna. »Wir sind allein, und wir sind klein – und es ist nichts Gefährliches in der Nähe. Die Menschen können uns nicht wahrnehmen. Keine Sorge, ich denke nach, bevor ich so was mache.«

Wito schüttelte den Kopf. »Denken kann man viel. Aber irgendwann macht man einen Fehler dabei.«

»Ach was.« Skerna stieß ihn in die Seite. »Nidhogir hat immer Angst vor Fehlern und macht dabei am meisten von uns allen. Soll ich mir den etwa als Vorbild nehmen? Gerade stell ich mir Nidhogir und Darnamur vor ... Die haben bestimmt keinen Spaaaß!« Sie zog eine spöttische Grimasse. »Der eine ist so steif wie ein Zwerg und will nichts falsch machen, und der andere ist verbissen und will immer alles mit dem Messer erledigen. Was für ein un-gno-mi-sches Paar!«

Sie dehnte die letzten Worte unnatürlich in die Länge, dann grinste sie. »Aber vielleicht hast du die beiden gerade deshalb zusammengesteckt? Gemeinsam ergeben sie ein so seltsames Gespann, dass sie schon wieder lustig sind.«

»Genau«, erwiderte Wito, und unwillkürlich hoben sich seine Mundwinkel. »Und du bist bei mir, weil ich dich niemand anderem zumuten kann. So, wir sind da – die große Höhle!«

Vor ihnen schien der Raum sich ins Endlose zu dehnen. Lichter brannten in der Schwärze wie ferne flackernde Sonnen. Wito sah sich um und ordnete mit geübtem Ohr die Geräusche, die ihn umgaben. Ruhige Atemzüge. Gelegentliches Rascheln.

Er folgte der Wand und suchte sich einen Spalt, wo er in sicherer Deckung seine natürliche Größe annahm und sich umsah.

Die Höhle war nicht so groß, wie er gedacht hatte, und von pockennarbigen Felswänden umschlossen. Kurze Gänge und Durchlässe zweigten von der zerklüfteten Kammer ab, und überall lagen Menschen in ihre Decken gewickelt und schliefen.

Durch einen Spalt konnte Wito Gepäckteile erkennen. Aber nirgendwo war eine Wache zu sehen. Anscheinend rechneten die Bitaner so weit hinter ihren Vorposten nicht mehr mit einer Bedrohung.

Wito stieß einen leisen, hohen Pfiff aus, für einen Menschen kaum wahrnehmbar. Das war das vereinbarte Zeichen, dass keine Gefahr drohte, und sofort tauchte Skerna neben ihm auf.

Überall in der Eingangsgrotte erschienen weitere Gnome. Die meisten hatten sich wie Wito eine sichere Deckung gesucht, aber Wito konnte einige seiner Gefährten ausmachen. Er sah Darnamur, Sneikan, Hursi ... Gut. Anscheinend waren die meisten Gruppen angekommen.

Mit raschen Gesten gab er quer durch den Raum Anweisungen und schickte die Mitglieder der Patrouille durch die weiteren Ausgänge. Dann wandte er sich um. Erschrocken stellte er fest, dass Skerna nicht mehr neben ihm stand!

Gewandt huschte die Gnomin zwischen den schlafenden Menschen umher, beugte sich hier und dort ein wenig tiefer und kauerte schließlich am Fußende eines der Schlafenden.

Als Wito hinter ihr herschlich, erkannte er, dass Skerna die Schnürsenkel des Mannes verknotete. Ihre Finger bewegten sich so behutsam wie Spinnenbeine, und der Mann schnarchte regungslos weiter.

Wito legte die Hand auf die Schulter seiner Begleiterin und bedeutete ihr, ihm zu folgen. Zu zweit gelangten sie in eine kleine Kammer, wo das Gepäck der fremden Krieger lagerte. Es waren keine weiteren Ausgänge zu sehen. Wito kletterte ein Stück die Höhlenwand hinauf, geschmeidig und ohne dass auch nur ein Riemen an seiner Kleidung knarrte. Aber die Löcher und Spalten im Stein führten nirgendwohin.

Er verließ den Raum wieder und ging zum nächsten Abzweig. Von irgendwoher aus dem Höhlenlabyrinth hörte er Geräusche. Er hielt inne.

Auch Skerna neben ihm schien zu lauschen. Sonst war niemand aus dem Trupp zu sehen. Die Gnome konnten überall im feindlichen Lager sein, auf der Suche nach weiteren Zugängen.

Wenn es jetzt ein Durcheinander gab, konnten einzelne Gruppen abgeschnitten werden.

Da waren Stimmen und ... andere Laute. Von weit her. Der Schall in diesen Grotten war trügerisch, doch Wito konnte sich nicht vorstellen, dass seine Leute so weit gekommen waren, seitdem sie sich in der Vorhalle getrennt hatten.

Er legte den Kopf schief, tat einen Schritt hierhin, einen dorthin, und dann hatte er die Richtung ausgemacht. Der Lärm kam vom Ausgang!

Witos Gedanken überschlugen sich. Er hatte angenommen, dass alle Zweiertrupps angekommen waren. Aber er hatte nicht jeden Einzelnen seiner Gnome wirklich gesehen. War etwa jemand den Wachen in die Hände gefallen?

Rasche Schritte stürmten vom Eingang her auf die Höhle zu, und ein Bitaner rief: »Alarm! Alarm!«

Wito stieß zwei Pfiffe aus, das Zeichen zum Abbrechen. Er schob sich an der Grottenwand entlang auf den Ausgang zu. Aus verschiedenen Richtungen wurde sein Pfiff beantwortet – eine Bestätigung und zugleich eine Weitergabe des Signals an die Gruppen, die weiter entfernt waren.

Witos Gestalt glitt über Unebenheiten wie ein Schatten, tauchte in Spalten ein. Als der Posten vom Eingang die Grotte erreichte, schlüpfte Wito hinter seinem Rücken in den Gang, aus dem der Mann gerade gekommen war.

Und dann lief er los. So vorsichtig, dass er von den Wachen nicht gesehen wurde; so leise, dass niemand ihn hören konnte. Er achtete nicht darauf, ob Skerna noch hinter ihm war. Sie konnte für sich selbst sorgen.

Wito lief weiter und zog dabei das Messer. Heute Nachmittag, bevor sie aufgebrochen waren, hatte er gedacht, dass diese Waffe ihm hilfreich sein würde. Doch jetzt kam ihm die Knochenklinge völlig nutzlos vor, so untauglich wie die beinernen Nähnadeln, die ihn auf diese Idee gebracht hatten.

Sie konnte an der schwächsten Rüstung zersplittern und weder Speer noch Dolch parieren. Die beste Waffe eines Gnoms war die Verstohlenheit. Im offenen Kampf konnte er gegen

Menschen ohnehin nicht bestehen. Warum also stürmte er hier überhaupt so durch die Gänge?

Unwillkürlich wurden Witos Schritte langsamer. Der Eingang kam näher. Der Lärm wurde lauter. Er hörte Bogensehnen schwirren und Metall über Felsen klirren. Alles in ihm drängte danach, die kleine Gestalt anzunehmen, in der er zwar verwundbarer wäre, aber kaum von irgendeinem Gegner in den Kampf verwickelt werden würde.

In der kleinen Gestalt war er jedoch zu langsam, und er konnte auch die Lage nicht so gut überblicken. Er musste näher an das Geschehen heran und dann entscheiden, was er tun konnte – gegen wen die Bitaner hier kämpften, wem er helfen musste.

Allmählich ließen sich die Geräusche besser unterscheiden. Die Wachen riefen und schossen mit dem Bogen, aber ihr Gegner war draußen, vor der Höhle. Jemand griff die Bitaner an, obwohl der Spähtrupp der Gnome gerade erst den besten Weg für einen Angriff auskundschaften sollte!

Wito hörte Flügelschlag und schrille Schreie. Er kannte diese Schreie ...

Ein Geschoss schlug in den Eingangsbereich, prallte von der Höhlenwand ab und rutschte scharrend über den Boden bis vor Witos Füße. Wito sah eine große Feder, die in einem metallischen Grün schimmerte. Und das Ende war so spitz wie ein Pfeil.

Greife!, schoss es Wito durch den Kopf. Greife konnten solche Federgeschosse aus ihrer Mähne schleudern.

Aber alle Greife in dieser Gegend dienten Leuchmadan. Und Mitglieder der eigenen Truppe würden wohl nicht durch einen voreiligen Angriff die ganze Mission zunichte machen!

Wito starrte die Greifenfeder fassungslos an. Es musste einen Fehler gegeben haben, eine schlechte Abstimmung der Truppenteile. Noch jemand musste es auf dieses Felsennest der Bitaner abgesehen haben, und derjenige wusste nichts von ihrem Einsatz ...

»Wito«, rief eine schrille Stimme von draußen herein. »Wito der Gnom!«

Greife konnten nicht sprechen, aber die Stimme kam ganz

eindeutig *aus der Richtung* der Greife. Sie war zerhackt vom Flügelschlag und klang mal fern, mal nah. Jemand ritt auf den Greifen, und er wusste Bescheid. Man hatte die Gnome nicht übersehen, sondern war ihretwegen gekommen.

»Wito der Gnom«, rief die Stimme. »Leuchmadan und die Herrin befehlen dich zum Treffpunkt. Sofort.«

Die Bogenschützen am Eingang schossen auf die Greife, und die großen löwenähnlichen Geschöpfe erwiderten den Beschuss mit Federn aus ihrer metallenen Mähne. Die Rufe wirkten eigenartig losgelöst von der Schlacht.

Wito wollte lieber von hier verschwinden. Er nahm die kleine Gestalt an. Die Mission war ohnehin gescheitert, jetzt, wo das menschliche Lager aufgeschreckt war und bald wimmeln würde wie ein Ameisenhaufen.

Er hoffte nur, dass sein Pfiff alle Gnome der Patrouille erreicht hatte. Und dass alle sicher aus der Höhle herauskamen.

»Was für Tumbnasen«, hörte er Skernas Stimme dicht hinter sich. Die Gnomin war offenbar dicht bei ihm geblieben. »Ich hoffe«, fuhr sie fort, »es gibt einen guten Grund, dass sie unseren Einsatz geschmissen haben.«

Ostgrenze von Bitan, 28 nLR, 4 Tage vor Wandelmond

Ein stundenlanger Flug auf dem Rücken der Greife brachte Wito und seine Begleiter zu einer Lichtung inmitten eines unzugänglichen Waldstücks, wo ein kleines Heer von Goblins lagerte. Nachdem sie gelandet waren, standen sie ein wenig ratlos herum, während die Greife gleich wieder abhoben und nach Osten davonflogen.

Wito schaute seine Gefährten an und vergewisserte sich, dass sie die Reise gut überstanden hatten. Darnamur strahlte, und auch Skerna hatte der wilde Ritt durch die Lüfte nicht eingeschüchtert. Sie blickte sich aus wachen Augen um, und auch Wito wandte seine Aufmerksamkeit nun der Umgebung zu.

Die Goblins hatten eine hässliche Schneise in den einstmals

unberührten Wald geschlagen. Abgetrennte Blätter und kleine Zweige waren in den schlammigen Boden eingestampft, während Stämme und größere Äste, in klobige Scheite gespalten, die qualmenden Feuer nährten. Kleine braune Zelte erhoben sich aus der aufgewühlten Erde wie Maulwurfshügel.

Von der einen Seite her zerrten die Goblins mit dicken Tauen weitere gefällte Bäume zwischen die Maulwurfszelte. Mit ihren lauten, krächzenden Stimmen schienen die Bewohner des Lagers einander pausenlos anzuschreien, und kein Gnom mochte unterscheiden, ob diese Stimmen im Streit erhoben waren und Mord und Totschlag drohte oder ob die Sprecher sich gerade sehnsüchtige Geschichten von den Familien zu Hause erzählten. Andererseits, es waren Goblins! Vermutlich ging es selbst bei ihren rührseligen Familiengeschichten noch um Mord und Totschlag.

Die drei Gnome suchten sich einen Weg durch das Feldlager der kriegerischen Geschöpfe. Wito hielt Ausschau nach einem Befehlshaber, bei dem sie sich melden konnten, und Skerna half ihm dabei, möglichst viel Abstand zu allzu streitlustigen Gesellen zu halten.

Neben dem Rauch und dem üblichen Gestank eines Goblinlagers lag noch ein Geruch nach Verwesung in der Luft. Die Häute über den schäbigen Zelten waren anscheinend ein wenig *zu* frisch. Wito hatte ein flaues Gefühl im Magen.

»Ich bin noch nie auf einem Greif geritten«, stellte Darnamur fest und strich sich die lederne Weste glatt. »Ich komme mir so wahnsinnig wichtig vor.«

»Hast du eine Ahnung, wo wir hier sind?«, fragte Skerna.

Wito schüttelte den Kopf. »Nicht genau. Weit im Norden und jenseits des Flusses. Ich wusste gar nicht, dass unsere Krieger so tief in den Landen des Feindes stehen. Das hier muss ein Vortrupp sein. Wahrscheinlich kriegen wir bald eine wirklich heikle Erkundungsmission.«

»Nun, ein paar Stunden länger hätten sie wohl warten können. Bis wir den letzten Auftrag abgeschlossen haben«, mäkelte Skerna. »Die Goblins hier sehen nicht so aus, als wollten sie gleich aufbrechen. Und dafür müssen unsere Leute jetzt wieder von vorn anfangen. Die Bitaner hocken sicher in ihren Grotten, sie sind gewarnt und können jeden Augenblick einen weiteren Überfall starten.«

»Das gefällt mir auch nicht«, sagte Wito. »Vor allem nicht, nachdem wir es schon alle in die Höhlen geschafft hatten.«

»Mh.« Darnamur räusperte sich. »Genau genommen haben es nicht alle geschafft.«

Wito blieb stehen. »Was meinst du?«

»Nun, Nidhogir hat es nicht geschafft.«

»Wie das?«

Darnamur zuckte die Schultern. »Eine Spinne hat ihn erwischt.«

»Ihr solltet aufeinander aufpassen. Dafür habe ich die Zweiergruppen eingeteilt. *Du* solltest auf Nidhogir aufpassen!«

»So was passiert eben«, erwiderte Darnamur. Er zog den Kopf zwischen die Schultern und ging einfach weiter. Wito lief hinter ihm her, während Darnamur weitersprach: »Ich hatte immerhin einen Auftrag zu erfüllen, und Nidhogir war *nicht* meine Hauptaufgabe. Schade, dass sein Opfer ganz umsonst war. Verfluchte Greife.«

Er blieb kurz stehen, wandte sich um und sah Wito direkt ins Gesicht. »Ich dachte, es wäre wichtig, was wir dort in der Höhle vorhaben. Verstehst du? Ich dachte … Nidhogirs Opfer hätte einen Sinn.«

Dann ging Darnamur weiter, und Wito blickte ihm verständnislos nach.

»Man könnte fast meinen, Nidhogirs Tod ginge ihm nahe«, hörte er Skerna hinter sich sagen, mit einem neckischen Ton in der Stimme. »Ich hätte nicht gedacht, dass er den Unfall eines Kameraden so schwer nimmt.«

»Nein«, sagte Wito, und ging weiter. »Er wirkt normalerweise nicht so zart besaitet. Vermutlich fühlt er sich für Nidhogir verantwortlich. Verantwortung nimmt er ernst.«

Tatsächlich grübelte Wito eher über seine eigene Verantwortung nach. Seine Patrouille hatte einen Gnom verloren. Wieso hatte er nichts davon bemerkt?

Gut, es war ein überstürzter Rückzug gewesen. Unten am Berg hatten die Greife schon auf ihn gewartet. Die eigentümlichen Kreaturen, die sie lenkten, hatten Wito befohlen, seine beiden besten Späher auszuwählen und sie zu begleiten. Sie hatten zum sofortigen Aufbruch gedrängt. Trotzdem hätte Wito sich die Zeit nehmen müssen, seine ganze Schar zu sammeln und abzuzählen. Er war für seine Leute verantwortlich, und in dieser Pflicht hatte er versagt.

»Vielleicht ist Darnamur doch empfindsamer, als er sich gibt«, fügte Wito schließlich hinzu. »Ich glaube, ich rede später noch mit ihm.«

Aber Skerna ging inzwischen neben Darnamur. Niemand hörte ihm zu.

Rasch schloss Wito zu den anderen auf. Gerade als er sie wieder erreicht hatte, schob sich ihnen ein Speer in den Weg.

»Endlich, ihr Schnecken«, knurrte eine grobe Stimme. »Wurd ja Zeit.«

Darnamur schnappte nach Luft. Der Speerschaft, der wie eine Schranke vor ihnen lag, hatte ihn hart an der Brust erwischt.

Es war ein Goblin, der sie mit dem Speer zurückhielt. Sein Gesicht war schwarz und haarig, die Nase flach. Die verwachsenen Ohren wirkten fleischig, mit gebogenen Spitzen, die fast bis zum Schädeldach reichten. Das breite Maul steckte voller Reißzähne, und die muskulösen, ausladenden Schultern drohten die Rüstung zu sprengen, die nur aus Stacheln und scharfen Kanten zu bestehen schien. Hätte er den gekrümmten Rücken strecken können, wäre dieser Goblin fast so groß gewesen wie ein Mensch.

Die Gnome wichen einen Schritt zurück, Darnamur jedoch nur, weil Skerna ihn zog.

»Kommt mit«, befahl der Goblin. Er schwang den Speer über sie hinweg und versperrte ihnen mit seiner Waffe den Rückweg. Er machte Anstalten, sie mit diesem Stab vor sich herzutreiben wie eine Schweineherde. »Wir warten schon auf euch Asselgezücht. Keine Ahnung, warum.«

Der Goblin wirkte missgelaunt, doch das war bei seinem Volk

normal. Darnamur biss die Zähne zusammen, und die Gnome fügten sich. Wito atmete erleichtert auf. Sie versuchten nur, so weit auseinanderzulaufen, dass sie nicht mehr alle in Reichweite des Speeres waren.

Der Goblin knurrte gereizt und versuchte, die Gnome zusammenzuhalten.

»Worum geht es eigentlich?«, fragte Wito.

»Hör zu, Käferhirn, dann weißt du's bald.«

Eine Weile trotteten sie schweigend durch das Lager, auf den Rand der Lichtung zu.

»Ich höre«, sagte Darnamur schließlich.

»Hä?«, fragte der Goblin zurück.

»Wolltest du uns nicht erzählen, worum es geht?«

»Freches, kleines Ungeziefer«, zischte der Goblin. Er schlug mit dem Speer nach Darnamur, aber nur halbherzig. Man merkte deutlich, dass er sich eine Peitsche anstelle des Speers wünschte.

Sie erreichten den Rand des Lagers und tauchten in den Wald ein. Wito war davon ausgegangen, dass ihr Führer sie zum Hauptmann der Goblins bringen würde, damit dieser ihnen ihren Auftrag erklärte. Aber sie entfernten sich immer weiter vom Lager, und er fragte sich, ob sie nicht schon zu diesem Auftrag unterwegs waren.

Dann aber kamen sie unvermittelt wieder auf eine Lichtung. Am Waldrand standen frische Baumstümpfe, und ein harziger Duft lag in der Luft. Ein kleiner Trupp Goblins zerrte gerade einen Stamm auf das Hauptlager zu, und Wito wusste nun auch, wie der schmale aufgewühlte Pfad entstanden war, dem sie bisher gefolgt waren.

Ein paar Goblinkrieger trieben sich auf dem Platz herum, lehnten an den Bäumen am Rand der Lichtung oder hockten auf Stümpfen. Sie waren alle viel kleiner als der Begleiter der Gnome. »Verpisst euch«, brüllte der seine Kumpane an. »Ihr solltet hier aufräumen und dann eure Fratzen nicht mehr sehen lassen!«

Die Goblins trotteten murrend davon. Zurück blieb nur eine Nachtalbe – eine schlanke Gestalt in einem graublauen Kleid, mit einem runden Gesicht und dunkler Hautfarbe – und ein blauhäutiger Riese mit einem kantigen, grob geschnittenen Gesicht und einem fetten Leib. Es war ein Troll. Er war größer als zwei Goblins übereinander und so grobschlächtig, als wäre er aus losen Felsbrocken gefügt. Er trug nichts weiter als eine zerlumpte, sackartige und viel zu kurze Hose. Obwohl er sich im Hintergrund hielt, war er kaum zu übersehen.

»Gibrax!«, rief der Troll. »Kleine Freunde sind angekommen. Dann können wir jetzt reden. Und Wein trinken.«

Der Troll kam auf sie zu und zog einen jungen Baum hinter sich her, an dem noch einige grüne Blätter hingen. Wito betrachtete ihn verblüfft.

»Gibrax?«, fragte Skerna von hinten. »Was meint er damit?«

»Das ist sein Name«, sagte die Nachtalbe. Ihre Stimme schwebte durch die Luft wie ein Lied. Selbst der Troll blieb stehen und blickte sie an, den Kopf mit dümmlichem Ausdruck zur Seite geneigt.

Sie hatte Skernas leisen Einwand gehört, obwohl die Nachtalbe ein gutes Stück von ihnen entfernt stand und der Troll mit seinem Baum genug Lärm gemacht hatte, um ein vorrückendes Regiment zu tarnen. Gnome hatten stets die schärfsten Sinne und wurden selbst nicht wahrgenommen. Doch vor der Albe mussten sie auf der Hut sein.

»Aber Gibrax hatte eine gute Idee«, fuhr die Frau in ihrer wohlklingenden Stimme fort. »Da wir demnächst gemeinsam eine wichtige Aufgabe zu bewältigen haben, sollten wir uns einander vorstellen. Ich bin Daugrula, vertraute Dienerin unser aller Herrin Geliuna.«

»Werdet Ihr uns führen?«, fragte Wito sofort.

»Halt's Maul, Schrumpfschwengel«, fuhr der Goblin ihn an. »Sie hat gesagt, wir sollen uns vorstellen. Nicht plaudern. Ich bin Werzaz. Ein Krieger für *Leuchmadan.*«

In der Betonung des Namens lag eine Herausforderung. Leuchmadan, der Finstere Herrscher, der Gott aller Finstervölker, war erst vor kurzem scheinbar aus dem Nichts wieder aufgetaucht. Geliuna, die Schwarze Fei, hatte vor Jahrhunderten an seiner Seite gekämpft und die Grauen Lande als Königin regiert, seitdem er verschwunden war. Jetzt war sie gehorsam wieder ins zweite Glied zurückgetreten.

Das war die Politik der großen Leute. Ein Gnom kümmerte sich nicht viel um solche Dinge. Doch anscheinend gab es zwischen den großen Völkern Spannungen, vielleicht sogar einen Wettstreit unter den Führern. *Wenn es hier verschiedene Seiten gibt, auf welcher Seite stehe ich dann?*, fragte Wito sich unwillkürlich.

Doch dann erkannte er, wie gleichgültig ihm diese Frage im Grunde war. Warum sollte er sich als Gnom auf Leuchmadans oder Geliunas Seite schlagen, wenn keines dieser mächtigen Wesen je Partei für die Gnome ergreifen würde?

Aber wenn es hier verschiedene Seiten gibt, kann das unseren Auftrag gefährden, dachte er. Wie auch immer der Auftrag lautete. Es konnte den ganzen Krieg gefährden. *Das* war eine Sache, die viel wichtiger war als die Entscheidung zwischen der alten Königin und dem neuen Herrn. Denn keiner der beiden mochte sich viel um seine Untertanen kümmern – aber wenn einer von beiden den Krieg verlor, dann litten sie alle!

»Gibrax, der Troll«, rief Gibrax, obwohl er sich bereits vorgestellt hatte. »Das bin ich«, fügte er dann noch hinzu. Er streckte seinen riesigen Leib.

Auch die Gnome nannten ihre Namen, ein wenig verwirrt und fast schüchtern. Es war noch nie vorgekommen, dass sich alle einzeln vorstellten, wenn man die Gnome zu einem Spähauftrag rief.

Ein Rauschen erklang in der Luft, und unwillkürlich hoben alle den Kopf. Der Troll wischte dabei mit seiner Baumkeule über den Boden, und Darnamur wich hastig einer raschelnden Masse von Blättern und Zweigen aus. »He«, rief er, und fügte spöttisch hinzu, als der Troll überrascht zu ihm hinabblickte: »Eine hübsche Keule hast du da.«

»Danke«, erwiderte Gibrax stolz. »Hab ich selbst ausgerissen.«

Werzaz, der Goblin, schnaubte.

»Wir sollten zur Seite treten«, verkündete Daugrula, die Nachtalbe. »Unser aller Hauptmann kommt, und hier ist kaum genug Raum für sein Reittier.«

Dunkelheit legte sich über die Lichtung. Witos Herz schlug schneller, und er spürte, wie sich ihm die Kehle zuschnürte.

Es ist nur ein geflügeltes Reittier, ermahnte er sich selbst. *Unser Hauptmann kommt auf einem geflügelten Reittier an, wie du selbst gerade auch.* Warum war ihm auf einmal so beklommen zumute?

Flügel rauschten, und ein Kreischen durchschnitt die Luft. Das Wesen schwenkte scharf über die Baumwipfel ein und sank tiefer. Ein geflügelter Mantikor!

Der Troll ließ seinen Baum los. Der Goblin zog den Kopf ein und trat unwillkürlich unter den Schutz der Bäume. Furcht sickerte auf die Lichtung herab und schlich durch die Reihen wie ein greifbares Wesen. Mit erhobenen Flügeln ließ sich der Mantikor nieder.

»Willkommen, Herr«, hörte Wito die Nachtalbe sagen. Er hatte ein eigentümliches Summen in den Ohren, wie vom Nachhall einer verklungenen Glocke, deren Schwingung man noch im Körper spürte. »Es sind alle versammelt. Wir haben uns schon bekannt gemacht. Ich werde den Wald von ungebetenen Lauschern säubern, und dann könnt Ihr den Rest unserer Truppe mit dem Auftrag vertraut machen.«

Daugrula trat näher an den Mantikor und streckte eine zartgliedrige Hand nach ihm aus. Mit seinem löwenähnlichen Leib glich das Tier fast einem Greif, doch fehlte dieser Chimäre jede Eleganz und jede Natürlichkeit. Der echsenhafte Schädel und der peitschende Schlangenschweif mit dem kleineren zweiten Kopf sahen aus, als wären sie nachlässig an den Körper geheftet, genauso wie die großen Fledermausschwingen, die das Wesen nun anlegte, sodass es den Reiter enthüllte.

Die Gestalt schwang sich vom Rücken des Mantikors und tat einen Schritt auf die Lichtung. Sie sah aus wie ein Mensch in schwerer Rüstung. Graue Metallplatten schoben sich übereinander und bewegten sich bei jedem Schritt. Er trug einen hohen Helm mit Sehschlitzen, hinter denen nur Dunkelheit wohnte. Ein schleierartiger Mantel und ein Wappenrock wallten um den Panzer. Die Kleidung bauschte sich nicht wie Stoff oder Tuch, sondern umwaberte die Gestalt wie ein formloser Nebel und ließ die scharfen Konturen der Rüstung verschwimmen.

Das Klingen und Summen in Witos Kopf wurde stärker, fast schmerzhaft, so als würde etwas von innen gegen seinen Schädel schaben. Skerna wimmerte leise. Es war schwer, das Wesen anzusehen. Wenn man es doch versuchte, wuchs die Angst, und ein betäubendes Grauen schlich sich in die Seele.

Wito wandte rasch den Blick ab, und alle schienen zu erstarren. Stille legte sich über die Lichtung, und die Laute des Waldes, des Mantikors und der Nachtalbe wirkten wie entrückt und in einer anderen Welt verloren.

Wito sah, wie der Schwanz des Mantikors sich um Daugrulas Arm ringelte und zu tausend Skorpionen zerplatzte. Die gepanzerten Tiere huschten in den Wald und verschwanden im Unterholz. Die Stimmung auf der Lichtung war unwirklich geworden, ja albtraumhaft.

Daugrula lächelte und stellte sich hinter dem Krieger auf.

Dieser ergriff endlich das Wort: »Ich bin Baskon, der Wardu.« Seine Stimme knirschte und zischte, als würde sie vom Scharren der Rüstung selbst gebildet und wie Dampf aus den Gelenken quellen. Der Helm drehte sich, doch die leeren Augenschlitze hatten etwas Blickloses an sich.

Aus dem Wald drangen Schreie, die Stimmen vereinzelter Goblins hoben sich in Entsetzen und Schmerz. Manche entfernten sich und verklangen, andere verstummten mit einem Mal. Das Zischen des Wardu klang zufrieden.

»Wir sieben werden hinter die Reihen der Feinde ziehen«, verkündete er. »Und wir werden Leuchmadans Herz zurückholen.«

2. Kapitel:
In den Landen des Lichts

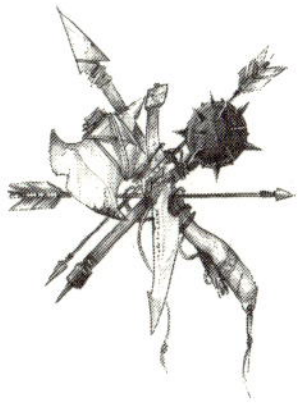

Unter allen Völkern der Finsternis mag man die Gnome für das harmloseste halten. Ihre Hässlichkeit ist eher grotesk denn erschreckend, und sie treiben scheinbar harmlosen Schabernack. Sie verstecken kleine Dinge im Haushalt, und über ihre Scherze mag, sofern er nicht selbst betroffen ist, sogar der ehrbare Bitaner lachen.

Doch der Anschein, der wenig Arg fürchten lässt, trügt: Ohne Respekt vor Eigentum und Wohlbefinden ihrer Opfer haben die Gnome nur Mutwillen im Sinn. Selbst schützende Mauern halten sie nicht ab, und ihr Unwesen dringt bis in das heiligste Innere der Familie, in den sicheren Haushalt. Sie demütigen den stolzen Familienvater, verstricken die Menschen in sinnlose Suche und Hader, rauben im härtesten Winter das Brot aus der verriegelten Kammer, ohne der hungrigen Kinder zu gedenken.

Kurzum: Wie kein anderes Volk der Finsternis untergraben die Gnome den Glauben der Menschen an die göttergefällige Ordnung und tragen Unsicherheit und Zerrüttung selbst in den sichersten Zufluchtsort. Ihre Ausmerzung hierzulande und ihre Vertreibung hinter die Grenzen, wo sie ihresgleichen plagen mögen, ist alle Mühe wert.

Aus dem »Almanach der Finstervölker« von
Conzionarius Caezo, Priester im Tempel der Sonne

»Die Sonne sinkt«, knarrte Baskon. »Wir stehen auf.«

Wito hob den Kopf. Die drei Gnome lagen dicht beieinander unter einem dürren, schwarzen Baum, der fast kahl wirkte, so wie das ganze Gehölz, in dem die Gruppe sich während des Tages verborgen hatte. Fast konnte man meinen, das Wäldchen würde regelmäßig von Goblins als Unterschlupf genutzt, so dass die Bäume die Lust verloren hatten, überhaupt noch Grün hervorzubringen. Wito musste unwillkürlich grinsen und blickte zu Werzaz hinüber, der auf der anderen Seite der Lichtung lag und eben knurrend aus dem Schlaf fuhr.

Daugrula, die Nachtalbe, saß an einen Stamm gelehnt, genau wie sie sich am Morgen niedergelassen hatte. Ihre Augen waren einen Spaltbreit geöffnet, aber sie regte sich nicht. Ihr rundliches Kindergesicht wirkte entspannt. Balgir, Daugrulas Taschentier, hing ihr über die Schulter hinab bis zum Bauch.

Ganz in ihrer Nähe ragte Gibrax' Rücken aus dem Unterholz wie ein kahler Hügel. Für den Troll war es immer noch zu hell, und so kauerte er noch eine Weile in seiner Senke, eingehüllt in Daugrulas Zauber, der ihn vor den schmerzhaften Folgen des Sonnenlichts schützte.

Ein trüber Frühlingstag ging zu Ende, und mit der sinkenden Sonne schwand rasch auch die letzte Wärme. Der Wind aus dem Osten blies kalt. Aber sie waren ohnehin unterwegs, solange es dunkel war, und so machten die frischen Nächte den Gefährten nichts aus.

Da hörte man Werzaz lauthals über die Lichtung hinweg fluchen: »Alle tausend räudigen Bitaner! Wo ist mein zweiter Stiefel?«

Der Goblin wühlte in seinem Gepäck und zwischen den Blättern und dem Totholz der letzten Jahre auf dem Boden. Alle Köpfe wandten sich in seine Richtung, und selbst Daugrula blickte auf und öffnete die Augen ganz. Balgir räkelte sich, reckte die kleinen Vorderbeinchen und riss das stumpfe Eidechsenmaul auf, sodass man seine nadelspitzen Zähnchen sah. Dann ließ er sich in den Schoß seiner Herrin gleiten und rollte sich dort zusammen.

Die drei Gnome setzten sich rasch hin, Skerna mit dem Rücken zu dem tobenden Goblin. Sie lächelte und machte verstohlen eine greifende Bewegung vor der Brust. Ihre beiden Gefährten nickten und schmunzelten und rückten wie Schutz suchend näher zusammen, damit die großen Leute ihren heimlichen Austausch nicht verfolgen konnten.

»Zecken und Krätze! Ich habe beide nebeneinander hier abgestellt!« Werzaz packte den einen eisenbeschlagenen Stiefel und schwenkte ihn aufgebracht. Dabei sprang eine Panzerplatte an seiner Schulter ab, und er stieß eine Schimpftirade aus.

»Du bist wirklich der liederlichste Lumpenhund in Leuchmadans Heerbann«, tönte Baskon, der Wardu. Er erhob sich und legte den Kopf leicht schief, als würde er auf den Goblin hinabblicken. »Bei keiner Rast kannst du deine Sachen beisammenhalten, und du bist mir wahrhaft eine Last.«

Werzaz funkelte ihn an, wagte aber nichts mehr zu sagen. Die Aufmerksamkeit des Wardu schien seinen krummen Rücken noch weiter niederzudrücken. Er presste die schmalen Lippen so fest aufeinander, dass zwei lange Hauer aus dem Unterkiefer hervorragten und sich Falten um seine tückische, platte Nase bildeten.

»Ihr alle haltet mich nur auf«, fuhr Baskon fort und schaute in die Runde. »Wir Wardu wären binnen eines Tages in Keladis gewesen. Stattdessen muss ich eine störrische Herde Schafe über die Weiden von Bitan treiben.« Er zuckte die Achseln, eine überraschend menschliche Geste, die in der schweren Rüstung kaum möglich schien. »Aber Leuchmadans Wille geschehe. Ich fliege auf Kundschaft voran. Morgen früh stoße ich zu euch.«

Er trat auf die Bäume zu, hinter denen sein geflügeltes Reittier lagerte. »Rujan braucht Fleisch.«

Das seltsame Klingen um den Wardu schnitt Wito durch Mark und Bein, und die Stimme dieser Kreatur schwebte auf einem Unterton, der dem Gnom schier den Kopf zersprengen wollte. In der Woche, die sie bereits gemeinsam durch die Lande der

Bitaner zogen, hatten die Gefährten sich an die Gegenwart des Wardu gewöhnt. Trotzdem waren sie jedes Mal froh, wenn ihr Anführer gegen Morgen voranflog – als Kundschafter, der niemals etwas von sich hören ließ, bis er sie des Abends unfehlbar wieder aufspürte und schweigend und düster zu ihnen stieß.

Jetzt erhob sich auch Daugrula. Ihr weicher, geschmeidiger Leib streckte sich im seidig schimmernden graublauen Gewand. Balgir fiel hinunter ins Laub, sah zu ihr auf und zischte aufgebracht. Daugrula beachtete ihn nicht. Lauschend hob sie den Kopf, während die schweren, klatschenden Flügelschläge des Mantikors in der Ferne verklangen. »So«, sagte sie. »Unser Herr und Meister ist fort. Dann muss das Fußvolk allmählich auf die Beine kommen.«

Sie beugte sich hinab und brachte die widerstrebende Echse mit einer leichten Berührung zum Schweigen. Als sie das Tier aufhob, hatte es sich in eine längliche Ledertasche verwandelt.

»Mein Herr und Meister ist Leuchmadan«, stieß Werzaz hervor, aber diesmal hängte er keine Verwünschung an. Seine Bemerkung war herausfordernd genug, selbst wenn der Wardu sie vermutlich nicht mehr hören konnte. Wer wusste das schon so genau bei diesem Geschöpf, das Wito noch nie ohne Rüstung gesehen hatte.

Der Goblin hatte inzwischen seinen Stiefel gefunden, tief in seinem Proviantsack. Anklagend wies er damit in Richtung des Trolls, der sich immer noch nicht aus seinem Loch wagte. »Aber der Wardu hat recht. Wir sind zu langsam. Und dieser Klotz auf Beinen ist schuld daran!«

Gibrax blickte auf. Misstrauisch blinzelte er in das Abendrot, das matt am Horizont verglühte. »Klotz auf Beinen? Das klingt gut. Neue Waffe für Gibrax: Werfen, und kommt wieder zurück!« Der Troll grinste und entblößte große, weit auseinanderstehende Zähne, die aussahen wie Grabsteine vor einer finsteren Gruft.

Alle schauten ihn an, und Werzaz zog unwillkürlich den Kopf ein.

»Im Moment hältst eher du uns auf«, wandte Daugrula ein.

»Und ich rede nicht nur davon, dass du immerzu etwas verlegst. Um den Schulterpanzer zu richten, musst du die ganze Rüstung ausziehen und neu anlegen.«

Wütend schleuderte Werzaz den Stiefel zu Boden. »Glaubst du etwa, ich habe meinen verdammten Stiefel selbst in den Proviantsack gesteckt? Irgendein ... verwanztes Tier ... muss nachts bei meinem Lager gewesen sein ... und ... hat den Stiefel da reingeschoben ... als es, äh, was klauen wollte.«

Werzaz war immer leiser geworden und blickte zweifelnd auf seine Stiefel. Alle blickten ihn an. Daugrula hob spöttisch die Augenbrauen. Stille senkte sich über die Lichtung.

»Was auch immer«, ergriff Werzaz schließlich wieder das Wort. »Wir könnten reiten. Selbst dieses Gewürm«, er wies auf die Gnome, »könnte man in irgendeinen ranzigen Sack packen und über den Sattel legen. Nur wegen dem Troll«, sein Finger wanderte weiter zu Gibrax, »latschen wir uns tagelang die Beine krumm, um diesen bitanischen Schweinepfuhl zu durchqueren. Warum mussten wir den Troll mitnehmen? *Er* hält uns auf!«

»Gibrax hält niemanden auf«, sagte der Troll und griff nach dem zerfledderten Baum, den er seit Beginn der Reise als Keule mit sich führte. »Gibrax hat lange Beine. Gibrax hat schon mal einen Menschenmann auf einem Pferd eingeholt. Obwohl ...« Der Troll legte nachdenklich einen Zeigefinger an die Lippen. »Als ich ihn eingeholt hatte, da *habe* ich ihn aufgehalten. Beide, meine ich. Den Menschenmann und das Pferd.«

Daugrula winkte ab. »Es reicht jetzt«, sagte sie scharf. »Leuchmadan und Geliuna selbst haben diesen Trupp zusammengestellt. Sie wissen, worauf es ankommt – oder willst du das bezweifeln, Goblin?«

»Der Wardu bezweifelt es wohl«, erwiderte Werzaz störrisch.

»Der Wardu kann sich eine gewisse Leere unter seinem Helm auch leisten«, stellte Daugrula fest. »Aber seine Stärke und seine Schnelligkeit nutzen ihm bei diesem Auftrag nicht viel. Baskon kann womöglich schneller nach Keladis gelangen als wir, aber dort wäre er so nutzlos wie ein Blecheimer, der in den Brunnen gefallen ist. Die Festung der Elfen steht mitten im Feindesland.

Wenn die Wardu in der Lage wären, das Herz dort zu beschaffen, hätte Leuchmadan sie allein ausgeschickt.«

Die Nachtalbe musterte ihre Gefährten scharf. »Schnelligkeit ist nicht alles. Ein Eimer fällt schnell in den Brunnen. Aber er taugt nichts, solange er nicht an einem festen Seil hängt – und dieses Seil sind wir. Nur wir alle zusammen können unser Ziel erreichen.«

Die sechs Gefährten bewegten sich durch die sanften Hügellande am Saum des Gebirges. Wiesen mit hohem Gras, das den Gnomen fast bis zum Kinn reichte, wechselten mit abgefressenen Weiden, und dann und wann waren Areale mit endlos langen Zäunen aus schweren Balken abgetrennt.

Wito fragte sich, wo die Menschen wohl das Holz dafür hergenommen hatten, denn weit und breit war kein Wald mit so großen Bäumen zu sehen. Andererseits: Womöglich hatte er sich seine Frage soeben selbst beantwortet.

Ein bauchiger Mond stand über der Landschaft und schimmerte hinter den Wolken hervor wie eine abgedunkelte Sturmlampe. Für einen Gnom reichte das Licht aus, um nicht nur den Weg genau zu erkennen, sondern selbst die Frühlingswiesen in voller Farbenpracht zu sehen. Es waren nicht dieselben Farben wie am Tage. Das Gras wirkte lichter und grüner, die Blüten violett oder samtig blau. Die meisten Blumen waren jetzt geschlossen und zeigten nur die matten Deckblätter. Doch es gab eine Blume, die wohl nächtliche Falter anlocken wollte. Ihre Kelche aus drei großen, dreieckigen Blättern, die im Mondlicht seidig glänzten, waren weit geöffnet. Der Duft, der von ihnen aufstieg, war dumpf und schwer und mit einem Hauch von Verfall unterlegt. Wito atmete das eigentümliche Aroma und genoss den Anblick um sich her. Die Grauen Lande boten kein solches Leben.

Die Luft war kühl und trocken, und Wito spürte, dass auch Skerna und Darnamur die nächtliche Wanderung genossen. Dabei ging Daugrula ihnen so rasch voran, dass die Gnome auf ihren kurzen Beinen nur schwer folgen konnten. Die Nachtalbe hingegen schien zwischen den Gräsern fast zu schweben.

In der letzten Woche hatte sie den Gefährten in jeder Nacht den Weg gewiesen, zielstrebig und ohne einmal zu zaudern. Mitten in den feindseligen Landen der Bitaner hatten sie Wiesen und Felder gequert und waren oft verborgenen Pfaden und abgelegenen Wegen gefolgt, hatten die belebteren Straßen und jegliche Ansiedlung gemieden.

Kannte Daugrula sich im Reich der Menschen tatsächlich so gut aus, hatte sie jeden Schritt genau geplant? Oder folgte sie einfach nur der groben Richtung und ging mit ihren feinen Sinnen zielsicher jeder Gefahr aus dem Weg, ohne sich jemals zu irren oder gar den Weg zu verlieren?

»Der Halteriemen vom Schulterpanzer war ein beachtliches Kunststück«, flüsterte Darnamur Skerna zu.

»Vielen Dank«, erwiderte die Gnomin.

»... aber warte, morgen werde ich dich noch übertreffen!«

Skerna kicherte.

»Ihr spielt ein gefährliches Spiel«, ermahnte Wito seine beiden Gefährten. »Übertreibt es nicht. Werzaz wird irgendwann Verdacht schöpfen, wenn ihm bei jeder Rast ein Missgeschick widerfährt.«

Wito schaute auf den breiten Rücken des krummbeinigen Goblins, der wenige Schritte vor ihnen herging, der aber unter seinem Eisenhelm und bei dem leisen Klirren der Rüstung das Flüstern der Gnome wohl nicht hören konnte. Bei Daugrula hingegen war Wito sich nicht so sicher. Aber wenn die Nachtalbe oder der Wardu, der ebenfalls nie zu schlafen schien, vom Schabernack der Gnome etwas mitbekamen, so hatten sie sich zumindest nicht dazu geäußert.

»Ach was«, sagte Darnamur. »Goblins sind von Natur aus blöde. Solange er über die Schuldigen nachdenken muss, sind wir vollkommen sicher. Beim Denken hat es ein Goblin noch nie zu was gebracht. Und morgen Mittag, wenn die Sonne ihn tumb und träge macht, setze ich ihm eine ganze Schachtel Zecken in den Pelz!«

Skerna lachte so laut, dass Werzaz sich misstrauisch umdrehte.

»Was habt ihr euren Spaß, ihr Stummelbeine?«, knurrte er. »Wir müssen schneller gehen. He, Albe, komm, wir laufen. Dem Ungeziefer da hinten bluten die Füße noch nicht, und zum Schwatzen haben sie auch noch Zeit.«

Daugrula zeigte keine Regung, trotzdem hatte Wito das Gefühl, dass sie zügiger ausschritt. Er schüttelte den Kopf. Immer war es Werzaz, der gegen Morgen schwitzte und fluchte und unter der Last seiner Rüstung und dem schweren Gepäck von Tag zu Tag gebeugter zu gehen schien. Aber immer war er dasselbe Großmaul, wenn der Nachtmarsch begann.

»Wo willst du die Zecken denn hernehmen?«, fragte Wito.

»Beifang beim Beerensammeln«, gab Darnamur kurz angebunden zurück und grinste.

Eine Weile hasteten sie schweigend durch die Nacht. Wito seufzte leise. Andererseits – sie waren nun einmal Gnome, und solange Darnamur sich an dem Unfug beteiligte, tat er wenigstens nichts Schlimmeres; nachts den Goblin erdolchen, beispielsweise. Mit so etwas konnte er sie alle in Schwierigkeiten bringen …

Mit einem vernehmlichen Ploppen zog Gibrax, der die Nachhut übernahm, den Finger aus der Nase und rief: »Da! Ein Menschenhaus!«

Wito wandte sich um, und der Trupp machte Halt. Der Troll wies schräg nach vorn auf eine Hügelkuppe, wo sich die kantigen Umrisse eines Holzbaus abzeichneten.

»Kein Haus«, sagte Daugrula. »Kommt, weiter.«

Die Gefährten setzten ihren Weg fort und hielten auf das Gebäude zu. Werzaz tastete mit seinem langen Arm nach dem Säbel an seiner Rückentrage: »Bitaner und ihre Brut. Alles niederbrennen, bevor sie flügge werden und an unsere Grenze kommen.«

»Hier wohnen keine Bitaner«, sagte Daugrula. »Das ist nur eine Scheune.«

Sie stiegen über einen Zaun – die Gnome liefen einfach

darunter hindurch – und standen auf einer Weide. Die Scheune befand sich auf einem Hügel vor ihnen. Werzaz blieb stehen und blickte nachdenklich hinauf.

»Wir können plündern«, stellte er fest und fuhr sich mit der schmalen, schwarzen Zunge über die Oberlippe.

»Kommt nicht in Frage«, sagte Daugrula. »Seit zwei Wochen halte ich uns von allen Siedlungen fern und sorge dafür, dass selbst Gibrax keine auffällige Fährte hinterlässt. Wir sind von Feinden umgeben, und unser Auftrag ist zu wichtig. Ein Haufen aufgebrachter Bitaner hinter uns wäre das Letzte, was wir brauchen.«

»Du sagst es doch selbst, Albe. Da sind keine Körnerfresser drin. Eine Scheune. Warum nicht reinschauen, ob es lohnende Beute gibt?«

»Glaubst du, ein bitanischer Bauer lässt sich einfach seinen Schuppen ausräumen? Er wird jemanden rufen, der die Räuber verfolgt.« Daugrula gestikulierte aufgebracht.

»Und wenn schon«, versetzte Werzaz ungerührt. »Wir sind fast über die Grenze. Und so ein einsamer Schuppen wird bestimmt jeden Tag geplündert. Der Zapfenkopf, der das hier hingestellt hat, will's gar nicht anders. Außerdem sieht uns ja niemand.«

»Wenn der Bauer eine Scheune auf einer so entlegenen Weide stehen hat, wird er darin nichts verwahren, was eine Unterbrechung unserer Reise wert ist«, entschied Daugrula. »Wir ziehen weiter.«

»Stimmt«, warf Gibrax von hinten ein. »Beste Beute ist draußen vorm Holzhaus!«

Alle blickten sich zu ihm um. Der Troll wies auf eine Herde Kühe, die ein gutes Stück entfernt im Schatten des Hügels stand. Die Tiere waren eng zusammengerückt und glotzten misstrauisch zu den Wanderern herüber.

»Aye, fette Beute.« Werzaz schnalzte mit der Zunge. »Aber die Horntiere lassen bestimmt keinen stinkenden Troll an sich ran.«

Wito hielt den Atem an, aber der Troll war anscheinend nicht gekränkt. Sein Grabsteinlächeln glänzte im Mondlicht. »Muss nicht heran«, sagte er einfach, und bevor Daugrula etwas einwenden konnte, warf er seine Baumkeule wie einen Speer mitten in die Herde.

Brüllend stoben die Tiere auseinander, aber eines blieb liegen und muhte erbärmlich. Der Baum hatte der Kuh mehrere Knochen zerschmettert.

Daugrula legte die Hand an die Stirn. Der Lärm der aufgebrachten Rinder brandete um den ganzen Hügel wie eine plötzliche Überschwemmung.

»Nun gut«, befand die Nachtalbe. »Gibrax, bring deine Kuh zum Schweigen. Und nimm sie mit. Besser eine verschwundene Kuh als ein übel zugerichteter Kadaver auf der Weide. Wir anderen gehen nun zu der Scheune, aber nur, damit wir uns auf dem Hügel einen kurzen Überblick verschaffen können. Ich muss wissen, ob ein Bitaner in der Nähe ist und den Aufruhr mitbekommen hat. Zum Glück fühlen sich die Menschen in dieser Gegend so sicher, dass sie ihr Vieh vermutlich sogar ohne Hirten bei Nacht draußen lassen.« Sie strich mit der Hand über den Zaunbalken. »Als wäre das hier ein sicherer Wall, der das Übel von ihnen fernhält.«

Ihr Gesicht verschwamm auf seltsame Weise mit der Nacht und war selbst für die Gnome schwer auszumachen. Trotzdem glaubte Wito, ein versonnenes Lächeln darauf zu erkennen, wohl bei der Erinnerung an frühere Besuche bei den Menschen.

Während Gibrax sich die Kuh auf die Schulter packte, schritten die fünf anderen den Hang hinauf. Aus der Nähe betrachtet wirkte das Gebäude auf der Kuppe ziemlich schäbig. Große Lücken klafften in der Außenwand zwischen den Planken, und die Stützbalken standen schief und wie windgebeugt.

Daugrula wandte sich zu den Gnomen um: »Vielleicht könnt ihr auf das Dach steigen, und von dort aus …«

Sie brach ab. Zögernd, in einer Geste vollkommener Ungläubigkeit, führte sie ihre Hände zur Brust. Ein Pfeil ragte daraus hervor.

Wito brauchte einen Moment, bis ihm bewusst wurde, was geschehen war. Ein Mensch kam um die Ecke der Scheune, ein

Krieger in voller Rüstung. Er bewegte sich mit äußerster Gelassenheit, und obwohl er einen Schild trug, ein Schwert und ein langes Kettenhemd, war nicht ein Laut von ihm zu hören. Kein Kettenglied klirrte in diesem schreckensstarren, schweigenden Augenblick, kein Stiefel knarrte im Gras. Nur das Muhen der Kühe drang gedämpft von unten herauf.

»Hinterhalt!«, brüllte Werzaz und riss den Säbel aus seinem Gepäck. Ohne die Rückentrage abzulegen, stürzte er auf den Menschenkrieger zu und schleuderte seinen Speer.

Mit einem Mal hörte man auch den Menschen, als hätte der Ruf des Goblins die Stille vertrieben. Die Wehr rieb über Leder und rasselte bei jedem Schritt, und es gab einen dumpfen Schlag, als der bitanische Krieger beiläufig den Speer mit seinem großen Schild wegschlug. Er trat einen Schritt nach rechts, als wolle er dem Ansturm des Goblins ausweichen.

»Gib Acht!«, schrie Wito.

Aber zu spät. Hinter dem Krieger war ein Bogenschütze an der Scheune aufgetaucht. Zielsicher schoss er an seinem Gefährten vorbei, und der Pfeil drang Werzaz zwischen zwei Panzerringen in die Seite. Werzaz zögerte kurz, blickte entschlossen auf – aber der Krieger war schon heran und hieb dem Goblin wuchtig das Schwert auf den Kopf. Die Klinge krachte auf den Helm, glitt ab, trennte ein Ohr ab und fuhr Werzaz tief in die Schulter.

Der Menschenkrieger trat seinem benommenen Gegner in den Unterleib, geschickt an den Zacken der Rüstung vorbei, und zog die Klinge wieder heraus. Werzaz brach stöhnend zusammen. Dann hob der Mensch wieder das Schwert und sprang auf die Gnome zu. Sein Gefährte im Hintergrund legte einen neuen Pfeil auf die Sehne.

»Klein! Macht euch klein!«, rief Wito panisch.

Wito schnappte nach Luft, als die Welt um sie her rasend schnell in die Höhe schoss. Die Gnome hatten einander rasch an den Händen gefasst, damit sie zusammenblieben, während sie schrumpften. Und dann stand Wito auf einem niedergedrückten Grashalm, der zurückfederte und den Gnom ein Stückweit fortschleuderte. Seine Gefährten konnten ihn nicht halten.

»Wito!«, rief Skerna. Ihre Stimme klang ängstlich. Es raschelte und schnarrte rings um sie her.

»Hier bin ich!«, erwiderte Wito. Er versuchte, sich zurechtzufinden, und bewegte sich auf Skernas Stimme zu. Über ihm schlugen die Halme zusammen wie ein Dach, und ringsum ballten sich Moose und verfilzte, absterbende Gräser zu einem grünen Irrgarten. Mit dem Knochenmesser schnitt er sich einen Weg durch das Halmgestrüpp und stieß wieder auf seine Gefährten.

Auch Darnamur und Skerna hatten ihre Knochenmesser gezückt. Es waren die letzten Waffen, die den geschrumpften Gnomen gebliebenen waren. Ihre Rucksäcke waren aufgeplatzt, und alles, was darin gewesen war, lag auf der Wiese verstreut. Ein Kletterhaken steckte im Boden, ragte über Wito auf und schimmerte kalt im Mondlicht. Es war einer von *seinen* Kletterhaken! Die Gnome hatten keine Zeit gehabt, die Sachen aus den Taschen zu nehmen, die nicht mit ihnen die Größe ändern konnten.

Von oben drang Lärm zu ihnen herunter, Stimmen, Schritte, Kampfgeräusche. In der großen Welt stritten ihre Gefährten noch immer gegen die Angreifer. Aber die drei Gnome achteten mehr auf die feineren Laute um sie her.

Es wisperte und raunte zwischen den Gräsern. Schattenhafte Gestalten zeigten sich im dunklen Rasenfilz, verstohlene Bewegungen schlichen um sie herum.

Wito und seine Gefährten stellten sich mit dem Rücken zueinander hin, die Knochenmesser vor sich gestreckt.

»Was sollen wir tun?«, fragte Skerna.

»Wir können versuchen ...«, setzte Wito an, aber ihm fiel nichts ein.

»Zu überleben?«, schlug Darnamur vor.

Das hier war keine Höhle, keine felsige Einöde und auch keine Behausung, mit weiten Flächen und klaren Linien, keine Umgebung, wie die Gnome sie gemeinhin bevorzugten. Das war ein Urwald voller Gefahren, mit zahllosen Verstecken und mit wilden Raubtieren. Sie waren nicht dafür gerüstet, durch eine belebte Wiese zu schleichen.

»Bleibt dicht beisammen«, befahl Wito. »Darnamur, du sicherst nach hinten. Wir schlagen uns durch diese Lücke.«

Wie es hieß, hatten die Gnome einst mit Zwergen und Goblins die Grotten und Gänge unter den Bergen geteilt, und sie hatten im Schatten der großen Völker gelebt, als diese feste Behausungen errichteten. Wilde Landschaften mieden sie, jedenfalls wenn sie ihre kleine Gestalt angenommen hatten.

Aber ihre Sinne waren scharf, und die Gefahren überall dieselben: Spinnen und räuberische Insekten. Es gab nur viel mehr davon, und viele Winkel, wo diese Kreaturen sich verbergen konnten. Die schrillen Schreie der Fledermäuse, die selbst die Gnome nur in ihrer winzigen Gestalt hören konnten, schnitten durch das Gestrüpp. Aber jetzt bei Nacht gab es weniger Bedrohung aus der Luft als am Tag.

»Behaltet auch die Gräser über euch im Auge«, mahnte Wito seine Gefährten. »Wer weiß, was darauf sitzt.«

Sie rückten langsam vor. Unruhig zuckten Witos Augen von einer Seite zur anderen. Eine langbeinige Silhouette vor ihnen, Fühler, die im Nachtwind wippten wie winzige Halme ... Eine Grille; diese Tiere waren meist harmlos, aber man konnte ihnen nicht trauen.

Die üblichen Gefahren – Spinnen, Insekten und ...

Ein sirrender Laut wie von einer Sense schnitt durch das Gras. Stiefeltritte dröhnten um sie wie ein Ungewitter und ließen den Boden erbeben.

»Das Kroppzeug erwische ich auch noch«, hallte eine Stimme vom Himmel herab.

Eine Schwertklinge, die über den ganzen Himmel zu reichen schien, wischte über sie hinweg. Dicht neben ihnen grub sich ein massiger Fuß in den Boden und zermalmte die Gräser. Ein weiterer Schlag erschütterte die Landschaft, und noch einer – der Menschenkrieger, vor dem sie sich gerade in Sicherheit gebracht hatten, stampfte um sie herum.

Man sollte die großen Gefahren nicht vergessen, dachte Wito.

Der Aufruhr erfasste das Unterholz um sie her. Die Grille war verschwunden. Milben und winzige Käfer tauchten aus Erdlöchern hervor und schwärmten aufgeregt in alle Richtungen. Darnamur trat um sich, um das lästige Ungeziefer abzuwehren. Wito schob ihn mit einer nervösen Handbewegung wieder hinter sich.

Wieder fuhr die gewaltige Schwertklinge aus dem Himmel herab und spaltete die Erde. Abgeschnittene Halme schwebten zu Boden, und dazwischen die aufgeschleuderte Krume. Brocken, groß und schwer wie Felsblöcke prasselten auf sie nieder. Skerna schrie auf und umklammerte ihre linke Hand, die getroffen worden war. Die Gnome stoben auseinander, versuchten auszuweichen, und um ein Haar wäre Wito in den erneut niederstoßenden Fuß gerannt. Er zuckte zurück.

»Groß! Macht euch groß!«, brüllte er.

Skerna wandte sich zur Flucht, aber der große Krieger entdeckte sie als Erste. Mit erhobener Klinge stürmte er ihr nach. Darnamur lief hinter dem Menschen her und hielt das Knochenmesser weit vorgestreckt. Aber er war zu klein, um den langbeinigen Menschenkrieger einzuholen.

Wito warf einen raschen Blick auf Gibrax. Der Troll war halb den Hügel emporgestürmt. Er brüllte wütend, schien dort jedoch auf der Stelle festzuhängen und mit seiner Baumkeule zu ringen. Die frisch erlegte Kuh rutschte ihm von der Schulter, und Gibrax ließ den Baum los, um mit beiden Händen nach dem Tier zu greifen.

Im Augenblick waren die Gnome auf sich allein gestellt, und Wito stand am nächsten bei dem Bitaner.

Er sprang ihn an. Mit beiden Armen bekam er ein Bein des Mannes zu fassen, konnte sich aber nicht richtig festhalten. Der Mensch drehte sich um und streifte den Gnom dabei ab wie ein lästiges Zweiglein.

Die Klinge des Bitaners sauste durch die Luft. Wito hatte den Halt verloren und taumelte hilflos zu Boden, und der Stahl fuhr zischend über seinen Kopf.

Der Krieger entdeckte nun Darnamur. Wieder hob er das Schwert und schlug zu, fast ohne auszuholen. Darnamur zuckte zurück und riss das Messer hoch. Der Schwerthieb prellte ihm die Knochenklinge aus der Hand, und beinerne Splitter spritzten in alle Richtungen. Bevor der Gnom sich erholt hatte, trat der Mensch ihm mit der Stiefelsohle vor die Brust.

Keuchend brach Darnamur zusammen. Der Krieger stellte ihm das Bein auf den Oberkörper und stieß das Schwert geradewegs in Darnamurs Gesicht.

»Nein«, rief Wito aus. Hilflos streckte er die Hände seinem Gefährten entgegen, und er hörte auch Skernas entsetzten Schrei. Bei dem Kampf in ihrem Rücken hatte die Gnomin sich umgewandt.

Wito wurde rot vor Augen. Er tastete nach seinem Knochenmesser, das ihm bei dem Sprung aus der Hand gefallen war, und kam so schnell wie möglich wieder auf die Füße. Dann wandte er sich dem Bitaner zu. Überrascht erkannte er, dass Darnamur noch lebte.

Mit beiden Händen umklammerte er die Schwertklinge, die aus seinem Gesicht ragte. Der Bitaner hielt die Waffe gelassen fest, und es sah aus, als nagelte er seinen auf dem Rücken liegenden Gegner damit am Boden fest.

Wito blinzelte. Dann wurde ihm bewusst, dass die Klinge in Darnamurs Mund steckte. Der Krieger hatte den Stoß nicht vollendet, sondern sein Schwert nur ein Stückweit in den Mund des Gnoms gesteckt. Wenige Fingerbreit trennten Darnamur von seinem Tod.

Unschlüssig zitterte die Knochenklinge in Witos Hand. Er spürte, wie Skerna neben ihn trat.

Der Mensch blickte auf Darnamur hinab. »Zaubere doch, mein kleiner Gnom«, sagte er höhnisch. »Mach dich klein und zeig mir, wie du dann meine Klinge schlucken kannst«

Darnamur gurgelte. Seine Augen waren weit aufgerissen.

Grinsend wandte der Bitaner sich zu den beiden anderen Gnomen um.

»Nun mal ganz friedlich, meine Kleinen«, sagte er. »Waffen

runter, und kniet euch hin. Sonst gibt's hier gleich eine Ratte am Spieß.«

Wito bewegte sich zögernd, gehorchte aber doch. Aus den Augenwinkeln verschaffte er sich einen Überblick über den Fortgang des Kampfes.

Gibrax, der Troll, stand benommen und mit hängenden Armen da. Er hatte eine Hand um die Hinterläufe der Kuh geschlossen, die andere ins Rückenfell gekrallt. Einige Schritte hinter ihm steckte seine Baumkeule schräg im Boden, und während Wito zusah, richtete sie sich immer weiter auf. Der tote Baum, den Gibrax seit zwei Wochen mit sich herumschleppte, hatte unvermittelt auf der Weide Wurzeln geschlagen. Nun trieben seine Zweige aus und reckten sich in den Himmel. Mit all seiner Kraft hatte der Troll es nicht geschafft, den zum Leben erwachten Stamm ein weiteres Mal herauszureißen.

Vor Gibrax, weiter oben am Hang, stand ein Mensch in einer grauen Kutte. Er hielt einen Stab hoch erhoben und murmelte unverständliche Worte. Es war ein Zauberer, der die Waffe des Trolls unbrauchbar gemacht und vermutlich auch vorher die Angreifer in einer magischen Stille verborgen hatte.

Daugrula stand nicht weit von ihm und streckte eine Hand aus, doch ein weiterer Pfeil traf sie in den Bauch, und sie brach in die Knie. Verzweiflung stand in ihrem weichen, rundlichen Gesicht, und sie schloss ihre großen Augen.

Der Schütze war an der Ecke der Scheune stehen geblieben und legte ruhig einen weiteren Pfeil auf die Sehne.

»Das war's dann wohl«, befand der Krieger, der bei den Gnomen stand. Er drehte ein wenig die Schwertklinge, die in Darnamurs Mund steckte. Darnamur wand sich und röchelte, aber das Schwert steckte so tief in seinem Rachen, dass er den Kopf nicht vom Boden lösen konnte, und der Mensch hatte immer noch einen Fuß auf seiner Brust und drückte ihm die Luft aus den Lungen.

»Eine Nachtalbe und ein Troll«, stellte er fest. »Was für ein Glück, dass wir einen Zauberer dabei haben.«

Er musterte Daugrula und dann Gibrax, aber beide schienen

keine Gefahr mehr darzustellen. Der Menschenzauberer behielt sie im Auge, und der Bogenschütze stand auch bereit. Ein Pfeil war schneller als jede Nachtalbenmagie. Daugrula hockte vornübergebeugt da und sah nicht einmal auf.

Gibrax verharrte unschlüssig, ein gutes Stück von dem Zauberer entfernt. Der lächelte überlegen. Anscheinend war er davon überzeugt, dass er den Troll jederzeit niederstrecken konnte, bevor der die restliche Entfernung zurückgelegt hatte.

»Was habt ihr euch dabei gedacht?«, fragte der Menschenkrieger. »Meint ihr, ein bunt zusammengewürfelter Haufen Finsterlinge kann eine Spur von Blut und Verwüstung quer durch Bitan ziehen und dann ungeschoren in die Grenzlande entkommen?« Er schüttelte den Kopf. »Eure Köpfe werden einen hübschen Preis einbringen.«

Sein Blick verweilte auf Wito und auf Skerna, die gleich danebenstand. »Aber eure Köpfe können vielleicht sogar auf euren Leibern bleiben, wenn ihr euch wohlverhaltet. Was da unten an den dürren Hälsen hängt, ist ja ohnehin kaum der Rede wert.« Er lachte abfällig. »Ich glaube, wenn ich drei lebende Gnome in die Stadt bringe ...«

Eine Bewegung am Hang erregte seine Aufmerksamkeit. Gibrax hatte sich aus seiner Erstarrung gelöst und wandte sich um, wie zur Flucht.

»Halt den Troll auf«, rief der Krieger.

Der Zauberer nickte.

Aber im selben Augenblick wirbelte Gibrax herum und schleuderte die Kuh aus der Drehbewegung heraus. Der massige Kadaver flog kreiselnd durch die Luft auf den Zauberer zu, der unschlüssig den Stab hob und senkte und offenbar nicht wusste, wie er *diesem* Angriff begegnen sollte ... und endlich mit einem dumpfen Krachen darunter begraben wurde.

Gibrax war brüllend losgestürmt, seinem bizarren Wurfgeschoss hinterdrein. Ein paar Augenblicke später war er bei dem Zauberer und packte wieder die Hinterläufe des toten Tieres.

Die beiden anderen Bitaner waren vor Schreck wie erstarrt. Aber als Gibrax seine Waffe wieder aufhob, handelten sie. Der

Bogenschütze schoss einen Pfeil ab, der den Troll in den Oberarm traf, ohne ihn merklich aufzuhalten. Der Krieger, der bei den Gnomen stand, riss sein Schwert wieder an sich und stellte sich dem Troll.

Darnamur schob sich hastig auf dem Rücken von ihm fort. Die beiden anderen Gnome brachten sich in Sicherheit, als Gibrax auf den Bitaner zustürmte. Er ließ die Kuh über dem Kopf kreisen, und der Krieger hob den Schild.

Als die Kuh auf ihn herabfuhr, versuchte er, unter dem Schlag wegzutauchen und den Troll zu treffen. Aber die schlackernden Vorderläufe des Tiers, das Haupt mit den spitzen Hörnern und der breite Leib, der an einen unförmigen Sack erinnerte, ließen keine Lücke.

Der massige Kadaver krachte in den Schild und schleuderte den Menschen mehrere Schritt weit fort. Stöhnend versuchte er, sich wieder aufzurichten.

Ein weiterer Pfeil traf den Troll in die Seite, und Gibrax wandte sich dem Schützen zu. Der legte mit fliegenden Fingern den nächsten Pfeil auf und schoss, aber Gibrax hob gerade seine Kuh wieder hoch, und das Geschoss schlug in das gescheckte Fell.

Bevor der Schütze den Bogen ein weiteres Mal spannen konnte, hob Gibrax die Kuh, brüllte erneut und stürmte auf ihn zu. Der Bogenschütze machte kehrt und floh auf der anderen Seite den Hügel hinab. Gibrax folgte ihm, mit dumpfem Brüllen, die Kuh mit beiden Armen in die Luft gestreckt.

»Alles in Ordnung?« Wito und Skerna eilten an Darnamurs Seite.

Darnamur setzte sich auf und nickte. Zitternd fasste er sich an den Mund. Es waren keine Verletzungen zu sehen, aber Wito wusste nicht, wie tief der Menschenkrieger das Schwert in die Kehle des Gefährten gesteckt hatte.

»Der Bitaner!«, sagte Skerna, und Wito wandte sich um.

Der Krieger kämpfte sich wieder auf die Beine. Sein Schildarm war zermalmt, und die Überreste des Schildes hingen daran fest, als hätte der Hieb des Trolls alles zu einer bizarren Einheit zusammengeschmiedet. Aber der Bitaner hielt immer noch das

Schwert in der Rechten. Die schwarz glänzenden Augen starr auf die Gnome gerichtet, taumelte er auf sie zu.

Wito und Skerna nahmen rasch wieder ihre Messer zur Hand und wichen ein wenig zur Seite, um den Menschen zwischen sich zu bekommen. Wito achtete allerdings darauf, dass er zwischen dem Bitaner und Darnamur blieb.

Darnamur kroch auf allen vieren auf dem Boden umher; entweder suchte er eine Waffe, oder er war einfach zu mitgenommen, um aufzustehen. Aber Darnamurs Knochendolch lag zersplittert über die Wiese verteilt, und was die Gnome sonst an Waffen und Metall besessen hatten, war verstreut worden, als sie die Größe gewechselt hatten.

Lauernd behielten Wito und Skerna ihren Gegner im Auge, der halb aufgerichtet und mit unstetem Blick auf sie zuwankte.

»Weg mit euch, ihr Warzenhaare!«, fuhr eine Stimme dazwischen. »Lasst das bitanische Schwein mir!«

Werzaz war wieder auf den Beinen. An seiner linken Schulter blätterte die zerschlagene Rüstung auseinander wie eine Blüte aus Stahl, und blutige Knochenenden ragten aus dem hässlichen Riss. Seine ganze Seite war blutdurchtränkt, und es sah aus, als hätte er einen schwarzroten Mantel nachlässig um den Leib geschlungen. Aus dem Stumpf des abgetrennten Ohrs lief ihm das Blut übers Gesicht, und in seinem Leib steckte immer noch der Pfeil, der ihn getroffen hatte.

Aber der Goblin hielt entschlossen den Säbel umklammert und näherte sich schwankend dem Menschenkrieger.

»Dich nehme ich mit in die Unterwelt, Talggesicht«, zischte er zwischen seinem fest zusammengepressten Raubtiergebiss hervor. Er starrte den Bitaner an, als gäbe es nichts anderes mehr.

Daugrula erhob sich wieder. Sie hielt zwei Pfeile in der Hand, und außer ein paar Flecken auf ihrem Kleid war keine Spur mehr von den Verletzungen zu sehen. Im Mondlicht erkannte Wito, dass das Blut der Nachtalbe grün sein musste – nicht rot wie das seine, und auch nicht von rötlichem Schwarz wie bei den Goblins.

Und Werzaz der Goblin troff vor Blut. Er schwankte auf seinen krummen Beinen und bewegte sich fahrig. Trotzdem stach er stoisch mit dem Säbel auf seinen toten Gegner ein. »Wer tritt jetzt wen, du Bastard?«, keuchte er und stieß ihm seine Stiefelspitze in die Leiste. »Dir klopf ich deine Grützwurst weich, und dann schneide ich alles ab und nehme es als Wegzehrung mit ins Grab ...«

Wito wandte sich ab. Da sah er Gibrax über die Hügelkuppe stapfen, an der Scheune vorbei und zurück zu seinen Gefährten. Er trug die tote Kuh wieder über der Schulter. Sein Gesicht und sein ganzer ausladender, fahlblauer Brustkorb war mit klumpigem dunkelroten Blut besudelt.

»Du hast ihn gefressen!«, stieß Wito entsetzt hervor. »Du hast den Menschen einfach gefressen.«

Gibrax blieb stehen. Er blickte auf den Gnom hinab, mit Augen, die in seinem riesigen Schädel lächerlich klein wirkten.

»Gibrax ist sehr, sehr traurig«, sagte er mit schleppender Stimme. »Ja, alte Geschichten erzählt man über uns Trolle. Gemeine Geschichten.« Er drückte eine Träne aus dem Augenwinkel. »Trolle schlagen Leute auf Kopf und fressen sie, so sagen Menschen. Aber das von seinen eigenen kleinen Freunden zu hören, macht Gibrax traurig.«

»Allerdings«, warf Daugrula ein. »Wir sollten uns nicht selbst voreilige Anschuldigungen an den Kopf werfen. Es reicht, wenn die Menschen das tun.«

Sie war zu Werzaz getreten und kümmerte sich um die Wunden des Goblins. Mit ihren zierlichen Fingern drückte sie die Knochen zurück in die Schulter und richtete sie ein. Die Blutung ließ nach, und die Verletzung schloss sich allmählich.

Werzaz krümmte sich und zischte, aber er klagte nicht. Er konnte sich glücklich schätzen. Heilmagie war unter den Nachtalben nicht weit verbreitet, und vermutlich hatte noch nie zuvor ein Nachtalb sich die Mühe gemacht, einen Goblin zu heilen.

Darnamur meldete sich zu Wort: »›Eine Spur von Blut und Verwüstung‹ hat der Bitaner gesagt. Was für eine Unverschämtheit! Haben wir uns nicht alle Mühe gegeben, unauffällig zu bleiben? Wir haben einen großen Bogen um jede Ansiedlung gemacht, sind nirgendwo eingebrochen und haben die Menschen gemieden. Trotzdem werfen sie uns alle möglichen Untaten vor!«

»Wir haben uns nicht ihnen zuliebe zurückgehalten«, erinnerte Wito.

Daugrula war immer noch mit Werzaz' Wunde beschäftigt. Konzentriert stocherte sie mit spitzen Fingern in dem Schnitt. Ihr Gesicht war ein wenig fahler geworden. »Aber wir *haben* uns zurückgehalten«, sagte sie, ohne den Blick zu heben. »Das zeigt, was die Menschen über uns denken. Und warum wir diesen Krieg führen müssen. Sie werden uns nie einen Platz in der Welt einräumen, wenn wir uns nicht einen erkämpfen!«

»Nun ja«, gab Wito zu bedenken. »So ungewöhnlich ist es nicht, beim Anblick eines Goblins an Plünderung und Verwüstung zu denken. Immerhin sind wir im Krieg. Womöglich gab es ja irgendwelche Kampfhandlungen, während wir durch Bitan gezogen sind. Dann haben diese Leute zufällig unsere Spuren in der Nähe gefunden und dachten sich ...«

»Das ist doch einerlei«, befand Daugrula. »Wichtig ist nur eins: Sie sind uns auf der Spur, und nach dem Kampf heute Nacht müssen wir Bitan so schnell wie möglich hinter uns lassen. Ich wollte eigentlich einen Bogen schlagen, von den Bergen fort, und die Sümpfe von Culecis umgehen. Nun aber müssen wir mitten hinein, denn so lassen wir die bewohnten Gegenden am schnellsten hinter uns und können am ehesten Verfolger ablenken.«

Sie richtete sich auf. Werzaz blieb zusammengekauert hocken und atmete schwer. Daugrula wandte sich an die Gnome. »Seid ihr in Ordnung?«

Darnamur nickte. »Die Klinge war nicht besonders scharf«, meinte er. Seine Stimme klang wieder leicht und unbeschwert, und auch seine Hände waren ruhig und zitterten nicht. »Mit dem Schwert konnte der Bitaner vielleicht zuhauen. Aber bevor man damit einen Braten anschneiden kann, müsste man es erst zum Schleifen bringen.«

»Gut«, sagte Daugrula. »Ich habe ohnehin keinen Zauber mehr für dich übrig.«

Sie lächelte nicht. Es war nicht zu erkennen, ob sie soeben einen Scherz gemacht hatte, ob sie den Wortwechsel ernst nahm oder ob sie gar nicht richtig zugehört hatte. So verschieden die beiden auch waren, Nachtalbe und Gnom, in gewisser Hinsicht passten sie zueinander, befand Wito. Es war nicht zu durchschauen, was in ihren Köpfen vor sich ging.

Daugrula kniete sich hin und gab schnalzende Laute von sich. Augenblicklich kam Balgir, ihr Taschentier, angelaufen, das beim ersten Anzeichen von Gefahr davongesprungen war und sich versteckt hatte. Jetzt legte die lange Echse sich wieder um die Schultern ihrer Herrin und ließ sich unter dem Kinn kraulen. Sie zischte aufgeregt.

Gibrax war ein Stück weiter den Hügel hinabgestiegen. Wo vor dem Kampf das Vieh gestanden hatte, befand sich ein großer Trog, der von einer frischen Quelle gespeist wurde. Der Troll riss ihn aus dem Boden und schüttete sich das Wasser über den Kopf. Dann stapfte er wieder zu den anderen. Unterwegs nahm er die Kuh von der Schulter, wischte sich mit dem Kadaver durch das Gesicht und rieb sich damit den Oberkörper trocken.

»Das ist eine gute Keule«, stellte er fest. »Vielseitiger als ein Baum. Gibrax wird sie behalten.«

Wito legte die Hand an die Stirn und seufzte.

»Fressen Trolle denn keine Menschen?«, fragte Skerna unbefangen und wie aus reiner Neugier. »Bitte entschuldige, wenn dich das beleidigt. Aber ich habe das auch immer gehört!«

»Früher mal«, räumte Gibrax ein und verzog verlegen den Mund. »Barbarische Zeiten das. Heute sind Trolle zivilisiert und viel schlauer. Gibrax schlägt Menschen nur auf Kopf und nimmt ihr Vieh. Dann ziehen Menschen neues heran, und Gibrax kommt bald wieder mit Keule und holt noch mal was zu essen. Wenn man Menschen selber frisst, wird man nur einmal satt. Trolle haben viel gelernt seit dunklen Tagen.«

»Aber diese Kuh willst du nicht essen?«, fragte Darnamur und wies auf den Kadaver, den Gibrax als neue Waffe erkoren hatte.

»Gibrax ist satt«, sagte der Troll.

»Aha!«, stellte Wito triumphierend fest.

Gibrax hob die Schultern und zog den Kopf ein. »Manchmal haut Gibrax zu fest zu. Und Mensch hier sah nicht aus, als hätte er Vieh. Lohnte wirklich nicht, ihn liegen zu lassen. Gibrax war nur vernünftig und wollte nichts verschwenden.«

»Warum auch nicht«, befand Darnamur. »Wenn sie blutrünstige Bestien wollen, sollen sie auch welche bekommen. Komm, Wito. Sammeln wir unser Gepäck wieder ein.«

»Was ist mit deinen Wunden?«, wandte Daugrula sich an den Troll. »Brauchst du Hilfe?«

»Oh«, sagte Gibrax. Er blickte an sich herab und zupfte sich den Pfeil aus der Schwarte an seinem Oberkörper. Anscheinend hatte er ihn ganz vergessen.

Dann hob er den Arm und spannte den Muskel, sodass der zweite Pfeil, der darin steckte, mit vernehmbarem Knacken zersplitterte. Auch die Reste dieses Geschosses zog Gibrax heraus und ließ sie achtlos zu Boden fallen.

»Großartig.« Daugrula seufzte. »Und die Spitze steckt noch in deinem Fleisch.«

Gleichmütig zuckte Gibrax die Achseln. »Eiter drückt raus«, sagte er.

»Also gut. Meinetwegen. Dann brechen wir jetzt auf.«

»Wir müssen unsere Taschen ausbessern«, wandte Wito ein.

Daugrula schüttelte den Kopf. »Keine Zeit. Die Nacht ist kurz, und es ist wichtiger denn je, dass wir diese Gegend schnell hinter uns lassen. Nehmt das Wichtigste mit, und was ihr in den kaputten Ranzen nicht mehr unterbringen könnt, muss eben hier bleiben ...« Daugrula zögerte kurz und fügte dann hinzu: »Aber versteckt es irgendwie. Wenn die Menschen morgen ihre toten Söldner finden, sollten sie nicht zu viele Rückschlüsse auf unsere Schar ziehen können.«

»Wir stecken es einfach den Toten in die Taschen«, schlug Skerna eifrig vor. »Es wird eine Weile dauern, bis die Menschen daraus die richtigen Schlüsse ziehen. Wenn überhaupt ...«

»Ich frage mich, was für Schlüsse die Menschen ziehen, wenn

sie im Gepäck der Toten einen von deinen Unterröcken finden.« Darnamur grinste.

»Ich habe gar keine Unterröcke dabei«, erwiderte Skerna. Als Darnamurs Grinsen nicht verschwand, ergänzte sie: »Ich trage niemals Röcke im Einsatz, wie du ganz genau weißt.«

In aller Eile sammelten die Gnome ihre verstreuten Besitztümer ein, Seile, Steigeisen und Kletterhaken, Vorräte und Wasserschläuche, einzelne Werkzeuge und etwas Kleidung zum Wechseln ... Das meiste davon sortierten sie aus und stopften es in die Taschen der Toten und in deren Gepäck, das sie in der Scheune fanden.

»Hohoho«, sagte Darnamur und hielt einen gekrümmten Gegenstand hoch. Er klappte ihn aus, und die Gefährten erkannten, dass es sich um ein Rasiermesser handelte. Darnamur nahm es mit.

Dann brach der Trupp auf, und Daugrula wies ihnen wieder den Weg, ohne sich noch einmal umzudrehen. Ihre graugrün gestreifte Echse kletterte von Daugrulas Schultern und legte sich der Nachtalbe wie ein Gürtel um die Taille.

Werzaz wurde durch die Bewegung aufmerksam und meinte: »Den feigen Wurm da können wir auch gleich hierlassen.«

»Balgir tut, was ich von ihm erwarte«, sagte Daugrula. »Immerhin trägt er mein ganzes Gepäck. Er kann nicht kämpfen, aber er kann sich und mein Eigentum in Sicherheit bringen.«

»Unser Gepäck kann er auch gern tragen«, sagte Darnamur. »Wir mussten einiges zurücklassen, was wir auf Keladis bestimmt gut hätten brauchen können.«

»Geschieht euch recht, ihr feigen Kröten«, knurrte Werzaz über die Schulter zurück. »Verpissen wolltet ihr euch wie räudige Ratten und uns allein gegen die Bitaner antreten lassen. Dachtet wohl, ihr seid auch so kostbare Taschentiere wie das von der Frau Albe. 's wär nur recht gewesen, wenn's euch gleich Brust und Kehle aufgerissen hätte statt nur den Ränzel.«

»Mal langsam«, sagte Darnamur. »Wir sind nur Kundschafter, keine Krieger!«

»Apropos Kundschafter«, meldete Wito sich zu Wort. »Wo war

bei diesem Hinterhalt eigentlich unsere großartige Luftaufklärung?«

Baskon, der Wardu, kreiste unter dem Himmel. Im Osten ging die Sonne auf, und der Reiter auf seinem Mantikor badete bereits in goldenem Licht, während unten auf dem Boden eben erst die Morgenröte anbrach.

Es war Zeit, zu seinen Gefährten zurückzukehren, aber Baskon liebte diese Augenblicke, wenn das Leben auf den Gehöften von Bitan erwachte und die Menschen sich regten. Er war gezwungen, im Dunkel zu wandeln, doch er gehörte nicht zu den Finstervölkern. Einst war er ein Mensch gewesen, hatte auf einem Hof gelebt wie jenen, die hier überall zwischen den Feldern und Weiden im nördlichen Bitan standen.

Einst war er gewesen wie *sie*, und im Zwielicht am Abend und am Morgen konnte er zurückkehren und sehen, was sich in seiner alten Heimat tat.

Die geflügelte Chimäre unter ihm sträubte sich, als das Licht ihr in die Augen stach und ihren Löwenleib reizte. Auch sie war ein Geschöpf der Nacht und schätzte die Sonne nicht, aber der Wardu führte sie mit eisernem Willen.

Baskon kreiste so hoch über dem Land, dass vom Boden aus nur mehr eine schmale, schwarze Silhouette zu erkennen war, wie ein ferner Vogel. Aber Baskon konnte seine Sinne weiter ausstrecken als jeder Mensch, und keine Einzelheit dort unten entging ihm.

Die Begrenzungen des menschlichen Leibes hatte er hinter sich gelassen. Unter diesem Helm waren keine Augen mehr. Vielmehr war es der Klang seiner Seele selbst, unter dem die Rüstung sanft erzitterte, der Klang, der den Stahl zusammenhielt und als menschenähnliche Gestalt wandern ließ. Vor unzähligen Jahren, vor Jahrtausenden schon, hatte Leuchmadans Macht den Geist aus Baskons vergehendem Körper gefangen und mit jenem mächtigen Artefakt verschmolzen, das er nun zurückholen sollte – mit Leuchmadans Herz.

Die Magie dieses Herzens war es, die Baskons Seele am Leben erhielt, und die Essenz der Grauen Lande speiste es und verlieh ihm Kraft. Und so, wie das Herz zu jeder Zeit den Klang seiner Seele spiegeln und auf andere Dinge übertragen konnte, wie es ihnen Geist und Regung verlieh und sie zu *Baskon* werden ließ, so waren auch Baskons Sinne nicht mehr an den Leib gebunden. Er konnte sie mit dem Klang ausschicken und anderswo wirksam werden lassen.

Es hatte lange gedauert, bis Baskon sich an diese Existenz gewöhnt hatte und seine neuen Fähigkeiten zu meistern lernte. Er blickte damit hinab auf das Land, in der Hoffnung, einen Eindruck zu erhaschen, Menschen zu sehen, sich zu erinnern. Es war schwer, festzuhalten, was man gewesen war, wenn man keinen Körper besaß und nichts geblieben war von dem, was man einst für sein Selbst gehalten hatte.

Eine Regung am Boden fing Baskons Aufmerksamkeit.

Von einem kleinen abgelegenen Gehöft lösten sich mehrere Gestalten. Baskon fühlte das Leben, das Pulsieren der kleinen Herzen, das Patschen bloßer Füße. Ein kleines Mädchen war es, das die Gänse zur Weide trieb.

Baskon hatte keinen Mund mehr, der lächeln konnte.

Das Mädchen entfernte sich von dem Haus, näherte sich einem schmalen Streifen Wald und trieb die Gänseherde hindurch. Baskon verfolgte aufmerksam ihren Weg. In einiger Entfernung sah er eine kleine Wasserfläche glitzern, einen Tümpel. Vielleicht wollte das Gänsemädchen dorthin.

Neugierig ließ Baskon den Mantikor tiefer hinabtauchen und sog die Eindrücke auf. Ja, einst war er selbst ein Kind gewesen, ein Bauernjunge, weit südlich von hier. Als Erbe eines ärmlichen Hofes hatte er Schweine gehütet, hatte sie immer in den Wald getrieben, als er kaum älter gewesen war als dieses Kind.

Das Mädchen mit den Gänsen kam wieder zwischen den Bäumen hervor und lief über eine karge Wiese, voll von Gestrüpp und trockenen Kräutern. Baskon lenkte den Mantikor über das Kind, doch so hoch, dass es nicht das Schlagen der Schwingen hörte.

Auf der anderen Seite fiel die Wiese in eine feuchte Senke ab, und das Mädchen ließ die Gänse ausschwärmen und blickte sich suchend um. Da! Baskon sah einen Felsen, nicht weit von ihr, wo sie sitzen und ihre Vögel im Auge behalten konnte.

Baskon wartete, was das Mädchen als Nächstes tun würde. Hatte sie eine Flöte dabei? Baskon hätte es gefallen, den Klängen zu folgen, denn Klänge schlugen eine Brücke zu dem, was er jetzt war.

Die Sonne stieg rasch höher. Die Schatten am Boden wurden zu klaren Silhouetten, und die Dämmerung wich dem frühen Morgen. Es wurde Zeit, zu seinen Begleitern zurückzukehren. Es wurde Zeit, diesen Ausflug zu beenden. Immerhin bekam er jeden Abend, jeden Morgen aufs Neue Gelegenheit, diese Erfahrung zu wiederholen.

Baskon fasste seinen Speer, und mit einer einzigen entschlossenen Bewegung schleuderte er ihn hinab. Es war eine kurze, plumpe Waffe, ganz aus Stahl geschmiedet und mit einer langen, scharfen Spitze versehen. Es war kein gezielter Wurf, doch Baskon lebte in dem Metall – er ließ es leben.

Er lenkte es im Flug, und er selbst war es, der dem Mädchen beim Schlüsselbein in die Brust fuhr, mitten durch das pochende Herz und über dem Becken am Rücken wieder heraus.

Tot bin ich, Tod bring ich, sang Baskon, der Wardu.

Er lenkte Rujan zum Boden hinab, um seine Lanze zurückzuholen und sein Reittier fressen zu lassen.

3. Kapitel: Unterwegs nach Keladis

»Der kluge Wichtel beklaut den Nachtalb und treibt mit Goblins seinen Schabernack.

Der dumme Gnom beklaut die Goblins und treibt mit Alben seinen Schabernack.

Den Unterschied zwischen Trollen und Zwergen kann man sehen, aber nicht riechen.

Den Unterschied zwischen Menschen und Goblins kann man riechen, aber sonst kaum erkennen.«

Sprichwort der Elfen

Grenzlande, 28 nLR, 8 Tage vor Blütenmond

Die Luft roch nach Regen. Feine Tautropfen bildeten sich auf den Gräsern und setzten sich auf die Stiefel der Wanderer. Dunst wolkte in den kahlen Senken und breitete seine Schleier über den krautigen Grund. Die Gefährten bewegten sich durch karges Heideland, gingen um Inseln von Blüten und Buschwerk und zerklüftete Findlinge herum, die sich da und dort aus dem Gras hoben.

Besorgt blickte Daugrula sich um. »Wir brauchen einen Unterschlupf für den Tag.«

Es war noch tief in der Nacht, und seit die Gefährten Bitan hinter sich gelassen hatten, war der Mond geschwunden und nahm nun wieder zu. Wann immer seine Sichel sich ihren Weg durch die Wolkenfelder schnitt, zeichnete sie Schattenmuster in die Landschaft.

Bisher hatte die Schar jede dämmrige Stunde genutzt, um voranzukommen. Daugrula führte sie, bis sich am Horizont ein grauer Streifen zeigte und Gibrax unruhig wurde. Erst dann suchten sie einen Unterschlupf für den Tag. Aber seit drei Nächten zeigte Daugrula jeden Morgen mehr Sorge.

»Wir haben reichlich Zeit«, wandte Wito ein. »Die Menschen erwachen frühestens in einer Stunde.«

»Oh ja«, pflichtete Werzaz bei. »Und unser zarthäutiger Stampfer da hinten wird auch nicht gleich zu Stein werden, wenn Lucan seinen Arsch über den Horizont schiebt. Dafür bist du ja dabei, Albe.«

»Du hast nicht die leiseste Ahnung, weshalb ich dabei bin, Goblin.« Daugrula wandte sich Werzaz zu.

Der Goblin hatte sich von seinen Verletzungen erholt, die er im Kampf bei der Scheune davongetragen hatte. In den Tagen danach war er ruhiger und träger gewesen, als Wito ihn kannte. Aber inzwischen war er wieder ganz der Alte, was nicht unbedingt ein Vorzug war. Nur die Schulter knackte noch bei mancher Bewegung.

Balgir kletterte auf seiner Herrin herum, bis er den Goblin wieder sehen konnte. Werzaz tauschte einen funkelnden Blick mit der schlanken Echse.

»Wir müssen nicht nur an Menschen denken«, fuhr Daugrula fort. »Die Grenze der Elfenreiche ist nah, und einen Elf täuscht man nicht so leicht.«

Sie machte kehrt und ging weiter. Balgir kletterte wieder über ihren Leib und bohrte seine Krallen durch Daugrulas dünnes Kleid, bis seine Herrin ihn gereizt hochhob und ihn sich über die Schulter legte. Der Kopf der Echse lag nun auf Daugrulas Rücken, der Schwanz hing vorne bis zum Oberschenkel der Albe herab. Hinten stützte sich Balgir mit den kleinen Vorderbeinen ab, reckte den dreieckigen Kopf und sah zu Werzaz, der gleich hinter Daugrula ging.

Werzaz erwiderte den Blick und versuchte, das Taschentier

niederzustarren. So ging das schon seit Tagen, seit dem Kampf mit den Bitanern. Balgir fand anscheinend Gefallen an diesem Zweikampf, während der Goblin ihn mit größter Verbissenheit führte. Die riesigen Augen im kleinen Kopf der Echse stierten so hypnotisch, dass die Gnome sich unwillkürlich abwandten, wenn sie zufällig an Werzaz vorbei einen Blick von ihr auffingen.

Daugrula achtete nicht auf das heroische Kräftemessen in ihrem Rücken. Sie überließ ihrem Vertrauten die eine Schulter und sprach über die andere nach hinten: »Die Wälder bieten uns kein sicheres Versteck mehr. Wir sollten sie meiden. Außerdem benötigen wir einen geeigneten Unterschlupf für eine längere Spanne. Eine Höhle vorzugsweise. Es ist an der Zeit, dass die Gnome sich vom Rest des Trupps trennen und ihre eigentliche Aufgabe erfüllen.«

»Haben wir Keladis schon erreicht?«, warf Skerna ein.

Daugrula zuckte die Achseln. »Wir sind noch gut zwei Nachtmärsche entfernt. Aber ein Goblin oder ein Troll können unmöglich näher heran, ohne entdeckt zu werden. Ab der nächsten Nacht führt der Weg durch den Elfenwald.«

»Es ist erstaunlich genug, dass wir seit der bitanischen Grenze auf niemanden mehr gestoßen sind«, sagte Wito und wies mit dem Daumen über die Schulter zurück. »Ich weiß wirklich nicht, wie Ihr ein Versteck finden wollt, in dem sich *das da* unauffällig unterbringen lässt.«

Gibrax, der Troll, ging als Letzter und in immer größerem Abstand zu seinen Gefährten. Er trug immer noch seine geliebte neue Waffe, die Kuh, die inzwischen nur noch ein Haufen Knochen war, von einer aufgequollenen Masse fauligen Fleisches zusammengehalten, von Fliegen umschwirrt und von Maden wimmelnd. Dabei stank der Kadaver so grauenhaft, dass selbst Werzaz schneller ging, wenn der Troll hinter ihnen dichter aufrückte.

Daugrula seufzte und ließ den Trupp Halt machen.

»Also gut. Ich kümmere mich darum. Gibrax muss das Ding jetzt loswerden, und dann suche ich mit ihm zusammen eine Höhle oder einen Spalt. Trolle haben ein Gespür für solche Dinge.«

Am Horizont zeigte sich schon ein zartrosa Schimmer, als sie endlich ein geeignetes Versteck fanden. Es war ein schmaler Spalt in einer Hügelflanke, der tief in das steinerne Mark der Erde reichte. Der Eingang lag gut getarnt hinter überhängendem Gesträuch und Moos.

Daugrula stapfte entschlossen in das dunkle Loch, ohne sich nach ihren Gefährten umzuwenden.

Es war schwer gewesen, Gibrax seine Lieblingswaffe zu nehmen. Er hatte sich gesträubt und mit Daugrula gestritten, und erst als er nach der Albe hatte schlagen wollen und der glitschige Kadaver dabei seinen Fingern entglitten war, hatte er eingesehen, dass die Kuhkeule ihre beste Zeit hinter sich hatte.

Daraufhin hatte der Troll sie in eine flache Grube gelegt und mit großen Felsen bedeckt. Mit etwas Glück würden Anwohner, die zufällig vorbeikamen, nichts finden, was sie auf die Spur der Gefährten brachte.

Allerdings hatte Gibrax sich anschließend störrisch geweigert, die Überreste der verwesten Kuh von seinem Leib zu waschen. Als er jetzt als Letzter in den Spalt trat und den schmalen Zugang fast gänzlich abschloss, wurde es unerträglich eng und muffig in der Höhle. Schon nach kurzer Zeit marschierten sie alle wieder hinaus und versammelten sich vor dem Eingang.

Daugrula setzte sich auf den Boden und atmete tief durch. Balgir rutschte von ihr herunter und landete theatralisch, alle viere von sich gestreckt, auf dem Rücken und regte sich nicht mehr. Gibrax spähte misstrauisch zum östlichen Horizont.

»Es wird Zeit für Zauber«, sagte er. »Sonne kommt.«

»Du brauchst keinen Zauber mehr«, antwortete Daugrula. »Die Höhle ist tief und dunkel, und du wirst ohnehin eine Weile hierbleiben. Wenn die Sonne dich stört, verkriech dich einfach.«

Doch während die fünf anderen sich in einem kleinen Kreis niederließen, blieb Gibrax hinter ihnen am Höhleneingang stehen.

Daugrula streckte die Hand aus. Balgir zuckte zusammen und wirbelte herum, aber Daugrula erwischte ihn am Rückenkamm.

Sofort verwandelte sich Balgir in einen langen Lederbeutel; die Füße wurden zu Schnallen, die sich zu Griffen verbinden ließen, der Schwanz zu einem langen Tragriemen und der Kopf zu einer verschnürbaren Öffnung.

Diese Tasche war nicht größer als das ursprüngliche Tier. Sie maß vom Kopf bis zum Schwanz nicht einmal so viel wie Werzaz und war selbst am Bauch kaum dicker als eine Schlange. Aber aus diesem kleinen Ranzen hatte Daugrula schon mehr hervorgeholt, als eigentlich hineinpassen konnte. Darnamur nahm seinen Mut zusammen und stellte eine Frage, die die Gnome schon länger beschäftigte: »Was ist das eigentlich für ein Tier?«

Daugrula schaute kurz zu ihm hinüber und antwortete: »Das ist kein Tier. Das ist Balgir, du törichter Gnom.«

Sie löste die Schnur, kramte in der schmalen Tasche, brachte einen zierlichen Tiegel zum Vorschein und rieb sich ein wenig von der Salbe darin ins Gesicht. Ein herber, frischer Duft drang bis zu den anderen, und Gibrax in seiner Wolke aus Fliegen und Miasma murmelte etwas Unverständliches und rümpfte die Nase.

»Also ist es bald so weit«, stellte Skerna fest. »Wir holen Leuchmadans Herz. Wie kann es überhaupt vom Körper getrennt sein? Und wenn es den Elfen vor so langer Zeit in die Hände gefallen ist, warum haben sie Leuchmadan dann nicht getötet?«

»Pass auf, was du sagst, Pisspottkriecher«, knurrte Werzaz.

Daugrula hob die Hand und gebot dem Goblin, sich zurückzuhalten. »Eine gute Frage«, sagte sie. »Ihr müsst wissen, wonach ihr Ausschau zu halten habt. Ich kann euch nur bis an die Mauern von Keladis führen, aber im Inneren der Festung seid ihr auf euch allein gestellt.«

Sie blickte kurz zu Boden, strich ihr Gewand glatt und erklärte dann: »›Leuchmadans Herz‹ ist nur ein Name. Es ist kein Herz, kein pochender Klumpen Fleisch. Ein magisches Herz ist ein Gegenstand, der die Lebensenergie seines Besitzers trägt und ihm mancherlei zauberische Fertigkeiten verleiht. Viele Zauberer fertigen sich ein solches Artefakt, aber natürlich ist jenes, welches Leuchmadan geschaffen hat, besonders mächtig.«

»Habt Ihr auch ein magisches Herz?«, fragte Skerna. »Ihr seid eine Zauberin.«

Daugrula schüttelte den Kopf. »Noch nicht. Ein magisches Herz ist den Mächtigen vorbehalten, seine Erschaffung erfordert besondere Kräfte und Fähigkeiten. Wenn wir unseren Auftrag vollenden, wird mir womöglich die Macht verliehen, eines zu erschaffen.«

»Warum?«, wandte Darnamur ein. »Ich meine, was für Vorteile bringt Euch das? Ihr seid doch jetzt schon eine mächtige Zauberin.«

»Danke«, bemerkte Daugrula mit gekräuselten Lippen. »Diese Worte, aus dem Mund eines Gnoms, bedeuten mir sehr viel. Nun, ein magisches Herz bietet viele Vorzüge, weswegen jedes magische Geschöpf von Rang eines begehrt. Doch am bedeutsamsten ist der Schutz, den es vor Leuten mit schnellen Dolchen gewährt: Solange das magische Herz die Lebensenergie seines Schöpfers bewahrt, wird dieser nicht sterben. Seine Wunden schließen sich von selbst, und sogar sein toter Leib wird stets wieder erwachen, solange das Herz an einem sicheren Ort geborgen ist.«

»Womit wir wieder bei der entscheidenden Frage wären«, stellte Wito fest. »Die Elfenfestung Keladis kann man wohl kaum als sicheren Ort für Leuchmadans Herz bezeichnen. Warum also haben seine Feinde es nicht zerstört, wenn sie Leuchmadan damit schaden können?«

»Oho, kleiner Gnom«, erwiderte Daugrula. Sie lächelte nun offen, und in der heranziehenden Morgenröte schimmerten die feinen Zähne blutig rot in ihrem Kindergesicht. »Was weißt du schon, an welchem Ort Leuchmadans Herz am sichersten geborgen wäre? In Daugazburg, meinst du? Selbst in den alten Tagen hat Leuchmadan diesen kostbaren Schatz nicht in der Hauptstadt verwahrt. Und wer weiß: Vielleicht gibt es anderswo Leute, denen noch mehr daran gelegen wäre als den Elfen, Leuchmadans Herz ein Leid anzutun.«

»Bei mir wäre es jedenfalls sicher«, behauptete Werzaz. »Mein Leben für Leuchmadan! Ich werde sein Herz behüten und in seine Hände legen, auch wenn alle fahlhäutigen Steinhaushocker von hier bis zu den Grauen Landen es mir wieder entreißen wollen!«

»Nun, erst müssen wir es erringen«, sagte Daugrula. »Ich beschreibe es euch, so gut ich kann. Also, hört gut zu, ihr Gnome!

Leuchmadans Herz ist in einem kleinen Kästchen geborgen. Das Behältnis glänzt wie Silber und ist mit kunstvollen Ornamenten bedeckt.« Mit den Händen maß sie eine Größe ab, die vage dem Kopf eines Gnoms entsprach. »Dieses Kästchen ist der Grund, weshalb die Elfen und die Menschen und die übrigen Feinde Leuchmadans sein Herz nicht zerstört haben. Denn es lässt sich nicht öffnen, und es wurde in Leuchmadans geheimen Werkstätten mit dem Blut der Grauen Lande gehärtet.

Diese gewaltige Magie macht das Metall unzerstörbar. Nur die Quelle des Blutes könnte die Schatulle auflösen und das magische Silber weich und geschmeidig machen. Aber die Quelle des Blutes liegt in unserer Heimat, und sie ist geheim und für Leuchmadans Feinde nicht zu erreichen. Daher ist Leuchmadans Herz selbst in den Händen seiner Gegner vollkommen sicher.«

»Gut«, befand Werzaz. »Ich hoffe, die Schweine ersticken vor Ärger darüber. Dann können wir das Herz einfach aus ihrer Festung holen und zurückkehren.«

»Ich fürchte, ganz so einfach wird es nicht«, sagte Daugrula. »Die Macht, die in dem Kästchen steckt, ist auch ein Grund, warum unsere Gegner bisher nichts unternommen haben, um Leuchmadans Herz zu zerstören. Leuchmadans Herz liegt in dem Behältnis, und über das Herz kann Leuchmadan alle Macht kontrollieren, die es aufgenommen hat. Aber unsere Feinde hoffen, selbst die Herrschaft über das Kästchen an sich reißen zu können.

Ihr müsst verstehen: Das Kästchen ist beständig mit der Quelle des Blutes verbunden, daher zehrt es an der Lebenskraft der Grauen Lande. Die Macht, die es dabei in den letzten Jahrhunderten aufgenommen hat, muss unvorstellbar sein. Wer auch immer diese Macht kontrolliert, beherrscht die Grauen

Lande – und womöglich noch viel mehr. Jeder König der Elfen, oder auch der Menschen oder der Zwerge, könnte mit diesem Kästchen zum König aller Völker werden.«

»Die Grauen Lande sind öd und wüst«, sagte Wito nachdenklich. »Ich habe die reichen Ländereien gesehen, die die Menschen ihr Eigen nennen, und die Elfen sollen in üppigen Wäldern leben. Ich kann mir nicht vorstellen, dass in den Grauen Landen so viel Lebenskraft steckt.«

»Nein«, sagte Daugrula. »Die Lebenskraft der Grauen Lande steckt nicht im Land, sondern in dem Kästchen. Deshalb steht Daugazburg heute in einer Einöde. Am Tage der letzten Schlacht wirkte Leuchmadan einen großen Zauber und ließ seine Schatulle alle Macht an sich ziehen, damit sie ihm zu Gebote stünde. Doch dann wurde Leuchmadans Verbindung zu dem Kästchen auf geheimnisvolle Weise unterbrochen. Jetzt muss er es erst wieder in die Hand bekommen, bevor er sich der Macht darin bedienen kann.

In der Zwischenzeit konnte er nicht einmal den letzten Zauber aufheben, den er darauf gewirkt hat. So zehrt und zieht es noch heute die Lebenskraft aus dem Land und sammelt sie. Bedenket, all die Macht, die nötig wäre, um die Grauen Lande auf tausend Jahre grün und fruchtbar zu machen, ist inzwischen in diesem Kästchen verwahrt!

Sollten allerdings Leuchmadans Feinde das Kästchen zerstören, ginge die darin gesammelte Lebenskraft auf immer verloren. Alle Opfer der Grauen Lande wären umsonst gewesen. Schlimmer noch: Da es nur in der Quelle des Blutes vernichtet werden kann, würde alle darin gesammelte Lebenskraft mit einem Mal freigesetzt. Durch ein solches Übermaß an Magie würde das Blut der Erde vergiftet, und die Grauen Lande blieben auf Dauer aller Lebenskraft beraubt. Auch deshalb ist es so wichtig, dass wir Leuchmadans Herz zurückbringen.«

»Und wenn wir es zurückbringen«, fragte Wito, »kann dann die Lebenskraft der letzten Jahrhunderte zurückgegeben werden und die Grauen Lande grün machen?«

Daugrula zuckte die Schultern. »Vermutlich. Wenn derjenige, der die Macht über das Kästchen erlangt ... wenn Leuchmadan die Kraft darin auf diese Weise zu nutzen gedenkt.«

Ein lautes Gähnen erklang hinter ihnen. Gibrax beschirmte die Augen vor der aufgehenden Sonne und zog sich langsam in die Höhle zurück.

Werzaz meldete sich wieder zu Wort: »Was soll dieses Elfengeschwätz von Grün und Zauberei, Albe. Erzähl uns lieber von Leuchmadans Herz, vom kostbaren Schatz unseres Meisters! Bisher haben wir nur von dem Kasten gehört, in dem es liegt.«

»Mehr werdet ihr auch nicht zu sehen bekommen«, sagte Daugrula. »Denn, wie ich schon sagte, das Kästchen lässt sich nicht öffnen. Aber da das Herz die besondere Gabe des Besitzers widerspiegelt, kann jeder Zauberkundige erschließen, wie es beschaffen ist. Das Herz unserer Herrin Geliuna beispielsweise ist aus Gold. Und Leuchmadans Herz ist ein Stein, und das muss ein wahrhaft gewaltiger Edelstein sein!«

»Ich glaube nicht, dass die Menschen an Geliuna denken, wenn sie von einem ›Herz aus Gold‹ sprechen, hörte Wito hinter sich Skerna flüstern. Sie und Darnamur kicherten leise. Werzaz' Augen aber strahlten.

»Ein fetter Edelstein!«, zischte er. »Ja! Das ist unseres Meisters würdig. Wenn ich Leuchmadan sein Herz zurückbringe, werde ich mir als Gnade erflehen, dass er mich diesen Stein sehen lässt. Ich werde ihn anbeten und küssen. Das Herz unseres Gottes ist der mächtigste Edelstein der Welt!«

»Also, ich würde mein Herz nicht in die Nähe dieser Zähne bringen«, bemerkte Skerna.

Werzaz sprang auf, jäh aus der andächtigen Stimmung gerissen. »Das würde ich dir auch nicht raten, du Sack voll Unrat!«

Er trat einen Schritt auf Skerna zu, aber der Platz war zu eng, und er kam nicht bis zu ihr. Stattdessen versetzte er Wito eine Backpfeife und stapfte wütend in die Höhle.

Ohne hinzusehen streckte Wito die Hand nach hinten und hielt Darnamur zurück. Er wusste, wie sein Gefährte reagieren würde. Witos Kopf dröhnte, aber er wollte sich nicht ablenken lassen und mehr von der Albe erfahren, solange sie in redseliger

Stimmung war. »Ihr habt uns weit mehr erzählt, als wir für unseren Auftrag wissen müssen«, sagte er. »Warum?«

Daugrula blickte Wito an. Ihre Augen waren groß, schwarz und leer wie unergründliche Brunnenschächte. »Weil am Ende dieser Reise womöglich eine Entscheidung getroffen werden muss.«

Sie beugte sich vor, und ihre Stimme wurde leiser. »Jeder hier hat seine eigenen Beweggründe, und wenn ich zugegen bin, treffe ich meine eigene Entscheidung. Aber wenn nicht, dann muss die richtige Entscheidung dennoch getroffen werden. Und wer soll das tun? Werzaz oder Gibrax?«

»Oder Baskon«, sagte Wito. »Ich bin nur ein Gnom. Auf mich wird ohnehin niemand hören.«

»Das ist richtig.« Daugrula lächelte. »Du magst ein schlauer Gnom sein, aber du bist immer noch zu klein und zu dumm, um mir im Weg zu sein. Aber deine eigene Entscheidung wirst du trotzdem zu treffen haben, und dir traue ich am ehesten zu, das Richtige zu tun, sollte ich daran gehindert sein. Sagen wir einfach, ich habe euch ein wenig von den Hintergründen erzählt und euch den Weg gewiesen, damit meine Seite zur Not einen zweiten Dolch im Ärmel hat.«

»Aber Ihr habt diese magischen Geheimnisse uns allen verraten, nicht nur Wito«, meldete Darnamur sich zu Wort. »Jeder von uns hat alles gehört und kann es verwenden und weitererzählen.«

Daugrula nickte in Richtung des Höhleneingangs und verzog spöttisch das Gesicht. »Wer hat etwas gehört? Gibrax? Solange er Worte nicht essen kann, wird er sie gleich wieder vergessen. Und Werzaz kann ohnehin nichts in seinem Kopf behalten, was sich nicht mit einem Schimpfwort verbinden lässt.«

Skerna und Darnamur lachten, nur Wito schaute nachdenklich drein.

»Wir sollten uns in die Höhle zurückziehen«, schlug Daugrula vor.

Wito seufzte, nickte und erhob sich. Inzwischen hatte die Sonne sich über den Horizont geschoben. Das rötliche Licht war klarer geworden, und die nachtsichtigen Gnome blinzelten.

»Wird Baskon uns in diesem Versteck überhaupt finden?«, fragte er.

Daugrula zuckte die Achseln. Sie hatte sich bisher bei der Wahl ihrer Wege und der Verstecke so wenig um Baskon gekümmert wie dieser um seine Begleiter. Trotzdem fand der Wardu sie an jedem Morgen wieder. Wito hatte allerdings das Gefühl, dass der Nachtalbe das zutiefst gleichgültig war.

Elfenwald, 28 nLR, 6 Tage vor Blütenmond

»Prägt euch diese Lichtung gut ein«, sagte Daugrula.

Nach einer langen Wanderung hatte die Nachtalbe ihre Begleiter vom Pfad fortgeführt. Nun spähten die Gnome auf einen schmalen freien Streifen hinaus, der von verwildertem Unterholz umgeben war. »Warum?«, fragte Darnamur.

»Dort wird Baskon euch abholen, wenn ihr das Herz habt.«

»Baskon?«, fragte Wito. »Ich dachte, wir treffen Euch wieder und gehen gemeinsam zu den anderen zurück.«

Daugrula schüttelte den Kopf. »Nein. Ich kann hier nicht warten. Es war gefährlich genug, euch zwei Nächte lang durch den Elfenwald zu führen. Sobald ich euch den Weg nach Keladis gewiesen habe, werde ich umkehren. Jeder Tag, den ich hier bei der Festung verweile, vergrößert die Gefahr, dass ich entdeckt werde.«

Wito nickte. Er konnte Daugrulas Beweggründe verstehen, und doch …

»Baskon?«, fragte er.

Daugrula hob die Schultern. »Es ist notwendig. Selbst wenn ihr das Herz bekommt, bleibt das womöglich nicht unbemerkt. Dann werden euch die Verfolger dicht auf den Fersen sein. Mit Baskon und seinem Mantikor seid ihr besser dran als mit mir zu Fuß. Zwei Tage Rückweg, mit den Verfolgern auf unserer Spur – das ist so gut wie aussichtslos.«

»Aber Baskon kann mit dem Mantikor nicht über Keladis kreisen«, wandte Wito ein. »Woher weiß er, wann wir ihn brauchen?«

»Er wird merken, wenn das Herz in eurer Hand ist«, versicherte Daugrula ihm. »Verlass dich drauf.«

Die Gnome sahen einander zweifelnd an. Darnamur ergriff schließlich das Wort: »Baskon holt also das Herz hier ab, sobald wir es haben. Meinetwegen. Aber was ist mit uns? Ich meine, wird er nicht einfach Leuchmadans Kästchen ergreifen und damit geradewegs nach Daugazburg fliegen?«

»Ein guter Einwand«, befand Daugrula. Sie schnalzte und streichelte Balgir über den Schwanz, bis das Taschentier neugierig über ihre Schulter lugte. Da strich sie ihm über den Kopf, und augenblicklich hatte sie wieder eine leblose Ledertasche auf dem Rücken hängen. Die Albe löste die Schnur, wühlte in dem Beutel herum und brachte ein winziges Ledersäckchen zum Vorschein. »Hier.« Sie drückte es Darnamur in die Hand.

Darnamur betrachtete das Säckchen misstrauisch. »Das hier soll Baskon überzeugen, uns nicht zurückzulassen?«

»Es könnte dabei helfen, ja.« Daugrula lächelte.

Darnamur warf einen Blick in das Säckchen hinein. »Aber es ist leer!«, sagte er vorwurfsvoll.

»Das ist auch gut so«, erwiderte Daugrula. »Wenn ihr euch hier mit Baskon trefft, könnt ihr euch nämlich klein machen und hineinschlüpfen. Vermutlich nimmt der Wardu lieber einen kleinen Beutel mit als drei lästige Gnome, die seinen Flug behindern und ihn ständig mit dummen Fragen behelligen.«

Einen kurzen Moment starrten Daugrula und Darnamur einander an. Die Mundwinkel der Nachtalbe zuckten. Dann lachten beide, ganz leise, denn sie waren immer noch in Feindesland.

»Ihr hättet auch eine gute Gnomin abgegeben«, befand Darnamur. »Aber wenigstens habt Ihr bewiesen, dass Ihr bestimmt kein ›Herz aus Gold‹ habt.«

Daugrula verzog das Gesicht. »Ich bin mir nicht ganz sicher, ob das nicht eine Beleidigung ist. Oder vielmehr, ob nicht zumindest eine dieser beiden Aussagen eine Beleidigung ist!«

»Nun, jedenfalls müsstet Ihr Euch dann nicht mit Heilzaubern abgeben«, erwiderte Darnamur. Er ließ offen, ob sich diese Bemerkung auf die ›Gnomin‹ bezog oder auf ein magisches Herz.

Daugrula wurde wieder ernst. »Ja«, sagte sie. »Kaum ein Nachtalb gibt sich mit Heilzaubern ab. Oder mit Naturzaubern. Das sind Pfade der Magie, die nur auf Umwegen zu Macht und Ansehen führen, und Nachtalben schätzen solche Umwege nicht. Und doch haben eben diese Fertigkeiten mich hierhergebracht.«

Skerna blickte sich um und rümpfte die Nase. »Für mich klingt das nach einem guten Grund, solche Fertigkeiten *nicht* zu erwerben!«

»Das bleibt abzuwarten«, flüsterte Daugrula.

»Genug mit dem Geplänkel«, sagte Wito ungeduldig. »Bringen wir es zu Ende, bevor die Elfen über uns stolpern. Wie gelangen wir nun nach Keladis? Und, um ehrlich zu sein, ich halte Darnamurs Einwand für berechtigt. Wird Baskon uns wirklich mitnehmen, oder lässt er uns hier bei den wütenden Spitz… hm, bei den Elfen stehen, wenn er erst mal hat, was er will?«

»Baskon wird alles tun, um Leuchmadans Herz zu erlangen«, erwiderte Daugrula. »Er wird kommen, sobald ihr es habt, so viel ist sicher. Er würde sogar versuchen, euch aus Keladis selbst herauszuholen, wenn es nötig sein sollte. Aber besser ist es, wenn ihr die Flucht allein zuwege bringt und ihn hier trefft. Was dann geschieht, wer weiß? Man kann nur einen Schritt nach dem anderen tun, und notfalls müsst ihr euch allein durchschlagen.«

»Was soll's«, befand Skerna. »Wir haben schon viele Kundschaftermissionen ohne Rückendeckung unternommen, und das hier ist auch nichts anderes. Warum sich den Kopf darüber zerbrechen? Lasst uns endlich anfangen und diesen Elfen ihr Kästchen unter dem Hintern wegstehlen!«

»Augenblick noch«, sagte Daugrula. Sie brachte ein hölzernes Röhrchen mit Schraubverschluss zum Vorschein, das sie anscheinend unbemerkt mitsamt dem Lederbeutel aus ihrer Tasche genommen hatte. »Einige Vorkehrungen sind noch nötig. Denkt daran, dass es keine Menschen sind, bei denen ihr euch einschleicht. Es sind Elfen. Ihr Gehör ist so fein, dass sie selbst euer unhörbares Flüstern und eure Pfiffe vernehmen. Ihr werdet euch kaum an ihnen vorbeischleichen können, und selbst in kleiner Gestalt dürft ihr nicht reden, wenn ein Elf in der Nähe ist. Diese Ohren sind nicht nur als Zierrat da.« Beiläufig strich sie sich über ihre dunklen Ohrenspitzen.

»Und, was wichtiger ist: Ein Elf kann einen Gnom riechen. Egal, wie klein er ist. Oder vielmehr gerade die Ausdünstung eures Zaubers in der kleinen Gestalt. Ihr mögt klein sein wie Ungeziefer, aber wenn ein Elf an euch vorbeigeht, weiß er, dass ihr da seid.«

Sie reichte das Röhrchen an Darnamur weiter. »In diesem Gefäß ist eine Paste, mit der ihr euch einreiben müsst. Sie überdeckt den Odem eurer Magie und verbirgt euch auch vor zauberischen Wesen. Zumindest in eurer kleinen Gestalt solltet ihr damit durch die Reihen der Elfen schleichen können. Ich habe die Salbe eigens in ein Behältnis aus lebendem Holz getan, damit ihr sie mitnehmen könnt.«

»Ein guter Hinweis«, sagte Wito. »Wir sollten alles zurücklassen und verbergen, was wir nicht mitnehmen können.«

Die Gnome sahen einander an. Darnamur zog widerstrebend die Rasierklinge aus dem Gürtel, die er dem toten Bitaner abgenommen hatte. Er betrachtete sie, spähte dann im umliegenden Wald nach einem Versteck und wandte sich schließlich an Daugrula. »Könnt Ihr das für mich verwahren?«

»Aber gern«, flötete die Nachtalbe. Sie ließ sich von Darnamur das Messer geben, machte eine wegwerfende Handbewegung, und die Klinge war verschwunden. »Sie ist nun in Sicherheit«, erklärte sie zuckersüß. »Niemand wird sie finden. Du kannst unbesorgt sein.«

Darnamur zuckte erschrocken zusammen, aber es war kein Rascheln im Wald zu hören. Niemand konnte sagen, ob die Nachtalbe das Messer fortgeworfen oder ob sie es mit einem Taschenspielertrick hatte verschwinden lassen. In der Tat, fand Wito, was Scherze und Schabernack betraf, konnte Daugrula es tatsächlich mit einer Gnomin aufnehmen.

Darnamur gab sich geschlagen. »Vielen Dank, gute Dame«,

erwiderte er ebenso liebenswürdig. »Ich hoffe, ich kann Euch Eure Güte noch vergelten.«

»Das erwarte ich auch, Herr Gnom.«

Daugrula strich über ihre Tasche, und Balgir erwachte zu neuem Leben. Da die Nachtalbe die Öffnung der Tasche nicht verschnürt hatte, hing der Echse nun die dünne Zunge weit aus dem Maul. Während Balgir langsam aus seiner Erstarrung erwachte, schnellte die Zunge in sein Maul zurück, sodass er erschrocken hochsprang. Vorwurfsvoll schaute das Tier zu seiner Herrin auf. Es wischte sich mit einer Vorderpfote über das Maul und züngelte, wie um zu prüfen, ob seine Zunge noch ihren Dienst tat.

Als seine Herrin ihn wieder aufheben wollte, huschte Balgir ins Gebüsch. Mit seinen graugrünen Streifen verschmolz er vollkommen mit dem Hintergrund aus Laub, und nur die großen Augen funkelten noch beleidigt unter einer Dornenranke hervor.

»Meinetwegen«, sagte Daugrula. »Wenn du lieber auf deinen eigenen kleinen Beinchen Schritt halten willst ...« Sie richtete sich wieder auf.

Auch Skerna hatte inzwischen ihre Ausrüstung überprüft. Nachdenklich strich sie noch einmal mit den Händen über ihre Kleidung, aber was sie an Metall bei sich gehabt hatte, war bei der Bitanerscheune zurückgeblieben. »Das Herz ist aus Stein und das Kästchen aus Metall«, sagte sie. »Wie sollen wir es aus Keladis herausbringen?«

Der Hinweg hatte die Gnome durch dunklen Buchenwald geführt. Der Boden unter den hohen, geraden Stämmen war frei gewesen, und sie waren unter Daugrulas Führung gut vorangekommen. Doch in der Umgebung von Keladis mischten sich Eichen und gelegentlich Ulmen und andere Bäume darunter. Diese bildeten einen Mischwald, der viel mehr Bodenbewuchs zuließ. Das Geäst wanderte weiter nach unten und verflocht sich mit Buschwerk.

In diesem Unterholz verborgen, schlichen die Gnome rings um Keladis herum. Es war eine eigenartige »Festung«, so ganz anders als die Wälle von Daugazburg oder die trutzigen Kastelle der Bitaner. Grüne und braune Gebäude mit geschwungenen Dächern schienen ineinandergebaut und übereinandergebaut zu sein, durchzogen von Parks und Gärten, die wilden Waldstücken glichen.

Die Gnome hatten Mühe, die Grenzen der Stadt auszumachen. Die Bauten sahen aus wie gewachsen, und oft schienen die Wände aus Bäumen herauszusprießen. Gerundete Formen herrschten überall, um die Fenster rankte sich Laub, und Blätter wuchsen aus den Dächern. Höfe und Zimmer, Pflanzen und Bauwerke gingen ineinander über und durchdrangen einander, so dass die ganze Stadt selbst aussah wie ein Hain. Ihre Grenzen verschmolzen mit dem umgebenden Dickicht, als wäre Keladis in den Elfenwald eingewoben worden.

Wito und seine Begleiter wollten sich erst einen Überblick verschaffen, aber oft gerieten sie unvermittelt auf eine Straße oder standen fast auf einer Türschwelle, bevor sie ihren Irrtum bemerkten und eilig zurückwichen. Zum Glück waren die Elfen Geschöpfe des Tages und bei Nacht selten unterwegs. Die Gnome sahen gelegentlich Bewegung zwischen den Häusern, aber die meisten Bewohner schliefen irgendwo hinter ihrem lebenden Schutzwall. Trotzdem blieben Wito und seine Gefährten tiefer im Wald, mieden die Ausläufer der Elfenstadt und kletterten auf Bäume, damit sie zwischen den Lücken im Geäst ein wenig weiter sehen konnte.

Auf den ersten Blick wirkte der Ort gar nicht so übel, ein ungeordnet wuchernder Urwald von Gebäuden, die als Befestigung nicht taugten und die zahlreiche Verstecke boten. *Eine Einladung für jeden Gnom*, befand Skerna.

Doch je mehr sie davon zu sehen bekamen, desto mehr empfanden sie Keladis als Irrgarten. Besonders von oben betrachtet verlor sich jede Kontur und jede Linie, und ihnen wurde klar, dass die Stadt mehr Hindernisse für sie bereithielt als Verstecke. Es gab keine Möglichkeit, diese Ansiedlung unbemerkt zu durchqueren. In ihrer großen Gestalt würden sie durch wirre Gassen und über Aufgänge laufen müssen, auf verschlungenen Pfaden mancherlei Sackgassen auszuweichen haben, bis sie irgendwann zwangsläufig von den scharfen Sinnen der Elfen entdeckt wurden, vor denen Daugrula sie gewarnt hatte.

Wenn sie es hingegen in ihrer kleinen Gestalt versuchten, dann war die Ansiedlung eine Wildnis von gewaltigen Ausmaßen, auf jedem Zoll so gefährlich und unwegsam wie die Urwaldwiese in Bitan. Die Stadt war gewiss nicht weniger lebendig als der Wald um sie her, und das war eine beunruhigende Vorstellung. Spinnen und Insekten wimmelten herum, Nachtjäger huschten durch die Luft, Vögel sammelten hoch im Geäst bereits Kraft für den nächsten Tag.

Und hinter dem Gewirr von Grün und Gebäuden ragte etwas auf, das einer Burg schon ähnlicher war: Ein weißer, schimmernder Stein hob sich dort empor, von den wildnishaften Vorstädten umbrandet. Türme krönten diesen Sockel, Rondelle und Pavillons, die harmonisch in das Gesamtbauwerk eingefügt waren, ohne scharfe Kanten und klare Konturen. Alles sah aus wie ein Schnitzwerk aus Elfenbein.

Das musste der Palast des Elfenkönigs sein, und wenn man in Keladis etwas Wertvolles suchte, fand man es vermutlich dort. Aber die Mauern der Zitadelle sahen glatt aus und hoch, und die Bauweise schien ebenso verspielt und verwirrend zu sein wie in der Siedlung davor, feingliedrig und riesig groß zugleich.

Als sie die Umgebung erkundeten, fanden die Gnome nur eine gerade Straße, die durch die Stadt bis vor die Tore der weißen Zitadelle führte. Sie war breit und mit glattem weißen Stein gepflastert und dicht gesäumt von Gebäuden. Sie wirkte auch zu dieser Stunde belebter als das übrige Keladis. Immer wieder querten Elfen die Straße oder schlenderten darauf entlang, und sogar vereinzelte Menschen waren zu Fuß und zu Pferde darauf unterwegs, hielten auf den Wald zu oder kamen bei der Festung an.

Entmutigt ließen die Gnome sich ins Unterholz sinken, dicht am Rande der Stadt. Schon ging die Sonne auf. Graues Licht sickerte durch die Gassen von Keladis, die sich wie Pfade durch ein Gehölz wanden. Die höchsten Zinnen der Festung gleißten bereits wie polierter Marmor. Bald würde die Gegend belebter werden, und die Gnome wussten nicht, wie sie bei Tag hier unentdeckt bleiben sollten.

»Wir kommen gar nicht erst hinein«, stellte Darnamur fest. »Wie sollen wir da das Kästchen mit dem Herz nach draußen bringen? Wenn wir es haben, können wir nicht mal mehr die Größe ändern.«

»Wir könnten es auf der Straße versuchen«, sagte Wito.

»Großartig«, erwiderte Darnamur. »Dort sind wir zu beiden Seiten hin eingeschlossen und stehen ungeschützt und ohne Deckung da. Die Gebäude links und rechts der Straße sind die einzigen außerhalb der Zitadelle, die glatte Steinfassaden haben. Keine Lücken und Nischen, wo wir uns verkriechen könnten.«

»In unserer kleinen Gestalt können wir uns vielleicht an den Mauern entlangbewegen.« Wito legte nachdenklich eine Hand ans Kinn.

»Es ist zu gefährlich, bei all den Gestalten, die dort unterwegs sind«, wandte Darnamur ein. »Und mit dem Kästchen in Händen können wir auf diesem Weg schon gar nicht entkommen.«

»Eins nach dem anderen«, sagte Wito.

»Wir können uns ja ins erste Elfenhaus schleichen«, schlug Skerna vor.

»Und dann?«, fragte Darnamur.

»Dann verstecken wir uns in unserer kleinen Gestalt und lauschen. Vielleicht erfahren wir etwas, was uns weiterhilft.«

»Aber unserem Ziel wären wir damit keinen Schritt näher«, sagte Darnamur. »Sie werden Leuchmadans Herz kaum in der entlegensten Hütte verwahren, und wir haben auch nicht genug von Daugrulas Salbe, um uns tagelang in der Stadt herumzutreiben.«

»Auf der Hauptstraße waren erstaunlich viele Menschen unterwegs«, stellte Wito fest. »Und das schon vor der Morgendämmerung.«

»Es gibt auch genug Elfen dort, verlass dich drauf. Es wird also schwer, uns dort entlangzuschleichen.«

»Nein, das meine ich nicht«, sagte Wito. »Abgesehen davon, dass ich es merkwürdig finde, wie viele Menschen zurzeit bei den Elfen aus- und eingehen – wenn wir bei einem dieser Menschen in die Tasche kriechen könnten, würde er uns an allen Elfen unbemerkt vorbeitragen. Die Menschen sind zu tumb, um uns zu bemerken, und in der Nähe eines Menschen fallen wir auch den Elfen nicht so sehr auf. Außerdem bin ich überzeugt davon, dass die vielen Besucher etwas mit Leuchmadans Herz zu tun haben. Mit etwas Glück tragen sie uns direkt zu unserem Ziel!«

»Du vergisst nur eins«, entgegnete Darnamur. »Die Menschen werden kaum Halt machen, um uns aufsteigen zu lassen. In großer Gestalt können wir uns ihnen nicht nähern, und klein sind wir zu langsam. Wir werden eher zertreten, als in ihre Tasche zu gelangen.«

»Wir könnten es trotzdem versuchen.« Wito sprach langsam, während er sich einen Plan zurechtlegte. »So kurz vor der Stadt werden die Menschen vielleicht nicht mehr Halt machen. Aber irgendwo auf der Anreise müssen sie rasten. Wenn wir dem Weg folgen, der von Keladis in die Menschenlande führt, dann stoßen wir irgendwann auf eine geeignete Stelle, auf ein Lager der Menschen beispielsweise.«

»Vielleicht müssen wir gar keine geeignete Stelle suchen. Wir könnten einen Menschen irgendwie dazu bringen, kurz vor der Stadt noch mal anzuhalten«, schlug Skerna vor. »Und dann schleichen wir uns bei ihm ein.«

Darnamur grinste. »Das ist es!«, sagte er. »Ich glaube, ich habe einen Plan ...«

Er holte den Lederbeutel hervor, den Daugrula ihm gegeben hatte.

»Ich hab ihn! Ich hab ihn!«, rief Darnamur mit gedämpfter Stimme. »Ist die Luft noch rein?«

Wie die Stadt selbst war auch die Straße nach Keladis von dichtem Mischwald gesäumt, von großen und kleineren Bäumen, die einen ganzen Schild aus Laub und Ästen dem Weg entgegenstreckten. Einen dieser Bäume, hoch genug, aber mit tiefen Ästen, hatten die Gnome sich ausgesucht.

Darnamur war so weit wie möglich auf einen dickeren Ast geklettert und drückte von dort aus einen kleineren Zweig nach unten, damit Wito ihn zu fassen bekam. Skerna hatte den Stamm bis fast ganz oben erklommen und behielt die Straße im Auge. Keladis lag hinter einer Biegung verborgen, doch die Gnome waren beunruhigt. Bald würde diese Straße viel belebter sein.

»Ich sehe nichts«, antwortete Skerna. Wito fragte sich, ob das eine beruhigende Auskunft war oder nicht.

Rasch knotete er den Beutel am Ende des Zweiges fest und winkte Darnamur zu. Der ließ den Zweig los, der wieder emporschnellte und schließlich wippend zur Ruhe kam. Das Ledersäcklein hing nun etwa auf Hüfthöhe eines menschlichen Reiters in den Weg hinein, ganz so, als wäre es zufällig an dem Zweig hängen geblieben.

Darnamur nickte zufrieden. »Ja, genau so! Und jetzt kriechen wir hinein.«

Nacheinander folgten die Gnome Darnamur auf den dicken Ast. Dort machten sie sich klein und kletterten dann an dem dünnen Zweig weiter bis zur Lederschnur des Beutels, an der sie sich hinunterließen. Im Beutel selbst war es dunkel und muffig, und die raue Oberfläche bot wenig Halt.

»Verkriecht euch in einer Falte«, sagte Wito. »Und haltet euch am besten an der Naht fest. Wer weiß, was gleich geschieht.«

Darnamur brummte etwas, das möglicherweise Zustimmung ausdrückte, und Skerna antwortete: »Wahrscheinlich gar nichts. Warum sollte irgendwer einen leeren Beutel mitnehmen?«

»Es weiß ja keiner, dass der Beutel leer ist, bevor er ihn nicht genommen und hineingesehen hat«, sagte Darnamur.

»Und dann wirft er ihn weg«, nörgelte Skerna. »Ich spüre jetzt schon die Kreuzschmerzen vom Aufprall.«

»Verlasst euch drauf«, sagte Darnamur: »Wenn ein Mensch sich erst mal die Mühe gemacht hat, diesen Lederbeutel mitzunehmen, dann wird er ihn nicht einfach wieder wegwerfen.«

»Still jetzt«, sagte Wito. »Vielleicht findet ja kein Mensch unseren Beutel, sondern ein Elf. Und die können uns hören, hat Daugrula gesagt.«

»Wenn ein Elf uns hier findet, sind wir eh am Arsch«, befand Skerna.

»Wie wahrscheinlich ist das schon, eine Wegbiegung von der Elfenstadt entfernt«, merkte Darnamur sarkastisch an.

Alle schwiegen. Wito glaubte, die Atemzüge und Herzschläge seiner Gefährten in der finsteren Lederhöhle widerhallen zu hören. Es knarzte vernehmlich, wenn der Beutel im Morgenwind sacht an seinem Lederriemen schwang.

Das Warten dehnte sich endlos, Zeit genug für Wito, sich all die Möglichkeiten auszumalen, wie ihr Plan scheitern konnte.

Und dann hörte er plötzlich ein lautes Grunzen. Das Säckchen wurde gepackt, zusammengedrückt und mit einem Ruck vom Ast gerissen. Wito hielt den Atem an.

Das ist kein Mensch, überschlugen sich seine Gedanken. *Das ist irgendein Tier, ein Wildschwein, wir werden gefressen, bei allen alten Gnomen …*

Und dann wurde der Beutel von plumpen Fingern aufgenestelt und die Öffnung erweitert. Tageslicht fiel herein, das sogleich wieder abgeschnitten wurde. Eine riesige Knollennase schob sich in den Lederbeutel, umrahmt von strähnigen, welligen Barthaaren, die vor Talg troffen und einen durchdringenden Geruch nach Kräutern verbreiteten. Wie die Kugeln, die sich die wohlhabenderen Menschen zum Schutz vor Ungeziefer in die Schränke hängten, befand Wito.

Die Nase senkte sich tiefer und tiefer in den Beutel, eine riesige Runkel, die selbst Gibrax' schrundigen Zinken in den Schatten stellte. Die Flanken des Riechorgans zitterten.

»Haltet euch fest«, hauchte Wito, und dann atmete das Geschöpf ein.

Ein gewaltiger Wirbel brauste durch den Lederbeutel. Skerna wurde hochgerissen und verschwand mit einem Schrei in der Riesennase.

»Skerna!«, rief Wito und vergaß alle Vorsicht. Er versuchte, eine Hand von der Naht zu lösen und seine Gefährtin zu packen. Dann erkannte er, dass Skerna schon selbst Halt gefunden hatte. Verzweifelt klammerte sie sich an struppige, schmierige Nasenhaare, die büschelweise in der Nase wucherten.

Der schnüffelnde Sog wollte kein Ende nehmen, doch dann hörte er auf wie abgeschnitten. Mit einem Schnauben zog sich die Kartoffelnase zurück, doch Skerna hatte die Haare daran schon wieder losgelassen, stürzte in die finsteren Tiefen des Beutels zurück und verschwand in einer Falte.

»Alles in Ordnung, Skerna?«, rief Wito.

»Mein Kreuz«, drang die klagende Stimme der Gnomin von unten herauf. »Ich habe es doch gesagt: mein Kreuz! Und dieses Nasenschmalz! Gibt es eigentlich Nasenschmalz? Ich wusste gar nicht, dass es Nasenschmalz gibt ...«

»HRRRMPF.« Die Gnome hörten einen abfälligen Laut von draußen, dann wurden sie plötzlich herumgewirbelt. Sie schrien durcheinander, bis das Ledersäckchen unsanft irgendwo landete.

Zum Glück dämpfte das geschmeidige Material den Aufprall.

»Darnamur«, hörte man Skerna, während stampfende Schritte sich behäbig entfernten. »Ich bring dich um. Ich bring dich um, wenn ich mich wieder bewegen kann. Das war nun wirklich der lausigste Plan ...«

Wieder wurden sie grob emporgerissen.

»Man hat uns wieder aufgehoben!«, rief Wito überflüssigerweise. »Schnell! Haltet euch an der Naht fest!«

Er hoffte nur, dass kein Elf sie mitgenommen hatte. All das Geschrei in dem Säckchen konnte ein Spitzohr unmöglich überhören! Aber ihr Plan war ohnehin schon so schiefgelaufen, dass es kaum mehr eine Rolle spielte.

»He, Zwerg«, hörten sie eine Stimme von draußen. »Du hast dein Säckel verloren.«

»Behalt's, Mensch«, knurrte eine andere Stimme, die von weiter weg zu kommen schien. »Siehst aus, als könntest du ein größeres Säckel brauchen.«

Wieder wurde die Öffnung ein wenig auseinandergezogen,

und ein blinzelndes Auge starrte zu den Gnomen hinein in die Finsternis. Dann wurde der Beutel von allen Seiten gewalkt und gedrückt und schließlich fortgesteckt.

Es wurde finster.

Grenzlande, 28 nLR, 6 Tage vor Blütenmond

Es war dunkel in der Höhle. Dunkel – aber leider nicht still.

»Glaubst du, Wardu kommt heute zurück?«, fragte Gibrax.

»Nein«, erwiderte Werzaz.

Mein Leben für Leuchmadan. So hatte er sich das gedacht. Leuchmadans Herz wollte er beschaffen und im Triumph nach Daugazburg bringen. Doch nun saß er mit einem stinkenden Troll in einer Höhle und stierte in die Finsternis.

Werzaz fragte sich, ob der Wardu überhaupt je zurückkommen würde, oder die Nachtalbe mit den drei kleinen Ratten. Eigentlich hatte auch Baskon in der Höhle warten sollen. Stattdessen hatte der Wardu nur kurz vorbeigeschaut, festgestellt, dass er sein Reittier nicht in dieser Spalte verstecken konnte, und war wieder davongeflogen.

Vier Tage, mindestens, hatte die Nachtalbe gesagt. Und sie sollten sich still verhalten und nicht auffallen.

Man schickte keinen Goblin irgendwohin, damit er sich still verhielt! Und schon gar nicht ihn, Werzaz, den besten Krieger! Er war stolz gewesen, weil man ihm eine wichtige Aufgabe anvertraut hatte: Leuchmadans Herz beschaffen! Doch er saß bloß herum. An der bitanischen Grenze hätte er mehr ausrichten können. Dort konnte er jeden Tag kämpfen, und sei es auch nur gegen ein paar von seinen eigenen Leuten, die seinen Rang in Frage stellten.

Werzaz grinste bei der Erinnerung.

Aber Erinnerung war kein Ersatz für frisches Blut an den Zähnen.

»Glaubst du, Albe kommt bald zurück?«, quengelte der Troll.

»Ich weiß es nicht, bei Leuchmadans feurigen Erzgruben … Natürlich kommt sie zurück, was soll sie auch sonst tun? Und kannst du nicht einfach so lange dein Maul halten und Ruhe geben?«

Das Maul halten und ins Dunkel stieren, wie er selbst auch …

Nein, ermahnte sich Werzaz. Das war keine Art, mit einem Troll zu reden. Andererseits, ein richtiger Streit mit Gibrax wäre wenigstens eine Abwechslung. Er tastete gedankenverloren nach dem Säbel und lächelte wieder. Es wäre Wahnsinn, vor allem in dieser engen Höhle. Eine *Herausforderung*!

Aber er blieb sitzen und stierte ins Dunkel.

Noch drei Tage. Mindestens.

Er hörte ein seltsames, patschendes Geräusch, tief aus dem Spalt. Es dauerte eine Weile, bis ihm klar wurde, dass es Gibrax war, der mit den schlaffen Speckfalten an seinem Bauch spielte und sie rhythmisch aufeinanderklatschen ließ. Aber immerhin hielt er die Klappe.

Wenn auch nicht für lange.

»Mir ist langweilig«, sagte Gibrax.

»Das ist mir egal«, antworte Werzaz.

Sie schwiegen wieder eine Weile. Die Nacht wollte nicht vergehen.

»Ich habe Hunger«, sagte Gibrax.

Werzaz musste einräumen, dass ihm *das* nicht egal war. Er umfasste den Säbel entschiedener und zog die Beine ein wenig an, so dass er rascher aufspringen konnte.

»Hättest deine verdammte Kuh halt fressen sollen, Kieselhirn. Das hätt' ja wohl 'ne Weile vorgehalten.«

»Gefühllos bist du«, beklagte sich Gibrax. »Alma war ein treues Tier. Hat viele Feinde für Gibrax besiegt. Gibrax kann doch keinen Freund essen!«

»Alma?«, fragte Werzaz überrascht.

»So nennen Menschen ihre Kühe. Alma war eine Menschenkuh, also nennt Gibrax sie Alma. Freunde brauchen Namen.«

Dieser Troll war so blöde, befand Werzaz, dass man die halbe Zeit nicht verstand, wovon er redete.

»Es gibt hier auch Menschen«, fuhr Gibrax nach einer kurzen Pause fort.

»Deshalb verstecken wir uns, du Kalkdruse. Keine Sorge, sie finden uns nicht.«

»Gibrax hat keine Sorge. Menschen klein. Gibrax stark.«

Werzaz sprang auf. »Glaubst du etwa, ich habe Angst? Ich nehme es mit jedem Menschen auf!«

»Das ist gut«, sagte Gibrax. »Dann gehen wir raus, zu Menschendorf. Essen.«

»Wir sollen uns versteckt halten, Wabbelschwarte«, widersprach Werzaz. »Das war unser *Befehl*. Wir haben einen wichtigen Auftrag.«

»Gibrax hat Hunger«, sagte der Troll. »Und Gibrax ist langweilig. Außerdem gibt es Feier bei Menschen, und Festessen. Schweine am Spieß, und Bier in Fässern ...«

»Woher willst du das wissen?«, fragte Werzaz. Misstrauisch starrte er ins Dunkel, wo er mit Goblinaugen noch die Umrisse des Trolls ausmachen konnte, der scheinbar ganz entspannt am Ende der Felsspalte saß.

»Gibrax sah Pfahl in der Ferne. Ist die Zeit, bei den Menschen.«

Werzaz versuchte, ruhig zu bleiben. *Trolle. Dämlich*, ermahnte er sich. Er kratzte sich am Kopf. Ganz langsam fuhr er fort: »Was für einen Pfahl? Kannst du vielleicht mal deutlicher sprechen?«

»Ist ein Frühlingsfest bei den Menschen«, sagte Gibrax. »Stellen weißen Pfahl mit dicker roter Spitze auf den Dorfplatz und tanzen darum. Dabei gibt es Festmahl und viele schöne Dinge. Gibrax sah Pfahl in einem Dorf, ganz in der Nähe – und heute Nacht muss Feier sein. Trolle kennen sich aus damit. In Gibrax' Heimat, Trolle besuchen gerne Menschen zu solchen Festen.«

Werzaz starrte seinen Gefährten an.

»Gibt dann Bier«, fügte Gibrax hinzu.

»Wir sind mitten im Feindesland.« Werzaz klang nachdenklich, wenn auch nicht mehr ganz ablehnend. »Und nur zu zweit. Wie sollen wir ein Dorf voller Menschen überfallen?«

»Gibt hier auch Kühe«, sagte der Troll. »Gibrax hat gerochen. Kühe sind Freunde von Gibrax und helfen gegen Menschen.«

Werzaz grübelte und schob sich einen Klauenfinger tief in die Nase. Das half ihm beim Denken. »Die drei Krieger in Bitan haben uns übel zugerichtet. Aber wir sind nicht mehr in Bitan«, stellte er fest. »Hier sind schlecht gerüstete Lande mit schwachen Menschen. Auch die Nachtalbe sagt das. Keine gerüsteten Krieger ...

Ach was! Sollen die Alben sich sorgen. Wir gehen feiern!«

»Du bist es, Strentor. Komm rein.« Eine Tür schlug zu.

»Mein Fürst ...«, sagte die Stimme des Mannes, der den Beutel mit den Gnomen trug.

»Psst«, meinte der Mann, der sie eingelassen hatte. »Nicht hier.«

Die Gnome hörten Schritte und wurden ein Stück weitergetragen. Eine weitere Tür schloss sich.

»So«, sagte der Mann, bei dem es sich anscheinend um Fürst Sukan handelte, das hatten die Gnome mitbekommen, als Strentor sich mit ihrem Beutel im Gepäck an Dutzenden von Elfenwachen vorbei zu den Gastgemächern hatte führen lassen, in denen sein Herr untergekommen war. Sie steckten immer noch in dem finsteren Sack, aber immerhin hatten sie es nach Keladis und sogar in die Zitadelle hinein geschafft.

»Wir können diesen Elfen nicht trauen«, fuhr Sukan fort. »Die Götter haben ihre Ohren nicht umsonst so spitz gemacht, sondern um uns zu warnen. Sprich also leise.«

»In Ordnung, Herr. Ich wollte melden, dass die Männer in Komfir gut untergekommen sind und weitere Befehle erwarten. Ich stehe bereit, Eure Botschaften zu überbringen ...«

»Du hast einen scharfen Ritt hinter dir, mein treuer Strentor. Komm erst mal zur Ruhe. Ich habe Wein hier.« Die Gnome hörten ein Fingerschnippen, und irgendwo im Raum gluckerte eine Flüssigkeit. Es gab also Diener in den Gemächern, aber wohl keine Elfen. Sie sollten daher gefahrlos miteinander reden können.

»Wie geht es euch?«, fragte Wito ins Dunkel. »Skerna.«

»Geht schon«, antwortete sie.

»Ich dachte, er würde mich erdrücken, als er den Beutel betastet hat«, sagte Darnamur.

»Ui ui ui, hat er dein Säckel gedrückt?«, spottete Skerna.

Vorsichtig kletterte Wito an der Naht entlang, bis er seine Gefährten erreichte. In dem zerknitterten und zusammengeknüllten Lederbeutel konnte man sich tatsächlich verirren.

»So«, erklärte Fürst Sukan soeben seinem Boten, mit dem unbemerkt auch die Gnome angereist waren. »Ich will, dass du dich erst einmal in meiner Nähe hältst. Heute Abend tagt der Rat der Freien, und Elfenkönig Perbias will angeblich eine wichtige Frage erörtern. Ich bin davon überzeugt, die Elfen wollen uns über den Tisch ziehen, und ...«

»Vergesst die Zwerge nicht«, murmelte Strentor.

Der Fürst hörte es trotzdem, denn er fragte nach: »Was?«

»Ach, nichts, Herr. Ich wollte nur sagen, dass die Zwerge bestimmt auch ihr eigenes Süppchen kochen. Die gefallen mir gar nicht. Gerade erst, kurz vor Keladis, lief mir ein Zwerg über den Weg, der ...«

»Genau«, ergriff Fürst Sukan wieder das Wort. »Wir können hier niemandem trauen. Wir sind allein. Deshalb wollte ich eine gute Schar Krieger hinter mir haben.«

»Mit Verlaub, Herr«, wandte Strentor ein. »Die Elfen haben nur Euch und ein kleines Gefolge eingelassen. Eure Krieger lagern in Komfir, der letzten Menschenstadt vor der Grenze; einen Tag entfernt bei scharfem Ritt, und gute zwei Tage Marsch. Das ist zu weit entfernt, und mit Gewalt könnten sie kaum etwas gegen Keladis ausrichten.«

»Wer weiß schon, was die Elfen vorhaben? Gegen Keladis können wir vielleicht nichts ausrichten, aber wenn die Hinterlist der Elfen einen wie auch immer gearteten Handstreich nötig macht, irgendwo dort draußen, dann möchte ich genug Schwerter zur Hand haben.«

»Schwerter, die uns zu Hause fehlen«, sagte Strentor. »Mit Verlaub, Herr, wir stehen immer noch im Krieg mit Leuchmadan und den Grauen Landen. Ihr musstet vielleicht dieser Einladung Folge leisten, denn immerhin wurde der Rat zum Kampf gegen Leuchmadan gegründet, und Ihr konntet schlecht diejenigen vor den Kopf stoßen, die uns womöglich Hilfe leisten werden. Aber gleich mit so vielen Soldaten in den Norden zu reisen ...«

»Strentor, Strentor.« Die Gnome konnten das Kopfschütteln des Fürsten förmlich hören. »Du bist mein ältester und treuester Paladin, und nicht umsonst vertraue ich es dir an, die Verbindung zwischen mir und meinen Truppen zu halten. Aber du denkst nur wie ein Krieger und verstehst nicht, worum es hier wirklich geht. Hast du nicht die Gerüchte vernommen, dass die Elfen Leuchmadans Herz wiedergefunden haben?«

»Ich habe diese Geschichten gehört, Herr«, entgegnete Strentor gekränkt. »Aber Leuchmadans Truppen habe ich an unserer Grenze *gesehen*, während dieses Herz bloß eine alte Legende ist.«

»Eine Legende mit handfesten Folgen.« Der Fürst klang verbittert. »Mein Vorfahr Lukar war es, der Leuchmadan damals besiegte. Er schmiedete das Bündnis der Freien Völker, er setzte alle Mittel seines Reiches für den Krieg ein, und er war es auch, der Leuchmadans Herz an sich brachte. Aber die Elfen haben ihn betrogen und das Herz geraubt – und damit die Menschen von Bitan um die Früchte ihres Sieges gebracht. Mit dem Herz hätte Lukar seine Macht festigen, die Grauen Lande beherrschen und Wohlstand für alle schaffen können. Stattdessen blieb das Reich arm und ausgeblutet zurück, die Fürsten beschritten eigene Wege, und die Königswürde ging verloren. Und deswegen bin ich heute nur noch Fürst von Opponua statt König von Bitan, was von Recht und Geblüt her mein wahrer Titel wäre.«

»Nun, soweit ich weiß, hat Lukar auch ohne das Herz ...«

»Ach was«, schnitt Sukan seinem Gefolgsmann das Wort ab. »Du musst die großen Linien sehen, Strentor. Die großen Linien zeigen deutlich, dass der Niedergang meines Hauses und des ganzen Reiches von Bitan einzig auf den Verlust von Leuchmadans Herz zurückzuführen ist. Und jetzt, wo das Herz wieder aufgetaucht ist, können wir diese Entwicklung umkehren.«

»Die Elfen haben das Herz«, wandte Strentor ein.

»Sie hatten es die ganze Zeit, irgendwo verborgen in ihrer Festung«, sagte Sukan. Die Gnome hörten Schritte, und die Stimme des Fürsten klang mal näher, mal weiter entfernt. »Ich weiß genau, warum sie jetzt behaupten, sie hätten es gerade erst ›wiedergefunden‹. Ein Jahrtausend lang versuchten sie, seine Macht zu beherrschen – und sind gescheitert. Jetzt aber ist Leuchmadan zurückgekehrt und fordert sein Eigentum. Die Elfen müssen irgendeinen Plan haben, der die Mitarbeit der anderen Völker erfordert. Nur deshalb haben sie den Rat einberufen und zeigen das Herz in der Öffentlichkeit vor. Aber wir lassen uns nicht länger ausnutzen und betrügen. Wir werden unsere Hände auf das Herz legen, wie die Elfen es damals nach der Schlacht von Daugazburg auch getan haben. Deswegen bin ich hier.«

Die Schritte verstummten. Sukans Stimme klang so nah, als wäre er direkt vor Strentor stehen geblieben. »Halte dich also zu meiner Verfügung. Mein Page richtet dir einen Schlafplatz her, irgendwo in meinen Räumlichkeiten. Ruh dich aus, damit du heute Abend bei Kräften bist. Nach der Versammlung weiß ich hoffentlich, mit was für einem Auftrag ich dich zurück zu den Männern schicke.«

Die Gnome hatten bisher gespannt gelauscht, nun aber schien das Wichtigste gesagt zu sein.

»Na, die Menschen haben auch so ihre Probleme«, stellte Wito fest.

»Ja«, erwiderte Darnamur. »Aber wir sollten uns um unsere eigenen kümmern. Wir müssen aus diesem Beutel raus und dann nach Leuchmadans Herz suchen.«

»Gute Idee«, sagte Skerna. »Wir warten, bis dieser Bote eingeschlafen ist. Dann können wir uns leicht absetzen. Und ihm zum Abschied noch einen lustigen Streich spielen.«

»Aber bitte was Einfallsreicheres als das übliche Schnürsenkelverknoten«, sagte Darnamur.

Wito seufzte. »Wir warten, bis er schläft, dann schlüpfen wir aus dem Beutel. Aber für irgendwelchen Schabernack haben wir keine Zeit. Wir dürfen unseren Auftrag nicht gefährden, indem wir den Menschen verraten, dass wir da sind ...«

»Och, wir können etwas ganz Unauffälliges machen. Was wie ein Zufall aussieht«, schlug Skerna vor. »Ich kann seine Schnürsenkel so verknoten, dass jeder meint, sie hätten sich von selber verheddert!«

»Menschen merken sowieso nichts«, befand Darnamur. »Wenn wir aus dem Zimmer schleichen, um unter den Elfen nach dem Herz zu suchen, ist das viel gefährlicher.«

»Wir werden nichts dergleichen tun«, sagte Wito. »Habt ihr denn gar nicht zugehört? Heute Abend soll Leuchmadans Herz gezeigt werden! Wir verstecken uns also bei diesem Fürsten und lassen uns von ihm an allen Elfenwachen vorbei in die Versammlung tragen. Dann müssen wir nur noch an dem Herz dranbleiben und uns überlegen, wie wir es fortschaffen.«

4. Kapitel: Der nicht-ganz-so-geheime Rat

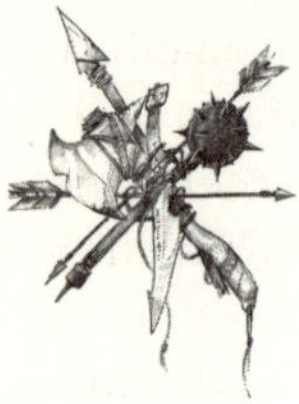

Der Rat der Freien wurde gegründet, nachdem das Bündnis der Völker des Lichts Leuchmadan niedergeworfen hatte. Das Bündnis selbst zerfiel schon am Tage nach der Schlacht, nachdem entweder die Elfen – die das Artefakt für ihre eigenen Zwecke gebrauchen wollen – oder die Zwerge – die in ihrer Gier nach Edelsteinen ganze Berge abtragen – Leuchmadans Herz in betrügerischer Weise an sich gebracht hatten.

Viele Veteranen der Schlacht hingegen waren nicht bereit, das Bündnis im Streit aufzugeben. Auch nach Leuchmadans Niederlage trieben die Finstervölker ihr Unwesen, und solange Leuchmadans Herz verschwunden war, aber nicht vernichtet, fürchteten sie seine Rückkehr. Also wurde der Rat der Freien gegründet, zunächst als Bündnis der grössten Helden des Krieges. Allerdings wurden sämtliche Fürsten und Könige der früheren Bündnisvölker eingeladen, sich dem Zwecke der Gemeinschaft anzuschliessen.

Die Fürsten von Bitan waren die Ersten, die dem Ruf folgten. Sie litten immer noch unter der Nähe der Grauen Lande, und während die ersten Helden der Menschheit im Rate bald durch Alter und Tod ausscheiden mussten, sorgten die Provinzfürsten dafür, dass der Rat nicht gänzlich den Elfen und Zwergen anheimfiel.

Aus: »Vom Grossen Kriege und seinem Erbe«
des bitanischen Chronisten Tadus Meratis

Werzaz und Gibrax lagen auf der Hügelkuppe in Deckung. Dem Troll fiel das nicht leicht, denn sein Kopf stach hervor wie ein Dolmen. Aber da die Nacht dunkel war und im Dorf helle Freudenfeuer brannten, war es unwahrscheinlich, dass man die beiden Beobachter außerhalb des Lichtkreises bemerkte.

»Krätze und Fellräude, du hattest recht«, stellte Werzaz fest. Er leckte sich die dünnen Lippen. »Ein Fest, und da wird ganz schön was aufgetragen.«

Die Mainacht war kühl, und immer wieder lugte ein milchiger Halbmond mit seinem Hof hinter den dahintreibenden Wolkenfetzen hervor. Das Dorf unter ihnen bestand aus einem Dutzend verwinkelter Holzhäuser, mit Ställen und Anbauten, die sich um eine große freie Fläche in der Mitte gruppierten.

Wie Gibrax gesagt hatte, ragte mitten auf dem Dorfplatz ein Pfahl empor, höher als ein aufgerichteter Troll. Im Schein der Feuer waberte er gelbrot, und die dicke Kugel an der Spitze ruhte schwarz in der Dunkelheit darüber. Werzaz zweifelte nicht ernsthaft daran, dass das Ding bei natürlichem Licht rot und weiß gewesen wäre, wie sein Begleiter behauptet hatte. Für ihn war allerdings wichtiger, was am Fuße des Pfahls vorging. Menschen tanzten um den Platz, Jungfrauen mit Blumenkränzen im Haar und Burschen, die mit den Händen den Takt klatschten. Die Älteren saßen an aufgebockten Tischen ringsum, plauderten, warteten auf das Essen, das an Spießen und in Eisenkesseln über der Glut garte, und vertrieben sich die Zeit so lange mit schweren, gut gefüllten Krügen.

Werzaz sah wirklich nur Bauern, unbewaffnet und wenig bedrohlich. Trotzdem war er vorsichtig.

»Bei der Scheune standen drei schmalzhäutige Menschen gegen uns sechs ... uns drei, die Rattengnome darf man nicht zählen. Da unten ist ein ganzes Dorf, und wir sind nur zu zweit. Wir brauchen einen verdammt guten Plan, damit diesmal nichts schiefläuft.«

Gibrax nickte.

»Also«, hob Werzaz an. »Du läufst zur anderen Seite vom Dorf, stürmst rein und brüllst wie Leuchmadans Dämonenhorden. Wenn ich dich höre, komm ich von dieser Seite den Hügel herunter und tu das Gleiche. Dann denken die Menschen, da kommt eine ganze brünstige Trollsippe angerannt. Da werden sie auseinanderschwärmen wie aufgeschreckte Schmeißfliegen, und wir nehmen uns alles, was wir haben wollen!«

»Das ist ein schlauer Plan«, sagte Gibrax bewundernd. »Gibrax hat verstanden.« Er nickte eifrig, stand auf und trottete los.

Es dauerte nicht lange, bis Werzaz von jenseits des Dorfes infernalisches Gebrüll hörte. Während er selbst noch mit lautem Kriegsruf den Hang hinabstürmte, in der einen Hand den Speer, in der anderen den Säbel, da sah er Gibrax auch schon in den Lichtkreis auf dem Dorfplatz treten. Der Troll trampelte wie ein wütender Kriegselefant auf den Festbaum zu und schwang wieder eine tote Kuh an den Hinterläufen über dem Kopf!

Im ersten Augenblick verharrten die Menschen wie erstarrt, dann aber schrien sie durcheinander, sprangen von den Bänken hoch oder liefen ratlos hierhin und dorthin. Einer der jungen Burschen packte sich einen Bratspieß und stellte sich dem Troll entgegen, aber Gibrax riss sein torgroßes Maul auf und grollte, dass die Grabsteinzähne vibrierten und gelber Geifer hervorsprühte.

Der Jüngling wurde kreidebleich und kippte einfach um. Gibrax trat ihn mit einer lässigen Fußbewegung an den Rand des Platzes, starrte augenrollend die noch verbliebenen Menschen an und schüttelte drohend seine Kuh.

Als Werzaz den Dorfplatz erreichte, suchten gerade die letzten Dorfbewohner das Weite. Ein junges Mädchen mit Blumen im Haar floh in seine Richtung. Es bemerkte ihn gar nicht und starrte angsterfüllt nur auf den Troll. Werzaz nutzte die Gelegenheit, packte sie beiläufig und drehte ihr den Arm auf den Rücken, so dass sie schreiend zu Boden ging. Dann schleifte er sie hinter sich her und traf sich mit seinem Gefährten unter dem Festbaum.

»Ha!«, stieß er hervor. »Das flohverseuchte Menschendorf ist unser! Jetzt lass uns Beute machen.«

Er beobachtete ein paar Menschen in einer Seitengasse. Der

Mann reichte soeben einen Säugling durch ein Fenster zu seiner Frau heraus. Die beiden stellten keine Bedrohung dar, und Werzaz beschloss, sich nicht um sie zu kümmern. Er hatte sich schon eine Schankmaid für den Abend gesichert, und das schreiende Balg sollten die Menschen ruhig mitnehmen.

Davon abgesehen war das Dorf leer, und niemand leistete Widerstand.

»Gute Feier!« Gibrax strahlte und mahlte mit den Zähnen. »Guter Anfang!«

Werzaz wandte sich seiner Gefangenen zu, die taumelnd auf die Füße kam. Er ließ sie los und schlug ihr mit dem Speer auf die Schulter, so dass sie wieder zusammenbrach und wimmernd liegen blieb. Dann rammte er ihr den eisenbeschlagenen Stiefel in den Rücken und stieß ihr den Speer zwischen die Schulterblätter – so fest, dass es stach, aber nicht fest genug, um sie zu verletzen. Ein paar dunkle Blutstropfen sickerten in ihr weißes Festtagskleid, wo die Spitze die Haut ritzte.

»Hör zu, Menschenweib«, knurrte er. »Du wirst mich heute Abend bedienen. Wenn du fliehst, wird dieser Speer dich einholen und deinen Rücken durchbohren, so dass du vorne seine Spitze anschauen kannst, während du stirbst. Hast du mich verstanden?«

Er schlug die Frau noch einmal klatschend mit dem Speerschaft. Sie kreischte und nickte.

Werzaz wandte sich ab. Er hatte nichts hier, um seine neue Sklavin zu binden und gefügig zu halten. Aber sie war ein junges Mädchen, nach menschlichen Maßstäben fast noch ein Kind. Für den Abend sollte sie eingeschüchtert genug sein.

Werzaz setzte sich an einen der leeren Tische. »Fraß!«, brüllte er. »Trank!«

Gibrax gesellte sich zu ihm. Er hielt seine Kuh an allen vieren und grub ihr genüsslich die Zähne in den Bauch. Blut und Gedärme quollen aus seinen Mundwinkeln und klatschten zu Boden. Der Troll kaute schmatzend.

Die Menschenfrau schlug die Hände vors Gesicht und taumelte würgend zum Rand des Platzes.

»Ah, Gibrax!«, rief Werzaz schalkhaft. »Sind Kühe nicht deine Freunde? Seit wann isst du deine Freunde?«

»Diese Kuh hat noch keine Feinde für mich erschlagen«, entgegnete Gibrax. »Ist kein Freund, nur Beute.«

Er zertrat die Bank auf der anderen Seite des Tisches in kleine Stücke und ließ sich mit überkreuzten Beinen darauf nieder. Werzaz wischte mit dem Säbel die Reste des Menschenmahles fort. Er wollte sich frisch auftragen lassen. An diesem wundervollen Abend hatte er keine Lust, sich mit Resten abzugehen.

»Eine gute Kuh«, sagte er. »Aber ich mag lieber Gesottenes. Und Gebratenes. Vor allem, wenn es so reichlich vorhanden ist wie hier!«

Gibrax warf die Reste seiner Kuh zur Seite, und sie landete irgendwo jenseits des Lichtkreises. Schleimige rote Fäden troffen von seinem Maul, Fleischbrocken und stinkende Darmschlingen hingen in seinen Zähnen. »Werzaz hat recht. Gibrax will gebratenes Schwein. Sag deinem Menschen, Gibrax will gebratenes Schwein am Spieß!«

»Sag's ihr doch selbst, du maulfauler Rinderheld«, brummte Werzaz gut gelaunt.

Seine Schankmaid trat zitternd an den Tisch, zwei große Holzkrüge mit schäumendem Bier in der Hand. »Der Braten ist noch nicht durch ...«, flüsterte sie.

Werzaz schaute das Mädchen an, dann seine Hände. Er konnte ihr schlecht eine Ohrfeige verpassen, um sie von ihrer Dummheit zu kurieren, weil sie dann gewiss das Bier verschüttet hätte. Also nahm er nur die Krüge entgegen und brüllte sie an: »Willst du mich für dumm verkaufen, du strohgefüllte Arschbacke? Bring mir Braten, und mein Freund will ein ganzes Schwein! Aber schnell und keine Ausreden!«

Er kippte das Bier aus seinem Krug in einem Zug hinunter und schob Gibrax das andere hin. »Und neues Bier!«, brüllte er der Frau hinterher und fügte, einer plötzlichen Eingebung folgend, hinzu: »Und zwar alles auf einmal, sonst gibt's Schläge!« Er grinste. Fürwahr, das war eine Feier! Etwas ganz anderes, als still in einer Höhle zu sitzen und die Zeit abzuzählen. Aber in guter Gesellschaft wäre es noch lustiger gewesen, und der einzelne Troll zählte nicht wirklich als solche, auch wenn Werzaz ihm dankbar sein musste.

Gibrax schielte mit einem Auge auf den Bierkrug und fasste vorsichtig mit zwei Fingern danach. Das Holz zersplitterte, sobald er es in seine Pranke nahm, und das Bier spritzte ihm über die Hand. Auf seinen plumpem Fingern sah es aus, als wären in dem großen Krug nur wenige Tropfen gewesen.

Werzaz lachte grölend über Gibrax' dummes Gesicht.

Der Troll schüttelte den Kopf. »Was für ein Spielzeug ist das? Gibrax will richtigen Becher! Sag deiner Menschenfrau, sie soll Gibrax *richtigen* Becher Bier bringen.«

»Sag's ihr doch selbst«, knurrte Gibrax.

»He, Menschenfrau«, brüllte der Troll. »Bring Gibrax richtigen Becher Bier. Nicht so einen Fingerhut.«

Die Frau schaute sich suchend um, aber die Krüge, die sie an den Tisch getragen hatte, waren schon die größten im Dorf gewesen. Seufzend stand Gibrax auf.

»Menschen dumm«, befand er. »Menschen sehen Bierkrug nicht, wenn sie direkt davor stehen.«

Er erhob sich und stapfte auf das Mädchen zu. Das schrie auf und wich vor ihm zurück.

»Gibrax holt sich Bier selbst«, sagte er. »Menschenfrau kümmert sich um Essen.«

Er packte ein Fass und klemmte es sich unter den Arm, und nach kurzem Nachdenken rollte er auch noch ein zweites neben sich her zum Tisch zurück.

»He, Menschin!«, rief Werzaz fröhlich. »Hör nicht auf den Steinbeißer. *Ich* will immer noch einen Becher.«

Gibrax schnippte des Fass auf und setzte es an wie einen Bierkrug. »Ah«, keuchte er zufrieden.

Endlich schleppte die Frau in rascher Folge gebratenes Geflügel, große flache Brote und einen Kessel mit Bohneneintopf und Schmorfleisch an den Tisch. Mit dem Schwein am Spieß hatte sie Schwierigkeiten. Der schwere Braten fiel ihr in den Dreck, und sie verbrannte sich die Finger an der zischenden

Schwarte, als sie versuchte, ihn aufzufangen. Werzaz brüllte vor Lachen, aber als das Mädchen Anstalten machte, Stücke von dem Schwein abzuschneiden, sprang Gibrax entsetzt auf.

»Schöner Braten!«, rief er. »Menschin verdirbt ja alles!«

Er holte sich also auch sein Fleisch selbst ab, und Werzaz beruhigte sich wieder und fing an zu schmausen. Den Eintopf ließ er stehen, weil an diesem Abend Überfluss herrschte und er keinen Anlass sah, die Bohnen aus dem Essen herauszupulen. Die Brote reichte er Gibrax zum Mundabwischen. Das neue Bier schob er beiseite.

»Habt ihr nichts anderes in eurem armseligen Weiler?«, herrschte er die junge Frau an. »Etwas, das brennt?«

Sie verschwand in einem Haus und brachte zwei bauchige Tonflaschen herbei. Werzaz nahm einen tiefen Zug, keuchte und spuckte.

»Aaah!« Er spie aus. »Das ist ein rechter Goblinbrand.« Er lächelte und zupfte der Menschenfrau den verrutschten Blumenkranz auf dem Kopf zurecht. »Gutes Mädchen. Für so einen Tropfen komm ich vielleicht noch mal mit ein paar Freunden wieder.«

Dann setzte er die Flasche erneut an.

Das Essen war gut, die Getränke auch, und selbst die Menschen hier schienen etwas zu taugen. Das Mädchen drückte mitunter die verbrannte Hand an die Brust und wimmerte leise, aber es biss die Zähne zusammen und fügte sich.

Mit der richtigen Ausbildung ließe sich eine gute Sklavin aus der Frau machen, dachte sich Werzaz. Aber er hatte keine Ketten dabei, um Gefangene mitzunehmen, und keine geeigneten Gefährten und auch sonst keine Möglichkeit, Sklaven den ganzen weiten Weg zurückzutreiben.

Er seufzte und trank weiter. Nun, er musste sich damit abfinden. Das war keiner der üblichen Raubzüge mit einem getreuen Pack, das war ein richtiger Krieg. Dafür musste man Opfer bringen. *Mein Leben für Leuchmadan*, dachte er. Plötzlich waren diese Worte wieder mit Leben erfüllt, ganz anders als noch vor wenigen Stunden in dem schäbigen, finsteren Spalt.

In einem Krieg konnte man eben nicht alles mitnehmen. Man musste genießen, was der Augenblick bot, bevor die Pflicht einen weitertrieb.

Nachdenklich schluckte er den Schnaps und biss in ein Huhn.

»Ihr Trolle nehmt wohl nicht viel Beute mit? Keine Sklaven?«

»Baaah.« Gibrax schüttelte sich. »Gibrax will keine Menschen in seiner Höhle. Wuseln einem zwischen den Beinen rum, und man tritt drauf und überall Flecke. Muss man sich auch drum kümmern und für sorgen, und warum?«

»Na, zum Arbeiten«, sagte Werzaz. »Sklaven halten dem Krieger die Hände frei.«

»Trolle lassen Menschen da, wo sie sind«, meinte Gibrax. »Da arbeiten sie von selbst, und wenn Menschen fertig, holen Trolle Speisen ab. So alle froh.«

Da war was Wahres dran, an den Worten des Trolls. Aber trotzdem ... »Ich mag die Menschen auch nicht besonders, aber manchmal sind sie eben nützlich«, führte Werzaz seine Gedanken weiter.

»Ja«, stimmte Gibrax ihm versöhnlich zu. »Brauen gutes Bier und pflanzen Braten an. Aber Spielverderber sind sie. Nehmen alles zu ernst, und man kann ihnen nicht den Rücken zudrehen.«

Beide nickten einvernehmlich.

Das brachte Werzaz auf einen Gedanken. »Was, wenn die Menschen hier wiederkommen?«, fragte er.

»Hä?«, sagte Gibrax.

»Ich meine, das kann uns das Fest versauen«, stellte Werzaz fest. »Wir sind nur zu zweit, und wenn die Menschen neuen Mut schöpfen und versuchen, uns zu vertreiben, dann müssen wir heut Nacht noch mal ran. Kann ich mir wirklich verflucht Schöneres vorstellen, als nach dem Saufen und Fressen noch zu arbeiten.«

»Menschen kommen nicht zurück, solange Trolle im Dorf sind«, antwortete Gibrax. »Nicht, solange es dunkel ist. Wir haben Menschen Angst gemacht.«

»Mag sein«, sagte Werzaz. »Aber jetzt ist nur ein Troll im Dorf. Das reicht vielleicht nicht. Ich finde, wir zünden ihre elenden Baracken hier an. Dann sehen sie gleich, mit wem sie es zu tun haben. Außerdem haben sie dann keinen Grund mehr, zurückzukommen, weil's nicht mehr viel für sie zu holen gibt. Und Licht und Wärme für die Feier kriegen wir auch davon.«

»Werzaz ist so schlau«, stellte Gibrax mit leuchtenden Augen fest. Er sprang von seiner zertrümmerten Bank auf. »Komm, machen wir Feuer. Sind nur armselige Menschenfeuer bis jetzt. Gut genug für Fest von kleinen Leuten, aber nicht für Trolle! Das wird Gibrax sich merken.«

Sie erhoben sich, klaubten Scheite aus den Feuerstellen und schleuderten sie dann durch die Fenster in die umliegenden Gehöfte.

Bald loderte der Brand hoch empor. Rot brauste die Lohe rings um den Platz, und Funkenregen überschüttete sie und tauchte ihr Gelage in den Schein der Ekstase. Gibrax und Werzaz ließen das Essen bald sein und prosteten sich zu, Bierfässer gegen Schnapsbecher, und wann immer etwas zu Bruch ging, schaffte die Menschenfrau neue Sachen herbei.

Tränen verschleierten ihre Augen.

Zunächst beachtete Werzaz das nicht. Als dem Mädchen aber Rotz und Wasser übers Gesicht liefen und ihr Schluchzen so gar nicht zu seiner und Gibrax' Stimmung passen wollte, geriet er in Wut. Sein Arm schoss vor, und er schloss zwei Klauenfinger wie eine Zange um ihre Wangen.

Er blickte die Menschenfrau an und bleckte die Zähne.

»Glaubt ihr etwa, es ist normal, dass die Goblins im kargen Gebirge und in steinigen Öden wohnen, und ihr Menschen hier auf fettem Land sitzt?«, zischte er sie an.

Die Frau versuchte den Kopf zu schütteln, aber Werzaz' erbarmungsloser Griff ließ es nicht zu. Ein erstickter Laut entfloh ihrer Kehle.

»Ihr sitzt auf *unserem* Land, merkt euch das, Frau«, sagte er. »Unser Jagdgrund, den unsere Vorfahren frei durchstreiften, noch bevor ihr hier eure Häuser gebaut habt. Und irgendwann holen wir es uns zurück. Ist es nicht recht und billig, wenn wir in der Zwischenzeit mitunter vorbeikommen und unsere Pacht eintreiben?«

Er riss der Jungfer den Blumenkranz aus dem Haar und hängte ihn sich selbst über das unversehrte Ohr, rümpfte dann die Nase und schleuderte ihn auf den Boden. »Unser Land, merkt euch das!«, brüllte er.

Dann stieß er die junge Menschenfrau von sich und beachtete sie nicht weiter. Er setzte die Flasche an die Lippen.

Schweigend trank er weiter, bis sein Ärger verflog und er einen angenehmen Schwindel im Kopf verspürte. Er wandte sich wieder an Gibrax. »Das issie Art der Trolle?«, fragte er. »So feiern ihr immer mittie Menschen?«

Gibrax beugte sich vor und antwortete: »Nichanz so. Nich allein. Suchen Kumpel, gute Trollkumpel, einszwei Schtück. Und dann gehn feiern.«

»Oooh«, sagte Werzaz. »Sinnoch auch gute Gumpel, nich', Gibraxsss? Nur die Menschn ...« Er wollte auf die Frau zeigen, aber seine schwankende Hand fuhr ziellos herum und deutete ins Leere. Schließlich entdeckte er seine Sklavin wieder. Sie schlich über die Hauptstraße davon, auf dem schmalen freien Streifen zwischen den lichterloh brennenden Häusern. »Nur die Menschn ...«, meinte er dann. »Sind scho Schpielverderber. Scho grieschgramig für 'ne Feier.«

Gibrax blickte hinter der fliehenden Frau her und wandte sich dann gleichmütig ab. Er drückte seine vier Riesenfinger pathetisch gegen die Brust. »Liegt hieran«, sagte er. »Menschen scho eng im Herz. Können nur Freude han, wenn se uns nichzt abgebn müschn ... Wenn Drolle feiern und Schpas han, wolln Menschn knauschern und gönn unsch nichts ...«

»Ja, kein Schpasss ...«, bestätigte Werzaz. »Is besser feiern ohne die Mensch.«

Und sie vergaßen die Menschen und widmeten sich dem, was diese zurückgelassen hatten. Gibrax und Werzaz feierten ihr Frühlingsfest, im roten Schein der flammenden Häuser, die langsam herabbrannten und den Festplatz mit dichten Rauchschwaden umhüllten. Und sie tranken und sangen Troll- und Goblinlieder, und sie dachten nicht mehr an morgen.

Die Sitzung hatte begonnen. Vorsichtig lugte Wito über die Kante des Westensaums, in dem er sich versteckt hatte.

Jetzt, wo die großen Leute ihre Gespräche begonnen hatten, musste er nicht mehr befürchten, von den Elfen gehört zu werden. Daugrulas Salbe schützte sie auch vor deren magischem Spürsinn. Trotzdem mussten die Gnome ständig in Deckung bleiben, denn ein scharfes Auge konnte sie auch in ihrer kleinen Gestalt noch entdecken.

Wito blickte über einen runden Tisch mit schwerer steinerner Platte hinweg, um den sich mindestens ein Dutzend Leute versammelt hatten. Aus seinem Blickwinkel verloren sich manche der riesigen Gestalten schon in der Ferne, aber er erkannte unzweifelhaft die haarigen Umrisse von Zwergen, elegante Elfen und Menschen wie den Fürsten, in dessen Kleidung er und seine Gefährten sich versteckt hatten.

An der Seite machte er eine Reihe hoher Bogenfenster aus, durch die helles Tageslicht hereinfiel. Mehrere der Fenster reichten bis zum Boden und stellten Türöffnungen dar, die zu einem Söller hoch über der Stadt führten. Der Ratssaal, in dem die Fürsten tagten, wäre für die Gnome selbst in ihrer natürlichen Gestalt riesig gewesen. Rings um die ausgedehnte Tafel herum blieb reichlich Platz, auf dem elfische Diener herumgingen, den Gästen nachschenkten oder kleine Speisen anreichten. Dazu gab es neben dem Haupteingang noch eine kleine Seitentür, die anscheinend in eine Küche führte – doch ansonsten, von einigen wenigen notwendigen Einrichtungsgegenständen abgesehen, war die Halle schmucklos und kahl, ein weiter leerer Raum aus poliertem weißen Stein, der gerade deshalb umso majestätischer wirkte.

Fürst Sukan streckte die Beine, und Wito fing einen kurzen Blick von Darnamur auf. Die beiden verständigten sich durch eine Geste. Er konnte nur hoffen, dass seine Begleiter vernünftig blieben.

»... der Anlass unserer Versammlung.« Mit einer ausholenden Bewegung wies der weiß gekleidete Elf, der die Sitzung eröffnet hatte, auf den Tisch. Ein rechteckiger Block stand darauf, der von einem Seidentuch verhüllt war, und als der Elf das Tuch wegzog, kam ein silbernes Kästchen zum Vorschein.

»Leuchmadans Herz!«, verkündete der Elf. Es war König Perbias selbst. Als Zeichen seiner Würde trug er einen glitzernden diamantbesetzten Silberreif in seinem langen Goldhaar, und die spitzen Elfenohren standen ein wenig von seinem schmalen hellen Gesicht ab.

Ein breit gebautes Geschöpf mit langen geflochtenen Haaren, die sich mit dem rotblonden, gewellten und gefetteten Bart vereinten, beugte sich über den Tisch. Wito fiel erst jetzt auf, dass der Zwerg auf seinem Stuhl stand. »Ich höre gar nichts pochen«, sagte er. »Ist Leuchmadan etwa tot?«

König Perbias verzog den Mund, als hätte der Zwerg einen Witz gemacht, den er schon hundertmal gehört hatte. »Im Inneren dieses Kästchens befindet sich ein Edelstein, und er wird Leuchmadans Herz genannt, weil das Leben des Dunklen Herrschers daran gebunden ist. Wir reden hier über Magie, nicht über Körperfunktionen, Herr Zwerg.«

»Warum holen wir den Stein dann nicht raus?«, fragte der Zwerg und kniff ein Auge zusammen, während er das Kästchen musterte. »Und für Euch bin ich Bellacris, Thane des hohen Zwergenkönigs Anxasa und seine Vertreterin hier im Rat. Ihr würdet mich wohl als *Dame* bezeichnen, *Herr* Elf.«

Wito spürte, wie der Mensch, in dessen Kleidung er saß, ein Räuspern in der Kehle unterdrückte, und König Perbias war aus dem Konzept gebracht und stotterte. Doch da erhob sich am anderen Ende des Tisches, fast schon außer Sicht und zudem hinter Wolken von Pfeifenrauch verborgen, ein weiterer Mensch. Sein Gesicht schob sich über den hohen spitzen Hut, den er vor sich abgelegt hatte. »Eine gute Frage, *Dame* Zwerg. Und zugleich auch der Vorschlag, den ich der hohen Versammlung heute unterbreiten wollte ...«

»Was ist das für ein Bursche?«, fragte Fürst Sukan seinen Nachbarn. »Gehört der eigentlich zum Rat? Er sitzt zwischen Elfen und Zwergen, aber er ist keins von beidem.«

»Das ist Gulbert der Zauberer«, flüsterte Sukans Sitznachbar, ein älterer Fürst der Bitanerlande. Er zwinkerte nervös. »Gulbert gehört zum Rat, seit ich denken kann. Wie es heißt, ist er eines der Gründungsmitglieder ...«

»Großartig, Gulbert!«, sagte Bellacris. »Diesem Vorschlag will ich gerne folgen.« Sie zog eine zweischneidige Axt unter dem Tisch hervor, zögerte und fragte: »Oder hat jemand den Schlüssel zu dieser Kiste?«

»Wenn es einen Schlüssel gibt«, erwiderte Gulbert der Zauberer, »dann befindet er sich irgendwo in den Grauen Landen. Genau wie jedes andere Mittel, das Kästchen zu öffnen und an Leuchmadans Herz zu gelangen. Ihr könnt Eure Axt also ruhen lassen, Bellacris.«

»Na wunderbar!«, rief die Zwergin. »Und was sollte dann dein Vorschlag, wenn er sich nicht in die Tat umsetzen lässt?«

Rings um den Tisch verbreitete sich Aufregung, und die Ratsmitglieder sprachen erregt durcheinander.

»Ruhe, meine Herren!«, rief Perbias und hob die Hände.

»... und Damen!«, warf Bellacris ein.

Und als die Versammlung sich wieder ein wenig beruhigt hatte, umriss der Zauberer Gulbert seinen Plan. Einen Plan, der nicht unbedingt auf große Gegenliebe stieß und bis in die Nacht noch wütende Diskussionen nach sich zog.

Am hitzigsten Punkt der Beratung wagte Wito sich aus seinem Versteck. Der Tag war fortgeschritten, und Dämmerung erfüllte den großen Ratssaal. Der Himmel vor den hohen Fenstern war schwarz geworden, und Dunst kroch von der Stadt herauf und wischte die Sterne vom Himmel. Ein wuchtiger Kamin auf der einen Seite spendete ein wenig Licht, hinzu kamen blakende Öllampen an der Wand und Kerzen, die über den Tisch verteilt standen. Doch es reichte kaum aus, um die Halle zu erleuchten.

Die Anwesenden hielt es inzwischen nicht mehr auf ihren Plätzen. Sie liefen um den Tisch herum, fanden sich zu Paaren und Grüppchen zusammen oder schoben sich Leuchmadans

Kästchen zu, auf der Suche nach anderen Möglichkeiten und einer Schwachstelle. Wito rechnete nicht mehr damit, dass jemand die Gnome bemerkte, wenn sie nun durch die Halle liefen. Allenfalls bestand die Gefahr, dass sie unabsichtlich zertreten wurden.

Auf dem Weg an der Kleidung des Fürsten hinab sammelte Wito seine Begleiter ein. Sie verständigten sich weiterhin mit Gesten, auch wenn kaum vorstellbar war, dass selbst die Elfen mit ihrem scharfen Gehör in dem Durcheinander noch die piepsigen Stimmchen verkleinerter Gnome ausmachen konnten.

Die gewaltige steinerne Tischplatte ruhte auf einem Mittelsockel und wurde am Rand von zahlreichen schmiedeisernen Tischbeinen getragen. Wito führte Darnamur und Skerna in raschem Lauf zu einer dieser Stützen. Von dort aus sondierten sie die Lage.

Der Boden der Halle war mit Steinfliesen ausgelegt. Sie wirkten wie aus einem Stück geschnitten, trotzdem sah man schattenhafte Muster und Ornamente darin. Doch es waren keine Reliefs, und auch zwischen den Bodenplatten gab es kaum Lücken, in denen die käfergroßen Gnome sich verstecken konnten.

Darnamur wies mit dem Daumen nach oben, zum Tisch, aber Wito schüttelte den Kopf. Er machte eine abschneidende Geste und wies durch den Raum. Neben dem Kamin gab es einen finsteren Winkel, der vom Schein der rot lodernden Flammen ebenso wenig erreicht wurde wie vom letzten bleichen Schimmer von den Fenstern. Wito gab einen Kurs durch den Saal vor, deutete auf Punkte, wo sie zwischendurch Halt machen konnten, und befahl seinen Begleitern, den Weg im Laufschritt zurückzulegen.

Darnamur runzelte die Stirn, aber er folgte seinem Hauptmann, als der sich an die Spitze setzte. Zwischen Füßen und Stuhlbeinen hindurch huschten die Gnome durch die Halle, hielten an jeder Deckung kurz inne und schauten sich um, spähten nach Hindernissen, nach Leuten, die umhergingen, oder nach Elfen, die vielleicht in ihre Richtung spähten. Und dann ging es weiter, zum nächsten Halt.

Keuchend erreichten sie den Kamin, machten einen großen Bogen um den vom unruhigen Lichtkegel erhellten Teil direkt vor der Feuerstelle und tauchten in den Schatten ein. Dort drückten sie sich in den Winkel. Der Stein in ihrem Rücken war heiß, die Luft stickig, und das Feuer brauste und knisterte wie ein wilder Waldbrand.

»Was soll das?«, murrte Darnamur. »Leuchmadans Herz ist auf dem Tisch. Was wollen wir hier?«

Wito schüttelte heftig den Kopf und wies durch den Saal. Als seine Gefährten mit dem Blick seinem ausgestreckten Finger folgten, entdeckten auch sie auf halbem Weg zwischen Tisch und Wand einen elfischen Aufträger mit einem beladenen Tablett. Er bewegte sich auf sie zu, mit schief gelegtem Kopf und in leichten Schlangenlinien.

Hastig blickte Wito sich um. Es war noch nie ein Bediensteter an den Kamin getreten, außer, um Holz nachzulegen. Es gab keinen Grund, weshalb der Elf sich in ihre Richtung bewegen sollte. Kein Durchgang, keine Gäste – im Winkel neben dem Kamin befand sich nichts außer den Gnomen! Der Elf bewegte sich suchend und kam immer näher. Er musste etwas bemerkt haben.

Wito stieß Darnamur an, der verständnislos mit den Schultern zuckte. Kurz entschlossen griff Wito seinem Gefährten unter die Weste und holte das Röhrchen mit Daugrulas Paste heraus, das dieser verwahrte. Hastig verrieb er etwas davon auf seiner Stirn und reichte den Behälter an Skerna weiter. Vielleicht ließ die Wirkung des Mittels nach!

Darnamur folgte als Letzter seinem Beispiel und steckte das Röhrchen wieder ein. Es war nicht mehr viel übrig. Wenn die Wirkung von Daugrulas Salbe so rasch nachließ, konnten sie nicht mehr lange auf Keladis versteckt bleiben. Heute Nacht musste die Entscheidung fallen. Was hatte Daugrula sich eigentlich vorgestellt? Wie sollten sie so Leuchmadans Herz hier herausholen?

Der Elf hielt inne, balancierte das Tablett auf der einen Hand und strich sich mit der anderen über den Kopf. Doch er blieb misstrauisch, kam immer näher und sah sich aufmerksam um. Allerdings blickte er nicht auf den Boden. Also wusste er nicht genau, wonach er Ausschau halten sollte. Das gab den Gnomen ein wenig Hoffnung.

Behutsam tastete Wito sich an der Wand entlang und winkte seine Begleiter hinter sich her. Er schaute zu dem Elfen und versuchte, den Weg in die nächste Ecke abzuschätzen. Da fiel ihm eine winzige Pforte auf, die nicht weit vom Kamin entfernt in einen Nebenraum führte.

Wito bewegte sich rasch darauf zu, vermied aber allzu hastige Bewegungen. Sie waren klein und im Dunkeln gut getarnt, aber ein Elf bemerkte womöglich die huschende Bewegung, selbst wenn er nicht danach Ausschau hielt.

Die Tür lag in einer Nische und war so geschickt zwischen Mauerquadern und Wandvorsprüngen eingelassen, dass der Schattenwurf sie verbarg. Man konnte sie beinahe als Geheimtür bezeichnen, und vermutlich wäre sie noch weniger aufgefallen, wenn sie nicht geöffnet gewesen wäre. Der Spalt durchbrach die Linie der Mauer, und das hatte Wito überhaupt erst darauf aufmerksam gemacht.

Eigentlich hatte er seine Freunde auf diese Seite der Halle geführt, weil er dort im Schatten eine verstohlene Bewegung wahrgenommen hatte. Wito hatte seine Entscheidung schon bereut, als der Elf sich auf ihre Fährte gesetzt hatte. Aber wenn sie hier ein Geheimnis der Elfen fanden, konnte ihnen das womöglich von Nutzen sein.

Zunächst einmal mussten sie allerdings *diesem* Elfen entwischen. Zu spät wurde Wito bewusst, dass der Mann mit dem Tablett gar nicht mehr auf den Winkel am Kamin zuging, sondern ebenfalls auf die Pforte.

Ja, diese Tür musste eine besondere Bedeutung haben. Womöglich lag dahinter die geheime Kammer, in der die Elfen Leuchmadans Herz verwahrten und wo die Gnome es nach der Versammlung ganz einfach holen konnten. Im Augenblick war diese Geheimtür allerdings auch der einzige Fluchtweg für die Gnome.

Ein gewagter Fluchtweg, denn auch der Elf ging ja dorthin. Aber wenn sie draußen stehen blieben, würde er sie unweigerlich entdecken, und hinter der Tür blieb wenigstens die Hoffnung auf ein besseres Versteck. Hastig huschte Wito durch den Türspalt, gefolgt von Skerna und Darnamur.

Der Raum, in den sie gelangten, war so vollgestellt, dass er kleiner wirkte, als er war. Prunkvolle Waffen hingen an den Wänden, Kästchen und Spieluhren und zarte Gebilde aus Kristall standen auf hohen Regalen, zwischen abgedeckten Möbeln und bizarren Trophäen. Die Schatzkammer eines Königs!

Wito hätte fast einen Triumphschrei ausgestoßen, doch er blieb ihm im Hals stecken, als unvermittelt eine weitere Gestalt auftauchte. Sie trat um eine Art lakenverhüllten Kleiderständer herum und lauschte angespannt in Richtung Tür.

Das Wesen war kaum größer als ein Gnom, als ein Gnom in seiner natürlichen Gestalt. Allerdings war diese Person schlanker, und der Kopf war auch viel schmaler. Das Gesicht hatte menschlichere Züge, fast schon elfisch, doch mit kantigeren Linien, und darüber stand ein dichter Schopf aus rötlichem Haar. Ein Wichtel!

Wito fasste Skerna am Arm und zerrte seine Begleiterin in die einzige erreichbare Deckung, in die Ritze unter der einen Spaltbreit offen stehenden Tür.

Sie warfen sich zu Boden und rollten sich darunter. Wito stieß mit dem Arm gegen das Holz, und er musste sich auf den Bauch legen und ganz flach an den Boden drücken, um unter die Tür kriechen zu können. Er verabscheute Elfen und ihre fast fugenlose Bauweise!

Und was trieb ein Wichtel in dieser Kammer?

Darnamur war an seiner Seite, und gemeinsam krochen sie so schnell wie möglich weiter, um auf der anderen Seite wieder unter der Tür hervorzukommen. Da fiel ihnen auf, dass Skerna fehlte. Sie hatte sich nur ein kleines Stück unter die Türritze geschoben, gerade so weit, dass sie in Deckung war. Dann hatte sie sich wieder umgewandt und schaute zurück. Von hier aus konnte sie den herankommenden Elfen und den Wichtel im anderen Zimmer gleichzeitig im Auge behalten, ansonsten wäre die Tür im Weg gewesen. Und Skerna war neugierig.

Wito fasste sie an den Füßen und zog, und Darnamur half mit.

Wichtel hatten mindestens ebenso scharfe Sinne wie Elfen, so hieß es, und Skerna war schlau genug, nichts zu sagen. Doch sie stieß erstickte Protestlaute aus, die sich mit dem Kratzen und Schaben ihrer Kleidung auf dem Stein vermischten.

Und dann stand der Elf direkt an der Tür. Seine Füße waren dicht vor der Ritze, und der Klang seiner Schritte, verstohlen und leise in der großen Welt, übertönte die Geräusche der Gnome.

Die Tür bewegte sich.

Langsam fuhr das Holz über den Boden und riss an Skernas Weste. Die Fliesen waren leicht uneben, ebenso wie die Türkante, sodass die Ritze, in der sich die Gnome verbargen, manchmal noch schmaler wurde und sie Gefahr liefen, zermalmt zu werden.

Wito klammerte sich auf der anderen Seite der Tür fest, und auch Darnamur versuchte, sich ganz aus der Ritze herauszuziehen. Mit einem Arm und mit den Beinen hielten sie sich an den winzigen Fugen zwischen den Bohlen fest, so gut sie konnten, und zerrten Skerna hinter sich her.

»Was ist denn hier ...«, hörten sie den Elfen fragen.

»Hast du die Steine?«, wisperte eine verstohlene Wichtelstimme tief aus der Kammer.

Es gab ein lautes Gepolter, und die Gnome sahen, wie der verhüllte Kleiderständer umfiel, auf die Türöffnung zu. Im selben Augenblick bekamen sie Skerna frei. Mit einem Ruck rissen sie ihre Gefährtin zu sich. Skerna hustete, weil die Tür ihr die Brust eingequetscht hatte.

Der schwere Kleiderständer traf den Elfen und streckte ihn nieder, und sein Tablett mit allem darauf stürzte auf die Steinfliesen. Becher rollten rasselnd in die kleine Kammer und in den großen Sitzungssaal zurück.

»Wir Goblins ziehn mit Speer und Klinge
in die nächste Zwergenbinge.
Wir reißen den Frauen die Bärte raus,
ihre Krieger sind unser Festtagsschmaus ...«

Werzaz sang aus voller Kehle, als er mit Gibrax zu ihrer Höhle zurückmarschierte. Der Troll hatte den großen Festbaum mitgenommen und trug ihn als neue Keule über der Schulter.

»Das gute Waffe«, brummte er.

Werzaz unterbrach sein Lied und antwortete: »Was soll'n das überhaupt sein? So'n langes weißes Ding mit'm dicken roten Kopf oben drauf? Komisch, wassie Menschen sich so für ihre Feiern hinstelln ...«

Er taumelte gegen den Troll. Dabei riss er die Arme hoch und klammerte sich an Gibrax' Hüfte fest, bis er wieder sicher auf den Füßen stand. »Uppsa ...«

Gibrax hielt den Festpfahl hoch und schwang ihn prüfend durch die Luft. Dabei verlor er das Gleichgewicht, ließ seine neue Waffe fallen und versuchte seinerseits, sich an Werzaz festzuklammern. Sie gingen beide zu Boden, und Werzaz stieß ein ersticktes Stöhnen aus, als er unter dem aufgeblähten Leib des Trolls begraben wurde.

Gibrax richtete sich auf, aber Werzaz steckte mit einigen Zacken seiner Rüstung in einer Speckfalte fest. Gibrax zupfte sich den Goblin aus der Schwarte und ließ ihn zu Boden fallen, dann plumpste er selbst wieder auf den Hintern, und alle beide brachen in lautes Lachen aus.

Sie blieben eine Weile hocken, bis sie sich erholt hatten.

»Lässt schwer handhaben«, stellte der Troll fest. »Aber gute Reichweite. Ist gut zu schwingen. Un' mit Kugel am Ende schlag ich drei Menschenkrieger auf einmal.«

»Wennste nüchern bist, v'leicht«, sagte Werzaz.

Sie standen wieder auf. Gibrax legte sich den Pfahl über die Schulter, und Werzaz blickte sich suchend um.

»Was is' denn los?«, fragte Gibrax, und blickte auf seinen Gefährten hinab.

»Au verflisses«, lallte Werzaz. »Glaub ich doch fast, ich hab meinen Speer innem Dorf liegen lassen. Müssen wir noch mal zurück ...«

»Ach was«, entgegnete Gibrax gönnerhaft. »Ich schäl dir Span von mein' Keule. Reicht als Speer für dich.«

Er lachte, und Werzaz lachte mit.

Sie stiegen einen Hang empor, doch oben auf dem Grat blieb Gibrax plötzlich stehen. Schützend hob er eine Hand vor die Augen. Sein Gesicht und sein Arm waren mit einem Mal rot, und sie wirkten ein wenig verschwommen, wie Werzaz fand.

Er kicherte.

»Ei der Daus«, sagte Gibrax und klang gar nicht mehr fröhlich dabei.

»Was'n los?«, fragte Werzaz. Er wischte sich eine Lachträne aus dem Auge und ein wenig Sabber vom Mundwinkel.

»Da. Sonne!«

Gibrax wies über die Heidelandschaft vor ihnen und kniff die Augen zusammen. Jetzt erkannte auch der Goblin, dass der Himmel im Osten sich rot färbte.

»Ja, da ha'n wir die ganse Nacht durch'emacht«, stellte er grinsend fest. »Hassich gelohnt, aber.«

»Nein«, sagte Gibrax. »Sonne tut Gibrax weh!«

Jetzt fiel es auch Werzaz wieder ein. Stimmt. Trolle wurden in der Sonne zu Stein, wenn man sie nicht dagegen schützte! Er stieß seinen Gefährten an.

»Worauf wart'stu dann, Steinbacke? Lauf!«

Er lief los, und der Troll folgte ihm grunzend. Sie rannten über die Weiden, an kleinen Wäldchen vorbei und auf ihr Höhlenversteck zu. Es wurde immer heller, und auf den Erhebungen im Westen zeichneten sich schon Schattenkanten und gleißende Flächen ab.

Gibrax versuchte, Mulden und Rinnen zu folgen und im Schatten der Hügel zu bleiben. Doch dabei kamen sie vom geraden Weg zu ihrer Höhle ab, dem einzigen Weg, den sie kannten. Werzaz hielt inne, um sich wieder zurechtzufinden, aber sein Gefährte lief mit geschlossenen Augen weiter. Sein hastiger Schritt verriet die zunehmende Panik.

»Halt«, rief Werzaz. »Warte! Nich' da lang ...«

Er holte den Troll ein und wies ihm den Weg, indem er an dessen zerlumpter Hose zupfte.

Dann kamen sie über einen Hügel auf eine freie Fläche, die

sie überqueren mussten, und es gab keinen Schutz mehr. Als goldenes Rund stand die Sonne schon eine Handbreit über der Linie des Horizonts, und ihre Strahlen stachen so scharf, dass Gibrax mit einem Aufschrei zurücktaumelte.

Er wankte hangabwärts in den Schatten. Qualm stieg von seinem Arm auf, und an einigen Stellen hatte die hellblaue Haut sich dort grau verfärbt. Als Gibrax den Arm anspannte, blätterten die verfärbten Stellen ab wie Schuppen kranker Haut. Dunkles Blut sickerte aus den Wunden hervor.

Wimmernd hockte der Troll sich hin und umklammerte seinen Arm. Der Festpfahl der Dorfbewohner fiel zu Boden und rollte ein Stückweit den Hügel hinunter.

»Du Wurmfraßhirn!«, herrschte Werzaz ihn an. Der Goblin tanzte wie ein irrsinniger Schamane um seinen riesenhaften Begleiter herum und wusste nicht mehr weiter. Das machte ihn wütend. Und irgendwie nüchtern. »Wie konntest du das nur vergessen, mit deinem riesen Brockenkopf!«

»Hab's einfach vergessen«, erwiderte Gibrax kläglich. »Gar nicht mehr drauf geachtet.«

»Aber warum?«, fragte Werzaz. »Ich dachte, ihr Trolle habt's im Blut. Und findet immer rechtzeitig ein Versteck.«

»Die Nachtalbe ist schuld«, sagte Gibrax. »Hat mir jeden Morgen Zauber gegeben, dass ich Sonne widerstehen kann. Ich hab mich einfach dran gewöhnt.«

Natürlich.

Werzaz ließ sich neben seinem Gefährten nieder.

»Uns muss etwas einfallen. Wir sind doch schon fast bei der Höhle.«

Aber ihm fiel nichts ein, und die Nachtalbe hatte sie ohne jeden Zauber für den Troll zurückgelassen. Das Sonnenlicht kroch wie ein leuchtender Teppich auf sie zu, und der Schatten des Hügels, in dem sie kauerten, schmolz dahin wie ein Schneefeld ... nun, eben in der Sonne.

Werzaz sprang auf, rannte auf die Hügelkuppe und kam wieder zurück.

»Schatten. Ich brauche Schatten für dich!«, rief er.

Er stellte sich vor Gibrax, der sich ganz klein gemacht hatte.

»Zieh deine Hose aus«, forderte er.

»Meine Hose?«, fragte Gibrax.

»Vertrau mir«, sagte Werzaz. »Ich habe einen Plan.«

Misstrauisch legte der Troll seine zerlumpte Hose ab. Werzaz trennte sie zu einem möglichst großen Tuch auseinander und band sie an den langen Pfahl aus dem Dorf. Mit dem Säbel und Teilen seiner Rüstung spannte er den Stoff so weit wie möglich und formte eine Art Segel. Dann fasste er Gibrax an der Hand und führte ihn zu dem Pfahl.

»Und jetzt halt den Stoff über dich, so dass er Schatten wirft. Dann lauf zur Höhle, so schnell du kannst.«

Gibrax zögerte. Nur noch eine schmale Schattenzunge vor dem Hügel schützte ihn, und überall darum herum blinzelte das Heidekraut schon rosig in den jungen Morgen. Ein Flimmern über der Kuppe kündigte an, dass die Sonne jeden Augenblick auch die letzte Bastion der Nacht erstürmen würde. Mit einem Seufzer nahm Gibrax den Pfahl und hob den Stoffbaldachin hoch, und ein unregelmäßig geformter Schatten huschte irgendwo ein gutes Stück von ihm entfernt über die Wiese.

Gibrax legte die Zunge zwischen die Lippen und balancierte die Stange so lange hin und her, bis der Schatten sich auf ihn zubewegte, in den dunkleren Schatten des Hügels eintauchte und verschwand.

»Ja«, bestätigte Werzaz. »Jetzt stehst du genau richtig.«

Er sprang auf und klatschte in die Hände.

Gibrax umklammerte den Pfahl wie einen rettenden Halt, der ihn vor dem Absturz bewahrte. Dann nahm sein Gesicht einen entschlossenen Ausdruck an. Er zwinkerte Werzaz zu. »Wir sehen uns in Höhle – oder anderswo!«

Er sprang auf, stieß einen verzweifelten Kriegsruf aus und stürmte auf die Hügelkuppe. Mit seinem Sonnenschirm kam er drei Schritte weit ins Licht, und tatsächlich schwebte der Schatten des Hosenstoffs genau um ihn herum.

Doch als Schutz und Wehr taugte der Stoff so wenig wie ein dünner Wolkenfetzen.

Gnadenlos stachen die Lichtlanzen des Taggestirns durch den Stoff und malten graue, qualmende Linien auf Gibrax' Haut. Der Troll schrie auf und krümmte sich, sein Sonnensegel schwankte. Wo das Licht auf den unverhüllten Leib traf, fraß es augenblicklich große Bissen aus dem lebenden Fleisch und ließ grauen toten Stein zurück.

Verzweifelt versuchte Gibrax zu laufen, das Segel ruhig über sich zu halten, doch der schwächliche Schatten zögerte sein Schicksal nur hinaus und machte das Geschehen umso qualvoller. Statt in einem Augenblick zu versteinern, verbrannte er nun langsam. Die steinernen Geschwüre, die sich in seinen Leib fraßen, sahen aus wie festgestampfte Asche.

Gibrax' Kriegsruf wurde zu einem Schrei des Schmerzes, zu einem Laut tiefster Agonie. Bei jeder Bewegung platzte Stein von ihm ab und hinterließ grässliche Wunden. Die Sonne hatte schon so viel von seiner Substanz gefordert, dass sein Blutkreislauf stockte. Die letzten blauen Stellen auf seiner Haut wurden blasser, dann grau, und schließlich so dunkel wie Papier in der Flamme.

Gibrax strauchelte. Er krümmte sich, schlang die Arme um den Pfahl, so dass das Segel zusammenfiel und keinen Schatten mehr spendete. Mit einem letzten Ächzen erstarrte er zu Stein.

Wie eine Standarte ragte der Pfahl mit dem zerlumpten Hosenstoff über der nackten Trollgestalt auf.

Werzaz stand selbst da wie erstarrt und blickte entsetzt auf seinen Kampfgefährten, der den Goblin auch zu Boden gestreckt noch überragte. Und doch so hilflos und ... tot war.

Da näherten sich weitere Schritte dem Nebengelass. Wito und seine Gefährten blickten einander an. Skerna rieb sich die aufgeschrammte Stirn. Dann liefen sie alle an der Tür entlang in Richtung Innenkante – gerade rechtzeitig. Als die Tür ganz aufgestoßen wurde, konnten sie ihr ausweichen.

»Was ist denn hier los?«, fragte eine Stimme.

»Hm, wir ...«, kam ein piepsiges Stottern aus dem Inneren des Raumes.

»Was macht ihr hier?«, fragte jemand, und die Gnome erkannten die Stimme des Elfenkönigs.

»Und wer *seid* ihr?«, fragte jemand anderes. Die Stimme kannten sie nicht, aber es war zweifellos ebenfalls ein Elf.

»Wir …«

Weitere Stimmen drangen in die Kammer. Unter dem Türspalt hindurch sahen die Gnome Bewegung, während sie selbst hinter der Tür in Deckung standen. Die Aufmerksamkeit der großen Leute galt nicht ihnen.

Die drei krochen wieder ein Stück unter den Türspalt, bis sie sehen konnten, was auf der anderen Seite vorging.

Eine große Menge hatte sich vor der Türöffnung versammelt, in der immer noch der gestrauchelte Elfendiener mitsamt dem Kleiderständer lag. Der Elf setzte sich auf und rieb sich den Kopf.

Auf der anderen Seite, in der vollgestellten Kammer, standen zwei Wichtel, der eine mit wirrem braunen Schopf und einem Kindergesicht, das schon ziemlich gealtert wirkte, der andere mit rötlichen Locken und von etwas rundlicherem Körperbau. Beide schauten verlegen drein und kratzten sich am Kopf.

Die Gnome erhaschten auch einen genaueren Blick auf diejenigen Ratsmitglieder, die am Tisch zu weit von ihnen entfernt gesessen hatten. Perbias der Elfenkönig stand ganz vorn. Der schlanke Elf war tatsächlich ganz in Weiß gekleidet, vom seidig glänzenden Wams bis hin zu den Schnürschuhen, die in einem hochgewölbten Schnabel ausliefen.

Gulbert der Zauberer stand dicht bei ihm. Aus der Nähe betrachtet wirkte er nicht so alt, wie sein weißes Haar vermuten ließ: Der wallende Bart und die schulterlangen Haare umrahmten ein Gesicht, das voll und gesund wirkte; auf der hohen Stirn standen einige würdige Altersfalten, aber kaum Runzeln. Seine graue Kutte zeigte einen Stich ins Bläuliche – tatsächlich glich die Farbe dem Tabakrauch, mit dem sich der Zauberer so gerne umgab.

»Gredin! Sebir!«, rief Gulbert. »Warum seid ihr Chaspard nachgeschlichen? Meint ihr, euer Freund kommt nicht mal einen Augenblick ohne euch zurecht?«

»Äh«, sagte der ältere, braunhaarige Wichtel, »Chaspard hat gesagt ...«

»Genau!«, fiel ihm der Jüngere ins Wort. »Wir sind ihm nachgeschlichen! Immerhin mussten wir ja aufpassen, was ihr großen Leute mit ihm anstellt.«

»Ähm ...«, sagte der ältere Wichtel. Er blickte seinen Begleiter skeptisch von der Seite her an, schwieg aber. Und das war wohl auch klüger so.

»Das ist eine geheime Versammlung«, sagte der Elfenkönig Perbias streng. »Und wie seid ihr überhaupt hier hereingekommen?«

»Die Tür stand offen!«, erwiderte der junge Wichtel munter. »Und es hat auch gerade keiner hingeschaut.«

»Hm, hm ...«, Perbias musterte die Wichtel unsicher, dann wanderte sein Blick zu Gulbert, der hinter ihm stand und einen weiteren Wichtel bei sich hatte. Dieser dritte Wichtel wirkte drahtiger als seine Gefährten, und er war auch besser gekleidet. An seinem braunen Anzug glitzerten goldene Knöpfe, und unter dem zurückgekämmten, dunkelblonden Haar blitzten wache Augen hervor. Der Zauberer hatte dem kleineren Begleiter die Hand auf die Schulter gelegt.

Der Schank-Elf hatte sich inzwischen aufgerappelt. »Genau!«, rief er. »Mir kam irgendwas seltsam vor, in dem finsteren Winkel neben dem Kamin. Und als ich näher kam, sah ich die Tür zur Schatzkammer des Rates offen stehen. Ich wollte mir das ansehen, und da hat mich einer der Wichtel mit dem Ding in dem Laken da niedergeschlagen.«

»So, so.« Perbias blickte auf den verhüllten Kleiderständer am Boden. Die Wichtel reichten einem Elfen nur bis zum Oberschenkel, und der Kleiderständer war bestimmt fünfmal so lang wie sie. »Einer dieser *überaus kräftigen Wichtel* hat dich mit dem Kleiderständer niedergeschlagen.«

»Ich bin erschrocken und wollte mich verstecken, als er reinkam. Dabei ist mir das eingewickelte Ding umgekippt«, behauptete der jüngere Wichtel.

»Hm.« Perbias musterte den Zugang zur Kammer. »Da muss

ich wohl die Tür offen gelassen haben, als ich Leuchmadans Herz herausholte.«

»Das ist doch ganz egal!«, rief ein Zwerg, der im Hintergrund der Menge auf und ab hüpfte und versuchte, mehr zu sehen. »Die Frage ist doch: Was machen diese Kerle hier?«

»Moment«, sagte der Menschenfürst Sukan. »Der Rat hat eine Schatzkammer? Warum weiß ich davon nichts?«

»Nur einige Spenden und Beutestücke ...«, wiegelte Perbias ab. »Nichts von Belang.«

Sofort brandete die Diskussion unter den Ratsmitgliedern wieder auf. Wito atmete auf. Es sah nicht so aus, als würde in nächster Zeit jemand auf die Gnome achten. Im Augenblick achtete nicht einmal jemand auf die Wichtel, die doch viel größer waren und sich noch dazu in eine peinliche Lage gebracht hatten.

Er tippte Skerna auf die Schulter und wies auf Fürst Sukan. Auch Darnamur nickte, und gleichzeitig setzten die Gnome sich in Bewegung. Sie huschten durch die Menge bedrohlicher Füße, um wieder in den üppigen Gewändern des Fürsten Deckung zu finden.

»Frieden, Frieden, meine Herren.« König Perbias hob beschwichtigend die Arme. »Warum kehren wir nicht an den Tisch zurück?«

Wito stockte kurz und blickte sich erschrocken um, ob all die riesigen Gestalten sich wohl im nächsten Augenblick in Bewegung setzen würden.

Stattdessen hörte man eine resolute Zwergenstimme: »Und *meine Damen*!«, und der Gnom wusste, dass der Streit noch eine Weile andauern würde.

Gulbert, der Zauberer, verschaffte sich Gehör: »Wir haben wichtigere Dinge zu bereden als die Schelmenstücke von zwei Narren, die ihren Herrn nicht allein lassen können. Wir müssen die Beratung fortsetzen. Warum lassen wir diese beiden Wichtel nicht einfach als Gefolgsleute bei Chaspard bleiben und zuhören? Dann kann man sie wenigstens im Auge behalten.«

Er zwinkerte schelmisch, aber nicht jeder schien geneigt, das so gelassen zu sehen.

»Augenblick mal!«, wandte ein Mensch ein. »Dieser Chaspard ist nicht einmal ein Mitglied des Rates, sondern selbst nur geduldeter Gast. Er hat überhaupt kein Recht, Gefolgsleute an den Tisch zu bringen! Das ist ein nicht hinnehmbarer Bruch des Protokolls!«

»Gemach, gemach, meine He... äh, Ratsmitglieder. Vergessen wir nicht, dass Chaspard es war, der dem Rat Leuchmadans Herz überbracht hat. Dafür sollten wir ihm ein wenig Respekt zollen.«

»Allerdings«, warf Fürst Sukan ein. »Da fragt man sich doch, wie das Kästchen in den Besitz dieses Wichtels gelangte. Elfen und Zwerge haben wir verdächtigt, und ich wundere mich jetzt, warum niemals jemand an die Wichtel dachte ...«

Darauf hätte Wito ihm eine Antwort geben können. Unter den großen Völkern galten Wichtel so wenig wie Gnome und wurden ebenso leicht übersehen. Immerhin hatte sogar Wito selbst übersehen, dass ein Wichtel mit am Ratstisch saß.

Im Augenblick aber war er froh, dass Sukan sich auf einen Streit mit dem Zauberer einließ. So merkte der Mensch nicht, wie der winzige Gnom, geschickt in Gewandfalten verborgen, flink seine Hose emporkletterte und sich in einer Tasche verkroch.

Unten am Boden sah er Darnamur, der soeben auf den Schuh des Fürsten sprang und gleichfalls mit dem Aufstieg begann. Er überzeugte sich rasch, dass keiner von den Elfen oder den anderen großen Leuten nach unten sah. Aber die Gnome blieben weiterhin unbemerkt.

»Das sind alte Geschichten«, sagte Gulbert. »Wer auch immer damals das Kästchen stahl und warum er es tat, spielt doch heute keine Rolle mehr. Diese Wichtel jedenfalls sind so unschuldig wie jeder andere. Der Dieb ist längst tot und vergessen, und wir schulden es Chaspard, ihn nur nach seinen eigenen Taten zu bewerten.«

»Genau ...«, warf der Elfenkönig von der Seite ein.

»Und seid *Ihr* überhaupt ein Mitglied des Rates?«, fragte Sukan. »Ich wüsste nicht, dass Ihr über ein Königreich gebietet.«

Es wurde spürbar kühler in der Halle. Gulbert fixierte den Menschenfürsten mit eisigem Blick.

Unten am Boden sah Wito gerade Skerna als Letzte ankommen. Darnamur streckte ihr eine Hand hin und half ihr hinter die Stiefelschnalle – ihr bewährtes Versteck.

»Ich bin ein Veteran«, sagte Gulbert. »Und seit tausend Jahren hat niemand meine Gegenwart in diesem Rat in Frage gestellt.«

»Ein Veteran ... des ... Großen Krieges ...«, setzte Sukan an. Alle Flammen im Saal schienen schwächer zu brennen. Die Öllampen wurden zu bloßen Funken in bunten Glaszylindern, das muntere Knacken und Zischen im Kamin verstummte, und nur noch wenige rote Flämmchen leckten matt und kraftlos wie zähes Öl über die Scheite. Wito wusste nicht zu sagen, ob das Feuer schon länger so weit heruntergebrannt war oder ob es eben in diesem Augenblick zu ersticken drohte.

Die Schatten im Saal wurden dunkler, ballten sich drückend um das letzte Licht.

»Wenn ... Ihr es sagt«, flüsterte Sukan.

Die Ratsmitglieder schwiegen.

»Gut«, sagte Gulbert fröhlich. »Dann können wir ja an den Tisch zurück und die Beratungen fortsetzen.«

Unschlüssig standen Menschen, Elfen und Zwerge da. Mit einem lauten Knall barst funkensprühend ein Holzscheit im Kamin, und lustig züngelnde Flammen rankten sich daran empor. Alle zuckten zusammen.

Der Zauberer ging zum Tisch zurück und schob den Wichtel Chaspard vor sich her. Hastig folgten ihm Gredin und Sebir, die Wichtel aus der Schatzkammer.

Langsam setzten sich auch die übrigen Ratsmitglieder in Bewegung, das Gespräch lebte wieder auf, und alles war wie vorher. Perbias blickte auf die Tür der Kammer, auf sein Dienstpersonal, tat dann auch einen Schritt – und fiel der Länge nach hin.

»Jaaa!«, hörte Wito deutlich Skernas Stimme durch den gedämpften Trubel. Er spähte aus seiner Tasche heraus und sah, wie die Gnomin Darnamur angrinste, dann zu ihm hochschaute und triumphierend die Faust hob.

Perbias hatte sich halb wieder aufgesetzt und starrte überrascht auf die Riemen seines Schnürschuhs, die sich gelöst hatten und sich über den Steinboden ringelten.

5. Kapitel: Katerstimmung nach dem Maifest

Im Laufe der Jahrhunderte starben auch die langlebigen Zwerge. Als im Rat der Freien kaum mehr ein Veteran dieses Volkes vertreten war, schloss sich der Elfenkönig Perbias der Gemeinschaft an. Im Handstreich konnte er seinen Rang geltend machen, die uneinigen Fürsten von Bitan gegeneinander ausspielen und den Vorsitz an sich reissen. Seither tagt der Rat in der Elfenfestung Keladis.

In der Zeit danach wandelte sich seine Bedeutung. Die Grauen Lande und die Bedrohung durch die Finstervölker gaben den im Rat versammelten Völkern ein gemeinsames Anliegen, das jedoch immer mehr zum unverfänglichen Vorwand wurde, unter dem die verfeindeten Anführer zu gemeinsamen Gesprächen zusammentreffen konnten. Der Rat diente diplomatischen Zusammenkünften und liess einen gewissen Austausch zu, ohne strittige Positionen der anderen anerkennen zu müssen.

Unter diesem Vorzeichen ersuchten bald auch die Zwergenherren um Aufnahme. Der eigentliche Zweck des Rates der Freien ist heute beinahe vergessen, und die Herrschaft über den Rat brachte den Elfen weder Macht noch Einfluss. Der Ratsvorsitz blieb blosses Ehrenamt, denn bekanntlich ist Leuchmadan nach jener letzten Schlacht nicht wieder auferstanden, und die Bedrohung durch die Finstervölker erforderte kein strafferes Bündnis mehr.

Aus: »Vom Grossen Kriege und seinem Erbe«
des bitanischen Chronisten Tadus Meratis

Werzaz blieb bei seinem gefallenen Freund, bis der Morgen weit fortgeschritten war. Er fühlte sich unwohl bei Tageslicht, aber es schadete ihm nicht wie dem Troll. Gibrax war der beste Kampfgefährte gewesen, den er je gehabt hatte, und er vermisste ihn schon jetzt. Der Troll war ebenso gut gewesen wie jeder Goblin ... Nein, sogar besser, denn Gibrax war kein armseliger Wicht wie die meisten von Werzaz' Artgenossen, sondern ein Krieger von Rang.

Aber wie lange Werzaz hier an der Seite des Kameraden auch kauerte und den Freuden der letzten Nacht nachtrauerte, Gibrax würde nicht wieder zum Leben erwachen. Alles in allem war es ein guter Tod gewesen, befand der Goblin. Gibrax war nicht in der Schlacht gefallen, aber er war mit einem Fest und einem Totengelage abgetreten, das seinesgleichen suchte. Werzaz würde diese Nacht sein Lebtag nicht vergessen.

Der Goblin blickte auf und blinzelte gegen die Sonne.

Er vermeinte, Bewegungen am Horizont zu sehen, ein Stück entfernt an der Hügelflanke. Er ging hinter dem steinernen Leib seines Gefährten in Deckung und kroch davon.

Je tiefer er in die Senke kam, umso höher stand das Gras, und schon bald bot es ihm ausreichend Deckung. Werzaz kroch langsam weiter. Dabei achtete er darauf, keine allzu deutliche Spur durch die Wiese zu ziehen.

Wenige Augenblicke später hörte er Rufe hinter sich. Die Menschen hatten Gibrax entdeckt. Jetzt, wo die Sonne hell am Himmel stand und es schon auf Mittag zuging, wagte das feige Gelichter sich wieder aus seinen Löchern. In der letzten Nacht, als ihr Heim und ihre Familien bedroht waren, hatten sie keinen Finger gerührt. Werzaz schnaubte verächtlich. Diese Burschen waren es kaum wert, dass er sich vor ihnen versteckte. Wenn er aufsprang und sich auf sie stürzte, würden sie alle davonlaufen, bis er sie einen nach dem anderen mit dem Säbel zur Strecke brachte.

Aber das klare Tageslicht schmerzte ihm in den Augen und brannte auf seinem Kopf, und das Hochgefühl und die Kampfeslust der Nacht waren verflogen. Er fühlte sich geschwächt. Außerdem erinnerte er sich wieder an Daugrula und ihren Befehl, in der Höhle zu warten, bis sie zurückkam.

Die Höhle war nah. Zu nah. Wenn die Menschen ihn hier sahen und er sie nicht alle töten konnte, dann verlor er auch seine Zuflucht. Von hier aus könnte man ihn mühelos bis zu seinem Versteck verfolgen.

Und was würde Baskon zu ihrem kleinen Ausflug sagen?

Werzaz kroch weiter bis zu dem Gesträuch und darunter hindurch in den finsteren Spalt. Darin zog er sich an das äußerste Ende zurück. Die Dunkelheit und die Kühle taten ihm wohl. Ihm wurde bewusst, wie benommen er gewesen war, draußen, unter dem drückenden Taggestirn. Erst als er darüber nachdachte, seine Rüstung abzulegen, um sich ein wenig Erleichterung zu verschaffen, bemerkte er, dass er seinen Säbel als Teil von Gibrax' nutzlosem Sonnenschild zurückgelassen hatte.

Er fluchte unterdrückt und verstummte, als das Echo seiner eigenen Worte ihm wisperte wie die Geister von Toten. Er behielt den Panzer an, um sich selbst zu bestrafen. Sein Kopf schmerzte, und er verbrachte den Tag mit Dösen und damit, sich die Worte für Daugrulas und Baskons Rückkehr zurechtzulegen.

Keine Ahnung, wo Gibrax ist. Letzte Nacht hat er es nicht mehr ausgehalten und ist rausgelaufen.

Eine gute Ausrede. Allerdings nur, bis man seinen Säbel bei dem Troll fand, und die anderen Teile seiner Ausrüstung, die er benutzt hatte, um Gibrax' Hose aufzuspannen. Außerdem waren Ausflüchte eines Kriegers unwürdig. Er würde gar nichts sagen.

Aber seinen Säbel und die anderen Sachen würde er trotzdem zurückholen, in der nächsten Nacht.

»Was hast du dir dabei gedacht?«, herrschte Wito Skerna an. »Du hast uns alle, unsere ganze Mission in Gefahr gebracht!«

Inzwischen waren sie wieder mit dem Menschenfürsten

Sukan in dessen Quartier und vermutlich in Sicherheit. Der Fürst wünschte keine Elfen in seinen Räumlichkeiten, und die Menschen konnten Gnome in ihrer kleinen Gestalt nicht hören.

Außerdem waren die Menschen im Augenblick mit sich selbst beschäftigt. Im Hintergrund hörte man den Fürsten mit seinem treuen Gefolgsmann Strentor reden. »Sie wollen Leuchmadans Herz vernichten. Was allein schon eine große Dummheit ist. Dazu hat dieser Zauberer einen Plan entworfen, der an Wahnsinn ...«

»Ich habe nichts und niemanden in Gefahr gebracht«, erwiderte Skerna trotzig. »Dieser Elf und alle anderen waren so abgelenkt, dass es kaum eine Herausforderung war. Ich konnte es fast im Vorbeigehen erledigen!«

»Ach«, sagte Wito. »Und ohne Spuren zu hinterlassen? Wie beispielsweise verknotete Schnürsenkel?«

»Ich habe die Schnürsenkel nicht verknotet.« Skerna sprach fast so, als müsse sie ein zorniges Kind beruhigen. Dabei blickte sie Wito nicht an, sondern sah zu den Menschen hinüber, während sie fortfuhr: »Ich habe die Schnürbänder an einem Schuh gelöst und so drapiert, dass er beim ersten Schritt stolpern musste. Aber ich habe nichts gemacht, was aussieht wie ein *absichtlich geknüpfter* Knoten, wenn du verstehst. Ich bin Profi!«

Ihr Ton und ihr Verhalten ärgerte Wito fast noch mehr als das, was sie getan hatte. Aufgebracht fuhr er sie an: »Aber ausgerechnet bei einem Elfen! Bei den Einzigen, die uns bemerken können.«

»... habe nur zugestimmt, weil sie auf diese Weise das Ding Richtung Bitan bringen. Wir müssen sehen ...«, redete der Fürst im Hintergrund weiter.

»Dieses aufgeblasene Spitzohr war nun mal der Einzige in der Halle, der Schnürschuhe trug. Mir blieb keine Wahl. Außerdem, sieh es mal so: Ich habe eine gute Tat getan!«

»Hm?«, meinte Wito überrascht.

»Hast du nicht die Gesichter der anderen gesehen, als der große Elfenkönig stürzte? Für die meisten von diesem feinen

Rat war das der Höhepunkt des Abends, ein Ereignis, von dem sie noch ihren Enkelkindern erzählen werden.« Skerna grinste. »Und es war auch nicht gefährlicher als der Weg durch die Halle, den du uns eingebrockt hast. Bei dem uns der elfische Aufträger fast entdeckt hätte.«

»Aber deine komischen Scherze haben überhaupt keinen Sinn!« Hilflos hob Wito die Arme. Manchmal hatte er das Gefühl, als rede er bei Skerna und den meisten anderen Gnomen in eine große Leere hinein, in einen Raum des Unverständnisses, den er niemals füllen konnte. Er wusste nicht, warum er es überhaupt immer wieder versuchte.

»Das ist wahr«, stimmte ihm Darnamur überraschend zu, obwohl auch er über den Scherz seiner Kameradin gegrinst hatte und ihr während des Gesprächs ständig stumm Beifall zu zollen schien. »Wir sind im Krieg und nicht hier, um unseren Feinden einen schönen Abend zu verschaffen, von dem sie noch ihren Enkeln erzählen können.«

»Nun, *ich* werde meinen Enkeln auch von dem Tag erzählen, an dem ich den Elfenkönig stürzte. Und was für einen Sinn hatte Witos Unternehmen? Einmal hin und wieder zurück quer durch die Halle?«

»Wir haben dabei die Kammer gefunden, wo der Stein verwahrt wurde.«

»*Wurde*, in der Tat«, brummelte Darnamur. »Aber nach der Versammlung hat der Zauberer das Kästchen mitgenommen.«

»Nun«, räumte Wito ein. »Zumindest haben wir die Gegebenheiten ausgekundschaftet und unsere weiteren Möglichkeiten geprüft.«

»Blablabla Schönred«, sagte Skerna und wedelte geziert mit einer Hand.

»Sprich nicht so mit unserem Hauptmann«, kam Darnamur Wito zur Hilfe, auch wenn er bei diesen Worten freundschaftlich eine Hand auf Skernas Arm legte. »Wir sollten nicht streiten. Wichtiger ist doch die Frage, was wir als Nächstes tun.« Er wandte sich an Wito. »Meinst du, es war richtig, mit dem Menschenfürsten hierher zurückzukehren? Wir hätten noch in der

Halle versuchen können, zu diesem Zauberer zu gelangen. Dann müssten wir jetzt nicht umständlich nach seinen Räumlichkeiten suchen.«

Wito schüttelte den Kopf. »Wir werden nicht danach suchen.«

»Was?«, fragten Skerna und Darnamur wie aus einem Mund.

»Die Wirkung von Daugrulas Salbe schützt uns nicht mehr lange, so viel haben wir herausgefunden, und diese Nacht ist schon fast vorbei. Die Zeit reicht nicht. Selbst wenn wir Leuchmadans Herz finden und es diesem Zauberer stehlen können, so kommen wir damit nicht aus der Festung heraus.«

»Wir haben noch ein bisschen von der Salbe ...«, sagte Darnamur.

»Wir müssen es wenigstens versuchen!«, fügte Skerna hinzu. »Dafür sind wir doch hergekommen. Und wir wussten, dass es schwierig wird!«

»... traue ihnen nicht«, erklärte Fürst Sukan im Hintergrund soeben seinem Boten. »Wenn sie mich zurücklassen oder ausmanövrieren, müsst ihr notfalls ohne mich handeln. Das ist kein Problem. Sie müssen durch Komfir, denn das ist der direkte Weg nach Süden ...«

»Wir haben noch Salbe?« Wito wandte sich an Darnamur. »Genug für uns alle? Und für wie lange?«

»Ähm ...« Darnamur senkte den Kopf. »Es ist nur noch ein Rest, zugegeben. Genug für eine weitere Nacht, denke ich. Für einen von uns, vielleicht auch für zwei, wenn wir sparsam sind.«

»Was unsere Erfolgsaussichten nicht eben erhöht«, sagte Wito. »Und, Skerna: Wir wurden mit sieben Leuten ausgeschickt, um Leuchmadans Herz zu holen. Wenn nötig, sollten wir drei Gnome allein tätig werden. Aber jetzt habe ich einen besseren Plan.«

»Wie das?«, fragte Skerna überrascht.

»So eine Gruppe unterwegs ist leicht zu erkennen«, war die leise Stimme von Fürst Sukan zu vernehmen, der unentwegt weitersprach. »Wenn ich dabei bin, wird's einfacher. Ansonsten haltet ihr eben Ausschau nach ...«

»Hört ihr denn gar nicht zu?«, erwiderte Wito. »Was wurde

auf dieser Versammlung beschlossen? Sie werden Leuchmadans Herz in den nächsten Tagen fortschaffen, mit nur wenig Begleitung, weil sie auf Heimlichkeit setzen. Aber wenn wir Daugrula und Baskon davon berichten können, ist's mit der Heimlichkeit vorbei. Dann können wir sie mit dem Herz abfangen, irgendwo draußen auf dem Land, mit viel besseren Aussichten und nicht mitten in einer Festung voller Elfen, in der sich dazu noch Menschen und Zwerge zuhauf versammelt haben.«

»Wohl wahr«, räumte Skerna ein.

»Wenn uns das Herz da draußen nicht durch die Finger rutscht«, wandte Darnamur ein.

»Wir wissen, wohin sie es bringen wollen«, sagte Wito. »Also können wir die Herzdiebe jederzeit abfangen. Aber nur, wenn wir wieder zu den anderen gelangen. Das würden wir aufs Spiel setzen, wenn wir hier in der Festung noch einen verzweifelten Versuch unternehmen, das Herz zu stehlen. Deswegen bin ich mit diesem Menschenfürsten zurück auf sein Zimmer gegangen. Denn wenn er seinen Boten ausschickt, werden wir wieder in dessen Gepäck sitzen.«

Die Sonne ging unter, und der bleiche, ferne Lichtstreifen vom Höhleneingang verblasste. Werzaz wartete. Bald war der Zugang zu seinem Versteck so schwarz wie die Höhlenwände selbst, wie die feinen Risse, in denen der Felsspalt auslief und sich im Nichts verlor.

Erst als der Eingang sich erneut abzeichnete, ein silbriger Fleck, der vom bleichen Halbmond kündete, erhob der Goblin sich ächzend. Er fühlte sich gar nicht gut, und von der Stimmung des Vorabends war nichts geblieben.

Werzaz trat ins Freie. Zunächst lauschte er, aber außer den vertrauten Geräuschen der Nacht blieb alles still. Anscheinend hatte niemand sein Versteck gefunden oder auch nur danach gesucht. Er stapfte über die Wiese, aufrecht und ohne auf die Deckung zu achten. Jetzt, bei Nacht, würde er jeden Feind sofort bemerken.

Wolken flogen über den Himmel wie geschwärzter Stahl und schluckten immer wieder das schwache Mondlicht. Werzaz blickte kurz auf, aber der Wardu schien es nicht eilig zu haben mit der Rückkehr. Vermutlich war das auch besser so.

Er erreichte den gefallenen Gefährten und hielt erschrocken inne.

Man sah sofort, dass die Menschen am Tag hier gewesen waren. Der Festtagspfahl, der gestern noch zwischen den versteinerten Gliedmaßen gesteckt hatte, war herausgezogen worden. Allerdings hatten die Menschen ihn nicht zurück in ihr Dorf geschafft, sondern unbeachtet neben dem Troll liegen gelassen. Die Hose und alle anderen Dinge, die Werzaz daran angebracht hatte, waren abgerissen worden und lagen ebenfalls im Gras verstreut.

Nach kurzem Suchen fand Werzaz den Säbel wieder und strich glücklich über die treue Klinge. Diese Menschen waren schwach. Sie hatten nichts geplündert und anscheinend nicht einmal gewagt, die herrenlosen Waffen ihrer Feinde anzufassen. Grinsend legte er die Rüstungsteile an, die er gestern zweckentfremdet hatte.

Dann wandte er sich wieder Gibrax zu.

Er legte die Hand auf den steinernen Leib und spürte Dellen und Riefen, die in der letzten Nacht noch nicht da gewesen waren. Die Menschen hatten den Leichnam also geschändet. Mit Hämmern oder anderem Werkzeug mussten sie darauf eingeschlagen haben – mit ungeeignetem Werkzeug, zum Glück, denn der Troll war hart, und die neuen Wunden reichten nicht tief.

Andererseits – was machte das für einen Unterschied? Gibrax merkte nichts mehr davon, selbst wenn die Menschen ihn in Stücke hauten. Das konnte morgen durchaus geschehen, wenn sie mit geeigneterem Gerät zurückkämen.

Werzaz kratzte sich am Kopf. Gibrax' Leib war viel zu schwer, um ihn in Sicherheit zu bringen, und was für einen Sinn hätte das auch gehabt?

Da hörte er Hufschlag und leise Stimmen von der Hügelkuppe her. Schon fasste er den Säbel fester, doch dann zögerte er. Etwas an den Lauten passte nicht zu den Bauern, die er gestern gesehen hatte. Ein Klirren, ein Ausdruck von *Schwere* …

Er schnoberte. Ein wohlbekannter Geruch nach Öl und Fett lag in der Luft, und ein Hauch von kaltem Stahl drang ihm in die Nase. Und er glaubte, Trollblut zu riechen, doch das war vielleicht nur eine Erinnerung an den gestrigen Tag.

Rasch machte er kehrt und tauchte im hohen Gras unter. Er drückte sich tief in Deckung, während Reiter über den Hügel kamen und auf den Leichnam zuhielten.

»Das ist sie, Herr«, sagte eine Stimme. »Die Bestie, die gestern über unser Dorf hergefallen ist.«

Gibrax hörte eine schwere Rüstung klirren, als ein Reiter abstieg. Pferde schnaubten unruhig und traten auf der Stelle. Schritte waren zu hören, Eisen schabte über Stein.

»Ihr habt den versteinerten Troll beschädigt«, sagte eine andere Stimme. Es war eine Feststellung, keine Frage. Der bitanische Akzent war überdeutlich, selbst für einen Goblin, der sonst kaum einen Sinn darin sah, Menschen und ihre Dialekte voneinander zu unterscheiden. Was machten bitanische Krieger so weit im Norden? Hatte die Nachtalbe nicht versichert, dass hier nur schwache, wehrlose Menschen lebten?

»Er hat unser Dorf niedergebrannt«, sagte der erste Sprecher. »Aber wir konnten ihn nicht zerschlagen. Er ist zu hart, und so haben wir aufgegeben.«

»Und es gab noch einen zweiten?«, fragte der Krieger.

»Ja«, sagte der Einheimische. »Sie haben ein Mädchen gefangen, aber es konnte entkommen, bevor die Bestien es fraßen. Daher wissen wir genau, wie sie aussehen. Das zweite Ungeheuer war ein wenig kleiner als das da.«

»Ein kleiner Troll?«, fragte der Krieger. »Wie klein? Einen Kopf, zwei Köpfe kleiner?«

»Äh, viel kleiner«, sagte der Einheimische. »Einen Kopf kleiner als Ihr, Herr. Möglicherweise.«

»Seit wann nehmen die Trolle ihre Brut mit auf Raubzug?«, entfuhr es dem Krieger überrascht. Werzaz unterdrückte ein

Knurren. Trollbrut? Für diese Beleidigung würde der Bitaner bezahlen, schwor sich der Goblin.

Aber nicht jetzt, wo anscheinend eine ganze Horde seiner Kumpane auf ihren Pferden dabeistand.

»Der andere ist nicht versteinert. Aber er hat seine Waffen hier liegen lassen: eine Art Schwert, aber mit krummer Klinge. Vielleicht hat er sich in der Sonne aufgelöst. Es lagen noch andere Metallplatten herum. Schienen, wie bei Eurer Rüstung. Er trug auch so eine.«

»Aufgelöst, so, so«, bemerkte der Krieger trocken. »Ein Troll mit Krummschwert. Möglicherweise war es ein Goblin?«

»Ich weiß nicht, Herr«, sagte der Einheimische. »Wir kennen uns in solchen Dingen nicht aus.«

»Was macht ihr nur, wenn nicht zufällig ein paar Bitaner da sind, um euch zu helfen?«, sagte der Krieger. »Ihr solltet Fürst Sukan dankbar sein, dass er seine Krieger nach Komfir geführt hat. Ich hoffe, ihr werdet Fürst Sukan eure Dankbarkeit erweisen dafür, dass seine Männer eurem Hilferuf gefolgt sind!«

»Wir sind Euch sehr dankbar, Herr«, versicherte der Einheimische. »Aber wie können wir es Euch vergelten? Diese Bestien haben unser ganzes Dorf geplündert und ausgeraubt. Sie haben uns alles genommen.«

»Nun, wir werden eure Brüder in der Stadt an unsere Hilfe erinnern, wenn sie die Zeche für unsere Unterkunft einfordern«, befand der Krieger.

»Aber Herr Hauptmann«, meldete sich ein weiterer Bitaner zu Wort. »Diese ganze Geschichte ergibt überhaupt keinen Sinn! Ein Troll und ein Goblin, die gemeinsam ein Dorf überfallen … Trolle und Goblins schließen sich nie zusammen, außer unter Leuchmadans Befehl im Süden. Was macht ein solcher Trupp so weit abseits der Schlachtfelder? Und nur zwei von ihnen?«

»Ja, in der Tat …«, meinte der Hauptmann nachdenklich.

Plötzlich schrie der Einheimische auf. »Der Troll blutet!«, rief er. »Schaut, seine Haut – er wird wieder wach!«

Der Krieger lachte. »Wohl kaum«, sagte er.

»Schnell, tötet ihn!«, stieß der Einheimische voll Panik hervor.

»Weißt du nicht, dass das Mondlicht die Starre eines Trolls wieder löst, du Bauerntölpel?«, erklärte der Bitaner.

Werzaz zuckte zusammen. Er hatte das nicht gewusst.

»Aber selbst eine klare Vollmondnacht reicht kaum aus, um ihn wiederzubeleben«, fuhr der Bitaner fort. »Nein, dieser Troll ist hilflos, solange jeder Tag ihn aufs Neue erstarren lässt und niemand ihn in einen Unterschlupf bringt. Nächte wie diese tauen ihn nur weit genug auf, dass er ein wenig nachblutet und Schmerz empfindet.«

Es folgte ein dumpfer Laut, als hätte der bitanische Hauptmann gegen den nicht-mehr-ganz-versteinerten Troll getreten, und Werzaz knirschte mit den Zähnen.

»Geht kein Risiko ein, Herr!«, rief der Einheimische. »Tötet ihn!«

»Nein«, sagte der Krieger. »Schafft diesen Bauern hier weg«, wandte er sich dann an seine Männer. »Sein Gezeter macht mich ganz wirr im Kopf. Wir kümmern uns jetzt um diese Sache. Bring einen Wagen her. Einen großen«, befahl er einem seiner Reiter. »Irgendwo in einem der Dörfer muss ja so was aufzutreiben sein. Wir schaffen das Ding in die Stadt. Wenn wir ihn genug aufweichen, kann uns der Troll vielleicht etwas erzählen. Und genug Ketten lassen sich bis zum nächsten Vollmond wohl auftreiben.«

Er redete leiser weiter, aber Werzaz in seinem Versteck konnte ihn dennoch verstehen. »Du hast recht, Peno. Da ist was faul an der Sache, und dem werde ich nachgehen. Dass dieser Goblin noch frei herumläuft, passt mir gar nicht. Aber wir brauchen Fährtenleser und vermutlich sogar Hunde, um ihn aus seinem Loch zu treiben. Wir müssen in die Stadt zurück und welche anheuern.«

»Wenn wir erst in zwei Tagen zur Goblinhatz zurückkehren, ist die Fährte kalt«, wandte der Bitaner ein, der Peno genannt wurde.

»Vielleicht, vielleicht auch nicht«, antwortete sein Hauptmann. »Wenn es nur ein paar Marodeure waren, ist der Goblin womöglich schon über alle Berge. Aber andererseits sind überall in den Bergen hier Zwerge unterwegs. Von dort aus verirren sich nicht zufällig ein paar Finsterlinge hierher. Du hast den Bauern ja gehört: Er hatte keine Ahnung von Trollen und Goblins. Anscheinend hat schon seit Jahrhunderten keiner von den Burschen seine Nase hier gezeigt.

Die waren nicht zufällig hier, und ich will wissen, was sie aushecken. Morgen kommt der Troll auf einen Karren, und übermorgen gehen wir mit Verstärkung auf die Jagd. Denk dran, was der Bauer meinte: Gestern lag die Ausrüstung von diesem Goblin noch hier herum. Jetzt sehe ich nichts mehr davon. Ich glaube nicht, dass diese Schergen von Leuchmadan weitergezogen sind. Und ich glaube auch nicht, dass es nur zwei davon gibt. Außerdem habe ich keine Lust, in diesem Provinzkaff herumzusitzen.«

Der Hauptmann war wieder auf sein Pferd gestiegen, während er sprach, und nun ritt der ganze Trupp davon. Aus dem Geräusch des Hufschlags schloss Werzaz auf ein halbes Dutzend Krieger, mindestens. Doch er wagte nicht, den Kopf zu heben und nachzuschauen.

Erst nach einer ganzen Weile kroch er wieder aus seinem Versteck. Zögernd blickte er auf Gibrax hinab. Also lebte sein Gefährte noch. Werzaz näherte sich dem steinernen Leib und schob und zerrte daran, aber er konnte ihn so wenig bewegen wie einen Felsblock. Und genau das war der Troll ja auch: ein Felsblock, viel größer als ein Goblin.

Die Haut fühlte sich warm an. Lebendig. Der Geruch nach Blut wurde stärker. Die vielen kleinen Kerben in Gibrax' Leib füllten sich mit einer dunklen Flüssigkeit, die im Mondlicht schwach glänzte und langsam gerann.

Werzaz drückte und zerrte keuchend am Körper des Trolls, dann hielt er inne und rückte seinen verrutschten Helm wieder zurecht. Es ging einfach nicht. Er konnte den Troll nicht fortschaffen, bevor morgen die Menschen mit einem Karren zurückkehrten. Er konnte ihn nicht bis zur Höhle ziehen oder in ein anderes Versteck. Außerdem hätte der erstarrte Leib eine klafterbreite Schleifspur in das Gras gerissen. Die Bitaner hätten nicht mal auf die Spürhunde warten müssen, um ihr zu folgen.

»Du blöder Brocken«, knurrte Werzaz. »Wie kannst du mich hier so stehen lassen? Jetzt kann ich nur eines tun, damit die bitanischen Raubwanzen dich nicht in ihre Klauen bekommen!«

Werzaz kletterte auf den Rücken des Trolls und hob den Säbel. Dann schlug er mit der Klinge zu.

Der Stahl schnitt kaum einen Fingerbreit in Haut und Schwarte, bevor er auf Widerstand traf. Der Troll war dicht unter der Haut immer noch aus härtestem Stein. Werzaz' Gnadenstoß hatte dem Gefährten bloß eine weitere Wunde geschlagen. Es war nur ein oberflächlicher Schnitt, aber aus der Wunde floss noch mehr Blut zäh über Gibrax' Rücken.

»Du verdammtes zähes Stück Abraum«, zischte Werzaz, während er verzweifelt mit dem Säbel auf Kopf und Schultern des Trolls einhackte. »Stirb endlich!«

In einer verzweifelten Geste hob er die Waffe hoch über den Kopf und legte alle Kraft seiner langen Arme in einen letzten Hieb. Der Säbel sauste herab, schnitt durch die weiche Schicht, schlug eine Kerbe in den Stein darunter – und zerbrach.

Gibrax verlor auf dem schlüpfrigen Untergrund den Halt, glitt aus und stürzte zu Boden. Mit dumpfem Knirschen bohrten sich Ecken und Kanten des versteinerten Trolls in seine Rüstung und beulten sie ein, bevor Werzaz benommen im Gras liegen blieb. Er starrte auf das Heft und die abgebrochene Klinge.

Er war geschlagen.

Nach einer Weile rappelte er sich auf, warf den Säbelrest weg und richtete seine Rüstung. Es war vorbei. Wenn nur die Albe oder der Wardu hier wären. Er musste ihnen Bescheid geben …

»Hört ihr das, ihr faulen, feigen Daumendreher?«, brüllte er ins Dunkel. »Ihr verpisst euch, und die Kämpfer lasst ihr allein zurück! Hätte Leuchmadan mir eine anständige Horde Goblins mitgegeben, damit hätt' ich was ausrichten können!«

Aber niemand antwortete auf sein Geschrei, und dann fiel Werzaz ein, dass ihn am ehesten noch die Bitaner hörten, wenn er weiter so einen Lärm machte.

Also trat er schließlich den Rückweg zur Höhle an. Allerdings nicht auf geradem Weg: Werzaz nutzte die Nacht, um einen großen Bogen zu laufen und mehrmals die eigene Fährte zu kreuzen. Er suchte Bäche und Rinnsale, und stark riechende Kräuterwiesen, um seine Spuren zu verwischen, falsche Fährten zu legen und es den Bitanern so schwer wie möglich zu machen, seinen Unterschlupf zu finden.

Vielleicht kam in dieser Nacht zumindest der Wardu zurück, oder in der nächsten, damit sie einen besseren Plan aushecken konnten, ehe die Bitaner ihre Jagd begannen. Oder damit Werzaz nach einem besseren Versteck in diesen fremden Landen suchen konnte, ohne deswegen den befohlenen Posten zu verlassen.

Strentor, getreuer Bote des Fürsten Sukan, ließ sich sein Ross bringen und saß auf. Dann ritt er in ausgreifendem Trab die Hauptstraße entlang durch die Vorstadt von Keladis. Es herrschte noch tiefste Dunkelheit. Bald schon blieben die Lichter der Elfensiedlung klein wie Glühwürmchen hinter ihnen zurück, aber der Bote trieb sein Pferd in die Schwärze des Waldes, ohne den Schritt zu verlangsamen.

Das war der Augenblick, wo Wito den Fehler in seinem Plan bemerkte.

»Ich habe nicht das Gefühl, dass unsere Mitreitgelegenheit bald eine Pause einlegen wird«, merkte Darnamur an.

»Wir sind aus Keladis raus«, sagte Wito. »Aber wir können nicht absteigen. Bei dem Tempo wäre das Selbstmord.«

Die drei Gnome spähten unter der Klappe der Tasche hervor, in die sie sich kurz vor Abreise des Boten selbst eingepackt hatten. Dann und wann lugte der bauchige Halbmond durch Lücken im Geäst über der Straße. Die Gnome sahen in dem grauen Zwielicht genug, aber auch Strentor schien sich keine große Sorgen über den Weg zu machen.

Die Waldstraße nach Keladis war breit und eben und gut gepflegt, vor allem in der Nähe der Elfenfestung. Außerdem hatte der Bote den Weg erst am Tag zuvor zurückgelegt und kannte vermutlich jedes Hindernis.

»Jetzt wäre ich gern dort draußen im Unterholz, mit einem guten Seil«, seufzte Skerna. »Zwischen zwei Bäumen flugs über die Straße gespannt ... das würde dem Burschen seinen Leichtsinn beim Reiten schon austreiben.«

»Ich hätte nichts dagegen, wenn jemand mit einem Seil da draußen wäre«, sagte Wito. Er kratzte sich am Kopf und suchte nach einem Ausweg, während die Bäume an ihnen vorbeirasten.

»Es sei denn, das Pferd fällt auf die Satteltasche«, ergänzte Darnamur.

Die Gnome dachten nach und entfernten sich immer weiter von Keladis.

»Vielleicht ist es gar nicht schlimm«, sagte Darnamur schließlich. »Dieser Bote reitet nach Komfir, habe ich gehört. Die erste Menschenstadt bei der Elfengrenze. Das kann nicht weit von unserem Versteck entfernt sein, und wir legen auf diesem Pferd den Weg von zwei Nachtmärschen in nicht mal einem Tag zurück.«

»Und brauchen dann drei Wochen, um die Höhle zu finden, in der wir Baskon und die beiden Groblinge zurückgelassen haben.«

»Die drei Groblinge«, murmelte Skerna, und fügte dann munter hinzu: »Ach was, das geht schon irgendwie.«

»Das geht *nicht*«, sagte Wito bestimmt. »Es wird schwer genug sein, den Weg wiederzufinden, auf dem Daugrula uns nach Keladis geführt hat. Die Menschenstadt wäre fremdes Gelände. Wir kennen uns dort nicht aus und sind auf uns allein gestellt. Da hätten wir gleich versuchen können, Leuchmadans Herz aus Keladis herauszubringen.«

»Was ich ja auch vorgeschlagen habe!«, stellte Darnamur fest. »Na, egal. Gib mir einfach dein Knochenmesser, Wito. Ich habe einen Plan.«

Wito runzelte die Stirn. Er drückte Darnamur nur ungern ein Messer in die Hand, weil man nie sicher sein konnte, was dann passierte. Aber Skerna kannte solche Skrupel nicht und gab Darnamur ohne zu zögern ihre Klinge.

»Wenn du den Reiter abstechen willst, musst du dich groß

machen«, wandte sie ein. »Irgendwo hinter ihm auf der Sattelkante, während das Pferd trabt. Unmöglich, dabei nicht den Halt zu verlieren. Du wirst auf die Schnauze fallen, Darnamur.«

»Wetten, dass nicht?«, gab Darnamur herausfordernd zurück.

»Immerhin wärst du dann unten«, sprach Skerna grüblerisch weiter. »Und wenn der Reiter stehen bleibt, um dir den Rest zu geben, können wir das Weite suchen. Zwei Boten reichen für Witos Plan. Uns wäre also auf jeden Fall geholfen – und danke für dein Opfer.«

Entschlossen griff Darnamur nach der Sattelkante. »Du wirst schon sehen, wer hier das Opfer wird.«

»Halt«, sagte Wito. »Skerna hat recht, es ist zu gefährlich. Du müsstest, während du deine Größe änderst, neuen Halt am Sattel suchen und nachgreifen, und das geht nicht so schnell. Außerdem wäre es schade, wenn dieser Bote sein Ziel nicht erreicht. Hast du nicht gehört, was der Fürst ihm aufgetragen hat? Die Menschen wollen Ärger machen und sind selbst hinter dem Herz her. Und jeder Streit unserer Feinde untereinander kann uns nur helfen!«

»Ich wollte den Boten nicht erstechen«, sagte Darnamur. »Auf die Idee bin ich gar nicht gekommen, bevor Skerna damit angefangen hat.«

Das konnte Wito kaum glauben. »Sondern?«, fragte er.

»Wart's nur ab.«

Darnamur schwang sich nach draußen und kletterte geschickt an der Satteltasche hinauf, indem er die Kante der Klappe zwischen die Beine klemmte und sich mit den Händen weiterzog. Das Knochenmesser nahm er zwischen die Zähne.

»Es dauert ewig, bis du in der jetzigen Größe die Taschenriemen durchgeschnitten hast«, rief Wito hinter ihm her. »Und es wäre eine harte Landung.«

Darnamur schüttelte nur den Kopf, und der Reiter merkte nichts von der Unruhe hinter ihm.

Am Ende der Satteltasche erreichte Darnamur den Riemen, mit dem sie hinten am Sattel befestigt war. Er klammerte sich daran fest und kletterte auf den Sattel. Schließlich ließ er los, stieg auf den Sattelbaum und versuchte, darauf nach hinten zu laufen. Doch der leichte Trab sandte solche Stöße zum Pferderücken, dass Darnamur den Halt verlor und abglitt.

Skerna schrie auf und streckte die Hände aus der Tasche, um den Gefährten vielleicht noch zu erwischen, wenn er an der Sattelkante herabglitt und abstürzte. Aber Darnamur stieß das Messer ins Leder und hatte nun genug Halt, um oben zu bleiben.

»Ein zerbrochenes Messer reicht ihm wohl nicht«, kommentierte Wito. »Ich bin so froh, dass er nicht meins dabei hat.«

Skerna funkelte ihn an.

Darnamur versuchte nicht mehr, aufzustehen. Er robbte weiter nach hinten, bis er ans Ende des Sattels gelangte. Auf der grob gewebten Satteldecke fand der winzige Gnom genug Halt. Die Fasern waren für ihn ein engmaschiges Netz und zum Klettern wie geschaffen.

Hinter der Decke auf dem Pferderücken nahm Darnamur das Knochenmesser in die freie Hand und stieß zu. Aber Fell und Haut waren erstaunlich dicht und fest, und Darnamur war nur klein. Es fühlte sich an, als würde er mit der Klinge an der Rinde eines robusten Baumes herumstochern.

Darnamur klammerte sich mit den Beinen in die Decke und nahm die zweite Hand zu Hilfe. Mit beidhändig geführtem Knochendolch holte er weit aus. Diesmal stieß er die Klinge bis zum lederumwickelten Heft in den Rücken des Pferdes, aber nichts geschah.

Als Darnamur das Messer wieder herauszog, zeichneten feine Blutschlieren den Knochen. Darnamur stieß wieder zu, und wieder, aber für das Pferd waren das nicht mehr als Mückenstiche.

Endlich, beim fünften Versuch, hatte er anscheinend einen Nerv getroffen. Das Pferd wurde ein wenig unruhig in seinem Lauf und schlug unwillig mit dem Schwanz.

Der Reiter beruhigte es rasch und legte ihm die Hand auf den Hals. »Was hast du denn, meine Liebe?«, fragte er.

Darnamur atmete schwer. Das war eine Arbeit wie bei einem Zwerg, der einen Stollen in den Fels trieb! Immerhin hatte er nun eine empfindliche Stelle gefunden, und die würde er nicht wieder aufgeben. Er zog das Messer nicht heraus, sondern drehte es in der Wunde und drückte den Griff nach unten wie einen Hebel.

Das Pferd schnaubte und tänzelte zur Seite.

»Ho, meine Kleine!«, sagte Strentor. »Was ist denn los mit dir?«

Darnamur drückte mit aller Kraft auf das Messer und riss es dann hin und her. Blut quoll hervor und rann ihm über die Hände. Das Pferd schnaubte, wurde langsamer, tänzelte wieder und zog dann wieder an.

»Witterst du etwas?«, fragte der Bote. »Oder hast du dir einen Stein eingetreten?« Er zügelte das Tier und brachte es zum Stehen. Dann saß er ab.

Darnamur wischte sich den Schweiß von der Stirn und zog einen schmierigen roten Streifen über sein Gesicht. Dann rupfte er das Messer wieder heraus und machte sich auf den Rückweg.

Wito und Skerna waren schon nach außen an die Tasche geklettert und von dort aus nach vorn, wo Strentor soeben einen Lauf des Pferdes hochgehoben hatte und den Huf untersuchte. »Seltsam, seltsam«, sagte der Mensch und schüttelte den Kopf.

Als er nach hinten ging und dicht an seinem Gepäck entlangstreifte, bekamen die beiden Gnome seine Kleidung zu fassen und machten sich an den Abstieg. Darnamur brauchte länger. Er suchte einen anderen Weg, aber Sattel und Zaumzeug waren zu hoch über dem Boden, um zu springen oder sich abzuseilen; und an den Beinen des Pferdes hinab war es eine gewagte Kletterpartie.

Mehrmals lief er über den Pferderücken hin und her und suchte nach einer günstigen Möglichkeit, aber er kam nicht nah genug an den Menschen heran. Erst als Strentor eine Weile nachdenklich neben seinem Reittier verharrte, konnte Darnamur sich endlich an seinem Ärmel festklammern. Der Gnom stieg hinunter und rutschte schließlich das letzte Stück halsbrecherisch über Hose und Stiefel, als der Reiter Anstalten machte, wieder aufzusitzen und seinen unfreiwilligen Begleiter mitzunehmen.

Keuchend und völlig außer Atem gelangte Darnamur zu seinen Gefährten, die sich ein Stück von dem Pferd und von der gefährlichen Straße entfernt hatten.

»Schade«, begrüßte ihn Skerna. »Ich hatte gedacht, das Pferd scheut, und der Bursche setzt sich ordentlich auf den Hosenboden.«

»Das ... hatte ... ich auch ... gehofft«, erwiderte Darnamur immer noch keuchend und gab seiner Begleiterin das Knochenmesser zurück.

Die musterte es misstrauisch. »Die Spitze ist abgebrochen. Wenn man dir mal etwas leiht ... Du musst diese Knochenmesser wirklich hassen, wenn man sieht, wie du damit umgehst.«

»Wir brauchen Gift«, sagte Darnamur. Er holte tief Luft, und allmählich ging sein Atem wieder ruhiger. »Viele unterschiedliche Gifte. Dann könnten wir mit dieser Waffe vielleicht sogar in kleiner Gestalt etwas ausrichten. Das Pferd hat meine Stiche kaum gespürt – aber wenn der Dolch mit Gift getränkt gewesen wäre wie der Stachel einer Wespe ...«

»Erholt?«, fragte Wito. »Dann sollten wir uns groß machen und aufbrechen. Der Ritt hat uns ein gutes Stück von Keladis fortgebracht, aber uns bleibt mindestens noch eine Stunde Dunkelheit. Wenn wir uns beeilen, finden wir bis dahin den Pfad wieder, auf dem Daugrula uns hergebracht hat. Dann können wir uns verstecken und morgen den Rückweg suchen.«

Grenzlande, 28 nLR, 4 Tage vor Blütenmond

Eine weitere Nacht brach heran, und weder der Wardu noch die Nachtalbe zeigten sich. Werzaz überlegte, ob er noch einmal nach Gibrax sehen sollte. Aber damit würde er nur eine neue Spur legen, die seine Verfolger morgen umso schneller zu der Höhle führte. Womöglich hatten sie bei dem Troll sogar schon eine Falle für ihn vorbereitet.

Werzaz kauerte immer noch im hintersten, finstersten Winkel des Spalts, wie schon den ganzen Tag lang. Aber jetzt war Nacht, die letzte Nacht, in der er noch etwas unternehmen konnte. Die letzte Nacht, bevor die bitanischen Krieger die Jagd auf ihn eröffneten.

Der Goblin erhob sich und ging zum Eingang. Dort, im milden Mondlicht, prüfte er seine Ausrüstung. Er hatte den Speer verloren und den Säbel. Ihm blieben nur noch ein paar Messer und Dolche, eine kleine Wurfaxt und eine Schleuder. Außerdem trug er immer noch seine Rüstung, ein wenig verbeult zwar und unvollständig, aber doch sein ganzer Stolz. Er hatte sie im Laufe der Jahre immer wieder nacharbeiten lassen, damit sie sein wildes, grimmiges Äußeres unterstrich und jedem zeigte, was für einen Krieger er vor sich hatte.

Er nahm den Lederriemen mit den getrockneten Ohren besiegter Feinde und legte ihn sich über dem Brustpanzer um. Wenn die Bitaner ihn erwischten, konnte er gegen ihre Übermacht nicht bestehen. Aber er würde dafür sorgen, dass sie die Begegnung mit Werzaz niemals vergaßen.

Er blickte auf. Der Mond stand schon ein gutes Stück über dem Horizont, doch die Nacht war noch jung. Was also sollte er anfangen?

Er war in einem fremden Land und hatte nur eine grobe Vorstellung von seiner Umgebung. Jetzt wünschte er sich, er hätte besser zugehört, als Daugrula mit dem kleinen Gelichter über den weiteren Weg gesprochen hatte.

So aber kannte er nur einen Ort, an dem er sich verbergen konnte und wo die Menschen aus Bitan ihn vielleicht nicht aufspüren würden, bis seine Bundesgenossen wieder zu ihm stießen.

Auch wenn es Wahnsinn schien, auf eine solche Zuflucht zu vertrauen – ihm fiel nichts anderes ein.

Wito und seine Gefährten mieden die Straße und schlichen so leise wie möglich durch das Unterholz. So kamen sie allerdings nur sehr langsam voran. Immer wieder mussten sie im Dickicht ihre kleine Gestalt annehmen, um durch Lücken schlüpfen zu können, durch die sie in normaler Größe niemals hindurchgekommen wären.

Wohl war ihnen nicht dabei, wenn sie, nur so groß wie Käfer, durch die Wildnis schlichen. Aber Daugrulas Warnungen vor der Wahrnehmung der Elfen hatten sie so eingeschüchtert, dass sie lieber den Gefahren des Urwalds trotzten, als in die Nähe der vielgenutzten Wege zu kommen. Denn sie mussten damit rechnen, dass die Elfen in der Nähe der Hauptstraße Wachen aufgestellt hatten, die auch des Nachts auf der Hut waren.

Schon sickerte eine Ahnung von Morgendämmer durch die Zweige, als sie endlich wieder Keladis vor sich sahen. Wito empfand Erleichterung, obwohl sie so dicht bei der Elfensiedlung keineswegs sicher waren. Aber den Rest des Weges kannten sie, und daher fühlte der Gnom sich fast auf vertrautem Boden.

Sie huschten am Waldrand entlang, immer noch in Deckung, und folgten dem Pfad zurück, den sie einen Tag zuvor ausgekundschaftet hatten.

»Wir gehen noch bis zu der Lichtung, auf der wir Baskon treffen sollten«, sagte Wito. »Womöglich kommt der Wardu ja doch – und sei es nur, um nach dem Rechten zu sehen. Das würde unseren Rückweg sehr erleichtern. Und wenn er nicht kommt, können wir uns dort am Tag ebenso gut verstecken wie anderswo.«

Vor dem Fußmarsch, der ihnen in der nächsten Nacht bevorstand, graute Wito schon jetzt. Die kurze Strecke durch den Wald zurück zur Stadt war mühsam genug gewesen, und jetzt stand ihnen eine zwei Tage lange Wanderung bevor. Und diesmal waren sie allein, ohne Daugrula, die sie führte. Der Plan hatte nicht schlecht geklungen, als er in der Elfenfestung darüber nachgedacht hatte. Aber inzwischen kamen Wito Zweifel, ob er den Weg, den sie gekommen waren, wirklich wiederfinden würde.

Sie folgten einem kleinen Pfad, auf dem die Nachtalbe sie bis an die Außenränder von Keladis gebracht hatte. Der Weg wand sich durch Unterholz, an Baumstämmen und Hecken vorbei, und Wito hielt aufmerksam nach dem Wildwechsel Ausschau, der ihn irgendwann kreuzte und zu der gesuchten Lichtung führte. Eine graugrüne Echse lugte um einen Stamm und verschwand, bevor Wito sie genauer ausmachen konnte. Aber trotzdem, er hätte schwören mögen …

Ein dumpfer Laut hinter ihm ließ ihn zusammenfahren. Skerna fluchte. »He!«

»Was ist?« Wito fuhr herum.

Die Gnomin rappelte sich wieder auf. »Ach nichts«, sagte sie. »Ich bin über eine Wurzel gestolpert. Verflixtes Ding.«

»Die Rache des Elfenkönigs!«, stellte Darnamur kichernd fest, und Skerna funkelte ihn an. Als Darnamur in gespielten Schrecken zurückwich, strauchelte auch er und fiel auf den Hosenboden.

»So was …«, murmelte er und fasste sich an den Knöchel. »Das sind keine Wurzeln, das ist ein verdammter Rankenteppich.«

Wito spürte eine Bewegung an seinem Fuß und sprang zurück. Aber an seinem Bein hatte sich schon ein Geflecht feinen Wurzelwerks emporgeringelt, ohne ihn zu berühren, und im Zurückweichen blieb er darin hängen und strauchelte ebenfalls.

Überall um sie her erwachte der Boden zum Leben. Wurzeln reckten sich nach oben, und die Gnome saßen wie Fische in einem Netz, das gerade eingezogen wurde. Darnamur hatte seinen Fuß befreit, aber inzwischen hatte das Geäst sich um seine Arme gewickelt. Skerna schrie auf. Die Wurzeln hielten ihre beiden Beine fest und fesselten sie kniend an den Boden, während von unten die ersten Triebe nach ihrem Hals griffen.

Wito zog das Messer, aber die zähen Stränge banden ihn schneller, als er sie mit der Knochenklinge durchtrennen konnte. Es ächzte und knackte im Wald, und ein Baum neben dem Pfad neigte sich herab und reckte seine Äste über die Gnome. Einzelne Reiser fegten über den Boden und drohten, einen Käfig um sie zu schließen.

»Klein! Macht euch klein!«, rief Wito.

»Hab ich längst versucht, du Schlaugnom«, gab Darnamur

zurück und riss und zerrte an den Fasern. »Wenn wir nur richtige Messer hätten! Aber du wolltest ja nichts mitnehmen, was wir nicht klein machen können!«

Ein Ast peitschte auf ihn zu, schlug ihm über den Kopf und streckte ihn zu Boden. Im Zurückschnellen klappte eine scharfe Klinge auf. Wito sah, dass das Ende des Astes um den Griff eines Rasiermessers gewachsen war und der Baum die Klinge wie eine Waffe führte. Zitternd verharrte der Stahl vor Darnamurs Kehle.

»Eisen willst du?«, ächzte der Baum mit einer Stimme, die so knorrig klang wie seine dicke Borke. »Eisen kann ich dir geben.«

»Dieses Messer …«, entfuhr es Wito.

Skerna röchelte. Sie lag auf dem Bauch. Wurzelstränge umfingen sie wie Stricke, ihren Leib, ihre Arme und Beine und ihren Hals, und zogen sich fester zu.

»Das Kästchen!«, knarrte es aus dem Baum. »Wo ist das Kästchen?«

Tausend spitze Holzfinger stachen in ihren Leib und tasteten nach den Taschen.

Wito spürte eine andere, eine sanftere Berührung. Etwas Weiches kroch geschmeidig über ihn, und dann schob sich ein dreieckiger Eidechsenkopf in sein Blickfeld. In Panik versuchte Wito, das Tier abzuschütteln, aber die Echse klammerte sich geschickt fest, lupfte mit einer Vorderpfote seinen Jackensaum und schnüffelte in den Innentaschen. Der lange graugrün gestreifte Schwanz zuckte in der Luft.

Wito erstarrte. »Balgir?«, fragte er. Die Echse riss den Kopf aus seiner Jacke heraus, schaute den Gnom mit großen Augen schuldbewusst an, züngelte und huschte davon.

Und plötzlich trat Daugrula aus dem Stamm des lebenden Baumes heraus.

Die gespenstisch belebte Vegetation erschlaffte. Der Zweig mit der Klinge schnellte wieder in seine ursprüngliche Lage zurück, und das Messer löste sich vom Holz. Daugrula fing es anmutig im Flug auf und ließ es zuschnappen. Hustend kroch Skerna unter den Ranken hervor.

»Daugrula!«, rief Wito. »Was macht Ihr hier? Ihr wolltet doch zur Höhle zurück und auf uns warten.«

»Ich machte mir Sorgen um euch«, gab die Albe zurück. »Ihr Kleinen wäret ja ganz auf euch allein gestellt, wenn Baskon aus irgendwelchen Gründen nicht kommt. Oder wenn er euch zurücklässt. Und wie es aussieht, hatte ich recht mit meinen Befürchtungen.«

»Aber die Elfen ...«, stammelte Wito.

»Mein Messer!«, sagte Darnamur mit belegter Stimme und fasste sich mit der Hand an die Kehle.

Daugrula trat auf ihn zu und erklärte, an Wito gewandt: »Nun, solange ich mich still in einem Baum verstecke, finden mich die Elfen schon nicht. Mir schien es das Risiko wert.«

Sie gab Darnamur das Rasiermesser. »Und deinen Schatz habe ich auch gut verwahrt, wie du siehst.« Balgir flitzte aus dem Gehölz, sprang an seiner Herrin hoch und krallte sich an ihrem Kleid fest. Dann kroch er bis zu ihrer Leibesmitte hinauf, schlang sich darum und legte den Kopf wie eine Gürtelschnalle über den Schoß der Nachtalbe, sodass er die Gnome betrachten konnte.

Inzwischen sah der Pfad beinahe wieder aus wie zuvor. Nichts erinnerte noch an den unwirklichen Kampf, der eben hier stattgefunden hatte, an den lebenden Wald – oder zumindest den lebenden Baum, wenn all diese Wurzeln *tatsächlich* zu diesem einen Baum gehört hatten. Nur der Boden war ein wenig aufgewühlt, und der Weg wirkte überwachsener als zuvor.

»Aber Ihr habt uns angegriffen!« Empört wies Skerna mit dem Finger auf die Albe. »Ist das die Art, wie Ihr Euch um uns sorgt?«

»Ui ui ui.« Daugrula spitzte spöttisch die Lippen. »Angegriffen! Glaubst du nicht, ich könnte drei kleine Gnome ein wenig wirkungsvoller angehen, wenn ich sie *angreifen* wollte? Ich wollte euch doch nur mit einem netten Gnomenscherz begrüßen, damit ihr euch ein wenig entspannt nach dem gefährlichen Einsatz.«

»Und hätten wir das Kästchen mit Leuchmadans Herz gehabt, was dann?«, fragte Wito. Er klang ganz und gar nicht entspannt und hielt immer noch das Knochenmesser in der Hand.

»Nun, ihr habt es nicht«, sagte Daugrula. »Wie kommt das?«

Einen kurzen Augenblick verharrten die vier so, Darnamur halb sitzend und mit verwirrtem Gesichtsausdruck, das eingeklappte Rasiermesser in der Hand; und Daugrula aufgerichtet zwischen den Gnomen, eine Hand auf Darnamurs Schopf und lächelnd. Sie zwinkerte Wito zu und spreizte leicht die Finger.

Er verstand die Geste.

Sie hat uns in der Hand.

Sie hat verhindert, dass wir unsere Gestalt ändern, erinnerte er sich dann. *Was kann sie noch?*

Es hatte keinen Sinn, mit Daugrula zu streiten oder allzu viele Gedanken darauf zu verschwenden, was geschehen war. Sie hatten weiterhin eine Mission zu erfüllen, und dazu brauchten sie die Hilfe der Nachtalbe nötiger denn je. Außerdem war Wito von Anfang an klar gewesen, dass der eine oder andere seiner Gefährten ein eigenes Spiel spielte. Und um die Gnome scherte sich dabei keiner von ihnen.

Daugrula war in dieser Hinsicht sogar noch die angenehmste Weggefährtin gewesen. Vielleicht hatte er sich deshalb der Illusion hingegeben, dass sie eine echte Kameradin war, von der man irgendetwas erwarten konnte.

Nein. Sie waren Kampfgefährten, nicht mehr. Die Gnome mochten untereinander sogar Freunde sein, aber das Bündnis mit den anderen hielt nur so lange, wie sie ein gemeinsames Ziel hatten – und das hatten sie. Noch.

Wito seufzte.

Dann erklärte er Daugrula, was sie in der Festung erfahren hatten.

6. Kapitel:
Baskons Sturz

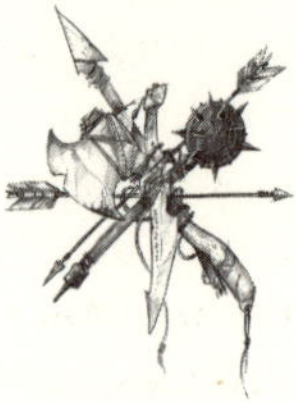

»Elfen haben so spitze Ohren wie die Nachtalben, nur übersieht man das leicht, weil sie ihre Nasenspitze noch höher tragen und weil ihre Zunge noch spitzer ist.«

Ausspruch des bitanischen Königs Lukar, nach volkstümlicher Überlieferung, als er zufällig eine Äusserung der Elfen über ihre verbündeten Völker mitanhörte

Grenzlande, 28 nLR, 3 Tage vor Blütenmond

Hauptmann Colus gähnte. Die letzten Tage waren ermüdend gewesen, ausgefüllt mit Ritten zwischen der Stadt und diesem Flecken im Nirgendwo, an dem so unvermittelt Trolle und Goblins aufgetaucht waren. Heute gegen Mittag war er dann mit einem Dutzend seiner Leute und einigen gedungenen Fährtenlesern und Hundeführern hier angekommen. Den ganzen Nachmittag hatte er daraufhin nach dem Goblin gesucht. Bisher leider erfolglos.

Kreuz und quer hatten sie die Hügel und Weiden dieses Hinterwäldlerlandes durchstreift, karges Heideland und wiesenbestandene Hänge, licht bewaldete Auen und sumpfige Niederungen. Die Stöberhunde hatten mal hierhin, mal dorthin gezogen, während die Spurenleser wiederum ganz anderes zu melden hatten. Fährten gab es genug, nur führten sie nirgendwohin. Entweder wimmelte diese Gegend von Goblins, oder der Goblin hatte mit Verfolgern gerechnet und versucht, seine Spuren zu verwischen.

Inzwischen verblasste das letzte Abenddämmer am Horizont, und Colus war geneigt, eine dritte Möglichkeit in Betracht zu ziehen: Die Fährtenleser waren einfach unfähig!

Immerhin – nachdem sie stundenlang mehr oder minder im Kreis gelaufen waren, ging es nun wenigstens voran. Die Hunde folgten einer Spur, die sie schnurgerade nach Norden führte. Allerdings lag dort der Elfenwald, und Colus fragte sich, wie lange sie die Verfolgung noch fortsetzen sollten. Es war an der Zeit, Rast zu machen und die Gastfreundschaft eines der umliegenden Dörfer in Anspruch zu nehmen ... vorzugsweise eines, dessen Häuser nicht bis auf die Grundmauern niedergebrannt waren.

»Hauptmann Colus!« Ein Reiter trabte heran, dicht gefolgt von einem einheimischen Kundschafter, der atemlos hinter dem Pferd herlief. Irgendwann am Nachmittag hatte Colus die Schar aufgeteilt, um die Suche effektiver zu gestalten. Dies war die letzte Zweiergruppe, die wieder zum Haupttrupp stieß. »Endlich finde ich Euch!«

»Wenn dein Spurenleser einer Schar Reiter nicht folgen kann, hätten wir ihn hier wohl entbehren können«, versetzte der Hauptmann schneidend.

»Nein, nein«, wehrte der Soldat ab. »Wir haben etwas gefunden! Gar nicht weit von der Stelle, wo der Troll gelegen hat. Da ist eine Höhle in einer Hügelflanke. Kaum mehr als ein schmaler Spalt, und von Gestrüpp überwachsen. Aber die Spuren davor sind überdeutlich. Da scheint sich jemand durch die Büsche gezwängt zu haben. Ich bin mir sicher, das ist das Versteck von diesem Goblin – wenn da nicht noch mehr von der Brut beteiligt sind.«

»Halt! Zurück mit den Stöbern!«, rief der Hauptmann den Hundeführern zu, die schon in der Dunkelheit verschwunden waren. Dann dachte er nach.

Die Spur, auf der sie sich befanden, machte einen vielversprechenden Eindruck. Aber es war schon dunkel, und heute würden sie nicht mehr weit kommen. Die Höhle, von der der Soldat berichtet hatte, lag hingegen auf dem Rückweg zu den Dörfern. Sie konnten die Stelle sozusagen im Vorübergehen überprüfen.

Ja, es wurde Zeit, für die Nacht abzubrechen.

»Die Fährtenleser sollen sich einprägen, wie weit wir gekommen sind. Wir nehmen die Suche hier morgen wieder auf, wenn es nötig sein sollte.«

Er blickte über seine Männer hinweg. »Für heute machen wir Schluss. Und auf dem Rückweg schauen wir uns noch diese Höhle an.«

Der Trupp sammelte sich. Colus wartete nicht auf die Hundeführer – die Hunde und die Bauern fanden schon allein nach Hause. Stattdessen ließ er sich von dem eben erst angekommenen Fährtenleser auf geradem Weg zu der Höhle führen. Der Mann war immer noch außer Atem, und so kamen sie nur langsam voran. Bis sie den Hügel erreichten, schwebte bereits eine Mondscheibe mit milchigem Hof am wolkenschweren Himmel.

»Da soll eine Höhle sein?« Zweifelnd blickte der Hauptmann auf die armselige Erhebung.

Der Führer nickte, und auch der Soldat bestätigte: »Ich habe die Spuren selbst gesehen, bevor es dunkel wurde.«

»Wer hat Fackeln oder Lampen dabei?«, fragte Colus. Einige der Männer meldeten sich, aber keiner hatte es besonders eilig, vorzutreten.

Die Pferde waren unruhig, sie schnaubten und tänzelten auf der Stelle. Irgendwo in der Ferne heulten die Hunde. Die einheimischen Kundschafter hatten immer noch nicht zu den Kriegern aus Bitan aufgeschlossen. Auch der Hauptmann empfand ein gewisses Unbehagen.

Er hatte ein Gefühl der Freude erwartet, wenn sie ihr Wild endlich stellten, Kampfeslust und Triumph vielleicht. Stattdessen verspürte er eine vage Beklommenheit und ein verstörendes eisiges Prickeln im Nacken.

Es wäre wirklich besser gewesen, wenn sie die Jagd bei Tageslicht zu Ende gebracht hätten. Die Vorstellung, eine finstere Höhle zu durchsuchen, war wenig erbaulich. Trotzdem: Sie waren ein Dutzend gut gerüsteter bitanischer Krieger, und selbst wenn mehr als ein Goblin auf sie wartete, passte kaum genug von diesem Kroppzeug in den Spalt, um es mit ihnen allen aufzunehmen.

Er saß ab, und einige seiner Leute folgten dem Beispiel. Zunder flammte auf, Fackeln und eine Laterne wurden angesteckt. Bald war der Platz vor der Höhle in unruhig flackerndes Licht getaucht.

Colus trat vor und schob das Buschwerk beiseite. Dahinter gähnte der Höhleneingang: unten etwa sechs Fuß breit und nach oben hin schmal zulaufend. Die obersten Ausläufer des Risses zogen sich so weit, als wollten sie den ganzen Berg spalten, und verloren sich irgendwo im Bewuchs der Hügelflanke.

Der Hauptmann spähte hinein. Schweiß trat ihm auf die Stirn, und ihm wurden die Knie weich. Höhlen waren finstere Orte. Nicht geschaffen für Bitaner ... Wer wusste schon, wie tief dieser Spalt in die Erde führte?

Colus glaubte, aus dem Inneren ein feines Geräusch zu vernehmen, wie das Klingen von Metall. Er hob den Schild und trat einen Schritt zurück.

»Wer geht vor?«, fragte er. Seine Krieger sahen einander an. Colus fluchte lautlos. Warum stellte er eine Frage, wenn die Männer einen Befehl erwarteten?

Die Bitaner versammelten sich in einem Halbkreis und starrten in die Finsternis.

»Vielleicht haben wir hier ein ganzes Nest von Goblins?«, fragte einer.

»Unmöglich«, befand der Hauptmann, ohne sich zu rühren. »Hier wurden seit Generationen keine Goblins mehr gesehen. Es muss ein versprengter Trupp von weit her sein, vielleicht nur ein einzelner.« Es klang ihm selbst wie eine Lüge in den Ohren angesichts der Drohung, die von diesem Höhleneingang ausging.

»Wir können bis morgen warten«, schlug einer seiner Männer vor.

»Da ist etwas!«, rief ein anderer und hob die Laterne.

Die Bitaner fassten die Waffen fester. Ganz von selbst nahmen sie eine Kampfaufstellung ein, Schild an Schild, und die Männer mit dem Licht standen hinten und hielten die Fackeln hoch, so dass die vorderen gut sehen konnten.

»Komm raus«, rief der Hauptmann und nahm all seine Kraft zusammen, damit sich kein Zittern in seine Stimme stahl. »Du sitzt in der Falle! Stell dich zum Kampf, du stinkender, feiger Goblin!«

Undeutlich zeichnete sich eine Rüstung in dem Spalt ab. Diese greifbare Erscheinung war eine Erleichterung, verglichen mit dem dräuenden Höhleneingang. Colus erinnerte sich an die Beschreibung der Dorfbewohner – der Goblin hatte eine Rüstung getragen!

»Das ist er!«, rief Colus. »Der Goblin! Voran, Männer, schnappt ihn euch. Versucht, ihn lebend zu kriegen, solange keine Verstärkung hinter ihm ist.«

Er überwand seine Furcht und stürmte voran. Die Gestalt im Höhleneingang versuchte nicht zu fliehen, sondern stellte sich. Entschlossen trat sie dem Angriff des Bitaners entgegen und tat einen Schritt aus der Höhle heraus ...

Baskon lenkte Rujan auf die nahe gelegenen Berge zu. Was für ein Loch diese unfähige Nachtalbe als Versteck ausgesucht hatte! Dort konnte er nicht einmal Rujan unterbringen. Also hatte Baskon den Troll und den Goblin schon in der ersten Nacht allein gelassen und war davongeflogen.

In den Bergen gab es genug Verstecke, die näher an Keladis lagen als der ursprüngliche Unterschlupf. Die Elfenfestung befand sich weit östlich im Elfenwald, wo der Forst fast schon den Saum des Gebirges umspielte, und war den steinigen, unzugänglichen Höhen näher als dem Land der Menschen.

Für den Rest des Trupps wäre es trotzdem kein gutes Lager gewesen. Die schroffe Landschaft machte jeden Vorteil an Nähe zunichte, und für Daugrula und die Gnome war der Weg, den sie gewählt hatten, sicher besser. Aber Baskon bewegte sich am Himmel und musste keine Rücksicht auf die Landschaft nehmen.

Gegen Mitternacht fand er einen hoch aufragenden Felsen mit einer großen Mulde an der Flanke, wo er den Mantikor sicher landen konnte. Gut geschützt vor Blicken von unten thronte er dort über einem wogenden Meer aus Baumwipfeln und starrte gen Westen, wo sich das Schicksal von Leuchmadans Herz entschied.

Und damit auch Baskons eigenes Schicksal.

Nun, noch war es nicht so weit. Daugrula hatte mit zwei Nächten Fußmarsch gerechnet. Es würde noch eine Weile dauern, bis die Gnome ihr Ziel erreichten.

Baskon trat von der Kante zurück, ließ sich weit hinten in der Mulde nieder und tätschelte Rujans Echsenkopf. Der Schlangenschwanz zischte und schlug gegen seine Rüstung, aber die ungestümen Liebkosungen der Chimäre konnten einen Wardu nicht verletzen. Das war ein Grund, warum der Mantikor nur von wenigen als Reittier genutzt werden konnte.

Die Sonne ging auf, und Rujan rollte sich zum Schutz vor dem Tageslicht zusammen. Es war nur eine offene Mulde, keine richtige Höhle, wo sie lagerten, und der Mantikor hätte sich an einem geschützteren Platz wohler gefühlt. Baskon war das gleichgültig, auch wenn das Sonnenlicht ihn träge machte und ihm fast so etwas wie Schlaf brachte.

In der nächsten Nacht stieg der Wardu wieder auf und kreiste über den Tälern. Er suchte nach einem einsamen Hirten oder einem anderen Zeitvertreib, bis ihm einfiel, dass er so nah bei den Elfen kein Aufsehen erregen sollte. Zudem musste er ständig bereit sein, die Gnome abzuholen. Wenn diese Kümmerlinge tatsächlich Leuchmadans Kästchen stehlen konnten, blieb ihnen vermutlich nicht viel Zeit für die Flucht. Er wollte nicht abgelenkt sein und tief in den Bergen stecken, wenn der Ruf des Herzens ihn ereilte.

Widerstrebend begnügte sich Baskon damit, Rujan eine Bergziege reißen zu lassen, dann glitt er zu seinem Hort zurück. Und wartete.

Im Morgengrauen sah er in der Ferne große Vögel kreisen, zwischen den schneebedeckten Gipfeln tiefer im Gebirge. Baskon konnte trotz seiner außergewöhnlichen Sinne die Entfernung schlecht abschätzen. Die Vögel wirkten viel zu groß. Aber es sah so aus ...

Baskon widerstand der Versuchung, dem nachzugehen, und wartete.

Noch eine Nacht und noch eine.

Baskon war nicht gut im Warten.

Inzwischen mussten die Gnome doch längst auf Keladis sein, und wie lange konnte es dann noch dauern? Wenn das Unternehmen schon gescheitert war, würde er es gar nicht mitbekommen.

Wie lange brauchte Daugrula allein für den Rückweg? Womöglich war sie bereits wieder in der Höhle! Baskon hatte bislang nicht gespürt, dass seine Gefährten das Herz berührt hatten. Aber nun war genug Zeit vergangen, und er wollte nicht mehr länger warten. Noch vor Sonnenuntergang bestieg er den Mantikor und flog hinab in die Ebene.

Baskon hielt auf die untergehende Sonne zu. Rujan war unruhig, aber der Wardu umfasste den Zügel fest mit der eisernen Linken und lenkte den Mantikor weiter nach Westen. Unter ihnen glitt das Menschenland dahin, die Wiesen und Felder schon in Schwärze getaucht, während Baskon selbst in der luftigen Höhe am fernen Horizont noch die Dämmerung sah.

Seine Sinne wurden vom Licht nicht beeinträchtigt, und er erspürte zahlreiche Menschen am Boden. In großen Gruppen waren sie unterwegs, zu dieser späten Stunde. Was mochte das bedeuten? Ein Feiertag in dieser ländlichen Gegend? Baskon erinnerte sich an eine ferne Vergangenheit. Damals war ein junger Bursche, der ebenfalls Baskon hieß, viele Meilen weit gelaufen in der Dunkelheit auf der Suche nach Tanz und Musik und Geselligkeit.

Meist hatten diese Feste sein leeres Herz nicht füllen können, und so waren seine Wege länger und länger geworden, bis er endlich *der Stimme* folgte.

Doch das war lange her.

Oder hatte das Treiben dort unten eine andere Bewandtnis?

Hatte etwas diese Menschen aufgeschreckt, und hing das mit seiner Mission zusammen?

Irgendwo am Boden heulte ein Hund.

Baskon lenkte Rujan hinab und tauchte aus dem Zwielicht in die Nacht. Er landete den Mantikor im Schutz eines Wäldchens hinter dem Hügel und schritt dann um die Anhöhe herum zu dem Spalt.

Dort war es still und leer, und Baskon fühlte kein Leben darin.

Trotzdem ging er in die Höhle hinein, bis der Gang so schmal wurde, dass er sich in seiner Rüstung nicht weiter hindurchzwängen konnte. Seine Leute hatten das Versteck verlassen. Die Höhle war leer.

Baskon stand eine Weile reglos da. Was mochte geschehen sein? Er setzte sich nieder und ließ seine Sinne in den Boden sickern. Die Wände waren aus Stein und nahmen ihn gut genug auf. Der Boden allerdings war von einer festen Lehmschicht bedeckt, die seine Wahrnehmung dämpfte.

Baskon konzentrierte sich und versuchte, den Lehm zu durchdringen, nach Hinterlassenschaften in der Höhle Ausschau zu halten. Er fand keine Waffen oder sonstige Spuren. Nichts deutete auf einen Kampf hin, nichts auf feindliche Eindringlinge. Der Troll und der Goblin schienen ihr Versteck freiwillig verlassen zu haben.

Was aber war mit der Nachtalbe? War sie ebenfalls fort oder war sie gar nicht erst zurückgekehrt? Vielleicht träfe sie im Laufe der Nacht noch ein. Vielleicht war den strohköpfigen Kämpfern seiner Schar auch einfach langweilig geworden, und sie streiften des Nachts draußen umher. Dann würden sie vor Morgengrauen zurückkehren. Baskon hatte die Wahl: Er konnte auf die Suche gehen und Gefahr laufen, seine Leute in der weiten Landschaft zu verfehlen, oder er konnte hier warten.

Baskon war nicht gut im Warten.

Also erhob er sich schließlich und trat an den Höhlenausgang. Draußen spürte er eine Bewegung. Etwas Lebendiges. Er fasste seinen kurzen eisernen Spieß fester und ging hinaus.

Als er den bitanischen Krieger sah, der mit erhobenem Schild auf ihn zutrat, wusste er, dass mit ihrem Unternehmen etwas gründlich schiefgelaufen war.

Grenzlande, 28 nLR, 3 Tage vor Blütenmond

Werzaz fluchte.

Das war nicht ungewöhnlich, aber diesmal meinte er es ernst. In der letzten Nacht hatte er es für eine gute Idee gehalten, im Elfenwald Zuflucht zu suchen. Dorthin würden die Menschen ihm nicht folgen, selbst wenn die Spürhunde ihnen den Weg wiesen. Und wenn er nicht allzu tief in den Wald eindrang, so hatte Werzaz sich überlegt, konnte er womöglich tagsüber in einem Versteck ausharren, ohne dass die Elfen auf ihn aufmerksam wurden.

Doch dieser Tag war grauenvoll verlaufen. Werzaz hatte nur einen unzureichenden Unterschlupf gefunden, in einem Dickicht, wo die Sonne fast ungehindert auf ihn scheinen konnte. Er hatte sich gefühlt wie eine Zielscheibe.

Dann war gegen Mittag ein furchtbares Geschöpf auf die nahe Lichtung getreten, ein Tier mit weißem Fell, mit üppiger Mähne und langen seidigen Haaren an den Läufen. Man hätte es für ein besonders zierliches Pony halten können, doch trug es ein spitzes Horn auf der Stirn. Werzaz erinnerte sich an die schaurigen Mären, die er als Kind über solche Wesen gehört hatte, und vor Grauen erstarrt hatte er sich flach auf den Boden gepresst und den unzulänglichen Schutz von Farn und Buschwerk verflucht.

Die ganze Zeit hätte er schwören mögen, dass dieses Einhorn ihn aus seinen großen Augen anstarrte. Hätte er noch seinen Speer gehabt, hätte Werzaz es womöglich darauf ankommen lassen und versucht, sich durch einen wagemutigen Angriff zu retten. Aber er besaß keine vernünftige Waffe mehr, und nur mit Messern wollte er einem so gefürchteten Fabelwesen nicht entgegentreten.

Zum Glück war das Tier schließlich weitergezogen, und der Nachmittag verlief ruhiger. Trotzdem hatte Werzaz nach dieser

Begegnung genug vom Elfenwald. Nicht einen Tag länger wollte er hier ausharren! Lieber nahm er es mit allen Rittern von Bitan auf.

Vermutlich hatten die Bitaner ihr Höhlenversteck ohnehin am ersten Tag entdeckt, es untersucht und waren weitergezogen. Wenn er also in weitem Bogen zurückkehrte, gelangte er mit etwas Glück in den Rücken seiner Verfolger und war erst einmal in Sicherheit, während die Bitaner ihn im Elfenwald wähnten. Sollten die sich doch morgen mit all den Zauberwesen herumschlagen!

Bei diesem »weiten Bogen« hatte Werzaz sich allerdings verlaufen. Schon die halbe Nacht, seit er den Elfenwald verlassen hatte, streifte er kreuz und quer durch die Landschaft und suchte nach vertrauten Wegmarken. Wie es aussah, würde er bei Tagesanbruch immer noch auf freiem Feld stehen. Ob er überhaupt jemals die Höhle und den Treffpunkt wiederfand?

Baskon verstärkte seine Essenz und ließ den Stahl seiner Rüstung vibrieren. So war er stärker und schneller. Er schleuderte den Spieß auf den vordersten Bitaner, mit übermenschlicher Kraft und so sehr Teil von ihm selbst, dass die Spitze den Schild durchschlug, den Arm gegen die Rüstung des Mannes nagelte, durch den Brustpanzer fuhr und am Rücken wieder austrat.

Die übrigen Bitaner schrien auf vor Schmerz und Grauen. Viele von ihnen ließen die Waffen fallen und pressten sich die Hände auf die Ohren, andere suchten ihr Heil in der Flucht. Manche brachen stöhnend in die Knie, und die Pferde, die vor dem Gestrüpp am Höhleneingang standen, scheuten und gingen durch.

Baskon zog das Schwert und schritt durch die Reihen seiner Feinde. Er streckte einen nieder, und dessen Brünne platzte noch vor der Berührung der Klinge auf, um den tödlichen Streich zu empfangen. Einem weiteren, der hilflos zu Boden gegangen war, schlug er den Kopf von den Schultern.

Nur einer brachte die Stärke auf, dem Wardu entgegenzutreten. Baskon ergriff Besitz von Wehr und Klinge des Bitaners, und der Mann riss entsetzt die Augen auf, als plötzlich seine Armschienen und die Schulterplatten sich gegen ihn wandten, den Arm herumbogen und die eigene Klinge summend sein Blut forderte.

Ein Bitaner kroch angsterfüllt unter ein Gebüsch, und Baskon drückte ihm mit einem Gedanken den Brustpanzer ein, dass die Knochen krachten und Blut aus den Öffnungen der Rüstung schoss. Noch zweimal schlug der Wardu mit dem Schwert zu, dann war kein Gegner mehr da. Baskon blickte den Fliehenden nach und überlegte, ob er die Verfolgung aufnehmen sollte. Sie würden die Kunde verbreiten, und damit wäre ihre geheime Mission gescheitert.

Doch was hier geschehen war, würde sich ohnehin rasch genug verbreiten. Es brachte nicht viel, würdelos hinter diesen Hasenfüßen herzulaufen. Baskon konzentrierte sich noch einmal und brach dem letzten Flüchtenden die Beine, indem er ihm die metallenen Beinschienen verdrehte. Heulend stürzte der Krieger zu Boden.

Baskon schritt auf ihn zu, und der Mann schrie noch lauter und wandte sich ab. Er stopfte sich die behandschuhten Finger in die Ohren und schlug die Stirn auf die Erde. Baskon wusste genau, dass seine Ausstrahlung den Kopf des Mannes erfüllte und beinahe zum Bersten brachte. Er riss ihm die Rüstung vom Leib, und auch den gepolsterten Waffenrock darunter. Mit dem Stoff wischte er sein Schwert sauber.

Dann packte Baskon seinen Gefangenen und schleppte ihn zur Höhle zurück. Unterwegs las er ein bitanisches Schwert auf, eine lange schmale Klinge, die für seine Zwecke am besten geeignet war. Er dämpfte seine Ausstrahlung. Seine Rüstung vibrierte weniger heftig, und der Wahnsinn des Gefangenen ließ nach. Der Kerl schrie noch immer, doch allmählich mischten sich zusammenhängende Worte unter seine Schreie. Als Baskon ihn durch den Spalt zerrte, winselte er um Gnade.

Ein paar Schritte hinter dem Eingang ließ Baskon ihn fallen, zielte mit dem aufgelesenen Schwert und stieß die Klinge in den

Körper des Mannes. Er hatte den Stoß genau platziert, und der Stahl fuhr zwischen den untersten Rippen in den Leib und trat auf der anderen Seite dicht über der Hüfte wieder aus. Die Klinge suchte sich ihren Weg an den Organen vorbei, sodass diese unversehrt blieben. Das wilde Pochen der großen Ader streifte Baskon nur mit dem stählernen Finger, angelockt von dem Laut, von dem Leben, das darin pulsierte. Aber noch nicht, *noch nicht …*

»Also«, sagte er zu dem Bitaner. »Was wollt ihr hier. Wo ist der Goblin?«

Der Bitaner stammelte voller Panik vor sich hin. Es brauchte eine Weile, bis ihm bewusst wurde, was Baskon getan hatte. Dann starrte er nur noch mit vorquellenden Augen auf das Schwert in seiner Seite und schien auf den Tod zu warten.

Baskon war mit seiner Geduld am Ende. Am liebsten hätte er diesen Narren in Stücke geschnitten, damit er endlich redete, aber das wäre nicht hilfreich gewesen. Also zügelte Baskon seinen Unmut und ließ seine Ausstrahlung zu einem leisen beruhigenden Summen abfallen. Er wiederholte die Frage, und endlich hörte der Mann zu.

»Ich weiß nicht … Wir dachten … Ihr wärt der Goblin.«

Baskon musterte den Bitaner wie eine besonders abscheuliche Wanze. Er ließ das Schwert im Leib des Mannes stärker schwingen, bis der Stahl gegen die Eingeweide schlug, gegen Leber und Magen und zwischen die Gedärme. Der Mann brüllte und zuckte, aber Baskon hielt ihn fest. Wenn der Bitaner sich über ihn lustig machte, hatte er alle Qualen verdient. Seit tausend Jahren hatte sich niemand mehr über Baskon lustig gemacht!

»Wo ist die Nachtalbe?«, fragte er dann und ließ dem Bitaner Zeit zum Reden.

Der starrte ihn verständnislos an. »Welche Nachtalbe? Oh nein, Gnade, Herr, Gnade!«

Aber Baskon ließ die Klinge wieder in den Eingeweiden wühlen und im Leib des Gefangenen umherpeitschen. Dann hielt er wieder inne.

Der Bitaner lag stöhnend am Boden und wand sich unter Schmerzen. Baskon gönnte ihm einige Augenblicke Erholung.

»Und was ist mit dem Troll?«, fragte er. Er beugte sich tiefer über den Mann und ließ seine Stimme ganz freundlich klingen: »Ein großer hässlicher Troll. Das ist doch eine leichte Frage, mein Freund. Einen Troll kann man kaum übersehen.«

»Wir haben ihn ... in die Stadt geschafft«, keuchte der Bitaner. »Der Hauptmann ... wollte ihn befragen ... wenn der Vollmond ihn wieder aus der Starre holt.«

Baskon lehnte sich ein wenig zurück. Offenbar hatte der Mann ihn doch nicht anlügen wollen. Er wusste anscheinend wirklich nichts über den Goblin und die Nachtalbe. Aber was trieben die Bitaner so weit im Norden?

Baskon wandte sich wieder seinem Gefangenen zu und setzte die Befragung fort, diesmal feiner und ausführlicher. Er ließ sich erzählen, woher der Krieger und seine Kameraden kamen, was sie in die Gegend führte, was sie vorhatten und wie sie zu dieser Höhle gelangt waren.

Dann ließ er den Griff des Schwertes los und setzte sich auf den Boden. Er dachte nach. Sein Gefangener atmete schwer und stöhnte. Dann und wann regte er sich und hielt sich den Leib, in dem immer noch das Schwert steckte.

Beiläufig streckte Baskon die Hand aus und drehte die Klinge, so dass die Schneide über die Rippe kratzte. Tief im Leib durchtrennte sie die Ader, an die das Schwert sich geschmiegt hatte, und nach einem letzten schmerzerfüllten Stöhnen verdrehte der Mann die Augen und verlor das Bewusstsein. Sein Atem wurde ruhiger und verstummte schließlich ganz.

Jetzt konnte Baskon seine nächsten Schritte planen.

Für den Rückweg hatten die Gnome kaum länger als eine Nacht gebraucht, denn Daugrula hatte sie tatsächlich in kleiner Gestalt durch den Elfenwald getragen, um schneller und leiser voranzukommen. Sie hatte dafür ein Säckchen verwendet, und es war sehr unbequem gewesen, aber Wito war froh, dass Daugrula sie nicht in ihrem Taschentier transportiert hatte.

Seit sie aus dem Wald heraus und auf Menschenland waren, liefen die Gnome wieder auf eigenen Beinen. Doch kurz vor ihrem Ziel hieß die Albe sie stehen bleiben. »Bei der Höhle stimmt etwas nicht«, sagte sie. »Sie muss entdeckt worden sein.«

»Wir sehen nach«, schlug Wito vor. Immerhin waren sie die Kundschafter. Daugrula nickte.

Wito ließ die beiden Gefährten nach links und rechts ausschwärmen, bis sie gerade noch in Sichtweite waren. Dann rückten sie langsam vor, krochen durch das Gras oder eilten geduckt von Deckung zu Deckung. Mit Handzeichen stimmten sie ihre Annäherung ab.

Skerna näherte sich dem Spalt von oben über die Hügelflanke, bis sie die Stelle vor der Höhle im Blick hatte, ohne selbst gesehen zu werden. Dann bedeutete sie ihren Gefährten, zu warten, und machte sich an den Abstieg.

Wito rückte so weit nach, dass er sie im Auge behalten konnte. Jetzt sah er die toten Körper, die am Fuße des Hügels lagen. Eine Spur von Leichen führte bis zum Höhleneingang, und dort traf Wito auch Skerna wieder.

Sie blickten einander an und zuckten die Schultern. Dann musterte Wito den Toten, der dem Eingang am nächsten lag. Er erkannte Baskons eigentümliche Lanze. Wito versuchte, die Waffe herauszuziehen, aber sie steckte so fest im Fleisch, im Holz des Schildes und in der Rüstung, dass der Gnom sie nicht bewegen konnte.

Darnamur war inzwischen zu ihnen getreten.

»Es sind bitanische Krieger«, sagte er. »Sie müssen uns den ganzen Weg über gefolgt sein.«

»Pssst«, erwiderte Wito. »Still. Vielleicht verstecken sich noch welche hier, um uns aufzulauern.«

»Nicht in der Nähe«, sagte Darnamur. »Wir hätten sie bemerkt.«

Wito wies auf die Höhle. Alle drei lauschten.

Unvermittelt tauchte Daugrula zwischen ihnen auf, und Wito

sprang erschrocken zurück. Sie hatten ihre Aufmerksamkeit so sehr auf den Höhleneingang gerichtet, dass sie nicht bemerkt hatten, wie die Nachtalbe sich genähert hatte.

»Keine lebende Seele mehr hier«, verkündete der Gnom dann. »Aber vielleicht haben sie ein paar Krieger in der Höhle zurückgelassen, damit die auf uns warten.«

»Keine lebende Seele in der Höhle«, stellte Daugrula fest. »Die Höhle ist so klein, dass ich es spüren würde.«

Sie zog an Baskons Speer, aber sie musste einen Fuß auf den Leichnam setzen, um die Waffe herauszuziehen. »Es ist *keine* lebende Seele mehr hier«, fügte sie hinzu. »Auch nicht Werzaz und Gibrax.«

Trotzdem trat sie in die Höhle, den Speer locker in der Hand.

Die Gnome folgten ihr zögernd.

Sie hörten ein Scharren aus der Tiefe, dann ahnten sie eine Bewegung im Dunkel. Die Gnome rückten dichter zusammen und zogen ihre Waffen, aber Daugrula ging ungerührt weiter, den Speer ein wenig vorgestreckt.

»Du hast da draußen etwas vergessen«, sagte sie.

Baskon, der Wardu, nahm ihr den Speer aus der Hand und sagte kein Wort. Seine Augenschlitze blickten an der Nachtalbe vorbei und richteten sich nach unten – auf die Gnome.

»Das Herz«, sagte er hohl. »Ihr seid gescheitert.«

Die Gnome berichteten, was sie auf Keladis in Erfahrung gebracht hatten. Baskon ging inzwischen umher, sammelte die Toten ein und warf sie hinter das Buschwerk am Fuße des Hügels, so dass sie für jemanden, der zufällig vorüberkam, nicht mehr zu sehen waren. Allerdings war der Bewuchs vor dem Höhleneingang ausgerissen worden, so dass ihr Versteck nicht mehr viel taugte.

»Ihr habt euch täuschen lassen«, befand Baskon schließlich, als die Gnome geendet hatten.

»Täuschen?«, fragte Wito. Er starrte Baskon an.

»Was ihr herausgefunden habt, ist mir bereits bekannt – und noch einiges mehr.«

»Aber wie das?«, fragte Darnamur. Er klang empört. »Wir waren bei der geheimen Ratssitzung. Wir haben alles gehört.«

Baskon wies auf den Berg von Leichen. »Ich habe mit einem der Bitaner gesprochen. Ihr Fürst weilt ebenfalls auf Keladis, und gestern Nachmittag kam ein Bote von ihm nach Komfir – das ist die Menschenstadt, wo die Truppen des Fürsten warten. Was der Bote berichtete, weiß ich nun auch.«

»Ha!«, warf Skerna ein. »Habe ich es nicht gesagt? Wir hätten einfach in der Tasche sitzen bleiben sollen. Wenn selbst Strentors Nachricht schon hier angekommen ist, hätten wir das erst recht geschafft!«

Baskons Helm wandte sich ihr zu. Der Stahl der Rüstung verbarg jeden Ausdruck.

»Fürst Sukan ist hier, um einen Schatz zu holen, den die Elfen seinen Vorfahren dereinst raubten«, fuhr er fort. »Wir wissen alle, was für ein Schatz gemeint ist.«

Die drei Gnome und auch Daugrula blickten zu dem Wardu auf, während dessen leblose, scharrende Stimme aus der Rüstung drang:

»Der Bote wusste zu berichten, dass die Elfen den Schatz fortbringen wollen. Der Fürst traut den Elfen nicht, und seine Männer sollen die Schatulle sichern, sobald sie auf dem Wege nach Bitan durch die Stadt geschafft wird.«

»Aber genau das haben wir auch erzählt!«, rief Wito.

Baskon versetzte ihm mit dem Panzerhandschuh eine Kopfnuss, so dass der Gnom mit einer Platzwunde zu Boden ging. »Hör zu, wenn ich rede«, rief er. »Dann erkennst du den Unterschied. Ihr habt behauptet, der Freie Rat wolle Leuchmadans Herz nach Süden bringen und dort vernichten. Tatsächlich aber wollen sie es nach Bitan schaffen und dort einsetzen.«

»Das ist nur die Ansicht dieses dämlichen Fürsten«, rief Skerna und trat vorsichtshalber einen Schritt von Baskon fort. »Er ist gierig und traut niemandem.«

»Genau«, pflichtete Darnamur ihr bei. »Er hat seinem Boten nur das erzählt, was er selber gern verstehen wollte. Aber wir waren bei der Versammlung dabei. Wir wissen, was besprochen wurde.«

»Ach?«, sagte Baskon, und Belustigung klang aus seiner Stimme. »Ihr Kreaturen glaubt also, ihr versteht das alles besser als ein Menschenfürst, nur weil eure Köpfe ein wenig zu groß sind für eure kraftlosen Leiber? Nein, die Glaubwürdigkeit der Geschichten spricht für sich selbst, zumindest für jeden, der ein wenig Verstand zwischen den Ohren hat!«

Wito nahm die Hand von der Stirn. Sie war rot verschmiert. Sein Kopf wummerte. Trotzdem versuchte er, Baskon zu überzeugen: »Sie wollen Leuchmadans Herz in die Grauen Lande schmuggeln. Und es vernichten. Der Fürst will das verhindern, aber andere werden es versuchen. Und wenn sie das Kästchen auflösen und all die gesammelte Lebenskraft unserer Heimat freigesetzt wird – wer weiß, was dann geschieht. Vielleicht werden unsere Völker den Rest ihrer Tage in einer Wüste leben. Vielleicht verlieren wir einfach nur die Möglichkeit, mit der Macht dieses Behältnisses schnell etwas Besseres zu schaffen. Aber was auch immer geschieht: Wir dürfen das nicht zulassen.«

»Glaub mir«, sagte Baskon, und er schaffte es, in seiner metallenen Stimme Ironie mitschwingen zu lassen. »Mir liegt diese Schatulle auch sehr am Herzen. Aber sie gehört allein Leuchmadan, und es gibt kein *Wir* zwischen ihm und euch Missgeburten. Und die Feinde werden sie uns nicht freiwillig in die Grauen Lande liefern, sondern sie werden sie an einen sicheren Ort bringen und dann gegen uns verwenden – und *das* ist es, was wir verhindern müssen.«

»Daugrula, was meint Ihr dazu?«, wandte Darnamur sich an die Nachtalbe.

»Ich meine, dass es zunächst einmal einerlei ist«, erwiderte diese. »Die Elfen bringen Leuchmadans Herz aus Keladis fort, so viel ist unbestritten. *Wohin* sie es bringen wollen, ist ohne Belang, denn sie werden ihr Ziel nie erreichen.«

»Gut gesprochen!«, rief Baskon.

»Aber wir könnten das Kästchen trotzdem leichter abfangen, wenn wir am richtigen Weg darauf lauern«, warf Darnamur störrisch ein.

»Hüte deine Zunge, Gnom«, sagte Baskon. »Ihr solltet das

Herz aus Keladis rauben und habt versagt. Ab jetzt ist die Jagd nach dem Herzen eine Aufgabe für Krieger.«

»Wenn wir von Kriegern sprechen«, meinte Daugrula. »Was ist mit Gibrax und Werzaz?«

»Der Troll wurde gefangen und in die nächste Stadt verbracht. Der Goblin hat sich irgendwo verkrochen. Die Bitaner waren auf der Suche nach ihm.«

»Dann sollten wir ihn früher finden«, sagte Daugrula.

Baskon schüttelte den Kopf, dass der Helm am Eisenkragen schabte. »Nein. Dazu haben wir keine Zeit. Wir müssen uns um Leuchmadans Herz kümmern, nicht um den nutzlosen Goblin.«

»Meintest du nicht eben, wir bräuchten Krieger?«, wandte Daugrula ein. »Wie es scheint, sind unsere beiden Krieger soeben verloren gegangen.«

»Die Kraft eines Wardu allein sollte im Zweifel ausreichen«, befand Baskon zuversichtlich. »Aber wir geben nicht beide Krieger auf. Den Troll können wir ohne Umweg aufklauben. Höre, Nachtalbe: Du gehst mit dem kleinen Gelichter in diese Menschenstadt. Sukans Krieger warten dort auf das Herz, und wenn es ankommt, wirst du davon erfahren.«

»Großartig«, murrte Skerna. »Wir marschieren in eine Menschenstadt und sehen uns um. Und die Menschen unterstützen uns sogar dabei. Am besten noch freiwillig.«

»In der Tat«, pflichtete Daugrula der Gnomin überraschend bei. »Baskon hat recht. Ich kann uns tarnen, damit uns unter den Menschen niemand erkennt. Aber ich kann Baskon so wenig mit meinem Zauber decken, wie ich den Troll verbergen könnte.«

»Ich«, sagte Baskon, »werde einen anderen Weg wählen. Es ist immer besser, mehrere Pfeile im Köcher zu haben. Ich überwache die Gegend aus der Luft, falls die Elfen die Menschenstadt umgehen möchten und einen anderen Weg wählen.«

Werzaz wanderte in weiten Schleifen durch die Landschaft. Es ging schon auf den Morgen zu, und einen wirklich guten Unterschlupf hatte er bisher nicht gesehen.

Da nahm er einen feinen Geruch wahr, nach kaltem, abgestandenem Qualm. Der Goblin bewegte sich vorsichtig darauf zu. Wie er gehofft hatte, führte der Geruch ihn bis zu den Überresten des Dorfes, das sie vor drei Tagen niedergebrannt hatten. Einen Augenblick lang verharrte Werzaz geduckt auf einer Hügelkuppe und beobachtete den Weiler.

Von den Häusern waren nur mehr geschwärzte Trümmer und Aschehaufen übrig. Nichts schwelte mehr sichtbar, aber unter der Asche lebte noch der ein oder andere Funke, sonst wäre der Geruch nach Rauch nicht so stark gewesen.

Von den Bewohnern des Dorfes war nirgendwo etwas zu sehen, so wenig wie von den Bitanern, die sie zur Unterstützung geholt hatten. Sie mussten in anderen Siedlungen untergekommen sein.

Werzaz hoffte, dass diese Jäger sich inzwischen alle für die Nacht zurückgezogen hatten und ihre Suche erst morgen fortsetzten, und zwar irgendwo anders, nachdem sie die Höhle verlassen vorgefunden hatten. Zumindest fände er von hier aus den Unterschlupf mühelos wieder.

Werzaz raffte sich auf und folgte eilig dem Weg, den er mit Gibrax in der Nacht des Feuerfestes zurückgelegt hatte. Wann immer er über eine Hügelkuppe kam, erahnte er am östlichen Horizont schon einen blassen, rosa Streifen. Er ging schneller, denn er wollte sich nicht wieder vom Morgengrauen überraschen lassen, auch wenn diesmal kein Troll bei ihm war.

Dicht vor der Höhle hielt er unvermittelt inne.

Der Geruch von Blut lag in der Luft, und ein schwacher Hauch von Tod!

Wie konnte Blut geflossen sein, wenn die Bitaner eine leere Höhle vorgefunden hatten?

Unsicher griff Werzaz nach seinem Dolch und der Wurfaxt. Die Nachtalbe und das Rattenvolk! Er zuckte zusammen. Waren seine Gefährten womöglich zurückgekommen und ahnungslos von den Bitanern überrascht worden?

Werzaz stürmte los und schwang die Waffen. Krachend brach er durch das Gestrüpp und sah eine gerüstete Menschengestalt vor dem Höhleneingang stehen. Schon holte er mit der Axt aus, als er das feine Summen in seinem Schädel wahrnahm und die Übelkeit in seinem Leib. Es dauerte eine Zeit lang, bis das Grauen, das einen Wardu stets begleitete, durch seinen aufgewühlten Verstand drang.

»Baskon!«, rief er.

Die Nachtalbe trat hinter dem Wardu aus der Höhle. »Sieh an«, sagte sie. »Da wagt sich ja auch unser kleiner Deserteur wieder zurück!«

Zorn brandete in Werzaz auf, und der einzige Grund, warum er die erhobene Axt nicht gleich auf die Albe schleuderte, war Baskon, der immer noch neben ihr stand und der den Angriff missdeuten mochte. Der Berg von Leichen, den Werzaz jetzt hinter einem Busch aufgetürmt sah, stellte eine Warnung dar, die selbst ein Goblin verstand.

»Da sind ja auch die kleinen Heimtücker«, stellte Werzaz fest. »Was drücken wir uns dann noch hier herum?«

Inzwischen hatten sich alle Gefährten vor der Höhle versammelt, und Werzaz brauchte eine Weile, um die richtigen Schlüsse zu ziehen: »Bei Leuchmadan! Diese Fladenwühler haben's in den Dreck gesetzt. Wir sollten ihnen den Hals umdrehen!«

»Im Augenblick würde mich eher interessieren, was du hier angerichtet hast«, bemerkte Daugrula kühl.

Werzaz blickte von einem zum anderen. Baskon wandte sich ab. »Ihr mögt schwatzen oder sonstwie die Zeit verbringen. Ich gehe. Rujan fliegt nicht gern bei Tageslicht.« Er schritt davon.

»Sollen wir wirklich hier in der Höhle bleiben?«, gab Wito zu bedenken. »Es sind Bitaner entkommen. Sie werden mit Verstärkung zurückkehren.«

»Halt's Maul, du Trollkötel«, sagte Werzaz. »Du bleibst genau da, wo man es dir befiehlt.«

Alle Augen richteten sich auf den Goblin. Die Nachtalbe musterte ihn schweigend und eindringlich.

»Der Troll wollte unbedingt raus«, rang sich Werzaz schließlich eine knappe Erklärung ab. »War eben ein Dungschädel, was soll ich machen? Dann sind diese Bitaner gekommen, und ich musste mir ein anderes Versteck suchen.«

Daugrula seufzte. »Meinetwegen. Was geschehen ist, ist geschehen. Wichtig ist nur, dass wir einen Plan haben. Baskon hat die Bitaner erst einmal vertrieben, und sie brauchen hin und zurück mehr als einen Tag, wenn sie in der Stadt Verstärkung holen wollen. Also dürften wir heute in der Höhle sicher sein. Kommt.«

Sie machte kehrt, und die Gnome folgten ihr eilig, um nicht mit dem Goblin allein draußen zu bleiben.

»Ich bin kein Deserteur«, rief Werzaz hinter ihnen her. »Ich musste die Höhle verlassen, aber ich habe geschaut, ob ihr zurück seid. Ich bin Leuchmadan treu.«

Niemand antwortete ihm. Licht sickerte über die Landschaft, und das Schwarz am Himmel wirkte viel bleicher.

Westliche Schraffelgrate, 28 nLR, 2 Tage vor Blütenmond

Baskon flog zu seiner einsamen Felsnadel in den Vorbergen. Er ließ Rujan so lange wie möglich tief über die Landschaft gleiten, wo er vom Boden her zwar leichter auszumachen war, aber seine ledrigen Schwingen noch in der Dunkelheit badeten.

Als die Sonne sich ganz über den Horizont erhoben hatte und es keinen Schatten mehr gab, ließ Baskon den Mantikor höher steigen und legte das letzte Stück am gleißenden Morgenhimmel zurück.

Beinahe wünschte er sich, die Gnome hätten recht und ihre Gegner wollten Leuchmadans Herz tatsächlich vernichten. Die Schatulle war nur an einem einzigen Ort zu öffnen, an der Quelle des Blutes, Leuchmadans alter, magischer Wirkungsstätte. Diese lag mitten in den Grauen Landen. Wenn die Feinde dorthin unterwegs waren, musste er einfach nur zurückfliegen und ein Heer in Marsch setzen, das diese Verrückten erwarten und das Herz pflücken würde wie eine reife Frucht.

Aber die lichten Völker würden nicht vernichten, was sie ebenso gut gegen Leuchmadan gebrauchen konnten … Die Gnome hatten es gründlich missverstanden. Oder schlimmer noch. Vielleicht war der Feind auf die winzigen Kundschafter aufmerksam geworden und hatte sie bewusst in die Irre geführt. Aber Baskon konnten sie damit nicht täuschen.

Allerdings hatte er nur eine kleine Schar zur Verfügung. Sie waren ausgeschickt worden, um das Herz von einem genau bekannten Ort zu holen, nicht, um die ganzen Lande zwischen Bitan und dem Elfenwald danach zu durchkämmen. Also mussten sie das Herz in Komfir abfangen. In dieser Menschenstadt hatte Fürst Sukan viele Truppen bereitgestellt, und vermutlich würden ihre Feinde die Schatulle dorthin bringen, wo die Nachtalbe und ihre Meute sie bereits erwarteten.

Andererseits dienten diese Truppen womöglich nur der Ablenkung. Wenn das Herz auf einem anderen Weg transportiert wurde, war es schwer aufzuspüren. Baskon wusste nicht genau, wann es von Keladis weggebracht werden sollte. Womöglich waren die Herzdiebe schon unterwegs? Unter den Bäumen konnte Baskon sie nicht sehen, denn Laub und Geäst trübten seine Wahrnehmung. Er konnte also nur jeden Tag seine Erkundungsflüge unternehmen und darauf hoffen, dass er sie zufällig entdeckte.

Inzwischen war Baskon wieder auf dem Felsvorsprung gelandet, auf dem er schon so viel Zeit mit Warten verbracht hatte. Rujan drückte sich tief in die Mulde am Steilhang und barg das Echsenhaupt unter den Flügeln. Ganz langsam stieg die Sonne zum Mittag, und Baskon selbst saß mit gesenktem Haupt auf dem Sims und spürte die Wärme auf dem Stahl seiner Rüstung. Das Metall veränderte sich – er selbst veränderte sich.

Jeden Tag.

Das war ein Gedanke, den er festhalten musste. Ein unangenehmer Gedanke. Die Feinde würden nicht des Nachts reisen. Am ehesten fand er sie bei Tageslicht. Aber dann war er am schwächsten, und sein Reittier wäre ständig an der Grenze zur Panik. Außerdem wurde er am Tag auch selbst leichter entdeckt, und wer weiß, was die Elfen unternahmen, wenn sie einen Wardu in der Gegend bemerkten?

Doch nach seinem Zusammenstoß mit den Bitanern würde sich ohnehin bald überall herumsprechen, dass er da war. Er musste bei Tag fliegen, ob es ihm gefiel oder nicht.

Ohne den Kopf zu heben, schaute Baskon zu Rujan und beschloss, *noch nicht.* Er wartete die grellen Mittagsstunden ab. Dann erhob er sich wieder und blickte über die Kante auf den Wald zu seinen Füßen.

Unter den Bäumen konnte sich eine ganze Armee verstecken, Baskons Sinnen entzogen. Auf der anderen Seite, Richtung der hohen Berge, kreisten wieder die Vögel in der Ferne. Sie wirkten wirklich sehr groß.

Baskon befahl den widerstrebenden Mantikor herbei und stieg auf. Rujan streckte den Kopf vor und geriet ins Schlingern, als er losflog. Die Abenddämmerung war noch fern, und der Mantikor spürte, dass er viele Stunden Sonnenlicht vor sich hatte.

Baskon schickte seinen *Klang* in das Zaumzeug und wies sein Reittier zur Ordnung. Mit einigen trägen Flügelschlägen flog es höher, stieg über die Spitze der hoch aufragenden Warte hinaus und schlug einen Bogen, um nach Westen davonzugleiten.

Die großen Vögel schwebten immer noch im Osten. Sie kreisten über der Passstraße.

Kurz entschlossen wendete er Rujan und flog nun doch tiefer in die Berge hinein. Er würde seine Suche nicht beginnen, bevor er nicht erkundet hatte, was da in seinem Rücken vorging.

Als Baskon näher kam, erkannte er, was für Vögel das waren. Es waren Aare, die gewaltigen Adler des Gebirges. Sie waren noch größer als sein Mantikor, aber das erschreckte Baskon nicht. Es waren nur Tiere. Von Chimären und ihren unberechenbaren Waffen hielten sie sich fern, und die Aura eines Wardu würde sie noch mehr einschüchtern. Ungewöhnlich war allerdings, dass Aare in einem so großen Schwarm flogen, ein halbes Dutzend … nein – Baskon zählte nach. Fünf Stück.

Und sie hatten hässliche Beulen auf dem Rücken, wie kleine

Buckel, die Baskon aus der Ferne allerdings nicht genauer ausmachen konnte.

Während der Wardu herankam, wichen die Riesenadler in weitem Bogen aus, und bald schon wurde Baskons Aufmerksamkeit abgelenkt. Am Boden wanderte ein halbes Dutzend Gestalten den Anstieg zur Passstraße hinauf. Baskon sank tiefer.

Eine der winzigen Kreaturen im Tal wies in seine Richtung, und Baskon konnte Rufe erahnen. Die Wanderer stoben auseinander und suchten Schutz zwischen den Felsen am Wegesrand. Drei von ihnen führten Pferde mit sich, und während der eine Reiter mit seinem Tier elegant in einem schmalen Einschnitt Zuflucht suchte, waren die anderen abgesessen, und einer musste sein aufgeregtes Ross beruhigen. Die vier kleineren Wanderer hatten mit einem einzelnen unruhigen Pony zu kämpfen.

Sie fürchteten Baskon, aber von den Aaren hatten sie sich anscheinend nicht beeindrucken lassen.

Der Wardu zog den Mantikor wieder hoch und unternahm einen neuen Anflug. Vier kleine Gestalten, die drei Berittenen etwa menschengroß. *Womöglich ein Elf und zwei Menschen, einer davon ein Zauberer?* Tatsächlich trug einer der größeren Reisenden einen langen, spitzen Hut – oder hatte einen sehr, sehr kegelförmigen Kopf. *Drei Wichtel und ein Zwerg.* Eine der kleinen Gestalten wirkte ein wenig größer und sehr viel breiter als die drei anderen. Sie harrte bei dem aufgeregten Packtier aus, während die drei zierlicheren Geschöpfe längst Deckung gesucht hatten.

Baskon fasste seinen Spieß fester. Dort unten war eine Gruppe, die zur Beschreibung der Gnome passte – die Schar der Feinde, die Leuchmadans Herz nach Süden bringen sollten. Aber was trieben sie hier in den Bergen, auf dem Weg nach Osten?

Der Pass führte auf die andere Seite der Schraffelgrate. Dort gelangte man nicht nach Bitan. Man erreichte eine öde Steppe, die hauptsächlich von Goblins bevölkert war, und, weiter nach Süden hin, kam man in karge Lande mit wilden Menschen. Dort war Leuchmadans Einfluss groß, auch wenn es kaum Truppen gab, die diese Gebiete sicherten. Wenn die Feinde tatsächlich auf diesem Weg nach Süden ziehen wollten …

Hatten die Gnome etwa recht gehabt?

Von Osten her konnte man unbemerkt in die Grauen Lande gelangen. Zudem war es ein geeigneter Weg, um sich und zugleich das Herz dem gierigen Zugriff der bitanischen Mächtigen zu entziehen.

Baskon zauderte noch, ob er die Gruppe gleich hier überfallen und das Herz an sich bringen oder ob er auf geradem Wege zu Leuchmadan fliegen und dem Herrn berichten sollte, was sich hier zugetragen hatte.

Nein. Er wusste nicht wirklich, was diese Herzdiebe vorhatten – er wusste nur, dass sie jetzt hier waren! Er musste den Angriff wagen und das Herz an sich bringen, solange er die Gelegenheit dazu hatte. Wenn es zu gefährlich wurde, wenn diese von hier aus so harmlos aussehenden winzigen Gestalten zu viel Widerstand leisteten, konnte er immer noch kehrt machen und Leuchmadan warnen.

Der Speer ließ sich gefahrlos aus großer Höhe schleudern, ohne dass Baskon in Reichweite seiner Gegner kam. Er zielte auf den Zauberer, den Spitzhut – den einzigen Gegner, den er nicht recht einschätzen konnte.

Noch ein wenig nach unten. Ausholen …

Unvermittelt fiel ein Schatten auf Rujan. Ein brausender Wind ließ den Luftstrom an den Schwingen des Mantikors abreißen, und die Chimäre sackte durch. Baskon wurde ein Stück auf Rujans Rücken emporgerissen und blickte nach oben.

Während der Mantikor kreischte und mit den Flügeln schlug, sah Baskon einen gewaltigen Aar herankommen. Das Tier hatte die Beine weit vorgestreckt, und lange Krallen, scharf wie Klingen, rasten auf ihn zu.

Baskon riss sein Reittier herum und ließ es zur Seite wegkippen. Die Schwingenspitze des Aars streifte Rujans Fledermausschwinge und schlug einen Riss in die Flughaut. Es klang wie ein scharfer Stein, der Pergament durchtrennte.

Der Riesenadler stieß einen schrillen Schrei aus. Rujan

zischte und schnappte und schlingerte. Etwas prallte gegen Baskons Rücken und ließ ihn herumfahren.

Oben auf dem herabtauchenden Aar saß ein kleiner Zwerg. Er war in einen leichten Kettenpanzer gehüllt und in ein Geschirr eingespannt, mit dem er den Vogel lenkte. Über den goldfarbenen Bartlocken trug die kleine Gestalt eine eigentümliche Ledermaske, die die obere Hälfte des Gesichts verdeckte und die Augen mit eingesetzten Scheiben aus klarem Glas schützte. Der Zwerg hatte ein ganzes Arsenal an Waffen und Gerätschaften dabei, die gleichfalls am Aar festgeschnallt waren. Soeben drückte er eine Armbrust in eine Vorrichtung, die in einem Zug die Sehne spannte und einen neuen Bolzen einführte. Gleichzeitig schleuderte er mit der anderen Hand einen kurzen Metallspeer, Baskons eigenem nicht unähnlich.

Der Zwerg verfehlte Baskon, und die beiden Reittiere entfernten sich rasch voneinander.

Weitere Geschosse trafen Baskon und prasselten gegen seine Rüstung wie Hagelkörner. Ein Bolzen schlug durch sein Ellbogengelenk, ein weiterer fuhr ihm mitten in den Augenschlitz. Dann krachte ein schwerer Wurfspeer in seine Seite, drang durch die Brünne und blieb stecken.

»Wardu«, rief eine raue Zwergenstimme. »Auf dich haben wir gewartet.«

Die Aare umkreisten den Mantikor wie hungrige Wölfe. Hektisch sondierte Baskon die Umgebung, versuchte, auf Abstand zu bleiben und eine Lücke in der Schar der Feinde auszumachen. Er richtete den eigenen Speer mal in die eine, mal in die andere Richtung, konnte sich aber nicht entscheiden, wen er zuerst angreifen sollte.

Rujans Schlangenschweif züngelte zischelnd umher und suchte Fleisch, in das er seine gifttriefenden Zähne schlagen konnte. Der größere Echsenkopf vorn am Mantikor schnappte wütend ins Leere.

»Wardu, wir kriegen dich«, riefen die Zwerge vom Rücken ihrer Aare. »Die Zeiten sind vorbei, wo euresgleichen den Himmel beherrschte. Wir haben uns vorbereitet!«

Baskon lenkte sein Reittier direkt auf einen Aar zu. Er hob den Speer. Aber die mächtigen Vögel waren trotz ihrer Größe viel wendiger und schneller als sein Mantikor und wichen ihm mühelos aus.

Wieder ging ein Regen von Geschossen auf Baskon nieder, aber diese Waffen konnten ihn nicht verletzen. Allerdings schlug ein Bolzen ein weiteres Loch in Rujans Flügel.

Er musste diesen Kampf schnell zu einem Abschluss bringen, oder er würde ihn nicht mehr in der Luft beenden.

Baskon zielte und warf. Sein scharfer Spieß fuhr einem Aar durch den Hals und schnitt durch den Zwerg dahinter, ohne merklich langsamer zu werden. Vogel und Reiter stürzten vom Himmel und zogen einen feinen Blutschleier hinter sich her wie ein Komet seinen Schweif. Ein paar klebrige Federn kreiselten einsam an der Stelle, wo Baskon den Aar erwischt hatte, bevor auch sie in die Tiefe trudelten.

Der Speer beschrieb einen Bogen und senkte sich dann gleichfalls dem Boden entgegen. Baskon flog eine scharfe Kehre und raste in die Tiefe, um seine Waffe zurückzuholen. Wieder regneten Geschosse auf ihn herab, doch diesmal waren sie auf den Mantikor gezielt.

So gut es in dem schnellen Flug ging, vollführte Baskon kleine Schlenker und wich aus. Das überraschende Manöver hatte ihm ein wenig Abstand gebracht, und so surrten die Geschosse ins Leere. Baskon beugte sich über die Schulter des Mantikors, streckte den Arm aus – und hielt den Speer wieder in seiner Panzerhand.

Aber die Aare schlossen rasch auf. Von allen Seiten drangen sie auf ihn ein, und die Zwerge auf ihrem Rücken schossen und warfen mit links und rechts zugleich. Es war unglaublich, wie schnell sie mit einem Arm an ihren Hilfsgestellen die Armbrust spannen und laden konnten.

Baskon warf den Speer erneut, vibrierend von seiner Essenz. Er fuhr einem Aar durch die Brust, und Baskon spürte, wie der Stahl das kraftvoll pochende Vogelherz durchstach. Die Spitze drang dem Zwerg auf seinem Sitz in die Leiste und blieb stecken.

Baskon konzentrierte sich. Er versuchte, die Waffe wieder zum Leben zu erwecken. Zoll um Zoll fraß der Speer sich seinen Weg ins Freie, wurde aber schon vom stürzenden Aar außer Reichweite getragen. Baskon zog das Schwert.

Bolzen trafen den Mantikor. Ein Speer fuhr genau in den Schwanz und trennte dort den züngelnden Schlangenkopf ab. Rujan kreischte erneut, er schüttelte sich vor Schmerzen. Der Schwanz zuckte hin und her und spritzte giftige schwarze Blutstropfen über den Himmel.

Baskon schaute sich um.

Die drei Aare, die noch am Himmel kreisten, waren zu weit weg, als dass er sie mit dem Schwert hätte treffen können. Der Wardu zielte, um die Klinge nach dem Hals eines Riesenvogels zu werfen. Aber weitere Geschosse durchbohrten Rujans Flügel, ein Bolzen drang ihm ins Auge.

Der Mantikor geriet ins Trudeln, alles drehte sich, und Baskon verlor seine Gegner aus dem Blick. Er riss heftig am Zügel, verlagerte das Gewicht und versuchte, Rujan wieder in eine ruhige Lage zu bringen.

Der Mantikor sträubte sich und kreischte. Er kämpfte verzweifelt, um nicht abzustürzen.

Über die Zügel raunte Baskon beruhigende Lieder direkt in den Kopf seines Reittiers. Er drehte den wild um sich schlagenden Mantikor wieder in eine normale Fluglage und gewann sogar ein wenig Höhe. Im letzten Augenblick raste er dicht an einer Felswand vorbei, konnte den Aufprall vermeiden und hatte über einem tiefen Tal wieder Luft nach unten.

Er sah sich nach seinen Gegnern um.

Wie aus dem Nichts war der Aar genau über ihm, die scharfen Klauen vorgereckt.

Baskon schlug hektisch mit dem Schwert zu. Zwei, drei Schläge trafen den Adler am Kopf, als der Schnabel sich schon um seine Rüstung schloss. Die Klinge schnitt durch Federn und Sehnen und trennte das Haupt halb vom Körper. Dahinter kam das grimmige Antlitz eines Zwergen zum Vorschein, die Zähne hinter dem Bart zusammengebissen. Der Aarreiter schaffte es, eine gebogene Klinge zwischen Baskons Panzerhandschuh und den Armschutz zu schieben. Er trennte die Hand ab, noch bevor der Wardu die Verbindung wieder stärken konnte.

Inzwischen zerfetzte der Aar mit seinen mächtigen Krallen Rujans Hinterleib und riss ihm einen Fledermausflügel aus. Mit einem letzten Ruck, schon in Todeszuckungen, riss der Riesenadler den Wardu vom Rücken des Mantikors und ließ ihn los.

Alle stürzten in die Tiefe. Der zerstückelte Adler mit seinem brüllenden Reiter. Der tödlich getroffene Mantikor, blutend, mit nur noch einem flappenden Flügel und zuckenden Gliedmaßen, und Baskon, mit nur noch einer Hand.

Er raste auf den Boden zu, auf eine Bergwand mit scharfen Graten und mächtigen kantigen Felsbrocken. Und er fiel immer schneller. Baskon spürte die zermalmende Wucht des Bodens, noch bevor er aufschlug.

Dem Aufprall hatte er nichts entgegenzusetzen. Der Boden zerdrückte seine Rüstung, die Steine rissen sie in Fetzen. Und rings um ihn regnete das tote Fleisch seiner Feinde und seines Reittiers vom Himmel.

7. Kapitel:
Ein böses Erwachen

Eine der schlimmsten Erfahrungen des Grossen Krieges war die Tatsache, dass Leuchmadan mit seinen geflügelten Kreaturen den Himmel beherrschte. Ein Stamm unter den Zwergen beschloss, dem entgegenzutreten. Unter grössten Mühen trieb das kleine Volk Stollen von den tiefsten Grotten empor zu den höchsten Gipfeln der Schraffelgrate, wo die grossen Aare des Gebirges ihre Horste hatten. Dort raubten sie die Eier aus den Nestern und zogen die Jungtiere selbst auf.

Doch nachdem sie die Eier der Aare an sich gebracht hatten, standen ihnen die schlimmsten Herausforderungen noch bevor. Alles Geschick ihrer Handwerkskunst war erforderlich, um die Aare als geflügelte Reittiere und als Waffe nutzbar zu machen. Die Zwerge bildeten die Mutigsten ihres Stammes als Adlerkrieger aus, und unter Mühen, Rückschlägen und Opfern meisterten sie ihre neuen Kampfgefährten. Sie unterwarfen die wilden Aare der Berge und nutzten deren Jagdgründe für ihre eigenen Tiere.

Hinfort bezeichnete sich dieses Zwergenvolk als »Aarlinger«, und nach den ersten erfolgreichen Anfängen nahm die Kunstfertigkeit dieser kleinen Gesellen mit ihren gefiederten Freunden von Generation zu Generation zu, bis ihre Krieger mit den Tieren eine Einheit bildeten, gleich den bitanischen Kataphrakten mit ihren Pferden. So werden die Völker des Lichts beim nächsten Treffen mit Leuchmadan in dieser Hinsicht weit besser gerüstet sein.

Aus: »Vom Grossen Kriege und seinem Erbe«
des bitanischen Chronisten Tadus Meratis

»Namen«, sagte Daugrula. »Wir brauchen Namen. Wir sollten uns in der Stadt mit Wichtel- und Elfennamen ansprechen, damit niemand Verdacht schöpft.«

Gegen Morgen hatten die Gefährten im Schatten einer großen Hecke Halt gemacht, von wo aus sie schon die Tore von Komfir erblicken konnten. Fern im Osten zeichnete ein bleicher Schimmer die Wolken und kündete vom Sonnenaufgang. Hier draußen auf den Feldern war alles noch still, und der ganze Trupp genoss ein paar ungestörte Augenblicke, bevor sie sich unter die Menschen wagten.

In der letzten Nacht hatte es geregnet, und alle Gefährten außer der Albe hatten klamme Kleidung, die bis zu den Knien dreckverschmiert war. Aber bei Darnamur schien der Schlamm auch an der Stimmung zu kleben und sie herunterzuziehen – oder er war nur deshalb so schlecht gelaunt, weil Daugrula ihn gleich in einen Wichtel verwandeln wollte.

Erwartungsvoll blickten die Gnome Daugrula an, bis die Nachtalbe feststellte: »Das war eine Frage! Ich kenne mich nicht aus in diesen Dingen, aber ihr seid als Kundschafter weit herumgekommen. Also, was für Namen sollen wir uns geben?«

»Nun«, sagte Wito. »Ein bitanischer Name für Werzaz fiele mir sicher ein. Aber Elfen und Zwerge haben wir nicht viele kennengelernt.«

»Jedenfalls haben wir einander nicht vorgestellt, wenn wir welche getroffen haben«, warf Darnamur ein.

»Ich weiß auch nicht, ob ein bitanischer Name für Werzaz so sinnvoll wäre«, fügte er hinzu. »Es sind zu viele echte Bitaner hier, und denen könnte Werzaz kaum den Landsmann vorspielen, selbst wenn Ihr ihm die Gestalt eines Menschen verleihen könnt.«

»Ich leg mir ganz bestimmt keinen stinkenden Bitanernamen zu«, knurrte der Goblin. »Mein Name ist gut genug für jede Gelegenheit. Diese Knollenzieher können alle ihre Namen behalten.«

Daugrula blickte den Goblin scharf an: »Du sagst am besten überhaupt nichts, solange wir in der Stadt sind. Bei deinem Akzent wird man dich gewiss nicht für einen Bitaner halten, und vermutlich überhaupt nicht für einen Menschen von irgendwoher. Aber *Werzaz* geht gar nicht. Der Name ist dermaßen *Goblin*, dass wir uns den Verwandlungszauber gleich sparen könnten.«

»He«, schlug Skerna vor. »Wir waren doch gerade erst auf dieser Versammlung, wo haufenweise Wichtel, Elfen und Menschen rumliefen.«

»Und Zwerg*innen*«, warf Darnamur ein.

»Und Zwerginnen«, bestätigte Skerna. »Warum nehmen wir nicht einfach Namen, die wir da gehört haben? Schade, dass Ihr mich nicht in eine Zwergin verwandeln könnt.«

Daugrula seufzte. »Ich kann eben nur begrenzt die Statur ändern oder die Gestalt. Wichtel sind das Einzige, was für euch in Frage kommt, und selbst dafür seid ihr eigentlich noch einen Kopf zu klein.

»Also gut«, sagte Skerna. »Dann nennen wir drei uns einfach Chaspard, Gredin und Sebir. Gute Wichtelnamen, wenn ich auf der Versammlung richtig gehört habe.«

»Aber du ...«, setzte Darnamur an, unterbrach sich und fuhr dann mit einem Achselzucken fort: »Egal. Wir sind unter Menschen, die werden sich mit Wichteln auch nicht so auskennen. Ich denke, das reicht. Und der Bursche dorthinten ist Gulbert.« Darnamur zeigte auf Werzaz.

»Ich bin was?«, fuhr der Goblin auf. »Du schmieriges Stück Scheiße nennst mich nicht... Was ist eigentlich ein Gulbert?«

»Ein mächtiger Zauberer, den wir im Rat gesehen haben«, erklärte Wito rasch, bevor irgendwer sonst etwas sagen konnte. »Aber hältst du es für klug, einen so bekannten Namen zu verwenden? Dieser Gulbert scheint eine wichtige Person zu sein. Wenn jemand ihn erkennt, fliegt unsere Tarnung gleich auf.«

»Fürst Sukan kannte Gulbert nicht«, erinnerte sich Skerna. »Also können seine Krieger hier wohl auch nichts mehr mit dem Namen anfangen. Dieser Gulbert hat's wohl nicht so mit anderen Menschen. Auf mich wirkte er mehr wie der Elfen-und-Zwerge-Typ.«

Auch Darnamur tat Witos Einwand ab. »Selbst wenn jemand hier den Zauberer kennt, dann ist unser Begleiter eben irgendein anderer Gulbert. Jedenfalls war er kein Bitaner. Die Stadt ist voll von Bitanern, und die meisten Menschen beim Rat waren bitanische Fürsten. Deren Namen dürften noch mehr auffallen.«

Wito nickte.

»Ich bin kein schäbiger, schwächlicher Zauberer«, mäkelte Werzaz. »Schlimm genug, dass ich meine Rüstung unterwegs vergraben musste und so gut wie nackt bin. Wenn ich schon als Mistgabelschwinger rumlaufe, will ich wenigstens einen Namen als Krieger!«

Daugrula und die Gnome achteten nicht auf seine Einwände.

»Und Daugrula ...«, fuhr Wito fort. »Erinnert sich noch jemand an einen Elfennamen?«

»Yepp«, rief Skerna. »Perbias, der gestürzte König ... Aber das ist wahrscheinlich wirklich zu auffällig.«

»Amonias«, schlug Wito nach einigem Grübeln vor.

»Ein Name für einen Elf«, sagte Darnamur. »Aber nicht unbedingt für eine Elfe.«

»Dann eben Amonia. Das wird passen«, entschied Daugrula. »Wir bleiben nicht lange und schließen keine Freundschaften. Ich bin jetzt Amonia, ihr Wichtel tretet als Chaspard, Gredin und Sebir auf, und Werzaz heißt von nun an Gulbert. Und jetzt ist es an der Zeit, euer Aussehen anzupassen!«

Daugrula trat auf Werzaz zu und hob die Hand, doch dann hielt sie inne. Schließlich berührte sie als Erstes Wito an der Stirn, und der Gnom sah, wie ihre Augen noch schwärzer wurden und sich zu öffnen schienen wie dunkle Löcher.

Er hörte Skerna neben sich aufkeuchen. Erschrocken hob er die Hand und sah auf seine Finger. Ein anderes Bild schien sich darüberzulegen, eine *fremde* Hand! Witos wahre Gestalt verschwand hinter der Täuschung. Die Haut wurde heller. Die Finger glatter. *Wichtelfinger ...*

Die Stadt war von einer lehmverkleideten Palisade umgeben, die kaum höher war als ein Mensch – mehr ein Zaun als ein Wall. Die Wache am weit offen stehenden Tor musterte die Neuankömmlinge: eine Elfe in blassem grünen Kleid, drei Wichtel, die leichte Filzmäntel eng um den Körper geschlagen hatten, und am Ende der Gruppe ein Mensch in schmuddeligen Fetzen aus ungefärbtem Leinen und mit einem Wams aus leichtem abgeschabten Leder und mit nicht dazu passenden schweren und eisenbeschlagenen Stiefeln an den Füßen.

So etwas wie Interesse blitzte in den Augen des Wachmanns auf, die Stimme aber klang gelangweilt. »Was führt euch nach Komfir?«

»Habt Ihr denen dort dieselbe Frage gestellt?«, erkundigte sich der zweite Wichtel. »Oder dürfen Bewaffnete unbelästigt in die Stadt?«

Die kleine Gestalt wies durch das Tor auf die unbefestigte Straße, wo sich ein Trupp bitanischer Krieger bereit machte. Die Männer wirkten aufgeregt und entschlossen und schienen sich auf einen Kampf vorzubereiten.

Die Elfe an der Spitze der Gruppe blickte ihren Begleiter tadelnd an und wandte sich dann mit einem Lächeln an den Posten. »Bitte verzeiht meinem Gefährten«, sagte sie. »Er ist ein mürrischer Geselle.«

Der Wachposten erwiderte das Lächeln und strich sich über den stoppeligen Bart. Er musterte die Elfe von oben bis unten. Sie war hübsch, wie das ganze Elfenvolk, aber diese hier war ganz besonders reizvoll. Sie hatte Rundungen an den richtigen Stellen und wirkte weniger kalt als die Spitzohren sonst. Sein Lächeln wurde breiter.

»Wir kommen von der Ratssitzung auf Keladis«, erklärte die Elfe. »Wir wollten in Komfir eine Unterkunft suchen, bis die Straßen wieder etwas sicherer geworden sind.«

Sie nickte ebenfalls in Richtung der bitanischen Soldaten.

»Ah«, sagte der Posten. »'s kamen gestern ein paar von den Burschen zurück und erzählen, Leuchmadans Wardu gehen um hier in der Gegend.« Er zwinkerte der Elfe verschwörerisch zu.

»Aber darauf müsst Ihr nicht viel geben, gute Dame. Hatten hier oben nie Probleme mit Leuchmadans Geschöpfen.«

Die Elfe lachte hell. »Aber nein. Was sollte ein Wardu auch hier anfangen – inmitten dieses wohlbefriedeten Menschenlandes, noch dazu so dicht an der Grenze zum Elfenwald? Es weiß doch jeder, dass nur die Bitanerlande voll sind von diesen Wesen!«

Sie beugte sich näher zu dem Wachmann hin und flüsterte dem Mann verschwörerisch zu: »Vielleicht haben diese Bitaner die Unholde selbst mitgebracht? Sie führen ja die ganze Zeit Krieg gegen Wardu und Goblins und wer weiß wen.«

Der Mann nickte. »Bringen nur Ärger, diese Bitaner. Aber was will man machen? 's sind Gefolgsleute von 'nem Fürsten, der auch beim Rat war, und sie haben allerhand Gold hier in der Stadt gelassen. Keine Ahnung, ob's die Probleme wert ist, aber keiner weist leichtfertig zweihundert Bewaffnete ab.«

Dann wurde der Wächter auf den Menschen aufmerksam, der als Letzter in der Reihe der Wanderer stand. Der Bursche blickte düster drein und brummelte vor sich hin und rückte ungeduldig näher an die Wichtelfrau vor ihm heran.

Das dümmliche Lächeln des Torwächters verschwand, und verschlagen kniff er die Brauen zusammen: »Mächtig gut durchgemischt, dieser Rat. Sieht man an Eurer Schar. Einen Zwerg habt ihr nicht auch noch dabei?«

Der zweite Wichtel, der vorher schon so vorlaut gewesen war, hob erst den einen Fuß an, dann den anderen und tat so, als würde er unter die Sohlen schauen. »Nein«, stellte er fest. »Ich glaube nicht. Aber bei dem ganzen Schlamm auf der Straße ist das schwer zu unterscheiden.«

Der Wachsoldat lachte laut. Dann winkte er die Truppe weiter. Als der freche Wichtel an ihm vorbeikam, klopfte er ihm kameradschaftlich auf die Schulter und sagte: »Bist in Ordnung, kleiner Bursche.«

Leider verschätzte er sich und traf den Wichtel am Kopf, so dass der beinahe das Gleichgewicht verlor und ihn wütend anzischte. Aber das brachte die Wache nur noch mehr zum Lachen.

»'schuldigung. Hab's nicht so mit kleinen Zielen«, sagte der

Mann gutmütig. »Drum pass auf, dass du dir hier keine Schwierigkeiten einhandelst. Wer nicht mal so groß ist wie ein Zwerg, sollt' nicht von oben herab seine Witze machen.«

Daugrula wartete, bis die anderen aufgeschlossen hatten, dann gingen sie dicht beieinander weiter. Die Hauptstraße war breit, aber unbefestigt. Von vielen Füßen und Hufen aufgewühlt, war sie mit einer lockeren Schicht überzogen, in der die Gefährten bei jedem Schritt knöcheltief einsanken.

Die Häuser an der Straße waren aus altem Holz erbaut, das allmählich nachgedunkelt war. Ein wenig windschief neigten sie sich zur Straße hin, auf der mehr Bitaner als Einheimische unterwegs waren. Wann immer Menschen in ihre Nähe kamen, senkten die Gefährten ihre Stimmen oder verstummten ganz.

Sie bogen in eine Seitengasse, um den bitanischen Reitern aus dem Weg zu gehen, die mit ihren Vorbereitungen zum Aufbruch die Hauptstraße blockierten. Die Gassen abseits der Torstraße waren so schmal, dass die Hauswände mitunter von beiden Seiten an Werzaz' Schulter streiften. Es war dunkel in diesen Gassen, und kaum ein Mensch war unterwegs. Wasser tropfte von den Dächern, und Darnamur schlug die Kapuze hoch.

In einem fensterlosen Durchgang zwischen zwei Häusern sammelte Daugrula ihre verwandelten Gefährten. Sie sah sich misstrauisch um und flüsterte dann: »Also gut, wir sind jetzt unter Menschen. Seid vorsichtig und haltet euch an das, was wir abgesprochen haben. Ihr wisst alle noch, mit welchen Namen wir uns anreden?«

Nacheinander wiederholten die Wichtel noch einmal ihre neuen Namen. Ihnen allen war klar, dass diese Ermahnung hauptsächlich Werzaz galt – und dass sie die Namen deshalb wiederholten, damit der Goblin sie sich einprägen konnte.

»Und, Darnamur«, sagte die Nachtalbe dann, »halte dich bitte etwas zurück. Ich dachte, ihr seid professionelle Kundschafter. Aber du benimmst dich seit der Verwandlung auffälliger als der Goblin!«

Darnamur zuckte zusammen. Wito lächelte in sich hinein. Er wusste, dieser Vorwurf traf seinen Gefährten mehr als jede zornige Zurechtweisung.

»Pah. Den laufenden Kürbis kann ich schon zur Ruhe bringen, wenn's nötig ist«, warf Werzaz ein.

»Psst«, sagte die Nachtalbe. »Du solltest doch hier in der Stadt den Mund halten.«

Dann gingen sie weiter. Komfir war sehr verwinkelt angelegt. Die dunklen Holzhäuser waren anderthalb oder zweieinhalb Stockwerke hoch und vermittelten einen geduckten Eindruck. Sie standen so verschachtelt durcheinander, dass die Seitengassen zu einem Irrgarten wurden. Die Gefährten kehrten in einem Bogen auf die Hauptstraße zurück und steuerten das erstbeste Gasthaus an. Sie sahen gerade noch den bitanischen Reitertrupp Richtung Stadttor verschwinden.

»Hehe«, stellte Darnamur hämisch fest. »Gut, dass Baskon gestern so viel Aufsehen erregt hat. Jetzt sind die Bitaner uns hier nicht mehr im Weg, und wenn sie ihn erwischen, wär es auch kein großer Verlust.«

»Wenn sie zu unserem alten Versteck reiten, werden sie Baskon nicht mehr finden«, flüsterte Daugrula. »Aber es sind immer noch genug Bitaner in der Stadt. Lassen wir also diese Plauderei und konzentrieren wir uns auf unsere Aufgabe. Wir nehmen eine Unterkunft und hören uns anschließend nach Leuchmadans Herz um – und nach Gibrax.«

Sie nickte Menschen zu, die ihnen entgegenkamen, und manch ein Mann blieb stehen und blickte der hübschen Elfe mit entrücktem Lächeln nach.

Schließlich betraten sie den »Grünen Mann«, eine Schenke mit zwei Seitenflügeln, die aussah, als gäbe es dort Fremdenzimmer. Der Boden starrte so vor Schmutz, dass die Gefährten nicht einmal sichtbare Fußabdrücke darauf hinterließen. Ein Knecht schrubbte träge und verteilte den Dreck in braunen Schlieren. Am Tresen polierte ein rundlicher Wirt in fleckiger Schürze einen Weinpokal. Werzaz musterte finster die bitanischen Krieger, die an einem Tisch in der Ecke würfelten.

»Wir wünschen uns hier einzumieten, Herr Wirt«, sagte Daugrula.

Der Wirt sah sie an. »Tut mir leid. Aber wir haben alles voll mit Bitanern hier, liebe Dame. Ihr wisst ja, der Rat auf Keladis ...« Ein Anflug von Bedauern huschte über das Gesicht des Mannes.

»Wir kommen auch vom Rat«, erklärte Daugrula. »Könnt Ihr uns vielleicht sagen, wo wir unterkommen können?«

»Hm, hm.« Der Wirt ließ seinen Blick über die Gefährten schweifen – drei Gnome und ein Goblin, die dank Daugrulas Zauberkraft aussahen wie ein Mensch und drei Wichtel. »Es ließe sich vielleicht was freimachen«, murmelte er.

»Das war wirklich unangenehm!«, sagte Wito und ließ sich auf seinem Bett nieder.

Draußen war der Nachmittag schon weit vorangeschritten, und sie hatten einen langen Tag in der Stadt hinter sich. Daugrula hatte ihnen am Morgen nicht viel Ruhe gegönnt. Sie hatte sich von der Magd nur ihre zwei Räume zeigen lassen und die Schar dann gleich wieder hinaus auf die Straße gescheucht. Dort hatten sie sich umgesehen und die Menschen belauscht, um Neuigkeiten zu erfahren. Dann und wann hatten sie ganz vorsichtig versucht, Fragen zu stellen und ein Gespräch anzufangen – über die Bitaner, die in der Stadt zu Gast waren, über die Elfen und über den Rat, über das, was sonst im Umland vorging.

Jetzt versammelten sich die Gefährten im größeren der zwei Zimmer. Mit vier echten Betten mit hölzernem Rahmen, einem Stuhl und ein paar dreibeinigen Hockern war der Raum recht großzügig eingerichtet. Trotzdem waren Wito und seine Freunde nicht sehr erbaut, weil der Wirt ungefragt der Elfe ein eigenes Zimmer gegeben, die drei Gnome aber zusammen mit dem Goblin in einen Raum gesteckt hatte.

Tief hängende Deckenbalken liefen quer durch den Raum, und ein paar senkrechte Balken stützten den Dachboden und die weiß getünchten schiefen Wände.

Daugrula strich über ihre Tasche, und Balgir erwachte zum

Leben. Die graugrüne Echse schüttelte sich, zischte, sprang von der Hand ihrer Herrin und huschte unter ein Bett.

»He!«, rief Werzaz. »Ich schlaf nicht mit dieser falschen Schlange unter meiner Matratze!«

Daugrula schnalzte und tippte mit den Fingern auf die Dielen, aber Balgir blieb verschwunden. Schließlich richtete sich die Nachtalbe wieder auf. »Er ist beleidigt, weil ich ihn den ganzen Tag über als Tasche herumgetragen habe. Aber ich konnte mich schlecht mit einer Eidechse um den Leib vor all den Bitanern zeigen. Ich werde ihn wohl gleich mit ein paar Leckerbissen wieder versöhnen müssen.«

»Warum die Natter überhaupt zurückverwandeln?«, knurrte Werzaz. »Wir Goblins gerben Leder so, dass es eine Tasche bleibt und bestimmt nicht wieder lebendig wird. Ich helf dir gern dabei.«

»Pst«, sagte Daugrula.

»Wir sind in unserm Zimmer, und kein Bit...«, begehrte Werzaz auf, verärgert, weil er den ganzen Tag hatte schweigen müssen. Aber Wito wandte sich an die Albe und kümmerte sich nicht um das Geschimpfe des Goblins.

»Ob mit Tasche oder mit Echse – habt Ihr gesehen, wie diese Bitaner uns angestarrt haben? Irgendetwas ist mit unserer Tarnung!«

»Genau.« Skerna nickte eifrig. »Und wenn wir sie angesprochen haben ... Ich hatte ständig das Gefühl, *sie* wollen *uns* ausfragen!«

Daugrula setzte sich auf den einzigen Stuhl im Raum, blickte nachdenklich auf ihre Füße und schüttelte den Kopf. »Nein«, stellte sie fest. »Mein Zauber wirkt. Andernfalls hätten die Bitaner uns niemals den ganzen Tag unbehelligt durch Komfir ziehen und Fragen stellen lassen. Sie sind an Elfen und Wichtel einfach nicht gewöhnt, das ist alles. Sie sind ein wenig neugierig.«

»Unangenehm neugierig«, sagte Skerna. »Und sie wurden still, wenn wir in die Nähe kamen.«

»Wir haben trotzdem genug erfahren«, befand Daugrula. »Wir wissen, wo der Troll ist. Und dass wir auf das Kästchen noch warten müssen.«

Die Gefährten blickten einander an. Ja, das war tatsächlich alles, was es nach diesem langen Tag zu berichten gab. Schließlich erhob sich Daugrula und verließ das Zimmer.

Die Gnome bereiteten ihre Betten vor und bürsteten sich den Dreck von Hose und Stiefeln. Werzaz war nicht so reinlich. Der Schlamm bröckelte von den schweren Stiefeln auf den Boden, während er mit der Stuhllehne unter seinem Bett stocherte.

»Das wird Daugrula nicht gefallen«, befand Wito.

»Kümmer dich um deinen Dreck, Eiterbeule«, sagte der Goblin und schob weiter die Stuhllehne unter dem Bett herum.

»Hast du ein Monster unterm Bett?«, fragte Darnamur feixend.

Werzaz richtete sich auf, und die Gnome wichen unwillkürlich zurück. Aber der Goblin rückte nur sein Bett ein Stück weg. Von dem Taschentier war nichts zu sehen, obwohl sie alle die Echse dorthin hatten flüchten sehen. Werzaz kratzte sich am Kopf.

»Ich kann unmöglich jetzt schlafen«, meinte Skerna. »Es geht auf den Abend zu. Tagsüber wach und nachts schlafen – ich finde, diese Verwandlung geht zu weit!«

»Stell dich nicht so an, du Sauborste«, sagte Werzaz. »Ein Krieger kann immer schlafen, wenn sich die Gelegenheit bietet. Wir Goblins sind hart und nicht solche Weichflöten.«

»Harte und immer schläfrige Krieger also«, stellte Darnamur fest.

»Ganz genau«, bestätigte Werzaz, stutzte, setzte an: »Was willst du damit ...«

Da öffnete sich die Tür, und Daugrula kehrte zurück. Sie kniete sich auf die Dielen, ein Stückchen rohes Fleisch in der Hand, und sie pfiff und kroch durch den Raum und spähte erst unter Werzaz' Bett, dann unter das nächste. Gebannt sah Wito zu, wie der Schmutz um Werzaz' Lager am Kleid der Albe abzuperlen schien.

Die Echse tauchte nicht wieder auf, obwohl die Gefährten eine Stunde nach ihr suchten und nicht einmal ein Loch fanden, wo das Tier hätte entwischen können. Endlich zog Daugrula sich fluchend und ohne Gepäck in ihr Zimmer zurück, während Werzaz sich bald unruhig in seinem Bett wälzte.

Das Fensterglas glühte rot im Abenddämmer, und Wito lächelte noch einmal, bevor er einschlief. Schlafen bei Nacht und laufen bei Tag. Eine fluchende Nachtalbe und ein Goblin, der nicht einschlafen konnte und die eisenbeschlagenen und vor Dreck starrenden Stiefel im Bett anbehielt, aus Sorge vor einem tückischen Biss in die Ferse.

Verkehrte Welt.

Als Wito in der Nacht wach wurde, sah er finstere Gestalten um sein Bett stehen. Der Gnom blinzelte schläfrig, doch ehe er reagieren konnte, beugten sich die Eindringlinge über ihn, und eine schwielige Hand legte sich auf seinen Mund.

Wito wehrte sich, aber er konnte nichts ausrichten. Drei Menschen standen neben seinem Bett, in schwarzer Kleidung und mit tief ins Gesicht gezogener Kapuze. Selbst für einen Gnom waren sie schwer auszumachen, im Schatten und vor dem Hintergrund der unregelmäßigen Stützbalken. Wito wand sich, versuchte, einen Arm zu befreien und nach seinem Bündel mit der Waffe zu tasten. Aber seine Bewegungen waren fahrig, und er konnte die tiefe Müdigkeit in seinem Kopf nicht abschütteln.

Von der anderen Seite des Raumes hörte er ein Poltern. Vage nahm er wahr, dass weitere Menschen um die anderen Betten standen. Es wurde lauter. Wito hörte Flüche, und sie kamen nicht von dem Goblin. Dann wurde er aus seinem Bett gezerrt und Richtung Flur getragen.

Wito dachte daran, sich kleiner zu machen, aber damit wäre seine Tarnung endgültig dahin. Was wollten diese Leute? Außerdem fiel es ihm schwer, sich zu konzentrieren. Etwas stimmte nicht in seinem Kopf, mit seinen Sinnen – andernfalls hätte es eine so große plumpe Menschenschar niemals geschafft, unbemerkt an sein Lager zu treten!

»He! Lass deine Schimmelpratzen von meiner Wäsche, du käsige Ka-Kahl-mh …«, hörte man Werzaz schimpfen. Anscheinend erinnerte sich der Goblin rechtzeitig daran, dass er selbst als Mensch auftrat, und er verstummte. Aber er gab nicht klein bei. Wito sah, wie Werzaz einem der Angreifer die Rechte ins Gesicht hieb, und im Mondlicht, das nun vom Flur her einfiel, erkannte er, dass Blut von den Lippen des Getroffenen tropfte. Der Mensch taumelte zurück und fluchte. Dann beugte er sich vor und spuckte ein kleines weißes Bröckchen auf den Boden.

Zwei andere Männer versuchten, Werzaz festzuhalten, bekamen ihn aber nicht richtig zu fassen. Ihre Helfer ließen die Gnome los und eilten den Kameraden gegen den Goblin zur Hilfe. Um dessen Bett entstand ein wildes Gedränge. Plötzlich blendete jemand eine Sturmlaterne auf, und es wurde hell im Zimmer.

Und dann war Wito auf dem Flur. Man stellte ihn unsanft auf die Füße, und er bemerkte, dass das ganze Stockwerk von bewaffneten Bitanern wimmelte. Daugrula stand da, von zwei weiteren Schwarzgewandeten festgehalten. Und bei ihr war ... Strentor.

Wito zuckte zurück. Sukans Bote steckte hinter diesem Überfall!

»Werte Dame«, sagte Strentor mit spöttischem Unterton. »Wir müssen uns unterhalten. Ich hoffe, ihr verzeiht, dass wir den Wirt angewiesen haben, einige beruhigende Kräuter in Euer Abendessen zu tun. Aber wir kennen die Zurückhaltung der Elfen und mussten sichergehen, dass Ihr auch in der Stimmung seid für ein Gespräch.«

»Was wollt ihr von uns?«, fragte Daugrula. »Ihr ... verstoßt gegen das Bündnis von Elfen und Menschen!«

Ihre Stimme sollte wohl forsch klingen, doch es lag ein schleppender Ton darin, als wäre ihre Zunge noch nicht ganz aufgewacht.

»Wir wahren nur unsere Interessen in diesem Bündnis«, erwiderte Strentor und beugte sich näher zu Daugrula hin. »Fürst Sukan hat mich in Eure Mission eingeweiht. Allerdings hatte ich ihn bei Euch erwartet.«

»Erwartet?« Daugrulas verwirrter Blick fiel auf die Gnome. Wito zuckte unauffällig mit den Schultern, und die Augen der Nachtalbe wurden schmal. Der Gnom fühlte sich wie von Dolchen durchbohrt.

»Nun, der Fürst hatte erwähnt, dass drei Wichtel und noch ein paar andere mit ihm kommen wollten. Auf jeden Fall ein Zauberer namens Gulbert. Das war doch der Name Eures Begleiters dort in der Kammer, wenn ich den Wirt richtig verstanden habe?«

»Äh ...«, setzte Daugrula an. Die Dolche in ihren Augen, mit denen sie Wito fixierte, wurden zu Schwertern. Sie war anscheinend sehr unzufrieden mit ihren Kundschaftern.

»Ihr habt kein Recht, uns zu überfallen«, meldete der Gnom sich zu Wort. »Der Fürst wurde aufgehalten. Wir sollten schon mal vorgehen.«

»Ja, Fürst Sukan hatte angedeutet, dass so etwas passieren könnte.« Strentor lächelte fein. »Er meinte, wir sollten ... uns um euch kümmern, wenn ihr ohne ihn hier ankommt.«

Das Gepolter im Gästezimmer ging weiter. Ein Bitaner wankte wimmernd heraus, das schwarze Tarngewand in Fetzen. Er presste sich die Hand auf ein Auge, und Blut lief ihm über das Gesicht. »Wir können ihn nicht halten!«, rief er. »Etwas ... stimmt nicht mit ihm. Es ist, als könne er seinen Körper verformen, um uns zu entkommen.«

Wito wusste genau, was vor sich ging. Die Verwandlung hatte ihren Leib nicht wirklich verändert, sondern nur eine magische Aura darübergelegt, die alles anders *wirken* ließ. Während die Bitaner in der Kammer also einen Menschen sahen und auch fühlten, und Gliedmaßen von menschlicher Proportion zu packen versuchten, rangen sie tatsächlich mit einem Goblin und griffen daher immer wieder ins Leere.

Strentor seufzte. Er schob sich an den Gnomen und den Kriegern, die sie hielten, vorbei in den Raum. Als seine Bewacher nachrückten, konnte Wito den Kampf verfolgen. Drei Bitaner rangen weiterhin mit Werzaz, der immer wieder eine Hand freibekam und zuschlug oder einem der Gegner das Knie in den Unterleib rammen konnte. Zwei weitere Angreifer krümmten sich unter Schmerzen am Boden, und die anderen prügelten auf den Goblin ein, aber Werzaz wehrte sich erbittert.

Strentor packte den Stuhl, rief eine knappe Warnung und

ließ ihn Werzaz über den Schädel krachen. Nun half auch die Täuschung durch den Zauber dem Goblin nicht mehr. Von einem Moment auf den anderen erschlaffte Werzaz.

»He«, rief einer der Bitaner, der gerade noch hatte ausweichen können. Ein weiterer Bitaner starrte auf seine Hand, die von dem Stuhlbein getroffen worden war. Strentor hatte nicht viel Rücksicht auf die eigenen Leute genommen.

»Dieser Gulbert ist ein Zauberer«, erklärte er. »Sukan hat mir das erzählt. Wer weiß, wozu er fähig ist. Besser, er kommt gar nicht wieder zu Bewusstsein.«

»Stechen wir ihn gleich ab?«, fragte ein Soldat.

Strentor blickte auf Werzaz hinab und schüttelte den Kopf. »Nein«, sagte er. »Wir warten auf den Fürsten. Er wird diese Leute befragen wollen. Packt sie und nehmt sie mit, aber fesselt sie gut. Und ihre Sachen. Schaut sie gründlich durch.«

Er wandte sich an Daugrula. »Oder wollt Ihr mir nicht gleich sagen, wo ihr das Ding habt? Ihr wisst, was ich meine.«

»Ich weiß nicht, wovon Ihr redet«, sagte Daugrula würdevoll.

Umringt von Bitanern und abgeschirmt vor den Blicken der Einheimischen, die neugierig aus ihren Häusern kamen, wurden die Gefährten durch die Stadt geführt. Sie folgten der einzigen breiten Straße des Ortes bis zu einem morastigen Stadtplatz, der unter dem Licht des bleichen Mondes verlassen dalag. Von dort aus traten sie durch einen Viehpferch und vorbei an ein paar Schuppen auf ein Gelände, das von einem löchrigen Lattenzaun umgeben war. Hier gelangten sie an ein weitläufiges Gebäude, das normalerweise offenbar zu Lagerzwecken diente und inzwischen von den Bitanern als Hauptquartier in Beschlag genommen worden war.

Sie führten die Gefährten um das große Gebäude herum, bis zu einem kleineren, klapprig wirkenden Anbau. Einer der Soldaten stieß eine schiefe Tür auf, und sie schoben die Gefangenen nach drinnen. Skerna erstarrte und stieß einen spitzen Schrei aus. Auch Darnamur wehrte sich plötzlich heftig und wurde von einem Bitaner gewaltsam über die Schwelle geschleift. Wito befiel das Grauen, und er hielt sich in der Mitte der Gruppe, weit entfernt von Winkeln und Wänden.

»Nicht da hinein!«, rief Skerna.

»Was hat sie denn?«, fragte Strentor. »Angst vor der Dunkelheit?«

»Es ist alles voller Spinnen!«, rief Darnamur.

Tatsächlich sah dieser Anbau aus wie eine Abstellkammer für Spinnen. Er wirkte selten genutzt, staubig und düster. Die Fackeln und Lampen der Bitaner zeigten, dass der Raum keine Fenster hatte, nur ausgeprägte Spalten in den schlecht gefügten Bretterwänden. Weiße und graue Weben hingen in den Ecken, an den Wänden und unter der hohen Decke. Fäden spannten sich kreuz und quer, und überall krabbelten Spinnen herum.

Wito zog den Kopf ein.

»Ach was«, befand Strentor. »So ein paar Spinnen. Die tun keinem was.«

Er gab seinen Männern einen Wink, und die brachten ihre Gefangenen zur rückwärtigen Wand. Skerna wehrte sich verzweifelt, aber Darnamur hatte sich gefasst und redete nun auf seine Gefährtin ein. »Nur ruhig. Sie können uns nichts tun. Nicht, solange wir ...«

Er brach ab.

»Ja, ja, so was gibt es«, befand einer der Soldaten grinsend. »Ich kannte mal einen Kerl bei den Kataphrakten, ein Kerl wie ein Baum, in einer Rüstung so schwer wie ein Haus. Und dann sagte dieser freche Page zu ihm, ›Augenblick, Herr, ist da nicht gerade etwas hinter Eure Rückenplatte gekrabbelt?‹. Und der Ritter fing an zu schreien und zu toben, und schrie: ›Nehmt mir die Rüstung ab. Schnell!‹ Er zappelte so sehr rum, dass seine Knechte gar nicht an ihn herankamen!«

Der Mann lachte, und einige seiner Kameraden lachten mit, als sie sich vorstellten, wie der stolze Ritter Angst vor einer winzigen Spinne hatte.

Danach legten die Bitaner ihren Gefangenen Ketten an, die sie mit Schlössern sicherten und mit Nägeln an einem Querbalken befestigten. Um Werzaz' Leib schlugen sie mehrere Ketten, zogen ihm einen großen Sack über und legten noch eine zusätzliche Kette darum. Offenbar machten sie sich Sorgen, was der »Zauberer« anrichten könnte.

Auch bei der Nachtalbe saßen die Ketten sehr stramm. Ihre falsche Gestalt war schlanker als die wirkliche, und die Ketten schnitten schon tief ein, als die Bitaner gerade mal glaubten, dass sie hinreichend straff waren.

Strentor stand derweil mit einigen seiner Leute zusammen und inspizierte die Dinge, die sie bei den Gefährten gefunden hatten. Dann trat er wieder auf seine Gefangenen zu, als alle Ketten festgezurrt waren. Er hielt ihnen die Lederschnur entgegen, auf der Werzaz die Ohren seiner erschlagenen Feinde aufgefädelt hatte. Auf Geheiß der Nachtalbe hatte der Goblin die Kette ausgezogen, aber er hatte sie nicht zusammen mit der Rüstung außerhalb der Stadt versteckt, sondern in seinem Gepäck verstaut.

»Was für ein Zauberer ist das eigentlich?«, fragte Strentor.

Als er keine Antwort erhielt, reichte er den makabren Schmuck an einen der Krieger weiter und ließ sich eines von Werzaz' Messern geben – eine eigentümlich gekrümmte Klinge mit groben Runen unter dem Heft.

»Ich habe lange gegen die Finstervölker gekämpft«, erklärte er. Er blickte dabei nur Daugrula an, als wären die Gnome gar nicht da. »Vermutlich kenne ich die Feinde unseres Volkes inzwischen besser als meine Familie ...« Strentor lachte rau auf, brach aber gleich wieder ab und fuhr fort: »Und das hier ist eine Goblinklinge. Das riecht nach Verrat, wenn Ihr mich fragt, Frau Elfe.«

Daugrula schwieg und musterte ihn kühl. Jetzt, wo er angekettet auf dem Boden saß, fühlte Wito sich gleich wieder schläfrig. Das musste die Wirkung dieser Kräuter sein, von denen Strentor im Gasthaus gesprochen hatte.

»Allmählich dämmert mir, warum ihr Fürst Sukan getäuscht und euch allein abgesetzt habt«, sprach Strentor weiter. Er wies auf den gut verpackten Goblin, den er für Gulbert hielt: »Dieser zwielichtige Zauberer dort ist ein Spion des Feindes. Er hat sich im Rat eingeschlichen, um Leuchmadan das Kästchen in die Hände zu spielen!«

»Das ist lächerlich«, sagte Daugrula empört. »Gulbert ist weit herumgekommen. Es wird ein Beutestück sein.«

»Das könnte sein«, räumte Strentor ein. »Aber ich habe gesehen, was er sonst noch in den Taschen hatte, und ich muss sagen: Er muss verdammt viel Beute beim Feind gemacht haben! Für mich sieht es so aus, als würde er *seinen ganzen Besitz* aus Leuchmadans Werkstätten beziehen! Und in dem Zimmer, als wir ihn überwältigt haben, da hörte ich ihn reden. Ich habe schon einige Male erlebt, wie die Kreaturen der Finsternis sich an menschlicher Zunge versuchen, und euer Zauberer flucht mit dem Akzent eines Goblins. Er hat wohl sein wahres Gesicht gezeigt, als er von den Kräutern benommen war und im Kampf außer sich geriet. Ich möchte wetten, er ist mit der Sprache der Grauen Lande vertrauter als mit jeder anderen Zunge!«

Nachdenklich hielt er inne. »Ich frage mich, ob er überhaupt ein Mensch ist. Ein Zauberer soll er sein, meinte Sukan. In den Grauen Landen gibt es viele mächtige alte Völker, und manch eines soll ziemlich menschlich wirken. Wer weiß, was für eine Kreatur sich da in unsere Mitte geschlichen hat.«

Seine Blicke wanderten durch den Raum, und er schien nun nicht mehr mit Daugrula zu reden, sondern mehr zu sich selbst. »Nein«, stellte er fest. »Mehr noch: Wenn er ein Spion Leuchmadans ist, dann frage ich mich, ob er sich ohne Wissen der Elfen nach Keladis hätte wagen können. Wie weit reicht dieser Verrat? War es womöglich sogar ein Plan der Elfen, ihre Verbündeten zu hintergehen und mit dieser lächerlichen Scharade das Herz in die Grauen Lande zu bringen und auf Leuchmadans Seite zu wechseln?«

Er blickte zu Werzaz, dann wieder zu Daugrula. »Elfen und Wichtel erkaufen sich bei Leuchmadan ihre Sicherheit. Und dieser Bursche dort im Sack ist der Bote, der den Handel vermittelt hat. So passt alles zusammen! Die Berichte von den Goblins und Trollen hier in der Gegend, von dem Wardu. Die Reiche der Elfen sind schon unterwandert, und Bitan ist von Feinden umringt und auf sich allein gestellt. Die Götter des Lichts mögen uns beistehen!«

»Das ist absurd«, sagte Daugrula.

Strentor verharrte, musterte Daugrula und strich sich über das Kinn. »Vielleicht«, sagte er schließlich. »Fürst Sukan soll entscheiden. Und wenn er innerhalb der nächsten Tage nicht kommt, ist der Verrat erst recht bewiesen.«

Er wandte sich an seine Krieger: »Die Waldläufer sollen sich zurückziehen und ein wenig schlafen. Morgen früh müssen sie wieder auf Kundschaft gehen.« Die schwarz verhüllten Gestalten zogen sich aus dem Schuppen zurück, und Strentor gab weitere Befehle aus: »Holt die Reiter zurück und sendet einen Boten zu den Elfen, aber einen, der nicht weiß, was im Gasthaus vorgefallen ist. Der kann auch nichts verraten. Wir müssen etwas über den Fürsten erfahren. Und macht euch auf das Schlimmste gefasst.«

Als Wito wieder zu sich kam, drang Tageslicht durch die zahllosen Ritzen. Er fühlte sich matt. Skerna und Darnamur waren bereits wach, während Werzaz still dalag, ein mit einer Kette umwickelter Sack, aus dem nur zwei bestiefelte Füße herausschauten. Wito sah Daugrula an, die mit einer unentschlossenen Geste antwortete, halb Achselzucken, halb Kopfschütteln.

Wito rutschte ein wenig an die Wand zurück und lehnte sich an. Nicht weit von ihm saß eine Spinne im Schatten einer vorstehenden Latte. Vorhänge aus Licht schnitten durch die rissigen Wände und verbargen das Tier hinter milchigen Schleiern. Einzelne Fäden glitzerten in der Sonne, doch die Umrisse des Netzes waren schwer auszumachen.

Skerna und Darnamur hielten sich von der Wand fern, und als Wito ihnen zunickte, schüttelten sie nur den Kopf. Wito erwog, die Spinne zu erschlagen oder sie zumindest zu verscheuchen. Aber er befürchtete, dass er damit nur ihren Zorn erregte und sie in ein Versteck trieb, wo sie dann auf eine Gelegenheit warten würde, ihm aufzulauern.

Solange die Gnome groß waren, hatten sie nichts zu befürchten. Aber sie würden ihre kleine Gestalt annehmen müssen, um die Ketten abzustreifen.

Der Tag verstrich, und die Lichtstrahlen wanderten durch den Raum. Die Wache wurde abgelöst. Wito fragte sich, ob von der Nachtalbe überhaupt noch Anweisungen kommen würden oder ob sie schon aufgegeben hatte. *Bei Tag sind wir ohnehin in einer schlechten Position,* beruhigte er sich. *Daugrula wird die Nacht abwarten.*

Die Zeit kroch dahin, und die Gefährten schwiegen. Gegen Mittag brachten die Bitaner den Gefangenen etwas zu essen und zu trinken. Am Nachmittag wurde Werzaz wach, aber niemand kümmerte sich um ihn.

Der Goblin hatte Kopfschmerzen und Durst. Vermutlich brauchte er Hilfe. Er fluchte laut und derb, bis Daugrula ihn schließlich anherrschte:

»Still. Es reicht. Sei nicht so eine Memme.«

Die Ausdrucksweise des Goblins war ihrer Tarnung gewiss nicht zuträglich, aber der Wächter vor ihnen schien sich nichts dabei zu denken. Werzaz galt ohnehin schon als Spion der Grauen Lande.

Am Abend bekam auch Werzaz etwas Wasser, aber die Bitaner standen dabei misstrauisch um ihn herum und hielten ihre Speere bereit. Anschließend stülpten sie ihm den Sack wieder über, und dann wurde es ruhiger im Anbau.

Skerna und Darnamur rutschten unbehaglich auf dem Boden herum. Zweimal hatte man die Gefangenen losgebunden, damit sie ihre Notdurft verrichten und sich richtig ankleiden konnten. Aber sonst hatten sie den ganzen Tag über sehr ungemütlich gesessen, und allmählich machte sich das bemerkbar. Wito fragte sich, wie lange sie noch hier ausharren sollten. Morgen würde etwas geschehen. Entweder kehrte der Fürst zurück oder Strentors Kundschafter. Oder die Bitaner verloren ganz einfach die Geduld.

Daugrula summte leise vor sich hin. Das Licht im Schuppen wurde grau, und die Laterne, die man dem Wachhabenden am

Abend wieder neben den Schemel gestellt hatte, leuchtete immer klarer durch die staubige Luft des Lagerraums.

Von draußen drang Lärm zu ihnen. Eine große Schar Bitaner schien sich zu versammeln, allerdings nicht vor ihrem Anbau, sondern auf der anderen Seite der großen Lagerhalle.

Wito lauschte angespannt, und Daugrula lächelte.

»So«, sagte sie.

Wito horchte auf.

»Der Plan ist folgender«, sagte Daugrula hastig. »Ihr wisst, wo der Treffpunkt mit Baskon liegt?«

»Aber die Wache ...«, wandte Wito ein. Er blickte zu dem Mann auf dem Schemel, der zusammengesunken dasaß. Ein Arm hing schlaff herunter, der andere lag über seinem Schoß. Der Bitaner regte sich nicht.

»Der Wächter schläft«, sagte Daugrula. »Und nichts, was wir in diesem Schuppen unternehmen, wird ihn aufwecken. Wenn ich richtig verstanden habe, kommt die Ablösung um Mitternacht – und um die kümmern wir uns dann. Jetzt sollten wir überlegen, wie wir die Zeit nutzen.«

»Aber die Unruhe dort draußen!«, meinte Wito. »Sie können jeden Augenblick hereinkommen.«

»Unwahrscheinlich«, sagte Daugrula. »Der Lärm hat nichts mit uns zu tun. Habt ihr nicht aufgepasst, was Baskon berichtet hat?«

Die Gnome schauten sie verständnislos an.

»Sein Gefangener hat berichtet, dass die Bitaner den Troll in der ersten Vollmondnacht aus seiner Erstarrung lösen wollen, um ihn zu befragen«, fuhr die Nachtalbe fort. »Das ist heute. Ich nehme an, sie schaffen Gibrax gerade nach draußen.«

»Was ist denn los?«, meldete sich Werzaz zu Wort. »Schleimige grüne Ogerkotze, was geht da vor?«

»Vielleicht solltest du den auch noch einschlafen lassen«, schlug Darnamur vor.

»Werzaz, sei still und hör zu«, zischte die Nachtalbe. »Also, zu unserem Plan. Baskon wollte jede Nacht zum vereinbarten Hügel kommen, damit wir ihm berichten können, sobald wir etwas herausgefunden haben. Wenn er den Tag über Keladis im Auge behält, wird er vermutlich erst in einigen Stunden hier sein. Ihr Gnome werdet euch mit ihm treffen.«

»Und wie wollt Ihr den Goblin hier rausschaffen?«, fragte Wito und wies auf das gut verzurrte Bündel.

Daugrula schwieg eine Weile und warf nervös die Haare zurück. »Es ist ... schwierig«, räumte sie ein. »Ich selbst kann aus meinen Fesseln schlüpfen, aber ich kann Werzaz nicht auf dieselbe Weise verändern. Gegen Ketten aus Stahl bin ich machtlos. Könnt ihr die Schlösser öffnen?«

Wito schüttelte den Kopf. »Außerdem bekommen wir Werzaz nie an allen Bitanern vorbei aus der Stadt.«

»Wenn wir ihn nur erst mal aus den Ketten bekommen«, sagte Daugrula. »Um den Rest kümmere ich mich schon.«

»Und was sollen wir Baskon sagen?«, warf Darnamur ein.

»Gebt Baskon Bescheid, dass wir Gibrax befreien werden, wenn der Mond am höchsten steht. Der Wardu dürfte stark genug sein, unseren Rückzug zu decken.«

»Gibrax, ja«, erinnerte sich Wito. »Aber wie wollt Ihr das anstellen?«

»Ich kümmere mich um Gibrax, ihr um Baskon«, sagte Daugrula. »Was wir dann tun, muss sich finden. Davor aber brauchen wir eine Lösung für Werzaz' Ketten. Immer einen Schritt nach dem anderen.«

»Hm«, sagte Wito, »wenn sie jetzt Gibrax ins Freie schaffen, dürfte dieser Strentor dabei sein. Er ist immerhin so was wie ein Vertrauter des Menschenfürsten und führt anscheinend das Kommando. Und er hat die Schlüssel für die Ketten mitgenommen und auch die anderen Sachen, die sie bei uns gefunden haben.«

»Aber er wird sie kaum immer bei sich tragen.« Daugrula klang nachdenklich. »Und meine Sachen hat er auch nicht. Wir müssen auch Balgir wiederfinden, bevor wir hier fort können.«

Werzaz stöhnte laut, und Darnamur grinste. Er nickte in Richtung des Goblins und meinte: »Da vorne ist doch ein großer, wohlgefüllter Sack, der auch auf eigenen Beinen laufen kann.

Den könnt ihr doch sicher als Ersatz für das Taschentier mitnehmen.«

Daugrula blickte zu Werzaz' Obergewändern, die immer noch auf dem Boden neben der schlafenden Wache lagen. »Für meinen Geschmack«, stellte sie fest, »sind allerdings entschieden zu wenig Gewänder in diesem Sack. Ich denke nicht, dass das ein angemessenes Gepäckstück für eine Dame wäre.«

»Was?«, rief Werzaz, und seine Stimme klang dumpf aus dem Leinensack, in dem er steckte. »Was schwatzt ihr da? Ist diese schuppige Taschenschlange aufgetaucht, oder was?«

Niemand ging auf seine Worte ein, und Wito fuhr fort: »Um auf Strentor zurückzukommen: Wenn wir uns jetzt nach draußen schleichen und dem Trubel nachgehen, finden wir ihn. Wir hängen uns bei ihm an – darin haben wir inzwischen ja Übung – und lassen uns von ihm in seine Stube bringen. Auf diese Weise finden wir Strentors Kammer und die Dinge, die er mitgenommen hat, ohne dass wir lange danach suchen müssen.«

»Dann macht das so«, befand Daugrula. Unbemerkt von den Gnomen hatte sie sich inzwischen aus den Ketten befreit und rieb sich die Handgelenke.

Skerna stieß einen gepressten Laut aus. »Ich werde mich nicht unter all den Spinnen in dieser Halle klein machen!«, verkündete sie.

»Du wirst tun, was die Herrin gesagt hat, Rattengesicht!«, hörte man Werzaz' Stimme gedämpft aus seinem kettenumwickelten Sack dringen.

»Nicht, um *den da* zu befreien!«, fügte Skerna abfällig hinzu.

»Wir treten in die Mitte des Raumes«, sagte Wito, »soweit es die Ketten zulassen. Wir machen uns klein, und dann sofort wieder groß, sobald wir die Ketten abgestreift haben. Da ist gar keine Gefahr dabei.«

»Aber wir müssen ja auch aus dem Schuppen rauskommen«, wandte Skerna ein. »Da sind Netze vor allen Ritzen!«

»Wir könnten es in großer Gestalt versuchen«, sagte Darnamur.

Daugrula lächelte die Gnome an. Aus den Augenwinkeln sah

Wito, wie die Spinne in seiner Nähe an der Wand entlang ein Stückchen auf ihn zukrabbelte. Auch andere Spinnen regten sich. Viele blanke Knopfaugen richteten sich auf die Gnome.

Wito erinnerte sich an die belebten Wurzeln im Wald vor Keladis, und er sagte: »Lasst das.«

Die Nachtalbe schob schmollend die Unterlippe vor. »Für einen Gnom hast du bemerkenswert wenig Humor«, stellte sie fest.

Wito wandte sich an seine Gefährten. »Ich glaube, die Spinnen sind kein Problem, solange Daugrula in der Nähe ist. Es sei denn, sie hat sich zu viel von euch beiden abgeschaut.«

Darnamur blickte ihn erschrocken an und fragte empört: »Was habe ich mit Spinnen zu schaffen?«

In natürlicher Gestalt schlichen die Gnome um die Ecke des Anbaus. Die Änderung ihrer Größe hatte ihre Tarnung zerstört, aber das war nicht mehr von Bedeutung. Als Wichtel wären sie inzwischen genauso aufgefallen. Allerdings konnten die Gnome sich in der Dunkelheit gut verstecken. Der Mond war noch nicht aufgegangen, und Wolkenfetzen trübten die Sterne. Menschen sahen in dieser Nacht nur so weit, wie ihre Lampen reichten.

Wito bedeutete seinen Begleitern, stehen zu bleiben, und wies nach oben. Mit geübten Bewegungen sprang Darnamur auf Witos Schultern, und beide hielten sich an der Holzwand fest, während Skerna an ihnen emporkletterte. Von dort aus konnte sie eine Schlinge hochwerfen, die an einem vorspringenden Dachbalken Halt fand.

Skerna zog sie behutsam zu und schwang das Seil dann so über einen danebenliegenden Balken, dass die Schlinge beim Klettern nicht abrutschen würde. Dann zogen sich alle drei Gnome an dem Seil hinauf und standen auf dem Dach des Anbaus. Von hier aus kamen sie leichter voran, da sie nicht mehr mit Wachen oder zufällig vorbeikommenden Menschen rechnen mussten.

Das Gebäude war so planlos erbaut wie alles hier. Irgendwann hatten die Menschen hier wohl einen Schuppen errichtet oder eine Lagerhalle oder einen Stall. Im Laufe der Zeit waren dann Nebengebäude angesetzt worden, Ausbauten und Erweiterungen, zusätzliche Dachböden und neue Stockwerke, einzelne Kammern und Erker, die aus älteren Gebäudeteilen herausragten. Das Ganze war eine Ansammlung von Brettern und Holzbohlen und Schindeln, die so oft repariert und wieder verwendet worden waren, dass man inzwischen nicht mehr erkennen konnte, was der ursprüngliche Bau war und was später dazugekommen war. Wenn es eine einheitliche Linie in der Bauweise gab, so war es die krude Zimmermannsarbeit, die von Hast und Sparsamkeit und Schludrigkeit zeugte.

Über einige Vorsprünge und unterschiedlich hohe Gebäudeflügel gelangten die Gnome auf das kaum merklich nach vorne geneigte Dach des großen Lagerhauses. Sie krochen bis zur Kante. Von unten hörten sie Lärm und Stimmen.

Wito blickte hinab und sah auf einen großen Platz, der auf allen Seiten von Zäunen oder den Rückwänden anderer Lagerhallen umgeben war.

Mitten auf dem Platz lag Gibrax, versteinert. Er war vollkommen nackt. Seine sonst himmelblaue Gestalt war grau und zeigte tiefe Risse und Kerben. Sein Leib war mit Ketten umwickelt, ähnlich wie bei Werzaz, nur dass die Ketten des Trolls um einiges dicker waren.

Ein paar Menschen standen um die riesenhafte Steingestalt herum, andere ruhten sich aus oder unterhielten sich. Die Gnome sahen auch Strentor, der herumging und die Pflöcke überprüfte, die rings um den Troll in den Boden gerammt waren und die Ketten straff hielten.

»Und jetzt?«, fragte Skerna.

Wito dachte nach, aber sie hatten nicht viele Möglichkeiten. Die Seile waren die einzige Ausrüstung, die ihnen geblieben war.

Unten im Hof standen überall Öllampen, und ein paar weitere Lampen hingen an den Wänden der umliegenden Gebäude. Aber am Rand gab es viele verschattete Winkel, und die Menschen richteten ihre ganze Aufmerksamkeit auf den Troll.

Ein dünnes Seil, das dicht an der Wand herabgelassen wurde, mochten sie vielleicht übersehen ... wenn es nicht zu lange hängen blieb.

»Einer von uns bleibt hier oben, in seiner großen Gestalt«, erklärte Wito schließlich. »Die anderen machen sich klein und klammern sich an einem Seilende fest. In einem unbeobachteten Moment lässt der Erste dann blitzschnell das Seil herunter, damit die anderen abspringen können, und zieht es wieder hoch, bevor einer der Menschen etwas bemerkt.«

»Aber wer bleibt oben?«, fragte Skerna.

Alle schwiegen. Darnamur wollte etwas sagen, aber Wito kam ihm zuvor. »Du«, sagte er einfach.

Darnamur fuhr auf. »Warum ich? Am ehesten wäre es Skernas Aufgabe ...«

»Warum?«, unterbrach Wito ihn. »Für die Mission unten im Hof sind wir alle gleichermaßen gut geeignet. Wer auf dem Dach zurückbleibt, hat zwar scheinbar die leichtere Aufgabe, aber er trägt auch die Verantwortung für den Einsatz. Und für die Arbeit mit dem Seil braucht man vor allem Präzision.«

Darnamur presste die Lippen aufeinander und nickte. Er nahm wieder sein Seil zur Hand, eine dünne, fast schwarze Schnur, aus vielen festen Fasern geflochten. Wito und Skerna stellten sich an das eine Ende. Dann schnurrten ihre Gestalten zusammen, und Darnamur beugte sich vor, um sie nicht aus den Augen zu verlieren.

In der abendlichen Dunkelheit musste selbst der nachtsichtige Gnom sich anstrengen, seine käfergroßen Gefährten noch zu erkennen. Wito sah, wie Darnamurs Gesicht näher und näher kam, bis er und Skerna sich in seinem riesigen rechten Auge verzerrt spiegelten. Rasch packte Wito das Seil und krallte sich mit Armen und Beinen in die Faserbündel.

Kurz darauf hob sich das Seil, und Wito schwebte dicht über den hölzernen Dachschindeln dahin. »Hui«, sagte Skerna von der anderen Seite des Stricks, der inzwischen um ein Vielfaches dicker war als die Gnome selbst. »Ich hoffe, mir wird nicht schlecht.«

Wito lächelte matt. Dann schwang das Seilende über die

Dachkante, und Wito blickte hinab in den Abgrund, auf Inseln von Licht und Schatten in einem Meer aus Zwielicht. Genau unter ihnen lag eine dichte Schatteninsel.

Und es ging abwärts. Der Boden raste auf sie zu, wurde dann langsamer, und schließlich schwang das Seil wenige Fingerbreit über dem unbefestigten Grund – wenige Fingerbreit für einen großen Gnom, aber für die verkleinerten Gestalten an dem Seil waren es immer noch mehrere Körperlängen.

Darnamur ließ behutsam noch ein Stück nach, bis das Seil unten auflag und seine Gefährten gefahrlos abspringen konnten. Doch Skerna kam unter der Schnur zu liegen und zappelte mit Armen und Beinen wie ein Käfer. Das brachte selbst Wito zum Lachen.

»Das ist nicht lustig«, sagte die Gnomin empört, als das Seil wieder nach oben fuhr und mit dem schwarzen Himmel verschmolz. Von Darnamur war nichts mehr zu sehen.

»Du hättest dich sehen sollen.« Wito schmunzelte. Er hielt Ausschau nach Strentor, aber die Menschen waren nur verschwommene Gestalten in der Ferne, Riesen, deren Gesichter sich in schwindelerregender Höhe verloren.

Aber Wito erkannte die vertraute Stimme des fürstlichen Boten und orientierte sich daran. Er wies Skerna die Richtung, und gemeinsam huschten die Gnome über den Platz auf Strentor zu.

Vorsichtig schlichen sie an der Wand entlang. Sie erinnerten sich nur zu gut an die spinnenverseuchte Kammer, aus der sie gerade entkommen waren. Hier gab es keine Nachtalbe, die mit geheimnisvollen Kräften achtbeinige Ungeheuer von ihnen fernhielt.

Nun mussten sie den freien Platz überqueren, und dabei achteten sie vor allem auf die großen Menschen und ihre Bewegungen. Aber es war längst nicht so gefährlich wie der Ausflug im Ratssaal der Elfen. Die Menschen hier liefen nicht viel umher, und kein Fuß kam ihnen nahe.

Der Boden bestand aus festgestampfter Erde und war uneben und rissig. Nach dem Regen vor zwei Tagen war er an vielen Stellen aufgeweicht. Die Gnome machten um die schlimmsten Stellen einen Bogen, und in ihrer kleinen Gestalt sanken sie auch nicht so tief ein. Trotzdem war es anstrengend, sich durch alle Senken und über alle Wellen zu kämpfen, und als sie bei ihrem Ziel ankamen, waren sie außer Atem und bis zum Hals braun und schwarz gesprenkelt.

Strentor stand bei einem Mann und unterhielt sich mit ihm. Ohne innezuhalten, rannte Wito auf den Boten zu, sprang auf den Rand seiner Stiefelsohle und zog sich weiter hinauf. Skerna folgte ihm auf dem Fuße.

Immer wieder glitten die Gnome ab. Sie waren schmierig vom Modder, und Strentors Stiefel waren mit halb getrocknetem Schlamm verkrustet. Mitunter fanden die Gnome in Rissen und Lücken Halt, aber oft bröckelten kleine Stückchen ab und drohten sie in die Tiefe zu reißen.

Als sie am Saum von Strentors Beinkleid angelangt waren, fühlte Wito sich schon viel sicherer. Jetzt waren sie außer Reichweite der gefährlichen Stiefelsohlen, und auch der schmierige Dreck wurde dünner und trockener, so dass sie leichter klettern konnten.

»Reicht das nicht?«, fragte Skerna. »Wenn wir hier unten bleiben, können wir notfalls schnell wieder abspringen.«

»Wir haben noch keinen sicheren Halt«, befand Wito. »Und seine Beine könnten irgendwo achtlos dagegenstreifen und uns zerquetschen. Wir steigen weiter hoch, bis wir sicher sind.«

Sie kletterten bis zu seiner Hosennaht, die sie wie eine Leiter benutzten. Am Gürtel krochen sie weiter zu Strentors Messerscheide und suchten dahinter Deckung. Dann verschnauften sie.

»... mache für heute Schluss«, hörten sie Strentors Stimme. Sie hörten Metall klirren, und Strentor fuhr fort: »Übernimm du hier. Und weck mich, wenn der Mond hoch steht und der Troll sich regt. Es ist unwahrscheinlich, dass eine einzige Vollmondnacht ihm volle Beweglichkeit verleiht, aber wir müssen trotzdem auf der Hut sein.«

»Keine Sorge«, sagte der andere Mensch. »Jetzt, wo Hauptmann Colus sich nicht mehr selbst um seinen Troll kümmern kann, bin ich bestimmt nicht wild darauf. Wir sollten die Bestie gleich umbringen.«

»Wenn er nicht mehr aus Stein ist, geht es leichter«, befand Strentor. »Ich würde auch lieber unsere anderen Gefangenen befragen. Andererseits ist so ein Troll dumm und verplappert sich leichter ... Na ja, wir werden sehen, ob er den Einsatz wert ist. Im Zweifel werden wir schnell eine Entscheidung treffen. Aber denk dran, dass der Bursche eine Weile braucht, um aufzutauen. Weck mich, wenn es interessant wird. Aber nicht so früh, dass ich stundenlang hier herumstehe.«

»Gute Nacht, Ritter Strentor«, sagte der andere.

Strentor entfernte sich vom Hof und trat ins Dunkel der umliegenden Gassen. Als er auf die Hauptstraße der Stadt kam und auf ein Gasthaus zuhielt, wurde Wito und Skerna bewusst, dass er nicht zu der Wachstube zurückkehrte, wo die Schlüssel und die Sachen lagen, die sie holen wollten.

8. Kapitel: Mit dem richtigen Köder

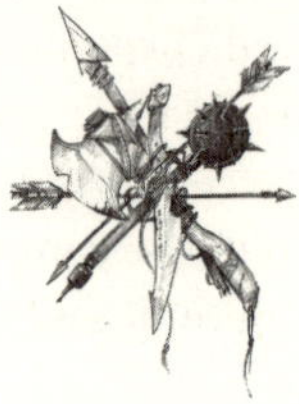

Die Nachtalben sind von der Grösse mit den Elfen vergleichbar und haben mit jenen auch die spitzen Ohren gemein. Ihr verschatteter Teint lässt sie beinahe wie die Nachtseite des Elfengeschlechts erscheinen. Doch wäre es grundverkehrt, aufgrund derlei äusserlicher Übereinstimmung einen Vergleich mit den lichten Elfen anzustellen.

Nachtalben leben verschlossen und ziehen die Einsamkeit vor. Ihr grösstes Ziel ist es, sich über andere zu erheben, und zu diesem Behufe allein pflegen sie finsterste Magie. Ein Nachtalb kann treu sein, allerdings nur, wenn der Schutz eines Herrn ihm Vorteile verschafft und sein Meister ihm in einem solchen Masse überlegen ist, dass jeder Versuch, sich an seine Stelle zu setzen, von vornherein aussichtslos wäre.

Diese Art von Gefolgschaft mag einem menschlichen Herrn Unbehagen bereiten. Unter den Finstervölkern jedoch prädestiniert sie die Nachtalben für höchste Positionen und Aufgaben. Dort gibt es nämlich viele mächtige und düstere Geschöpfe, die kaum befürchten müssen, dass ein einfacher Nachtalb ihnen ebenbürtig wird. Für sie geben die Alben hinreichend verlässliche Diener ab, was diesen die wichtigsten Stellungen unter den Finstervölkern sichert.

Aus dem »Almanach der Finstervölker« von Conzionarius Caezo,
Priester im Tempel der Sonne

Darnamur behielt den Hof vom Dach aus im Auge. Seine winzigen Gefährten konnte er auf dem unebenen Grund nicht ausmachen, er würde allenfalls am Verhalten der Bitaner erkennen, wenn etwas Ungewöhnliches vor sich ging.

Die Menschen bewegten sich langsam und behielten den Troll im Auge. Darnamur wurde immer unruhiger. Er konnte nichts tun, und er wusste nicht, wie es seinen Gefährten erging. Sie könnten beide schon tot sein, und er würde es nicht einmal merken.

Er blickte zu dem Boten, zu Strentor. Der stand mit einem anderen Menschen zusammen und unterhielt sich, ohne Anzeichen von Beunruhigung. Ob Wito und Skerna schon bei ihm angekommen waren? Jetzt gab Strentor dem anderen die Hand, eine menschliche Geste des Abschieds, wie Darnamur wusste. Er kniff die Augen zusammen.

Nein. Sie schüttelten sich nicht einfach die Hand. Metall schimmerte matt im Lampenschein. Strentor händigte dem anderen etwas aus. Es waren Schlüssel! Darnamur zuckte zusammen.

Sie hatten etwas übersehen!

Wenn Daugrula den gefesselten Goblin nur mittels der Schlüssel befreien konnte, dann würde auch der angekettete Troll auf dem Hof sie vor Schwierigkeiten stellen. Und Darnamur war überzeugt davon, dass Strentor gerade die Schlüssel für den Troll an den anderen Mann weitergegeben hatte.

Der Bote wandte sich ab und schritt davon. Darnamur würde sich um den *anderen* Mann kümmern. Er hatte ohnehin keine Lust, tatenlos auf dem Dach auszuharren oder unverrichteter Dinge wieder zu Daugrula zurückzukehren und auf seine Gefährten zu warten. Sollten Wito und Skerna nach Strentor und dessen Sachen sehen – er, Darnamur, würde die Schlüssel zu Gibrax' Ketten beschaffen!

Der Mann mit den Schlüsseln ging jetzt auf dem Hof umher und sprach mit den Leuten. Er rief ein paar Männer herbei, und es sah so aus, als gäbe er Befehle und teilte Wachen ein. Ein paar

Männer zogen ab, andere nahmen Aufstellung rings um den Troll. Entweder würde der Mann mit den Schlüsseln sich zu den Männern auf dem Hof gesellen, oder er würde ebenfalls bald gehen. Darnamur musste handeln.

Als er seine beiden Gefährten abgelassen hatte, hatte er gewohnheitsmäßig die Länge abgemessen, die das Seil bis zum Boden brauchte. Nun befestigte er es an einigen vorspringenden Nägeln auf dem grob gezimmerten Dach, und zwar so, dass es genau bis zum Boden reichen würde. Dann knotete Darnamur mit geübten Bewegungen Schleifen in die Leine, die sich unter Zug wieder lösen würden.

Als er damit fertig war, befand sich der Mann mit den Schlüsseln auf dem Weg zum großen Eingangstor. Fast direkt unterhalb von Darnamur verschwand er im Lagerhaus, während der Gnom hastig eine lose Dachschindel in seine Lederweste wickelte und sie am Ende des Seils festmachte.

Darnamur warf einen raschen Blick über den Hof und überzeugte sich davon, dass gerade keiner der Posten in seine Richtung schaute. Dann packte er das Seil und sprang über die Dachkante.

Die durch die Schleifen verkürzte Schnur spannte sich sofort und schnurrte dann weiter ab. Eine Schlaufe nach der anderen löste sich mit einem Ruck, und das verlangsamte Darnamurs Sturz. Während das Seil wieder auf die ursprüngliche Länge gezogen wurde, glitt der Gnom dem Boden entgegen und landete sicher.

Sofort schwang er das Seil und schleuderte es zurück auf das Dach. Die Dachschindel gab genug Schwung, und die Lederweste dämpfte das Klappern, als sie oben aufkam.

Darnamur presste sich gegen die Wand des Lagerhauses. Er trug zwar dunkle Kleidung und stand halbwegs im Schatten, doch war er im Augenblick völlig ohne Deckung. Aber die Menschen unterhielten sich und schauten nicht in seine Richtung. Offenbar schickten sich die letzten Soldaten auf Freiwache soeben an, den Hof zu verlassen, und verabschiedeten sich von dem halben Dutzend Posten, die zurückbleiben würden.

Darnamur nutzte die Ablenkung und schob sich zum Tor. Er warf einen raschen Blick durch den Spalt, glitt hinein und suchte dahinter Deckung.

In der großen Halle dicht beim Eingang stand der Wagen, mit dem die Menschen anscheinend den Troll nach draußen gebracht hatten. An den Wänden stapelten sich Packen und Taschen, und dazwischen liefen ein paar Bitaner umher. Es roch nach Pferden, auch wenn im Augenblick keines dieser Tiere zu sehen war. Hier musste ein Großteil der Rösser untergebracht gewesen sein, mit denen die Bitaner nun irgendwo im Hinterland Jagd machten auf einen Wardu, der schon längst davongeflogen war.

Darnamur grinste. Er tastete sich ein paar Schritte weiter, bis er sicher in Deckung des Wagens stand und unbemerkt Ausschau halten konnte.

Anstelle der Pferde standen bloß noch vier Ochsen bereit. Daneben lagen Traggeschirre und Ketten, und die Menschen in der Halle verankerten gerade große Pfähle im Boden. Es sah so aus, als bereiteten sie sich darauf vor, den wieder zum Leben erwachten Troll zurück in das Gebäude zu schaffen.

Nun, so weit würde es nicht kommen.

Darnamur entdeckte den Mann, den er verfolgte, am rückwärtigen Ende der Halle auf einer hölzernen Treppe. Der wackelige Aufgang verlief an der Wand nach oben bis zu einer Tür dicht unter dem Dach.

Darnamur schlich um den Wagen herum, huschte in Deckung eines großen Ballens und dann weiter zu einem Fass. So stahl er sich quer durch die Halle bis zu der Treppe. Der Mann verschwand oben durch die Tür.

Der Raum war notdürftig ausgekehrt, aber Darnamur sah deutlich die Spinnweben in den Winkeln und an höher gelegenen Vorsprüngen. Er bedauerte sehr, dass er keine Waffe mehr besaß, die er in kleiner Gestalt bei sich tragen konnte.

Die Halle war nur schwach erleuchtet. Die Treppe lag fast ganz im Dunkeln, und so ging der Gnom davon aus, dass er in seiner normalen Gestalt unbemerkt nach oben gelangen würde. Er hätte die Stufen in Käfergröße auch kaum bewältigen können …

Behutsam machte Darnamur sich daran, die Tritte hinaufzusteigen. Er behielt die Männer in der Halle im Auge, und wann immer einer von ihnen Anstalten machte, in seine Richtung zu sehen, kauerte er sich eng in den Winkel zwischen Wand und Stufe.

Das Wichtigste war jetzt, auf der wackeligen Treppe kein Geräusch zu machen. Die Tritte bestanden nur aus einzelnen Brettern, die an der einen Seite an der Wand befestigt waren und an der anderen Seite auf einem wackeligen Gerüst auflagen. Das Geländer war, wie es gerade passte, an Stufen und Stützen verankert. Die Treppe hatte einige Male sehr laut geknarrt, als der Bitaner hinaufgestiegen war. Aber der Mann war auch viel massiger gewesen als ein kleiner Gnom, und außerdem hielt Darnamur sich am Rand der Treppe, wo sie mit der Wand verbunden und am stabilsten war.

Er war die Treppe halb hinaufgestiegen, und die Lichter der Halle blieben unter ihm zurück. Allmählich fühlte Darnamur sich sicherer. Jetzt wagte er einen kurzen Blick nach oben. In diesem Augenblick schwang die Tür wieder auf.

Darnamur warf sich flach hin und schob sich so weit es ging unter die Stufe über ihm. Dann konzentrierte er sich und nahm die kleine Gestalt an.

Sofort sprang er auf und sah sich um. Weit und breit war keine Bedrohung zu sehen, und er atmete erleichtert auf.

Aber dem käfergroßen Darnamur bot das Geländer keinen Schutz mehr. Da die Stufen einander ein wenig überlappten, ging es an der einen Längsseite nur bis zur nächsten Stufe hinab. An der Schmalseite und an der hinteren Kante gähnte allerdings ein Abgrund.

Er schob sich ein wenig davon weg und schaute hinauf. Die Stufe über ihm gab Darnamur etwas Deckung. Doch er fühlte sich hier, ohne Halt auf einem wackeligen Brett, entsetzlich ungeschützt. Er rappelte sich auf und lief geduckt zur Wand.

Die Treppe bebte. Donnernd tat der Mann oben Schritt auf Schritt und kam immer näher. Die Stufen ächzten. Das Holz jammerte, und die Verankerungen knarrten. Darnamur verlor den Halt, stolperte und versuchte, sich an einem hölzernen Vorsprung festzuhalten, um nicht in den Abgrund zu rollen.

Da schlug krachend ein riesiger Fuß neben ihm auf die Stufe, und der winzige Gnom wurde in die Luft geschleudert. Darnamur ruderte mit den Armen und suchte nach Halt, da hob der Mann den anderen Fuß, und das federnde Holz schlug dem Gnom entgegen, als der wieder auf die Stufe prallte. Der Schlag raubte ihm fast den Atem.

Keuchend grub Darnamur die Finger in einen Riss des Brettes und hielt sich fest, während er von der vibrierenden Stufe fast in den Abgrund geschüttelt wurde. Darnamur sah, wie sich die gewaltige Ferse des Bitaners hob und der Mann weiter hinunterstieg.

Während er noch um sicheren Halt kämpfte, zog ein Grinsen über sein Gesicht. Wenn er sich jetzt groß machte, konnte er womöglich den Fuß packen und den Mann zu Fall bringen. Der Bursche würde die Treppe hinunterrollen, ohne seinen Angreifer auch nur zu sehen. Vermutlich würde er nicht einmal etwas von dem tückischen Angriff ahnen, sondern einfach glauben, er wäre gestolpert.

Aber, nein. Das würde nur die Aufmerksamkeit der anderen Bitaner auf die Treppe lenken. Und wer wusste, ob er unentdeckt bliebe, wenn er jetzt die Größe änderte? Skerna hätte sich die Gelegenheit zu einem solchen Streich niemals entgehen lassen. Aber das würde seinen Auftrag gefährden.

Er wartete einen Augenblick, bis der Mensch noch ein paar Stufen hinuntergegangen war. Die Schwingungen auf der Treppe hatten inzwischen nachgelassen, so dass Darnamur wieder stehen konnte. Er spähte zu dem Bitaner hinüber, aber er sah keine Schlüssel in dessen Hand.

Entweder hatte der Mensch sie eingesteckt, oder er hatte sie oben abgelegt, irgendwo hinter dieser Tür. Darnamur dachte nach. Es mochte schwer werden, dem Mann weiterhin zu folgen. Aber welchen Sinn hätte der Gang ins Obergeschoss gehabt, mit den Schlüsseln zu Gibrax' Ketten in der Hand, wenn der Bitaner diese Schlüssel nicht dort irgendwo hingebracht hatte?

Darnamur wartete ab, bis die Schritte auf der Treppe verklangen. Dann machte er sich vorsichtig wieder groß, vergewisserte sich, dass keiner der Menschen unten auf ihn aufmerksam geworden war, und schlich weiter die Treppe hinauf.

Strentor bewohnte ein Zimmer im »Grünen Mann«, demselben Gasthaus, in dem auch Wito und seine Freunde untergekommen waren. Seine Kammer war noch kleiner als die der Gefährten und wirkte wie gewaltsam in den Winkel gepresst.

Die Deckenbalken waren so niedrig, dass Strentor den Kopf einziehen musste, und sie sahen so zerfressen und verkohlt aus, als wären sie nach einem Hausbrand gerettet und wieder eingesetzt worden. Die winzigen Fenster waren so schmal wie die Luken eines Taubenschlags, und außer dem Bett gab es nur noch einen dreibeinigen Hocker mit einer eisernen Waschschüssel darauf.

In seinem Zimmer angekommen, setzte der fürstliche Bote sich gleich aufs Bett und zog die Stiefel aus. Diesen Augenblick nutzten Wito und Skerna, um abzuspringen, über die Bettdecke zu laufen und sich am Fußende der Matratze in Sicherheit zu bringen.

Skernas Finger spielten mit dem Seil, das sie sich um den Körper gewickelt hatte. »Was meinst du?«, fragte sie. »Wollen wir dem Burschen ein paar von seinen Bettwanzen wegfangen und sie zureiten?«

»Ich hoffe, die Wanzen treiben ihn gleich wieder nach draußen, damit er uns doch noch dahin bringt, wo die Schlüssel sind«, erwiderte Wito.

Skerna zuckte die Achseln. »Gib es auf. Ist eben schiefgelaufen. Der Kerl bringt uns nicht weiter, und wir müssen auf eigene Faust weitersuchen.«

Strentor ließ mit einem Ächzen den Waffengurt zu Boden fallen. Er legte die dicke Jacke ab, dann ließ er sich einfach zurücksinken, zog die Decke zu sich, so dass die Gnome erschrocken zur Seite sprangen, und fing nach wenigen Augenblicken an zu schnarchen. Die Gnome warteten noch eine Zeit lang, dann ließen sie sich an einer überhängenden Falte der Decke hinunter und entfernten sich ein Stück vom Bett.

»Er schläft wirklich schon«, befand Wito schließlich. »Ich denke, wir können uns groß machen und uns kurz umsehen. Vielleicht bewahrt er hier etwas auf, was wir brauchen können. Danach schlüpfen wir in unser altes Zimmer und halten nach Balgir Ausschau. Damit wäre der Ausflug zumindest nicht umsonst.«

Skerna nickte. Gemeinsam nahmen sie wieder ihre natürliche Gestalt an. Dabei fiel auch der Schmutz von ihnen ab, der nicht mit ihnen größer werden konnte, und die eben noch dreckverkrusteten Gnome standen halbwegs sauber in Strentors Zimmer. So mussten sie sich wenigstens keine Gedanken um die Spuren machen, die sie hinterließen. Die ameisengroßen Lehmhäufchen zu ihren Füßen würden wohl niemandem auffallen.

Skerna sah sich im Raum um und durchstöberte hastig die Sachen des bitanischen Boten, während Wito den Schläfer im Auge behielt.

Sie ließ es sich nicht nehmen, Strentors kleinstes Messer aus der Scheide zu ziehen und mit der Spitze nach oben in einen der Stiefel zu stellen. Wito bemerkte es, konnte aber nichts sagen, solange der Mensch direkt neben ihnen schlief.

Als er sich schon zur Tür aufmachte, hantierte Skerna noch an der Waschschüssel herum. Sie schob die Schüssel mit Wasser so dicht an den Rand des Hockers, dass sie gerade noch auf der Kante balancierte. Dabei unterdrückte sie mühsam ein Kichern.

Wito tippte ungeduldig mit dem Fuß auf und winkte ihr, aber Skerna schaute nicht zu ihm hin. Als sie wieder in ihre kleine Gestalt geschlüpft waren und sich vorsichtig durch den Türspalt schoben, wollte er ihr Vorhaltungen machen, aber Skerna kam ihm zuvor. »Das Ding wird umkippen, sobald dieser Mensch nur in die Nähe kommt«, meinte sie vergnügt. »Das gibt ein feuchtes Erwachen.«

»Ich habe doch gesagt, wir haben keine Zeit«, sagte Wito.

»Na, nicht so verbissen«, erwiderte Skerna. »Der kleine Augenblick wird wohl kaum darüber entscheiden, ob wir Balgir und die Schlüssel finden, oder ob wir rechtzeitig auf Baskon stoßen.«

»Es könnte uns verraten«, gab Wito zu bedenken.

»Genauso gut kann es uns auch Zeit verschaffen«, sagte Skerna. »Wenn Strentor erst mal seine Zehen suchen muss, weil ihm beim Ablegen des Gürtels *zufällig* ein Messer in den Stiefel gefallen ist, kommt er uns möglicherweise nicht zur Unzeit in die Quere. Gib's einfach zu, Wito – du weißt so wenig wie ich, ob wir einen Vorteil, einen Nachteil oder gar nichts davon haben. Und in so einem Fall sollte man immer auf den Spaß setzen!«

Der Flur war leer, und noch in ihrer kleinen Gestalt huschten sie über die Dielen zum anderen Ende des Gebäudes. Wito schickte Skerna in Daugrulas früheres Zimmer, während er selbst sich in ihrem eigenen Zimmer umsah. Aber Balgir war nirgends zu finden. Nachdem er den Raum in seiner natürlichen Gestalt gründlich abgesucht und unter den Matratzen allerhand Unappetitliches, aber kein Taschentier gefunden hatte, machte er sich wieder klein, trat auf den Flur und traf dort auf Skerna. Sie überlegten, ob sie noch weitere Räume durchsuchen oder ob sie zu Daugrula zurückkehren sollten.

»Das dämliche Vieh kann inzwischen überall sein«, murrte Skerna. »Vielleicht ist es nicht mal mehr im Gasthaus. Ich finde, wir sollten lieber nach unten gehen und es dem Wirt heimzahlen, weil er uns hintergangen hat. Wir könnten die Stopfen aus seinen Bier- und Weinfässern ziehen.«

Wito schüttelte den Kopf. »Keine Zeit. Wir sollen uns heute noch mit Baskon treffen. Aber du hast recht, wir können nicht länger nach Balgir suchen. Wir kehren zurück, und Daugrula soll entscheiden, was sie mit ihrem Vertrauten macht.«

Er sah sich unschlüssig auf dem Flur um. Der einzige Ausgang aus dem Gebäude führte durch die Gaststube, wo immer noch einiges Leben herrschte. Sein Blick fiel auf ein kleines geöffnetes Fenster an einem Ende des Gangs. Wito bedeutete Skerna, sie solle warten. Dann machte er sich groß, trat an das Fenster und blickte hinaus. Da tauchte Skerna neben ihm auf.

»Du hättest ruhig klein bleiben können«, flüsterte Wito.

»Damit du auf mich drauftrittst? Nein, danke. Was hast du vor?«

Wito antwortete nicht. Er blickte in eine finstere, leere Gasse, kaum mehr als ein Spalt zwischen zwei Häuserreihen. Er hängte sein Seil so durch die Öffnung, dass die eine Hälfte im Flur lag, die andere draußen.

Dann machte er sich wieder klein, und als Skerna neben ihm stand, erklärte er: »Wenn wir in kleiner Gestalt über das Seil nach draußen klettern, trägt es unser Gewicht, ohne dass ich es hier festknoten muss. Wir können es anschließend einfach hinter uns herziehen und verschwinden, ohne Spuren zu hinterlassen.«

»Dieses ständige Groß-Klein wird allmählich anstrengend«, klagte Skerna.

»Ich habe dir gerade gesagt, dass du es dir sparen kannst. Also beschwer dich jetzt nicht. Und ehrlich gesagt finde ich diese endlosen Klettereien viel schlimmer – erst das Hosenbein hoch, dann die Bettdecke herunter, und jetzt am Seil. Ich hoffe, das reicht für heute.«

Ein klatschendes Geräusch antwortete ihm, von da, wo Skerna gestanden hatte. Wito fuhr herum und sah gerade noch, wie seine Begleiterin von einer langen schmalen Zunge gepackt und fortgerissen wurde.

»Nein!«, rief Wito. Sein Herzschlag setzte aus.

Er wurde groß. Im Nu war er bei Balgir, der fast unsichtbar in einem Winkel unter dem Fenster kauerte und sich Skerna geschnappt hatte. Wito packte zu und drückte die Echse mit dem Hals gegen den Boden, damit sie nicht schlucken konnte.

»Lass sie los!«, rief er. »Lass sie sofort los!«

Balgir verdrehte seine großen Augen und gab leise röchelnde Geräusche von sich. Wito griff mit der anderen Hand zu und versuchte, dem Taschentier das Maul zu öffnen, riss die Finger aber gleich wieder zurück, als Balgirs Kiefer sich bewegten.

»Balgir! Lass los!«, rief er in Panik.

Und Balgir öffnete das Maul einen Spaltbreit und schob seine schlanke gespaltene Zunge heraus. Ganz vorne zwischen den Spitzen hielt er die winzige Gnomin umklammert, setzte sie bedächtig am Boden ab und zog die Zunge wieder zurück. Er schielte zu Wito hinauf, der mit ihm schimpfte. »Das war böse, Balgir, hörst du?«, sagte er. »Mach das nie wieder!«

Er ließ das Taschentier los. Balgir zwinkerte langsam mit den Nickhäuten und blies sich ein wenig auf. Skerna stand vor ihm auf dem Bretterboden, in einem kleinen Fleck Speichel, und wirkte wie erstarrt.

»Mach dich groß!« Wito flüsterte, aber es war zu spät. Die Unruhe war nicht unbemerkt geblieben. Aus Strentors Kammer hörte man ein »Was bei allen …«, und dann war ein Aufschrei zu vernehmen, ein plumpes Wummern auf dem Holzboden und dann ein Scheppern und Poltern und lautes Fluchen. Skerna nahm wieder ihre volle Größe an.

Sie zitterte, und auch wenn Balgirs Schleim sich an ihrer großen Gestalt verteilte, so hatte er doch überall silbrige Fäden hinterlassen. Die Gnomin wirkte zerzaust und mitgenommen.

»Wir müssen hier weg«, zischte Wito. Er wies auf das Fenster.

Von unten aus der Gaststube und auch vom Gemeinschaftsschlafraum oben unter dem Dach waren Rufe zu vernehmen. Ihnen blieb nicht viel Zeit. Wito schob die immer noch benommene Skerna durch das Fenster und hielt das Seil fest, während seine Gefährtin rasch daran hinabrutschte. Dann packte er Balgir, hielt ihn nach unten und wollte ihn Skerna zuwerfen.

Die Gnomin wich zurück, und das Taschentier zischte und wand sich und zeigte seine kurzen spitzen Zähne.

»Das ist nicht hilfreich«, murmelte Wito. Er zog Balgir wieder ein Stück hoch und drückte ihm kurzerhand das Maul zu. »Fang ihn auf und halt ihn gut fest. Wir haben keine Zeit!«, rief er halblaut nach unten. Schon polterten Schritte auf der Treppe.

Skerna gehorchte. Wito sprang auf das Fensterbrett, machte sich klein und kletterte so schnell er konnte an dem Seil nach unten. Hoffentlich kam er rechtzeitig an, bevor Skerna das Taschentier erwürgte …

Unten in der Gasse machte er sich wieder groß, holte das Seil ein und verstaute es. Wenn sie Glück hatten, sahen die Bitaner erst nach Strentor und hatten das offene Fenster und das unscheinbare Seil gar nicht bemerkt.

Skerna hielt Balgir am ausgestreckten Arm und quetschte den langen Echsenleib, während das Taschentier versuchte, die Gnomin zu kratzen und zu beißen. Wito nahm Balgir und legte ihn sich über die Schulter.

»Werzaz hatte recht mit dem Vieh«, befand Skerna. »Taschen sollten gut gegerbt und vor allem nicht lebendig sein.«

Balgir schmiegte sich ganz friedlich an Witos Schulter und zeigte Skerna die Zähne. Dann blickten die Gnome von der Gasse auf die Hauptstraße, wo immer noch einige Menschen, Bitaner und Einheimische, unterwegs waren. Von oben hörten sie Stimmen durchs offene Fenster, aber anscheinend hatte niemand bemerkt, was geschehen war – außer dass Strentor wohl in seinem Zimmer einen Unfall gehabt hatte.

Es wurde Zeit, zu verschwinden. Sie folgten der Gasse in die andere Richtung, fort von der Hauptstraße. Dort war es ruhiger, und so schlichen die Gnome durch die Seitengassen zurück zu dem Lagerhaus, wo die Bitaner sie gefangen gesetzt hatten. Sie wagten nicht, sich klein zu machen. Das Gebäude war zwar nicht schwer zu finden, aber in ihrer winzigen Gestalt wäre es ein zu weiter Weg gewesen. Außerdem hätten sie Balgir dann nicht tragen können, und sie trauten der Echse nicht so weit, dass sie in Käfergröße mit ihr gemeinsam wandern wollten.

Die Bitaner bewachten das Gelände, aber für die Gnome war es ein Leichtes, sich hineinzuschleichen. Der Abend war weit fortgeschritten, und wenn sie Baskon treffen wollten, wurde es höchste Zeit. Die Nachtalbe, Werzaz und Darnamur warteten schon auf sie. Der Goblin war nicht mehr gefesselt.

Darnamur warf einen Blick auf Balgir. »Na, immerhin habt ihr wenigstens *etwas* gefunden«, stellte er fest. Er spielte mit einem Schlüssel. »Ich dachte schon, ihr wolltet euch nur einen netten Abend in der Stadt machen und mir die ganze Arbeit überlassen.«

Als die Gnome losgezogen waren, um sich mit dem Wardu zu treffen, blieb Werzaz mit der Nachtalbe allein zurück. Er wusste nicht recht, was er davon halten sollte. Einerseits war er froh, das kleine Kroppzeug los zu sein, das ständig schnatterte und ihm zwischen den Füßen herumlief. Andererseits war die Nachtalbe undurchschaubar. Er traute ihr nicht über den Weg.

Und zu allem Überfluss hatten die Gnome auch noch die tückische Echse wieder mitgebracht!

Balgir hatte sich um einen Balken geringelt und starrte Werzaz an. Der starrte eisern zurück. Die kleine Gnomin hatte geklagt, dass das Taschentier sie hatte fressen wollen. Das war eigentlich eine lustige Sache, aber es bestätigte Werzaz, was er schon immer gewusst hatte: Man konnte dem Biest nicht trauen.

Daugrula hatte ihren Liebling verteidigt: Balgir sei einfach sehr empfindlich und hätte sich wohl irgendwie beleidigt gefühlt. Aber Werzaz wusste es besser. Das Vieh hatte auch ihm schon nachgestellt und ihn einige Male gezwickt, wenn er abgelenkt gewesen war. Und das schon seit ihrem Treffen mit den Bitanern! Und da Werzaz nicht wusste, wie er so einen feigen Wurm hätte kränken sollen, konnte der Grund nur reine Bosheit sein. Werzaz war überzeugt, dass diese Kreatur auch für alle anderen rätselhaften Vorfälle verantwortlich war, die ihn auf dieser Reise plagten. Also behielt er die Echse im Auge. Und wenn er das Biest einmal auf frischer Tat ertappte, würde er es erschlagen. Egal, was die Albe dazu sagte ...

Er blickte kurz zu Daugrula hin und beobachtete, wie die Albe aus einigen Flaschen und Tiegeln etwas zusammenmischte und dem schlafenden Bitaner in den Mund träufelte. So viel Heimtücke aus nichtigem Anlass beleidigte sein Kriegerherz. Man merkte schon, wie das Natterngezücht und seine Herrin zusammenpassten.

»Warum das Bitanerschwein vergiften?«, fragte er. »Der schläft wie eine schnarchende Sumpfsau, und ich kann ihm jederzeit die Kehle durchschneiden, wenn du willst.«

Werzaz trat an den Menschen heran und streckte die Hand nach dessen Schwert aus.

Daugrula machte eine abwehrende Handbewegung. »Lass den Bitaner in Ruhe«, befahl sie. »Wir brauchen ihn noch. Stell dich lieber an die Tür. Gegen Mitternacht soll die Wache abgelöst werden. Du wirst den Mann niederschlagen, sobald er hereinkommt, und damit nimmt unser Plan seinen Anfang.«

»Pah, warum so lange warten«, murmelte Werzaz mehr zu sich selbst als zu der Nachtalbe. Der Goblin wühlte in dem Gerümpel herum, das in dem Schuppen lag, und fand schließlich ein gebogenes Metallteil, das sich als Knüppel verwenden ließ.

Dann stellte er sich neben der Tür auf und wartete. Als sein Blick auf die schäbige rostige Waffe in seiner Hand fiel, lachte er unwillkürlich trocken auf. Das erinnerte ihn an Gibrax, der immer die unmöglichsten Dinge als Waffe mitnahm. Werzaz hingegen vermisste seinen treuen Säbel. Damit könnte er jeden, der hereinkam, mit einem Streich niederstrecken!

Er ließ sich an der Wand herabrutschen und setzte sich mit überkreuzten Beinen auf den Boden. Mitternacht war noch weit. Ihn dürstete nach dem Blut der Bitaner, die ihn so gedemütigt hatten, und nun durfte er nicht einmal die Wache erschlagen, die sie überwältigt hatten!

Mit einem verächtlichen Zischen stieß er die Luft aus. Immerhin ging es um Gibrax, und der war von dem ganzen Haufen noch der vernünftigste Kamerad. Nur seinetwegen hielt er es hier aus, anstatt das Weite zu suchen und wieder seinem Auftrag zu folgen – nach Leuchmadans Herz zu suchen.

Dafür war der fette Ochse ihm etwas schuldig.

Die Stunden verstrichen, und Werzaz döste vor sich hin. Ein leiser Pfiff der Nachtalbe ließ ihn hochschrecken. Hastig rappelte er sich auf und hob sein krummes Metallstück. Schon bewegte sich die Tür. Ein Bitaner schlurfte herein, den Kopf müde gesenkt.

Werzaz bohrte eine Krallenhand in den Kragen des Mannes und riss ihn in den Schuppen. Mit dem anderen Arm holte er aus und schlug mit Wucht zu. Werzaz' fester Griff erstickte den Schrei des Bitaners, und der Schlag brachte ihn endgültig zum Schweigen. Ein paar Tropfen Blut spritzten Werzaz ins Gesicht, und er schnaubte. Der Bitaner brach sofort zusammen, als der Goblin ihn losließ. Werzaz schlug noch zweimal zu. Er spürte, wie Knochen brachen unter seinen Hieben, und musste sich zügeln, um nicht in einen Blutrausch zu geraten.

»Ha!«, stieß er hervor. »Siehst du das, du weiße Saftmade? Ich brauch keinen Säbel, um euch zu knacken.«

»Ruhig«, sagte Daugrula, und Werzaz wilde Wut kühlte ab. Hastig zog er die Tür hinter dem Mann zu. Draußen blieb alles still.

»Schaff ihn weg, hinter das Gerümpel«, befahl die Nachtalbe. Sie saß vor dem zweiten Wachsoldaten, der immer noch ruhig dahockte und schlummerte. »Niederschlagen hätte auch gereicht.«

»Ich hab ihn niedergeschlagen, oder etwa nicht?«, wandte Werzaz ein und wies auf den Bitaner, der vor ihm auf dem Boden lag. Der Kopf des Toten war voller Blut und eingedrückt von seinen Schlägen.

Daugrula seufzte.

»Ich werde die erste Wache gleich aufwecken und rausschicken«, kündigte die Nachtalbe an. »Mein Trank dämpft sein Bewusstsein. Der Mann bekommt nicht viel mit, und jeder, der ihn sieht, wird ihn für betrunken halten. Aber es ist trotzdem besser, wenn er nicht zu viel sieht. Stell dich also hinter mich, und ich führe ihn einfach durch die Tür nach draußen. Von da mag er allein zu seiner Unterkunft torkeln.«

»Wozu der Aufwand?«, fragte Werzaz. »Einen haben wir gekeult, und der andere folgt rasch genug.«

Daugrula schüttelte den Kopf. »Irgendwer weiß, dass hier um Mitternacht Wachablösung ist. Wenn der erste Wächter nicht zurückkommt, wird ihn vielleicht jemand vermissen und nachsehen. Wenn er aber betrunken zurückkommt, ist das allein sein Problem.«

»Zu viel Denkerei«, befand Werzaz. »Wer immer drei Schritte vorausdenkt, tritt schon beim ersten in die Bärenfalle. Hat mein Onkel immer gesagt.«

Er nahm dem toten Bitaner das Schwert ab und wog die Waffe

in der Hand. Kriegsbeute! Der Stahl war gut, aber die Klinge zu lang und der Griff zu schmal. Das Schwert war für Menschen gemacht, nicht für Goblins, aber es würde reichen.

Dann trat er hinter Daugrula, und die Nachtalbe schaffte es, den Mann auf die Füße zu stellen und zur Tür zu schieben. Der Bitaner taumelte. Es brauchte einige Zeit, bis er die Augen aufbekam, und er murmelte unverständliches Zeug.

Daugrula stieß die Tür vor ihm auf, schob ihn hinaus und zog die Tür wieder zu. Dann wartete sie einige Augenblicke. Sie winkte Werzaz zu sich.

»Wir gehen jetzt zu dem Hof, von dem die Gnome erzählt haben. Wir nehmen den Weg über das Dach, den sie für uns ausgekundschaftet haben. Dann sehen wir weiter.«

»Mh, klettern«, sagte Werzaz. »Warum stürmen wir nicht einfach um den stinkigen Schuppen herum und haun das Pack nieder? Eine bessere Überraschung schaffen wir vom Dach aus auch nicht.«

»Aber vom Dach aus können wir uns die Lage erst einmal ansehen, ohne selbst gesehen zu werden. Ich brauche Zeit, um Gibrax zu wecken. Wenn der Troll versteinert ist, kriegen wir ihn nicht von hier fort.«

Widerstrebend stimmte Werzaz der Albe zu.

Daugrula öffnete die Tür wieder und spähte hinaus. Dann glitt sie lautlos ins Freie und bedeutete dem Goblin, ihr zu folgen. Werzaz trottete hinter ihr her. Sie gingen bis zur Ecke des Anbaus. Dort schaute die Nachtalbe sich um und hastete den Weg zurück. Sie drückte die Tür, durch die sie gerade gekommen waren, wieder zu. Wütend funkelte sie den Goblin an.

Werzaz zuckte die Achseln. »Verfluchte Leisetreterei«, knurrte er halblaut.

Dann kletterten sie auf das erste Dach, wie die Gnome es ihnen erklärt hatten. Zum Glück hatten sie genug Seile. Die Albe kletterte leichtfüßig die hölzernen Wände empor. Fast schien es, als würde sie schweben. Dann sicherte sie oben das Seil. Ächzend und keuchend zog der Goblin sich daran hoch. Oben ließ er sich schwer auf das Holzdach fallen.

»Psst«, machte Daugrula. »Du schnaubst und trampelst wie ein Wollrüssler. Da unten sind Bitaner. Meinst du, sie hören es nicht, wenn hier jemand auf dem Dach herumtanzt?«

»Pah. Das blasse Gelichter traut sich eh nicht hier rauf, wenn es weiß, was gut ist«, erwiderte Werzaz. Trotzdem versuchte er, leiser aufzutreten.

Endlich erreichten sie die Kante des beinahe flachen Daches über dem Hauptbau. Daugrula hieß Werzaz zurückzubleiben, während sie über die Kante auf den Platz schaute. Sie schloss die Augen und murmelte vor sich hin.

Als sie wieder aufblickte, flüsterte Werzaz: »Hast du die Wachen jetzt alle eingeschläfert?«

Die Albe sah ihn an. »Nein. Es sind zu viele, viel zu viele. Ich habe erst einmal den Zauber gesponnen, mit dem ich sonst Gibrax vor dem Sonnenlicht geschützt habe. Es konzentriert die Kraft des Mondes in seinem Leib, und das sollte seinen Gliedern sehr viel schneller Beweglichkeit verleihen.«

Werzaz nickte. Er hatte erlebt, wie langsam Gibrax' versteinerter Leib im Mondlicht weicher wurde. So lange konnten sie unmöglich warten. »Also gut«, sagte er. »Dann erledige ich jetzt diese geschniegelten Bitaner, und du machst den Troll los.«

»Nicht so schnell«, erwiderte Daugrula. »Einige von ihnen kann ich schon noch außer Gefecht setzen.«

Rasch kroch sie auf dem Dach nach hinten und knotete dort zwischen den schlecht verlegten Schindeln das längste Seil fest, das sie hatten. »Wenn die Bitaner etwas merken, dann wirfst du das Seil nach unten und rutschst daran hinab. Aber erst dann. Bis dahin dürften bereits ein paar Gegner aus dem Weg geräumt sein. Aber wir müssen den Zeitpunkt gut abpassen. Noch sind die Bitaner ahnungslos, und sie erwarten auch nicht, dass Gibrax sich so schnell erholt. Wir dürfen erst zuschlagen, wenn Gibrax sich wieder bewegen kann. Aber wir müssen es tun, bevor er sich so weit erholt hat, dass er etwas Dummes tut und die Bitaner auf sich aufmerksam macht.«

»Hoffentlich ist dieser Wardu bereit«, meinte Werzaz. »Der Blechnapf ist nie da, wenn man ihn braucht. Wenn er uns nicht den Rücken freihält, sitzen uns bald mehr Bitaner im Nacken als Fliegen im Scheißhaus.«

»Heute wird er da sein«, verkündete Daugrula. »Er wollte in jeder Nacht zum Hügel kommen, kurz nach Sonnenuntergang, damit wir Nachrichten tauschen können. Die Gnome müssen ihn bereits getroffen haben. Er kreist bestimmt schon über der Stadt und wartet darauf, dass hier unten der Lärm beginnt.«

Sie strich über Balgirs Nackenkamm, und Werzaz zuckte zusammen. Er hatte die Echse auf dem uneben gefügten Dach gar nicht gesehen. Jetzt aber verwandelte Balgir sich erneut in eine Tasche, und Daugrula holte zwei armlange Röhren heraus und steckte sie ineinander. Dann zog sie eine kleine Schachtel hervor, in der etwa ein Dutzend feiner Dornen mit einem dichten Federbüschel am Ende lagen. Sie steckte einen Dorn in das Rohr, schob sich wieder an die Dachkante vor und setzte die Öffnung an den Mund.

Werzaz kauerte neben ihr, ein wenig von der Kante entfernt, das aufgerollte Seil in der einen und das Schwert in der anderen Hand.

Einer der Wächter kam auf seiner Runde nah am Lagerhaus vorbei, ging an der Wand entlang und entfernte sich wieder. Gerade als der bitanische Krieger sich abwandte, blies Daugrula die Wangen auf, und mit einem Zischen schnurrte der Dorn aus dem Rohr. Der Mann unten stieß ein unterdrücktes »He« aus, seine Hand klatschte in den Nacken, und er schaute sich um. Dann ging er grummelnd weiter.

»Diese Schorfbeule hat's nicht bemerkt«, murmelte Werzaz. »Diese Bitaner muss man ja wirklich in Essig eingelegt haben, wenn man mit Pfeilen auf sie schießen kann, ohne dass sie's merken.«

»Die Dornen bleiben nicht stecken«, erklärte Daugrula mit gedämpfter Stimme, während sie ein weiteres Geschoss in ihr Blasrohr schob. »Sie ritzen nur die Haut, hinterlassen ihr Gift und prallen wieder ab. Solange ich die Haut treffe, spüren die Bitaner nicht mehr als den Stich eines Insekts. Nur in den Haaren und in der Kleidung kann der Pfeil sich verfangen, und wenn das geschieht, ist dein Einsatz gekommen.«

Sie zielte wieder, und wenn einer der Krieger in die Nähe des Lagerhauses kam, schoss sie. Einige Male gingen ihre Schüsse fehl, noch zweimal traf sie Hals oder Wange eines Soldaten. Einmal blieb das Geschoss im Kragen hängen, aber der Krieger bemerkte es nicht, und so blieb der Hinterhalt weiterhin unentdeckt. Daugrula bemühte sich, immer dann zu schießen, wenn ihre Opfer sich bereits wieder vom Gebäude abgewandt hatten.

Der Erste, der getroffen worden war, saß ein wenig abseits von den anderen auf einem Holzklotz und starrte ins Leere. Da wandte sich der vierte Mann, auf den Daugrula gerade geschossen hatte, noch einmal um.

Er ließ seinen Spieß fallen, schrie auf und schlug die Hände vors Gesicht. Seine Kameraden liefen zu ihm. Einer von ihnen hatte soeben einen misstrauischen Blick auf den Troll geworfen, der sich schon bewegte, aber die Aufregung des Soldaten beim Lagerhaus lenkte ihn ab.

»Was hast du?«, rief einer der Bitaner.

»Mein Auge!«, erwiderte der Getroffene. »Bei allen Huren von Opponua. Mir ist was ins Auge geflogen, aber wie!«

Seine beiden unversehrten Kameraden standen bei ihm. Einer lachte und machte sich über den zimperlichen Burschen lustig, der andere versuchte, ihm die Hände vom Gesicht zu ziehen und sich das Auge anzusehen. Der erste Bitaner, der getroffen worden war, regte sich nicht mehr. Er sah so aus, als würde er jeden Augenblick von seinem Sitz kippen. Die beiden anderen Getroffenen schlurften heran, und einer sagte: »Ja, jaaa, ich wurd' auch grad 'stoochen.«

Seine Stimme klang schleppend, und er schluckte, und die beiden Männer blickten sich erschrocken an.

Jetzt war der Augenblick zum Angriff gekommen, entschied Werzaz. Er warf die Seilrolle über die Kante, und der Strick entrollte sich bis zum Boden. Mit einem lauten Kampfschrei rutschte der Goblin nach unten, dass Rauch von seinen Händen und von der Hose aufstieg. Er hob das Schwert, das er der Wache geraubt hatte, und stürzte sich auf die drei dicht beisammenstehenden Männer. Die blickten erschrocken auf und verharrten wie erstarrt.

Werzaz sah einen winzigen Schatten heranfliegen und gegen die Wange des vorletzten Kriegers prallen. Der Mann zuckte zusammen, schüttelte unwillig den Kopf und griff nach seiner Waffe. Werzaz schlug zu und hieb dem sechsten Krieger die Klinge seines Schwerts durch den Unterkiefer und tief in die Brust. Kettenglieder spritzten vom Waffenrock des Getroffenen, und der Mann brach zusammen.

Der andere wollte sein Schwert hochreißen, aber Werzaz' klauenbewehrte Linke fuhr an den Hals des Mannes und blockierte zugleich dessen Arme. Werzaz brüllte wild, und der Geifer spritzte ihm aus dem Mund. Er blickte in die angstvoll aufgerissenen Augen des Mannes.

Mit einem Fußtritt stieß der Goblin den ersten Gegner weg und zog sein Schwert aus dessen Leib. Gleichzeitig fasste er dem nächsten Bitaner nach Gesicht, Hals, Kragen. Der Mann wich dem Griff aus, so gut es ging, und der Goblin zerkratzte ihm nur die Haut, bekam ihn aber nicht zu fassen. Doch er war so nah vor dem Mann, dass dieser mit dem Schwert nicht richtig ausholen konnte.

Der am Auge getroffene Krieger taumelte zurück und bückte sich nach seinem Spieß. Werzaz' Gegner versuchte, sein Gesicht mit den Händen zu schützen, und der Goblin stellte ihm ein Bein und rammte dem Gestrauchelten das Schwert in den Leib. Den dritten Bitaner erwischte er, als der sich nach seiner Waffe bückte, und hieb ihm den Kopf ab.

Werzaz brüllte triumphierend. Er war der Krieger – und das mit dieser unzulänglichen, geraubten Waffe! Er hörte Stöhnen und Schmerzensschreie. Es waren also noch welche am Leben, aber im Augenblick konnten diese Schwerverletzten ihm nicht gefährlich werden.

Der Goblin sprang auf die beiden Bitaner zu, die noch standen. Aus dem Augenwinkel sah er die Nachtalbe vorüberhuschen, eine geschmeidige Gestalt, die durch das Mondlicht glitt wie ein lebendig gewordener Schatten.

Die beiden letzten Bitaner taumelten wie im Fieber und hatten kaum genug Kraft, um ihre Waffen zu heben. Daugrulas Giftpfeile zeigten Wirkung. Werzaz hieb nach links und rechts und fällte die Feinde ohne Mühe.

Schwer atmend sah er sich um. Sein zweiter Gegner wand sich immer noch am Boden und schrie vor Schmerz. Werzaz antwortete mit einem Brüllen, das tief aus seiner Brust kam. Er schwang das bluttriefende Schwert und fühlte sich großartig.

Endlich musste er sich nicht länger vor diesen Grindköpfen in einer Höhle verkriechen!

Doch das Geschrei lockte weitere Krieger aus dem Lagerhaus herbei.

Werzaz stürmte ihnen entgegen. Er hob eine der umherstehenden Laternen auf, schwang sie im Laufen und warf. Der lange Arm des Goblins verlieh ihr eine solche Wucht, dass sie über die Köpfe der heraneilenden Bitaner hinweg durch das weit offen stehende Tor der Lagerhalle flog und genau auf einem Haufen Heu landete, der bei den Ochsen aufgeschichtet war. In Windeseile leckten feine Flämmchen über das getrocknete Gras, doch da traf Werzaz schon auf seinen nächsten Gegner.

Die Bitaner waren immer noch verwirrt, aber allmählich gingen sie planvoller vor. Werzaz konnte keinen leichten Sieg mehr erringen. Dennoch war er der beste Krieger unter allen Goblins, und er hielt stand. Schlag auf Schlag wechselte er mit den Menschen. Als der tückische Stich einer Lanze ihn am Oberarm traf, fluchte er, dass er seine Rüstung hatte zurücklassen müssen.

Doch es kamen nicht alle Bitaner aus der Halle. Werzaz sah, dass weitere Männer dort umhereilten, vor dem Hintergrund immer heller lodernder Flammen und umgeben vom Gebrüll der Ochsen.

Werzaz traf einen Bitaner am Knie, wurde selbst aber Stück um Stück weiter in den Hof zurückgedrängt. Wenn der Wardu ihnen Rückendeckung geben wollte, wäre *jetzt* der beste Augenblick gewesen.

Aber weder der Wardu noch sein monströses Reittier ließen sich sehen. Wie immer.

Werzaz fluchte und kämpfte weiter. Da kam hinter den Bitanern ein riesiger Schatten heran. Ein Ochse stürzte brüllend aus der Halle und schleifte ein abgerissenes Seil hinter sich her!

Werzaz wich zur Seite aus, einer seiner Gegner wurde niedergetrampelt. Das Tier stürmte blindlings an Werzaz vorbei und weiter auf den Hof. Und dann brüllte der Ochse mit einem Mal in einer ganz anderen Tonlage, und dieses Brüllen wurde immer lauter, und es kam aus der Luft.

Der Goblin fuhr erschrocken herum und zog den Kopf ein. Etwas Gewaltiges raste unglaublich schnell über ihn hinweg. Es war der Ochse, und er zappelte, während er flog, und landete mitten zwischen den Bitanern. Der massige schwarze Leib riss drei Menschen zu Boden und zermalmte sie, und als das Tier sich wieder auf die Beine kämpfte, trieb es die übrigen Krieger auseinander.

Und da sah Werzaz Gibrax herankommen.

Der Troll schwang seine Fäuste und die Ketten, die noch an den Armen hingen. An seinem Oberkörper klebte Blut. Werzaz dachte mit Unbehagen an die Wunden, die er selbst seinem Gefährten geschlagen hatte, als das Mondlicht vor Tagen die versteinerte Haut kurz aufgeweicht hatte. Aber von den Verletzungen selbst war nichts mehr zu sehen, nur noch das Blut. Anscheinend hatte die Nachtalbe mehr für den Troll getan, als die Ketten zu lösen.

»Gibrax, altes Wanzenhirn«, brüllte Werzaz. Er war froh, den vertrauten Kameraden wieder an der Seite zu haben. »Schau, wie viel Ärger uns dein blödes Frühlingsfest einbringt.«

»Nichts Ärger«, antwortete Gibrax. »Spaß. Viele gute Kühe für Gibrax.«

Er lief an dem Goblin vorbei in die Halle. Werzaz gaffte ihm mit offenem Mund nach. Aber die Bitaner wandten sich schon zur Flucht, sie rannten auf eine Treppe im rückwärtigen Teil der Halle zu und drängelten sich dort nach oben. Als Werzaz und Gibrax die Verfolgung aufnehmen wollten, hielt die scharfe Stimme der Nachtalbe sie zurück. »Nein. Wir haben keine Zeit für so etwas.«

Werzaz hielt inne. Überall aus der Stadt hörten sie Lärm. Die

Bitaner sammelten sich. Ringsum auf den Gassen klirrte Metall, hallten aufgeregte Rufe und Befehle. Alle Fluchtwege schienen abgeschnitten.

»Anscheinend müssen wir ohne Baskon auskommen.« Daugrula blickte sich um und seufzte.

Werzaz und Gibrax traten zu ihr. Gibrax wirkte gesund und beweglich und wie belebt von dem Feuer, dem Blut und dem Tumult um ihn her. Doch schaute er auch verwirrt um sich und schien nicht zu wissen, was eigentlich vor sich ging.

Daugrula wies auf einen Holzzaun, der den Hof zu der einen Seite hin abschloss.

»Kannst du da ein Loch hineinschlagen?«

Der Troll kniff die Augen zusammen. »Gibrax weiß nicht«, sagte er. »Sieht nicht sehr stabil aus. Gibrax fürchtet, dass Holzwand kaputt geht, wenn Gibrax Loch hineinmacht.«

Die drei Gnome saßen auf der ersten Erhebung nördlich der Stadt. Eine Weile hatten sie im Schatten der Baumgruppe ausgeharrt, die den Hügel krönte, und waren schließlich ein Stück den Hang hinabgewandert, bis sie ohne Deckung auf einer Weide standen.

Doch Baskon ließ sich nicht blicken.

»In der Stadt tut sich was.« Darnamur richtete sich auf und schulterte den Speer, den er sich in den letzten Stunden mit seinem Rasiermesser zurechtgeschnitten hatte. Eigentlich war es nur ein zugespitzter Ast, der ihm kaum bis zur Brust reichte – die größte Länge für einen Gegenstand, den ein Gnom mitnehmen konnte, wenn er seine Größe änderte. Aber er war es leid gewesen, in kleiner Gestalt ohne Waffe zu sein, seit er sein Knochenmesser verloren hatte.

Wito und Skerna traten neben ihn und blickten auf die Provinzstadt Komfir hinab, über die bewachsenen Äcker und das bewirtschaftete Land hinweg. Schwach drangen Rufe und Schreie an ihr Ohr, und ein Bersten, als würden dort ganze Gebäude einstürzen.

»Ich habe ein ungutes Gefühl«, sagte Darnamur. »Wir hätten umkehren sollen, als Baskon nicht aufgetaucht ist. Jetzt ist Daugrula auf sich allein gestellt.«

»Baskon hat fest zugesagt, jeden Abend zu diesem Hügel zu kommen«, widersprach Wito.

»Vielleicht haben wir ihn verpasst ...«, wandte Skerna ein.

Im selben Augenblick sahen die Gnome unten im Tal eine massige Gestalt durch die Umfriedung der Stadt brechen. Lehmbrocken und geborstenes Holz flogen nach allen Seiten, und das riesenhafte Geschöpf blieb in der Bresche stehen und riss die Arme in die Luft. Ein schwaches »Hussa!« drang an ihre Ohren, und nach dem Triumphschrei setzte das Wesen sich in Bewegung und hielt auf den Hügel zu. Zwei kleinere Gestalten folgten ihm, für die nachtsichtigen Gnome im Licht des Vollmonds gut zu erkennen.

Wito schüttelte den Kopf. Anscheinend hatte Daugrula es geschafft, den Troll zu befreien. »Rasch«, sagte er zu seinen Gefährten. »Ich denke, sie wollen zu uns. Wir sollten sie unten am Fuß des Hügels erwarten.«

»Wir sollten uns lieber so weit wie möglich von ihnen fernhalten«, befand Darnamur. »Ohne Baskons Hilfe wird das eine verzweifelte Flucht. Da sind hundert Bitaner in der Stadt, und noch einmal so viele durchstreifen auf Pferden das Land. Sie werden dem Troll und den anderen Großen folgen, aber allein haben wir gute Aussichten, durchzuschlüpfen.«

»Wohl wahr«, sagte Wito. »Aber das ist auch alles, was wir allein ausrichten könnten. Daugrula hat sicher noch ein paar Kunststücke auf Lager, und gemeinsam mit den anderen können wir immer noch Leuchmadans Herz zurückholen.«

»Außerdem«, meinte Skerna, »wo bleibt der Spaß, wenn wir abhauen?«

Als Daugrula die Gnome am Fuße des Hügels entdeckte, überholte sie den Troll und lief voran. Werzaz bildete die Nachhut. Er hielt zwei Schwerter in der Hand, ohne Zweifel von den Bitanern geraubt, und blickte sich immer wieder misstrauisch um. Von Verfolgern war allerdings nichts zu entdecken.

»Der Wardu!«, rief die Nachtalbe. »Wo ist er?«

Wito zuckte die Achseln. »Er ist nicht erschienen.«

Die Nachtalbe sah sich um. Zum ersten Mal, seit die Gnome sie kannten, wirkte sie verunsichert.

»Es ist dunkel«, versuchte Wito sie zu beruhigen. »Wir können diese Menschen leicht abschütteln, und wir haben noch die halbe Nacht vor uns.«

»Eine halbe Nacht ist schnell vorbei«, sagte Daugrula. »Und nach dieser Nacht ist uns das ganze Land auf den Fersen.«

»Egal«, befand Darnamur. »Habt Ihr nicht schon während des ganzen Hinwegs unsere Spur verborgen? Wir nutzen die Nacht einfach, um unterzutauchen.«

»Auf dem Hinweg hat niemand nach uns gesucht. Und die Bitaner, die es getan haben, haben uns schnell genug gefunden – wenn du dich erinnerst. Ich kann unsere Spur so gut tarnen, dass sie einem flüchtigen Blick entgeht. Aber bei hundert Bitanern, die die Gegend durchkämmen, und zweihundert, wenn die Reiter morgen zurückkehren, mit Hunden und Fährtenlesern … Nein, unmöglich kann ich unsere Fährten derart unkenntlich machen. Nicht mit einem Troll, nicht mit einem Goblin.«

»Dann holen wir meine Rüstung wieder«, brummte Werzaz.

»Nein«, entschied Daugrula. »Ohne Rüstung bist du schneller und hinterlässt weniger Spuren. Wir müssen es einfach versuchen. Wir schlagen uns in die Berge durch, dort gibt es die meisten Verstecke. Gibrax, kannst du die Gnome auf die Schulter nehmen?«

Der Troll kniff die Augen zusammen und schaute auf die winzigen Gestalten hinab. Ohne die Hose war er vollkommen nackt, nur noch blaugraue Haut, so narbig und zerfurcht wie der Stein der Berge. Seine Gliedmaßen wirkten ungeschlacht, und bei jeder Bewegung wabbelte und wogte es an seinem Leib. Er sah plötzlich wild und urwüchsig aus, als hätte die Kleidung bisher ein Ungeheuer getarnt und ihn nur so aussehen lassen, als sei er ein vernunftbegabtes Wesen. Unwillkürlich wichen die Gnome vor ihm zurück. »Klar«, sagte er. »Gibrax trägt kleine Freunde bündelweise.«

»Warum lassen wir die kleinen Madenschwänze nicht einfach hier?«, fragte Werzaz. »Zu klauen gibt's jetzt wohl nichts mehr, und wenn wir kämpfen oder fliehen müssen, sind sie uns nur im Weg.«

Daugrula schaute den Goblin an, mit einem undeutbaren Ausdruck in den Augen. »Nein«, wiederholte sie schließlich. »Es ist noch zu früh, um jemanden zurückzulassen.«

Die Betonung lag wohl auf dem »Noch«, denn Wito erinnerte sich gut, was Daugrula zuvor gemeint hatte: *Ich kann die Spuren eines Trolls und eines Goblins nicht gut genug tarnen.* Werzaz' Vorschlag mochte rascher auf ihn selbst zurückfallen, als ihm lieb war.

Gibrax ging ein wenig in die Hocke und streckte die Arme vor. Halb sammelte er die Gnome ein, halb kletterten sie – immer noch zögernd und unsicher – selbst auf seine breiten, narbigen Schultern. Dann richtete der Troll sich wieder auf.

»He, Gibrax«, meinte Werzaz. »Hast du dir diesmal nicht etwas zu kleine Keulen ausgesucht?«

»Keine Keulen«, erwiderte der Troll mit einer gewissen Würde. »Gnome eignen eher zum Werfen.«

Voll Unbehagen kauerten die Gnome sich zusammen, während Troll und Goblin lachten, und dann ging es weiter.

Sie hörten Hunde hinter sich und glaubten auch immer wieder Rufe zu vernehmen. Anscheinend waren die Menschen entschlossen, noch vor dem Morgengrauen die Verfolgung aufzunehmen. Allerdings hatte die Dunkelheit den Finstervölkern schon immer Schutz geboten, und Wito war sicher, dass sie zumindest in der Nacht den Nachstellungen entgehen konnten.

»Wenn wir in den Vorbergen keine Möglichkeit finden, unsere Spuren zu verwischen, werden wir uns aufteilen müssen«, sagte Daugrula.

»Als die Bitaner hinter mir her waren, habe ich mich im Wald der Elfen versteckt«, sagte Werzaz. »Da trauen die Menschen sich nicht hin.«

»Eine dumme Idee«, befand die Nachtalbe.

»Das ist verdammt richtig«, stimmte Werzaz ihr zu. »Ich hab's auch gleich bereut, als ich mich da ins Gestrüpp verkrochen hab. Stellt euch vor ...«

»Halt«, rief Daugrula und blieb stehen. »Vielleicht ist das mit dem Elfenwald gar nicht so dumm.«

Brüllend liefen Troll und Goblin auf den Wald zu. Werzaz schwang seine beiden Schwerter, und Gibrax stürmte krachend in einen jungen Baum hinein, riss ihn um und nahm den Stamm mit. Schon hatte er wieder eine neue Keule.

Daugrula hielt sich sorgfältig hinter den beiden Kämpfern und dirigierte sie dorthin, wo die Elfenspäher sich unter den Bäumen verbargen. Die drei Gnome waren heruntergestiegen und saßen mit Balgir vor dem Wald im Gras. »So lasse ich mir das gefallen«, sagte Skerna.

Wito nickte angespannt, und Darnamur spielte mit seinem Holzspieß. Misstrauisch schauten sie auf den Waldsaum, auf der Hut vor heimtückischen Pfeilen, und nur Skerna behielt das Taschentier im Auge. »Und mach dir schon mal Sorgen«, flüsterte sie der Echse zu, »wenn deine Herrin nicht zurückkommt ...«

Aber die drei großen Gefährten kamen bald wieder zurück, und Werzaz meinte: »Feige Langohren. So wendig wie die Asseln, das Ungeziefer.«

»Ich sagte doch, es reicht, sie zu vertreiben«, sagte Daugrula. »Hauptsache, die Straße nach Keladis ist eine Weile unbeobachtet.« Balgir züngelte, huschte an ihr empor und nahm auf ihrer Schulter Platz.

»Du hast also keinen erwischt?«, fragte Darnamur den Goblin.

Werzaz knurrte und trat nach ihm, aber leichtfüßig sprang der Gnom zurück und suchte Deckung hinter Gibrax' Bein.

»Lasst den Unsinn«, sagte Daugrula. »Kommt.«

Die Nachtalbe führte sie auf die nahe gelegene Straße und etwa hundert Schritt in den Wald hinein. Wito blickte sich noch einmal um, ehe sie im Schatten der Bäume verschwanden. Eine Zeit lang hatten sie überall im Gelände Lichter gesehen. Anscheinend schwärmten die Verfolger aus, um ihre Spur aufzunehmen. Aber inzwischen hatte Daugrula die Menschen abgehängt. Zumindest für eine Weile.

Die Nachtalbe verließ den Weg und schlug sich in die Büsche. Sie führte ihre Gefährten auf Pfaden, die auch für den Troll gut zu gehen waren, und es schien so, als kenne sie den Wald genau. Dann und wann machte es gar den Eindruck, als würden Bäume und Gesträuch vor Gibrax zur Seite rücken. Wito konnte das gut verstehen – aber er vermutete trotzdem, dass die Pflanzen nicht aus eigenem Antrieb so handelten.

Nach ungefähr einer halben Stunde machte die Nachtalbe Halt. Hainbuchen erstreckten sich vor ihnen wie eine endlose düstere Säulenhalle, und die Gefährten verharrten am Rand des dichteren Unterholzes. »Das ist weit genug«, befand Daugrula. »Wartet hier auf mich.«

»Moment«, sagte Werzaz. »Was für einen verdammten Plan hast du eigentlich ausgeheckt? Ich bleibe nicht noch eine Nacht im Elfenwald.«

»Keine Sorge«, erklärte Daugrula. »Ich komme vor Sonnenaufgang zurück. Vorher folge ich der Straße etwa eine Stunde Richtung Keladis. Es ist leichter, eine falsche Fährte zu legen, als eure zu verbergen. Wenn die Menschen morgen früh am Wald ankommen, finden sie eine sehr deutliche Spur auf die Elfenstadt zu. Und da die Stimmung zwischen Menschen und Elfen nicht zum besten steht, werden sie hoffentlich annehmen, dass wir bei den Elfen Schutz gesucht haben. Das passt ja zu den törichten Verdächtigungen dieses Bitaners. Und während Menschen und Elfen untereinander streiten, machen wir uns davon.«

»Untereinander streiten?«, fragte Wito. »Wie lange wird das dauern?«

Daugrula zuckte die Achseln. »Keine Ahnung. Wartet einfach hier.«

Wito blickte die Nachtalbe an. Sie sah müde aus. Feine Falten zeigten sich auf ihrem rundlichen Gesicht, es wirkte ungewöhnlich hell und hatte einen fast gräulichen Ton angenommen. Die großen Augen lagen tief in den Höhlen. Es musste anstrengend sein, die Spuren des Trupps zu kaschieren. Jetzt musste sie noch falsche Fährten legen und dann ihren eigenen Rückweg tarnen. Sie musste Gibrax über den Tag bringen, und wer wusste, wann sie wieder Ruhe fanden.

Wito hatte das Gefühl, dass sie sich alle viel zu sehr auf die Albe verließen. »Viel Glück«, wünschte er ihr.

Werzaz untersuchte misstrauisch das Dickicht um sie herum und spähte in den finsteren Forst vor ihnen, während Gibrax trollische Gruselmären über Elfen und Einhörner erzählte.

»Mama hat gesagt, Horn aus Elfenbein«, erklärte der Troll seinem Kumpan. »Wenn kleines Tier erwachsen wird, es schleicht im Wald und jagt Elf dafür.«

»Donnerwetter«, sagte Werzaz. »Das Horn des Viechs, das ich gesehen habe, war beeindruckend. Aber das Maul sah nicht so aus, als könnte es einem Elfen ein Bein ausreißen.«

Gibrax bohrte nachdenklich in der Nase. »Wenn Trolle Gliedmaßen reißen, sie packen fest zu und schütteln Beute, bis abgeht. Gibrax nimmt an, Einhörner machen dasselbe mit Elfenbein. Und dann machen mit Zauber ihr Horn daraus.«

Werzaz sträubten sich die Haare auf der Wange. »Bei den blutigen Innereien meiner Feinde! Diese Horntiere müssen furchtbare Krieger sein, wenn sie solche Mannbarkeitsriten haben. Da hab ich ein Scheißglück gehabt, dass es mich nicht erwischt hat.«

Darnamur und Skerna hörten zu und unterdrückten ein Grinsen. Wito zog seine beiden Freunde ein wenig beiseite in Deckung. Wenn sie schon allein bei diesen groben Gestalten zurückblieben, war es besser, sich so wenig wie möglich sehen zu lassen.

»Und es gefällt mir gar nicht«, flüsterte Darnamur, »dass wir uns *wünschen* müssen, dass diese Bitaner Daugrula folgen, damit wir nicht selbst im Arsch sind. Wir brauchen dringend einen Plan, Wito, bei dem wir wieder bestimmen, wo's langgeht.«

9. Kapitel: Eine Gemeinschaft wird zerschlagen

Im Laufe der Zeit schwanden die mächtigen alten Völker unter den Geschöpfen der Dunkelheit, die Feyen und Drachen und viele andere. Sie rotteten sich selbst durch grausamen Machtkampf aus, so dass heute nur noch wenige von ihnen auf dieser Welt weilen. Die Nachtalben jedoch gediehen unter dem Schutz ihrer Gönner, der grösseren Zwist unter ihnen verhindert.

So ist der Nachtalb heutzutage meist das höchstgestellte Wesen, das ein Vertreter der Finstervölker zu sehen bekommt, und unter Goblins und Trollen hat sich weitgehend schon der Gedanke verfestigt, dass die Nachtalben ihre Herren sind. Dieses Volk hat sich somit in eine Position gebracht, von der aus es wie selbstverständlich das Erbe der alten Herren antreten kann, sobald diese endgültig gegangen sind. Wir können nur hoffen, dass dann der alte Zyklus von Neuem beginnt und nun die Nachtalben einander ausrotten werden, bis die Finsternis vollends von unserer Welt getilgt ist.

Wer aber heute einen Nachtalben trifft, der bedenke wohl: Er sieht einen Fürsten der Finstervölker und einen Heermeister vor sich, eine Bedrohung für die Lande des Lichts. Darum soll unter den Freien Völkern nie ein Nachtalb geduldet werden, und man darf ihm so wenig eine Hand reichen wie ihm vertrauen. Denn die Schlange zertritt man am besten als Brut, und nichts anderes als die Brut künftigen Unheils ist der Nachtalb in unseren Tagen.

Aus dem »Almanach der Finstervölker« von Conzionarius Caezo,
Priester im Tempel der Sonne

Westhänge der Schraffelgrate, 28 nLR,
2 Tage vor Blütenmond

In viele kleine Fetzen verstreut lag Baskon am Grund des Tales. Diese Erfahrung war verwirrend, und er konnte sein Selbst nicht recht zusammensetzen. Auch seine Umgebung nahm er als einen Flickenteppich von Eindrücken wahr, die sich nicht aneinanderfügen wollten. Es war, als blicke er durch ein Teleidoskop, wie er es als Kind einmal auf dem Jahrmarkt getan hatte.

Inmitten dieser völligen Verwirrung seiner Gegenwart standen die Erinnerungen plötzlich ganz klar und greifbar vor ihm. Dieser Jahrmarktsbesuch ... ohne Geld hatte er sich in den Marktflecken geschlichen, angelockt von den Wundern der weiten Welt. Doch er hatte nur abseits gestanden, hatte von ferne die Buden betrachtet und keinen Einlass in die Zelte gefunden – bis die Gassenjungen der Stadt auf ihn aufmerksam wurden und ihren Spaß mit ihm hatten ...

Nein. Es gab keine Erinnerungen, in denen er sich verlieren konnte. Seine Jugend war kein Ort, an den er zurückkehren wollte. Er war Baskon, der Wardu, und er tat gut daran, *diesen* Gedanken festzuhalten.

Baskon sammelte sich und versuchte, Ordnung in das Chaos seiner Seele zu bringen.

Er konnte nicht all seine Essenz in ein einziges Bruchstück lenken, denn die Trümmer seiner zerschlagenen Rüstung waren zu klein, als dass ein Einzelnes davon viel von seiner Kraft zu halten vermochte. Wenn er sich also auf einen Punkt zusammenzöge, würde ihn das derart schwächen, dass er völlig verginge oder zumindest Monate bräuchte, um seine Kraft zu nähren und auszuweiten, überzuspringen und einen neuen Leib zu schaffen.

Leise summte der zerschlagene Stahl in der Sonne.

Baskon überlegte, ob er zurückgehen sollte, sich von Leuchmadans Herz richten lassen und erneuert in die Welt treten. Aber nein. Er hatte einen Auftrag zu erfüllen, und er war der Einzige, der wusste, wo Leuchmadans Herz zu finden war. Dieses

Wissen musste er an seine Verbündeten weitergeben, oder an seinen Herrn selbst.

Niemand wusste, wo der Klang seinen Widerhall finden würde, wenn er den jetzigen Leib aufgab und sich aufs Neue in die Welt schicken ließ. Er mochte irgendwo erwachen, fern von seiner Aufgabe, und es konnte lange dauern, bis er wieder zu Kräften kam. Vor allem dann, wenn nicht große Mengen kalten Metalls bereitstanden, ihn zu wiegen und zu nähren. Und das Herz war in den Händen des Feindes. Vermutlich hatten sie es verhüllt, und er wäre in dem Kästchen gefangen und könnte nicht wieder hinaus.

Nein. Er musste seine Kraft zusammenhalten und das retten, was derzeit von ihm in der Welt war.

Baskon ordnete seine Eindrücke, er prüfte die verbliebenen Gliedmaßen und sprang dazwischen umher. Schließlich sammelte er so viel Stärke wie möglich in den größten Bruchstücken, die nah beisammen lagen.

Das Summen über einigen Teilen seiner Rüstung wurde lauter. Der Stahl glättete sich, Schrammen und Kratzer und Knicke liefen zu, und bald blitzte das Eisen an vielen Stellen wie poliert. Doch die Fetzen von Baskons Rüstung veränderten sich weiter. Sie vibrierten stärker, wie ein heftig angeschlagener Gong, und endlich schwangen sie so rasch, dass der Stahl flüssig wurde. Ganz langsam zerfloss er, und die Teile krochen über Gras und Stein aufeinander zu.

Der Brustpanzer fügte sich zusammen, die Schulterplatten legten sich darüber. Bein und Arm schlossen sich an, und schließlich erhob sich ein krüppelig zusammengeflickter Rumpf und wälzte sich durch das Tal, wo er Panzerhandschuhe und Fußglieder und kleinste verlorene Teile aufsammelte und sich wieder einfügte.

Endlich hockte Baskon sich hin, und er wirkte beinahe so vollständig wie zuvor. Seine Rüstung glättete sich weiter, vervollkommnete sich, zog sich straff und verband sich enger zusammen auf der Suche nach dem reinen Ton. Doch der Wardu war am Ende seiner Kraft. Er konnte sich nicht erheben, er konnte nicht gehen, er konnte nicht einmal mehr kriechen. Er konnte nur dasitzen und hoffen, dass diese hässlichen Adlerzwerge nicht vorbeikamen, ihre Toten einsammelten und ihm den Garaus machten.

Aber zum Glück war es spät am Tag, und er befand sich in einem tiefen Tal. Jeden Augenblick würde die Sonne hinter den Graten verschwinden, und der Schatten würde die Schlucht füllen und ihn umhüllen. Dann würde er sich rascher erholen und von hier verschwinden.

Aber wohin?

Sollte er den Feinden folgen, die er auf den Pass hatte zuwandern sehen?

Doch beim ersten Mal hatte es in einem Desaster geendet, weil die Gestalten auf dem Boden auch aus der Luft bewacht worden waren. Dieser Fehler hatte ihn Rujan gekostet, sein treues Reittier. Selbst wenn er sich vollkommen erholt hatte, war er möglicherweise nicht stark genug, um es allein mit den Dieben von Leuchmadans Herz aufzunehmen – mit diesem Zauberer und seinen Wichteln und ihren drei Begleitern und wer weiß wie vielen Verbündeten in der Luft und anderswo.

Er hätte gerne Verstärkung geholt, jetzt, da er genau wusste, wo Leuchmadans Herz zu finden war. Aber viele Tagesreisen trennten ihn von den Heeren seines Herrn. Ohne einen geflügelten Mantikor, auf dem er reiten konnte, schien die Welt mit einem Mal ins Unermessliche gewachsen. Die einzigen Verbündeten, die er im Umkreis hatte, waren jene unzureichenden Begleiter, mit denen er in den Norden gezogen war. Und selbst die waren weit entfernt. Zwei bis drei Tage würde er zum Treffpunkt unterwegs sein, sogar wenn er sich rasch erholte und unermüdlich lief, nachts und auch unter der Sonne.

Drei Tage hin, drei Tage zurück – das gab seinen Gegnern einen Vorsprung von sechs Tagen. Sie mochten ihr Ziel schon erreicht haben, bevor er auch nur ihre Spur wieder aufnahm.

Der Abend schritt weiter voran. Baskon saß immer noch unentschlossen da, als der schwere Schatten des Berges über ihn glitt.

Kurz vor der Mittagsstunde suchten die sechs Gefährten Zuflucht in einem kleinen Gehölz. Sie hatten sich wieder ein gutes Stück vom Elfenwald entfernt und befanden sich östlich von Komfir in den Ausläufern der Schraffelgrate.

Rings um sie her stiegen die Hänge schroff an, und der steile, steinige Boden war nur karg bewachsen. Üppige Wiesen wechselten mit zähem Latschengestrüpp, und vereinzelte Stümpfe zeugten davon, dass der Mensch die Landschaft mitgestaltet hatte. Hinter den kargen Hügelketten erhoben sich schon die eisglitzernden Höhen der Schraffelgrate. Sie sahen erdrückend nah aus.

»Wir müssen uns auch vor den Grenzpatrouillen der Elfen hüten«, schärfte Daugrula ihren Begleitern ein. »Sie können unsere Spur mit Leichtigkeit aufnehmen und uns folgen. Aber solange sie keine Vereinbarung mit den Menschen haben, werden sie sich nicht zu weit aus dem Wald herauswagen.«

»Hoffentlich gehen sie einander gegenseitig an die Kehle. Immerhin glauben die Menschen, die Elfen hätten uns Zuflucht gewährt«, sagte Wito.

»Das wäre das Beste für uns«, stimmte die Nachtalbe zu. »Aber das hilft uns auf Dauer auch nicht. Zweihundert Bitaner können die Elfen von Keladis nicht ernsthaft herausfordern. Und die Elfen werden die Sache nicht auf sich beruhen lassen. Sie wollen Leuchmadans Herz in den Süden schicken, und nun wurden wir entlang des Weges gesehen. Den Elfen wie den Menschen ist daran gelegen, uns aufzuspüren, und irgendwann werden sie sich zusammentun.«

»Was machen wir also?«, fragte Wito.

»Das ist die Frage«, sagte Daugrula.

Sie schwieg lange. Gibrax kauerte wieder in einem Loch und verkroch sich vor der Sonne, so gut es ging. Er war durch den Zauber der Nachtalbe geschützt, aber ihm war sichtlich unwohl zumute. Seit das Sonnenlicht ihn versteinert hatte, fürchtete er es mehr denn je.

»Wir müssen diesen verrückten Wardu suchen«, sagte Werzaz.

»Ja, das ist die nächste Frage«, meinte Daugrula nachdenklich. »Wo ist Baskon? Er war nicht am Hügel ...«

»Vielleicht kommt er nächste Nacht«, meldete Wito sich wieder zu Wort. »Wenn wir in der Abenddämmerung losgehen, können wir in wenigen Stunden wieder bei der Stadt sein und nach ihm Ausschau halten. Ich glaube nicht, dass die Menschen uns dort noch suchen. Vielleicht sind wir da sogar sicherer als anderswo.«

»Vielleicht«, sagte Daugrula. »Aber ich weiß nicht, ob dieses Vorgehen das beste ist. Bringt es uns einen Vorteil, wenn wir unsere Hoffnung jetzt auf den Wardu richten?«

»Ha, bei Fleisch und Branntwein – das will ich meinen!«, rief Werzaz. »Bis jetzt war der Kerl zwar so nützlich wie eine Zecke im Arsch, aber wer auch immer da in dieser Rüstung steckt – kämpfen kann er! Was der mit den Bitanern gemacht hat ... Und immerhin will er auch an Leuchmadans Herz. Er muss nur endlich mal da sein, wenn wir ihn brauchen.«

Daugrula lachte leise. »Wer auch immer da in dieser Rüstung steckt? Werzaz, Baskon *ist* diese Rüstung!«

Der Goblin starrte sie an. »Leuchmadans Faust«, sagte er. »Wenn ich so eine lebende Rüstung hätte, dann wäre ich unbesiegbar. Stattdessen lauf ich hier so nackt rum wie ein Maulwurfsjunges ...«

Daugrula schnaubte. »Ich bezweifle, dass Baskon sich von dir anziehen ließe. Oder von irgendjemandem sonst. Und ein wenig mehr als eine laufende Rüstung ist er durchaus. Ich sehe schon, ihr wisst nicht, wer die Wardu sind – ich will es euch erklären, bevor wir entscheiden, was wir tun.«

Sie holte tief Luft. »Viele Menschen«, fing sie schließlich an, »trugen einst Leuchmadan ihre Dienste an. Mächtige Könige und Hexenmeister und Heerführer. Die Stämme aus dem Süden, die sich von den Bitanern unterdrückt fühlten. Und Bitaner, die sich von ihresgleichen ungerecht behandelt wähnten. Als Leuchmadan sein magisches Herz schuf, wählte er die sieben treuesten unter diesen Gefolgsleuten aus und ernannte sie zu den Wardu, den Wächtern seines Herzens.

Er nahm ihnen das Leben, zumindest den sterblichen Leib. Ihre Seele jedoch fing er in einem einzigen reinen Ton. Den Ton band er alsdann an das Silber seines magischen Kästchens, einen jeden Wardu nach seinem eigenen Klang, beherrscht von dem magischen Herz, das in dem Kästchen liegt. Das Herz kann das Kästchen schwingen lassen und den Seelenklang der Wardu aussenden, und so bringt es immer wieder aufs Neue den unsterblichen Geist von Leuchmadans Gefolgsleuten in die Welt.

Der Klang ergreift Besitz von den Dingen, die hallen können. Das mag eine Trommel sein oder auch ein Klangholz, oder etwas Ähnliches. Am reinsten aber schwingen Stoffe aus Metall, und in einer dünnen Lage aus Stahl, oder aus Gold oder Silber oder Bronze, können die Wardu ihre größte Macht entfalten. Und ihre Macht ist in der Tat beträchtlich: Sie können das Metall verformen und lenken. Baskon fügt das Metall seiner Rüstung zu menschlicher Gestalt zusammen und lässt es durch die Welt wandeln. Im Widerhall seines Seelenklanges kann er wahrnehmen, er kann die Waffen seiner Feinde beherrschen und wer weiß was für Zauber sonst noch wirken.

Dies also sind die Wardu. Sie bestehen, solange das Kästchen besteht und Leuchmadans Herz es zum Schwingen bringen kann.

Baskon steckt also nicht in dieser Rüstung. Genau genommen ist er nicht einmal die Rüstung, die ihr seht. Er ist der unhörbare Ton, den ihr spürt, wenn ihr ihm zu nahe kommt. Er ist das Grauen, das in euren Nacken beißt und durch eure Knochen schwingt, das Beben, das den Schwindel in euren Kopf trägt und ihn klingen lässt wie eine angeschlagene Saite. Das also …«, sie wandte sich an Werzaz, »… ist der Wardu, den du suchst.«

»Ha. Könige, Hexenmeister, Heerführer«, sagte Werzaz. »Einen König brauchen wir nicht, aber ein Heerführer könnte uns aus dem Schlammloch hier raushelfen. Ein Grund mehr, den Wardu zu suchen. Soll er doch unsere Pläne schmieden.«

»Ja«, sagte Daugrula. »Manche von Leuchmadans menschlichen Anhängern waren Könige oder Hexenmeister oder Heerführer. Baskon allerdings war ein bitanischer Bauer, der sich von Kind an ungerecht behandelt fühlte. Sein Vater war ein Trinker, seine Mutter ist weggelaufen, sein Hof war verkommen, er hatte nie Geld im Säckel und war im Dorfe schlecht gelitten. Und an all dem Unglück gab er seinen Mitmenschen die Schuld.

So folgte er den Lockungen meiner Herrin, die ihn mit ihren Zauberliedern in die Grauen Lande rief, ihn zu ihrem Diener und schließlich zu ihrem Hauptmann machte – bis er, letztendlich, als Höfling und auf ihre Empfehlung hin zu Leuchmadan kam und zum Wardu wurde. Denn Leuchmadan wollte unter seinen ewigen Dienern jemanden haben, der sich mit dem einfachen Volk der Menschen auskennt und ihm deswegen raten kann. Aber ich fürchte, Baskon hadert immer noch mit seiner Vergangenheit, und Selbstmitleid ist es, was seine Seele schwingen lässt.«

Sie lächelte fein, und Werzaz blickte fassungslos drein. »Aber er ist ein Wardu«, sagte er. »Er hat all die bitanischen Krieger erschlagen ... Pah. Ist selber nur ein bitanischer Schweinetreiber. Warum hat Leuchmadan so jemanden an seine Seite geholt?«

Noch vor Sonnenuntergang scheuchte Daugrula sie wieder hoch. »Wir müssen weiter«, sagte sie. »Wenn unsere Feinde sich geeinigt haben, sollten wir nicht zu nah am Rand des Elfenwaldes sein.«

»Wo gehen wir hin?«, fragte Wito.

»Nach Komfir«, erwiderte Daugrula. »Wir versuchen noch einmal, zur vereinbarten Zeit am Treffpunkt zu sein. Wir können auf Baskon nicht verzichten – so groß die Versuchung auch sein mag.«

Wito nickte. »Baskon hat ein geflügeltes Reittier. Er kann innerhalb weniger Tage zurückfliegen, über die Köpfe unserer Gegner hinweg, und eine Botschaft zu Leuchmadan tragen. Selbst wenn wir an das Herz nicht mehr herankommen, kann

Leuchmadan weitere Truppen abstellen, die es an der Grenze abfangen.«

Daugrula verzog das Gesicht. »Wir brauchen Baskon hier. Wir sind so dicht an dem Herz, und mit Baskons Stärke können wir es uns holen. Wenn wir unsere Kräfte aufteilen und irgendwo in der Ferne danach suchen, schlüpft es uns nur durch die Finger.«

»Aber warum?«, fragte Wito. »Das Herz kann uns gar nicht entgehen. Wir wissen, wo sie es hinbringen.«

»Ihr wisst nur das, was die Elfen euch hören lassen wollten«, beschied Daugrula ihn knapp. »Und das war eine durchschaubare Lüge. Baskon selbst hat schon darauf hingewiesen, wie abwegig der Gedanke ist, dass unsere Gegner das Herz einfach vernichten wollen.«

»Ja«, mischte Werzaz sich ein. »Wir holen das Herz zurück. Das Wort eines Gnoms, der wie ein Kakerlak am Elfentischchen klebte, reicht mir nicht.«

»Keiner wusste, dass wir da waren!«, sagte Darnamur. »Sie haben unbefangen geredet, und wir haben es belauscht!«

»Wie auch immer«, sagte Daugrula. »Ob sie euch getäuscht haben oder ob ihr etwas missverstanden habt – es kommt aufs selbe hinaus. Womöglich wart ihr einfach abgelenkt, von irgendwelchen verdrehten Scherzen, und habt etwas Wichtiges nicht mitbekommen. Wir wissen alle, wie Gnome sind.«

Skerna öffnete den Mund, wie um etwas zu sagen, aber Daugrula schnitt ihr mit einer resoluten Handbewegung das Wort ab und befahl Gibrax, die Gnome wieder auf die Schulter zu nehmen. Der Troll kroch missmutig aus seinem Loch, blinzelte in die untergehende Sonne und gehorchte dann.

Wito wusste, dass es keinen Sinn hatte, weiter mit der Nachtalbe zu streiten. Sie musste ihre Gründe haben, weshalb sie den Gnomen nicht glaubte – weshalb sie *vorgab*, den Gnomen nicht zu glauben. Aber was auch immer das für Gründe waren: Wito wollte nicht zulassen, dass sie die Mission gefährdeten. Vielleicht konnte er mehr erreichen, wenn er mit Daugrula unter vier Augen sprach. Oder er würde versuchen, Baskon zu überzeugen. Aber für beides war jetzt nicht der rechte Zeitpunkt.

Schweigend wanderten die sechs Gefährten durch die dünn besiedelte Landschaft. Daugrula hielt meist die Augen geschlossen, trotzdem führte sie die anderen mit traumwandlerischer Sicherheit.

Sie bewegten sich am Saum kleiner Haine entlang, im Schutz von Anhöhen oder in der Deckung von Niederungen und Spalten. Dann und wann erblickte Wito von Gibrax' Schulter aus in der Ferne Tierherden auf der Weide, aber die Nachtalbe leitete sie in weitem Bogen daran vorüber – auch wenn der Troll mit der Zunge schnalzte und Anstalten machte, in Richtung des Viehs vom Weg abzuweichen.

Irgendwann verhielt Daugrula den Schritt und legte lauschend den Kopf schräg. Dann ging sie weiter, blieb wieder stehen und schaute prüfend zum Himmel. Inzwischen war es Nacht geworden. Im fernen Westen haschten rötliche Schleierwolken nach dem letzten Abendlicht, während über den Bergen bereits die ersten Sterne funkelten.

»Eigenartig«, befand Daugrula. »Ich könnte schwören, ich höre Baskon. Aber am Himmel ist nichts. Und es klingt anders ...«

Sie zuckte die Achseln. Die Gefährten setzten den Weg fort, aber Wito fiel auf, dass sie langsamer gingen und Daugrula öfter als sonst einen Bogen schlug und scharfe Abzweige wählte. Schließlich führte die Albe sie auf einen Hügelkamm hinauf, und im Tal dahinter sahen die nachtsichtigen Gnome eine schattenhafte Gestalt, einen einsamen Wanderer, der innehielt und zu ihnen hochblickte.

Daugrula führte sie direkt auf den Menschen zu, und als sie näher kamen, erkannten die Gefährten schließlich Baskon in seiner unverkennbaren schweren Rüstung, doch ohne sein Reittier.

»Sind wir schon wieder bei Komfir?«, fragte Darnamur verwundert.

Wito schüttelte den Kopf. »Ich glaube, nicht«, erwiderte er. »Baskon muss uns unterwegs entdeckt haben und deshalb hier gelandet sein.«

Baskon sprach nicht viel darüber, was geschehen war, aber zumindest erfuhren die Gefährten, dass der Wardu sein Reittier verloren hatte. Außerdem hatte er etwas entdeckt, was ihrer Mission eine ganz neue Richtung gab.

»Sie sind über die Berge gegangen?«, fragte Daugrula. »Warum sollten sie das tun? Es ist ein Umweg, wenn sie in den Süden wollen, und auf der anderen Seite der Berge gibt es keine Macht, die Leuchmadan herausfordern könnte.«

»Du hast nur einen Haufen verdammter Fahlhäute, Spitzohren und Bartträger gesehen«, meldete sich Werzaz zu Wort. »Woher wissen wir, dass sie Leuchmadans Herz bei sich haben?«

»Was kümmert es dich, Goblin?«, drang es aus der Rüstung des Wardu. »Du gehst, wohin ich es befehle.«

»Die Beschreibung der Gnome war schon sehr eindeutig«, sagte Daugrula. »Ein Zauberer und ein kleiner Trupp aus allen Völkern unserer Feinde – das klingt sehr nach den Herzträgern, wie Wito sie beschrieben hat.«

»Sie hätten uns beinahe abgeschüttelt«, sagte Baskon. »Aber die Zwerge auf den Vögeln haben mich auf ihre Spur gebracht.«

»Ah, dämliche Filzgesichter!«, höhnte Werzaz. »Die Vogelbärte wollten sie beschützen, und dabei haben sie ihre Verbündeten verraten. Jetzt holen wir sie uns.«

»Baskon konnte ihre Spur wieder aufnehmen«, stellte Daugrula nachdenklich fest. »Aber jetzt haben sie mehrere Tage Vorsprung, und in diesem Teil der Berge wimmelt es von Zwergen. Wir müssen damit rechnen, dass die Vogelreiter weiterhin den Pass überwachen.«

»Ich habe darüber nachgedacht«, summte Baskon. Mit der Spitze seines Speers scharrte er eine Skizze in den glatten Fels, der sich aus dem dünnen Grasboden hob.

Mit ein paar raschen Strichen beschrieb er den Verlauf der Schraffelgrate und zeichnete ein paar Kreuze ein. »Hier sind wir«, erläuterte er. »Dort Komfir, Keladis, der Pass ... Die Feinde wollten uns täuschen und haben einen Umweg gewählt. Aber ihr Ziel liegt immer noch im Süden. Für die karge Steppe sind sie nicht gerüstet, also müssen sie durch das Firnbachtal.«

Daugrula blickte auf die eingeritzte Zeichnung und nickte. »Das könnte sein ... Wenn wir ihre Beweggründe richtig einschätzen.«

»Die liegen auf der Hand«, ließ Baskon sich vernehmen. »Wir müssen ihnen also nicht folgen. Weiter im Süden gibt es wilde Pässe. Trollland. Goblins. Wir gehen dort entlang und schneiden ihnen im Firnbachtal den Weg ab.«

»Ich kenne diese lumpigen Goblinbastarde dort«, warf Werzaz ein. »Wild, in der Tat. Banditen ohne Ehre, ohne Treue zu Leuchmadan. Das sind nicht unsere Verbündeten.« Verächtlich spuckte er aus.

»Aber es sind auch nicht unsere Feinde«, sagte Baskon. »Sie werden uns nicht aufhalten.«

»Gibrax' Verwandte da«, mischte der Troll sich ein. »Trolle hatten nie Schwierigkeiten. Gibt aber Zwerge. Ganze Berge voll von haarigem Volk, aber sind meist mit Goblins beschäftigt. Schade ist das, weil Löcher sind zu klein für Trolle und müssen draußen bleiben bei ganzen schönen Raubzügen und Schlägereien ...«

»Ja, ja.« Baskon machte mit seinem eisernen Arm eine wegwerfende Geste. »Wir kommen dort schnell und ohne Aufsehen über die Berge. Unsere Feinde haben einen nördlichen Pass genommen, weil sie gehofft haben, durch diesen Umweg mehr Sicherheit zu gewinnen. Doch nun, da sie entdeckt sind, wird ihnen diese Vorsicht zum Verhängnis werden.«

Wito meldete sich zu Wort. »Aber Ihr habt Euer Reittier verloren. Wir sind zu Fuß, und das Firnbachtal ist weit ...«

Alle blickten überrascht auf den Gnom.

»Was willst du damit sagen?«, brummte Baskon zornig.

»Nichts ...«, stotterte Wito. Zu spät fiel ihm ein, dass es vielleicht nicht klug war, Baskon an seine Niederlage und den Verlust des Mantikors zu erinnern. »Ich meine nur, dass es schwer sein dürfte, unsere Gegner im Firnbachtal aufzuspüren.«

»Glaubst du, du kannst Leuchmadans Herz spüren?«, fragte Daugrula den Wardu.

»Nicht, wenn es verhüllt ist«, erwiderte Baskon.

»Dann hat der Gnom womöglich recht«, sagte die Nachtalbe.

»Das Firnbachtal ist riesig, und es ist dicht bewaldet, und es ist ja nicht so, dass eine Straße hindurchführt, an der wir die Herzdiebe erwarten könnten. Sie werden sich auf verborgenen Pfaden ihren Weg suchen, und wir bräuchten viel Glück, um zufällig auf sie zu stoßen.«

»Oh nein«, entgegnete Baskon. »Ich habe eine bessere Idee.«

»Was für eine Idee?«, fragte Daugrula.

»Ihr denkt in eine völlig falsche Richtung!«, rief Wito.

Wieder wandten sich alle dem kleinen Gnom zu.

»Wer fragt dich eigentlich nach deiner Meinung, Käferhirn?«, fragte Werzaz.

»Wir müssen unsere Feinde nicht suchen«, fuhr Wito unbeirrt fort. »Wir wissen genau, wo sie hinwollen. Wir können vor ihnen dort sein und sie gleichsam auf der Türschwelle erwarten – sogar mit genug Zeit, um noch mehr Verstärkung zu organisieren.«

»Das habe ich vor«, sagte Baskon. »Und dieser Ort ist das Firnbachtal.«

»Aber es gibt einen besseren Platz. Sie wollen Leuchmadans Herz vernichten – bei der Quelle des Blutes, inmitten der Grauen Lande. Ihr seid ein Wardu und müsst diesen Ort kennen. Wenn wir uns sputen, sind wir als Erste dort, und wir können die Quelle des Blutes mit ...«

»Schon wieder diese Geschichte.« Baskons blecherne Stimme klang wie ein Seufzer. »Nein, unsere Feinde werden das Herz nicht vernichten. Ich glaube, dieser menschliche Zauberer will es für seine eigenen Zwecke gebrauchen. Im Osten muss er keine Rivalen fürchten. Er wird dort irgendwo einen ruhigen Schlupfwinkel haben, wo wir es niemals aufspüren werden, wenn wir den Feind nicht vorher im Firnbachtal stellen.«

Wito strich sich mit der Hand über die Stirn. Noch immer schmerzte die Stelle, wo Baskon ihn ein paar Tage zuvor geschlagen hatte. Aber er *musste* den Wardu überzeugen. Wito wusste genau, was er auf Keladis gehört hatte. Warum nahmen die großen Leute nicht ernst, was ihre Kundschafter berichteten?

Entschlossen trat er näher an Baskon heran.

Das Summen der Rüstung drang ihm in den Kopf und fuhr ihm das Rückgrat hinab. Je näher er dem Wardu kam, umso mehr wuchs das Grauen, und es half ihm nichts, dass er inzwischen mehr über Leuchmadans Gefolgsmann wusste.

»Baskon, Herr«, sagte er. »Die Grauen Lande sind in Gefahr, wenn unsere Feinde das Herz gegen uns wenden. Aber bedenkt, um wie viel schlimmer es wäre, wenn sie das Herz und das Kästchen an der Quelle des Blutes vernichten. All die Lebenskraft unserer Heimat könnte auf immer verloren gehen, die Grauen Lande auf ewig zur Wüste werden!«

»Soll ich das Geschmeiß zum Schweigen bringen?«, fragte Werzaz.

Der Wardu schüttelte langsam den Kopf. »Es ist genug«, sagte er. »Ihr Gnome mögt als Kundschafter hören und sehen, aber ihr seid klein und schwach und durchschaut die Schliche der Großen nicht. Ich verstehe besser, was dieser Zauberer und seine Gesellen vorhaben, weil ich mich selbst an ihre Stelle denken kann.«

Er wandte sich an Daugrula: »Wir machen uns also auf den Weg zum Firnbachtal. Sofort.«

»Dann bleibt immer noch die Frage, wie du das Herz im Firnbachtal finden willst«, wandte die Nachtalbe ein.

»Das will ich nicht selbst versuchen«, sagte Baskon. »Für diese Aufgabe dachte ich an einen Verbündeten.«

»Einen Verbündeten?«, fragte Daugrula überrascht. Dann erbleichte sie. »Nein. Nicht *ihn.*«

Sie liefen bis beinahe zur nächsten Mittagsstunde. Schon während der Nacht waren die Anstiege steiler geworden, das Gelände schroffer. Die großen Höhen lagen noch in einiger Entfernung, waren aber schon deutlich zu sehen. Und einige einsame Gipfel ragten schon hier neben dem Weg auf.

Sie zogen über wilde Wiesen und karge Weiden, in denen gelbe Blüten ihre Köpfe über das Grün erhoben. In den Tälern flossen kleine Bäche, und oft standen dort auch einzelne Hütten und Ställe, die sie jedoch mieden. Sie fanden Deckung hinter dichtem Buschwerk, zwischen Felsen und in steinigen Rinnen. Spitze Tannen wuchsen an den Hängen, einzeln oder in langen Reihen, so dass sie aussahen wie eine müde Armee, die gebeugt hügelauf marschierte.

Erschöpft hielten die Gefährten schließlich inne. Die Gnome hatten selbst nicht gehen müssen, aber der Ritt auf Gibrax' harten, schwankenden Schultern war trotzdem anstrengend, und seit Sonnenaufgang spürten sie zudem, dass der Troll unruhiger wurde. Werzaz taumelte und keuchte. Daugrula ließ sich nichts anmerken, aber kaum dass sie im Schatten einer überhängenden Steilwand Rast machten, ließ die Albe sich anmutig zu Boden sinken und nahm einen abwesenden Ausdruck an.

Baskon war undurchschaubar wie immer. Er hockte sich hin und verharrte reglos – wie die leere, leblose Rüstung, die er ja auch war. Wito hatte das Gefühl, dass das Summen des Wardu schwächer wurde und die Mittagssonne seine Ausstrahlung dämpfte.

Nachdem Gibrax sich wieder zusammengerollt und so gut wie möglich Schutz gesucht hatte, lehnte Wito sich an ihn und döste. Werzaz' Schnarchen dröhnte über den Lagerplatz. Doch im Halbschlaf hörte Wito seine Gefährten wispern und richtete sich wieder auf.

Darnamur und Skerna waren nirgends zu sehen. Wito entdeckte sie schließlich hinter dem Troll, wo sie die Köpfe zusammensteckten.

»Schlaft jetzt«, befahl er. »Ich fürchte, Baskon wird uns nicht bis zur Abenddämmerung ruhen lassen.«

Skerna blickte gereizt auf. »Ja, ja, gleich«, sagte sie und wandte sich wieder Darnamur zu. »Also gut, wer den längeren Halm ...«, hörte Wito sie tuscheln. Er ließ sich wieder zurücksinken und döste weiter.

Es dauerte nicht lange, da schrak er hoch.

Etwas hatte sich verändert, und Wito brauchte eine Weile, bis er verstand, was es war. Er hörte nichts mehr von Darnamur und Skerna!

Er seufzte. Die beiden waren seine fähigsten Mitstreiter, flink und geschickt und findig, und nach Gnomenmaßstäben auch ausgesprochen zuverlässig. Trotzdem kam es ihm mitunter vor, als wäre er mit Kindern unterwegs – wie sonst war zu erklären, dass er immer unruhig wurde, wenn er sie nicht im Auge hatte?

Aber es gab keine besseren Begleiter, die er für diese Mission hätte auswählen können. Widerstrebend hob er den Kopf und schaute sich um. Da entdeckte er Darnamur, der auf der riesigen Hand saß, die unter dem eingerollten Leib des Trolls hervorschaute.

»Schlaf endlich«, murmelte er. »Und wo ist Skerna?«

»Pssst«, zischte Darnamur.

Wito folgte seinem Blick und erblickte seine Gefährtin. Die Gnomin glitt gewandt auf Werzaz zu. Sie nutzte jede spärliche Deckung, die das Gelände bot, und bewegte sich vollkommen lautlos. Dabei schnarchte Werzaz so laut, dass er unmöglich etwas mitbekommen konnte. Es war wohl zumindest ein Tritt nötig, um ihn zu wecken, und den würde der Goblin auch bekommen, ehe der Abend dämmerte. Baskon machte nicht viele Umstände, wenn er aufbrechen wollte.

Wito schüttelte den Kopf und seufzte wieder. Werzaz war ein allzu leichtes Opfer für Skernas Streiche, und es hatte etwas Würdeloses an sich, wenn sie seine Erschöpfung ausnutzte.

»Ich dachte, das hätten wir hinter uns«, bemerkte Wito halblaut. »Wird es nicht allmählich langweilig?«

»Pssst«, machte Darnamur. Er behielt Skerna aufmerksam im Auge, hinter Gibrax' Schulter halb in Deckung. Anspannung hing in der Luft. Etwas ging hier vor. Wito versuchte, die Müdigkeit abzuschütteln, und schaute genauer hin.

Skerna wühlte zwischen den Ausrüstungsgegenständen, die Werzaz um sich her verstreut hatte, bevor er ins Gras gesunken war. Dann hob sie einen Riemen hoch, an dem der Goblin sonst irgendwelche Sachen befestigte. Sie machte den Gurt zu, so dass er eine kleine Schlaufe bildete.

Dann schlich sie weiter.

Wito hielt den Atem an. Ein kaltes Prickeln stach in seinen

Nacken. »Leuchmadans Gnade«, presste er zwischen den Zähnen hervor. »Ihr seid ja verrückt!«

Skerna blickte kurz zu Wito hin und lächelte breit. Sie winkte und schlich dann weiter – auf Baskon zu. Wito wollte sie zurückrufen, ihr einen Befehl erteilen, aber er wagte es nicht. Er hätte nur das Lager aufgeschreckt und seine Gefährtin verraten. Unglaublich, dass sie es wagte, sich an den Wardu heranzuschleichen!

Aber Skerna bewegte sich mit äußerstem Geschick. Sie nahm sich Zeit.

Fast schien es so, als könne sie über das Gras schweben, ohne einen Halm zu knicken – ganz wie die Elfen, doch so langsam wie der Mond auf seiner Wanderung über das Firmament. Zoll um Zoll schob sie sich von hinten an den sitzenden Wardu heran und tauchte in ein Gestrüpp, das am Rande des Steilhangs wucherte und dessen Ausläufer bis zu Baskon reichten.

Kein Zweig und keine Ranke regte sich.

Sie ist wirklich gut, dachte Wito. Er behielt das Gestrüpp im Auge, konnte seine Gefährtin aber nicht ausmachen. Was für eine Verschwendung, so viel Geschick für so ein lächerliches Unternehmen!

»Dieser Wardu hält sich für unangreifbar«, flüsterte Darnamur. »Aber auch er kann sich beispielsweise in einem Riemen verheddern, den der schlampige Goblin hat fallen lassen.«

Wito wandte sich nicht um, sondern schaute immer noch zu dem Gestrüpp hinüber. Er schüttelte den Kopf. Er konnte sich nicht vorstellen, dass Baskon tatsächlich dem Goblin die Schuld geben würde. Der Wardu war nicht so dumm wie Werzaz. Es war einfach zu gefährlich!

Und dann tauchte Skerna wieder auf. Ihr Kopf schob sich neben Baskons Füßen aus dem Dickicht. Mit einer Hand hob sie den Gurt hoch, legte ihn über ihren Unterarm. Baskons Rüstung hatte keine Schnürriemen, und der Wardu besaß auch sonst kein Gepäck, das man ihm stehlen konnte. Also hatten Skerna und Darnamur sich etwas anderes einfallen lassen müssen, um ihn dranzukriegen.

Ganz behutsam hob Skerna den Riemen über Baskons Füße.

Und Baskon hob den scharf geschliffenen, kurzen Speer mit der langen Spitze und schlug zu.

Es war eine beiläufige, fast langsame Bewegung, als würde er eine Fliege erschlagen. Aber Baskons Hieb spaltete Skerna den Schädel und drang bis zur Brust durch den Körper. Wito schrie auf und sprang auf die Füße. Darnamur neben ihm stieß einen erstickten, fassungslosen Laut aus.

Ungerührt legte Baskon den Speer wieder ab und saß so still da wie zuvor, als wäre nichts geschehen. Skerna brach blutend über seinen Füßen zusammen, und der Wardu trat ihren Leichnam nachlässig in die Büsche.

Im Nu waren auch die anderen auf den Füßen, und selbst Gibrax blickte hoch. »Was los?«, fragte er. »Bitaner greifen an? Gibrax braucht Keule!«

Wito lief auf den Wardu zu, aber plötzlich war Daugrula zwischen ihnen, hielt ihn an der Schulter fest und zwang ihn, stehen zu bleiben.

»Was war hier los?«, fragte sie. Sie schaute Baskon an, hielt Wito aber immer noch fest.

Der Wardu regte sich einige Augenblicke lang nicht, dann sah er hoch und stand langsam auf. Das Blut tropfte an seinem Speer herab, rann über seine Beinschienen. Dann stäubte es plötzlich davon wie bei einem Hund, der sich schüttelt.

»Ihr seid munter«, summte der Wardu. »Gut. Dann können wir weiter.«

»Ihr habt sie getötet!«, rief Wito und wies auf Skerna, die am Rand des Gestrüpps in einer dunklen Lache lag.

»Ich bin Baskon, der Wardu«, sagte Baskon. »Die Zeit, wo man Scherz und Schabernack mit mir trieb, ist vorbei. Für Dummheiten und für Leute, die sie begehen, haben wir hier keinen Platz.«

»Aber Ihr hättet sie nicht töten müssen«, erwiderte Wito. »Nicht wegen eines solchen Streichs!«

»Ich habe euch gewarnt«, sagte Baskon. »Wir brauchen keine drei Gnome mehr für unsere Unternehmung.«

Er legte sich den Speer auf die Schulter und ging los. Werzaz raffte seine Sachen zusammen und blickte verwirrt um sich, als verstünde er nicht, was vorgefallen war. »Die Gnome?«, knurrte er unterdrückt. »Was ist jetzt schon wieder los mit den dreckigen kleinen Kriechern?«

»Daugrula!«, wandte Wito sich an die Nachtalbe, aber die schüttelte nur den Kopf.

»Sie ist tot«, sagte sie einfach und zuckte die Achseln. »Es bringt nichts, über vergossenes Blut zu klagen.«

Doch Darnamur stellte sich dem Wardu in den Weg. Er hielt das aufgeklappte Rasiermesser in der Hand. »Ihr könnt sie nicht erschlagen und einfach davongehen!«, rief er. Seine Hand zitterte. Wito wollte zu seinem Freund laufen und ihn fortstoßen, aber Daugrula hielt ihn fest.

»Darnamur!«, rief die Nachtalbe. »Halt dich zurück.«

Aber der Wardu machte keine Anstalten, erneut zuzuschlagen. Er blieb stehen, blickte auf den Gnom hinab – und lachte. Die ganze Rüstung dröhnte wie ein Gong aus Bronze, und helle Glockenschläge hallten von der Felswand wider, Glockenschläge, die allen die Kehle zuschnürten und ihnen das Herz mit Grauen erfüllten.

Darnamur wankte und wich zurück. Baskons metallene Stimme klang fast sanftmütig, als er den Gnom ansprach: »Du forderst Sühne von mir – mit dieser Waffe in der Hand?«

Die Rasierklinge in Darnamurs Hand klappte plötzlich ganz von selbst zu. Mit einem Aufschrei ließ Darnamur sie fallen, und nur seine rasche Reaktion rettete ihm die Finger.

»Mit einer Klinge aus *Stahl*?«, fuhr Baskon fort. »Weißt du nicht, dass ich der Stahl *bin*? Ich bin der Stahl, der zum Leben erwacht ist, um den Tod zu bringen. Keine Schuld, keine Sühne. Keine Rache, keine Vergeltung. Wer zu mir kommt, findet nichts als den Tod, den ich bringe. Denke daran, kleiner Gnom.«

Er ging an Darnamur vorbei und wandte sich nach Süden, am Saum der Schraffelgrate entlang auf jene Gegend zu, die den Finstervölkern angeblich freundlicher war als der Norden der Berge. Darnamur blickte ihm nach und hob die bloße Faust.

»So einfach nicht«, sagte er, doch seine Stimme klang erstickt. »Ich werde das nicht vergessen, hörst du!«

Baskon lachte immer noch. »In tausend Jahren habe ich viele Racheschwüre gehört, kleiner Gnom«, klang es aus seiner Rüstung. »Von großen Helden und von großen Leuten überhaupt, und sie berühren mich nicht mehr. Aber der Zorn eines Gnoms ist neu für mich.«

Werzaz lief hinter ihm her, und schließlich folgte auch Daugrula. »Kommt«, befahl sie.

»Aber wir können Skerna nicht einfach hier liegen lassen!«, wandte Wito ein.

»Ich werde einen Weg finden, ihn zu töten«, verkündete Darnamur trotzig.

»Er ist schon tot«, erwiderte Daugrula kurz angebunden. »Und nun kommt.«

Aber die Gnome begruben ihre Freundin, und Gibrax blieb bei ihnen und half ihnen dabei. Der Troll mit seinen langen Beinen würde die anderen bald wieder einholen – auch wenn Wito sich fragte, ob es die Mühe überhaupt wert war. Gibrax widersprach nicht, als Wito seine Zweifel äußerte und vorschlug, gar nicht erst hinter den anderen herzulaufen. Doch Darnamur war es, der zum Aufbruch drängte.

»Ich bleibe diesem Wardu auf den Fersen, bis er als ein Haufen loser Panzerplatten zu meinen Füßen liegt. Das schwöre ich!«

»Du wirst vorher sterben«, wandte Wito ein. »Manche Dinge ... gehen einfach nicht.«

Sie teilten Skernas Ausrüstung untereinander auf. Darnamur steckte seinen kruden Speer in ihr Grab und nahm dafür Skernas Knochenmesser. Nachdenklich blickte er es an.

»Vergiss es«, sagte Wito einfach. »Es ist nicht aus Stahl, aber das heißt nicht, dass du es gegen den Wardu verwenden kannst.«

Darnamur antwortete nichts mehr darauf. Als die beiden Gnome wieder auf Gibrax' Schultern saßen und hinter ihren Reisegenossen hereilten, schnitt er mit der Rasierklinge an Skernas Messer herum und schärfte die Spitze nach, die er vor nicht allzu langer Zeit selbst abgebrochen hatte.

Teil 2

Eine Reise ins Dunkel

10. Kapitel: Die Ränke des grossen Unkwitt

Ungeachtet des Sieges vor den Toren der Stadt, wurde Daugazburg nie eingenommen. Dies lag nur zum Teil am Zerwürfnis der Bundesgenossen. Angesichts der Wälle und Türme schien ein Sturmangriff auf die Veste aussichtslos, und da das Umland durch Leuchmadans Wirken zur Ödnis geworden war, fehlte es den Angreifern an Mitteln für eine Belagerung.

Stattdessen strafte Lucan selbst die Finstervölker ob ihrer Überhebung. Das wüste Land wandte sich gegen seine Bewohner, und eine Hungersnot brach aus. Leuchmadan hatte unter den Völkern des Bösen eine unheilige Eintracht gestiftet, die nun zerfiel. Goblins und die Menschen des Südens stritten im Bürgerkriege gegeneinander. Viele verliessen die Grauen Lande und zerstreuten sich.

Leuchmadans Sekunda Geliuna griff nach der Macht, doch dauerte es lange, bis die Schwarze Fey ihre Herrschaft gesichert hatte, und sie erlangte nie denselben Einfluss wie Leuchmadan. Die Bitaner kontrollierten die Grauen Lande aus der Ferne, hielten die Pässe in den Bergen und stiessen zu raschen Überfällen in die Öde vor, wobei sie viel Finstervolk erschlugen. Doch je länger der Grosse Krieg zurücklag, umso mehr wandten die Menschen sich ihren eigenen kleinlichen Zänkereien zu. Jahr um Jahr festigte die Fey ihre Stellungen, und ehe man sich's versah, war aus der Überwachung der Grauen Lande ein zermürbender Grenzkrieg geworden, der ohne Sieger und anscheinend nur mehr aus altem Brauch fortgeführt wurde.

Aus: »Vom Grossen Kriege und seinem Erbe« des bitanischen Chronisten Tadus Meratis

Dunkle Baumkronen füllten das Tal wie ein schwarzer See, der hoch an den umliegenden Hängen emporbrandete. Weit darüber, noch über den letzten kahlen, zwergwüchsigen Stämmen, die wie graue Gischt am Berg klebten, mühten sich die Gefährten einen steinigen Abhang hinauf, folgten einem steilen Pfad zwischen Moränen und nacktem Fels.

Die Gnome taten sich schwer. Baskon, Daugrula und Werzaz an der Spitze waren schon ein gutes Stück vor ihnen und warteten nicht auf sie, aber Gibrax blieb geduldig in ihrer Nähe. Mit seinen langen Armen hatte er die kleineren Kameraden mehr als einmal davor bewahrt, dass sie abstürzten, während Baskon sie bis an den Rand der Erschöpfung die steilen Hänge entlangtrieb. Sie wanderten bei Tag ebenso wie in der Nacht und konnten froh sein, wenn der Wardu ihnen zur Mittagszeit ein paar Stunden Ruhe ließ.

Keuchend hielt Wito inne und blickte über den Talgrund. In der Ferne, im Osten, sah er noch einen letzten Bergkamm, der das weite Firnbachtal abschloss. Die andere Grenze bildeten die Schraffelgrate, an deren Flanken sie gerade umherkletterten und wo sie, wie es schien, höher hinaufmussten als während des ganzen Marsches über das Gebirge, der sie in den letzten Wochen bis hierher gebracht hatte.

Wito vermeinte einen Hauch von Dürre in der Luft zu riechen, der so gar nicht zu dem wild wuchernden Urwald unter ihnen passen wollte. Vielleicht wurde er von den Steppen des Ostens herangetragen, die hinter jener letzten Wasserscheide auf der anderen Seite des Tals ihren Anfang nahmen. Vielleicht war es auch nur der Geruch der Steine im nackten Hochgebirge, das sich um sie herum erhob. Er schaute zu den eisigen Gipfeln hinauf.

»Macht schon, ihr Stummelbeine«, schallte Werzaz' Stimme zu ihnen herab, und Wito ging wieder weiter. Darnamur trottete dicht hinter ihm und sprach kein Wort.

Bald schlossen die Gnomen zu ihren schnelleren Kameraden auf. Diese machten Rast auf einem größeren Plateau und betrachteten ein Loch in der Felswand. Die Öffnung war ein wenig höher, als die Nachtalbe groß war, und an der Schwelle anderthalb mal so breit. Es sah nicht aus wie eine natürliche Höhle. Das Gestein war an der rechten Seite behauen und verlief beinahe lotrecht. Die linke Seite war ebenfalls geglättet und verlief in schrägem Winkel zum Boden. So entstand eine dreieckige Öffnung, die nach oben hin spitz zulief. An der Einfassung waren noch schwach ein paar Reliefs zu erkennen, Schatten von verwitterten Figuren, die sich nur mehr erahnen ließen.

»Das ist ja eine verranzte alte Zwergenmine!«, bemerkte Werzaz.

»Oder eine Siedlung der Goblins«, erwiderte Daugrula. »Vielleicht auch die Heimstatt eines noch älteren Volkes, das die Dunkelheit liebte und von dem heute niemand mehr weiß.«

»Hrmph«, stieß Werzaz hervor. »Schaut euch den armseligen Eingang an. So ein Loch ist gerade groß genug für Zwerge.«

»Er ist eingestürzt«, erklärte Daugrula geduldig. »Der schräge Stein war einstmals der obere Türsturz. Die linke Stütze wurde zermalmt, so dass der Türsturz jetzt dort auf dem Boden aufliegt. Und der Berg ist nachgerutscht.«

Werzaz lachte. »Ich sehe aber kein nachgerutschtes Geröll, sondern nur gewachsenen Fels! Erzähl einem Goblin nichts von Steinen und Höhlen, Nachtalbe. Was verstehst du denn schon davon?«

»Wir Nachtalben verstehen etwas vom Alter«, sagte Daugrula. Ihre Stimme klang leise, fast beklommen. »Und diese Gänge sind alt. Kalk ist eingesickert und hat das Geröll geglättet. Ich werde diesen Gang nicht betreten.« Die letzten Worte waren an Baskon gerichtet, der teilnahmslos dabeistand.

»Wir müssen den Gang nicht betreten«, sagte der Wardu. »Hinter dem Berg kommt ein Riss. Der trägt keine Spuren mehr von dem alten Volk.«

»Das tote alte Volk, das diese Höhlen grub, kümmert mich nicht«, entgegnete Daugrula. »Ich mache mir Sorgen um den, der jetzt darin wohnt. Man kann ihm nicht trauen. Und seine Behausung liegt weit oberhalb der Baumgrenzen – an diesem

Ort ist kein Leben mehr. Er liegt jenseits der Grenzen meiner Magie. Wenn du zu Grautaz willst, musst du allein zu ihm hinabsteigen.«

»Grautaz«, ließ der Troll sich von hinten vernehmen. »Gibrax kennt den Namen. Trolle bleiben weg von Grautaz, weil der auch Trolle frisst, wenn er sie bekommt. Hat Gibrax gehört.«

Baskon lachte dröhnend. »Grautaz wird niemanden fressen. Und wir steigen nicht zu ihm hinab. Er wird zu mir kommen, und er wird uns helfen. Er ist ein uralter Verbündeter von Leuchmadan.«

»Ach?«, sagte Daugrula spitz. »Dann muss seine Aufwartung bei Hofe mir aber entgangen sein.«

Baskon zuckte mit der Schulterplatte seiner Rüstung. Dann wandte er sich ab und ging weiter. Werzaz blickte Daugrula an, aber als die Nachtalbe einfach stehen blieb, ging er schließlich los und trottete hinter dem Wardu drein.

»Wer bei Leuchmadan ist dieser Grautaz?«, fragte Wito.

»Grautaz ist der große Unkwitt«, erklärte Daugrula. »Womöglich der Letzte seines uralten Geschlechts ... Ein Drache. Man sagt, er sei Leuchmadans Verbündeter. Aber soweit ich weiß, sagte man das vor tausend Jahren auch, und doch war in der großen Schlacht kein Drache zu sehen. Ich denke, Baskon ... geht ein Risiko ein.«

Sie verließ ebenfalls den Felssims. Die Gnome und Gibrax folgten ihr.

Hinter dem Plateau schien der Weg zu enden. Die Gefährten kämpften sich über eine Geröllhalde. Bei jedem Schritt traten sie Kaskaden von kleinen Steinen los, die hinter der nächsten Abbruchkante in einem bodenlosen Abgrund verschwanden.

Wieder war es Gibrax, der sich um die Gnome kümmerte und sie ein ums andere Mal mit seinen breiten Schaufelhänden auffing, wenn sie ins Rutschen gerieten. Er selbst hielt sich so sicher auf dem unsicheren Hang wie ein Baum, der Wurzeln geschlagen hatte – obwohl er sich für einen verwurzelten Baum erstaunlich rasch fortbewegte.

Endlich gingen sie um eine weitere Felskante herum und gelangten an einen tiefen Einschnitt, der quer zum Hang verlief. Der Berg klaffte hier auseinander wie von einer Titanenaxt gespalten, und vor dieser Kluft sammelte sich die Gruppe wieder. Daugrula ermahnte ihre Begleiter: »Es heißt, ein Unkwitt könne tief in die Seele schauen und die geheimsten Beweggründe seines Gegenübers erkennen, und auch jede Schwäche. Wenn wir dieses Geschöpf also aufsuchen müssen, so warne ich dringend davor, ihm in die Augen zu blicken.«

»Den Rat mögt *ihr* beherzigen«, sagte Baskon. »Doch ich habe keine Augen mehr, die mein Innerstes preisgeben könnten. Überlasst also den Drachen mir.«

Sie mussten viele Schritte hinabsteigen, ehe sie den Grund des Einschnitts erreichten. Hier floss ein schmaler Bach über den ebenen, wie glatt polierten Boden und stürzte dann über eine Kante in die Tiefe. In die andere Richtung ging der Spalt in eine Höhle über, die tiefer in den Berg führte.

Und in dem Höhlenloch, neben dem Wasserlauf, ruhte der gewaltige graue Kopf eines Drachen auf silbern schimmernden Vorderläufen, die Krallen elegant auf den Steinen abgestützt, so dass man die Risse sah, wo die Spitzen sich in den Fels bohrten. Ein Kranz von gebogenen Hörnern lag wie ein gezahnter Kragen dort, wo der Kopf in den langen Schlangenhals überging, und der Oberkiefer lief vorn in zwei nach unten gezogenen Spitzen aus, die langen Reißzähnen glichen.

Unter halb geschlossenen Lidern blickte der Drache ihnen entgegen, und hinter den geschlitzten Pupillen lag etwas, das Wito anzuziehen, das ihn aufzusaugen schien … Aber die Augen waren auf Baskon gerichtet, und mit einem Kopfschütteln löste der Gnom sich aus ihrem Blick und schaute zu Boden. Seine Gefährten waren stehen geblieben, und Baskon trat als Einziger näher an den Unkwitt heran.

Das Maul des Drachen war groß genug, um den Wardu in einem Stück zu verschlingen, und die zwei zahnartigen Zacken am Oberkiefer, die spitz wie Dolche über den Unterkiefer ragten, waren so lang wie Baskons Arm. Doch Baskon blieb unbewegt. Er hob grüßend eine Hand und deutete eine Verbeugung an.

Eine grollende Stimme drang aus der Tiefe des Drachenleibes, ohne dass das Maul sich öffnete: »Sieh an, ein Wardu. Euer Besuch ehrt mich, Jartugan. Es ist lange her, dass einer von Leuchmadans Getreuen meinen einsamen Hort aufgesucht hat.«

»Ich bin Baskon, großer Grautaz«, summte die Rüstung des Wardu. »Ich entbiete Euch meinen Respekt und überbringe die Grüße meines Herrn.«

»Baskon, so, so«, schnurrte der Drache. »Es ist lange her, und meine Ohren sind nicht mehr die besten. Es fiel mir stets schwer, die feinen Unterschiede unter den kleinen Geschöpfen auszumachen, zumal wenn sie nur in so unscheinbaren melodischen Nuancen liegen. Ich dachte mir also, ich wähle den ehrbarsten Namen unter den Wardu, damit ich niemanden kränke.«

»Ich bin stolz auf meinen Namen«, antwortete Baskon, und er hörte sich durchaus ein wenig gekränkt an.

»Ja, ohne Zweifel«, sagte der Drache. »Bitte verzeiht – nichts läge mir ferner, als das Gastrecht zu entehren und einen Besucher zu beleidigen. Es ist ein guter Name, Borkon ... oder wie auch immer. Nur ein wenig fremd für meine Zunge, und schwer zu merken. Ein bitanischer Name, wenn ich mich nicht irre?«

»Ja.« Baskons Stimme klang angespannt, obwohl sie nicht mehr war als ein moduliertes Knarren seiner Rüstung. »Doch bin ich nicht hier, um über meine Abkunft zu sprechen. In Leuchmadans Namen und um des alten Bündnisses willen erbitten wir Eure Hilfe.«

Der Drache hob den Kopf, und unter dem Maul und am Hals glänzten die Schuppen rot wie Blut. Er spähte über Baskon hinweg. »Fürwahr, fürwahr. Eine wichtige Angelegenheit muss es sein, wenn Leuchmadan mir Gesandte all seiner Völker schickt. Es sind doch all seine Völker, nicht wahr? Diese kleinen Geschöpfe gehen dahin wie die Eintagsfliegen, und ich kann dem Werden und Vergehen all ihrer Geschlechter kaum folgen. Aber die Zahl von Leuchmadans Völkern ist seit unserem letzten Bündnis auf dieses beklagenswerte Häuflein geschrumpft?«

»Das sind nur die zahlenmäßig bedeutsamsten Völker der Grauen Lande«, erklärte Baskon. »Aber Leuchmadan hat viele Verbündete aus ...«

»Ja, ja.« Der Drache hob eine Klauenhand und vollführte eine abweisende Bewegung, während er sich ganz aufrichtete und ein Stück weiter hervorkam. Sein Haupt ragte hoch über Baskon auf, und er stellte den roten Hals zur Schau. Sein Leib verlor sich im finsteren Höhlenschlund. »Ich lebe ein wenig abgelegen hier, Bastjan, müsst Ihr wissen. Und Leuchmadan hat mich nach seiner Rückkehr auch niemals eingeladen, seiner Allianz aufs Neue beizutreten.«

Baskon deutete erneut eine Verbeugung an und erwiderte geschmeidig: »Er wollte deswegen nicht Eure Ruhe stören, ehrwürdiger Unkwitt.« Seine Stimme schnurrte, als wäre die Rüstung frisch geölt. »Euer Bündnis mit Leuchmadan wurde nie gebrochen, und mein Gebieter sah keinen Anlass, sich erneut Eurer Treue zu versichern.«

Grautaz scharrte mit den Hörnern über die Felswand, dann bettete er den Kopf wieder auf die zwei verschränkten Vordertatzen. »Wie wahr, wie wahr«, bestätigte er. »Aus dem bitanischen Landmann ist ein wackrer Höfling geworden, will mir scheinen. Was tausend Jahre Lehrzeit nicht alles bewirken ... Ihr habt sie größtenteils gemeinsam mit Leuchmadan in einer Kiste eingesperrt verbracht, wenn ich mich recht entsinne? Man muss Euren Lehrmeister für seinen Einsatz loben. Doch genug davon. Was hat Leuchmadan bewogen, seine rücksichtsvolle Haltung aufzugeben und mich doch an diesem Ort aufzusuchen, wo ich die Ruhe des Alters genieße?«

»Ich bin davon überzeugt, großer Unkwitt«, sagte Baskon, »dass Euer machtvoller Leib ganz unbeeinflusst vom Alter ist. Und mein Herr erbittet von Euch nur eine Kleinigkeit: Eine weitere Gruppe wird durch Euer Tal kommen, schändliche Spione und Feinde Leuchmadans. Da Euer Reich aber so weitläufig und üppig ist, können wir sie nicht aufspüren. Deshalb bitten wir Euch, uns den Weg zu unseren Feinden zu weisen. Leuchmadan wird Euch gewiss Dankbarkeit erweisen, wie sie nur seiner und

Eurer Größe angemessen ist und wie sie einfache Gefolgsleute wie wir sich gar nicht vorstellen können.«

Der Drache stieß einen langen schwefligen Atemzug aus. Eine gelbe Rauchfahne zog aus dem Felsspalt und zerriss im Wind vor dem Steilhang.

»Ihr versteht es, eure Rüstung in angenehme Schwingungen zu versetzen«, sagte Grautaz. »Eindringlinge in meinem Reich – so, so. Mir deucht, mein Ruf hat ein wenig gelitten, wenn inzwischen regelrechte Völkerscharen in meinem Land umherwandern.«

»Das kann ich mir kaum vorstellen«, sagte Baskon. »Aber es würde Eurem Ansehen gewiss nicht schaden, wenn Ihr Euch zeigt und nicht zulasst, dass irgendwelche Räuber durch Euer Tal marschieren und Euch nicht einmal ihre Aufwartung machen.«

»Ja, Boskett, da mögt Ihr recht haben. Es mag meinen Interessen ebenso dienen wie denen Eures Herrn, wenn ich mir diese ungebetenen Gäste näher ansehe. Wie habt Ihr Euch meine Hilfe vorgestellt?« Der Drache legte den Kopf schief und musterte den Wardu aus einem Winkel seines riesigen Auges.

Unterwürfig senkte Baskon das Haupt. »Verfahrt mit diesen Eindringlingen, wie Ihr es für richtig haltet«, knarrte er. »Nur wären wir Euch dankbar, wenn Ihr uns anschließend zu Ihnen führt. Diese Spione mögen Dinge bei sich haben, die für den Krieg im Süden von Nutzen sein können.«

»Daran zweifle ich nicht«, meinte der Drache. »Nun gut, ich werde mich umsehen. Folgt mir, wenn Ihr könnt.«

Der Drache schob sich ganz aus der Höhle. Vom Kopf bis zum Schwanz maß er mehr als dreißig Gnomenlängen, und sein Körper war kraftvoll und geschmeidig. Er lief so ungestüm los, dass Baskon nur hastig zur Seite springen konnte, um nicht von der Masse rasselnder Schuppen zermalmt zu werden. Felsbrocken spritzten in alle Richtungen, von dem großen Drachen achtlos aus dem Berg gerissen.

Grautaz kam an den Rand seines Spalts, sprang über den Hang und entfaltete die Schwingen. Lautlos glitt er davon, und es war so, als wäre ein donnernder Wasserfall plötzlich verstummt. Die Stille nach dem kurzen Lauf des Drachen, der die Wucht eines Erdrutsches gehabt hatte, war beinahe ohrenbetäubend.

In diese Stille hinein schnitt Baskons Schrei mit der Schärfe einer Spiegelscherbe. Der Wardu riss sich den Schild vom Rücken, rannte schräg an der Wand des Einschnitts empor und auf dessen Ende zu. Seine Panzerplatten klapperten wie ein kleineres Echo des großen Unkwitt. An der Kante angekommen, warf er den Schild vor sich hinab und sprang hinterher.

Fassungslos blickte Wito auf die Stelle, wo der Wardu eben noch gestanden hatte.

»Glaubt er, ihm sind auch Flügel gewachsen?«, bemerkte Darnamur. Die Gefährten liefen los und blickten nach unten.

Wo der Bach über die Kante stürzte, fiel der Fels fast lotrecht viele hundert Fuß tief ab. Doch da, wo das Wasser nicht so tief ins Gestein geschnitten hatte, war der Hang weniger steil.

Und hier rutschte Baskon in die Tiefe. Er balancierte auf seinem Schild und glitt in engen Kehren mal nach links, mal nach rechts, da er bei einer Schussfahrt zu schnell geworden wäre und den Bodenkontakt verloren hätte.

An den weniger steilen Stellen des Hangs riss er Gerölllawinen los, und Wolken aus Staub und Steinen begleiteten den wilden Ritt auf dem Schild. An den steilsten Stellen surrte der Metallschild singend und Funken sprühend über nackten Fels. Schneller und immer schneller sauste Baskon auf den bewaldeten Fuß des Berges zu, während der Drache weit entfernt über den Baumwipfeln davonglitt.

Daugrula beugte sich vor und kniff die Augen zusammen, bis Baskon unter einer Felsnase außer Sicht kam.

»Was für ein Narr«, stieß sie hervor, machte brüsk kehrt und stieg wieder zu dem Pfad empor, über den sie gekommen waren. »Ihr folgt mir. Schauen wir, ob wir Baskon unten im Tal wiedersehen – oder ob Werzaz sich ein paar neue Rüstungsteile zusammenklauben kann.«

Baskon der Wardu war außer sich. Unter all dem heuchlerischen Gehabe hatte der Drache sich über ihn lustig gemacht, hatte ihn verspottet und herausgefordert. Das hatte seit tausend Jahren niemand mehr gewagt. Hielt der schleimige Wurm sich etwa für unsterblich? Er, Baskon, war der einzige Unsterbliche hier, und er hatte nicht übel Lust, Grautaz diese Tatsache zu beweisen.

Aber er brauchte den Drachen noch. Er benötigte dessen Flügel und die damit verbundene Beweglichkeit, nachdem er selbst sein Reittier eingebüßt hatte. Und er war auf die scharfen Sinne des alten Unkwitt angewiesen, ohne die sie kaum Aussicht hatten, ihre Feinde unter der dichten Baumdecke des weiten Tales aufzuspüren.

Aber zumindest konnte Baskon die Herausforderung auf seine Weise annehmen – indem er tat, was kein Sterblicher hätte wagen können. Den Schild auf dem Rücken hatte er lange nutzlos mit sich herumgetragen. Solange er Rujan ritt, hatte er ihn im Kampf nicht führen können, und auch sonst hatte er ihn bisher nicht gebraucht. Warum sollte er ihn also nicht verwenden, um darauf den Steilhang hinabzurutschen?

Er stürzte ein Stückweit senkrecht in die Tiefe, bis er aufsetzte und sicher auf dem Schild landete, den er vor sich über die Kante geworfen hatte. Er federte den Sturz ein wenig in den Gelenken der Rüstung ab, damit die Panzerplatten nicht zu sehr beansprucht wurden. Baskon brauchte alle Kraft, um seine äußere Hülle zusammenzuhalten.

Immer sicherer wurde seine Fahrt. Aus dem Sturz in die Tiefe wurde ein Gleiten quer zum Hang. Baskon konzentrierte sich. Mühelos hielt er sich auf dem rasenden Stück Stahl – immerhin war er so gut wie verwachsen damit. An geeigneter Stelle beschrieb er eine Kehre, und Steine stoben in alle Richtungen. Er pflügte durch das Geröll, und donnernder Steinschlag folgte ihm.

Eine weitere Wende, und Baskon musste in das Inferno hineinfahren, das er soeben aufgewühlt hatte. Der ganze Hang unter seinem Schild war in Bewegung und riss ihn mit. Dennoch blieb Baskon obenauf und fuhr seitlich zur Steinlawine. Immer wieder stieß er auf kahlen Felsen, und mit hellem Sirren schnitt der Stahl Kerben in den dunklen Granit. An den steilsten Stellen rutschte Baskon bergab und nahm noch mehr Fahrt auf.

Oft verlor er die Berührung mit dem Boden und segelte durch die Luft. Aber Baskon nutzte diese Gelegenheiten, um ein wenig am Hang empor zu springen und die Schwerkraft als Bremse zu nutzen.

In engen Kehren fuhr er talwärts und ärgerte sich, dass der Drache davonflog, ohne sich auch nur nach ihm umzusehen. Aber Baskon ließ sich nicht täuschen. Grautaz wusste, was hinter ihm vorging, und Baskon wollte ihm zeigen, dass ein Wardu nicht den Beschränkungen gewöhnlicher Sterblicher unterlag.

Als er seine Aufmerksamkeit wieder dem Hang zuwandte, wurde ihm bewusst, was er übersehen hatte. Vor ihm verschwand der Berg unter den Bäumen, und es gab keine Möglichkeit, die rasende Fahrt abzubremsen.

Die Felsen links und rechts der Drachenhöhle waren kahl und glatt und steil. Die Gefährten mussten sich mühsam emporziehen, wo sie sich auf dem Hinweg schon unter einiger Anstrengung hinabgelassen hatten. Daugrula glitt geschmeidig und wie schwerelos in die Höhe, Werzaz kletterte fluchend, aber geschickt, Gibrax ebenso geschickt, aber schweigend. Wito und Darnamur kämpften sich empor, zappelnd wie die Käfer, bis sie endlich den Einschnitt hinter sich ließen und den normalen Berghang erreichten. Erschöpft starrten sie auf das Geröll vor sich.

»Ich kann nicht mehr«, keuchte Wito und blieb auf der Kante sitzen.

»Nicht gut hier oben«, stellte Gibrax fest. »Unkwitt pflückt euch im Anflug wie Beeren vom Zweig.«

Misstrauisch spähte Darnamur zur Drachenhöhle hinab und dann zum Tal, wo Grautaz in der Ferne über den Baumwipfeln seine Kreise zog. »Ich würd auch nur ungern gleich am Rand seines Horstes warten«, sagte er.

»Wir ziehen uns bis zu diesem Seiteneingang zurück«, rief Daugrula. »Dort haben wir ebenen Boden und ein wenig Schutz.«

Seufzend marschierten die Gnome wieder los. Die Gefährten hingen am Hang wie die Emsen am Trichter eines Ameisenlöwen. Sie gingen quer zu der Steigung, darauf bedacht, auf dem unsicheren Grund nicht den Halt zu verlieren.

Sie hatten kaum die halbe Strecke über das Geröllfeld hinter sich gebracht, da kehrte der Drache zurück. Er hielt nicht auf seine Höhle zu, sondern stieß geradewegs auf sie herab. Schließlich verharrte er flügelschlagend dicht über ihnen. Seine peitschenden Schwingen wühlten den Boden auf, und die Gefährten gerieten ins Rutschen.

Gibrax stemmte die Beine in den Hang und umfasste die Gnome mit beiden Armen, Werzaz stieß eine Klinge in den Berg und klammerte sich daran fest. Nur Daugrula stand unbewegt im aufgewirbelten Steinstaub, den Kopf gesenkt. Links und rechts und zwischen ihnen setzten sich Kiesel in Bewegung und vollzogen Baskons Abfahrt ins Tal nach.

»Zu meinem Bedauern konnte ich von euren Feinden und Spionen nichts ausmachen«, stellte Grautaz fest. »Und wo ist Balkon, euer Anführer?«

Daugrula wies mit dem Daumen ins Tal. »Er wollte Euch ein Stück entgegenkommen, ehrwürdiger Unkwitt. Habt Ihr ihn nicht getroffen?«

»Mir war, als sähe ich beim Anflug unten am Hang Metall zwischen den Bäumen schimmern«, gab der Drache zurück. »Aber es sah weder besonders edel noch wertvoll aus, so habe ich mich nicht weiter darum gekümmert. Lasst ihn wissen, dass ich in den nächsten Tagen weiter nach Fremden in meinem Tal Ausschau halten werde. Ihr habt anscheinend einen guten Vorsprung vor den Herzträgern.«

Mit diesen Worten machte der Drache kehrt und flog das kurze Stück zu seinem Höhleneingang. Daugrula blickte ihm nach. Sie hatte die Schultern hochgezogen.

»Der alte Schuppenwurm ist doch verdammt hilfsbereit«,

stellte Werzaz fest. »Baskon hatte recht. Der ist ein treuer Anhänger des großen Leuchmadan!«

»Wer weiß?« Daugrula zuckte die Schultern. »Doch er sprach von den ›Herzträgern‹, obwohl Baskon das Herz nie erwähnt hat. Ich habe kein gutes Gefühl.«

Den verwachsenen Bäumen, die sich weit oben am Hang in den Fels krallten, wich Baskon noch mit Leichtigkeit aus. Er schoss zwischen Felsen und zähem Gestrüpp hindurch, in dem sich sein Schild hätte verfangen können. So schnell, wie er war, hätte das einen Sturz zur Folge gehabt, durchaus vergleichbar mit dem Absturz nach dem Kampf gegen die Adlerzwerge. Baskon wollte diese Erfahrung nicht wiederholen.

Er zog Schleifen und fuhr Bögen und hielt dabei Ausschau nach einer Lücke zwischen den Bäumen, einem Auslauf, um im Tal abzubremsen, bevor er irgendwo dagegenprallte. Baskon hielt auf den Steilhang zu, der von der Drachenhöhle her abfiel. Die Bäume darunter wirkten kleiner, lebloser als anderswo am Hang.

Als er näher kam, erkannte Baskon, was geschehen war. Einstmals große Stämme waren wie von einem Feuer versengt, aller Äste und allen Grüns beraubt. Eine Rinne zwang Baskon auf geraden Kurs. Er konnte nicht mehr ausweichen, und einer der grauen Bäume raste geradewegs auf ihn zu.

Unwillkürlich riss der Wardu die Arme hoch. Der Baum wurde größer und größer. Baskon nahm die Einzelheiten wahr, die Riefen im Holz, die Flecken, wo einstmals Äste gewesen waren. Und dann prallte er dagegen – und fuhr geradewegs hindurch.

Das tote Holz zerstäubte wie Asche, legte sich auf seine Rüstung und machte den Stahl matt. Der Baum war so trocken und leblos gewesen wie eine Sandskulptur, allen Lebens und jeglichen Zusammenhalts beraubt. Baskon dachte an den Staub der Grauen Lande. Er hatte die zähen, fremdartigen Gewächse dort noch gesehen, bevor die Magie von Leuchmadans Kästchen sie ausgelaugt hatte, in jener großen Schlacht, als Leuchmadan alle Kraft gesammelt hatte, die das Land ihm gab.

Drachenfeuer schien eine ähnliche Wirkung zu haben.

Die Rinne endete, und ein Grat zwang Baskon zu einer Kehre. Wieder führte die wilde Fahrt bergab, und zu beiden Seiten sausten weitere Baumleichen an ihm vorüber. Viel bedrohlicher aber wirkte der massige dunkle Wald, der sich unterhalb der Drachenschwende zusammenballte. Die Schneise, die Grautaz' Feuer geschlagen hatte, gewährte Baskon noch ein wenig Aufschub – andernfalls würde er sich jetzt schon durch Krüppelbewuchs kämpfen, oder vielmehr in Stücken darin verteilen. Dafür raste er nun in voller Fahrt auf den Waldrand zu, der ohne Übergang von Lichtung zu dichtem Forst wurde. Baskon blieb nur die Wahl, von welchem der dicken, gleichgültigen Stämme er sich zerschlagen lassen wollte.

Und dann, endlich, sah er eine Lücke.

Er riss den Schild herum. Asche wolkte auf, und Baskon fühlte, wie sie zwischen den Panzerplatten hindurch in sein Inneres drang. Er roch den Drachenodem, der noch daran haftete – an den Spuren einstigen Lebens, das nun toter war als das starre Berggestein. Baskon spürte, wie das pappige Pulver seinen Klang dämpfte, seine Bewegung lähmte.

Er ließ den Stahl der Rüstung stärker vibrieren und schüttelte die Asche ab. Er machte eine so enge Kehre, dass der Schild zu kippen drohte. Zweige schlugen gegen Baskons Helm, peitschten auf seine Schultern. Das Gestrüpp riss an seinen Armen, so heftig, dass Baskon all seine Kraft aufwenden musste, um zusammenzubleiben. Eine Hand verfing sich in einer Astgabel und wurde abgerissen. Baskon legte sich in die Kurve …

Wasser spritzte auf. Immer noch in rasender Geschwindigkeit glitt er auf dem Bach dahin, der von der Drachenhöhle herabfloss und sich hier seinen Weg zwischen den Bäumen suchte. Ringsum bildete der Wald einen Tunnel, aber der Weg auf dem Wasser war frei.

Baskon zog den Kopf ein, um überhängenden Ästen auszuweichen, und folgte den Windungen des Wasserlaufs. Er zog eine Spur von Gischt hinter sich her, und immer wieder wurde der Schild von Wellen und Strömungen erfasst und vom eigenen Schwung hochgerissen und tat kleine unkontrollierte Sprünge.

Baskon wurde langsamer. Das Wasser floss ruhig unter ihm dahin. Die steilen Hänge des Berges waren zu sanften Ausläufern geworden, die mit kaum merklichem Gefälle dem Talgrund zustrebten. Baskon legte den Schild schräg und bremste noch weiter ab, ließ sich zum Ufer treiben und war endlich so langsam, dass das Wasser ihn nicht mehr trug.

Er sank ein bis zu den Knien, verlor das Gleichgewicht und kippte von dem Schild – halb vom eigenen Schwung getragen, halb von der Strömung gedrückt. Taumelnd kam er zum Stehen und fischte den Schild wieder aus dem Bach. Er richtete sich auf.

Seine wilde Abfahrt hatte ihn tief in den Wald getragen, und von dem Berg war nichts mehr zu sehen. Zu beiden Seiten erstreckte sich der Wald im Dämmerlicht, durch einen Wall aus Unterholz vom Bachlauf getrennt. Genau über ihm, wo die größten Äste der Bäume von beiden Seiten zusammenstießen, war das Blätterdach weniger dicht. Ein schmaler Lichtstreifen oben am Himmel zeichnete ein silbriges tanzendes Band auf das Wasser.

Baskon schaute auf seinen Armstumpf und dachte darüber nach, ob es der Mühe wert war, zurückzuwandern und das fehlende Teil zu holen. Dann zuckte er die Schultern, bahnte sich einen Weg das Ufer empor und in den Wald. Dort schüttelte er das Wasser ab und machte den Schild wieder auf seinem Rücken fest.

Er hob den Kopf und versuchte zu erspüren, wo der Drache sich aufhielt. Grautaz flog weit entfernt über dem Tal, und alles blieb ruhig.

Baskon traute dem Drachen nicht, und im Gespräch mit dem Unkwitt waren Untertöne angeklungen, die ihn misstrauisch machten. Andererseits würde Grautaz schon um seiner selbst willen die feindlichen Eindringlinge nicht ungeschoren lassen. Der Wardu wollte dem Drachen folgen und zur Stelle sein, wenn Grautaz auf ihre Feinde stieß.

Auch wenn es unklug schien, dem Drachen zu drohen, so war Baskon doch fest entschlossen, zu zeigen, dass er kein schwächlicher Sterblicher war. Der Schuppenwurm sollte ruhig ein wenig Respekt vor ihm haben – denn notfalls würde Baskon ihn auch mit Gewalt zurechtweisen und Leuchmadans Herz sichern. Wenn das unumgänglich sein sollte.

Baskon hob den linken Arm und konzentrierte sich. Es war mühsam. Das Ende des Armstumpfs zerfloss, und das Eisen schmolz ohne Hitze. Die Schmelze tropfte nicht hinab, sondern zerfaserte zu dünnen Ausläufern. Aus der Armschiene bildeten sich langsam die Umrisse einer Hand, gliederten sich in einzelne feine Panzerplatten. Baskon zwang den Stahl in eine neue Form. Die Finger brachen auf, und Baskon prägte Gelenke an den Bruchstellen, ließ Kerben und Nuten entstehen.

Dann bewegte er prüfend die neuen Finger.

Die Linke war ein wenig kürzer als die Rechte, aber er hatte wieder einen vollständigen Arm. Er ballte die stählerne Faust.

In dem Augenblick zog der Drache wieder über ihn hinweg, und Baskon blickte überrascht auf. Grautaz hielt nicht inne, obwohl ihm die Schwingung eines Wardu unter den Bäumen unmöglich entgehen konnte. Baskon hasste es, derart missachtet zu werden.

Aber es gab nichts, was er dagegen tun konnte. Der Drache war dort oben, und Baskon stand hier unten im Tal. Und er würde gewiss nicht den ganzen Weg wieder emporklettern. Er war sich ziemlich sicher, dass Grautaz ihre Feinde noch nicht entdeckt hatte, also gab es keinen Grund, den Drachen jetzt aufzusuchen.

Baskon machte kehrt und wanderte tiefer in das Tal hinein.

Hier unten zwischen den Bäumen war kaum zu bemerken, dass man sich in einem Hochtal zwischen zwei Gebirgsausläufern bewegte. Der Boden war sanft gewellt, und die Bäume verbargen alle weiter entfernten Landmarken. Selbst Baskon hatte Mühe, die Richtung zu halten, wenn Totholz, Dickicht oder Spalten ihn zu einem Umweg zwangen.

Kurz erwog er, umzudrehen und auf seine Gefährten zu warten. Aber nein. Der Starke ist am mächtigsten allein, dachte er. Daugrula konnte sich gut im Wald bewegen, aber anders als er brauchten die Lebenden Rast und kannten Schwäche und Erschöpfung. Sie würden ihn nur aufhalten.

Bald erfüllten wieder Geräusche den Wald, Vogelgesang und das laute Sirren der Insekten. Solange Grautaz in der Luft gewesen war, war es im Tal totenstill gewesen. Jetzt wagte sich das Getier schon wenige Dutzend Schritt von Baskon entfernt wieder aus seinen Verstecken. Der kecke Häher schlug an und warnte vor seinem Kommen.

Baskon störte es, dass der Drache dem Land ein so viel weiter reichendes, ehrfürchtiges Schweigen auferlegen konnte als er. Mit dem Spieß brachte er einige vorwitzige Eichkatzen und Spechte zur Strecke, und es wurde ruhiger.

Bald brach die Nacht herein, und es wurde dunkel. Baskon ging weiter auf die Mitte des Tales zu. Am nächsten Morgen flog der Drache wieder Patrouille, und Baskon konnte ein Gebiet eingrenzen, auf das Grautaz seine Aufmerksamkeit richtete.

Als der Wardu die Gegend erreicht hatte, war der Drache schon wieder fort. Aber Baskon fand eine Art Weg an einem breiten Bachlauf – keine richtige Straße, eher ein Netz aus schmalen Pfaden, die zum Wasser hin und vom Wasser fort führten, die sich kreuzten und den Wald durchzogen.

Grautaz ging anscheinend davon aus, dass die Feinde das Wegenetz um den Firnbach nutzen würden, und Baskon beschloss, ebenfalls hier im Umkreis Wache zu halten. Er suchte nach einem guten Aussichtspunkt – nach einer Anhöhe oder einer Schneise, oder einem geraden Stück Bach, von wo aus er die Umgebung im Auge behalten konnte.

Aber an beiden Ufern und zwischen den Pfaden stand der Wald so dicht und war der Grund so eben, dass er keine solche Stelle fand. Also wanderte Baskon von einer Weggabelung zur nächsten, und immer wieder sah er den Drachen am Himmel kreisen.

Baskon dachte weiter in die Zukunft. Nein, beschloss er: Selbst wenn alles vorüber war und Leuchmadans Herz in seiner Hand, würde er nicht wieder zu seinen Gefährten stoßen. Er würde das Herz allein zu seinem Herrn bringen, ohne sich noch länger mit diesem schwächlichen Haufen Lebender abzugeben.

Als Grautaz am folgenden Morgen seine Flüge wieder aufnahm, wurde Baskon unruhig. Was, wenn der Drache trotz seiner scharfen Sinne die Beute im Wald verfehlte? Immerhin hatten die Gegner einen Elfen bei sich, der ihre Spur tarnen konnte. Und der Drache flog nur bei Tag – was, wenn die Herzträger während der Nacht durch das überwachte Gebiet schlichen, unter dem Drachen hinweg und an Baskon vorbei? Wütend blickte Baskon zu dem Drachen hinauf. *Beeil dich, du blinder Wurm,* befahl er ihm in Gedanken.

Am Nachmittag änderte sich die Stimmung im Tal. Von weit her hörte er ein Brausen, Schreie womöglich – aber der Wald dämpfte jedes Geräusch. Baskon spürte den Tod in der Luft, noch bevor feine Ascheflocken zwischen den Zweigen herabschwebten.

Er lief los.

Die Unruhe kam aus dem Norden. Das war die richtige Richtung, aber es war sehr weit entfernt. Es wäre alles entschieden, bevor er eingreifen konnte. Wenn der Drache die Feinde in Deckung trieb und sie sich davonschleichen konnten, konnte Baskon sie vielleicht auf einem der Pfade abfangen. Aber vermutlich würde er nur auf dem Kampfplatz die Reste auflesen können.

Es wurde still. So gedämpft der Kampfeslärm auch gewesen war, die Stille danach war tiefer als das Schweigen, das sich stets über den Wald senkte, wenn Grautaz in der Luft war. In dieser Ruhe nach dem Gefecht lag eine Anspannung, ein lastendes Gefühl von Bedeutung – die Erwartung von Schlimmerem …

Dann hörte Baskon das Rauschen von Schwingen und das Knattern von Holz. Der massige Drache erhob sich über die Bäume. Baskon beschleunigte seine Schritte. Grautaz hatte den Kampf für sich entschieden. Es war vorbei. Nun musste Baskon die Schatulle mit Leuchmadans Herz nur noch holen und sie seinem Herrn bringen.

Der Flügelschlag wurde leiser, als Grautaz an Höhe gewann. Baskon konnte ihn nicht sehen, auch wenn dann und wann Licht zwischen den Baumkronen hindurchsickerte und kleine Ausschnitte des Himmels zu sehen waren. Rauch trieb in feinen

Schlieren über diese Lücken hinweg, wie tief hängende Wolkenfetzen, die statt Regen blättrige graue Ascheflocken brachten.

Nur seine feinsten Sinne drangen durch die wogende Blätterdecke und durch die wirbelnde Asche hindurch. Baskon fühlte die Gegenwart des Drachen. Grautaz flog ein paar kleine Kreise und drehte dann nach Westen ab. Er hielt auf seinen Horst zu.

Und Baskon nahm nicht nur den Drachen über dem grünen Dach des Waldes wahr, sondern noch etwas anderes. Leuchmadans Kästchen. Wie auch immer die Herzträger es abgeschirmt hatten, jetzt lag es offen. Baskon fühlte die Kraft des Kästchens, er spürte den Widerhall des eigenen Seins in diesem Ankerpunkt.

Und es entfernte sich rasch.

»GRAUTAZ!«, brüllte Baskon und nahm seine ganze Rüstung als Klangkörper für diesen Ruf. Zorn und Verwirrung fuhren durch seine Seele, und einen Augenblick lang wusste er nicht, ob er auf den Schauplatz des Kampfes zulaufen oder dem Drachen folgen sollte, so aussichtslos ein solches Unterfangen auch sein mochte.

Aber Grautaz hatte den kostbaren Schatz mitgenommen, trug ihn seinem Hort entgegen. Das musste nun Baskons Ziel sein.

Er lief ein Stück nach Westen, hielt dann inne und sammelte sich. Ruhig. Vielleicht hatte Grautaz das Kästchen nur geborgen und trug es zu seinem Berg, um es dort den Gefährten zu übergeben. Was sollte der Drache selbst auch damit anfangen?

»Grautaz!«, rief Baskon noch einmal, beherrschter nun.

Und der Drache machte kehrt.

Grautaz hatte sich im Vogelflug schon so weit entfernt, dass der Wardu ihn nicht mehr genau ausmachen konnte. Aber Baskon spürte genau, dass sich das Kästchen auf ihn zubewegte.

Hätte er noch Atem gehabt, hätte er nun aufgeatmet. Er hielt Ausschau nach einer Lichtung, auf der er den Drachen erwarten konnte. Doch er fand keine Stelle, die groß genug war für den Unkwitt. So trat er auf eine feuchte Senke hinaus, in der sich nur ein paar kleinere Bäumchen halten konnten, und dichtes Gebüsch und Unterholz.

Baskon schob den Speer hinter seinen Schild, zog das Schwert und hieb sich eine Schneise, während seine Panzerstiefel bis über die Knöchel im Morast versanken. Dann schoss auch schon der Drache über die Lichtung, machte kehrt und landete wie ein abstürzender Felsbrocken. Er knickte die umstehenden Bäume. Die Erde bebte, ausgerissenes Buschwerk und Holzsplitter flogen auf, und Wasser spritzte in dicken Tropfen in alle Richtungen. Mit schmalen dunkelroten Augen blickte Grautaz auf den Wardu herab. Baskon stand abwartend da, das Schwert locker in der Hand.

Der Drache hatte die Vorderbeine aufgestellt. Drei gewaltige Klauen an jedem Fuß bohrten sich in die Erde. Auf den ersten Blick sahen die Krallen weiß aus, doch es lag ein silbriger Schimmer darüber. Der Drache hob eine Klaue an, so dass sie mit Baskons Kopf auf gleicher Höhe war, und der Wardu konnte erkennen, dass sie auf der Unterseite eine Schneide aufwies, die schärfer war als sein Schwert.

Und dort, im Schmutz, lag ein silbernes Kästchen, das Behältnis mit Leuchmadans Herz.

»Sieh an, was heute alles in meinem Wald herumläuft«, sagte der Drache mit seiner rollenden Stimme. »Der kleine Wardu aus Bitan. Baskon.«

»Ihr habt es richtig hinbekommen«, erwiderte Baskon. Er meinte seinen Namen, aber er blickte auf das Kästchen. Bedächtig trat er einen Schritt näher.

Der Drache regte sich nicht. Sein Echsenhaupt ragte in einem Bogen hoch über Baskon auf, die eine Klaue hatte er wie beiläufig angewinkelt, und das Kästchen ruhte darunter wie unter einem Baldachin. »Das habe ich«, sagte er. »Ich treibe nur so lange Scherz mit meiner Beute, bis die Zeit zum Zupacken gekommen ist.«

Mit der Klinge wies Baskon auf die Schatulle. »Das ist nicht Eure Beute, großer Unkwitt. Es ist das Eigentum von Leuchmadan. Ich werde es ihm zurückbringen.«

Grautaz öffnete das Maul einen Spalt, und es sah fast aus, als ob er grinste. Eine dünne Zunge zuckte kurz hervor. »Du würdest einem Drachen seinen Schatz aus den Krallen rauben?«, meinte er mit leisem Spott. »Ich glaube nicht.«

»Ihr habt recht«, sagte Baskon. »Jetzt ist nicht die Zeit für Scherze. Leuchmadan wird Euch seine Dankbarkeit erweisen. Ihr könnt Gold erwarten und Edelsteine, aber dieses Kästchen ist nicht Euer Schatz. Es war niemals für Euch bestimmt.«

»Mag sein, dass Leuchmadan es nicht für mich bestimmt hat«, erklärte der Drache. »Aber dieses Kästchen war von Anfang an der Grund, warum ich meinen Hort und mein Lager verlassen habe. Was glaubst du denn, kleiner Wardu? Soll ich mich um Kämpfe weit im Süden kümmern, oder um ein paar Menschen, Elfen und Wichtel in meinem Tal?«

»Es war noch ein Zwerg dabei«, berichtigte Baskon den Drachen.

Grautaz schnalzte mit seiner langen, dünnen Zunge. »Oh ja«, meinte er versonnen. »Der Zwerg. Für einen Zwerg fliege ich schon ein kleines Stück. Aber dieser Schatz ...« Er klopfte mit der Klaue auf das Kästchen »... war es, was ich wirklich holen wollte, nachdem du ihn mir freundlicherweise angemeldet hattest.«

»Ich habe Leuchmadans Herz und die Schatulle nicht erwähnt.«

»Aber natürlich. Denk daran, kleiner Wardu: Du hast keine Augen. Also kannst du sie auch nicht vor mir verschließen. Ich höre jeden unbedeutenden Gedanken, der deine nackte Seele zum Schwingen bringt, und in dem Augenblick, da du vor mir standest, wusste ich alles, was du vor mir verbergen wolltest.«

Baskon wich zurück und schaute zu dem Drachenkopf hinauf. Die Augen des Unkwitt ruhten auf ihm, die schmalen Pupillen wie blutige Wirbel, die an ihm rissen. Baskon fasste sein Schwert fester. »Leuchmadan wird es nicht zulassen«, klirrte er. »*Ich* werde es nicht zulassen! Ihr fangt einen Kampf an, den Ihr nicht gewinnen könnt ... Für ein magisches Ding, an dem Leuchmadans Leben hängt und die Macht seiner Wardu; für eine Waffe, die den Krieg im Süden entscheiden kann. Nichts von alldem ist für einen Drachen von Belang!«

Grautaz lachte grollend. »Seltsame Vorstellungen hast du von dem Unkwitt. Meine Magie ist stark, und ebenso die Magie dieser Schatulle. Wir gehören zusammen.«

»Das Kästchen gehört mir«, sagte Baskon fest. Entschlossen hob er die Klinge, und in einem Bogen ging er näher zu dem Drachen hin. »Ich werde es mir holen.«

Grautaz' Blick folgte ihm. Baskon musterte den massigen Leib, suchte nach einer Lücke zwischen den Schuppen. Der Drache schaute auf ihn herab wie auf ein possierliches Insekt. Baskon fühlte Zorn in sich aufsteigen.

Das Kästchen gab ihm Kraft. Endlich war der Quell seines Seins unverhüllt, und Baskon nährte sich daran. Während er versuchte, an die Flanke des Drachen zu gelangen, trank er von Leuchmadans Herz, bis seine Rüstung von einem Netz feiner Schwingungen überzogen war, die sich mit dem Metall vereinten, die es härteten, geschmeidig machten und stark.

Der Stahl sang seine Seele.

Baskon hieb nach Grautaz' Bein, ein Scheinangriff, dennoch riss der Drache hastig die Pranke zurück. Das Kästchen lag schutzlos da. Baskon sprang vor. Er griff danach, doch sein linker Arm war ein wenig zu kurz, und er verschätzte sich. Baskon strauchelte und musste nachgreifen.

Und da schoss die Tatze des Drachen vor wie der Wurfarm einer Belagerungsmaschine.

Baskon riss das Schwert hoch, aber die Klinge glitt an der glänzenden Klaue ab. Grautaz drückte Baskon mitsamt dem Kästchen tief in den Schlamm. Baskons Leib presste sich um das unzerstörbare Silber des Kästchens, Panzerplatten rissen auf, und das Kästchen bohrte sich tief in Baskons Brust. Endlich lag der Wardu da, hilflos zu Boden gedrückt und von Drachenklauen eingesperrt wie in einen Käfig.

Aber das Kästchen war der Quell von Baskons Sein, Ursprung all seiner Macht. Und jetzt war dieses Artefakt förmlich mit ihm vereint, mit ihm verschmolzen. Leuchmadans Herz schlug in Baskons Brust. In dieser engen Verbindung flossen dem Wardu ungeheuere Kräfte zu. Seine Rüstung summte und schrillte, sie versuchte, die Wunden zu schließen, die der Drache mit seinem Gewicht hineindrückte. Aber diese Macht reichte nicht aus, um sich aus der Umklammerung des Unkwitt zu befreien.

Grautaz schaute auf ihn herab, den Kopf wiederum schräg gelegt und mit Spott in der Stimme: »Baskon, in der Tat, du prickelst ja regelrecht in meiner Hand! Bist du mit dieser Rüstung in ein Gewitter geraten, oder ist es meine Nähe, die dich erbeben lässt?«

Baskon wand sich unter der Tatze des Drachen. Er konnte kaum den Kopf bewegen. Noch hielt er das Schwert fest in der Hand, aber die Waffe steckte mitsamt dem Arm tief im feuchten Boden fest. »Auch wenn Ihr mich heute überwindet«, rief er, »wird Leuchmadan davon erfahren. Wenn er kommt und sein Herz zurückverlangt, nutzt Eure Größe Euch nichts mehr!«

»Nein, meine Größe nicht«, erwiderte der Drache. »Aber zufällig nenne ich auch magische Fertigkeiten mein Eigen, die dich überraschen dürften. Bis Leuchmadan kommt, habe ich längst das Geheimnis seiner Schatulle enträtselt. Dann verfüge ich über all seine Macht – und sein Herz und sein Leben halte ich ebenso in meinen Klauen wie dich jetzt.«

»Niemals«, stieß Baskon hervor. »Unsere Feinde hatten tausend Jahre Zeit, dieses Geheimnis zu enträtseln, und sie sind gescheitert. Wie wollt Ihr es in so viel kürzerer Zeit schaffen?«

»Weißt du«, entgegnete der Drache gelangweilt. »Ich lasse es darauf ankommen.«

Sein Maul stieß zu, und mit einem Biss riss er Baskon den Kopf ab. Der Helm blieb an einem der spitzen Oberkieferzacken stecken. Geziert wie ein Elfenfürst einen Zahnstocher, hob Grautaz die freie Tatze und zupfte das Metall mit der Klaue ab. Dann senkte er die Pranke wieder und riss Baskon in Stücke.

So dicht am Ursprung seiner Lebenskraft war der Wardu nahezu unverletzlich. Der zerfetzte Stahl schloss sich gleich wieder, abgetrennte Gliedmaßen wuchsen zusammen. Doch Grautaz riss immer weiter daran herum und grub seine Klauen in die Panzerplatten, und Baskons Gestalt verwuchs zu immer bizarreren Formen. Einzelne Stücke der Rüstung krochen über den Boden, erfüllt von vibrierender Seelenessenz, und Baskon fühlte sich so verwirrend zerstreut wie nach dem Sturz mit

Rujan. Wieder verlor sein Geist mitsamt seinem Körper den Zusammenhalt.

Und dann kam das Drachenfeuer. Es leckte über die blitzenden Klauen, ohne sie zu verletzen, sickerte in die Öffnungen und rann über den Boden wie flüssige Glut. Die Lohe verzehrte Baskons Rüstung. Der Stahl schmolz und verkochte in brodelnden Blasen, und immer noch hieb der Drache mit der Klaue zu und verspritzte das flüssige Metall über die Lichtung, wo es zischend in Tümpeln erstarrte und Pflanzen und Bäumchen versengte. Der Gestank nach feuchtem brennenden Holz und verschmorendem Laub mischte sich mit dem dicken Qualm, der unter Grautaz' Krallen hervorquoll.

Aber Baskon war zäh. Immer noch klebte sein schmelzender Leib an dem unzerstörbaren Kästchen, und er zog daraus Kraft und Leben. Aber das Drachenfeuer machte am Leib nicht Halt, sondern schlug glühend heiß bis in seinen Geist. Er spürte den Schmerz. Die Glut brannte in seiner Essenz, und das Summen, das Baskon war, erhob sich zu einem Schrei. Der Wardu empfand eine Qual, wie ein sterblicher Leib sie nie hätte erfahren können. Und mit den Flammen des Unkwitt mischte sich ein Knistern in den Klang seiner Seele, wie eine Störung, schwärende Aussetzer, die an Baskons Bewusstsein fraßen.

»Ich hörte deine Gedanken oben vor meinem Hort«, vernahm er Grautaz. Baskon wusste nicht, ob die Stimme nur in ihm war oder ob der Drache sein Feuer zurückhielt und wirklich sprach. Der Brand in seinem Geist prasselte auf Baskon ein, ohne Unterlass, und dämpfte alle seine Sinne. »Du hast dich mir überlegen gefühlt, oder zumindest ebenbürtig, doch das ist nicht so. Der Käfer, dem man die Kräfte einer Maus verleiht, mag sich fühlen wie ein Steppenlöwe. Und dabei ist er gerade groß genug geworden, um dem Löwen als reizvolle Beute zu scheinen. Je stärker er ist, umso interessanter die Jagd, aber am Ende doch nur ... Beute.«

Jetzt erst erkannte Baskon, dass Grautaz genau wusste, was er tat. Das scheinbar unwillkürliche Heben der Tatze, das Baskon Zugriff auf das Kästchen gewährte – es war eine Falle gewesen.

Der Unkwitt hatte gewollt, dass Baskon das Kästchen bekam und im Augenblick seiner Vernichtung vereint war mit dem Quell seines Seins. Grautaz fand Gefallen daran, seinen Gegner zu töten und ihn gleichzeitig am Leben zu erhalten und die Grenzen dessen auszuloten, was ein Wardu aushalten konnte.

Baskon gab auf. Mit einem letzten Schrei floh die Seele aus seinem Leib, und Grautaz verspritzte die Reste des leblosen Stahls über die Lichtung. Dann barg er mit zwei spitzen Klauen das Kästchen aus dem Schlamm und schüttelte es sauber. Rot glühende Schmelze stob auf wie feine Blutströpfchen, der Schlamm perlte ab, und das Silber glänzte unberührt. Der Unkwitt breitete die Flügel aus. Das Kästchen fest ans Herz gepresst, hob er ab und steuerte auf seinen Hort zu.

»Auf Wiedersehen, Baskon«, rief er zum Abschied. »Ich mag zähe Gegner und solche, denen man ein zweites Mal begegnen kann. Sie sind selten geworden in diesen Tagen.«

11. Kapitel: Ein unwahrscheinliches Bündnis

Leuchmadans Sturz schlug jenen Landstrich aus dem Boden, der heute als »Graue Lande« bezeichnet wird. Grau und tot sind sie jedoch erst seit der Zeit des letzten grossen Krieges. Zuvor war das Land von einem Leben erfüllt, welches als grimmig und unzugänglich geschildert wird – feindselig gegenüber den Völkern des Lichts und unvorstellbar fremd. Die Finstervölker hingegen fanden dort Zuflucht, nachdem wir uns von ihnen befreien konnten.

Dies alles deutet darauf hin, dass Leuchmadans fremder Lebensatem es war, der in jenem Land niederkam, in den Boden sickerte und das unheilige Leben nährte, das dort spross und sich später noch ansiedelte. Hat man sich zu dieser Erkenntnis durchgerungen, liegt ein weiterer entsetzlicher Schluss nicht fern: Fanden die Finstervölker tatsächlich Zuflucht in Leuchmadans Schoss, wie ihre eigene Überlieferung behauptet? Oder hat dieser sie nicht überhaupt erst hervorgebracht?

Kann es also sein, dass mit Leuchmadans Ankunft auch die Finstervölker überall auf der Welt verbreitet wurden und dass der jahrhundertelange Kampf, in dem wir die Lande des Lichts von dieser Inkursion gereinigt haben, sie tatsächlich nur dorthin zurücktrieb, von wo sie ursprünglich gekommen sind? Dass die Finstervölker in jener unbegreiflichen Wildnis überleben konnten, lässt dies jedenfalls vermuten.

Aus dem »Almanach der Finstervölker«
von Conzionarius Caezo, Priester im Tempel der Sonne

Noch von den Hängen des Drachenberges aus hatten Wito und seine Gefährten beobachtet, wo Grautaz über dem Tal seine Kreise zog. Daugrula hatte daraus geschlossen, dass dort ein Weg liegen musste, den der Unkwitt besonders im Auge behielt – und wo sie vermutlich auf ihre Feinde und auf das Ziel ihrer Unternehmung stoßen würden.

Die Nachtalbe schien sich keine besonderen Sorgen um Baskon zu machen. Sie suchte nicht nach ihm, sondern brach geradewegs zum Talgrund auf, zum Lauf des Firnbachs, wo sie auf den Wardu wartete.

»Wenn er die Abfahrt überstanden hat«, merkte Wito an. Der Abstieg über den gewundenen Bergpfad steckte ihm noch in den Knochen.

»Der ist zäh«, kam es von Daugrula. Ein verbissener Tonfall hatte sich in ihre Stimme geschlichen. »Dumm, aber zäh.«

»Und es wäre zu einfach«, zischte Darnamur. »Baskon wird nicht zufällig an irgendeinem Baum zerschellen.« Der Gnom spielte mit dem Griff seines Knochenmessers.

Sie waren den ganzen Nachmittag und einen großen Teil der Nacht unterwegs gewesen, nachdem sie zuvor schon den anstrengenden Anstieg bewältigt hatten. Erst kurz vor Morgengrauen machten sie Rast, und auch nur so lange, bis Daugrula aus dem Flug des Drachen ein neues Ziel bestimmt hatte.

Der Weg die Hänge hinab führte sie bald wieder zu einem Wald. Um sie herum wogte ein Dickicht von Nadeln an langen Zweigen, ein Kieferngestrüpp, in dem sich allmählich einzelne Stämme abzeichneten. Anfangs ragten überall noch Wurzeln und Steine aus dem harten Grund, und immer wieder mussten die Gefährten über Findlinge klettern. Doch allmählich wurde der Boden eben, und sie folgten einem sanften Gefälle talwärts. Die Gnome waren zu Tode erschöpft und taumelten neben ihren Gefährten dahin, während die Nachtalbe sie tiefer in den Wald führte.

Auch Gibrax wirkte unzufrieden. Das frühere Gleichmaß

ihrer nächtlichen Wanderungen war durchbrochen, und der Troll war es nicht gewohnt, bei Tag unterwegs zu sein. Weder der magische Schutz der Nachtalbe noch das dämmrige Licht unter den Bäumen trugen viel zu seiner Beruhigung bei. Er schlurfte hinter der Gruppe drein und murmelte unverständliche Laute vor sich hin, bis schließlich selbst Werzaz von ihm abrückte und an den Gnomen vorbei wieder hinter Daugrula herging. Ganz von selbst stellte sich dieselbe Marschordnung ein wie zu Beginn ihrer Reise.

Selbst hier im dichten, unbekannten Wald fand die Nachtalbe mit traumwandlerischer Sicherheit Pfade, die nicht nur geradewegs in die gewünschte Richtung führten, sondern zudem selbst für den Troll breit genug waren. Wito fragte sich, ob Daugrula diese Pfade einfach nur fand oder ob sie mit ihrer Magie ein wenig nachhalf.

Nach ein, zwei Stunden Wanderung über den weichen, mit dicken Schichten getrockneter Nadeln bedeckten Waldboden dachte Wito an gar nichts mehr und wanderte wie im Halbschlaf. Darnamur ging neben ihm, und dann und wann fasste der eine den anderen am Arm und schob ihn ein wenig schneller voran. Inzwischen ragten Fichten und Tannen hoch um sie auf, doch selbst der frische würzige Geruch, der in der Luft lag, konnte ihre Lebensgeister nicht wecken.

Als Wito aufblickte, waren die Nachtalbe und der Goblin ein gutes Stück vor ihnen. Der krumme Buckel des Goblins schwebte wie eine herabhängende Spinne über dem Pfad, seine dünnen Beine verschwammen im Zwielicht, und ohne seine Rüstung wirkte Werzaz viel kleiner und unscheinbarer.

»Halt«, rief Wito. »Wir brauchen eine Rast.«

Werzaz blieb stehen und drehte sich zu ihnen um. Er spuckte aus. »Ja, so kleine Popel wie euch trag ich sonst in meiner Nase spazieren. Kann mir vorstellen, dass es Probleme gibt, wenn ihr mal selbst laufen müsst.«

»Wir müssen den Firnbach erreichen«, ließ Daugrula sich vernehmen. »Ich will in der Nähe sein, wenn Grautaz auf unsere Gegner stößt.«

»Und was machen wir dort, wenn wir zu Tode erschöpft aufs Schlachtfeld wanken?«, fragte Wito.

»Was machen wir dort überhaupt?«, murmelte Darnamur. »Entweder holt der Drache für uns die Kastanien aus dem Feuer, oder wir verbrennen uns die Finger.«

»Ob ihr Hasenkötel erschöpft oder munter ankommt, macht eh keinen Unterschied«, sagte Werzaz. »Bleibt einfach hier liegen, wenn ihr nicht mithalten könnt.« Er wandte sich wieder um und ging weiter. Aber auch seinem Schritt fehlte es an Schwung, obwohl er nicht mehr die schwere Rüstung zu tragen hatte.

Gibrax ging etwas schneller und lud sich die Gnome auf die Schultern. Darnamur begehrte auf, aber der Troll sagte nichts, sondern drückte kurzerhand mit einem breiten Finger auf den widerspenstigen Gnom, so dass dieser mit einem Ächzen verstummte.

Wito war einfach nur dankbar. Er hatte seinen Stolz wohl in den Schuhen aufbewahrt und irgendwann auf dem Weg zertreten. Dieser Stolz musste ziemlich hart gewesen sein – zumindest fühlten Witos Füße sich so an. Gibrax hatte sich in den letzten Tagen allerdings als überraschend guter Kamerad erwiesen. Wito wurde von dem Gefühl beschlichen, dass mehr dahintersteckte.

Während der Troll mit ausgreifenden Schritten zu Werzaz und Daugrula aufschloss und die Gnome immer wieder hinter seinem Nacken Schutz suchen mussten, wenn herabhängende Zweige nach ihnen peitschten, fragte Wito: »Gibrax, was ist mit dir? Du hast dir schon lange keine Keule mehr geholt, und ich kann gar nicht glauben, dass du lieber zwei Gnome auf der Schulter trägst.«

»Hrm«, meinte Gibrax, und dann, nach einer kurzen Pause, fuhr er fort: »Gibrax' Heimat nicht weit. Nur die Berge und Stück nach Süden. Gibrax geht vielleicht bald nach Hause und lässt sich von Weib pflegen nach langer Reise. Gibrax ging in Süden zu großem Krieg und Leuchmadan, aber Gibrax hat genug Sonne gehabt in letzter Zeit.«

Der Troll verstummte und stapfte weiter.

»Hoi, hoi, alter Specksteinhaufen«, sagte Werzaz, ohne sich umzudrehen. »Wart's mal ab. Wir werden schon noch mal feiern in einem hübschen Menschendorf. Einen Sieg für Leuchmadan werden wir feiern, und beim nächsten Mal geb ich besser auf dich acht.«

Gibrax verzog den rissigen Mund und zuckte die Schultern, sodass die Gnome fast abgeworfen wurden. Aber er sagte nichts mehr, und schweigend marschierten die Gefährten durch den Wald.

Sie machten eine Pause am Mittag und marschierten daraufhin weiter bis zum nächsten Morgen. Dann waren sie am Ende ihrer Kräfte. Als Daugrula bei Sonnenaufgang eine weitere Rast ankündigte, ließ selbst Werzaz sich einfach fallen und starrte vor sich hin. Auch die Nachtalbe wirkte erschöpft. Ihre dunkle Gesichtshaut zeigte einen Stich ins Graue, und das nährte in Wito den Verdacht, dass sie mehr tat, als bloß einen Weg zu suchen.

»Wir müssen weiter«, sagte Werzaz irgendwann kraftlos.

»Wir sind fast am Fluss«, meinte Daugrula. »Der Drache ist eben über uns hinweggezogen. Wir können uns ausruhen und warten.«

Wito hatte nichts bemerkt von dem Drachen. Im Laufe der Wanderung hatten sich erst Föhren, dann Weiden und viele andere Bäume unter den Bewuchs gemischt, und aus dem zähen Bergwald war ein abwechslungsreicher Forst geworden. Das Blätterdach über ihnen war dicht und ließ nur grünliches Zwielicht hindurch. Manchmal tanzten helle Strahlentupfen auf dem Waldboden, dann verschwanden sie wieder. Aber es war nicht zu erkennen, ob es an einer Wolke lag oder an etwas anderem, das über den Himmel zog.

Wito nickte ein und wurde von einem wilden Knurren geweckt. Er fuhr hoch und zückte den Knochendolch, aber Werzaz war schneller. Der Goblin stand schon da und hielt sein zusammengeraubtes Waffenarsenal bereit.

»Gibrax hat Hunger«, sagte der Troll.

Darnamur rückte von ihm ab.

Der Sonnenstand war schwer zu schätzen, aber es war heller

geworden. Wito nahm an, dass die Mittagsstunde nicht lange zurückliegen konnte. Wenn der Troll um diese Zeit unruhig wurde, musste er wirklich schlimmen Hunger haben.

»Wir haben uns gut erholt«, versicherte Wito daher schnell. »Wir können wieder laufen. Alleine laufen!«

Daugrula nickte. »Gut. Gehen wir noch ein Stück. Ich kann uns jetzt dorthin führen, wo Grautaz am gründlichsten sucht – und vermutlich wird er dort auch etwas finden. Der Unkwitt weiß für gewöhnlich, was er tut. Und unterwegs kann ich Gibrax helfen, etwas zu fangen. Es gibt Wildschweine hier im Wald, ich habe sie gespürt.«

»Vielleicht gibt's bald auch was Gegrilltes für dich, Gibrax«, warf Werzaz munter ein. Aber er hielt stets ein paar Schritte Abstand zu seinem Kumpan und ließ die Waffen nicht sinken.

»Nicht nötig«, entgegnete Gibrax. »Gibrax isst Schwein auch roh.«

»Unsere Feinde meinte ich, Kieselhirn«, sagte Werzaz. »Wenn der Unkwitt sie erwischt.«

»Oh«, erwiderte Gibrax.

»Drachen teilen nicht gern«, sagte Daugrula. »Stell dich lieber auf Wildschwein ein. Kommt, wir brechen auf.«

»Gibrax ist zufrieden mit Wildschwein«, meinte der Troll gekränkt. »Gibrax weiß nicht, wo immer gemeine Gerüchte herkommen, was Trolle fressen.«

Sie fanden weitere Wege und stießen schließlich auf den Firnbach. Die Wildschweine lagen schlafend da, und Gibrax konnte sie vom Boden pflücken wie Pilze. Anscheinend hatte die Nachtalbe einen Zauber gewirkt. Aus ihrem Gewaltmarsch ins Tal war ein verhaltenes Schlendern geworden, und Daugrula hielt immer wieder inne und lauschte, bis sie endlich Halt machte.

Werzaz fand Zeit, einige saftige Stücke von einem Schwein abzuschneiden. Er steckte sie auf Spieße und röstete sie über einem hastig entzündeten Feuer. Dabei wurde das Fleisch zugleich von dem viel zu feuchten Holz geräuchert und von den hell lodernden Flammen verbrannt.

»Ist das die Kochkunst der Goblins?«, fragte Darnamur.

»Das ist gut genug für dich, du Klugscheißer«, knurrte Werzaz. »Keine Zeit für eine anständige Glut oder sonstigen Firlefanz. Sei froh, dass wir überhaupt schon wieder ausruhen.«

Daugrula hielt das Gesicht gen Himmel gewandt, und Wito wusste nicht, ob sie durch das dichte Blätterdach hindurch Ausschau hielt oder ob sie nur lauschte. »Gibt es etwas Neues?«, fragte er.

Die Nachtalbe schüttelte den Kopf. »Der Drache ist unterwegs«, erklärte sie. »Aber er hat noch nichts gefunden. Wir können ebenso gut hier warten.«

Daugrula verstummte und saß einen Augenblick in sich gekehrt da. Dann fuhr sie fort: »Ich spüre auch nichts von den anderen. Aber sie haben zumindest einen Elfen dabei, und der könnte ihre Gegenwart hier im Wald tarnen. Ich hoffe, sie täuschen nicht auch Grautaz, sonst war Baskons Plan umsonst.«

»Warum habt Ihr Euch überhaupt auf diesen Plan eingelassen?«, fragte Wito. »Gemeinsam hätten wir Baskon vielleicht davon überzeugen können, dass wir in die Grauen Lande zurückkehren und Leuchmadans Heere zu den Quellen des Blutes führen müssen, um das Herz dort zu erwarten.«

»Das hätte nicht zu meinen Befehlen gepasst«, erwiderte Daugrula. »Die Herrin wollte, dass *wir* das Herz erringen – diese sorgsam ausgewählte Gruppe hier.«

»Aber als Geliuna diesen Plan ersann, konnte noch niemand vorhersehen, dass unsere Feinde in die Grauen Lande ziehen und Leuchmadans Herz zerstören wollen. Eure Befehle sind überholt!«

Daugrula blickte spöttisch auf den Gnom herab. »Woher willst du wissen, wie weit Geliuna vorausgeplant hat? Leuchmadan konnte sich einen solchen Verlauf natürlich nicht vorstellen, aber Geliuna kennt die Menschen gut. Sie wusste genau, dass die Menschen etwas Kostbares lieber zerstören würden, als es einem anderen zu gönnen.«

Werzaz war ein wenig näher getreten und hatte mit seinem einen Ohr den letzten Satz mitbekommen. »Ja«, stellte er fest. »Manchmal können die Flachköpfe auch ganz vernünftig sein.«

Wito beachtete ihn nicht.

»Und was ist mit Baskon?«, fragte er unvermittelt. »Könnt Ihr seine Gegenwart fühlen?«

»Das ist nicht schwer«, sagte Daugrula. »Er bringt den ganzen Wald in Aufruhr und läuft kreuz und quer in der Gegend des Flusses umher. Ich höre ihn schon seit gestern Abend, aber ich halte lieber Abstand zu ihm. Wäre er bei uns, würde er uns nur verraten.«

»Meinetwegen kann er im Fluss stehen bleiben, bis er durchgerostet ist«, meinte Darnamur.

»Baskon ist ein starker Krieger«, warf Werzaz ein. »Wenn der Schuppenwurm uns verrät oder wenn wir auf den Lumpenhaufen stoßen, der Leuchmadans Herz gestohlen hat, brauchen wir den Wardu.«

»Wenn wir ihn brauchen, können wir schnell genug zu ihm gelangen«, befand Daugrula. »Solange ich weiß, wo er ist, muss er nicht unbedingt neben mir stehen.«

Nachdem Werzaz das Wildschwein fertig gebraten hatte, außen schwarz verbrannt und innen blutig, hieß Daugrula ihn, das kleine Feuer zu löschen. Der Goblin trat auf die schwelenden Zweige und deckte sie schließlich mit Erde zu. Als der zähe Qualm aus dem aufgehäuften Waldboden quoll, stapfte Werzaz fluchend zum Firnbach, schöpfte Wasser und goss es über die Flammen.

»Könnt euch ruhig mal nützlich machen, ihr Warzenhaare«, fauchte er die Gnome an, bevor er ein zweites Mal zum Wasser ging.

»Mir liegt dein Schwein noch wie ein Stein im Magen«, erwiderte Darnamur. »Darum halte ich mich lieber vom Wasser fern.«

Er hatte nicht sehr laut gesprochen, und Werzaz war nicht mehr in der Nähe. Wito war froh, dass der Goblin die freche Antwort nicht gehört hatte, denn auch ihm war noch unwohl von dem verbrannten und viel zu frischen Braten. Er hatte keine Lust zu streiten, und es wäre ihm schwergefallen, Schlägen des Goblin auszuweichen.

»Meine Güte«, sagte er. »Ich frage mich, ob Kohle wohl als ›lebendiges Material‹ zählt oder ob es uns den Leib aufreißt, wenn wir versuchen, unsere Größe zu ändern.«

Daugrula warf ihnen einen Blick zu, der sie verstummen ließ.

Anspannung lag in der Luft.

Die Vögel hatten aufgehört zu singen, und der Wald selbst schien abzuwarten. Der Unkwitt musste in der Luft sein.

Dann hörte Wito ein Brüllen, gefolgt von Rufen und Schreien. Holz brach, als würden schwere Stämme umgerissen. Werzaz griff nach seiner zusammengeklauten Ausrüstung, aber Daugrula hielt ihn zurück.

»Es riecht verbrannt«, stellte Wito fest. Er blickte unruhig zum Fluss.

Das Dämmerlicht des Waldes schien sich zu bewegen, Schatten nahmen Gestalt an zwischen den Bäumen – und dann brandete eine Wolke von Qualm und Asche über sie hinweg. Wito warf sich auf den Boden und legte schützend die Arme über den Kopf. Doch die Asche war kalt.

Dicke, ölige Flocken rieselten herab wie Schnee und bedeckten die Bäume ringsum. Die Gefährten waren mit einer grauen Schicht überzogen, der Tag hatte sich plötzlich verdüstert, und als Gibrax sich die Asche aus dem Gesicht wischte, verschmierte er sie zu grauschwarzen Schlieren.

Werzaz schnaubte durch seine breite Nase.

»Es ist vorbei«, flüsterte Daugrula. »Der Drache ist weitergeflogen. Sehen wir nach, was er zurückgelassen hat.«

»Wir laufen mitten ins Feuer«, warnte Wito, aber die Nachtalbe schüttelte nur den Kopf.

»Es ist kein gewöhnliches Feuer«, erklärte sie. »Es ist Drachenfeuer, so verderbt und zerstörerisch, dass es sich selbst verzehrt und selten ausbreitet. Es verbrennt alles, doch zuvor raubt es allem, womit es in Berührung kommt, die Essenz und das Leben. Wo der Hauch des Unkwitt hinweht, bleibt meist nichts übrig, was weiterbrennen kann. Nur Asche, oft so schnell verglüht, dass man die ursprüngliche Form noch erkennen kann.«

Daugrula schüttelte den Kopf. »Also, hütet euch vor dem Drachen. Er verbrennt mehr als den Leib, und wer von seinem Feuer getroffen wird und überlebt, ist verflucht und hat nichts als Leid und Unheil zu erwarten. Aber wenn der Drache fort ist, hat man nichts mehr zu fürchten.« Sie seufzte. »Es sei denn, man hat seine Magie und sein eigenes Sein dem Leben geweiht und empfindet dessen Fehlen als ziehenden Schmerz. Aber das ist bloß eine Unpässlichkeit.«

»Wenigstens müssen wir nicht weit gehen«, sagte Werzaz. »Der Schuppenwurm muss seinen Kessel gleich auf der nächsten Lichtung angerührt haben, bei all dem stinkenden Qualm hier.«

»Das täuscht«, widersprach Daugrula. »Seine Schwingen haben Qualm und Asche vor sich hergetrieben. Wir werden ...«

Sie verstummte. »Das ist eigentümlich«, sagte sie dann.

Auch Wito hörte ein fernes Rauschen und Knistern. Aber es waren keine Schreie mehr zu vernehmen und keine Laute eines Kampfes.

»Es brennt doch«, meinte er zweifelnd. Aber dazu passten die Geräusche auch nicht.

Daugrula blickte in die Richtung, aus der die erste Aschewolke herangebrandet war, dann drehte sie den Kopf. Unschlüssig tat sie einen Schritt, verharrte.

»Was für 'ne Fahlhautkotze schwappt da jetzt wieder auf uns zu?«, knurrte Werzaz.

»Der Drache hat noch einmal Halt gemacht«, flüsterte Daugrula. »Näher bei uns. Dort, wo ich Baskon zuletzt gespürt habe.«

Sie stand da wie erstarrt, dann schüttelte sie sich und ging zögernd weiter. »Wir werden erst einmal dort nach dem Rechten sehen«, flüsterte sie. »Wir müssen wissen, was Baskon und der Unkwitt untereinander ausgemacht haben.«

Die übrigen folgten ihr und bewegten sich unwillkürlich ebenso leise. Selbst Gibrax zog die Schultern an und bemühte sich, nicht allzu viele Äste zu knicken oder junge Bäume umzutreten. Trotzdem brachten die Gefährten mit dem Troll im Schlepptau nur die Parodie eines Schleichens zustande.

Nach wenigen Schritten hielt Daugrula inne und legte den Kopf schief. »Eigentümlich«, wiederholte sie. »Der Drache ist wieder fort, aber ich spüre auch den Wardu nicht mehr.«

Sie ging schneller. Wito und Darnamur nahmen wieder ihren gewohnten Platz in der Mitte ein, hinter Werzaz und vor Gibrax. Hier fühlten sie sich halbwegs sicher.

Die helle Asche am Boden und die dicken Wolken über den Baumwipfeln schufen ein eigentümliches Zwielicht, wie Vollmond in einer Winternacht. Das hätte für die Wesen der Finstervölker ein vertrauteres Umfeld schaffen sollen, angenehmer als der helle Tag. Dennoch hatten alle das Gefühl, dass es eine *schlechte* Dunkelheit war, die sich über das Tal gelegt hatte. Selbst der Troll zog den Kopf noch tiefer zwischen die Schultern, obwohl inzwischen sogar an den lichteren Stellen die Sonne nicht mehr zu sehen war.

Verderbt. Leblos. Wito erinnerte sich daran, wie Daugrula die Wirkung des Drachenfeuers beschrieben hatte. Welchen Fluch der Unkwitt mit seiner Lohe auch verbreitete – die tote Asche kündete davon.

Plötzlich verspürte Wito den Drang, kehrtzumachen und zum Firnbach zu laufen. Sich ins Wasser zu stürzen, sich zu reinigen ... die Asche von Haut und Kleidern zu waschen, bevor der Fluch auf ihn übersprang. Aber wenn das möglich wäre, hätte Daugrula sie doch sicher gewarnt? Ihm wäre leichter zumute gewesen, wenn die Nachtalbe nicht selbst so unsicher, ja fast verängstigt gewirkt hätte.

Endlich erreichten sie eine kleine feuchte Senke. »Seht!«, rief Wito und wies auf ein qualmendes Weidendickicht. Flammen verzehrten die Blätter und die dünneren Äste eines Baums, der einsam in einer morastigen Pfütze stand.

»Hier zumindest hat das Drachenfeuer doch was angezündet«, stellte Darnamur fest.

»Hier hat das Drachenfeuer einiges getan«, bestätigte Daugrula. Ihre Stimme klang rau, und zaghaft trat sie auf die Lichtung. Werzaz blieb stehen und blickte misstrauisch zum Himmel.

»Gefällt mir gar nicht«, stellte er fest. »So frei wie der Arsch einer bitanischen Hure, und wir wissen nicht, was der Unkwitt treibt.«

Wito glaubte nicht, dass der Goblin genug bitanische Bordelle gesehen hatte, um das beurteilen zu können. Er folgte Daugrula auf die freie Fläche. Auf einer Seite der Lichtung waren Bäume ausgerissen und umgeknickt – große Stämme, die Gibrax nicht einmal mit beiden Armen hätte umfassen können.

Auf diese Seite der Lichtung hielt Daugrula zu.

Wito bemerkte einen gewaltigen Prankenabdruck, der langsam voll Wasser lief. Die Nachtalbe ging einige Schritte davon entfernt in die Hocke und blickte zu Boden.

»Baskon«, sagte sie. »Ich habe dich gewarnt.«

Darnamur reckte sich, sprang hoch und versuchte, ihr über die Schulter zu schauen. Schließlich trat er neben sie. »Ist er tot?«, fragte er eifrig.

»Baskon ist schon lange tot«, sagte Daugrula tonlos. »Und solange Leuchmadans Kästchen seine Existenz nährt, wird er nicht ganz zerstört werden. Aber besser wäre es, wenn der Drache ihn gleich vernichtet hätte.«

»Wem sagt Ihr das«, seufzte Darnamur.

Wito trat näher heran. Er sah eine große Lache rot glühenden Stahls, von dem Dampf aufstieg. Der Lehm darum herum war hart gebacken wie Tonziegel, und Wasser rann darüber, ohne zu versickern.

Nun erblickte Wito überall im Umkreis kleine Pfützen und Teile aus Eisen, manchmal zu bizarren Formen erstarrt. Manche Stücke wirkten fast lebendig, wie amorphe Geschöpfe, die im Kriechen erstarrt waren.

»Baskon?«, hauchte er.

»Seine Rüstung«, bestätigte Daugrula. »Sein Leib.«

Darnamur betrachtete den Ort der Verwüstung. Wenn man genau hinsah, konnte man sogar feine Eisenperlen im Schlamm entdecken – erstarrte kleine Tropfen, die überall auf der Lichtung verspritzt waren. »Also, für mich sieht er tot genug aus«, stellte Darnamur fest. Er stieß mit dem Schuh gegen ein größeres Bruchstück, kratzte mit dem Fingernagel an einem kleinen Eisenbrocken, der ganz unter Wasser lag und abgekühlt genug wirkte. »Es regt sich nicht. Und dieser *Ton* fehlt. Glaubt Ihr wirklich, Baskon kann wieder zurückkommen?«

»Vermutlich nicht in diese Rüstung«, sagte Daugrula. »Oder in das, was davon übrig ist. Aber ja, er wird zurückkommen – sobald Leuchmadans Kästchen nicht durch Seide oder Magie verhüllt ist und er einen geeigneten Klangkörper findet, der seine Seele aufnimmt. Aber das ist nicht das Problem ...«

»Für mich schon«, sagte Darnamur.

Wito stieß ihn an. Er schaute zu Daugrula, die über die Lichtung hinweg ins Leere starrte. »Was dann?«, fragte er.

»Hast du vergessen, was ich vorhin erzählt habe? Baskons Seele mag weiterleben, aber sie ist unrein. Das Drachenfeuer hat sie verzehrt. Baskon ist verloren.«

Daugrula richtete sich wieder auf. »Aber wir haben immer noch einen Auftrag zu erledigen. Wir müssen ein Kästchen beschaffen. Mit oder ohne Baskon.«

»Lindwurmscheiße«, flüsterte Werzaz. »Erklär's mir noch mal, Pickelzapfen: Was machen wir hier, wenn Leuchmadans Herz beim Drachen ist?«

Vor ihnen erstreckte sich der tote Wald über eine Fläche von hundert Schritt Durchmesser, graue, kahle Stämme, die aussahen wie versteinert. Die meisten von ihnen endeten abrupt. Die Wipfel der Bäume waren wie die Blätter und Zweige verschwunden.

Darnamur streckte einen Finger aus seinem Versteck und berührte einen dicken Ast, der dicht am Rand der Schwende lag. Er zerfiel sofort zu dem flockigen zähen Staub, der den Boden bedeckte.

»Ich kann es dir nicht *noch einmal* erklären«, antwortete Wito dem Goblin, »weil Daugrula gar nichts erklärt hat. Sie sagte, wir müssen uns hier umsehen, und das tun wir auch.«

Werzaz brummte vor sich hin, aber leise. Sie alle sahen die Gestalten auf der anderen Seite der vom Drachenfeuer gerodeten Schneise, die sich im Schutz der Bäume versammelt hatten und ihre Verletzten versorgten oder Rat hielten oder was auch immer sie da trieben.

Die *anderen.* Die Herzdiebe. Ihre Feinde.

Jetzt waren es selbst beraubte Diebe, denn Daugrula war überzeugt, dass der Drache ihnen Leuchmadans Herz abgejagt hatte. Nur so waren die Spuren zu deuten.

»Was nun?«, wandte Wito sich mit gedämpfter Stimme an die Albe. Daugrula verbarg sich wie Werzaz und die Gnome hinter einem dichten Gestrüpp an der Grenze des toten Waldes. Die Hälfte des Buschwerks war vom Drachenfeuer ausgedörrt und so grau und tot wie die Ascheskulpturen vor ihnen. Die Welke griff bereits auf die Hälfte über, die vom Feuer unversehrt geblieben war. Aber noch bot die Hecke ihnen Schutz.

»Sie wollen das Kästchen ebenso wie wir«, sagte Daugrula. Ihre Stimme klang unentschlossen, als würde sie sich wünschen, dass ein anderer die Entscheidung träfe.

»Aye«, bestätigte Werzaz. »Dreckige Diebe. Wir erschlagen sie alle, bevor sie wissen, wie ihnen geschieht.«

Daugrula war im Grunde von Anfang an die Anführerin der Gefährten gewesen, denn Baskon hatte sich abseits gehalten und nur selten gezeigt. Und stets wusste die Nachtalbe mehr als alle anderen. Sie schien in die Zukunft schauen zu können und weit in das Umland. Doch die Zerstörung des Wardu hatte ihr Selbstvertrauen ins Wanken gebracht. Jetzt, da die Gruppe ihre Führung so nötig hatte wie nie, wirkte sie eigentümlich zaghaft.

Wito nahm seinen Mut zusammen. »Was sollen wir tun?«, fragte er. »Müssen wir überhaupt gegen sie kämpfen, wo das Kästchen doch ohnehin beim Drachen ist?«

Daugrula atmete tief durch. »Nein. Sie können es dem Drachen ebenso wenig wegnehmen wie wir. Aber gemeinsam schaffen wir es vielleicht. Vielleicht sollten wir uns zusammentun und erst dann untereinander ausfechten, welche Gruppe das Kästchen bekommt.«

»Zusammentun?« Werzaz fuhr auf. »Niemals! Ich verhandle nicht mit Leuchmadans Feinden.«

»Nein, Goblin, dich schickt bestimmt niemand zu Verhandlungen«, bestätigte Daugrula ihm trocken. »Leuchmadan hat die Goblins zum Kampf auserwählt. Für andere Zwecke ... nutzt er andere Getreue.«

»Ich weiß nicht«, meldete Darnamur sich zu Wort. »Ich bin dafür, wir schleichen rüber, solange sie vom Angriff des Drachen geschwächt sind, und schneiden ihnen allen die Kehle durch. Dann haben wir ein Problem weniger.«

»Und dann?«, fragte Daugrula.

»Wir töten unsere Feinde«, sagte Werzaz. »Und wenn dieser blutige Schuppenwurm zu stark für uns ist, kehren wir zu Leuchmadan zurück. Der weiß schon, wie man dem gierigen Vieh die Flügel stutzt.«

»Womöglich wäre das besser«, bestätigte Wito. »Jeder weiß, dass Drachen ihren Hort hüten. Wenn Grautaz das Herz und das Kästchen hat, fällt es so schnell keinem anderen in die Hände. Wir wissen dann, wo es liegt, und Leuchmadan kann einen Trupp aussenden, der dafür gerüstet ist.«

»Es ist Grautaz, der große Unkwitt«, widersprach Daugrula. »Diese Kreatur ist nicht dumm. Er muss damit rechnen, dass Leuchmadan sein Eigentum zurückfordert – und er hat nicht einmal den Versuch unternommen, die Zeugen für seinen Raub zu beseitigen. Also hat er Pläne, wie er Leuchmadans Zugriff entgehen kann. Und Leuchmadans Herz und die Schatulle mit der ganzen Lebenskraft der Grauen Lande in den Klauen des Unkwitt – ich darf gar nicht daran denken. Ich fürchte, das Kästchen ist hier an einem gefährlicheren Ort als unter den Elfen und den Menschen.«

»Pah.« Werzaz spuckte aus und wollte aufspringen, doch Darnamur hängte sich an seinen Kragen. Der Goblin riss den Gnom grob herunter, aber es hielt ihn lang genug auf, dass er seine Beherrschung wiederfand und seine Deckung nicht aufgab.

»Aber ein Bündnis mit Spitzohren und Blasshäuten und Speckbärten – was bringt uns das? Der Drache hat sie schon einmal besiegt!«

»Er hat auch uns besiegt und unseren stärksten Krieger

bezwungen«, rief Daugrula dem Goblin ins Gedächtnis. »Aber dort drüben sehe ich den Spitzhut und zwei weitere große Gestalten. Gemeinsam können sie die Lücke schließen, die Baskons Verlust bei uns hinterlassen hat. Ich will nicht gegen den Drachen antreten. Aber wenn wir es tun müssen, brauchen wir jede Hilfe, die wir *schnell* bekommen können.«

»Hrmph.« Werzaz wandte sich brüsk ab. »Dann geh und verhandle mit dem Gelichter. Nachtalben sind bekannt für Ränke und Heuchelei, also passt das wohl.«

»Vielen Dank für deine Billigung«, erwiderte Daugrula. »Aber ich fürchte, die Gestalten dort teilen womöglich deine freundliche Einschätzung. Sie werden mit der Waffe auf mich losgehen, bevor ich ihnen meinen Vorschlag unterbreiten kann.«

»Ich gehe«, sagte Wito entschlossen.

Werzaz und Daugrula und auch Darnamur schauten ihn überrascht an. Werzaz lachte. »Kann ich mir vorstellen, dass die Scheißer lieber mit einem Gnom verhandeln«, stellte er fest. »Den können sie gleich zertreten und müssen nicht mal eine Waffe ziehen.«

»Ich begleite dich«, sagte Darnamur.

Wito schüttelte den Kopf. »Es reicht, wenn einer sich in Gefahr begibt.« Er spähte über die Lichtung.

»Ich bin nicht in Gefahr«, widersprach ihm Darnamur. »Ich halte mich verkleinert in deiner Nähe und beobachte. Vielleicht kann ich dir notfalls helfen, ansonsten werde ich zumindest Bericht erstatten, wenn etwas schiefläuft.«

»Gnome sind Kundschafter, keine Gesandten«, sagte Daugrula zweifelnd.

»Sie sind als Gesandte ebenso gut geeignet wie alle anderen Völker Leuchmadans«, entgegnete Wito. »Ich komme zumindest in ihre Nähe, ohne gleich erschossen zu werden.«

Wito und Darnamur stapften durch die graue Landschaft. Die Asche klebte wie pappiger Schnee an ihren Stiefeln und türmte sich um sie her zu Wellen und Verwehungen auf, über die beide Gnome sich hinwegkämpfen mussten.

»Warum gehen wir nicht außen rum?«, sagte Darnamur missmutig. »Hier auf der Schneise haben wir keine Deckung und müssen die ganze Zeit in kleiner Gestalt bleiben. Da kostet uns der Weg eine Stunde.«

»Wenn Daugrula auf dem toten Boden nichts spüren kann, dann kann der Elf das vermutlich auch nicht«, erwiderte Wito geduldig. »Das ist schon einen kleinen Umweg wert. Außerdem habe ich nicht um deine Begleitung gebeten, wenn du dich erinnerst.«

Darnamur murmelte etwas Unverständliches und trat auf einen Pilz zu. Wie die großen Pflanzen auf der Schwende wirkte auch der Pilz fast unversehrt, nur ergraut und ein wenig pockennarbig. Allerdings war dieses Gewächs nur wenig größer als die Gnome selbst und wirkte wie eine bizarre Miniatur, die irgendwer unter den turmhohen Baumskeletten aufgestellt hatte.

Neugierig musterte Darnamur den Pilz und stupste ihn mit dem Finger an. Sofort zerstob das Gewächs zu einer schmutzig grauen Wolke, die den Gnom im Nu einhüllte. Hustend stolperte er daraus hervor und taumelte auf Wito zu, der kopfschüttelnd zurückwich.

»Lass den Unsinn«, wies er Darnamur zurecht.

Der klopfte sich die Weste ab, so dass viele kleinere Staubwolken um ihn her aufstiegen. Die Asche klebte ihm in den Haaren und sammelte sich in jeder Gewandfalte. Darnamurs Gesicht war verkrustet, als wäre seine Haut mit weißem Grind überzogen.

Er spuckte aus und bewegte sich unsicher voran, während er den Staub aus den Augen wischte. Sie waren alle schmutzig geworden, als die Asche herabgeschneit war, aber Darnamur sah nun aus, als bestünde er ganz aus Asche.

»Das ist widerlich«, stellte Wito fest. »Du solltest dich lieber fernhalten von dem Zeug. Hast du nicht gehört, was die Albe über das Drachenfeuer gesagt hat? Es kann nicht gesund sein, wenn du den ganzen Dreck überall kleben hast.«

»Ho, Wito, bei einem Heiler bist du auch in die Lehre gegangen?«, sagte Darnamur belustigt. Er knuffte seinen Freund mit dem Ellbogen, und Wito sprang zurück und hielt den Begleiter mit ausgestrecktem Arm von sich weg.

»Komm mir nicht zu nahe!«, drohte er. »Wenn wir beide aussehen wie Teigklumpen, die man in Mehl gewälzt hat, kommt bestimmt der Drache zurück und will uns garbacken.«

»Ach, stell dich nicht so an«, sagte Darnamur. »Es war nur ein *Pilz*! Wie viel Staub kann davon schon übrig bleiben, wenn wir wieder groß werden?«

»Was noch eine Stunde dauern wird, wie du selbst bereits angemerkt hast.«

Sie stapften weiter, und bei jedem Schritt wolkte der Staub von Darnamur auf und umgab ihn wie ein Nebelschleier. Der Gnom hustete und nieste immer wieder. Zum Glück waren die Feinde noch ein gutes Stück entfernt. Wito beschloss, doppelt wachsam zu sein.

Aufmerksam schaute er sich um und umfasste den Messergriff fester, aber nichts regte sich in der leblosen Albtraumlandschaft. Hinter ihnen blieben feine Linien zurück, zwei Rinnen im Staub, wie die Spuren von Käfern. Zwei kleine Gnome waren bedeutungslos in dieser weißgrauen Wüste, die sich mitten im Wald aufgetan hatte.

Darnamur bemerkte Witos Anspannung. »Na, mein Herr Musterschüler«, spottete er. »Bist du nicht derjenige, der immer so gut zuhört, wenn die Nachtalbe etwas sagt? ›Der Weg über die Schneise ist besonders sicher für euch‹, meinte sie doch. ›Alle Tiere halten sich von einer Drachenschwende fern.‹«

»Oh ja«, sagte Wito. »Daran erinnere ich mich noch sehr gut. Ich frage mich, *warum* die Tiere sie meiden.«

Die Schneise, die das Drachenfeuer geschlagen hatte, war eine seltsam unregelmäßige Landschaft, von der die Gnome in ihrer kleinen Gestalt nur einen winzigen Ausschnitt wahrnehmen konnten. Die nackten Stämme auf der Lichtung ragten um sie auf wie riesige Türme, auch wenn es tatsächlich nur mehr ausgefranste Stümpfe von unterschiedlicher Höhe waren. Die Lohe des Unkwitt hatte sie alle verbrannt und zu Skulpturen aus Asche gedörrt.

Der Boden war von einer dichten Schicht dieser Asche bedeckt, aber im Schutz der Bäume hatten auch kleine Pflanzen überdauert – wie der Pilz, den Darnamur zerstäubt hatte. Sie spiegelten im Kleinen wider, was das Drachenfeuer mit den größeren Gewächsen angestellt hatte.

An einem Ende der Lichtung waren auch die Überreste der Bäume verschwunden. Die Asche stand dort dick und aufgewühlt, wie ein erstarrter Ozean, dessen Wogen mitten im Sturm versteinert waren. Kerben schnitten tiefer ins Umland, in denen gleichfalls der Bewuchs niedergedrückt und zu Staub zerfallen war. Daugrula hatte vermutet, dass der Drache dort gelandet und über den feindlichen Trupp hergefallen war.

Darnamur blieb wieder stehen und betrachtete eine regelmäßig geformte Bodenwelle, die schräg zu ihrem Weg verlief. »Schau her«, rief er Wito zu. »Da ist eine Wurzel stehen geblieben.«

Tatsächlich führte diese Bodenwelle geradewegs zu einem Baumstamm, der wie ein trutziger Bergfried seitlich von ihnen aufragte. Es musste einst ein wahrer Riese von einem Baum gewesen sein, alt und majestätisch, der seine Wurzeln in alle Richtungen ausgestreckt und nichts anderes neben sich geduldet hatte. Jetzt war nur ein dicker Stamm aus gepresster Asche übrig, der höher war als fünfzehn Gnome in ihrer natürlichen Größe. Oben sah er aus, als hätte ein Riese, viel größer als ein Troll, ihn abgebrochen und die Krone als Keule mitgenommen.

Darnamur berührte die Wurzel, die aus dem Staub aufragte, und Wito verdrehte die Augen. »Man sollte meinen, du hättest genug«, sagte er.

Eine Verfärbung breitete sich sternförmig von Darnamurs Stüber aus, ein dunkleres Grau im Ascheweiß. Sie lief über die Wurzel und bildete ein feines Netz. Flocken stoben auf, wie von einem inneren Druck hinausgestoßen. Ein Flüstern, ein Knistern lief durch die Wurzel und verlor sich als Echo im Land.

Wo Darnamurs Finger das tote Holz angetippt hatte, sackte die Wurzel plötzlich ab und riss auf. Asche stieg auf. Der große Stamm nahm das Knistern auf.

»Leuchmadans Güte«, keuchte Wito.

»Unmöglich!«, flüsterte Darnamur und trat zurück.

»Lauf!«, befahl Wito, wandte sich um und rannte los. Dann stellte er fest, dass Darnamur immer noch wie erstarrt dastand und den gewaltigen Baumstumpf anstarrte. Auch dort breitete sich ein Netzmuster von Schatten und feinen Rissen aus, so deutlich, dass es selbst aus dieser Entfernung noch zu sehen war. Der Stamm erzitterte.

Wito machte kehrt und packte Darnamur am Arm. Dann zog er den Gefährten mit sich.

»Unmöglich!«, wiederholte Darnamur.

»Du Dummkopf«, schrie Wito. »Ich habe dir *gesagt*, du sollst das bleiben lassen!«

So schnell sie konnten, kämpften sich die Gnome durch den zähen Dreck.

»Ich konnte doch nicht wissen, dass der ganze Baum ... der Riesenbaum ...!«

Darnamur verstummte und lief los. Hinter ihnen brach ein Stück aus dem Stamm und fiel lautlos zu Boden. Dann zerbarst das tote Holz, und eine Staubwolke raste auf sie zu, die den ganzen Himmel auszufüllen schien.

»Leuchmadans Gnade«, stöhnte Wito und warf sich flach auf den Boden. Schützend legte er die Arme über den Kopf und hielt den Atem an. Darnamur lag hinter ihm, Wito fühlte den Kopf des Freundes gegen seine Beine drücken. Dann verschwand alles in einem brausenden Grau – erst Grau, dann schwarz.

Eine Last senkte sich schwer auf Witos Brust und presste ihm die Luft aus den Lungen. *Die Asche begräbt uns*, dachte er panisch. Er wollte Darnamur etwas zurufen, doch er bekam keinen Ton heraus. Asche drang ihm in den Mund, als er ihn öffnete.

Er versetzte Darnamur einen kleinen Tritt, um dessen Aufmerksamkeit zu wecken, dann schob er sich ein Stück von ihm fort. Er konzentrierte sich, machte sich groß, und die Asche wurde lichter. Flockenwirbel umgaben ihn wie Nebel, so schwer, dass man ihn fast greifen konnte.

Wito bewegte sich ein Stück, so behutsam wie möglich.

Dann schaute er sich um, aber er konnte nichts sehen. Die

Asche klebte ihm in den Augen. Er rieb, blinzelte, aber er sah immer noch nichts. Das war ... nicht unbedingt schlecht. Wenn er nichts sah, konnte er auch nicht gesehen werden. Wie blind kroch er weiter.

Etwas berührte ihn am Fuß, und er zuckte zusammen. Doch es war Darnamur. Wito atmete erleichtert aus. Darnamur hatte mitbekommen, was er tat, und kroch hinter ihm her.

Wito hielt inne, tastete nach seinem Gefährten und bekam ihn irgendwo an der Kleidung zu fassen. Er zog ihn zu sich, legte den Mund an sein Ohr, wollte etwas sagen. Die Asche klebte ihm die Zunge an den Gaumen, und Wito wandte sich ab, spuckte aus und versuchte es wieder.

»Gib mir deine Hand«, krächzte er. »Ein Stück kriechen, dann wieder klein. Zusammenbleiben.«

Die Asche türmte sich in riesigen Verwehungen um sie auf, und tatsächlich schafften sie es, zusammenzubleiben. Wenige Fuß, die sie in ihrer natürlichen Größe vorwärtskrochen, brachten sie aus dem dicksten Gestöber heraus. Jetzt standen sie zumindest wieder oben auf dem nachgiebigen Boden, und die Flocken um sie her waren nicht schlimmer als ein heftiger Schneefall. Doch die Asche brannte bei jedem Atemzug in den Lungen. Wito nestelte ein Tuch aus der Tasche und band es sich vor Mund und Augen, aber das brachte nur wenig Linderung.

»Großartig. Wirklich großartig gemacht, Darnamur«, murmelte er.

Darnamur, der gerade auch an seinem Halstuch fingerte, schaute auf. »Was?«

»Ich hoffe, jetzt bist du zufrieden«, sprach Wito lauter durch den Mundschutz. »Aber erzähl mir nicht, von der Asche bliebe nicht viel übrig, wenn wir uns wieder groß machen. Das war mehr als ein kleiner Pilz.«

»Aber es hat sich gelohnt«, entgegnete Darnamur ungerührt. »Ich habe nur mit dem Finger gestupst, und der Riesenbaum hat *Puff* gemacht. Da fühlt man sich doch so mächtig wie Leuchmadan selbst.« Er seufzte. »Ich fürchte nur, ich werde in meinem Leben nichts so Großes mehr niederstrecken können.«

»Hoffentlich. Und tu es vor allem nicht, während wir uns gerade unauffällig irgendwo hinschleichen.«

»Ach.« Darnamur zuckte die Achseln, und weißer Staub rutschte bei der Bewegung herab. »Mach dir keine Sorgen. In dem Gestöber hat uns niemand bemerkt.«

»Uns vielleicht nicht. Aber den Baum hat wohl jeder gesehen.« Er machte eine kurze Pause und strich sich mit der Hand über die Stirn. »Großartig, Darnamur. Das ist wirklich großartig! Du hast es geschafft, selbst in Käfergröße auf hundert Schritt Entfernung aufzufallen. Ich glaub das einfach nicht!«

»Du übertreibst«, antwortete Darnamur. »Wir waren höchstens noch achtzig Schritt von den *anderen* entfernt. Außerdem können sie unmöglich wissen, *was* den Baum zu Fall gebracht hat. Es hätte ebenso ein Windstoß gewesen sein können oder eine ganz normale Erscheinung. Sie werden wohl kaum auf den Gedanken kommen, dass ein Gnom hier herumkriecht und Bäume umstößt.«

Vermutlich hatte Darnamur recht. Und vermutlich sah es aus achtzig Schritt Entfernung nicht so beeindruckend aus, als wenn man in winziger Gestalt mitten darin hockte. Wito hoffte jedenfalls, dass die andere Gruppe nicht einfach in Deckung ging und sie nach einer Stunde Marsch vor einem verlassenen Lager standen.

Er schaute sich um

Die Asche fiel immer noch dicht, aber allmählich drang mehr Licht durch. Es wurde Zeit, weiterzugehen. Wito hatte in dem Gestöber vollkommen die Orientierung verloren. Wieder senkte er den Kopf und fasste sich an die Stirn. Dann warf er Darnamur einen finsteren Blick zu. Der aber hatte ihm den Rücken zugewandt und studierte bereits den Aufstieg, der vor ihnen lag.

Man könnte meinen, du wolltest Skerna vertreten, dachte Wito. Aber er sprach es nicht aus. Die Worte taten zu weh, und ihm war zumute, als wäre die Asche in sein Herz gedrungen.

Wito und Darnamur versteckten sich hinter einem Baum und beobachteten ihre Gegner. Die Gnome waren weiß gepudert, und der Staub brannte ihnen immer noch in Augen und Lunge.

Die anderen hatten einen großen Scheiterhaufen aufgeschichtet und in Brand gesteckt, und anscheinend hatten sie nicht genug trockenes Holz dafür gefunden. So waren die Herzdiebe selbst von beißendem Qualm umgeben und starrten mit tränenden Augen ins Feuer.

Wito reckte sich. Er vermeinte, zwischen den Flammen eine kleine Gestalt zu sehen. Auf dem Scheiterhaufen musste ein Wichtel liegen, denn unter seinen Feinden entdeckte er nur zwei von diesem Volk, obwohl drei von Keladis aufgebrochen waren. Um das Feuer herum standen außerdem noch der Zauberer mit dem spitzen Hut, Fürst Sukan, zum Kampf gerüstet, und der Elfenkönig Perbias in gedeckter grünbrauner Reisekleidung. Da war eine illustre Schar aufgebrochen, um Leuchmadans Herz zu vernichten. Neben dem dritten Wichtel fehlte allerdings noch der Zwerg.

Wito spähte unruhig umher, um zu sehen, ob die bärtige Kreatur sich womöglich von hinten an sie heranschlich. War auch der Zwerg dem Drachen zum Opfer gefallen?

Darnamur hatte dasselbe gesehen wie Wito und seine eigenen Schlüsse daraus gezogen. »Schau dir an, wer da alles versammelt steht«, flüsterte er. »Womöglich können wir uns in kleiner Gestalt zwischen sie schleichen, uns groß machen und sie hinterrücks erstechen! Der Elfenkönig und ein bedeutender Menschenfürst – das wäre ein Erfolg, den man auf dem Schlachtfeld nicht so leicht erringen könnte.«

Wito schüttelte den Kopf. »Fünf Feinde willst du erstechen? Obwohl ein Elf bei ihnen ist, der uns auch in kleiner Gestalt wahrnehmen kann?«

»Nur die drei Großen zählen. Und für den Elfen habe ich …«

Wito hielt ihm den Mund zu. Perbias regte sich und legte den Kopf schräg. Hatte er Darnamur etwa gehört?

»Wir bleiben beim ursprünglichen Plan«, zischte Wito seinem Freund ins Ohr. »Selbst wenn wir hier zwei Könige unserer

Feinde erschlagen können, tun wir damit nur ihren Erben einen Gefallen. Es bringt uns keinen Schritt näher an Leuchmadans Herz.«

Darnamur nickte widerstrebend. Wito ließ seinen Gefährten wieder los. Er beugte sich vor, und Darnamur schrumpfte. Als Darnamur seine kleine Gestalt angenommen hatte, setzte Wito ihn auf einen Ast, von dem aus er das Lager der Feinde gut überblicken konnte. Die Gnome wussten nicht, auf welche Entfernung der Elfenkönig ihren Zauber spüren konnte. Sie mussten Perbias so gut wie möglich von dem kleinen Beobachter ablenken. Wito straffte sich, atmete tief durch und nahm allen Mut zusammen.

»He!«, rief er. »Wir wollen verhandeln!«

In fünfzehn Schritt Entfernung unterbrachen seine Gegner ihre Trauerfeier und fuhren herum. Sie griffen nach den Waffen. Wito lugte vorsichtig hinter dem Stamm hervor. Nein, sie brachten keinen Bogen oder etwas anderes in Anschlag. Bevor sie mit Schwertern und Dolchen bei ihm waren, hätte er schon die Größe gewechselt und sich im Staub eingegraben. Aber es brachte nichts, jetzt schon an Flucht zu denken. Er musste seinen Auftrag erfüllen und die Feinde davon überzeugen, mit ihnen zusammenzuarbeiten.

»Wer spricht da?«, rief der Mensch. Wito erkannte Sukans Stimme, aber der Fürst von Opponua wusste natürlich nicht, dass er diesen Gnom schon einmal in seinen Gemächern beherbergt hatte.

»Ich bin Wito, der Gnom«, rief er. »Ich trete jetzt vor. Ich komme als Unterhändler!«

Er hob die Hände und löste sich aus der Deckung des Stammes.

»Ein Gnom!«, rief Sukan. »Widerliches Geschmeiß!«

Der Elfenkönig Perbias zog die Brauen zusammen. Sie traten ein paar Schritte aus dem Qualm heraus und näherten sich Wito mit erhobenen Klingen. Die Wichtel blieben im Hintergrund. Wito behielt sie im Auge. Er wusste, dass Wichtel sich unbemerkt anschleichen und an den überraschendsten Stellen auftauchen konnten. Darin kamen sie beinahe den Gnomen gleich.

Er entfernte sich ebenfalls weiter von dem Baum, um Darnamur in seinem Versteck nicht in Gefahr zu bringen.

»Was macht ihr hier?«, fragte Sukan. Er spähte misstrauisch in den Wald, als könne sich dort eine ganze Armee von Gnomen verbergen.

»Ich wusste doch, dass der Drache nicht aus eigenem Antrieb Leuchmadans Herz geraubt hat«, stellte Perbias zufrieden fest. »Die Schergen der Grauen Lande sind schon hier und haben ihn angestiftet. Aber wartet, damit ...«

Wito hob die Hände höher. »Halt, halt. Ich fürchte, ihr irrt euch. Grautaz der Drache verfolgt sehr wohl seine eigenen Pläne, und wir alle leiden gleichermaßen darunter. Deshalb wollte ich vorschlagen ...«

»Ich leide gleich viel weniger, wenn ich ein wenig Finsterblut vergossen habe«, verkündete Sukan. »Wer weiß, wie viele meiner Männer von tückischen Gnomen im Schlaf erwürgt wurden.«

Wito blinzelte und schaute zu dem großen Krieger auf. Das Gesicht des Menschen war nicht nur von Ruß und Asche entstellt, sondern auch durch große nässende Brandwunden. Der Fürst hatte einen Kampf hinter sich, und er war nicht unversehrt daraus hervorgegangen. Der Schmerz befeuerte seinen Hass, und er wollte Rache.

Gulbert der Zauberer legte Sukan die Hand auf die Schulter. Es sah aus wie eine freundschaftliche Geste, doch es musste ein eiserner Griff sein. Der Fürst wollte noch einen Schritt auf Wito zugehen, aber nur seine Beine bewegten sich. Der Oberkörper blieb dort, wo der Zauberer ihn hielt, wie in der Luft angenagelt. Sukan taumelte.

»Ich will den Gnom anhören«, sagte der Zauberer. »Keiner wird Hand an ihn legen, solange wir nicht wissen, was für Feinde noch hinter ihm stehen.«

Wito überlegte. Er musste diese Leute überzeugen, dass sie ein Bündnis eingingen – zumindest so lange, bis sie dem Drachen das Kästchen wieder abgejagt hatten.

»Ich bin der Kundschafter einer Schar, die euch schon von Keladis an verfolgt«, erklärte er einfach. »Wir wollen das Herz.«

»Oh, du ...«, fuhr Sukan auf, aber Gulbert bohrte ihm die Finger so fest in die Schulter, dass der Fürst schmerzerfüllt das Gesicht verzog.

»Schweigt«, herrschte der Zauberer seinen Gefährten an.

Wito sprach weiter: »Jetzt aber hat der Drache Leuchmadans Herz, und damit haben wir alle dasselbe Ziel. Wir sollten unsere Kräfte vereinen, um das Kästchen zunächst den Klauen des Drachen zu entreißen.«

»Und dann?«, fragte Gulbert lauernd.

»Dann hat Euer Trupp und auch der unsere wieder genau dieselbe Aussicht auf Erfolg wie vor dem Überfall des Drachen – und stünde damit erheblich besser da als jetzt.«

»Wir brauchen eure Hilfe nicht«, sagte Sukan barsch. »Wir werden allein mit dem Drachen fertig!«

Wito blickte vielsagend auf die verbrannte Lichtung, auf den Scheiterhaufen, wo das Opfer des Kampfes mit dem Drachen verbrannte. »Ihr konntet den Drachen nicht einmal aufhalten, als ihr das Kästchen hattet und er es holen wollte.«

»Das mag sein«, räumte Gulbert der Zauberer ein. »Aber können ein paar unzuverlässige Bündnispartner unsere Aussichten verbessern? Wer gehört eigentlich zu eurer Schar?«

Wito dachte nach. Sollte er seine Gefährten preisgeben? Nun, wenn es zu einem Bündnis kam, sahen die anderen ohnehin jedes Mitglied der Schar. Und wenn es nicht dazu kam ... war die Mission sowieso gescheitert.

»Ich habe noch einen Gnom als Gefährten. Hinzu kommen Daugrula, die Nachtalbe, Werzaz der Goblin und Gibrax der Troll.«

Gulbert strich sich über den Bart. »Goblins und Trolle sind einer wie der andere. Ich habe mich immer gefragt, wer sich die Mühe macht, ihnen Namen zu geben.

Aber von Daugrula habe ich gehört. Eine Hofdame der schwarzen Fei. Wie es heißt, hat sie Macht über das Leben und beherrscht Naturzauber und Heilkunst. Unter den Nachtalben sind das keine hoch angesehenen Talente ...« Er wandte sich an den Elfenkönig. »Aber über Daugrula erzählt man, dass sie lieber diese unliebsame Begabung zur Meisterschaft brachte, statt eine zweitklassige Zauberin auf anderen, machtvolleren Feldern zu werden.«

»Ihr kennt Euch gut aus am Hofe unserer Feinde«, stellte Perbias reserviert fest. Er blickte zur Seite, als ginge ihn das alles nichts an. Wito wusste, dass gerade diese Bereiche der Magie unter den Elfen höchstes Ansehen genossen. Wollte Gulbert etwa den Elfenkönig auf ein Bündnis einstimmen, indem er Daugrulas Fertigkeiten in einem günstigen Licht darstellte?

»Dafür unterhalte ich meine Gewährsleute«, antwortete der alte Zauberer einfach. »Es schadet nie, seine Feinde zu kennen.« Er wandte sich wieder Wito zu. »Anscheinend haben Daugrulas Vorlieben ihr kein Glück gebracht. Sie ist weit fort von Leuchmadans Hof und von ihrer Herrin.«

»Die Suche nach Leuchmadans Herz ist die wichtigste Aufgabe für unsere Völker.« Wito zuckte zusammen, als Darnamur plötzlich neben ihm auftauchte. »Und Daugrula wurde dafür auserwählt.«

Darnamur wirkte beinahe ebenso grimmig wie zuvor Fürst Sukan. Er ließ die Hand auf dem Griff des Knochenmessers ruhen, zog es aber nicht.

»Es ist gut«, versuchte Wito ihn zu beruhigen. »Darum geht es hier nicht.«

»In der Tat«, versicherte Gulbert den Gnomen rasch. Feine Fältchen kräuselten sich unter seinen Augen. »Ich wollte die Dame natürlich nicht beleidigen. Immerhin dürften ihre Künste unserem Freund Sukan hier sehr gelegen kommen. Er wurde im Kampf gegen den großen Wurm verletzt.«

»Pah.« Sukan spuckte aus. »Und wenn ich auf den Tod darniederläge, würde ich doch nicht zulassen, dass eine Nachtalbe Hand an mich legt.«

»Und das ist auch klüger so«, pflichtete König Perbias ihm bei. »Nachtalben kann man niemals trauen.«

»Ich erinnere mich nicht, dass sie Euch ein entsprechendes Angebot gemacht hat.« Darnamur blickte den Menschen an, und der starrte wütend auf den kleinen Gnom hinunter.

»Ich hatte eigentlich erwartet, dass Leuchmadan für eine Aufgabe dieser Tragweite seine Wardu schickt.« Gulberts Hand verschwand gedankenverloren in einer Gewandfalte, hinter der sich offenbar eine Tasche verbarg.

»Wir hatten einen Wardu bei uns«, sagte Darnamur. »Wie es scheint, hat er versucht, den Drachen aufzuhalten.«

»Und?«, fragte Sukan.

»Er hat verloren. Im Gegensatz zu Euch hatte er kein Gesicht, das er als Schild gegen das Drachenfeuer halten konnte.«

»Das reicht!« Sukan hob wieder das Schwert. »Ich bin dafür, dass wir die Feinde gleich erschlagen, die wir kriegen können. Dann können wir uns immer noch überlegen, wie wir mit dem Drachen fertig werden – aber zumindest haben wir den Rücken frei.«

Wito warf Darnamur einen bösen Seitenblick zu, sah dann den Menschenfürsten an und sagte: »Ihr glaubt also, mit uns werdet ihr fertig?«

»Worauf du dich verlassen kannst, Gnom«, knurrte Sukan. Doch die Hand des Zauberers, die immer noch auf seiner Schulter ruhte, hielt ihn zurück.

12. Kapitel:
Im Hort des Unkwitt

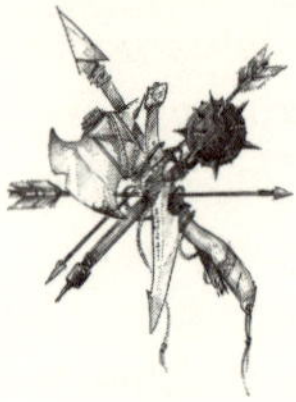

Oftmals lassen sich an den Wänden von Höhlen grobe Gesichter erkennen. Wenn dieses Zusammenspiel von Schatten und Felsgraten zum Leben erwacht, ist ein Troll geboren. Im Leben haben Trolle zumindest die Grösse zweier Männer, und ihre Haut ist von gräulichem Blau. Das Licht der göttlichen Sonne lässt sie jedoch wieder zu Stein erstarren, weswegen der Troll bei Tage auch stets eines Schlupflochs bedarf.

Von der Natur her sind Trolle tierhaft, und nur Leuchmadan steckt sie in Kleidung und reiht sie in sein Heer. Dies führte mitunter zu der Frage, ob man den Troll zu den eigentlichen Finstervölkern zählen darf, oder ob er nicht eher eine einfache Bestie ist, die sich zähmen und gebrauchen lässt wie der Bär oder der Wollrüssler. Oft wurden Trolle mit Zaubern und Ketten gebunden und ihre Kraft vor allem im Bauwesen nutzbar gemacht.

Doch Trolle sind Geschöpfe des Chaos, und sie rauben den Völkern des Lichts Leben und Auskommen. Ihre Ausbeutung kommt daher nur bei Vorhaben von ausserordentlichem Gemeinnutz in Frage, wo der Dienst die Sünde ihres blossen Daseins ausgleicht – insbesondere also beim Bau stolzer Tempel oder trutziger Bollwerke wider das Böse. Sobald der Troll aber seinen Zweck erfüllt hat, muss er unverzüglich erschlagen werden, damit nicht durch längeres Verweilen unter den Menschen eine verhängnisvolle Gewöhnung eintritt und die Wachsamkeit schwindet.

Aus dem »Almanach der Finstervölker« von
Conzionarius Caezo, Priester im Tempel der Sonne

»Das ist keine Frage«, versicherte Fürst Sukan dem Elfenkönig Perbias. »Wenn wir dem Drachen die Schatulle wieder abgenommen haben, gehört sie *uns.* Das Gelichter ist keine Gefahr, aber gegen den Drachen kann es womöglich nützlich sein.«

»Ihr habt Euch kaufen lassen von der Heilkunst dieser Nachtalbe, Fürst Sukan«, erwiderte der Elfenkönig. »Wir hätten uns niemals auf dieses Bündnis einlassen dürfen. Die Albe wird uns bei der ersten Gelegenheit verraten. Täuschung und Hinterlist ist alles, was man von ihresgleichen erwarten kann – und ich weiß, wovon ich rede!«

»Ich habe meine Brandwunden nur so weit behandeln lassen, dass meine Kampfkraft wiederhergestellt ist«, entgegnete Sukan hitzig. »Und, mit Verlaub, König Perbias, Ihr denkt wie ein Zauderer, nicht wie ein Krieger. Wenn wir wissen, dass sie uns verraten werden, dann *ist* es kaum noch Verrat. Der Stärkere wird gewinnen, und wer das ist, das weiß ich genau.«

Der Trupp stapfte den Hang hinan, ein weiteres Mal unterwegs zur Drachenhöhle. Sie hatten die Baumgrenze hinter sich gelassen und kämpften sich auf schmalen Pfaden weiter hinauf, zwischen Felsen und Geröll. Zur Linken ging der Blick weit über das dicht bewaldete Firnbachtal hinweg, und um sie her war nur noch das kalte Grau der Berge. Nur selten kamen sie noch an einer Mulde vorbei, wo bleiches Gras zwischen den Steinen wuchs.

So hoch sie auch waren, der Berg ragte noch erdrückend höher auf. Sie waren eine Weile unter einem langen, kahlen Kamm gewandert, doch inzwischen glänzte ein schneebedeckter Gipfel über ihnen. Auch zu beiden Seiten des Weges schimmerte an schattigen Stellen der Bergflanke mitunter Eis, kleine Kappen, die sich mit dünnen Ausläufern am Boden hielten und an der Unterseite ausgeschmolzen waren, so dass sie eine feuchte Höhlung überspannten wie winzige, weiße Zelte.

Daugrula führte die vereinte Schar zu dem kleinen Seiteneingang, den sie bei ihrem ersten Besuch entdeckt hatten. Gulbert hielt sich in ihrer Nähe, dicht gefolgt von Sukan und Perbias.

Ihre neuen Verbündeten hatten die Asche des Kampfes aus der Kleidung geklopft und die schlimmsten Schäden ausgebessert, trotzdem sah man ihnen ihre Begegnung mit dem Drachen noch an. Die Kutte des Zauberers hatte den letzten Hauch Farbe verloren und wirkte stumpf und grau. An vielen Stellen war sie von Brandflecken gezeichnet. Dasselbe galt auch für König Perbias' grüne und braune Gewänder, auch wenn sein leichter Elbenmantel sich schon wieder lebhaft hinter ihm bauschte und das seidige Blondhaar so makellos glänzte, als wäre er soeben dem Bade entstiegen.

Fürst Sukans Kettenhemd war geschwärzt, und seine Kleidung so dunkel, dass man die Brandspuren darauf kaum sah. Aber am Kragen war das Tuch versengt, die Kettenglieder wirkten fahl und mürbe, und der samtene Überwurf sah aus wie angefressen. Auch wenn die sichtbaren Wunden in seinem Gesicht geheilt waren, schien ein Schatten davon auf seinen Zügen zurückgeblieben zu sein. Die Gnome sahen von ihm allerdings meistens nur den Schild, den der Menschenfürst sich auf den Rücken geschnallt hatte.

Der Elf und der Mensch unterhielten sich ganz unbefangen, als würden die Wesen, die sie beleidigten, nicht jedes Wort mitanhören. Wito schüttelte den Kopf. Hoffentlich hielt das Bündnis, bis sie den Drachen besiegt hatten ... Nein. *Besiegen* konnten sie Grautaz auch gemeinsam nicht. Sie konnten nur hoffen, ihn mit List zu berauben.

Gibrax und Werzaz, die beiden größten Hitzköpfe, bildeten die Nachhut der vereinigten Schar. Gnome und Wichtel liefen zwischen den beiden streitlustigen Paaren und sorgten dafür, dass die erbitterten Feinde einander nicht an die Kehle gehen konnten. Und bisher verzichteten Fürst Sukan und Werzaz auch darauf, sich über die Köpfe der kleinen Leute hinweg Beschimpfungen an den Kopf zu werfen.

Auf dem schmalen Bergpfad war allerdings auch eine kleine Rangelei recht gefährlich. Wito hörte Unruhe hinter sich, nicht zum ersten Mal während der Wanderung: kollernde Kiesel, Knüffe, Rempeleien ...

»Lasst den Unsinn!«, ermahnte er Darnamur.

»Der Wicht soll die Finger von meinen Taschen lassen«, erwiderte Darnamur mürrisch. »Ich hab es ihm hundertmal gesagt.«

»Ich habe bestimmt nicht vor, einen Gnom zu bestehlen«, sagte der Wichtel, der ihnen als Chaspard vorgestellt worden war. »Was sollte ich in seinem Säckel schon erwarten außer alten Knochen und anderen Ekligkeiten?«

Die beiden Gnome und die beiden Wichtel gingen dicht gedrängt und rempelten einander häufig an. Wito musste den beiden Fremden allerdings zugestehen, dass sie den Gnomen nicht aus böser Absicht so nah kamen. Immer wieder wandten die Wichtel sich zu dem Troll um. Sie waren so bestrebt, Abstand zu den beiden finsteren Gesellen hinter ihnen zu halten, dass sie andauernd gegen Darnamur stießen.

»Also gut«, verkündete Wito endlich. »Ich gehe nach hinten. Dann ist hier vielleicht Ruhe.«

Zur hellen Mittagsstunde erreichten sie das Plateau mit dem eingestürzten Durchgang. Erschöpft ließen Wichtel und Gnome sich fallen, während die großen Leute schwer atmend im Halbkreis vor dem Loch in der Bergflanke standen und in den dunklen Gang dahinter starrten.

»Das also ist der Seiteneingang zum Hort des Drachen?«, bemerkte Gulbert zweifelnd.

»Keine Ahnung.« Daugrula klang gereizt. Wieder einmal machte die Umgebung ihr zu schaffen, und sie zögerte, näher an die dreieckige, halb eingestürzte Öffnung heranzutreten. »Das ist der einzige Seiteneingang in den Berg, den ich kenne. Vielleicht führt von hier aus ein Weg zum Hort des Drachen. Aber überschritten habe ich diese Schwelle noch nie.«

Sukan nahm den Helm ab und kratzte sich am Kopf. »Schade, dass der Zwerg tot ist«, stellte er fest. »Jetzt hätten wir ihn brauchen können.«

»Die Zwerg*in*«, warf der zweite Wichtel ein, Chaspards Begleiter, Sebir mit Namen.

Die Mitglieder seiner eigenen Schar wandten sich ihm zu und bedachten ihn mit giftigen Blicken. Sebir, der erschöpft am Boden saß, blickte verlegen zur Seite. »Darauf legte sie großen Wert«, fügte er hinzu.

Perbias, der Elfenkönig, verdrehte die Augen. »Die Zwergin mag tot sein, doch mir scheint, ihr Geist lebt unter uns weiter.« Dann blickte er wieder zum Höhleneingang. »Der Drache hat sie womöglich nicht aus Zufall gefressen. Sie wäre unsere beste Führerin im Dunkeln gewesen.«

»Wir brauchen kein Zottelgesicht unter dem Berg«, knurrte Werzaz. »Ein Goblin führt euch genauso sicher.« Er nahm einige lange Stecken aus seinem Bündel – Fackeln, die er unten im Wald vorbereitet hatte.

Fürst Sukan musterte ihn misstrauisch. »Goblins leben in der Ebene, und schon dort würde ich es mir zweimal überlegen, ob ich einem als Führer vertraue. Was verstehst du schon von Höhlen?«

Werzaz schaute den Menschen an und bleckte die Zähne. »Heute leben viele Goblins in der Steppe, ja. Aber nur, weil die Zwerge sie aus den Höhlen vertrieben haben, und die Menschen vom fruchtbaren Land.«

»Oho, mir scheint, dieses Exemplar ist ein rechter Sozialökonom«, stellte Perbias mit leichtem Lächeln fest.

Werzaz legte die Linke auf den Schwertgriff, weil er in der Rechten immer noch die Fackeln hielt. »Und du bist ein weichlicher Elf, der sich hinter einem Baum versteckt, wenn ein Krieger kommt. Pass auf, Zipfelohr: Hier hat's keine Bäume! Beleg mich noch einmal mit so einem elfischen Schimpfwort, und ich setz dich in kleinen Stücken dem Drachen vor! Ich bin nicht blöde. Du kannst mir vielleicht Namen geben, die ich nicht kenne, aber ich versteh genau, wie's gemeint ist.«

Der Goblin fuchtelte mit den Fackelstecken vor Perbias' Gesicht herum, bis Daugrula einschritt. »Schon gut, Werzaz«, sagte sie. »Er hat es verstanden. Nun bring uns in den Berg.«

»Genau, Goblin«, sagte Sukan und stützte sich auf sein Schwert. »Tu deine Pflicht. Unserem Herzen folgen können wir immer noch, wenn wir das Kästchen haben.«

»Dann werde ich deine Leber fressen«, knurrte Werzaz, während er eine Fackel bereit machte.

»Ist es das, was ihr Goblins mit besiegten Feinden anstellt?«, erwiderte Sukan. »Nun, ich für meinen Teil lasse die Häupter erschlagener Goblins auf den Zinnen meiner Festungen aufspießen. Aber ich fürchte, wir sind zu weit fort von daheim. Dein Kopf würde zu stinken anfangen, wenn ich ihn als Trophäe mitnehmen wollte.«

»Du bist in der Tat weit weg von daheim, Mensch.« Werzaz grinste Sukan an, doch das war nur eine andere Art, die Zähne zu fletschen. »Du wirst nicht mal deinen *eigenen* Kopf wieder zurückbringen.«

»Es reicht, Sukan«, verkündete Gulbert. »Und du, Goblin, brauchst keine Fackel. Mein Stab macht ein reineres Licht.«

Er stieß seinen langen Zauberstab auf den Boden, und das Holz färbte sich blau. Wito kniff die Augen zusammen, um besser sehen zu können. Wenn der Stab leuchtete, so war es hier draußen im Tageslicht jedenfalls nicht zu erkennen.

»Pah«, knurrte Werzaz. »Ich verlasse mich lieber auf ehrliches Feuer als auf tückische Zauberei.« Er zündete eine Fackel an und trat unter den schrägen Türsturz.

Sukan folgte ihm. »Wahr gesprochen«, meinte er. »Ich halte mich auch lieber an ein gerades Schwert und einen aufrichtigen Feind. Man weiß, woran man ist.«

Nacheinander betrat die vereinte Schar den Berg. Menschen und Albe und Elf mussten bald den Kopf einziehen, während Wichtel und Gnome Platz genug hatten.

Als Letzter trat Gibrax in den Gang, und er musste auf dem Bauch kriechen. Es wurde düster in der Höhle. Gulberts Stab leuchtete tatsächlich, ein milder Schimmer, der umso klarer wurde, je mehr das Sonnenlicht verblasste. Weit vorne flackerte der rötliche Schein von Werzaz' Fackel. Wito hatte das Gefühl, die Last des Gesteins über sich zu spüren.

Hinter dem Eingang lief die Decke des Ganges nicht schräg zu. Die Seitenwände wurden gerade, die Decke wölbte sich in einem leichten Bogen, und aus dem dreieckigen Loch wurde ein Stollen. Der Fels war durchsetzt von Zacken und Falten und Vorsprüngen. Es war kaum auszumachen, ob sie sich in einem behauenen Gang oder in einer natürlichen Höhle bewegten. Die Wände waren einmal rau und narbig, dann wieder feucht und glatt und mit Kalkstein überzogen. Nur an wenigen Stellen sah es so aus, als sei der Stein bearbeitet worden, doch konnte es sich dabei auch genauso gut um eine Laune der Natur handeln. Hinter ihnen knirschte Gibrax' Haut über den Stein.

Nach einer Weile hatte Wito das Gefühl, dass es bergab ging. Doch das mochte daran liegen, dass es so dunkel war und dass dieser Gang so tief in den Berg hineinführte.

»Vielen Dank, dass du am Berg dazwischengegangen bist«, wandte sich Chaspard leise an ihn. »Dafür bin ich dir noch was schuldig.«

»Ich habe es nicht für dich getan«, erwiderte Wito. »Wir müssen zusammenarbeiten, um diese Mission zu erfüllen.«

»Ist es nicht lustig«, sinnierte Chaspard, »dass ein Gnom so viel pflichtbewusster klingt als ein Wichtel, wo dieser Gnom doch dem finsteren, ehrlosen Leuchmadan dient?«

»Finster und ehrlos – ha!«, erwiderte Wito. »Leuchmadan hat uns Hoffnung gegeben. Unsere Völker wurden in die Wüste getrieben, aber Leuchmadans Blut brachte ihnen Leben.«

»Wir haben eine andere Überlieferung«, erklärte Chaspard. »Leuchmadan gebrauchte die Finstervölker, um die ganze Welt zu unterwerfen.«

Gnom und Wichtel konnten nebeneneinander gehen, während die großen Leute vor ihnen dem Gang im Gänsemarsch folgten. Hinter ihnen zwängte sich Gibrax keuchend durch den Stollen, und die schabenden Geräusche seines fetten Leibes auf dem Stein gaben Wito das Gefühl, dass ein riesiger Wurm ihnen auf den Fersen war. Vor sich hörten sie dann und wann Eisen gegen Stein klirren, wenn Sukan mit dem Helm an die Decke stieß.

Das blaue Licht des Zauberstabs umriss die schlanke Silhouette von Daugrula, die hinter Gulbert ging, und ließ Wände und Decke aufschimmern, als läge eine Schicht aus feinem polierten

Glas darüber. Wito sah, wie Darnamur vor ihm mitunter den Finger über die Stollenwand gleiten ließ und prüfte, ob der Stein feucht war.

»Du nennst mich pflichtbewusster als die Wichtel«, nahm er das Gespräch mit Chaspard wieder auf. »Aber auch ihr kämpft für die Freiheit eurer Völker.«

»Ach.« Chaspard lachte. »Ich kämpfe für Gulbert, wenn man so will. Meine Sippe arbeitet schon lange für den alten Zauberer. Wir sind auf … Bergungsarbeiten spezialisiert – beschaffen ihm alte magische Schätze und geheimes Wissen. Er nennt den Ort, wir holen es raus, und Gulbert bezahlt gut.«

Der Gang wurde breiter, und sie gelangten an die erste Gabelung. Werzaz verharrte nachdenklich, untersuchte den Boden, dachte laut über die Himmelsrichtungen nach und entschied sich dann für einen Weg.

Es ging nun spürbar bergab, und es wurde merklich kühler. Die Wände waren stumpf und dunkel, aber die Decke über ihnen glänzte rosa. Es sah ein wenig aus wie Kerzenwachs, das im Zerfließen erstarrt war. Zwischen sanften Riffeln und Mulden sah Wito immer wieder Abdrücke wie von Muscheln und Flossen, Formen wie fremdartige Tentakel oder wie nacktes Geäst von winzigen Büschen und sternförmige Umrisse mit drei, fünf oder noch mehr Zacken.

Das Licht des Zauberstabs lag auf dem perlmuttschimmernden Höhlendach wie Wasser, und Werzaz' zuckender Fackelschein schuf wogende Schatten und tanzenden Widerschein. Dieses Flackern ließ das in Stein gepresste Getier fast lebendig wirken, und Wito hatte das Gefühl, als würde er von unten auf einen See schauen.

Der Gang nach dem Abzweig war erst sehr breit gewesen. Aber bald rückten die Wände wieder aufeinander zu, und die Decke senkte sich immer tiefer herab. Von Zeit zu Zeit kamen die Verbündeten durch geräumigere Höhlen und Kammern und Ausbuchtungen, in denen der Troll aufrecht gehen konnte, aber meistens musste er auf allen vieren kriechen. Schließlich gelangten sie zu einem Spalt, durch den sich selbst Menschen nur kriechend hindurchzwängen konnten. Daugrula bat um eine Pause.

»Wir kriegen Gibrax da nicht durch«, stellte sie fest.

»Das ist schade«, sagte der Zauberer. »Er wäre ein starker Kämpfer, wenn wir den Drachen ablenken müssen. Aber andererseits, allzu viel könnte er auch nicht ausrichten. Er führt nicht mal eine richtige Waffe.«

»Ich werde mit ihm reden«, sagte Daugrula. »Es könnte seine Gefühle verletzen, wenn wir ihn jetzt zurückschicken.«

»Seine Gefühle verletzen?«, warf Werzaz ungläubig ein. »Er ist ein Troll!«

»Ha!«, meinte Sukan zustimmend. »Seht ihr? Das weiß sogar ein Goblin!«

Anerkennend schlug der Fürst mit der Armschiene gegen Werzaz' Fackel, und sie trugen sogleich eine Art Wettkampf im Armdrücken aus. Die beiden Krieger lachten und bedachten sich gegenseitig mit Schmähungen.

Wito schaute sie an und schüttelte den Kopf. Er hatte geglaubt, die beiden würden einander an die Kehle gehen, sobald sie die Gelegenheit bekämen. Doch Sukan und Werzaz verstanden sich hervorragend und pflegten eine beinahe freundschaftliche Feindschaft.

Perbias bemerkte Witos Blick und meinte leise: »Oh ja, mein Vater hatte ein Sprichwort ...«

Chaspard unterbrach ihn gelangweilt. »Ja, ja – Menschen und Goblins kann man nur am Geruch unterscheiden, oder so ähnlich. Ich weiß. Ich hatte bereits ein paar Wochen lang Gelegenheit, elfischen Weisheiten zu lauschen.«

Der Elf blickte beleidigt drein und schwieg.

Daugrula zwängte sich zwischen den Gefährten hindurch, bis sie vor dem Troll stand. »Gibrax, du musst umkehren.«

Gibrax nickte. Der schwache Schein von Stab und Fackel drang kaum noch bis zu ihm. Seine blaue Haut schien das Zauberlicht zu schlucken, und das kantige Gesicht war von Schlagschatten gezeichnet. Nur schwer ließ sich eine Regung ablesen. Aber der Troll wirkte nicht sonderlich betroffen von der Entscheidung.

»Gibrax geht in Berge«, sagte er.

»Ja«, bestätigte Daugrula. Sie ließ ihn den Gang zurückkriechen, bis zu einer Kammer, wo er sich aufrichten konnte. Leise redete sie auf ihn ein. Wito schlenderte hinterher und versuchte zu lauschen, aber Daugrula konnte ihre Stimme fast unhörbar werden lassen. Er sah nur, wie der Troll immer wieder nickte und mitunter zustimmend brummte.

Als Gibrax schließlich in der Dunkelheit verschwunden war, wandte Daugrula sich Wito zu. »Du verbrüderst dich mit diesen Wichteln«, flüsterte sie ihm zu. »Das ist nicht gut. Vergiss deine Aufgabe nicht. Am Ende werden wir das Herz an uns bringen müssen, und niemand weiß, auf welchem Wege das geschehen wird.«

Die Nacht draußen musste schon weit fortgeschritten sein, als sie endlich Rast machten. Doch dieses Draußen schien weit entfernt. So tief in den Höhlen blieb es den ganzen Tag über gleichmäßig kühl, es gab kein Licht außer dem, das sie selbst mitgebracht hatten, und die Luft war so rein, dass Darnamur nur den feinen Brandgeruch wahrnahm, der von dem Kampf mit dem Drachen noch in den Kleidern haftete.

Sie waren tief unter dem Berg, und Darnamur war überzeugt, dass Werzaz längst die Orientierung verloren hatte. Er kannte den Weg vom Seiteneingang zur großen Drachenhöhle, und sie hatten inzwischen ein Vielfaches dieses Weges zurückgelegt.

Das Gewölbe, in dem sie Rast machten, schien eine natürliche Höhle zu sein. Tropfsteine wuchsen einander entgegen und verbanden sich zu Säulen, die aussahen wie Stundengläser. Werzaz' letzte Fackel war heruntergebrannt, und ihnen blieb nur noch das Licht des Zauberers. Der Stab schimmerte wie durch Wasser, und wo das Licht nicht hinreichte, am Boden zwischen den breiten Sockeln der Tropfsteine, blieben dichte Tümpel aus Schwärze zurück.

»Wir sind in der richtigen Gegend«, versicherte Werzaz. »Ich kann den schuppigen Herzräuber schon riechen. Wir müssen nur noch das richtige Loch finden, das in seinen Bau führt.«

»Wir brauchen trotzdem eine Pause«, sagte Gulbert. »Das kleine Volk ist erschöpft und braucht Schlaf. Wenn wir den Drachen finden, wollen wir ihm nicht übermüdet entgegentreten.«

»Pah. Die kleinen Madenschwänze brauchen die Peitsche. Dann laufen sie schon weiter«, befand Werzaz. Aber er legte sein Gepäck ab und richtete sich ein Lager ein, im Schutze zweier Stalagmiten, die zu einer Art Mauer verschmolzen waren.

»Allerdings«, stimmte Sukan zu. »Ich weiß auch nicht, wozu wir diese abgebrochenen Zwerge mitschleppen müssen. Ein Drache ist eine Aufgabe für Krieger, nicht für Trollhappen.«

»Wir sollten besser versuchen, das Herz von Grautaz zu stehlen, als es ihm mit Waffengewalt abzunehmen«, sagte Daugrula.

»Gerade Ihr solltet nicht so versessen sein auf eine weitere Begegnung mit dem Drachen, Sukan«, fügte Gulbert hinzu. »Außerdem schadet ein wenig Schlaf uns allen nicht.«

Sukan fuhr sich mit der Hand durch das Gesicht, rieb sich die Wange und strich dann verlegen ein paar Haarsträhnen aus der Stirn, die unter dem Rand seines Helms hervorschauten. Die Brandwunden waren verschwunden, ohne Narben zu hinterlassen. Aber die Schatten an den Stellen, wo die Wunden gewesen waren, traten im Zauberlicht umso deutlicher hervor. Sukans Züge wirkten ausgezehrter, als Darnamur sie in Erinnerung hatte. Das mochte viele Gründe haben – die lange Reise, das fahle Licht in der Grotte …

Darnamur ging nicht aus dem Kopf, was Daugrula über das Drachenfeuer erzählt hatte. Zehrte der Fluch des Drachen weiter an dem Menschenfürsten, unter der nunmehr wieder makellosen Oberfläche?

»Ich halte Wache, während ihr schlaft«, verkündete Werzaz. »Wer weiß, was für eine faulige Brut sich sonst noch beim Nest des Unkwitt festgesetzt hat.«

»Ha, damit du uns im Schlaf die Kehle durchschneiden kannst?«, rief Sukan. »Das könnte dir so passen. Ich übernehme mit dir *gemeinsam* die erste Wache, Goblin.«

»Hör zu, du Teigwanze«, erwiderte Werzaz. »Wenn ich euch die Kehle durchschneiden will, dann wirst du mich gewiss nicht aufhalten!« Er durchmaß die Höhle und verschaffte sich einen Überblick. Als Goblin bewegte er sich auch in der Finsternis sicher und war nicht auf den Lichtkreis des Zauberstabs angewiesen.

Sukan blieb in der Nähe der Lichtquelle. Er warf einen missmutigen Blick auf den Stab, setzte sich auf einen Tropfsteinstumpf und legte das Schwert über den Schoß. Die anderen zogen sich zur Ruhe zurück, jeder in einen geschützten Winkel und die beiden verbündeten Gruppen streng voneinander getrennt.

Darnamur streifte durch die Höhle, wie auf der Suche nach dem besten Platz. Dabei achtete er sorgfältig darauf, wo die anderen sich hingelegt hatten, und in einem unbeobachteten Augenblick versteckte er das Rasiermesser in einer kleinen Felsspalte. Schließlich suchte er sich eine abseits gelegene Nische, in der er sich ausstreckte.

Immer wieder schrak er aus kurzem Schlummer hoch, blickte kurz auf und prüfte die Lage, schätzte die verstrichene Zeit ab. Bald war es still geworden, und nur fernes Plätschern hallte durch die Höhle, übertönte die Atemzüge der Schlafenden. Die Luft war so feucht, dass Darnamurs Kleidung sich schon bald klamm anfühlte.

Nach ungefähr zwei Stunden wechselte er die Größe. Käfergroß eilte er durch die Grotte, vorbei an Stalagmiten und Wasserlachen, die für ihn nun beachtliche Tümpel waren.

Darnamur blieb vorsichtig und hielt die Knochenklinge in der Hand, aber diese Höhle tief unter dem Berg war ohne Leben. Die einzige Gefahr hier waren feine Risse im Boden, die für den winzigen Gnom zu bedrohlichen Felsspalten wurden. Darnamur wich diesen Hindernissen aus oder sprang darüber, bis er einen verborgenen Winkel beim Lager der anderen erreicht hatte.

Aus einer Kuhle ertönte lautes Schnarchen. Darnamur nahm wieder seine natürliche Größe an und hob das Rasiermesser auf, das er zuvor bei seinem Rundgang hier abgelegt hatte. Er klappte die Klinge auf, ging um den großen Kalksteinsockel herum – und vor ihm lag Gulbert, der Zauberer.

Der alte Mann atmete laut und gleichmäßig und hielt den Zauberstab umklammert, den er neben sich an eine Steinsäule gelehnt hatte. Gulberts Hand zuckte im Schlaf. Vermutlich würde das leiseste Geräusch ihn hochschrecken lassen. Außerdem wachte Fürst Sukan gleich hinter dem nächsten Sims, nur zwei Schritte entfernt im Lichtkreis des schimmernden Stabes.

Darnamur atmete flach und ruhig und kroch näher heran.

Die graue schmutzige Robe breitete sich über den Boden um den Magier herum aus. Das blaue Licht sickerte über den Mann, und Darnamur sah die Flecken und Risse im Gewand. Die Klaue des Drachen hatte Spuren hinterlassen, als er Gulbert das Kästchen entrissen hatte, auch wenn Grautaz anscheinend nicht versucht hatte, den Zauberer zu töten.

Darnamur verharrte und suchte die weite Kutte Zoll um Zoll mit den Augen ab. Schließlich bemerkte er einen feinen Umriss unter dem Stoff und streckte den Arm aus. Mit der Klinge erweiterte er einen schon vorhandenen Riss, griff in die verborgene Tasche hinein und zog etwas Schweres, Rundes hervor.

Es war eine Metallscheibe, etwa so groß wie die beiden aneinandergelegten Hände des Magiers. Das Material sah aus wie dunkle Bronze.

Darnamur war aufgefallen, wie oft der alte Zauberer an sein Gewand griff, wie er schützend die Hand auf etwas legte, was darunter verborgen war. Was mochte Gulbert so Kostbares am Leib tragen?

Rasch zog sich der Gnom wieder hinter den nächsten Tropfstein zurück und betrachtete seine Beute. Die Scheibe bestand aus mehreren Ringen, die sich gegeneinander verdrehen ließen. Sie waren mit Symbolen verziert, die Darnamur nicht zu deuten vermochte. Die Scheibe wurde von einer Kordel umrandet, die an einer Stelle eine kleine Schlaufe bildete, und daran festgeknotet hing ein Metallstab.

Darnamur kratzte sich am Kopf. Er konnte die Größe des Metalls nicht verändern und die Scheibe daher nicht in seiner kleinen Gestalt mitführen. Also schlich Darnamur von Deckung zu Deckung bis zum rückwärtigen Ende der Höhle. Unbemerkt erreichte er einen schmalen Spalt, zwängte sich hinein und ging ein gutes Stück tiefer in den Berg.

Als der Gnom weit genug von der großen Höhle entfernt war, hielt er inne. Inzwischen war es so dunkel, dass selbst er nichts mehr sehen konnte. Die schwere Scheibe lag kalt in seiner Hand, und Darnamur tastete noch einmal über die mit Gravuren und Riefen übersäte Oberfläche. Er nahm den Metallstift und schlug damit sacht auf die Scheibe.

Der Klang war unerwartet kraftvoll, und Darnamur zuckte zusammen. Ihn fröstelte.

Es dauerte einen Augenblick, bis ihm bewusst wurde, dass der Ton tatsächlich kaum zu hören gewesen war. Der Gong schlug rein und reich unter dem winzigen Klöppel, mit Untertönen, die Darnamur die Haare zu Berge stehen ließen und ihm eine Gänsehaut machten. Aber es war eine Vibration, die sich eher in seinen Knochen auszubreiten schien, die in seinem Inneren lebendig wurde – aber kaum mit den Ohren wahrzunehmen war.

Es war ein fühlbarer Klang.

Wie bei Baskon.

Warum trug dieser verdammte Zauberer einen Gong in seiner Tasche, dessen Klang fast an jenes merkwürdige Summen, an jenes schwer zu benennende, Furcht einflößende Geräusch erinnerte, das immer mitschwang, wenn der Wardu da war?

An jenen Ton, der – nach allem, was Daugrula erklärt hatte – durchaus der Wardu *sein* konnte?

Darnamur erschauderte.

Trug Gulbert etwa seinen eigenen Wardu in einem Bronzegong mit sich herum?

Aber nein. Der Klang war ähnlich wie Baskons Ausstrahlung, aber doch anders. Etwas fehlte … oder vielmehr schien das Schwingen des Gongs auf eigentümliche Weise verdreht.

Und dann dämmerte es ihm.

Darnamur lächelte.

Er senkte den Gong und trug ihn zurück. Behutsam schob er die Scheibe wieder in die Tasche des Zauberers. Dort war sie vermutlich am besten aufgehoben.

»Dieser Schacht führt zum Hort des Drachen«, erklärte Werzaz.

Sukan steckte zweifelnd den Kopf in den dunklen Gang. »Woher willst du das wissen, Pelzkopf?«

Gulbert stimmte ihm zu. »Der Gang ist noch nicht einmal gerade. Ich sehe von hier aus schon den ersten Knick. Der kann überall hinführen.«

»Außerdem marschieren wir schon seit mehr als einem Tag kreuz und quer durch finstere Stollen«, fuhr Sukan fort. »Du willst mir doch nicht erzählen, dass du die Orientierung behalten hast?«

»Habt ihr alles gesagt, he?«, fragte Werzaz und fasste sich an die Nase. »Ich rieche den Drachen, am Ende vom Gang. Und ich weiß genau, wo wir sind. Goblins verlieren nicht so schnell den Kopf in Höhlen.«

Er grinste und stützte sich wie beiläufig auf sein Schwert. Sukan spuckte aus und trat von dem Durchgang zurück.

»Wenn der Goblin den Drachen riecht, weiß der Drache vermutlich auch, dass wir hier sind.« Daugrula klang matt. Hilfe suchend blickte sie in die Runde.

»Schick doch deinen kleinen Wurm«, sagte Werzaz und nickte zu dem Taschentier hin. »Der trinkt dann mit seinem großen Vetter Brüderschaft und kann das Herz zurückbringen, wenn der Unkwitt seinen Rausch ausschläft. Und wenn nicht, ist's auch nicht schade um die kleine Made.«

»Ich werde nachsehen«, kündigte Wito an. Er trat an den finsteren Spalt heran. Der Gang dahinter war uneben, gewunden, und die Wände waren rau und von Falten durchfurcht. Er war groß genug für einen Menschen, aber so schmal, dass die großen Leute an einigen Stellen vermutlich seitlich gehen mussten. Zumindest konnte man sicher sein, dass der Unkwitt einem dort nicht auflauerte.

»Nein, ich werde gehen«, sagte Chaspard. »Ich werfe einen Blick ans Ende des Ganges, dann wissen wir, ob er tatsächlich in die Drachenhöhle mündet und wie es dort aussieht. Wenn wir Glück haben, ist der Wurm gar nicht da, und wir können das Kästchen einfach mitnehmen.«

Perbias schnaubte verächtlich und blickte zur Seite, sagte aber nichts.

»Kommt gar nicht in Frage«, meldete sich Darnamur zu Wort. »Wichtel sind Diebe. Die klauen womöglich die Kiste, aber bringen sie bestimmt nicht wieder zurück. Und wenn wir anderen später doch zum Hort müssen, will ich mich nicht auf Informationen verlassen, die ein Wichtel ausgespäht hat. Wir Gnome sind Kundschafter. Wenn überhaupt, gehen Wito und ich.«

»Warum?«, fragte Chaspard. »Sebir und ich haben uns schon an viele gefährliche Orte geschlichen. Wir sind besser geeignet.«

»Ach ja?«, fragte Darnamur spöttisch. »Und was haben Wito und ich getan? In unseren Wohnhöhlen am Ofen gesessen? Wir können uns wenigstens klein machen und überall ungesehen durchschlüpfen.«

»Trotzdem kann euch jedes Tier mit einer feinen Nase riechen. Und magisch begabte Geschöpfe spüren die Aura eures Zaubers«, wandte Chaspard ein. »Und der Drache kann vermutlich beides.«

»Du kennst dich ja gut aus mit Gnomen.« Darnamur baute sich vor Chaspard auf.

»Vielleicht habe ich euch ja mal besucht?«, erwiderte Chaspard herausfordernd. »Ihr hättet es nicht bemerkt, denn Wichtel verstehen sich darauf, ungesehen zu bleiben. Man riecht sie nicht, man hört sie nicht, und man erspürt sie niemals. Mit eurem albernen Größenwechsel bringt ihr nichts zustande, was wir nicht auch schaffen. In unserer natürlichen Gestalt.«

Werzaz verfolgte den Streit grinsend. »Soll es doch samt und sonders verschwinden, das Krüppelgeziefer«, sagte er. »Wenn der Unkwitt sie frisst, schläft er danach vielleicht. Für was anderes sind diese Zwetschgenwürmer eh nicht gut.«

»Ha, klug gesprochen für einen Goblin!«, befand Sukan. Die beiden Krieger grinsten einander an, und Wito seufzte.

»Wir schicken einen Gnom und einen Wichtel«, schlug Daugrula vor. »Das beste aus beiden Welten. Wito, Chaspard – geht gemeinsam auf Kundschaft!«

Grummelnd zog Darnamur sich zurück, aber Gulbert mischte

sich ein: »Keine Nachtalbe gibt meinem Wichtel Befehle! Chaspard, du begleitest den Gnom. Schaut euch nur um und berichtet uns, was uns am Ende des Ganges erwartet.«

Chaspard nickte, und dann traten die beiden Kundschafter in den schmalen Schacht. Der zerklüftete Boden verlief sacht bergauf, und schon nach kurzem Marsch hatten sie mehrere Biegungen hinter sich. Das Licht von Gulberts Stab blieb zurück. Wito hörte seinen Begleiter in der Dunkelheit atmen. Er schnüffelte. Wenn Werzaz den Drachen tatsächlich gerochen hatte, dann waren seine Sinne feiner als die des Gnoms.

»Was ist?«, fragte Chaspard und hielt inne.

»Alles in Ordnung«, flüsterte Wito. Er kam auch ohne Licht zurecht und konnte seine Umgebung förmlich erspüren, aber er wusste nicht, wie gut Wichtel sich ohne ihre Sehkraft orientieren konnten. »Im Drachenhort ist es vielleicht etwas heller«, fügte er hinzu.

»Gulbert kann ein lästiger alter Blechkopf sein«, sagte Chaspard unvermittelt. »Aber er ist ein zuverlässiger Auftraggeber. Schon mein Großvater hat für ihn gearbeitet.«

»Ich fürchte, wir haben unseren eigenen lästigen Blechkopf verloren«, erwiderte Wito matt. »Aber Daugrula meinte, er würde wohl wieder auftauchen. Vermutlich dann, wenn man ihn nicht mehr gebrauchen kann. In dieser Hinsicht ist er auch sehr zuverlässig. Aber wir sollten nun still sein – wer weiß, wie weit es noch ist bis zu dem Drachen. Und wenn er uns noch nicht bemerkt hat, müssen wir ihn ja nicht auf uns aufmerksam machen.«

Tatsächlich wurde es nach einer Weile heller vor ihnen. Wito hatte seine Vermutung eigentlich nur geäußert, um Chaspard aufzumuntern; er konnte sich nicht vorstellen, warum ein Drache in seinem Hort ein Licht entzünden sollte. Während Wito sich noch darüber wunderte, endete der schützende Gang so abrupt, dass er erschrocken zurückprallte.

Die Lichtquelle vor ihm war trüber als gedacht, nur ein schwaches Glimmen in einer gewaltigen Grotte. Er hatte die Entfernung bis dorthin überschätzt. Er hielt Chaspard zurück und bedeutete ihm mit Gesten, in Deckung zu bleiben. Aber der Wichtel sah ihn nur ratlos an, und Wito erinnerte sich, dass Chaspard die Zeichensprache der Gnomenkundschafter ja nicht kannte. Wito zog ihn bis zum Ausgang und wies in die Höhle. Beide spähten in den trüb illuminierten Raum und pressten sich eng an die Wand.

Zur Mitte der riesigen Halle hin stieg der Boden an, und er funkelte. Wito schaute genauer hin und erkannte, was da vor ihm lag: ein Berg von Gold und anderen Kostbarkeiten. Alte Waffen, Rüstungen, Truhen und weiterer Zierrat mit eingelassenen Edelsteinen und kunstvollen Ornamenten. All diese Schätze ruhten auf einem Hügel von Münzen in allen Größen, Formen und Maßen. Einige davon waren vom Haufen herab bis dicht vor den Eingang gerollt. Wito kannte keine der Prägungen.

Er hörte, wie Chaspard neben ihm unterdrückt die Luft ausstieß.

Und noch etwas anderes hörte er. Atemzüge, laut und schwer und langsam wie ein steter Windhauch, so dass sie im ersten Augenblick gar nicht auffielen. Oben auf dem Schatzberg, halb vergraben von Gemmen und Edelmetall, streckte sich ein gewaltiger Leib und krönte reglos den Hort.

Der Unkwitt.

Das Licht, das die Kostbarkeiten funkeln ließ, ging weder von dem Drachen noch von dem Schatz selbst aus. Sosehr Wito sich bemühte, er konnte die Quelle des Leuchtens nicht näher bestimmen. Es schien in der Luft selbst zu liegen, vielleicht die ätherischen Überreste des Drachenfeuers, das an diesem Ort über Jahrtausende hinweg dem titanenhaften Bewohner entwichen war.

Einen Augenblick lang stand Wito unschlüssig da. War ihr Auftrag damit erfüllt? Aber vom Gang aus konnten sie nur einen kleinen Teil der Höhle einsehen. Das meiste war durch den Hort verdeckt, und der Drache war kaum mehr als eine schattenhafte Silhouette.

Wito bedeutete seinem Begleiter, im Gang zurückzubleiben, und trat einen Schritt in die Grotte. Chaspard kümmerte sich nicht um Witos Wink. Er schlich zur anderen Seite der Halle und schickte sich an, um das hintere Ende des Drachen herumzugehen. Wito schüttelte den Kopf. Nie wieder, schwor er sich, würde er mit Fremden auf Kundschaft gehen.

Er machte sich klein.

Die verstreuten Münzen um ihn her waren plötzlich so groß wie Felsbrocken. Die Umrisse der Halle und des großen Horts verschwammen. Wito schnappte nach Luft. Ein dumpfer Geruch lag in der Luft. War dieser Geruch vorher schon dagewesen, oder sammelten sich giftige Gase hier am Boden?

Unsicher taumelte Wito zu einer dreieckigen Münze aus polierter Bronze und suchte dahinter Deckung. Er versuchte, ruhiger zu atmen, und achtete darauf, ob ihm schwindlig wurde. Aber nichts geschah.

Wie blank die Münze vor ihm war! Wie lange lag sie schon hier? Wito konnte sich nicht vorstellen, dass der Drache Tag für Tag sorgsam seine Schätze blank rieb. Trotzdem glänzte der Hort im diffusen Licht, und alles Metall schien makellos und ohne Flecken.

Wito schlich weiter. In einem Bogen näherte er sich dem großen Haufen aus Gold und Edelsteinen und weniger edlen, doch alten Artefakten. Er verließ sich nicht allein auf seine winzige Gestalt, sondern nutzte jede Deckung. Davon gab es reichlich: Nicht nur Münzen waren vom Schatz des Drachen fortgerollt, auch andere Kostbarkeiten lagen überall in der Höhle verstreut: silberne Teller und juwelengesäumte Pokale, Diademe, Ketten und Ringe, Broschen, prachtvolles Pferdegeschirr und vieles mehr.

Hoffentlich ließ Chaspard sich davon nicht in Versuchung führen. Auch wenn sie wie verloren auf dem Boden lagen, würde Grautaz jeden Raub seiner Kleinodien bemerken. So viel wusste Wito von Drachen. Sie konnten es sich nicht erlauben, den einen, den wichtigen Schatz wegen irgendwelcher Beute an Gold und Edelsteinen aufs Spiel zu setzen.

Der Hort ragte vor Wito auf wie ein zerklüfteter Berg. Der

Atem des Drachen pfiff wie ein Wind, der sich weit oben unter der nicht mehr sichtbaren Decke des Gewölbes verlor. Nach einem längeren Marsch stand der Gnom an einer Schmalseite des Haufens.

Aus diesem Blickwinkel konnte er nichts Genaueres erkennen, denn Grautaz thronte hoch über ihm und war so gewaltig, dass seine Umrisse verschwammen. Nirgendwo in der Nähe gab es eine Deckung, die Wito erlaubt hätte, die Gestalt zu wechseln und sich einen Überblick zu verschaffen.

Ein Stück entfernt lagen zwei Rüstungen, aber die schienen ihm nur ein unzureichender Schutz vor den durchdringenden Augen des Unkwitt zu sein. Außerdem war Wito sich nicht sicher, ob diese Rüstungen noch zum Schatz gehörten, oder ob sie wohl die Überreste wagemutiger Herausforderer bargen.

Ein Schauder lief dem Gnom eiskalt den Nacken hinab. Und dann bemerkte er, dass der Atem des Drachen verstummt war.

Die Sonne stand noch am Himmel, als Gibrax den Ausgang erreichte. Vor ihm fiel das Licht durch die dreieckige Öffnung und zeichnete eine scharf umrissene helle Fläche auf eine Wand des Gangs. Der Troll hielt inne und starrte auf den Lichtfleck, als wäre er vom bloßen Anblick schon zu Stein erstarrt. Seine Haut juckte.

Endlich, Zoll um Zoll, schob er sich weiter vor. Kurz vor dem Ausgang, immer noch im Schatten, streckte er vorsichtig eine Hand aus. Er schloss die Augen, seine Finger tauchten ins Licht, und er konnte ein leises Stöhnen nicht unterdrücken.

Aber nichts geschah.

Nicht einmal ein Kribbeln auf der Haut. Der Tag war weit fortgeschritten, und die Sonne schien nur noch schwach. Daugrulas Zauber schützte ihn.

Gibrax atmete auf, kroch aus dem Gang hinaus und richtete sich auf. Die Sonne stand wie ein bleicher Ball in einer Kerbe zwischen den Gipfeln im Westen. Wolkenschlieren über dem Pass ließen ihre Umrisse verschwimmen.

Gibrax fühlte sich seltsam schutzlos, als er allein an der Bergflanke in der Abendsonne stand. Er zog die Schultern hoch und marschierte los. Auf dem Weg, den sie gekommen waren, erreichte er nach etwa einer Stunde eine schmale Stelle, wo der Pfad nicht mehr war als ein weniger steiler Abschnitt innerhalb eines trügerischen Geröllfeldes.

Gibrax blickte zu dem Grat empor, der über dem Weg aufragte. Findlinge schichteten sich dort, oder vielmehr die Überreste einer Kante, die allmählich zu kleinen und größeren Steinbrocken zerbröselte und deren Bruchstücke noch eine Weile aufeinander blieben, bevor Wind und Wetter ihren Stand unterhöhlten und sie das Geröllfeld hinab schickten.

Gibrax kletterte zu dem abgenagten Grat empor und bewegte sich so sicher auf dem trügerischen Grund, dass kaum ein Stein ins Rutschen geriet. Gebannt beobachtete er seine plumpen Füße, die wie zäher Teig zwischen den Kieseln zu haften schienen. Ja, das hier war vertrauter Boden. Als Troll war er für Steine und Berge gemacht, und ein Anflug von Heimweh schuf ein hohles Gefühl in seinem Bauch.

Vielleicht war es auch nur Hunger.

Er hielt kurz inne und strich sich über das schrundige Gesicht, in dem die Narben seiner Tortur noch immer nicht abgeheilt waren, die Narben, die Sonne und Hiebe in seinen versteinerten Leib geschlagen hatten. Dann schüttelte er das Gefühl ab und kletterte weiter.

Es schien sich ein eigentümlicher Wettlauf zwischen Troll und Sonne zu entwickeln, denn die Schatten krochen den Hang hinter ihm empor, und auch Gibrax schritt immer höher am Berg hinauf und blieb im Zwielicht.

Er hatte seine Befehle. Wie die Nachtalbe ihm aufgetragen hatte, würde er Stellung hinter den Felsen über der Straße beziehen und unbemerkt den Weg beobachten. Wenn die anderen – die Menschen, die Elfen, die anderen Kleinen – allein, ohne die Gefährten, zurückkehrten, dann sollte Gibrax die Felsen lostreten und alle durch einen Steinschlag in die Tiefe reißen.

Es mochte nämlich sein, hatte Daugrula ihm gesagt, dass die anderen sie hintergingen und niemand von den Gefährten wiederkommen würde, um Leuchmadans Herz zurück in die Grauen Lande zu bringen. In dem Fall sollte Gibrax, nachdem er die Gegner zerschmettert hatte, ins Tal steigen, das Kästchen an sich nehmen und selbst dorthin bringen. Dem Zauberkästchen würde nichts geschehen, so groß die Steine auch wären, die Gibrax auf die anderen warf, mit denen er ihre Knochen zertrümmerte und ihre Leiber blutig mahlte ...

Ja, es war Hunger. Ganz eindeutig. Wenn nur die Feinde bald kämen!

Endlich erreichte er den Grat, und die Dunkelheit holte ihn ein und legte sich über ihn wie ein zarter Mantel. Hoch aufgerichtet stand der Troll da und blickte nach Westen, tief in die Berge hinein. In der Ferne glänzten noch einige schneebedeckte Gipfel wie Diamantsplitter auf dem samtenen Kissen der Nacht. Schmuck und Zierrat dieser Art hatte Gibrax genug gesehen, als er an den Hof von Daugazburg gekommen war, ebenso wie Blut und Fleisch auf den Schlachtfeldern. Hier aber war seine Heimat.

Gibrax atmete tief ein.

Dann kauerte er sich hinter einen Felsen und wartete.

Die Nacht verstrich.

Der Troll spürte ein Brennen hinter der Stirn. Bald würde die Sonne zurückkehren. Die Berge unter seinen Füßen riefen von dunklen, kühlen Höhlen und versprachen ihm Schutz und Zuflucht an ihrem Mark.

Gibrax riss die Augen auf und starrte hinab auf den Weg.

Schon einmal hatte er alle warnenden Empfindungen missachtet und war zu Stein geworden. Er war erstarrt und dann in jeder Nacht aufs Neue zu schmerzerfülltem Halbleben erwacht. Gibrax hatte gespürt, wie kleine Leute an seinem hilflosem Leib herumgehackt hatten wie die Maden, wie sie winzige, aber schmerzhafte Kerben schlugen, die anheilten und dann wieder zu Stein erstarrten, wenn die Sonne zurückkam.

Es war, als würde man bei lebendigem Leibe gefressen, und er hatte nur warten und vor sich hindämmern können, und er hatte nicht gewusst, ob er jemals wieder ins Leben zurückkehren würde.

Aber Daugrula und die anderen hatten ihn gerettet. Sie hatten ihn aus der Menschenstadt hinausgeführt und seine Wunden geheilt, und Daugrula hatte ihn wieder mit ihrem Zauber vor der Sonne geschützt. Sie hätte ihm nicht aufgetragen, den Weg zu bewachen, wenn sie nicht auch für Schutz gesorgt hätte.

Aber das Brennen hinter seiner Stirn wurde schlimmer, es fraß sich über seinen ganzen Leib. Die Berge riefen ihn eindringlicher, der Mantel aus Dunkelheit über den Bergspitzen wirkte mit einem Mal trügerisch, fadenscheinig, schien jeden Augenblick aufzureißen.

Gibrax verließ sein Versteck und schaute über den Grat auf die andere Seite. Er wollte nur einen kurzen Blick ins nächste Tal werfen, wo die Nacht als tiefer schwarzer See zwischen den steilen Berghängen stand. Nur einen Blick.

Die Täler und Berge im Westen erstreckten sich endlos, Schatten in Schatten durchzogen sie die Nacht. Einige Nachtmärsche in die Berge hinein, und er konnte Leuchmadans Ruf und die Kriege des Südens hinter sich lassen, zu seinem Weib zurückkehren, mit seinen Taten prahlen. Raubzüge und Gelage statt Krieg und Befehl.

Er sollte den Weg bewachen. Was war er denn? Ein Troll oder ein Zöllner?

Die Erinnerung an seine Heimat wurde lebendiger. Sie schob sich vor Daugrulas Worte, vor das Bild der Nachtalbe, des Goblins und des kleinen Volks. Die Berge waren hier, die Gefährten waren Vergangenheit. Ohne es zu bemerken, wanderte Gibrax ein kleines Stück den Hang auf der Westseite hinab.

Plötzlich glühte eine Zacke am anderen Ende des Tales golden auf. Das Licht einer noch unsichtbaren Sonne fing sich dort, streute Strahlen zu ihm herab. Gibrax kniff die Augen zusammen.

Dann schienen alle Gipfel um ihn her Feuer zu fangen, und der Brand der Sonne wanderte zu Gibrax hinab. Jeden Augenblick mochte das Taggestirn über die Berge steigen und auf ihn herabsengen.

Gibrax warf einen Blick auf den Grat über ihm, hinter dem sich der Weg verbarg. Goldene Glut gloste dort an der Kante, und er wagte sich nicht mehr hinauf. Aber das Tal im Westen war noch in nächtliche Schwärze gehüllt, und all die Täler, die sich daran anschlossen und tiefer in die Berge hineinführten. Tal an Tal, Berg an Berg versprachen sie eine vertraute Sicherheit, verlässlicher als der trügerische Zauber der Nachtalbe.

Und da tat Gibrax einen großen Satz hinunter ins Tal und lief weiter den Hang hinab. Er floh vor der aufgehenden Sonne, und ließ seinen Auftrag und die Gefährten hinter sich zurück.

13. Kapitel: Grautaz' Plan

Wer ist Leuchmadan? Ein jeder glaubt es zu wissen. Seine Anhänger halten ihn für einen Gott. Unter den Völkern des Lichts wird er gemeinhin als mächtiges, zauberisches Wesen angesehen, ein uralter Nachtalb womöglich, oder der Angehörige einer jener älteren, grösseren Rassen, von denen es nur noch wenige gibt. Wer aber diese voreiligen Vermutungen hinterfragt, stösst schnell darauf, wie wenig man wirklich über Leuchmadan weiss. Alles hingegen, was man zu wissen glaubt, ist längst von den wenigen gesicherten Erkenntnissen widerlegt.

Tatsächlich verbirgt sich hinter dem Herrn der Grauen Lande weit Schlimmeres als ein Nachtalb oder ein Fae. Der Schlüssel zu seiner wahren Natur liegt im Glauben der Finstervölker, demzufolge Leuchmadan das letzte fruchtbare Land für sie erschuf und ihnen eine Zuflucht bot. Vor Äonen, so sagt man, stürzte Leuchmadan vom Himmel, und so gewaltig war sein Sturz, dass er den Süden der Schraffelgrate zerschmetterte und die Berge zu einem grossen Ring auseinanderschob. Diese Zeit liegt weit länger zurück, als die Überlieferung ahnen lässt. Und doch, davon bin ich überzeugt, kann daraus nur eines geschlossen werden: Leuchmadan ist ein Geschöpf der äusseren Sphären, so fremd auf dieser Welt, dass er hier niemals einen Platz erhalten darf.

Aus dem »Almanach der Finstervölker« von Conzionarius Caezo,
Priester im Tempel der Sonne

»Ein Kundschafter.« Die Stimme des Drachen klang beinahe sanft, ein tiefes Schnurren, das die ganze Höhle erfüllte. »Einen Gnom haben sie geschickt. Um was zu suchen? Ihren Anführer? Oder das Herz eines größeren Herrn?«

Wito schaute zu Boden. Schon in natürlicher Gestalt musste er diesem gewaltigen Wesen so klein erscheinen wie ein Insekt. Und jetzt, das Insekt eines Insekts, verborgen hinter einem Goldpokal, dessen Rand mit funkelnden Rubinsplittern verziert war …

Und doch wusste der Drache, wo Wito war. Er hatte ihn angesprochen, als der Gnom genau vor ihm stand. Wito blickte unverwandt zu Boden, denn solange sein Blick sich nicht mit dem Blick des Unkwitt kreuzte, konnte der Drache nicht auf den Grund seiner Seele sehen und war auf Mutmaßungen angewiesen wie jedes andere Wesen.

»Es ist auch einerlei«, fuhr Grautaz fort. Wito hörte ein scharrendes Geräusch und wagte einen vorsichtigen Blick um den Stiel des Kelches herum. »Beides ist in dieser Schatulle.«

Witos Blick wanderte vorsichtig den blitzenden Goldhügel hinauf, über Teller mit feingestaltetem Rand und über verziertes Zaumzeug, über prunkvolle Dolche mit schimmernden Gemmen am Heft und Perlmuttkämme und Gürtel mit Smaragdbesatz. Und schließlich fiel sein Blick auf eine einzelne Klaue, die lässig auf einem silbernen Kästchen ruhte – dem Kästchen mit Leuchmadans Herz, das Wito von Keladis her kannte.

Sprich nicht mit dem Drachen, mahnte ihn eine innere Stimme, auch wenn der Unkwitt friedlich klang. Aber solange Wito ihm nicht in die Augen sah und nicht antwortete, gab es keine Verbindung zwischen ihnen.

»Schau dich ruhig um«, forderte Grautaz ihn freundlich auf. »Gefällt dir mein Hort? Jetzt, da du hier bist, mag anderes dir begehrenswerter scheinen als das, weswegen ihr gekommen seid. Meine Sammlung umfasst Jahrtausende und viele Völker, und manch ein Preis ziert mein Lager. Viele sind deswegen in meine Höhle gekommen, doch bisher war allen zu teuer, was sie mir nehmen wollten.«

Grautaz' Stimme hatte etwas Beruhigendes an sich, aber Wito ließ sie an seinen Ohren vorüberziehen wie vorher die ruhigen Atemzüge des Drachen. Langsam wich er zurück, die Augen starr auf die Klaue gerichtet. Er wagte nicht aufzublicken, aus Angst vor dem durchdringenden Blick des Unkwitt. Er wandte sich aber auch nicht ab, denn die Klaue verriet ihm zumindest, wo sein Gegner sich befand und ob er sich in Bewegung setzte.

Vielleicht ließ Grautaz ihn unversehrt gehen, aber seinen Versprechungen und Ankündigungen konnte man nicht trauen.

»Du fürchtest mich immer noch?«, fragte der Drache sanft. »Und das zu Recht. Aber warum sollte ich mich mit Ungeziefer abgeben? Willst du dich nicht in deiner wahren Gestalt zeigen, damit wir von Angesicht zu Angesicht reden können? Du bist nur ein Kundschafter, kein Dieb, also musst du auch nicht wie ein Dieb durch meine Höhle schleichen.«

Das Gold auf dem Haufen knirschte. Wito kroch lautlos auf Händen und Knien. Er duckte sich hinter die umherliegenden Münzen.

»Nur ein Kundschafter ... DER DIE DIEBE ZU MIR FÜHRT!« Wie der Schlag einer mächtigen Glocke hallte der letzte Satz durch die riesige Grotte. Die Klaue des Drachen hob sich, und für einen kurzen Augenblick sah Wito Leuchmadans Kästchen unverdeckt. Dann wälzte sich der Drachenleib darüber hinweg wie eine Feuerwand.

Wito rannte los.

Mit einem Sprung war der Unkwitt bei ihm, die glutrote Unterseite seines Leibes schob sich über den Gnom, der das lebende Gleißen auf den Schuppen sah. Klauen schlugen glühend heiße Splitter aus dem Boden. Grautaz' Kopf fuhr dorthin, wo Wito eben noch gewesen war. Aber der war inzwischen seitlich an dem Drachen vorbeigelaufen, und der riesige Leib des Unkwitt gab ihm einen Augenblick lang Deckung. Wito nahm seine große Gestalt an. Jetzt musste er schnell sein. Er rannte auf den Ausgang zu.

Beißender Nebel hüllte ihn ein, und er hörte, wie der Drache hinter ihm herumfuhr. Schuppen schabten aneinander und scharrten über den Boden. Es klang, als risse die Erde auf. Rote Funken irrlichterten durch die Luft, vom gepanzerten Drachenleib geschlagen.

Wito warf sich nach vorn und kroch auf dem Bauch weiter, machte sich wieder klein, als der Drachenschwanz über ihn hinwegpeitschte. Dann kam er wieder auf die Füße, machte sich groß und rannte.

Ein Klirren erklang in seinem Rücken, als der Drache den eigenen Hort streifte und einen Goldregen niedergehen ließ. Wito schlug Haken. Er war froh, dass er als Gnom nicht auf seine Augen angewiesen war, sondern Hindernisse und Verfolger spürte.

Überall um ihn her prasselten Münzen zu Boden, schlugen gegen den Stein und hüpften munter durch die Höhle. Einige trafen Wito, runde und dreieckige und achteckige, die ihm mit ihren Kanten schmerzhafte Kopfnüsse verpassten.

Und irgendwo aus dem goldenen Regen stieß der Drache herab.

Wito ließ sich nach hinten fallen und machte sich wieder klein. Grautaz' schwerer Leib schrammte mit malmender Wucht über den Grund. Er hatte Wito nur knapp verfehlt. Rauch prickelte in Witos Nase, auf seiner Haut.

Nicht das Feuer, dachte Wito panisch. *Nicht das Feuer.*

Er wischte sich übers Gesicht und lief weiter. Wieder in natürlicher Größe, warf er sich in den schützenden Gang und blieb stehen.

Wito keuchte und stützte die Hände auf die Knie. Dann tastete er mit tauben Fingern über sein Gesicht. Er brauchte eine Weile, bis er spürte, dass die Haut unversehrt war. Das Drachenfeuer hatte ihn nicht erfasst. Nur ein wenig heißer Qualm. Wito atmete auf.

»Wir sollten hier nicht bleiben«, sagte eine Stimme hinter ihm, und Wito zuckte erschrocken zusammen. Unbemerkt war Chaspard hinter ihn getreten. Einen Augenblick vorher war der Wichtel noch nicht da gewesen.

Wie um Chaspards Worte zu bestätigen, schoss mit einem Mal ein Schatten in den Gang.

Wito ließ sich fallen und presste sich eng an den Boden. *Unmöglich,* dachte er. *Der Drache passt unmöglich hier herein!*

Doch es war nur der Schwanz, den Grautaz wie eine Lanze hinter dem Eindringling hergestoßen hatte. An der nächsten Biegung krachte die Spitze gegen den Fels und bohrte sich tief hinein. Die Wand brach auf, und Steine rutschten in den Stollen.

Der Drache riss den Schwanz zurück, und die Zacken auf dem Rücken rissen weiteres Geröll aus der Decke. Wito stützte sich auf Hände und Knie und kam taumelnd wieder auf die Beine. Er rannte, um die nächste Biegung und um die übernächste. Diesmal hörte er Chaspard hinter sich. Der Wichtel atmete hastig und lief ebenso panisch wie er.

Schon war nichts mehr vom Licht der Drachenhöhle zu sehen. Kein Geräusch deutete darauf hin, dass der Drache noch etwas unternahm, aber Gnom und Wichtel rannten weiter.

Wito konnte nur noch denken, was für ein Glück es gewesen war, dass Grautaz ihnen den Schwanz nachgesandt hatte und nicht sein Feuer.

Die vereinigten Gruppen versammelten sich um ihre beiden Kundschafter, während Chaspard die Drachenhöhle beschrieb. Werzaz blieb misstrauisch.

»Stimmt das so, was dieser Elfenkötel erzählt?«, fragte er Wito.

Der zuckte die Achseln und schwieg.

»Wito hat den Drachen abgelenkt, während ich mich umgesehen habe«, erklärte Chaspard. »Die hinteren Winkel habe ich allein erkundet.«

Darnamur betrachtete seinen Hauptmann. Ehrfürchtige Anerkennung lag in seinem Blick, aber seine Stimme klang tadelnd: »Uns erzählst du immer, wir Gnome wären Kundschafter, keine Helden. Das nächste Mal solltest du den Drachen lieber dem Wichtel überlassen.«

»Das nächste Mal kannst du ja mit ihm gehen und es versuchen«, fuhr Wito seinen Gefährten an.

»Wie auch immer«, fiel Chaspard ihnen ins Wort. »Der Drache weiß jetzt, dass wir da sind. Und er erwartet uns. Daran müssen wir denken, wenn wir das Kästchen holen.«

»Das ist verrückt«, stellte Perbias fest. »Wir sollten es einfach sein lassen.«

»Ich hör die ganze Zeit nur Käfergesumms«, knurrte Werzaz. »Es gefällt mir nicht, dass wir einem Wichtel glauben. Und Gnome lügen auch und finden das spaßig. Traue nie den Worten eines Gnoms, wenn du sie nicht mit der Peitsche aus ihm rausgeschlagen hast, das hat mein Vater immer gesagt.«

»Sieh an, sieh an«, spottete Sukan. »Der Goblin und der Elf, in Feigheit vereint.«

Werzaz griff nach dem Schwert. »Nicht zu feige, um dir den Wanst aufzuschneiden, Käsefratze. Und für Leuchmadans Herz geh ich jederzeit in die Drachenhöhle – egal ob der Schuppenwurm auf uns wartet oder lügnerisches Kroppzeug uns in die Irre führt.«

»Chaspard und der Gnom haben keinen Grund, uns etwas Falsches zu erzählen«, warf Gulbert der Zauberer ein. »Sie werden mit uns in die Drachenhöhle gehen, und ihr Leben hängt ebenso wie das unsere davon ab, dass wir alles richtig machen. Und darüber sollten wir jetzt nachdenken.«

Alle schwiegen. Sukan rieb sich das Gesicht und blickte argwöhnisch zu dem Gang. Nach einer kurzen Pause sprach der Zauberer weiter:

»Daugrula und ich, wir Zauberkundigen, werden dem Drachen entgegentreten und ihn ablenken …«

»Keine gute Idee«, wandte Daugrula ein. »Meine Magie richtet gegen den Unkwitt nichts aus. Ich würde mich lieber von ihm fernhalten.«

»Aber wir werden das Kästchen nicht bekommen, wenn wir uns von ihm fernhalten«, stellte Gulbert fest. Daugrula nickte matt.

»Wir Zauberer halten Grautaz beschäftigt«, fuhr Gulbert fort. »Wenn ich ihn zum Reden bringen kann, müssen wir gar nicht kämpfen. Während wir den Drachen also von der Schatulle fortlocken, schleicht Perbias sich von hinten an und holt sie.«

»Warum ich?«, fragte der Elfenkönig. »Das klingt nach der gefährlichsten Aufgabe.«

»Wenn es Euch zu gefährlich scheint, von hinten an den Wurm heranzuschleichen, könnt Ihr gern mit uns vor seinem Maul stehen«, beschied er Perbias. »Die Nachtalbe dürfte freudig den Platz mit Euch tauschen.«

»Niemals lasse ich zu, dass die Nachtalbe ihre Hände auf das Kästchen legt«, stellte Perbias fest. »Sie würde doch alles tun, damit sie am Ende als Einzige damit entkommt. Also gut, ich kümmere mich darum. Aber was tun die anderen dabei? Die kleinen Wesen und Fürst Sukan.«

»Die Wichtel und die Gnome unterstützen Euch«, erklärte Gulbert. »Das Wichtigste überhaupt ist, dass wir an das Kästchen mit Leuchmadans Herz gelangen. Ihr seid leise und geschickt, König Perbias, wie alle Elfen. Und Ihr seid stärker und schneller als Wichtel und Gnome. Es ist also vernünftig, wenn Ihr den Zugriff auf unsere Kostbarkeit anführt. Aber die kleinen Leute können Euch begleiten, und wenn der Drache auf euch aufmerksam wird, könnt ihr euch das Kästchen zuwerfen und zusammenarbeiten. Ihr schafft das Kästchen aus der Höhle.«

Perbias nickte.

»Sukan und Werzaz decken euren Rückzug«, sagte Gulbert. »Sie können den Drachen immerhin kurz ablenken – genau das Richtige, um uns am Ende womöglich die entscheidenden Augenblicke zu verschaffen. Bleibt in der Nähe des Ausgangs, und wenn der Drache versucht, Perbias aufzuhalten, dann haltet ihr den Drachen auf.«

»Und wie?«, fragte Werzaz. »Dieser stinkende Schuppenwurm ist hart wie Eisen. Er zerquetscht uns wie die Pelzläuse.« Er schnippte mit den Fingern.

»Ich habe gehört, ein jeder Drache hat eine verwundbare Stelle«, wandte Sukan ein. »So wurden sie alle nach und nach erschlagen. Wisst Ihr, wo Grautaz eine Lücke in den Schuppen hat, Gulbert?«

»Grautaz hat keine verwundbare Stelle«, antwortete der Zauberer. »Deshalb ist er als Letzter übrig.«

»Hrm.« Werzaz knurrte, sagte aber nichts mehr.

»Ein unsicherer Plan«, stellte Perbias fest.

»Und wir müssen nicht nur aus der Drachenhöhle entkommen, sondern auch noch aus dem Berg«, gab Sukan zu bedenken. »Der Drache wird dort auf uns warten.«

»Darüber machen wir uns Gedanken, wenn es so weit ist«, befand Gulbert. »Jetzt sollten wir die Einzelheiten unseres Vorstoßes planen. Hat womöglich jemand etwas zu schreiben dabei, damit wir eine Skizze von der Höhle machen und uns absprechen können, wie wir uns dem Drachen nähern ... Ah, gut!«

Lächelnd blickte er Daugrula an, die Balgir von der Schulter nahm, ihm über den Nackenkamm strich und aus der so entstandenen Tasche ein Bündel Pergament und einen Stab aus Metall hervorzog. Das Metall hinterließ graue Streifen, wenn man es über das Pergament zog – blasser als der Strich von Feder und Tinte, aber ohne Zweifel praktischer, wenn man unterwegs war.

Gulbert breitete das Pergament aus und legte zwei Bögen aneinander, um mehr Platz zu haben. Dann ließ er Chaspard eine Skizze von dem Hort anfertigen. Als alles beredet war, nahm Gulbert noch einmal die Wichtel beiseite.

»Wir arbeiten schon lange zusammen«, erklärte er. »Zu dritt und in Ruhe fällt uns vielleicht etwas ein, was in der großen Runde untergeht. Denn meine Wichtel sind erfahren in solchen Dingen, aber die vielen großen Leute um sie herum schüchtern sie ein. Womöglich will sich auch die Nachtalbe noch mit den Gnomen absprechen?«

»Etwa darüber, wie sie uns am besten hintergehen?«, warf Perbias ein.

»Wir reden, wann wir wollen«, meinte Werzaz. »Wir sind nicht eure Diener.«

»Oh«, sagte Gulbert betroffen. »Bitte, keinen Streit deswegen. Denkt daran, es war mein Einfall ...«

»Allerdings«, bestätigte Daugrula. »Und man muss sich schon fragen, was für Hintergedanken Ihr damit verbindet.«

»Damit kein Misstrauen aufkommt, schlage ich Folgendes vor«, sagte Gulbert. »Werzaz kann bei unserer Unterredung zugegen sein, und Perbias passt auf, dass die Nachtalbe mit den Gnomen keinen Verrat plant.«

»Ich weiß nicht, ob eine Unterredung überhaupt ...«, setzte Wito an.

»Wir planen Verrat, wann immer wir es verdammt noch mal wollen!«, fuhr Werzaz auf.

Daugrula seufzte.

Sie stritten immer noch, während Gulbert schon abseits mit Chaspard sprach, und so folgte Werzaz ihm notgedrungen und hörte zu. Dabei wirkte der Goblin ausgesprochen interessiert und sogar erfreut. Er schien dem Gespräch eifrig zu folgen und Gefallen an den Plänen von Gulbert und den Wichteln zu finden.

Sukan und Perbias dagegen standen äußerst grimmig bei den verbliebenen Gefährten und verfolgten misstrauisch jede Regung der Gnome und der Nachtalbe. Die hatten im Grunde nichts zu bereden, schon gar nicht unter diesen Umständen. Also nutzten sie in stillschweigendem Einverständnis die Zeit, um die Lauscher zu reizen. Wito und Darnamur tauschten Belanglosigkeiten in der Zeichensprache der Gnome, was Perbias zur Weißglut trieb, weil er tückische Absprachen dahinter vermutete.

Das belustigte Wito so sehr, dass er den anstehenden Auftrag fast wieder vergaß. Und er musste an Skerna denken, die an derlei Dingen sicher ihre Freude gehabt hätte. Von diesem Gedanken ernüchtert, verlor das Geplänkel für ihn seine Leichtigkeit und wirkte albern und hohl.

Daugrula hielt sich dicht hinter Gulbert, als sie die Höhle des Drachen betraten. Das Licht des Zauberstabs war erloschen, sobald der Glanz des Hortes darauf gefallen war.

Als sie in den offenen Raum trat und die schützenden Wände des Stollens hinter ihr zurückblieben, kämpfte sie gegen die Panik an. *Was tat sie überhaupt hier? Was für ein Plan sollte das sein?*

Daugrula zwang sich, ruhig zu atmen. Sie musste ihre Aufmerksamkeit auf das Ziel richten. Leuchmadans Schatulle. Wenn sie ihre Hand nur darauf legen konnte, war alles Übrige bedeutungslos. Vorsichtig streckte sie den Arm aus und berührte eine Gewandfalte des Zauberers. Dieser konnte von der Berührung unmöglich etwas spüren, aber Daugrula vermittelte sie Sicherheit, das Gefühl, dass zwischen ihr und dem Drachen noch etwas war, das ihr Schutz bot.

Wenn es zum Äußersten kam, hielt der Zauberer hoffentlich lang genug durch, um ihr die Zeit zur Flucht zu verschaffen.

Daugrula blickte auf den Haufen mit Gold und auf die lang gestreckte Echsengestalt, die darauf lag. Grautaz' Schuppen funkelten im Geisterlicht der Grotte. Wie eine Krone aus Silber und Glas thronte er auf seinem Hort und wirkte eigentümlich ätherisch.

Balgir kroch an Daugrulas Rücken hinauf und ringelte sich um ihren Hals. Er schlang sich so fest um sie, dass er seiner Herrin die Luft abschnürte, und während sie hinter Gulbert vor den Unkwitt trat, rang sie heftig mit ihrem Vertrauten. Sie wagte nicht, mit Balgir zu schimpfen. Sie drückte ihn nur so weit nach unten, bis er schließlich wie ein zum Platzen voller Geldbeutel auf Hüfthöhe an ihrem Gewand baumelte und sich verzweifelt festklammerte. Daugrula fühlte seine Krallen in ihrer Haut. Blut perlte in feinen Tropfen über ihre Schenkel oder sickerte in ihr Kleid.

Daugrula bereute kurz, dass sie das Taschentier nicht beim anderen Gepäck zurückgelassen hatte, aber darin lag ja eben der Sinn ihres Vertrauten: dass sie ihre Ausrüstung überall bereit hatte und sich dennoch keine Sorgen machen musste, dass ihr das Gepäck abhanden kam.

Einen lautlosen Fluch auf den Lippen, schaute sie auf, und ihr Blick kreuzte den des Drachen. Sie blieb stehen wie zu Stein erstarrt. Ein Ziehen hinter ihrer Stirn, als würden alle Gedanken aus ihrem Inneren gesogen … Und dann trat Gulbert zwischen sie und den Unkwitt, und der Blickkontakt riss ab.

Grautaz hob das Haupt, das bisher ruhig zwischen den Vordertatzen auf dem Gold geruht hatte. Klirrend rollten Münzen den Berg hinab und bis vor die Füße der beiden Besucher, wie der Versuch einer Bestechung oder wie eine Herausforderung – ein Köder. Er reckte den langen Hals und entblößte stolz die Unterseite seines Leibes, blutrot vom Maul bis hinab zu der Stelle, wo der Hals in die Brust überging.

Obwohl die Nachtalbe hinter dem weit größeren Gulbert in Deckung stand und nur vorsichtig um dessen Schulter herumspähte, sprach Grautaz sie an.

Schweiß trat ihr auf die Stirn, und ihr Herz pochte schneller.

»Die Nachtalbe ist zurückgekehrt«, sprach der Unkwitt. »Um das Kästchen zu holen. Und in welch unpassender Begleitung sie sich meinem Lager nähert. Ob dieser Zaubermensch wohl weiß, was du willst? Was für einen Grund hätte er dann, dir Schutz und Hilfe zu gewähren? Das frage ich mich ...«

Daugrula spürte, wie Balgir die Hinterfüße in ihr Gesäß krallte und an ihr hinaufkletterte, bis er sich wie ein Gürtel um ihre Taille schlang. Dabei zischte und keckerte das Taschentier leise und furchtsam, und Daugrula verharrte so steif, als hielte der Unkwitt sie immer noch in seinem Bann.

Aber Gulbert ergriff das Wort: »Macht Euch keine Sorgen, oh gedankenvoller Grautaz. Ich weiß schon, dass die Nachtalbe das Kästchen für sich will. Wir wollen beide dasselbe, doch das ist eine Sache, die wir unter uns ausmachen werden. Hier in dieser Grotte gilt meine ganze Aufmerksamkeit Euch. Und da frage ich mich, was ein Drache mit Leuchmadans Schatulle anfangen will, mit einem Ding, das seit Jahrtausenden Zankapfel von Menschen und Elfen und anderen Völkern ist, die Euch nicht kümmern, und worin das Herz eines Wesens geborgen liegt, welches Euch ebenfalls fremd ist.«

»In der Tat, in der Tat«, summte Grautaz aus der Tiefe seines Schlundes. Er bewegte ein wenig den Oberkörper und zog eine Tatze zurück, so dass die Schatulle zum Vorschein kam. Mit schräg gelegtem Kopf blickte er auf sie hinab. »Doch nicht zum ersten Mal habe ich Dinge in meinen Hort getragen, deren Besitzer sie zurückbegehrten. Helden und Zauberer kamen und starben, und es kehrte Ruhe ein. Beizeiten.«

Daugrula bemerkte, dass Gulbert, während er mit dem Unkwitt sprach, weiter zurückwich, Fuß um Fuß. Und der Drache folgte ihm! Grautaz reckte den Hals und versuchte, dem Zauberer in die Augen zu schauen. Gulbert begegnete dem Blick gerade weit genug, um das Interesse des großen Wurms wachzuhalten, doch dann, stets im letzten Augenblick, wich er mit einer kurzen Kopfbewegung der Begegnung aus. Und als stünde er selbst unter dem Bann des Zauberers, löste Grautaz sich von seinem Lager und glitt den Horthügel hinab, den Kopf neugierig vorgestreckt. Wie eine Schlange hinter dem Beschwörer kroch Grautaz hinter Gulbert her.

»Das habt Ihr getan«, bestätigte der Zauberer ihm. »Wenn es der Mühe wert war, habt Ihr die Ruhe Eures Lagers und die Freuden des Horts aufgegeben und gekämpft. Aber hierfür? Für ein Kästchen aus einfachem Silber, für einen Edelstein von zweifelhaftem Wert, an den Ihr zudem nicht einmal herankommen könnt? Nein, das einzig Kostbare an dieser Schatulle ist der Zauber, der darinnen verborgen liegt. Und ein Drache liebt das Gold um seiner selbst willen, doch die Magie liebt er nur als Werkzeug. Und deshalb frage ich mich immer noch: Was wollt Ihr mit dem Kästchen anfangen?«

Der Hals des Unkwitt zuckte hin und her, so dass die Schuppen an der Unterseite blitzten wie tausend Rubine. Knirschend scharrte der Leib über die Flanke des Schatzberges.

»Du bist schlau, Zaubermensch«, zischte Grautaz. »Warum sollte ich mein Geheimnis mit dir teilen?«

»Ist es denn ein Geheimnis?«, fragte Gulbert überrascht. »Wollt Ihr das Kästchen nur, um verborgen in Eurer Grotte mit seinen Kräften zu spielen? Wollt Ihr diese neue Macht nicht in die Welt hinaustragen, wo jeder sie sehen kann? Ich hatte nicht erwartet, dass Ihr das Kästchen zu kleinen und ganz eigenen Dingen gebrauchen wolltet, von denen niemals jemand erfahren darf.«

»Ein Traum ist eigen«, erwiderte Grautaz, und seine Stimme nahm einen fernen Ausdruck an. Daugrula hatte das Gefühl, dass seine Augen abgewandt und in sich gekehrt waren und in diesem Augenblick keine Bedrohung darstellten. Der Unkwitt blickte in den Grund der eigenen Seele.

»Eigen und klein, so klein, dass niemand anderes als der Träumer ihn sehen kann. Und doch ist ein Traum so groß wie das Leben selbst, und wenn ein Traum zum Leben erwacht, was könnte bedeutsamer sein? Weißt du, was ich träume, Zaubermensch?«

»Wie könnte ich verstehen, was ein Geschöpf träumt, das so alt und so weise ist wie Ihr, oh Grautaz?«, sagte Gulbert bescheiden. Daugrula schaute sich um. Sie hatten sich schon gut zwanzig Schritt vom Drachenhort entfernt und bewegten sich auf jenen gewaltigen klaffenden Einschnitt zu, der nach draußen führte, zum Haupteingang der Drachenhöhle. Aber noch waren sie weit entfernt vom Ausgang der riesigen Grotte.

»Im Traume sehe ich den Himmel schwarz von tausend Schwingen. Mein Volk ist es, meinesgleichen. Sie kreisen umeinander und über einem Boden aus dampfendem Stein und über Flüssen aus dem rot glühenden Mark der Erde. Es ist ein Traum von der Vergangenheit und ein Traum von der Zukunft.«

»Wie kann das die Zukunft sein?«, warf Daugrula ein. »Ihr seid der Letzte der Unkwitt.«

Der Kopf des Drachen fuhr hoch, wie aufgeschreckt aus einem Traum. Gulbert stieß mit dem Ellbogen nach Daugrula, aber er traf Balgir, der gereizt zischte und nach ihm schnappte. Der Arm des Zauberers zuckte zurück, doch Gulbert sprach ruhig weiter: »Aber sie hat recht, oh uralter Grautaz. Eure Geschwister haben diese Welt verlassen, und nicht wenige von ihnen, wenn ich recht gehört habe, unter dem Griff Eurer Kiefer.«

»Hmmm«, schnurrte Grautaz. »Meine Brüder und Schwestern konnten eine Plage sein. Sind sie groß genug, haben sie es auf deinen Hort abgesehen. Man kann sie nicht in seiner Nähe dulden, das ist wahr. Und doch, wenn es sie gar nicht mehr gibt ... Ich sehne mich nach Kindern, die mich anbeten. Das Gewimmel am Himmel und die Ehrfurcht, wie sie von mir lernen und wachsen. Sie werden ausschwärmen und die Welt in Besitz nehmen und weiter wachsen.

Und dann, wenn sie groß genug sind, die Herausforderung. Aaah, schön war es, die Zähne in ihren Hals zu graben, den Panzer der eitlen Jünglinge zu knacken, ihr Blut zu trinken, heiß und brodelnd von Kampf und Feuer. Ihr Schädel platzt auf, und meine Zunge kann ihre Gedanken schmecken, während ihr Schwanz noch schlägt und der Leib zwischen meinen Krallen zuckt.

Keiner war mir ebenbürtig, sonst wäre ich nicht der Letzte. Aber der Kampf war einzigartig und der Sieg so süß wie das Fleisch der Besiegten. Aaah, diese Tage, voll Triumph und Siegestaumel. Man schwelgt und schlemmt, und man denkt nicht, dass es je enden könnte und dass auf das Blut des letzten Bruders ein Durst folgt, der nie zu stillen ist. Heute gibt es keine solchen Kämpfe mehr, keine solchen Tage. Aber Träume können lebendig werden.«

Daugrula und Gulbert blickten den Drachen an, doch sie hielten den Kopf gesenkt, um dem Blick zu entgehen. Eine Frage drängte auf Daugrulas Lippen, ein einzelnes Wort, das sie gewaltsam zurückhalten musste: *Wie?*

Wie wollte dieser verrückte Wurm Nachwuchs zeugen? Auf welchem Wege wollte er weitere Unkwitt in die Welt zurückholen? Es gab kein Drachenweibchen mehr, keine Eier – soweit sie wusste. Konnte er mit Hilfe des Kästchens tote Drachen zum Leben erwecken, wie manche Meister unter den Nachtalben Leichen als willenlose Sklaven belebten?

Auch Gulbert schwieg.

»Das Kästchen sammelt Leben, wisst ihr das?«, fragte Grautaz. »Das Leben eines Landes, geerntet über tausend Jahre. Mit dieser Lebenskraft sollte es möglich sein, auch ohne Gefährtin meinem Samen Fleisch zu geben und eine neue Generation zu zeugen. Eine gewaltige Generation, die zu mir aufschaut und die zur Jagd und zum Kampf erzogen wird, zur würdigen Beute, wenn die Zeit gekommen ist. Habe ich Leuchmadans nutzloses Herz erst einmal aus dem Kästchen gelöst, liegt darin die Zukunft ...«

Der Drache hob die linke Vorderpranke und blickte hinab, stutzte und schien erst jetzt zu bemerken, dass der Grund darunter sich gewandelt hatte und das Kästchen nicht dort lag. Er riss den Schlangenhals zurück und schaute auf sein Lager, das er eben verlassen hatte. Daugrula konnte nicht erkennen, was er dort sah, denn der Leib des Unkwitt nahm ihr die Sicht. Aber Grautaz' Kopf fuhr sogleich wieder zu ihnen herum. Er bäumte sich vor dem Zauberer auf. Qualm drang aus seinen Nüstern.

Und Gulbert schaute an dem Drachen vorbei, nicht zu dem Hort, wo das Kästchen gelegen hatte, sondern auf einen Ausläufer aus Gold und Edelsteinen, eine Welle von Kostbarkeiten, die vom Schatzberg herunterzufließen schien. Und Daugrula, die ihre Sinne aussandte und an der betäubenden Ausstrahlung des Unkwitt vorbei durch die Höhle schweifen ließ, spürte Perbias dahinter, und das Kästchen.

Der Elf war in Deckung gegangen, aber die Kopfbewegung des Zauberers verriet ihn. Grautaz änderte die Richtung seines Angriffs. Sein Schwanz peitschte gegen den Hort und riss Lawinen aus Münzen los. Er stieß ein Brüllen aus. Erschrocken hob der Elf den Kopf, und das Drachenfeuer kam über ihn.

Der Elfenkönig riss das unzerstörbare Kästchen schützend vors Gesicht, doch die Lohe versengte ihm die Hände. Der Drachenhauch riss den Teil des Schatzes fort, hinter dem Perbias sich verbarg. Er entzündete die Münzen, als sie durch die Luft segelten wie fallende Blätter im Sturm. Eigentümliche Flammen stiegen vom Gold auf, als lägen glosende Kugeln um jedes Stück, mit Schatten darin, die einer kleinen Drachenklaue glichen. Bleich und trügerisch war das Feuer um die Münzen, und doch brannten sie aus eigener Kraft weiter, während sie durch die Höhle regneten und alle aufscheuchten, die sich dem Drachen entgegenstellten.

Daugrula sah Werzaz und Sukan dicht beim Höhleneingang stehen und glaubte auch, die kleinen Gestalten umherhuschen zu sehen, verborgen hinter dem Hort und in der Deckung alter Preziosen. Perbias stand brennend da, wie eine Flamme, in der das Behältnis mit Leuchmadans Herz zu schweben schien, von einer Aureole brennenden Goldes umflort.

Dann brachen die Hände des Elfenkönigs ab, und das Kästchen fiel zu Boden. Das Drachenfeuer erlosch. Einen Augenblick lang sah Daugrula eine weiße, ausgezehrte Gestalt, aus Ascheflocken geformt. Dann schlug das Kästchen vor dem toten Elfen auf, und er verpuffte in einer grauen Wolke. Die toten Hände rieselten in fetten Schuppen vom Silber, und die glimmenden Münzen prasselten auf den Hort wie hundert kleine Feuerstellen.

Gulbert und Daugrula wichen zurück, als der Schwanz des herumschwenkenden Drachen ihnen bedrohlich nahe kam. Der Zauberer riss schützend den Stab hoch. Grautaz richtete sich auf die Hinterbeine, breitete die Schwingen aus, die beinahe die Wände der riesigen Halle streiften. Mit gierig gereckten Vorderpranken lief er zu dem Kästchen hin.

Aber Gulbert rammte den Zauberstab in den Boden, und ein Ächzen klang tief aus dem Stein. Feine Risse taten sich auf, breiteten sich von dem Stab aus wie ein Netz aus feinem Spinnweben. Dann klaffte ein breiter Spalt auf und schoss auf den Drachen zu. Daugrula sprang zur Seite. Ein kleinerer Ausläufer dieses Grabens verlief auch hinter dem Zauberer und hätte sie um ein Haar verschlungen.

Große Steinbrocken brachen von der Kante ab, und die Kluft verbreiterte sich auf mehr als sechs Fuß, während sie unter dem Leib des Drachen knackend weiterlief. Der Unkwitt geriet mit einem Hinterbein in den Abgrund, strauchelte und kippte auf die Seite. Tief in der neu entstandenen Kluft gurgelte Wasser. Blaue Blitze zuckten von unten empor und tanzten über Grautaz' Schuppen.

Der Drache brüllte und bäumte sich auf. Ein Teil seines Horts rutschte ab und fiel in den Spalt. Außer sich vor Zorn schlug Grautaz mit den Flügeln und riss noch mehr von seinem Gold in die Tiefe. Ziellos züngelte sein Feuer über den Boden und setzte alles Gold in Brand, mit dem es in Berührung kam.

Sein Kopf fuhr zu Gulbert herum, und unvermittelt erhaschte Daugrula einen Blick in seine Augen. Die Pupillen waren schmal und ohne Tiefe. Ein kalter Funke loderte darin.

Grautaz streckte das abgerutschte Bein aus und stieß es in die

Wand des Spalts. Die Krallen gruben sich in den Felsen wie Nägel in Glas. Der Drache trieb nun selbst Risse ins Gestein, durch schiere Kraft und Wildheit. Die Höhle bebte, als Grautaz' Vorderpranken wieder aufkamen. Sein massiger Körper drückte Mulden in den Höhlenboden. Ein Teil der von Gulbert geschaffenen Kluft stürzte wieder ein und fühlte sich mit Felsbrocken, die der Unkwitt in einer einzigen Bewegung losgetreten hatte. Das blaue Funkeln aus dem Abgrund erlosch, und nur noch das Drachenfeuer leuchtete in der Höhle.

Daugrula blickte zum Haupt des Unkwitt empor. Grautaz wandte ihnen beiden wieder seine ganze Aufmerksamkeit zu, und innerhalb weniger Augenblicke ragte er vor Gulbert und Daugrula auf.

Die Nachtalbe suchte Deckung hinter dem Menschen. Doch Gulbert wirkte so zerbrechlich und nichtig vor dem Unkwitt. Vielleicht hätte sie aus der Höhle fliehen können, während der Drache sich um das Kästchen kümmerte und abgelenkt gewesen war. Aber so, wie Gulbert durch seinen unbedachten Blick König Perbias verraten hatte, hatte er nun den Zorn des Drachen wieder auf sich und auf seine Begleiterin gelenkt.

Was auch immer der menschliche Zauberer mit dem Stab vorgehabt hatte, Daugrula kam zu dem Schluss, dass es eine ganz schlechte Idee gewesen war. Sie bereute das Bündnis, das sie geschlossen hatte – mit den anderen im Allgemeinen und mit diesem Zauberer im Besonderen, der so mächtig wirkte und doch im entscheidenden Augenblick immer genau das Falsche zu tun schien.

Der Drache holte fauchend Luft, und sein Kopf stieß mit weit aufgerissenem Maul vor. Daugrula schaute sich hastig um. Wo war der Ausweg?

»Baskon ... Baskon.«

Baskon schrak von seinem Bett auf. Die dunkle Dame war wieder da. Sie stand in seinem Schlafzimmer und blickte auf ihn herab. Sie war nur mit schwarzen Schleiern bekleidet, so dünn, dass sie in der sanften Nachtluft wehten und kaum etwas verbargen. Ihr Leib glänzte im Mondlicht alabasterweiß, ihre Bewegungen waren geschmeidig, die kleinen Brüste fest und rund, als sie sich ein Stück zu ihm beugte.

»Was liegst du hier im Bett, Baskon?«, fragte sie.

»Was ... was?«, stotterte Baskon. Er kam sich dumm vor. Sein Blick saugte sich an der Erscheinung fest.

Die Dame lachte hell. Während sie auf ihn zutrat, musterte Baskon ihren Körper, vom nachtschwarzen seidenglänzenden Haar, das an den Schultern mit dem nebelhaften Gewand verschmolz, bis hin zu den bloßen zierlichen Füßen, die einen solchen Gegensatz zu den klobigen Bohlen seiner schäbigen Heimstatt bildeten, dass Baskon die Tränen in die Augen traten.

»Na, na«, sagte die Dame lächelnd. Mit einem Finger nahm sie seine Träne auf und hielt sie empor. Sie fing einen Mondstrahl darin, so dass der Tropfen erstrahlte wie ein Edelstein. »Ich hoffe, du vergießt deine Träne nur aus Glück, Baskon. Denn du bist auserwählt.«

»Auserwählt?«, flüsterte Baskon.

Die Dame ließ sich auf der Kante seines Bettes nieder und legte die feingliedrige Hand auf seine Decke. Obwohl er die Berührung nicht spürte, wurde ihm die Brust darunter so eng, dass er kaum atmen konnte.

»Dir steht Großes bevor, Baskon«, sagte die Dame. »Wusstest du das nicht?«

Baskon konnte nur nicken.

»Aber deine Zukunft und deine Bestimmung liegen nicht hier«, fuhr die Dame fort. »Du findest sie hinter den Bergen. Ich warte auf dich.«

Ein grobes Klopfen an der Tür schreckte Baskon aus seinen Träumen. Das geisterhafte Mondlicht verschwand aus dem Raum, und Sonnenstrahlen fächerten in breiten unregelmäßigen Streifen durch die schlecht gezimmerten Läden.

»Baskon!«, brüllte eine Stimme. »Baskon! Ich weiß, dass du da bist!«

Mit einem Ächzen setzte Baskon sich auf. Sein Kopf brummte.

Er hatte einen bitteren Geschmack im Mund und spuckte auf den Boden.

»Liegst du noch im Bett, Baskon?«

Schlurfend bewegte er sich durch den Raum, trat von der winzigen Schlafkammer in die nicht viel größere Stube dahinter und schob den Riegel zurück. Ventor stand vor der Tür, der dicke Viehhändler. Er betrachtete Baskon abschätzig.

»Hab ich's mir doch gedacht, dass du dich verdrückst«, sagte er. »Aber glaub nicht, dass du so davonkommst.«

»Was?«, fragte Baskon. Vage erinnerte er sich an den letzten Abend. Er hatte viel getrunken, und Ventor war auch dabei gewesen.

»Deine Spielschulden«, stellte Ventor fest. »Du hast einiges beim Würfeln verloren und wolltest nur kurz nach Hause, um Geld zu holen. Natürlich bist du verschwunden.«

»Würfeln ...«, sagte Baskon. Ja. Irgendwann hatten sie den Becher ausgepackt. Baskon wusste nicht mehr, wie er anschließend heimgekommen war, aber er erinnerte sich genau, dass er nur um kleine Beträge gespielt hatte. Wie auch anders – er hatte keinen grünen Kiesel im Säckel und musste beim Wirt schon seine Getränke auf die nächste Ernte anschreiben lassen. Er konnte gar nicht viel einsetzen!

»Ich weiß nichts von Spielschulden«, meinte er.

Ventor packte ihn am Kragen, und der grobe Kittel, den Baskon zur Nacht nicht abgelegt hatte, riss ein. »So willst du dich also rausreden«, knurrte der Viehhändler. »Aber es gibt genug Zeugen dafür, und wenn du deine Schulden nicht bezahlen kannst, dann kostet dich das Land.«

Ventor war ein massiger Mensch, aber Baskon war größer und hatte einige Jahre als Kriegsknecht im königlichen Heer gedient. Er packte Ventor an der Hand und am Ellbogen und verdrehte ihm den Arm.

Ventor schrie gellend auf und krümmte sich. Bei dem Lärm und der raschen Bewegung zuckte ein stechender Schmerz durch Baskons Kopf. Galle lief ihm in den Mund, und er fühlte sich schwach und schwindelig. Der Schnaps des vergangenen

Abends zeigte seine Wirkung, und dann traf Ventors Faust Baskon im Gesicht, und er ging zu Boden. Er schmeckte Blut auf der Lippe.

Er presste beide Hände an den Kopf, damit die pochenden Schmerzen ihn nicht auseinanderrissen, und stöhnte. Gedämpft hörte er Ventors Stimme: »Du besoffenes Schwein. Ich hol mir mein Geld ein anderes Mal. Aber glaub nicht, dass du davonkommst. Es gibt Zeugen für deine Schulden!«

Baskon sah und hörte nichts, aber irgendwie spürte er doch, dass der fette Ventor sich entfernte. Er blieb eine Weile stöhnend an der Wand sitzen. Zwischendurch würgte er, aber es kam kaum etwas heraus.

Schließlich stand er auf und drehte auf wackligen Beinen eine Runde über den Hof, um wieder zu Kräften zu kommen. Der Ochse muhte im Stall, aber zum Glück war die letzte Kuh schon vor einigen Wochen gestorben. So gab es nichts, worum er sich gleich kümmern musste.

Zum Glück. Pah! Dieser Hof hätte blühen müssen, und Knechte und Mägde sollten hier wohnen und arbeiten. Doch nein …

Baskon blickte über seinen Besitz. Der große Stall stand leer und war halb eingestürzt, ein alter Schuppen beherbergte die Tiere, die noch übrig waren. Das große Hofgebäude faulte vor sich hin, bis auf den einen Flügel, den er mühevoll instand hielt. Die Nebengebäude waren kaum noch zu unterscheiden von dem Gerümpel, das darin lagerte.

Er schaute über seine kargen Felder, auf denen sich das Unkraut zwischen den Steinen und der guten Saat immer weiter ausbreitete. Die Ostweide glich einem struppigen Dornenhag. Diesen Hof in Ordnung zu halten war mehr, als ein Mann allein bewältigen konnte.

Baskon überkam die Verzweiflung. Er hob den Blick und schaute über Felder und Wiesen und Nachbarhöfe hinweg, über den Wald in der Ferne und auf die Berge, die sich dahinter erhoben. Er hatte Gerüchte gehört, dass Leuchmadan in den Grauen Landen sich regte, und viele Bauern im Dorf hatten Angst, dass seine Horden über die Berge kommen und die Siedlungen an der Grenze plündern mochten. Aber seine Lage konnte dadurch kaum noch schlimmer werden.

Erst hatte sein betrunkener Vater den Hof heruntergewirtschaftet. Und dann war der Alte gestorben – gerade als Baskon sich zum Dienst für den König an der Grenze verpflichtet hatte. Als er zurückkehrte, war von seinem Erbe kaum noch etwas da gewesen, außer den Schulden seiner Eltern. An der Gleichgültigkeit und Verachtung der Dorfbewohner hatte sich nichts geändert, und, wie Baskon gerade festgestellt hatte, wenn sein Vater ihn nicht mehr schlagen konnte, fand sich bereitwillig ein anderer.

Nichts änderte sich. Gar nichts.

Baskon spuckte aus, aber er bekam die Bitterkeit nicht aus dem Mund. Er vollendete seine Runde, stieg über die verwilderten Sträucher des ehemaligen Gartens, über eine zerbrochene alte Schubkarre und anderes Gerümpel, das er schon bei seiner Rückkehr vorgefunden und nicht weggeräumt hatte. Wozu auch? Der ganze Hof war nur noch ein Haufen Gerümpel.

Baskon trat wieder ins Haus, schlug die Tür hinter sich zu und legte den Riegel vor. Das neue Holz hob sich hell von den grauen Bohlen ab. Wütend blickte er auf den Riegel und rammte ihn noch ein wenig fester in die Halterung am Türrahmen. Diese Sicherung kam wohl ein wenig spät, um vor Plünderungen zu schützen. Aber zumindest hielt sie das Pack fern.

Das ganze Pack aus dem Dorf, das nur vorbeikam, um ihn auszunehmen, zu schlagen oder ihn zu beschimpfen. Baskon wünschte sich, dass die Scharen der Grauen Lande kamen und die ganze Brut niederbrannten.

Er hätte es am liebsten selbst getan!

Baskon zog eine Truhe unter dem Bett hervor, öffnete sie, schob Kittel und Hosen beiseite und fand schließlich sein Schwert. Er legte die Hand auf den Griff und spürte das Leder, mit dem dieser umwickelt war. Er hatte genug Gegner erschlagen, die nichts weiter getan hatten, als dass sie an den Pässen der Grauen Lande zur falschen Seite gehörten. Um wie viel befriedigender würde es sein, diese Klinge das Blut seiner Nachbarn kosten zu lassen, seiner Feinde von Kindheit an, die schuld waren an all seinem Elend!

Baskons Kopf schmerzte, und ihm war übel. Er ließ den Deckel der Truhe wieder zufallen und warf sich aufs Bett. Lieber noch ein wenig schlafen, bis er wieder klar denken konnte.

Seine Träume waren angenehmer als der trostlose Anblick draußen, das Brüllen des Ochsen und die Nachwirkungen des Schnapses vom Vorabend. Seine Träume waren schon immer besser gewesen als die Wirklichkeit, und in den letzten Nächten traf das sogar auf die *nächtlichen* Träume zu.

Baskon schloss die Augen und wälzte sich herum. Es ging ihm wirklich schlecht, und der Schlaf war seine beste Zuflucht, doch er fand keine Ruhe. Er verfluchte Ventor, weil der ihn geweckt hatte. Legte sich auf den Bauch und drückte den Kopf in das harte Kissen, aber der Geruch nach feuchtem Stroh verursachte ihm Übelkeit, und er drehte sich wieder um.

Und endlich schlief er doch.

Wieder träumte er von der dunklen Dame im Mondlicht, die ihm tröstende Worte ins Ohr flüsterte, ihm die Haare aus der Stirn strich und den Schmerz linderte. Und als er erwachte, stand tatsächlich der Mond am Himmel. Es war dunkler in seinem Zimmer als im Traum, denn die Läden waren zu, und der milchweiße Schimmer dahinter quoll durch die Ritzen, ohne etwas zu erhellen. Baskon durchwühlte im Finstern die Truhe. Was er brauchte, erkannten auch seine Finger, und er rollte alles zu einem Bündel zusammen und trug es nach draußen vor die Tür.

Dort zog er sich um, gürtete das Schwert, nahm sein spärliches Gepäck auf. Er marschierte über seine vernachlässigten Felder, über die angrenzenden Weiden auf den Wald und auf die Berge zu. Und tatsächlich hießen die Grauen Lande ihn willkommen, und die Dame Geliuna erwartete ihn schon. Als Einzige hatte sie erkannt, was er schon immer gewusst hatte: Er war etwas Besonderes. Wie sie ihm im Traum versprochen hatte, wartete ein großes Schicksal auf ihn. Als ihr Kämpfer und ihr Ritter stieg er auf, bis Leuchmadan selbst ihn zum siebten seiner

Wardu bestimmte. Er verlor den Leib, aber er fand ein unsterbliches Dasein für seinen Geist und für seine Macht.

Sein Dorf hatte er da längst schon niedergebrannt und sich an Ventor und den anderen gerächt. Und als Wardu blieb er den Menschen, die ihn geringgeschätzt hatten, erst recht nichts mehr schuldig. Wie Geliuna ihm versprochen hatte, musste er sich von niemandem mehr herumstoßen lassen. Er war es, der austeilte, der über den anderen stand, der unangreifbar war.

Bis heute.

Baskons Träume von der Vergangenheit kamen in der Gegenwart an, und er wusste wieder, wo er war, was mit ihm geschehen war! Der Unkwitt hat ihn geschlagen und gedemütigt und zurück in das Kästchen gebannt.

Nein.

Das würde er nicht hinnehmen.

Baskon bäumte sich auf. Er spürte das machtvolle Schlagen von Leuchmadans Herz an seiner Seite. Jeder Schlag trieb Macht in seinen Geist. Der Klang seiner Seele nahm den Takt auf, schwoll an und erfüllte das Kästchen. Das unheilvolle Summen, das vom Drachenfeuer zurückgeblieben war, wurde verdrängt, übertönt und vergessen.

Nein. Er, Baskon, ließ sich von niemandem mehr schlagen!

Er hatte sich schon einmal gerächt. Er hatte sich unzählige Male gerächt.

Und auch Grautaz würde seiner Rache nicht entgehen.

Er, Baskon der Wardu, vergalt es jedem, und niemand stellte sich gegen ihn!

In rasendem Zorn fegte Baskons Geist durch das Kästchen und schrie nach Blut. Er war der Tod, der zum Leben erwacht war. Er beherrschte alles, was er mit dem Klang seiner Seele zum Schwingen bringen konnte. Er lenkte kalten Stahl und hartes Metall gegen seine Feinde, doch er gebrauchte es nur, er *war* es nicht. Niemand erreichte ihn noch, niemand konnte ihm einen Schaden zufügen.

Und wer es versuchte, würde merken, dass Baskon immer wiederkehrte und den Tod brachte und Rache nahm …

In dem Kästchen gab es keine Zeit, es gab nur Zorn und Hass und den Gedanken an Rache. Im Kern stand Leuchmadans Herz mit seinem gleichmäßigen Pochen, das Baskons Seele Gestalt verlieh und das ihn zusammenhielt. Das Kästchen war die Grenze, seine Macht ließ Baskon erstarken. Dazwischen irgendwo der fahle Nachhall seiner Brüder, das Echo ihrer Seelenklänge, die ebenfalls zwischen Leuchmadans Herz und dem Kästchen bewahrt wurden, obwohl sie selbst derzeit irgendwo draußen in der Welt unterwegs waren.

Einen langen zeitlosen Augenblick schwebte Baskon in dem Behältnis.

Und dann ließ die Aufmerksamkeit des Unkwitt nach, und Baskon fühlte, wie der magische Schirm, der das Kästchen eingehüllt hatte wie ein Seidentuch, schwächer wurde und zerriss. Aus seinem Gefängnis befreit kehrte Baskon zurück in die Welt und fand Metall, das begierig den Klang seiner Seele aufnahm und sich ihm beugte.

Viel Metall, das zu Baskon wurde.

14. Kapitel: Geschlagen und begraben

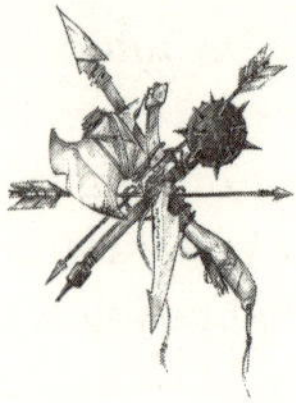

Das Feuer des Unkwitt ist eine magische Flamme, die nicht nur Stoffliches verbrennt, sondern die Essenz selbst verzehrt. Pflanze und Tier entzieht sie das Leben und lässt nur tote Form ohne Zusammenhalt zurück.

Überlebt ein Opfer die Lohe, so hat es noch Schlimmeres zu gewärtigen. Die Wunden mögen heilen, doch die Glut lebt in Essenz und Seele fort und ist daselbst nicht zu löschen, wie ein schwärender Brand hinter einer Hauswand, den man lange nicht bemerkt, bis er an ganz unvermuteter Stelle hervorbricht, nachdem er das Gebäude längst ausgehöhlt hat.

Wessen Seele vom Drachenodem versengt ist, der lebt unter einem Fluch. Er wird im Leben keine Freude mehr empfinden, und all seine Herzenswünsche sind toter Staub. Erfolg ist ihm nur in den Dingen beschieden, die im Nachhinein Schmerz bereiten, beim Haschen nach hohlen Zielen. Allüberall empfindet er Leere und Abscheu, am allermeisten vor sich selbst. Dies aber kommt daher, dass er seine verbrannte Seele spürt, weshalb er die Empfindung niemals abschütteln und ihre Ursache nicht greifen kann.

Je mehr er sich aber müht, die Leere in sich zu füllen, umso mehr verzehrt er auch seine Umgebung. Denn das Loch, welches der grosse Drache brennt, ist bodenlos und kennt keine Sättigung.

Aus dem »Almanach der Finstervölker« von Conzionarius Caezo,
Priester im Tempel der Sonne

Daugrula duckte sich hinter Gulberts Rücken, als das Drachenfeuer sie fauchend umschloss. Der Leib des Menschen bot allenfalls einen Wimpernschlag lang Schutz, aber die Angst vor dem Feuer raubte der Nachtalbe fast den Verstand, und sie konnte an nichts anderes denken.

Die Flammen leckten an ihr, und sie spürte, wie das zehrende Saugen nach ihrer Lebenskraft griff. Hitze schlug ihr ins Gesicht, und ein giftiges Flüstern lag in der Lohe. Der Augenblick dehnte sich, die Zeit schien stehen zu bleiben, und Daugrula konnte ein Wimmern nicht unterdrücken …

Doch nichts geschah. Um sie herum flimmerte die Luft in unnatürlicher Glut, aber nur ein Abglanz davon erreichte ihren Leib – reine, unverdorbene Hitze.

Daugrula blickte auf.

Gulbert stand vor ihr, den Stab fest in den Boden gestemmt, den Oberkörper vorgebeugt wie gegen eine Flutwelle. Er reckte das Gesicht dem Drachen entgegen, und das Feuer teilte sich vor ihm. Flammen züngelten über ihn und Daugrula hinweg wie über einen unsichtbaren Schild.

Ein Knacken ertönte, und die Nachtalbe sah, wie Gulberts Zauberstab verdorrte. Das Holz vertrocknete, es wurde rissig und weiß wie Asche. Gulbert lenkte die verderbte Macht des Drachen in das lebende Holz. Aber wie lange noch? Jeden Augenblick mochte der Stab unter den Händen des Zauberers zu Staub zerfallen.

Daugrula zuckte zurück, sie spürte die Lohe, die sie von allen Seiten umgab. Dann streckte sie entschlossen die Arme aus und umfasste selbst den Zauberstab. Die Nachtalbe konzentrierte sich. Sie verbannte das Feuer aus ihren Gedanken und ließ all ihre Kraft in die Hände fließen. Dort gab sie dem Stab von ihrer Essenz. Leben floss zurück in das ausgezehrte Holz und heilte es. Ausgedörrte Flocken fügten sich wieder in die natürliche Form, Weiß wurde zu hellem Braun, die aufgeplatzten Wunden im Holz vernarbten.

Und dann verstummte das Zischen um sie her. Ein Hitzewabern flimmerte über dem Boden, Stein kochte in roten blubbernden Tümpeln, und Daugrula und Gulbert standen auf der letzten kühlen Insel inmitten eines glühenden Infernos. Doch das Drachenfeuer war verebbt. Sie hatten es überstanden.

Daugrula spürte die Wärme durch ihre Stiefel.

Grautaz bäumte sich auf, die rote Unterseite seines Halses dräute wie Gestalt gewordene Wut über den Gegnern, die dem Feuer getrotzt hatten. Gulbert sackte in sich zusammen, er wirkte erschöpft.

»IHR!«, brüllte der Drache. Sein Leib spannte sich. Daugrula umklammerte den Stab fester.

Mit einem Satz sprang Grautaz auf sie zu und wollte sie unter seinem massigen Leib zermalmen. Die roten Schuppen am Bauch glänzten im Widerschein der glühenden Steine, und der Unkwitt kam über sie wie eine brechende Woge aus Magma.

Gulbert sprang zur Seite, aber Daugrula stieß das untere Stück des Stabes zwischen die Beine des Zauberers und brachte ihn zum Straucheln. Der alte Mann schaute fassungslos zu ihr auf. Daugrula lachte im Herzen über seine heuchlerische Empörung. Sie hatte gesehen, wie er den Elfenkönig verraten hatte, seinen eigenen Verbündeten. Das war kein Zufall gewesen! Hatte Gulbert wirklich geglaubt, sie würde zu ihm stehen, treu bis in den Tod?

Daugrula fasste nach, drehte den Stab und riss ihn Gulbert endgültig aus der Hand. Dann warf sie sich dem Drachen entgegen, rollte sich zur Seite und brachte sich vor dem zuckenden Schwanz des Untiers in Sicherheit.

Der Drache krachte auf den Boden, wo Nachtalbe und Zauberer eben noch gestanden hatten. Die Erschütterung ließ die Höhle erbeben. Tropfsteine prasselten von der Decke, wo sie unsichtbar im Dunkel gelauert hatten.

Daugrula wich aus, aber Grautaz ließ die Geschosse gleichgültig an seinem Rückenschild abprallen und wandte sich wieder um. Glühender Geifer troff ihm aus dem Maul. Die ganze Höhle war von beißendem Qualm erfüllt. Der giftige Dunst kroch über den Boden, schwebte über dem aufgerissenen Hort und ballte sich zu bizarren, wie lebendig wirkenden Formen. An den Rändern glühte er, und verborgen darunter brannte immer noch das Gold.

Daugrula suchte in dem Aufruhr nach dem Ausgang. Mit dem Stab wischte sie vor sich über den Boden und prüfte den Weg. Doch der Drache fand sie, und sie hörte seine dröhnenden Schritte, als er hinter ihr herkam.

»DU!«, donnerte er.

Daugrula fuhr herum. Sie streckte die Hand nach dem Drachen aus, versuchte, seinen lebenden Kern zu erfühlen und einen Zauber zu wirken. Doch ihren tastenden Sinnen war, als würden sie in einen Fels greifen. Grautaz spürte die Berührung und hielt inne. Er sah sie an, Daugrula schaute zu ihm auf, und ihre Blicke trafen sich.

»BRENNE!«, brüllte der Drache.

Daugrula beugte sich vor und umklammerte den Zauberstab. Er war aus lebendem Holz, und so sollte sie mühelos den letzten Zauber erwecken können, den Gulbert damit gewirkt hatte – den Schutz vor dem Drachenfeuer. Sie tastete danach, doch fand sie darin nur Gulberts Stimme.

»Närrin«, flüsterte der Zauberer in ihrem Kopf. »Die Macht ist in mir, nicht in meinem Stab!«

Und das Feuer hüllte Daugrula ein.

Darnamur huschte durch das Gewölbe, mal in natürlicher Gestalt, mal nur so groß wie ein Insekt. Er behielt den Wichtel Gredin im Auge, so wie Wito sich um Chaspard kümmern wollte.

Die Wichtel verstanden ihr Handwerk. Gredin ging in Deckung, wo Darnamur überhaupt keine gefunden hätte: schattige Winkel, flache Mulden im Boden, kleinste Rüstungsteile und Schilde – all das reichte Gredin, um unterzutauchen. Hätte der Wichtel sich vor *ihm* verstecken wollen und nicht vor dem Drachen, hätte Darnamur ihn gewiss aus den Augen verloren.

Am anderen Ende der riesigen Höhle plauderte Gulbert mit dem Untier und lockte es Schritt um Schritt vom Hort weg. Darnamur und Gredin schlugen einen großen Bogen um den

Schatz und näherten sich von der anderen Seite. Da sahen sie, wie Perbias über den Rand der Mulde kletterte, in der eben noch der Drache geruht hatte. Der Elfenkönig verschwand hinter Bergen von Münzen und kehrte Augenblicke später mit dem Kästchen unter dem Arm zurück. Vom anderen Ende der Höhle her klang der sonore Sermon des Unkwitt. Gredin trat den Rückzug an, und Darnamur folgte ihm.

In wenigen Augenblicken wäre das Kästchen im Durchgang, und dann musste Darnamur machen, dass er hinterherkam. Er frage sich kurz, wie Daugrula und der Zauberer entkommen wollten, denn der Drache versperrte ihnen den Weg. Aber das war nicht seine Sorge.

Er zog das Knochenmesser. Gredin sammelte unterwegs Münzen und Edelsteine vom Boden auf und stopfte sich die Taschen voll. Die Last war dem Wichtel bald anzumerken, und er bewegte sich längst nicht mehr so gewandt wie zuvor. Er fing an, einzelne Münzen wieder wegzuwerfen und nur die kostbarsten Gemmen zu suchen.

Darnamur biss die Zähne zusammen. Ganz allmählich schloss er zu dem Wichtel auf. Dieser Gredin war einfach zu langsam, und sie waren noch zu weit vom Ausgang entfernt. Unruhig spielte Darnamur mit dem Messer und ließ den lederumwickelten Knochengriff zwischen den Fingern wippen. Es war zu früh, aber wenn er wartete, bis Gredin endlich um den Hort herum war, würde es zu spät sein.

Schon sah Darnamur den Elfenkönig seitlich am Hort herabsteigen. Er fasste die Knochenklinge fester und rückte entschlossen vor. Aus den Augenwinkeln sah er, wie Perbias sich plötzlich duckte. Auch Darnamur erstarrte. Mit einem Mal war es totenstill geworden.

Dann dröhnte ein Brüllen durch die uralte Grotte. Der Boden erzitterte. Der Drachenhort schien zu bersten. Unvermittelt spritzte eine Woge von Münzen und Edelsteinen in die Luft und prasselte als schillernder Hagelschlag nieder.

Darnamur fuhr herum und sprang hinter einem großen Felsen in Deckung. Gredin riss die Hände empor, und eine Masse von Gold stürzte auf ihn ein. Darnamur schob sich ganz eng unter den gerundeten Stein, und erst jetzt fiel ihm auf, dass es der umgekippte Stumpf einer Säule war, uralt und verwittert. Er spähte durch einen Winkel nach vorn und sah, wie Perbias im Drachenhauch zu Asche verging.

Ein weiterer Schlag erschütterte die Halle. Die Säule, an die Darnamur sich presste, wurde unvermittelt emporgestoßen. Wie schwerelos tanzte sie über den bebenden Grund und drohte ihn zu zerquetschen.

Darnamur rollte hastig aus seiner Deckung. Münzen und Edelsteine schlugen gegen seinen Kopf und auf die Weste, ein paar größere Stücke des Schatzes schossen nur knapp an ihm vorbei. Die Säule krachte auf den Boden, neben seinem Arm, traf seinen Fuß. Darnamur schrie auf. Polternd geriet das Säulenstück ins Rollen, und Darnamur sprang entsetzt in die Höhe. Aber sie bewegte sich von ihm fort und klemmte ihn nicht ein.

Sein Fuß und seine Wade schmerzten, aber sie trugen ihn. Nichts war gebrochen oder ernsthaft verletzt. Die Luft war voller Lichter. Auf der anderen Seite des Horts hatten sich Goldmünzen entzündet und fielen herab wie feurige Kometen. Sie lagen da und glühten und funkelten in lebendigen Flammen, unwirklich, geisterhaft. Ein Brausen ertönte wie von einem Wasserfall, und ein Klingen und Scheppern, als stürzten Tausende von Münzen in unermessliche Tiefen.

Darnamur schlich weiter. Was war mit dem Kästchen, das der Elfenkönig eben noch bei sich gehabt hatte? Was geschah auf der anderen Seite des Schatzhügels? Der Unkwitt war ein gutes Stück entfernt, irgendwo bei Daugrula und Gulbert. Darnamur hörte ihn brüllen. Dunst wogte zwischen den Schätzen.

Da erspähte er eine Bewegung neben dem Hort. Es war Chaspard! Wie aus dem Nichts eilte der Wichtel aus einem Versteck, genau dort, wo die Überreste des Elfenkönigs lagen. Das konnte unmöglich ein Zufall sein. Hatte der Wichtel etwa nur darauf gewartet, dass Perbias scheiterte?

Darnamur fluchte. Chaspard war zu weit weg. Er konnte nicht

zu ihm gelangen, bevor der Wichtel beim Ausgang oder bei den beiden Kriegern ankam. Und wo war Wito? Darnamur wollte loslaufen, doch plötzlich hielt jemand ihn am Ärmel fest. Es war Gredin. Sein Gesicht war mit blutigen Schrammen überzogen, seine Kleider hatten überall kleine Risse.

»Was ... was ...«, stotterte der Wichtel.

Verdeckt brachte Darnamur die Klinge in Anschlag, um nach oben zuzustoßen und sich diesen Wicht vom Hals zu schaffen. Dann aber besann er sich eines Besseren. Sollte der Wichtel doch vorangehen und den Weg erkunden!

Er entwand sich Gredins Griff und stieß ihn weg. »Raus! Raus!«, brüllte er. »Wir ziehen uns zurück. Chaspard ist mit dem Kästchen schon unterwegs.«

Gredin schien ihn kaum zu hören, aber er verstand den Tonfall. Er taumelte über den Boden, der von Münzen übersät war, von tückischen runden Perlen und Gemmen, von Pokalen und Tellern, die Stolperfallen abgaben, und von prunkvollen Waffen mit gefährlichen Spitzen und scharfen Klingen.

Der Dunst lag inzwischen so dicht über dem Grund wie ein Teppich. Wolken stiegen auf und gaukelten Schemen vor. Es stank, als würde eine Armee von Goblins zur Siegesfeier ihre Feinde grillen, mitsamt Kleidung und Rüstung.

Gredin tastete sich vorwärts, und Darnamur trieb ihn an und folgte auf seiner Spur, achtete darauf, wo Gredin strauchelte. Chaspard war fort, von Wito war ebenfalls nichts zu sehen. Hinter dem Schatzhaufen hatte sich eine Kluft aufgetan und ein Drittel des Horts verschlungen. Jetzt brodelte der Rauch an den Rändern und verhüllte, wie tief der Abgrund war.

Wo Daugrula und der Zauberer gestanden hatten, war die Luft von dichtem Qualm geschwängert. Nur der massige Leib des Drachen war zu sehen, der sich dort herumwälzte. Seine Schuppen gleißten, wo er sich aus dem Rauch erhob. Was darunter vorging, blieb verborgen.

Je näher sie der Stelle kamen, an der Perbias gestorben war, umso mehr Goldmünzen brannten zu ihren Füßen. Sie schimmerten durch den trügerischen Nebel am Boden wie Sterne hinter einer losen Wolkendecke. Darnamur achtete genau darauf, wohin er trat.

Dann sah er den Ausgang vor sich. Chaspard lief darauf zu, das Kästchen an die Brust gedrückt. Werzaz und Sukan ließen ihn vorbei und deckten seinen Rückzug. Werzaz hatte sein zweites Schwert fortgeworfen und einen großen runden Schild vom Boden aufgehoben. Jetzt spähte der Goblin vorsichtig über den Rand. Weiße Punkte glitzerten bei jeder Bewegung in der goldplattierten Oberfläche – Splitter von Adamant, die auf dem Schild ein Muster bildeten.

Darnamur kam zu dem Schluss, dass Gredin ihn weit genug geführt hatte. Jetzt, wo alle abgelenkt waren, konnte er den Wichtel rasch beseitigen und sich allein in Sicherheit bringen. Er hob das Messer, tat zwei, drei schnelle Schritte – da stieß der Drache ein Brüllen aus. Darnamur fuhr zurück und blickte auf.

Grautaz hatte sich wieder umgewandt. Sein gepanzerter Leib schälte sich aus dem Nebel, und seine ganze Aufmerksamkeit war auf die Stelle gerichtet, wo Perbias gefallen war. Auf die Stelle, wo der Unkwitt zuletzt seinen kostbarsten Schatz gesichtet hatte – und wo nun Gredin und Darnamur standen.

Wito sah Chaspard, als der sich das Kästchen holte – von der Stelle, wo eben noch Elfenkönig Perbias gestanden hatte, dessen Asche sich inzwischen mit dem brennenden Gold und dem Qualm am Boden mischte. Der Wichtel bewegte sich wie ein Geist, verstohlen und leicht und geschmeidig. Er musste in einem Versteck ganz in der Nähe des Elfenkönigs ausgeharrt haben, und doch geschützt vor dem Zorn des Drachen.

Wito folgte Chaspard eilig zum Ausgang. Werzaz und Sukan kamen dem Wichtel entgegen, der Menschenfürst mit deutlich mehr Zurückhaltung. Er behielt den Drachen im Auge. Am anderen Ende der Höhle tobte ein Kampf, nur schemenhaft zu erkennen im dichten Rauch. Konnten Daugrula und der Zauberer dem Unkwitt standhalten? Wito lief weiter.

Kurz vor dem Ausgang hielt Chaspard inne und schaute sich

um. Die Kampfgeräusche ließen nach, und Wito empfand ein lastendes Gefühl der Bedrohung. Dann brüllte der Drache wieder, ohrenbetäubend und so nah, dass Wito sich auf den Boden warf und die Arme schützend über den Kopf legte.

Vorsichtig blickte er auf. Er erkannte den Zauberer, der sich langsam an der Wand entlang auf den Fluchttunnel zubewegte. Aber wo war Daugrula?

Der Drache hielt wieder auf seinen Hort zu. Suchend streckte Grautaz den Kopf vor, aber er achtete nicht auf Wito oder die anderen am Ausgang. *Natürlich!*, erkannte Wito. Grautaz suchte das Kästchen! Und zwar dort, wo es zuletzt gewesen war.

Wito wagte nicht, sich zu rühren. Wenn er jetzt auf den Ausgang zulief, würde der Unkwitt unweigerlich auf die Bewegung aufmerksam, und das würde seinen Blick dorthin lenken, wo Chaspard tatsächlich mit dem Kästchen wartete.

Er wandte sich wieder dem Zauberer zu. Gulbert streckte eine Hand aus. Witos Blick folgte der Geste, und zwischen den wabernden Schwaden machte er vor dem Drachen zwei kleine Gestalten aus. Gredin und Darnamur! Wito stockte der Atem.

Darnamur quollen fast die Augen aus dem Kopf. Plötzlich hielt Gredin das Kästchen mit Leuchmadans Herz in den Händen!

Wie konnte das sein? Augenblicke zuvor war doch Chaspard damit davongeeilt ...

Gredin blickte ebenso fassungslos auf die Schatulle hinab. Er ließ sie hastig los und trat einen Schritt zurück, aber sie hing an seiner Brust wie festgewachsen. Gredin erstarrte. Er fasste wieder danach und versuchte, sie loszureißen, aber irgendwie schien sein Griff immer davon abzugleiten.

Darnamur erinnerte sich an Komfir und an die Bitaner, die den magisch veränderten Goblin auch nicht richtig zu fassen bekommen hatten. Er verstand, was hier vorging: Jemand hatte dem Wichtel ein magisches Abbild des Kästchens angehext, um den Drachen auf eine falsche Fährte zu lenken!

Das Gold am Boden klimperte. Der Drache kam heran, den

Kopf hochgereckt. Mit jedem Schritt riss er den Felsengrund auf.

Darnamur wich hektisch zurück. Er wagte nicht, den Blick von dem Unkwitt abzuwenden. Er tat einen Schritt, dann noch einen, dann rannte er rückwärts, während der Drache immer näher kam. Schon nach wenigen Schritten stolperte Darnamur und lag hilflos auf dem Rücken. Er ruderte mit den Armen, packte aus Versehen auf eine der brennenden Goldmünzen und riss erschrocken die Hand zurück. Erst im Nachhinein wurde ihm bewusst, dass die Münze kalt gewesen war.

Jetzt löste auch Gredin sich aus der Erstarrung. Er gab den Kampf mit dem unwirklichen Kästchen auf und wandte sich zur Flucht. Der Drache riss einen Vorderlauf hoch und rammte ihn mit unvorstellbarer Wucht nach unten. Wo eben noch der Wichtel gestanden hatte, donnerte die gewaltige Pranke in den Bodennebel, und vom eigenen Schwung getragen, rutschte sie einige Klafter weit über den Grund. Gold und Steinbrocken stoben auf wie eine Bugwelle.

Der Hieb des Unkwitt schnitt auch in den Dunst eine Furche, und als er die Pranke hob, sah Darnamur den aufgerissenen Boden. Der Riss war mit einem schleimig glänzenden dunkelroten Streifen gezeichnet. Das war alles, was von Gredin, dem Wichtel, geblieben war.

Grautaz spähte vor sich auf den Boden, aber zwischen den Steinbrocken fand sich keine Spur von dem Kästchen. Der Drache hob den Kopf, seine schmalen Augen fixierten den Gnom. Darnamur fühlte sich wie zu Stein erstarrt. Er konnte nicht mehr atmen.

Der Drache tat einen Schritt auf ihn zu.

Der Goldhaufen neben Grautaz erbebte. An der ganzen Flanke des Horts wurden Münzen und Schmuckstücke hochgeschleudert und fielen wieder herunter. Ein Klimpern erfüllte die Luft.

Darnamur nahm seine ganze Kraft zusammen und kroch rückwärts, wie eine kranke, matte Schnecke. Ihm wurde bewusst, dass er immer noch das nutzlose Knochenmesser umklammert hielt. Der Drache ragte über ihm auf.

Wieder erbebte der Goldhaufen, obwohl der Drache den Schritt noch gar nicht vollendet hatte. Grautaz hielt überrascht inne, das Bein noch in der Luft. Darnamur sah die Krallen über sich blinken, eine jede länger als er selbst.

Und dann richtete sich der Drachenhort plötzlich auf. Alles Gold, die Tafeln, die Zierwaffen und Ketten und Diademe fügten sich zu einer Gestalt mit vage menschlichen Umrissen, doch von titanenhafter Größe. Edelsteine rollten von ihrem Rücken, als sie sich aufrichtete. Der Kopf des Riesen war fast auf einer Höhe mit dem des Drachen, und auch der Leib aus Gold stand dem des Drachen an Umfang kaum nach.

Grautaz schaute auf seinen Schatz, der sich plötzlich gegen ihn wandte.

Wito wich zur Wand zurück, und der Drache lief an ihm vorbei. Werzaz und Sukan traten dem Untier entgegen, aber als Grautaz beiläufig den Kopf wandte und der Hauch eines Glühens seine Zähne umspielte, schrie Sukan auf. Er riss die Arme hoch, hielt sich den Schild über den Kopf und floh zum Ausgang.

Werzaz knirschte zwischen zusammengebissenen Zähnen einen Fluch hervor und trat der gepanzerten Bestie in den Weg. Er hob den Schild höher und wog einen Speer in der Rechten – ein weiteres Fundstück vom Höhlenboden. Der Drache wurde nicht langsamer. Er senkte den Kopf.

Werzaz holte aus.

Ein Feuerball schoss aus den Nüstern des Unkwitt. Werzaz ging in die Hocke. Er zog den großen Rundschild dicht an sich und kauerte sich dahinter zusammen. Wito sah, wie das Drachenfeuer ihn einhüllte, doch mitten in dem Feuerball blieb ein dunkler Schatten. Der Schild schützte Werzaz tatsächlich!

Mit einem Schrei sprang der Goblin wieder auf. Der Schild loderte. Diamanten platzten von dem Gold ab und segelten, Kohlefunken gleich, durch die Höhle.

Der Unkwitt war weitergelaufen, und Werzaz schleuderte ihm den Speer in die Flanke.

Die Waffe segelte durch die Luft, schien lachhaft klein zu werden, je näher sie dem Drachen kam. Dann schlug sie gegen die Schuppen, prallte ab und taumelte kreiselnd zu Boden. Grautaz lief weiter, als hätte er gar nichts bemerkt, und der Schlag seiner Krallen auf dem Höhlenboden übertönte jedes andere Geräusch.

Werzaz stand da, den brennenden Schild in der Hand, die Rechte mutlos gesenkt. Asche rieselte an ihm herunter, wo das Feuer vorstehende Zipfel der Kleidung berührt hatte. Weiße Flocken schälten sich auch vom Holz unter der Goldplatte des Schildes.

In diesem Augenblick lief Gulbert an Wito vorbei zu Chaspard und entriss ihm das Kästchen.

»Komm!«, fuhr der Zauberer ihn an. »Wir haben es. Meine Illusion wird den Drachen nicht lange ablenken.«

»Was ist mit Daugrula?«, rief Wito, aber niemand achtete auf ihn.

Nur Werzaz blickte kurz zu ihm hin, dann schleuderte er den Schild fort und zog das Schwert. »Lauf, Schweineborste«, brüllte er. »Leuchmadans Herz ist draußen. Wir folgen ihm!« Er rannte los. Chaspard, der noch zauderte, wurde von dem Goblin einfach weggestoßen.

Wito zögerte. Sein Blick folgte dem Schild, der im Drachenfeuer gleißte und wie ein wilder Flammenkreisel über den Hallenboden hinter Grautaz herschlitterte. Der Unkwitt war nun dort, wo Darnamur und Gredin eben noch gestanden hatten. Doch dahinter, halb verborgen durch den Dunst, barst der Hort des Drachen auseinander. Wito vermeinte einen Riesen zwischen den umherstiebenden Münzen zu sehen, einen Riesen, der sich unvermittelt auf den Drachen stürzte.

Baskon fuhr aus dem Kästchen heraus, und der Klang seiner Seele fand reichlich Widerhall. Wie tausend winzige Gongschläge klirrte und klimperte es um ihn her, und der Wardu brauchte eine Weile, um sich zurechtzufinden.

Er war mitten in einem Berg von Metall wieder in die Welt

getreten. Baskon spürte Gold, Silber und Bronze und auch Edelsteine. Die Steine waren nur toter Ballast für ihn, aber mit dem Metall ließ sich etwas anfangen.

Er griff nach den größeren Gegenständen, nach Kelchen und verzierten Dolchen, nach Figuren und Tafelplatten. Es war viel Metall um ihn, aber nichts davon passte richtig. Er sandte seine Sinne weiter und fand Rüstungen und Schwerter, Schilde und Helme auf dem Boden.

Baskon spürte, dass in der Höhle ein Kampf im Gange war. Seine Gefährten waren hier. Also hatte die Nachtalbe den Trupp hergeführt, um dem Drachen das Kästchen wieder abzunehmen. Aber da waren noch andere ... Doch zuerst musste er sich um den Drachen kümmern.

Baskon ließ seinen Seelenklang von Münze zu Münze springen und hinterließ überall eine feine, schwingende Spur. Die Verbindung zu dem Kästchen und zu Leuchmadans Herz war ungebrochen, und eine gewaltige Macht strömte ihm daraus zu. Sein Lied wurde lauter und erfasste nach und nach eine ganze Flanke des riesigen Drachenhorts.

Grautaz kam näher.

Mit einem Ruck zog Baskon das Netz von Klängen zu. Seine Seelenmelodie straffte sich wie ein Bündel Sehnen, an deren Enden jeweils eine Münze hing, eine Bronzefigur oder irgendein anderes Stück von Grautaz' Schatz. Baskon zog alles an sich und erschuf einen Leib, gewaltiger als alles, was er jemals gelenkt hatte.

Als goldener Gigant erhob er sich von dem Hort. Erst jetzt wurde der Drache auf ihn aufmerksam und drehte den Kopf in seine Richtung. Baskon lief los.

Er spürte das Gewicht des neuen Leibes, ein Riese aus Kostbarkeiten. Baskon konnte diesen Leib nicht auf Dauer zusammenhalten, aber er hielt *jetzt.* Mit zwei, drei Schritten hatte er den Unkwitt erreicht, und bei jedem Schritt regnete klirrend Substanz von ihm herab. Münzen verteilten sich auf dem Höhlenboden und zogen eine Spur von dem Hort bis zur Flanke des Drachen.

Baskon traf Grautaz mit der Wucht eines ganzen Reiterheers. Die blitzende Masse brach wie eine Flutwelle. Hunderttausend Münzen spritzen in alle Richtungen. Sie drehten sich blitzend im schwachen Licht, das die Höhle erfüllte, und in jeder Umdrehung eines jeden Goldstücks blinzelte der Wardu.

Wito musste sich entscheiden: Sollte er das Kästchen im Auge behalten oder den Gefährten beistehen, die noch in der Höhle waren?

Der Weg zu Darnamur war ihm durch den Drachen versperrt. Also wandte Wito sich um und lief in die andere Richtung, in die Qualmwolken am rückwärtigen Ende des Gewölbes hinein. Dort waren Daugrula und Gulbert gewesen, doch nur der Zauberer war wieder zurückgekehrt.

Wito tastete sich durch den Dunst, der ihn ganz einhüllte. Es war dunkel, denn das Glimmen über dem Hort reichte kaum bis hierher. Als Gnom kam Wito auch in der Dunkelheit zurecht, aber die wogenden Schwaden am Boden waren trügerisch. Sie nahmen ihm den Atem und gaukelten ihm Dinge vor, schemenhafte Gestalten und Bewegung, wo in Wahrheit gar nichts war.

»Daugrula?«, rief er leise.

Er hörte ein Wimmern in der Dunkelheit und ging darauf zu.

Bald kam er zu der zugeschütteten Spalte in der Mitte der Halle und folgte diesem Riss. Wieder ertönte ein Wimmern, und im nächsten Augenblick sah Wito einen ausgestreckten Körper vor sich liegen. Er beugte sich hinab. Daugrula.

Die Nachtalbe sah grauenvoll aus. Ihr Oberkörper war nur noch eine verschmorte Masse, schwarz verkohlt und von weißlicher Asche durchsetzt. Auch Daugrulas halbes Gesicht war verbrannt, und anstatt der Haare breiteten sich Ascheflocken um ihren Kopf aus.

Das Wimmern, das Wito gehört hatte, kam nicht von ihr, sondern von Balgir. Das Taschentier lag, ebenfalls von schweren Verbrennungen gezeichnet, zu Daugrulas Füßen. Doch Daugrula lag stumm und reglos da.

Baskon fand sich unvermittelt über den ganzen Höhlenboden verstreut. Er hatte Mühe, seine Essenz wieder zusammenzuziehen, und konzentrierte sich auf diejenigen Teile seines metallenen Leibes, die zurück auf den Hort gefallen waren. In den übrigen Münzen erstarb das Leben, das Klirren verstummte, und es wurde still.

Der überraschende Angriff hatte auch Grautaz ins Wanken gebracht. Baskon fühlte, wie der massige Drachenleib aufprallte, und er nutzte die Zeit, um sich tief im Hort zu verkriechen.

Doch da wälzte Grautaz sich schon wieder heran.

»ICH HÖRE DICH, WARDU!«, knurrte er. Mit riesigen Klauen wühlte er im Gold und schlug blindwütig den eigenen Schatz mit dem Schwanz auseinander. »ICH HÖRE DICH UND ICH KRIEGE DICH, WARDU. DU STÖRST ZUR UNZEIT!«

Baskon sammelte sich am Boden des Haufens, ein Summen tief im Hort wie von einem verborgenen Bienenschwarm. Er hatte den Riesenleib aus vielen Einzelteilen nicht zusammenhalten können. Um gegen Grautaz anzutreten, brauchte er etwas Massiveres.

Er ließ das Gold zerfließen und wieder zusammenlaufen. Daraus bildete er einen neuen Körper, ähnlich seiner alten Rüstung, nur ausgefüllt und so hoch wie drei Männer ... wie zwei Männer. Er musste Substanz aufgeben, weil er einen so großen und massiven Körper nicht mehr bewegen konnte.

Als er sich erhob, war er groß wie ein Troll, ein Leib aus lauterem, halb geschmeidigem Gold, massig und mit fein geformten Gelenken, aber ohne Gesicht.

Baskon hatte sich auch Waffen geschaffen, ein Schwert und lange Spieße, aus Gold geformt, das er mit seiner Macht härtete und mit festem Stahl durchwirkte, den er im Hort gefunden hatte.

Die Klauen des Unkwitt zerpflügten das Gold und legten Baskon frei. Der Wardu hieb mit dem Schwert zu, bevor Grautaz seine Pranke wieder fortreißen konnte. Aber die Klinge glitt wirkungslos an der Kralle ab.

»DU SOLLST BEREUEN, DASS DU AUS DEINER KISTE GEKOMMEN BIST!«, rief Grautaz. »ICH WERDE DICH DORTHIN

ZURÜCKSCHICKEN, UND WENN ICH SIE WIEDERHABE, WIRD DEINE SEELE AUF TAUSEND JAHRE MEIN SPIELZEUG SEIN.«

Baskon hob Speer und Schwert und griff an. Zwei blanke Spitzen zielten auf den roten Drachenhals, der sich aus dem Bodendunst erhob und im Zwielicht glitzerte wie ein Band von Rubinen. Grautaz aber bog den Hals, und Feuer schoss aus seinem Maul.

Baskon erstarrte.

Das fauchende Drachenfeuer fand ein knisterndes Echo in seinem Geist, wie ein verborgener Schmerz, der an den Rändern des Bewusstseins nagte. Dann hüllte die Lohe ihn ein. Sein Schwert barst, seine Spieße knickten ab. Roter Stahl schoss hervor und zerstob zu einer schmutzig grauen Rauchwolke.

Baskons goldener Körper badete in hellen, unwirklichen Flammen. In eine silbrige, flirrende Aureole gehüllt, taumelte der Wardu rückwärts. Grautaz' Atem zerschmolz Stahl und alles mindere Metall, aber Gold blieb kühl. Es entzündete sich in kalter Flamme, doch Baskon fühlte sich in dem hellen Flammenkranz stärker als zuvor.

Da schleuderte ein Schwanzhieb des Unkwitt ihn gegen die Höhlenwand – trollgroß und ganz aus Gold, wie er war. Der Aufprall riss ihm einen Arm und einen Fuß ab und erstickte das Feuer in seinem Leib.

Baskon kroch über den Boden und formte sich neu. Er versuchte nicht, die verlorene Substanz zu ersetzen. In etwas kleinerer Gestalt erhob er sich, mit neuen Waffen in der Hand, gerade als der Drache wieder über ihm war.

Grautaz stürmte heran, ein tobender Koloss und außer sich vor Zorn. Er schlug die Zähne in Baskons Leib und riss ihn hoch und schüttelte ihn. Das eigene Gewicht zerrte an der Kraft des Wardu, und er fühlte einen ziehenden Schmerz. Mit dem goldenen Schwert hieb er gegen den Unterkiefer des Drachen, doch es war, als würde er auf einen Felsen schlagen.

Mit seinen Klauen hobelte Grautaz goldene Späne aus Baskons Leib. Da ließ der Wardu seinen Körper ein wenig nach, und wie ein goldener Tropfen rann er aus dem Drachenmaul, klatschte auf den Boden und wurde im selben Augenblick wieder fest.

Er schleuderte einen Speer, der sirrend gegen Grautaz' Brust schlug und abprallte.

Baskon versuchte, einem Prankenhieb auszuweichen, aber er war zu langsam. Er flog durch die Höhle, gab freiwillig Substanz ab und fühlte sich zunehmend verzweifelt: Er brauchte mehr Masse, um gegen den Drachen zu bestehen, doch er musste auch schneller werden – was er nicht konnte, solange sein Leib zu schwer war.

Aber er war ein Wardu! Er musste mehr erreichen!

Er stand auf und schleuderte einen Speer auf den anstürmenden Unkwitt. Grautaz bog den Kopf zur Seite, und das Geschoss schrammte über seine gepanzerte Nase und verschwand im Höhlendämmer. Wieder schlug der Unkwitt seine Zähne in Baskons Brust.

»STIRB ENDLICH!«, knurrte er tief in seiner Kehle. Feuer begleitete seine Worte und erfasste Baskon, der erneut aufglühte und erstrahlte. Doch er bestand nur noch aus Gold, und die Flammen richteten nichts aus.

»Ich kann nicht sterben«, rief er. »Ich bin der Stahl, der zum Leben erwacht ist ...« Er verstummte, hielt inne und setzte neu an, während der Drache die Klauen in seine Beine grub: »Ich bin *dein* Gold, das sich gegen dich wendet!«

Und Baskon hob den Arm und stieß einen langen Spieß, den er plötzlich an seiner Hand gebildet hatte, in das Auge des Drachen.

Wito streckte vorsichtig die Hand nach der Nachtalbe aus, doch er zögerte, sie zu berühren. Da bemerkte er, dass ihre Augenlider sich bewegten.

»Daugrula?«, hauchte er. »Ihr lebt!«

»Geh fort, Gnom«, flüsterte die Nachtalbe. »Das Drachenfeuer hat mich gezeichnet.«

Wito fasste ihren linken Arm, der vom Ellbogen abwärts

unversehrt schien. Er zog daran. »Ich bringe Euch hier heraus«, sagte er. »Könnt Ihr aufstehen?«

»Es ist zu spät«, murmelte Daugrula. Sie blieb schlaff auf dem Boden liegen. »Geh, solange der Drache abgelenkt ist. Du musst dich um das Kästchen kümmern.«

»Gulbert hat es!«, rief Wito verzweifelt. »Werzaz ist mit den anderen gegangen, aber er ist so dumm. Sie werden ihn übertölpeln, noch ehe sie die Katakomben verlassen, und dann ist Leuchmadans Herz wieder in ihren Händen. Und Darnamur ist bei dem Drachen – wenn er überhaupt noch lebt. Wir brauchen Euch!«

Sie versuchte, sich auf die Füße zu stemmen, aber die Kräfte verließen sie. Sie taumelte ein paar Schritte auf den Seitengang zu, und Wito stützte sie, so gut er konnte. Balgir umklammerte ihre Beine und ließ sich mitziehen. Er wimmerte und winselte. Vom anderen Ende der Halle erklangen donnernde Schläge, als würde der Berg über ihnen einstürzen.

»Wir müssen uns beeilen«, sagte Wito. »Wir müssen hier raus! Ich weiß nicht, was der Unkwitt dort anstellt.«

»Dann geh allein«, stieß Daugrula keuchend hervor, aber sie kämpfte sich weiter. Sie schleppten sich bis zum Rand der Höhle, da schälte sich eine kleine Gestalt vor ihnen aus dem Dunst.

»Darnamur!«, rief Wito. Aber es war Chaspard.

Baskon legte all seine Kraft in den Stoß und verstärkte den Speer mit allen Schwingungen seiner Seele. Aber das Auge des Drachen war hart wie Stein, und die Spitze drang nur wenige Fingerbreit in die Pupille. Dort steckte sie fest, umgeben von einem Netz milchiger Sprünge. Grautaz bäumte sich auf.

Sein Auge war trüb wie ein blind gewordener Spiegel, das Rot darunter ausgelöscht. Doch mit der Pranke fegte der Unkwitt den Spieß aus der Kerbe, ein goldenes Flimmern zeigte sich an den Rissen, und die Wunde heilte.

Baskon drang erneut auf den Drachen ein. Mit der Linken schleuderte er kleinere Geschosse gegen Grautaz' Kopf, während er mit der Rechten das Schwert schwang und nach einer Lücke zwischen den Schuppen suchte.

Grautaz raste. Er sprang durch die Höhle und schlug wild mit dem Schwanz um sich. Steinbrocken hagelten durch die Luft. Baskon verlor an Substanz. Sein goldener Leib wurde wieder zu einer Rüstung, hohl im Inneren und nur noch so groß wie ein Mensch. Das machte den Wardu flinker. Geschickt wich er den Angriffen des Drachen aus und versuchte wieder, seine Augen zu treffen, nach der Zunge zu schlagen oder nach irgendeinem anderen Körperteil, das weniger gepanzert wirkte.

Der Kampf wogte von einer Seite der Grotte zur anderen. Immer wieder hieb Grautaz gegen die Felswände. Tropfsteine prasselten von der Höhlendecke, gefolgt von Felsbrocken und Teilen der Wand. Der beißende Qualm ballte sich zu dichten Schwaden, und der Hort war überall verstreut. Bei jedem Schritt trat der Drache seine Schätze und Trophäen unter den Pranken platt.

Baskon musste zurückweichen, bis in den vorderen Teil der Höhle. Und schließlich drängte Grautaz ihn durch den Hauptzugang nach draußen.

Wito blickte den Wichtel überrascht an. »Du bist zurückgekommen, um *uns* zu helfen?«, fragte er fassungslos.

Chaspard schaute ebenso überrascht drein wie der Gnom und schüttelte den Kopf. Dann verzog er den Mund zu einem gequälten Lächeln und streckte Daugrula die Hände entgegen. »Nein«, sagte er. »Eigentlich habe ich kehrtgemacht, um nach Gredin zu suchen. Gulbert ist mit dem Kästchen zufrieden, aber Gredin war schon so lange mein Gefährte – ich werde ihn nicht bei dem Drachen zurücklassen. Habt ihr Gredin gesehen? Was soll's. Wenn ich schon mal hier bin, kann ich auch euch beiden helfen. Ihr habt's genauso nötig, scheint mir.«

Behutsam fasste er unter Daugrulas anderen Arm, der viel schlimmer zugerichtet war. Die Nachtalbe unterdrückte einen Aufschrei. Aber mit der Hilfe des Gnoms und des Wichtels kam sie schneller voran, und bald waren sie bei dem Gang, durch den sie in die Drachenhöhle eingedrungen waren.

»Wir bringen sie in Sicherheit, dann kehre ich mit dir zurück, um nach deinem Freund zu suchen«, versprach Wito. »Ich habe auch noch einen Gefährten in der Halle. Der Unkwitt hat ihnen den Weg abgeschnitten.«

Chaspard nickte. »Das habe ich gesehen«, sagte er.

Sie ließen die große Grotte hinter sich. Daugrula atmete schwer. Balgir war inzwischen verstummt, aber wann immer der tobende Drache kurz verstummte, konnte man seine zischenden Atemzüge hören. Er ringelte sich um Daugrulas Bein und presste den Kopf an ihren Oberschenkel.

»Noch ein Stück«, sagte Wito, und sie zogen die verwundete Albe tiefer in den Gang. Das Donnern des Drachen kam näher. Wito blickte beunruhigt zurück in die Höhle. »Tiefer in den Gang«, flüsterte er.

Es wurde dunkel um sie. Ein gewaltiger Leib schob sich vor den Zugang. Die Wände des Ganges wankten.

»Leuchmadans Gnade«, rief Wito. »Weiter!«

Sie zogen und zerrten Daugrula weiter, zwängten sich um Biegungen, krochen unter Überhängen hindurch. Der Boden erzitterte unter den Tritten des Drachen. Ein Knirschen tönte aus dem Fels.

Über ihnen taten sich Risse auf, Staub und Steine rieselten herab. Und dann gaben die Höhlenwände nach. Mit einem einzigen Ächzen sackte hinter ihnen der ganze Gang ab, und die Öffnung schloss sich, als hätte es sie nie gegeben. Staub quoll durch den Schacht, und an den Seiten sackte Stein nach. Die Brocken von der Decke wurden größer. Plötzlich kreischte Balgir wieder und schlug mit dem Schwanz um sich. Ein dumpfes Dröhnen drang aus dem Gestein, als würde ein Riese den ganzen Berg als Trommel gebrauchen.

»Dorthin! Dorthin!«, rief Wito.

»Wohin?«, fragte Chaspard.

Gemeinsam stolperten sie bis zu einem kurzen Abschnitt, wo der schmale und unregelmäßige Schacht eine fast gewölbeartige Decke hatte. Wito hatte richtig gesehen: In diesem Teil waren kaum Risse, und der Gang wirkte stabil.

Aber um sie herum prasselten immer größere Gesteinsbrocken herab. Felsen rollten in den Stollen und trafen ihre Füße, so dass die drei sich gegen die Wand pressten und verzweifelt auswichen. Mehr und mehr Gestein rutschte nach, türmte sich auf.

Dann wurde es still.

15. Kapitel: Verrat

Die vermehrungsfreudigen Goblins stellten stets den Hauptteil von Leuchmadans Heerscharen. Kampf und Stärke gilt diesen Kreaturen alles, das Leben nichts, und selbst das eigene Leben ist ihnen nur Mittel zu dem Zweck, anderen Völkern Unheil zu tun. Ihr rauflustiges Gebaren bringt auch ihnen unweigerlich Tod und Verstümmelung, und ein blutiges Ende ziehen sie langsamem Siechtum allemal vor. Über die natürliche Lebensspanne des Goblins ist daher nur wenig bekannt.

Goblins sind böse auf eine dumme, grobschlächtige Weise, die unter der Führung eines grösseren Geistes zur scharfen Waffe wird. Aus eigenem Antrieb können sie Bauern bedrohen und die Lande des Lichts verwüsten, sind von wohlgeordneten Heeren allerdings rasch ausgemerzt.

Die meisten Goblins leben heutzutage in kleinen Stämmen in den kargen Steppen östlich der Schraffelgrate. Wie es heisst, hausten sie einst in Höhlen wie die Zwerge oder in den fruchtbaren Landen des Westens. Heutzutage allerdings findet man sie nur noch in geringer Zahl im wilden Süden der Berge, und auf bitanischer Seite – Lucan sei's gedankt! – findet man sie gar nicht mehr.

Aus dem »Almanach der Finstervölker« von Conzionarius Caezo,
Priester im Tempel der Sonne

Darnamur nutzte die Gelegenheit zur Flucht, als der Riese aus Goldmünzen Grautaz ablenkte. Münzen prasselten auf ihn ein, und im Laufen hob der Gnom einen Helm vom Boden auf und hielt ihn schützend über sich. Umherfliegende Metallstücke hagelten auf den Stahl, rissen Fetzen aus seiner Lederweste und trommelten gegen ihn wie Fausthiebe.

Dann hörte es auf. Darnamur suchte Deckung hinter einem Ausläufer des Horts und duckte sich tief. Er prüfte das Seil, das er um den Leib geschlungen trug. Eine Lage davon war durch den Münzschauer abgetrennt, und er ließ sie zu Boden fallen.

Dann hob er den Kopf und starrte ungläubig auf das, was sich vor seinen Augen abspielte: Ein goldener Troll stand zwischen den Schätzen und hieb mit dem Schwert auf den Drachen ein! Darnamur löste sich von dem Anblick und schlich auf den Ausgang zu. Das nutzlose Knochenmesser steckte er weg.

Der Unkwitt tobte und schlug um sich, er stampfte und spie Feuer, und der Kampf wogte von einer Seite der Höhle zur anderen. Darnamur kam nicht an ihm vorbei und wurde immer weiter abgedrängt. Schließlich musste er hilflos zusehen, wie der Drache in seinem wilden Kampf die Höhlenwände zerschmetterte und wie der Gang einstürzte, durch den sie gekommen waren.

Jetzt gab es nur einen Weg ins Freie, den großen Schacht, vor dem die Gefährten Grautaz zum ersten Mal gesehen hatten. Und in diese Richtung drängte der Unkwitt seinen Gegner. Die goldene Gestalt wurde immer kleiner, während der Drache Stücke von ihr abriss, doch er konnte sie nicht vernichten. Der goldene Mann hieb nach dem Drachen und schleuderte Speere, die am Panzer abprallten. Allmählich erkannte Darnamur den Angreifer: Es war der Wardu.

Der Kampf verlagerte sich immer weiter aus der Höhle hinaus, und Darnamur folgte den Giganten und hoffte auf eine günstige Gelegenheit, an ihnen vorbeizuschlüpfen. Wenn der Wardu und der Unkwitt sich nur gegenseitig erschlagen hätten! Darnamur hasste sie beide.

Er schlich einen breiten Gang entlang, der stetig aufwärts führte. Der Boden war glatt und mit großen Steinplatten ausgelegt, doch sie waren verwittert und an vielen Stellen geborsten. Am Rand und an den Wänden wirkte der Fels roh und vernarbt, als wäre dieser Weg erst später verbreitert worden. Darnamur war unbehaglich zumute. Hier gab es keine Deckung.

Inzwischen konnte er die beiden Kämpfer vor sich nicht mehr sehen. Aber in der Ferne hörte Darnamur sie rumoren, und immer wieder kam er an Steinbrocken und Geröll vorbei, die frisch aus der Wand geschlagen waren. Nach einigen hundert Schritten erreichte er eine Kante, wo der Boden weggebrochen war. Zwei Körperlängen tiefer ging der Weg weiter, und von dort aus ging es abwärts. Das Gestein war hier zerklüftet, und aus zahlreichen Spalten rann Wasser und vereinigte sich zu einem Bach, der sich bald in der Mitte des Gangs sammelte und Richtung Ausgang floss.

Da merkte Darnamur, wie still es geworden war.

Er blieb stehen und lauschte. Hielt den Atem an. Kein Poltern mehr, kein Krachen, kein Klirren.

Vielleicht hatte Baskon den Unkwitt erschlagen. Oder vielleicht hatte Grautaz seinen Gegner überwunden und war losgeflogen, um nach der geraubten Schatulle zu suchen, die irgendwann an anderer Stelle aus dem Berg getragen werden würde. Vielleicht war der Weg vor ihm jetzt frei.

Vielleicht.

Aber während er lauschte, wurde Darnamur von einem immer größeren Grauen erfasst, und endlich hielt er es nicht mehr aus. Er wandte sich um und floh. Darnamur rannte zurück zu der Kammer mit dem Hort, zum toten Ende dieser Sackgasse, als wäre Leuchmadans Zorn selbst ihm auf den Fersen.

Es knackte und rieselte noch ein wenig, als der Fels sich setzte. In der winzigen Felskammer war es so dunkel, dass selbst Wito nichts mehr sehen konnte. Nur sein Raumgefühl verriet ihm, wo seine Begleiter sich befanden.

Er hörte Chaspard in der Finsternis hantieren, dann sprang ein kleiner Funke auf, und der Wichtel entzündete eine winzige

Öllampe. Sie sahen sich um, Chaspard auf der einen Seite, Wito auf der anderen. Sie waren eingeschlossen.

»Könnt Ihr uns herausbringen?«, wandte Wito sich an Daugrula.

Daugrula verzog die Lippen zu einem schmerzlichen Lächeln. Sie rutschte ein wenig mit dem Rücken an der Felswand hoch und verharrte in halb sitzender Stellung. Der Schein der kleinen Flamme spiegelte sich in ihren dunklen Augen.

»Ich kann nicht einmal mir selbst helfen«, sagte sie. »Ich weiß nicht, warum ihr mich überhaupt aus der Höhle geholt habt.«

»Ja«, sagte Chaspard und schaute auf den eingestürzten Gang. »Jetzt, im Nachhinein, fragt man sich das.«

Wito warf dem Wichtel einen missbilligenden Blick zu. Dann wandte er sich wieder an Daugrula. »Ihr habt diesen Menschen geheilt, Sukan. Könnt Ihr nicht auch Eure eigenen Brandwunden verschwinden lassen?«

Bei der Bewegung seiner Herrin war auch Balgir wieder erwacht. Das Taschentier war übel zugerichtet. Unter einer Schicht von Asche lag verbranntes Fleisch, aus dem geschwärzte Knochen herausragten. Vom Nacken den halben Rücken hinab hatten die Flammen den Echsenleib gezeichnet, und eine schwarze, ölige Flüssigkeit rann aus der Wunde.

Die Echse wimmerte, löste sich von Daugrulas Bein und kroch an der Nachtalbe empor. Daugrula legte Balgir die Hand auf den Kopf und gab einige beruhigende Laute von sich. Ihr Gesicht wirkte müde.

»Ich kann die Brandwunden heilen, aber nicht die tieferen Verbrennungen des Drachenfeuers. Wenn ich die körperlichen Wunden beseitige, drücke ich das Unheil nur in meine Seele, in mein Schicksal – ich werde viel tiefer gezeichnet sein, als die Narben an meinem Leib mich zeichnen könnten.«

»Aber bei Sukan war Euch das egal?«, mischte Chaspard sich ein.

Daugrula blickte zu ihm auf. »Es konnte nicht zu meinem Schaden sein, wenn ein Fluch seine Taten ins Gegenteil verkehrt, seine Wünsche zunichte macht und ihn ins Unglück stürzt. Vermutlich ist es nicht sein Herzenswunsch, uns zu helfen. Der Fluch hätte uns also sogar nützlich sein können. Aber wenn ich bei mir nun dasselbe täte, um euch zu helfen, wäre das weder in meinem noch in eurem Sinne.«

Balgir wimmerte lauter und legte matt den Kopf auf den Bauch seiner Herrin. Unter Daugrulas Berührung schuppte Asche und totes Gewebe von dem Echsenleib ab, und darunter zeigte sich frische, unversehrte Haut. Die Wunden schlossen sich. Dann strich Daugrula über Balgirs Nackenkamm, und im Nu wurde er schlaff. Er formte sich zu einem länglichen Lederschlauch mit Schnallen an beiden Enden.

»Lebe wohl, Balgir«, flüsterte Daugrula und ließ die Arme sinken. Die Tasche rutschte von ihrem Schoß und blieb auf dem Boden liegen – makellos, aber nichts weiter als ein toter Gegenstand.

Wito schaute auf das Ding, das kurz zuvor noch ein Tier gewesen war. »Habt Ihr Balgir geheilt?«, fragte er. »Aber der Fluch!«

Um Daugrulas Mundwinkel lag der ironische Zug, der so typisch für sie war. »Sei nicht dumm, Gnom«, sagte sie. »Das ist nur eine Tasche. Sie kann beschädigt werden, aber ein Fluch darauf wäre doch zu lächerlich.«

Wito sprach hastig weiter: »Ihr solltet Euch um Eure Wunden genauso kümmern. Selbst wenn Ihr unter einem Fluch steht, sind wir mit Euch besser dran als ohne Eure Hilfe. Wir sitzen hier fest, und ich wüsste nicht, was ich ohne Euch ausrichten sollte.«

»Ich habe euch Gnome nie unterschätzt.« Daugrula lächelte. »Ihr werdet eure Aufgabe erfüllen. Wären die Dinge anders verlaufen, hätte ich euch womöglich in meine Dienste genommen. Aber so ... werdet ihr allein weitergehen müssen.«

Wito suchte nach Worten, aber ihm fiel nichts mehr ein. »Gnome sind keine guten Hausdiener«, antwortete er einfach und versuchte, seiner Stimme einen leichten Ton zu geben.

»Darnamur hätte ich womöglich lieber in anderen Häusern beschäftigt«, bestätigte Daugrula. Winzige weiße Zähne blitzten im Rot ihres Mundes auf. »Aber ich bin mir sicher, ich hätte viele geeignete Plätze für ihn gefunden.« Dann wandte sie sich dem Wichtel zu: »Du weißt, dass euer Zauberer Gulbert den Elfenkönig verraten hat?«

Chaspard zuckte die Achseln. »Gulbert meinte, wir würden es niemals schaffen, das Kästchen vom Drachenhort zum Ausgang zu bringen. Deshalb wollte er Perbias opfern, um den Drachen abzulenken und in Sicherheit zu wiegen. Gredin und ich sollten uns in der Nähe bereithalten.«

»Und so einem Anführer vertraust du?«, fragte Wito fassungslos. »Wenn er seinen Kampfgefährten verrät, kannst du das nächste Opfer sein!«

Chaspard blickte zur Seite. »Das ist etwas anderes. Der Zauberer hat seine eigenen Pläne, und wer weiß, was der Elfenkönig ihm bedeutet. Aber meine Familie arbeitet schon seit drei Generationen mit Gulbert zusammen, und beide Seiten haben ihren Nutzen daraus gezogen. Wir sind wichtig für ihn. Er würde mich nicht so hintergehen.«

»Ihr arbeitet für ihn – als Diebe!«, stellte Wito fest.

»Das ist meine Profession«, erwiderte Chaspard. »Ich habe nie etwas anderes behauptet. Und was machst du? Wir gehen beide unserer Arbeit nach und stellen nicht viele Fragen, wenn es um die Taten und die Beweggründe der Großen geht. Das ist nicht gut für unsereinen.«

»Ich kämpfe für mein Volk!«, widersprach Wito. »Für alle Völker der Grauen Lande.«

»Für den Goblin?« Chaspard grinste. Seine Zähne funkelten im Lampenschein. »Der war dabei, als wir den ›Verrat‹ an Perbias planten. Er sollte darauf achten, dass wir euch nicht verraten – aber gegen den Tod des Elfenkönigs hatte er nichts einzuwenden. Der Plan gefiel ihm sogar. Gulbert hat das schon vorher gewusst. So laufen die Spiele der Großen nun mal, und eure Goblins und Nachtalben würden jederzeit dasselbe tun. Also, schweig mir davon. Wir haben jetzt andere Schwierigkeiten.« Er wies in Richtung des eingestürzten Gangs.

Daugrula nickte und hob den Arm. »Gut. Gulberts Verrat ist also bekannt. Das war die eine Sache, die ich noch sagen wollte.

Die andere betrifft nur Wito und mich. Du gehörst nicht zu uns, Wichtel, also zieh dich zurück.«

Darnamur erreichte die große Höhle, außer Atem, aber unbeschadet. Erst jetzt fiel ihm auf, wie sehr sich der Ort verändert hatte. Von dem großen Hort war kaum etwas geblieben. Die Schätze lagen in der ganzen Halle verstreut, und viele wertvolle Kleinodien waren zerschlagen. An manchen Stellen glitzerten die Splitter von Rubinen und Smaragden, von den Pranken des Drachen zu farbigem Sand zertreten.

Es war düsterer geworden. Das brennende Gold war erloschen, nur hier und da leuchteten noch einzelne Münzen im Drachenfeuer und funkelten am Boden wie geisterhafte Kerzen. Staub und Rauch dämpften das diffuse Leuchten in der Luft. An vielen Stellen hatte der Dunst sich schon gehoben, nur vereinzelt ballten sich dichtere Schwaden, die durch den Raum krochen wie lebende Schatten.

Der Boden war überall aufgerissen und von Spalten durchzogen. Auch wenn die große Kluft, die einen Teil des Schatzes verschlungen hatte, inzwischen wieder zugeschüttet war, wirkte der Grund trügerisch. Durch die vielen Risse hörte Darnamur das Wasser in der Tiefe rauschen. Auch die Höhlenwände waren nicht unbeschadet geblieben. Der Unkwitt hatte durch die Masse seines Leibes oder mit kraftvollen Schwanzhieben große Scharten in den Fels geschlagen und das Geröll weit in der Höhle verteilt. Die hohe Decke verschwand in der Dunkelheit, hinter Nebeln von schillerndem Qualm, aber angesichts der schweren Tropfsteine, die den Boden bedeckten, konnte es dort oben nicht besser aussehen.

Darnamur hoffte nur, dass der Berg nicht über ihm einstürzte.

Er rannte an der Wand entlang weiter. Sein Unbehagen blieb, auch wenn Darnamur nicht genau sagen konnte, woher es rührte. Er suchte im Schatten von Vorsprüngen oder hinter frisch losgetreten Steinhaufen nach weiteren Zugängen zur Höhle, nach einem Fluchtweg. Der Gang, den Werzaz für sie gefunden hatte, konnte doch nicht der einzige gewesen sein.

Er wollte schauen, ob von dem geheimen Stollen zumindest noch so viel übrig war, dass er sich in kleiner Gestalt hindurchzwängen konnte. Doch bei all dem Geröll am Boden und an der Wand hatte er Mühe, den Zugang überhaupt wiederzufinden – und ihm blieb keine Zeit zum Suchen.

Aus den Augenwinkeln erblickte Darnamur eine Bewegung. Grautaz kam zurück!

Chaspard zog sich gehorsam in den äußersten Winkel des kleinen Hohlraums zurück. Daugrula winkte Wito näher zu sich, so nah, dass er ihre verbrannte Haut riechen konnte.

Wito wusste, wie solche Wunden rochen. Diesmal aber mischte sich etwas anderes unter die Ausdünstungen. Wito brauchte einen Augenblick, bis er es einordnen konnte. Es war derselbe beißende Aschegeruch, der auch die verbrannte Lichtung im Wald erfüllt hatte, als er sich mit Darnamur an die Feinde angeschlichen hatte. Und es war derselbe Geruch, der in den Grauen Landen allgegenwärtig war.

Das Drachenfeuer verzehrte das Leben – und das war auch in seiner Heimat geschehen. Wenn das Drachenfeuer ein Fluch war, so standen die Grauen Lande unter demselben Fluch, seit Leuchmadans Kästchen ihre Lebenskraft genommen hatte.

Ich kämpfe für mein Volk und für alle Völker der Grauen Lande, hatte Wito gesagt. Und das stimmte. Das Drachenfeuer zeigte ihm, wie das Kästchen bisher missbraucht worden war, und er wollte es nicht einfach zurückbringen. Er wollte sein Land damit heilen.

»Du weißt, was du wissen musst«, flüsterte Daugrula ihm ins Ohr.

»Ich weiß überhaupt nichts«, murmelte Wito.

»Wir haben über viele Dinge gesprochen auf dieser Reise«, flüsterte Daugrula. Gedankenverloren kraulte sie Balgir, obwohl nichts weiter als eine Ledertasche neben ihr lag. »Nimm alles zusammen, was du erfahren hast. Und tu das Richtige. Aber hüte dich vor Gulbert. Glaube weder seinen Worten noch seinen Taten, denn mit allem, was er unternimmt, bereitet er stets seine nächste Hinterlist vor. Der alte Zauberer ist das Einzige, auf das ich nicht vorbereitet war und worauf ich niemanden vorbereiten konnte.«

»Soll das heißen, Ihr habt das von Anfang an geplant?«, fragte Wito. »Dass wir weitermachen, selbst wenn Ihr Euch opfern müsst?«

Daugrula schnaubte schwach. Es war fast wie ein Lachen. »Nein«, sagte sie. »Geplant hatte ich etwas anderes. Schon lange geplant … Alles habe ich gegeben, um Geliunas Vertrauen zu erlangen. Und endlich zahlte es sich aus. Sie hat mich auf diese Mission geschickt. Hätte ich Leuchmadans Kästchen in die Hände bekommen, so wäre eine neue Herrin in die Grauen Lande zurückgekehrt. Eine neue Ordnung. Meine Ordnung.«

Wieder erschütterte ein Dröhnen den Berg. Wito zuckte zusammen. Kämpfte der Drache noch immer? Nein. Es war zwischendurch still gewesen, und erst jetzt setzte das Hämmern und Dröhnen wieder ein. War etwa das ganze Höhlenlabyrinth ins Rutschen geraten?

In dieser Dunkelheit, den Berg drohend über sich und von Feinden umgeben, wollte Wito Daugrula nicht gehen lassen. »Es ist nicht zu spät«, sagte er. »Ihr könnt Euch heilen und Eure Pläne verwirklichen. Mit Leuchmadans Kästchen könnt Ihr doch gewiss …«

»Du hörst mir nicht zu«, sagte die Nachtalbe tadelnd. »Ich könnte einiges tun, aber das, was ich zutiefst wollte, könnte ich doch nicht erreichen. Also … soll zumindest das Richtige geschehen. Ihr Gnome werdet dafür sorgen. Und so werde ich meinen Willen bekommen, noch vor Leuchmadan. Nicht mehr für mich, aber für alles, was ich wertschätze.«

»Ihr hofft auf die Gnome? Dann hat das Drachenfeuer diese Hoffnung schon zunichte gemacht«, stellte Wito fest. »Denn wenn Darnamur nicht doch aus der Höhle des Drachen entkommen ist, bin ich der Letzte Eurer Gnome. Und ich sitze hier fest.«

»Ach«, befand Daugrula. »Du findest schon ein Schlupfloch.«

Als Wito antworten wollte, legte sie ihren Finger auf seine Lippen, dann auf die ihren. Sie schloss die Augen, und ihr schwerer Atem verstummte wie abgeschnitten.

»Warum jetzt?«, fragte Wito. Aber Daugrula antwortete nicht mehr.

Nur der Drache dröhnte tief unter dem Berg.

Der massige Leib des Unkwitt teilte den Dunst, die rote Brust funkelte. Nach all dem Getöse vorher hätte Darnamur nicht gedacht, dass Grautaz sich so leise bewegen konnte.

Wenn der Drache ihn noch nicht bemerkt hatte, konnte jede rasche Bewegung ihn verraten. Darnamur kroch in den Schatten eines zertrümmerten Felsbrockens und machte sich klein. Dann lief er ein Stück im Zickzack über den Höhlenboden und suchte Deckung hinter einer Münze.

Die schattenhaften Umrisse des Drachen ragten über ihm auf wie eine Naturerscheinung. Aus Darnamurs Perspektive verschwammen die Grenzen des Raums, aber etwas so Gewaltiges wie den Unkwitt konnte man nicht aus den Augen verlieren.

Grautaz setzte bedächtig Tatze vor Tatze, so dass Darnamur immer noch keinen Laut vernahm. Zuvor hatte der Boden unter den Schritten des Drachen gebebt, jetzt bewegte er sich geschmeidig wie eine Katze. Er verharrte kurz dort, wo Darnamur eben noch nach dem eingestürzten Zugang gesucht hatte, und senkte den Kopf.

Dann richtete Grautaz sich wieder auf, und seine sonore Stimme erfüllte die Höhle: »Sie sind fort, und der Gang ist eingestürzt. Ich spüre das Kästchen tief unter dem Berg, aber die Diebe werden noch einen, vielleicht auch zwei Tage unterwegs sein, bevor sie wieder ans Tageslicht kommen. Ich werde sie erwarten. Doch für den Augenblick bin ich allein in meiner Höhle zurückgeblieben.

Mit einem einzigen, vergessenen Gnom.«

Darnamur zuckte zusammen. Sein Herzschlag tat einen Sprung.

Grautaz setzte sich wieder in Bewegung, und er kam näher. Darnamur griff nach dem Messer, zückte es aber nicht. Was konnte die Knochenklinge ausrichten gegen einen Panzer, der selbst einem Wardu standhielt?

Der Gnom duckte sich tief hinter seine Münze. Grautaz redete weiter, so sanft, als würde er nur mit sich selbst sprechen.

»Mach dich groß. Mach dich klein. Mir ist es einerlei, kleiner Gnom. Ich kann dich riechen. Ich kann dich fühlen. Ich kann dich sehen. Und ich finde dich. Bevor ich wieder aus meinem Hort hinaustrete und das Kästchen zurückhole, kümmere ich mich um dich. Deine Freunde werden mein Tal nicht mehr verlassen, und du nicht mein Heim.

Den Wardu habe ich in Fetzen den Wasserfall hinabgeschickt. Das ging ein wenig schnell, denn er hat mich sehr gereizt. Aber mein Feuer brennt in ihm. Ich höre, wie es knistert. Und für dich nehme ich mir mehr Zeit.«

Darnamur spähte über den Rand der Münze und suchte nach einem Fluchtweg. Für einen käfergroßen Gnom gab es am Boden der Höhle genug Deckung, aber er wäre nicht schnell genug, um dem Drachen zu entkommen. Er wagte nicht, hinter seiner Münze hervorzukommen.

»Wusstest du, dass ich deinen natürlichen Zauber brechen kann, wenn ich dich zwischen meinen Klauen habe?«, plauderte Grautaz weiter. »Dann liegst du in deiner vollen Größe vor mir. Das ist nicht viel, aber es muss reichen. Immerhin gibt es mir ein wenig mehr zum Greifen.«

Seine Stimme klang fast zärtlich. Darnamur erschauderte.

»Keine Sorge. Ich werde dich nicht verbrennen. Ich werde dich nicht zerreißen. Nicht sofort. Einen Tag habe ich mindestens für dich, bevor deine Gefährten mit dem Kästchen aus dem Berg kommen. Ich werde dich ein wenig mit meinen Krallen kitzeln. Ich werde dich mit meinem Blick häuten, bis die finstersten

Winkel deiner Seele vor mir liegen. Ich werde mir Zeit für dich nehmen, solange dein winziger Leib es aushält. Ihr werdet es alle bedauern, dass ihr mein Eigentum geraubt und meinen Hort zerstreut habt. Ich bin langmütig im Frieden wie im Hass.«

Grautaz verstummte. Er ragte über Darnamur auf. Sein Kopf schwebte verschwommen im Zwielichtglanz unter der Höhlendecke, eine finstere Wolke, getragen von einer roten und silbernen Säule. Darnamur war nichts als ein Floh zu Füßen des Unkwitt. Seine Brust war so eng, dass sie gegen jeden Atemzug anzukämpfen schien.

Darnamur zwang sich, tief Luft zu holen, und es war, als würde in seinem Inneren etwas bersten. Das lastende Gefühl verging. Das Blut rauschte ihm in den Ohren. Die albtraumhafte Stimmung löste sich auf, und Darnamur sah die Welt wieder als das, was sie war.

Ein Raum, und Körper, verbunden durch Bewegung. Ein Auftrag. Ein Einsatz.

Und er war auf sich gestellt.

Darnamur blickte nach oben und sah, wie Grautaz ein Bein hob. Der Gnom duckte sich, zum Sprung gespannt. Das Bein des Drachen fuhr herab, genau auf ihn zu.

Und Darnamur tat einen Satz nach vorn und wechselte im selben Moment die Größe. Sofort kam er wieder am Boden auf, rollte sich ab und stieß sich voran. In dieser Gestalt war er viel schneller als in Käfergröße.

Die Pranke sauste auf ihn nieder. Krallen schossen hervor und krümmten sich zu scharfen Sicheln. Darnamur sah die massive Ferse des Drachenfußes herabsausen, und kurz flackerte die Erinnerung an Gredin in ihm auf – an einen verwischten roten Fleck auf dem Boden.

Dann krachte die Pranke nieder, und erschütterte die Höhle.

Wito war zornig.

Vielleicht war Daugrulas Schicksal besiegelt gewesen. Aber den Augenblick ihres Todes hatte sie selbst gewählt. Es wäre ihr ein Leichtes gewesen, noch ein wenig länger zu bleiben, seine Fragen zu beantworten – und Wito hatte viele Fragen.

Doch vielleicht war es Daugrula zur Natur geworden, in Rätseln zu sprechen, ihre Worte auszustreuen wie Saatkörner – winzige Samen, denen man nicht ansah, was daraus werden sollte. Harmlos sahen sie aus, bis sie im Geist Wurzeln schlugen und heranwuchsen, bis man tat, was die Nachtalbe wollte – ohne dass man sich wehren konnte, wie man sich gewehrt hätte, wenn Daugrula dasselbe als Befehl formuliert hätte.

Wito gefiel das nicht. Er wurde benutzt, manipuliert, über den Tod seiner Anführerin hinaus. Und Daugrula hatte den Boden für ihre Samenkörner gewiss gut gewählt, so dass er genau das tun würde, was sie vorausgesehen hatte.

Doch Daugrula war tot. Was für eine Rolle spielte es noch, was sie gewollt hatte? Wito beschloss, genau das zu tun, was er nach bestem Wissen für richtig hielt – ob Daugrula ihn nun darauf gebracht hatte oder nicht.

Er blickte sich um. Chaspard beobachtete ihn aufmerksam.

Wito tastete die Steinblöcke ab, die den Gang versperrten. Manchmal konnte er seine Finger durch Ritzen hindurchstecken. Er legte das Gesicht dicht an die Steine und versuchte, in den Spalten etwas zu erkennen.

Die Decke war geborsten, und die Trümmer versperrten ihm den Weg, aber dazwischen erstreckte sich ein ganzer Irrgarten winziger Gänge und Stollen. Es war eine Binge in Insektengröße – nicht unähnlich den Gängen, durch die sie geirrt waren, bevor sie den Hort des Drachen gefunden hatten. Er wandte sich zu Chaspard: »Ich glaube, ich kann mich dort hindurchzwängen.«

Der Wichtel starrte ihn an. »Und ich?«, fragte er schließlich.

Wito trat zu der toten Nachtalbe. Er hob Balgir hoch, öffnete die Klappe und zog Daugrulas Gepäck aus dem Taschentier: zwei weitere Kleider, die sauber und neu aussahen, ein feines Seil von verblüffender Länge, Beutel mit Kräutern und eigenartigen Pulvern, einen Wasserschlauch, verpackte Vorräte. Endlich fand er, was er suchte: die Pergamentbögen und das Schreibzeug, auf dem sie gestern ihren Vorstoß geplant hatten.

»Du hast doch gesagt, der Zauberer würde dich nicht im Stich lassen«, sagte er zu Chaspard. »Du wirst Gelegenheit bekommen, diese Freundschaft auf die Probe zu stellen ...«

Darnamur spürte den Luftzug der niederfahrenden Pranke, und er rollte sich ein Stück weg und sprang wieder auf die Füße. Sofort machte er sich klein und lief weiter. Der Drache drehte sich schwerfällig herum und suchte nach seinem Gegner.

Ringsum schlugen die Drachenklauen auf, der Schwanz schleifte über den Boden, und der schuppige Bauch hing über Darnamur wie ein blutendes Firmament. In der Ferne sah er den Hals des Unkwitt witternd hin und her schwenken.

Darnamur lief im Zickzack, und fast war es, als drehten die beiden sich in einem bizarren Tanz um eine gemeinsame Achse. Dann traf ein Vorderfuß des Drachen dicht neben ihm auf, mehr zufällig, denn Grautaz selbst schaute in eine andere Richtung. Darnamur machte sich groß, legte beide Arme auf die Pranke und schrumpfte wieder zusammen.

In seinem Kopf pochte es, und er fühlte sich schwindlig. Nie zuvor hatte er so oft und so schnell hintereinander die Größe gewechselt. Während sein Körper wieder zusammenschnurrte, hielt er sich mit den Händen oben auf dem Drachenfuß fest und ließ sich hochziehen. Klein wie ein Käfer saß er dann auf der Pranke, umgeben von Schuppen, hart wie Glas, auf denen er zappelnd nach Halt suchte.

Grautaz fuhr herum. Sein Bein schoss in die Höhe. Der Kopf des Unkwitt kam heran und spähte zu der Stelle, wo das Bein eben noch gestanden hatte. Grautaz musste etwas gespürt haben, aber er hatte nicht gemerkt, wie der Gnom an ihm hochgeklettert war. Darnamur triumphierte.

Da setzte der Drache die Pranke wieder auf, und Darnamur wurde durchgeschüttelt. Hilflos rutschte der Gnom ab. Dicht über der elfenbeinglänzenden Kralle, die glatt und steil bis zum

Boden abfiel, fand er eine Vertiefung, in die er seine Finger graben konnte.

Er atmete auf und blickte nach oben. Jetzt sah er weitere Risse im scheinbar so glatten, unzerstörbaren Schuppenpanzer. Der Kampf hatte Spuren hinterlassen. Der Leib des Drachen war von winzigen Schrunden und Kerben übersät, vom Kampf mit dem Wardu, aber wohl auch von der Wucht, mit der Grautaz sich gegen die Felswände geworfen hatte.

Darnamur löste das Seil um seinen Leib und nutzte es als Steighilfe, indem er kleine Holzstückchen, die darin eingeknotet waren, zwischen den Schuppen verkeilte. Während der Unkwitt den Boden nach seinem Gegner absuchte, kletterte der Gnom weiter und weiter an ihm hinauf. Die Bewegungen des Drachen schleuderten ihn hin und her, oft rutschte er ab, aber Darnamur gab nicht auf. In einem endlos langen Aufstieg kämpfte er sich bis zu Grautaz' Schulter und von dort aus auf seinen Rücken empor.

Plötzlich hielt der Drache inne. Darnamur hätte fast den Halt verloren.

»Ich weiß, wo du bist«, zischte Grautaz. »Du klammerst dich an wie ein Ungeziefer im Pelz. Aber ich will mich schon lausen ...«

Und der Unkwitt hob eine Pranke und kratzte sich. Funken sprühten auf, wo die scharfen Klauen über die Schuppen fuhren. Geblendet fuhr Darnamur zurück, aber dann sah er, dass der schmale Rückenkamm ihm Schutz bot. Er kletterte an Grautaz' Rücken weiter nach oben.

Wenn die Klauen des Drachen ihm zu nahe kamen, duckte der Gnom sich hinter den Kamm und wechselte auf die andere Seite. Grautaz wusste anscheinend nicht genau, wo sein Gegner war, und seine Bewegungen waren ungezielt. Darnamur presste die Lippen aufeinander.

Dann bemerkte er, dass die Klauen lange Risse in den Schuppenpanzer schnitten. Sie schlugen tiefere Scharten, als jede menschliche Waffe oder auch das Felsgestein des Berges es vermocht hätten. Es waren immer noch keine ernsthaften Wunden, aber es waren Rinnen, in denen der Gnom hervorragend laufen konnte.

Er nutzte sie, und so erreichte er im Nu den Kopf des Untiers. Er hörte Grautaz schnauben. Der Kopf neigte sich zur Seite. Der Drache spürte ihn nun mit all seinen Sinnen. Darnamur hielt den Atem an. Hastig lief er hinter dem Hörnerkranz entlang, bis er eine Lücke fand. Ein wildes Grinsen lag auf seinem Gesicht. Dann kam er beim Ohr des Drachen an und rannte in den Gehörgang. »Grautaz«, rief er laut. »Rate mal wo ich bin!«

Der Kopf des Drachen schnellte empor, und Darnamur hatte das Gefühl, als würde sein Magen nach unten gezogen. Er bog um eine Windung und watete durch weiches Schmalz, kämpfte sich durch dichte feine Haare, die im Ohr des Drachen wucherten wie ein Kornfeld und die sich schüttelten und versuchten, den Gnom wieder nach draußen zu schieben.

»Und rate mal, wo ich hinwill!«, fuhr Darnamur übermütig fort.

Am Trommelfell des Drachen zog er das Knochenmesser. Er rammte es mit aller Kraft durch die zähe Haut. Der Drache fing an zu toben.

Wito stand, klein wie ein Käfer, vor einem Irrgarten und betrachtete die Ritzen, die sich vor ihm auftaten. Zum Glück hatte er als Gnom einen guten Orientierungssinn und verlor nicht die Richtung, so gewunden die Wege auch waren.

Nach einer Weile wurde es sehr eng, und er überlegte, ob er kehrt machen sollte. Aber er hatte das Gefühl, dass die Engstelle nur kurz war und dass es dahinter weiterging. Also legte er sich auf den Rücken, schaute zur Seite und zog sich voran.

Die Decke über ihm war nichts weiter als ein loser Kiesel, nur gehalten von anderen Steinen und zufällig aufeinanderstoßenden Kanten. Er konnte sich jederzeit lösen und Wito zerquetschen. Wito atmete so tief aus, als würde der Fels auf ihm lasten, und zwängte sich weiter.

Und dann hörte das Gewirr von Spalten plötzlich auf, und Wito stand an einem zerklüfteten Abgrund. Tief unter ihm lief ein Hang losen Gerölls langsam in eine große, dunkle Leere aus. Wito kletterte ins Freie. Er hängte sich mit den Fingern an die Kante, die Füße über dem Abgrund.

Dann machte er sich groß.

Wito der Gnom stand in dem nicht eingestürzten Teil des Gangs. Er klopfte sich den Staub von der Kleidung. Doch den Geruch nach Drache und Tod konnte er nicht abschütteln.

Das Ende des geheimen Zugangs zum Hort war nun nicht mehr weit. Es war schwer abzuschätzen, wie lang der eingestürzte Teil des Ganges war. Wito hatte den Weg in seiner kleinen Gestalt zurückgelegt, mit großen Umwegen und Sackgassen. Aber es konnten nicht mehr als zehn Ellen sein.

Jetzt lagen noch etwa hundert Schritt vor ihm, und dann erreichte er wieder die letzte Kammer, in der sie den Vorstoß in die Drachenhöhle geplant hatten. Wie gehofft lagen ihre Rucksäcke noch dort an der Wand. Sie hatten einen Großteil ihres Gepäcks zurückgelassen, und soweit er wusste, hatten nur Gulbert, Sukan und Werzaz die Drachenhöhle wieder verlassen. Diese drei hatten an ihren eigenen Sachen genug zu schleppen, so dass die Taschen der anderen zurückgeblieben waren.

Im Gepäck der Wichtel fand Wito eine weitere Öllampe. *Na also,* dachte er zufrieden. Diebe eben – auf deren Ausrüstung konnte man sich verlassen. Er zündete das Licht an.

Als er sich mit der Laterne in der Hand aufrichtete, zuckte er zusammen. Der flackernde Schein fiel auf eine Gestalt, die zusammengesunken an der Höhlenwand hockte. Werzaz. Sein Körper war schlaff und reglos, eine dunkle Blutlache schimmerte um seine Beine. Wito trat einen Schritt näher und entdeckte eine Wunde am Bauch, von der eine blutige Spur auf den Boden verlief. Der Helm, den der Goblin aus der Drachenhöhle geraubt hatte, lag in zwei Hälften gespalten neben ihm, und ein weiteres blutiges Rinnsal rann über seine Stirn.

Gulbert und Sukan hatten nicht gezögert, ihren ehemaligen Verbündeten loszuwerden. Sie hatten Werzaz vermutlich erschlagen, bevor dieser Zeit gefunden hatte, über die veränderte Lage nachzudenken. Ganz allein auf sich gestellt, benötigte der Goblin eine Menge Zeit für so etwas.

»Dafür also bin ich schon zu spät gekommen«, murmelte Wito vor sich hin.

Bei diesen Worten schlug Werzaz die Augen auf. »Ich bin noch nicht tot, du Nasenpelz«, knurrte er. »Wird Zeit, dass ihr kommt. Wo ist die Albe? Ich brauch ihre Heilkunst.«

16. Kapitel: Der stärkste Krieger führt

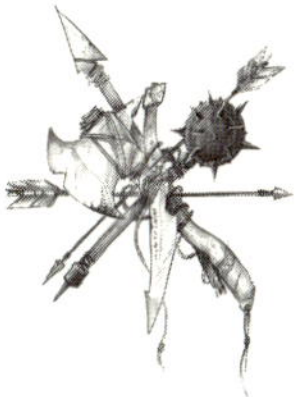

Was ist Leuchmadans Herz? Der gemeine bitanische Bauer stellt sich ein pochendes Organ vor, das in einem unzerstörbaren Kästchen ruht. Dies kann man getrost als Aberglauben abtun.

Wer in den arkanen Künsten bewandert ist, erwartet ein magisches Herz, wie viele Zauberer sich eines schaffen können. Folgt man dieser Theorie, lässt sich das Herz sogar beschreiben: Es soll ein grosser Edelstein sein, weil Leuchmadans Zauberkunst nur in einem Edelstein gebunden werden kann und die Grösse eines magischen Herzen der Macht entspricht, die darin gebunden ist.

Doch ist dies nur eitle Mutmassung, kaum mehr als der bäuerliche Aberglaube in gelehrtem Gewande. Denn Leuchmadans Kästchen erwies sich als wahrhaft unzerstörbar, und was immer darin ruht, wurde von keinem Sterblichen je erblickt. Was wir über das Herz zu wissen glauben, beziehen wir aus der Gemeinkunde über Magier und magische Herzen; Leuchmadans besondere Natur wurde dabei völlig ausser Acht gelassen. Ist er wahrhaft nicht mehr als ein blosser Zauberer, der seine Lebenskraft in Kristall bindet, um sich Unsterblichkeit zu sichern?

Fast mag es scheinen, als hätten alle Gelehrten nichts weiter getan, als ein Kästchen anzustarren, das kein Blick durchdringen kann, und lieber kluge Analogien von minderen Zauberern abgeleitet, als dorthin zu sehen, wo allein man die Wahrheit über Leuchmadans Herz findet: beim Finsteren Herrscher selbst.

Aus dem »Almanach der Finstervölker« von Conzionarius Caezo,
Priester im Tempel der Sonne

Wito schaute den übel zugerichteten Goblin an, der immer noch schlaff auf dem Boden lag. Er hatte das Gefühl, eine redende Leiche vor sich zu haben. Dann aber schluckte er und nickte zu dem eingestürzten Gang hin. »Daugrula ist dort zurückgeblieben. Hinter mir kam keiner mehr raus. Hat Darnamur es geschafft?«

Wito fragte ohne viel Hoffnung. Er hatte gesehen, wie der Drache seinem Freund den Ausgang verstellt hatte. Aber vielleicht war Darnamur entkommen, als er selbst sich um die Albe gekümmert hatte?

Werzaz seufzte. »Also nur du. Eiterpickel wird man nicht los. Drachendreck. Hatte gehofft, die Nachtalbe kann mich wieder richten.« Er atmete schwer und verzog schmerzerfüllt das Gesicht. Dann blickte er wieder zu Wito und sagte: »Glotz nicht so. Was den anderen Mistkäfer betrifft, keine Ahnung, in welcher Ritze der steckt. Das rotzige Fahlgesicht ist über mich hergefallen, kaum dass wir hier in der Kammer waren. So ein Heimtücker! Dreht sich um und rammt mir sein Schwert in den Wanst. Feige wie eine Natter.

Ich hab ihn trotzdem noch am Bein erwischt. Da hat er große Augen gemacht, der Schweinearsch. Glaubt, er hätt' mich schon am Spieß. Aber dann haut er mir die Klinge auf den Kopf, und alles wird schwarz. Kann sein, dass die andere Schabe hier durchgekrochen ist, als ich weggetreten war. Aber außer den beiden Verrätern und jetzt dir hab ich niemanden gesehen.«

Er hielt inne, tastete nach dem zerbrochenen Helm und kratzte mit seinem klauenartigen Finger gedankenvoll darüber.

»Hat mir wohl das Leben gerettet, das Ding. Schade drum. Aber jetzt steh nicht rum wie ein zitterndes Nasenhaar! Wenn die Albe nicht kommt, müssen wir mich so zusammenflicken. Die Schmalzfressen haben Leuchmadans Kasten, und ich bleib nicht hier liegen und lass sie damit wegkommen!«

Wito zögerte. Hatte der Helm Werzaz tatsächlich das Leben gerettet? Der Goblin hatte viel Blut verloren, und die Wunde am Bauch sah furchtbar aus. Vermutlich würde er sterben, sobald er sich bewegte. Aber hierbleiben konnten sie auch nicht.

Wito durchwühlte das Gepäck. Werzaz besaß eine zähe Paste, die man auf die Wunden streichen konnte. Solange die Nachtalbe sich der Verletzungen angenommen hatte, hatte er sie nicht gebraucht. Wito schnitt seinem Kameraden die blutdurchtränkten Kleider vom Leib, nähte die Stichwunden zusammen und verband sie. Dann suchte er neue Kleidung für den Goblin zusammen.

Die Sachen von Perbias passten Werzaz noch am besten. Bei der wenig fachkundigen Behandlung hatte der Goblin nur geflucht, aber beim Anblick der Elfengewänder spie er Geifer. Da nichts anderes da war, zog er schließlich ein lindgrünes Wams und eine dazu passende Hose an – aber erst, nachdem er beides ein paarmal über den Boden gerieben, etwas zerfetzt und mit seinem Blut besprengt hatte, bis sie kaum besser aussahen als das, was Wito ihm ausgezogen hatte.

»Ich mache mich zum Narren«, knurrte Werzaz. »Ich sehe aus wie ein geputzter Waldaffe. Das Blut überdeckt den Geruch, aber dafür würd ich das Spitzohr am liebsten noch ein zweites Mal umbringen!

Grautaz' Trommelfell war zäh. Darnamur stand bis über die Knöchel in dem schmierigen Belag, mit dem die Gehörgänge des Unkwitt überzogen waren, und säbelte sich einen Durchgang frei. Der Drache warf den Kopf hin und her, stampfte durch die Höhle und rannte erneut gegen die Wände.

Darnamur wurde herumgeschleudert, aber hier drinnen, im Kopf des Drachen, blieb der Tumult gedämpft. Nachdem er den ersten Schnitt getan hatte, griff Darnamur durch die Öffnung und fand am Trommelfell selbst Halt. Heißes Blut lief ihm über die Hand.

Grautaz' Blut war schwarz und dampfte. Zäh und ölig troff es das Trommelfell hinab. Ob der Fluch des Drachen auch im Blute lag? War er, Darnamur, nun gezeichnet, als hätte die Flamme ihn erwischt?

Darnamur schüttelte den Kopf und arbeitete weiter. Endlich

war der Riss in Grautaz' Trommelfell groß genug, und er zwängte sich hindurch. Das Drachenblut verschmierte seine Kleidung. Von der Lederweste perlte es ab.

Hinter dem Trommelfell schloss sich ein Labyrinth von Gängen und Grotten an, ringsum überzogen von einem samtigen, weichen Belag, der unentwegt Schleim absonderte. Träge floss dieser Schleim über den Boden, und Darnamur spürte einen Sog unter den Füßen wie von einer versteckten Strömung. Diese Strömung würde ihn vermutlich nach draußen tragen, in Grautaz' Nase oder gar in seinen Schlund. So beschloss er, in die andere Richtung zu gehen.

Der Unkwitt rammte den Kopf gegen die Wände und gegen die Höhlendecke – Darnamur spürte es genau. Immer wieder wurde er von den Füßen gerissen, aber die Wände ringsum waren weich, und er landete wie auf Kissen. Er kam nur mühsam voran und musste darauf achten, nicht die Richtung zu verlieren. Den richtigen Weg kannte er ohnehin nicht, aber er vertraute auf sein Raumgefühl.

Der Schädel des Drachen war von einem wahren Irrgarten an Kieferhöhlen durchzogen. Bald war Darnamur von Drachenschleim überzogen und kam sich vor wie ein Nasenpolyp des Unkwitt – allerdings wie einer, der nicht festgewachsen war, sondern träge Richtung Gehirn wanderte.

Denn das war sein Ziel. Sobald er sich hinter dem Schädelknochen des Drachen wusste, würde er Grautaz ein paar Knochen durch den Kopf treiben, die dort ganz sicher nichts verloren hatten. Mal sehen, wie dem Unkwitt *das* gefallen würde! Immerhin hatte er inzwischen schon festgestellt, dass der Drache von innen längst nicht so gut gepanzert war wie von außen.

Darnamur wusste nicht, ob sein Plan durchführbar war. Gab es überhaupt eine Lücke im Schädelknochen dieser Riesenechse, durch die er in das Gehirn gelangen konnte? Wenn es keinen Weg gab, würde er sterben. Aber vorher würde er nach diesem Weg *suchen*!

Immer wieder gelangte er an abschüssige Stellen und rutschte nach unten, dass der Schleim um ihn nur so spritzte. Wenn er sein Messer in die samtenen Hautpolster stieß, fand er Halt. Aber die Schleimhäute waren viel besser durchblutet als das Trommelfell. Das Drachenblut mischte sich mit dem Rotz, bildete Bäche und drohte sich zu Flüssen zu vereinen, in denen er durchaus ertrinken konnte.

Also gebrauchte Darnamur das Messer nur sparsam. Der Drache bewegte den Kopf so wild, dass manch steiler Anstieg sich plötzlich zu einem Gefälle verkehrte, das er mühelos bewältigen konnte.

Mit seinem Wüten löste der Drache Felslawinen aus, die der Gnom selbst hier in diesen abgeschlossenen Grotten spüren konnte. Das Grollen des Berges ging ihm durch Mark und Bein. *Grautaz versiegelt sich selbst seine Grabkammer,* dachte Darnamur.

Ein Grinsen zog auf sein Gesicht, und er ging weiter. Er kämpfte sich durch Höhlen, wo seltsame Büschel aus armdicken Haaren, die sich anfühlten wie gefüllte Wasserschläuche, von der Decke bis zum Boden hingen. Sie züngelten und zuckten und versuchten, den Eindringling zurückzustoßen.

Netze aus löchriger Lederhaut spannten sich über manchem Durchgang, aber Darnamur durchtrennte die Stränge mit seinem Knochenmesser, wie er sich schon den Weg durchs Trommelfell gebahnt hatte. Der weiche Boden unter ihm schien immer dicker zu werden und bildete Hügel und Wellen.

Endlich kam der Gnom in eine letzte Höhle, eine Sackgasse, eine Kammer von der Form einer Bohne, hinter der ein gewaltiges Pochen zu vernehmen war. Darnamur legte die Hand auf die hinterste Wand und spürte ein Pulsieren.

Als Kundschafter und Meuchelmörder hatte er einiges gelernt, hatte so manchen Gegner aufgeschlitzt und sich für den einen oder anderen auch mehr Zeit genommen. Meist waren es Menschen gewesen, aber auch der ein oder andere Elf oder Zwerg war darunter. Mit dem Unkwitt war keiner von ihnen zu vergleichen.

Und dennoch … eine so große Ader würde er nur tief im Schädel erwarten. Sein Gefühl sagte ihm, dass er den Knochen hinter sich gelassen hatte und dass ihn nur noch ein paar

Schichten zäher Haut vom Hirn des Drachen trennten. Darnamur erwog, durch die Haut zu schneiden und sich Gewissheit zu verschaffen.

Nein.

Wenn er recht hatte, strömten hinter dieser Haut Unmengen von Blut und anderer Flüssigkeit. Er würde ertrinken oder erdrückt werden, bevor er seinen Plan ausführen konnte.

Er würde auf sein Gefühl vertrauen.

Darnamur schloss die Augen und streckte das Messer weit vor. *Groß werden.* Darnamur versuchte, sich zu konzentrieren.

Schweiß trat ihm auf die Stirn.

Selbst wenn alles gut ging, würde er zwischen Hirn und Schädel zerquetscht werden. Seine wachsenden Knochen würden sich mit dem Messer in das Gehirn des Unkwitt bohren, sogar umso besser, wenn sie brachen und scharfkantige Enden bekamen. Sein zerquetschter Leib würde in Grautaz' Kopf anschwellen und wie ein Geschwulst das Leben aus dem Unkwitt herauspressen.

Aber das würde er schon nicht mehr erleben.

Wenn er den Unkwitt erschlug, dann konnte ein Gnom *alles und jeden* töten. Das schien bedeutsam zu sein. Eine Erkenntnis, die er mit jemandem teilen sollte, die *Konsequenzen* haben musste. Aber niemand würde je davon erfahren.

Darnamur schluckte.

So sei es, dachte er. *Aber immerhin – noch nie hat ein Gnom etwas so Großes getötet!*

Firnbachtal, 28 nLR, am Tag vor dem Sommermond

Vor ihnen sickerte erstmals Sonnenlicht in den Gang. Werzaz schnoberte.

»Gut«, stellte er fest. »Sie sind noch nicht lange durch. Wir kriegen die Dreckschweine noch.«

Wito blieb stehen.

»Was ist, Trollhappen? Angst, dass dir dein Pelz zu Stein

wird?« Werzaz stützte sich auf Witos Schulter, lachte und hustete.

»Die anderen waren vor kurzem hier?«, fragte Wito mit gesenkter Stimme. »Wir waren langsam, und sie haben einen großen Vorsprung. Wenn du sie immer noch riechen kannst, lauern sie womöglich vor dem Höhleneingang auf uns.«

Werzaz lachte rau. »Hasenfuß! Auf dem Hinweg bin ich ein paar Schlenker gelaufen, weil ich den Weg zum Unkwitt suchen musste. Auf dem Rückweg hab ich die natürlich ausgelassen. Ich wette, der Spitzhut musste jeden Umweg wieder gehen, um den Ausgang zu finden, und so haben wir sie fast eingeholt. Hast Glück, Flohhauptmann, dass du mit einem Goblin unterwegs warst. Wir verstehn was von Höhlen.«

Wito nickte. Misstrauisch blickte er den Stollen entlang.

»Na los.« Werzaz stieß ihn an. »Willst du hier rumsitzen, bis dir ein Furunkel den Arsch auffrisst? Weiter. Ich will dem Hinterfotz seinen Schwertstreich heimzahlen. Ich wette, das Plattgesicht hätt' nicht erwartet, dass er mich noch mal wiedersieht!«

Wito schüttelte die Hand des Goblins ab. »Und wenn wir sie einholen? Du bist halb tot, und dein Schwert kannst du nur als Krücke führen.«

»Was redest du da, Kürbiskopf?«, fuhr Werzaz ihn an. »Ich bin Werzaz. Ich bin Leuchmadans Krieger. Ich werde den Sabberschwänzen die Schatulle schon abjagen, und wenn ich ihnen die Hände dafür abschlagen muss! Komm her, damit ich dir dein freches Maul stopfen kann!«

Wito seufzte und schüttelte den Kopf.

»Wenn du nicht mal mich einholen kannst, bist du auch nicht in der Lage zu kämpfen. Werzaz, du Holzkopf – wenn du dich jetzt umbringst, ist Leuchmadan auch nicht gedient.«

»Wenn ich hier in der Höhle sitze und mich von einem stummelbeinigen Gnom bemuttern lasse, auch nicht!«, knurrte Werzaz. »Also weiter. Wir versuchen es, oder wir sterben. Für Leuchmadan.«

»Wir versuchen es«, bestätigte Wito. »Aber wir fangen es richtig an. Ich schaue mich draußen um. Ich bin der Kundschafter.

Sobald ich weiß, was uns erwartet, machen wir einen richtigen Plan. Wenn du dich sinnlos umbringen willst, dann kannst du allein nach draußen humpeln und am besten gleich den Berg runterspringen.«

Werzaz brummelte vor sich hin, sagte aber nichts mehr. Wito ging allein weiter. Sein Gepäck ließ er zurück, um beweglicher zu sein. Er hatte den eigenen Rucksack gegen den eines Wichtels getauscht, der in besserem Zustand war. Er trat durch den dreieckigen Seitengang ins Freie und atmete tief durch. Die Sonne stand hoch am Himmel, und die Bergluft war kühl und frisch. Wito hätte nicht geglaubt, dass er je wieder hier draußen stehen würde.

Er schaute sich um, aber der Pfad war verlassen. Wito trat bis an den Rand des Plateaus und sah nach unten. Er dachte nach. Er könnte nachsehen, wo Gibrax war, aber die anderen waren womöglich noch auf dem Pfad, und Wito wollte ihnen nicht in die Arme laufen. Werzaz war einfach dämlich! Wenn sie das Kästchen zurückgewinnen wollten, mussten sie mit Bedacht vorgehen.

Wito beschloss, erst einmal die andere Richtung zu erkunden. Sie konnten nicht hinter der anderen Gruppe und hinter dem geraubten Herz herjagen, wenn sie nicht wussten, was ihnen von dem Drachen drohte. Wito blickte über das Tal. Nein, der Unkwitt war nicht in der Luft. Hatte er seinen Schatz schon zurückgeholt?

Wito kletterte die Bergflanke entlang. Diesmal war kein Troll dabei, der ihn stützte, und das machte den Weg viel mühsamer. Er kämpfte sich über den mit tückischen Steinen bedeckten Hang und war schweißgebadet, als er den Einschnitt der Drachenhöhle erreichte. Vorsichtig spähte er über die Kante zu dem verborgenen Höhleneingang, wo sie Grautaz das erste Mal gesehen hatten.

Er stutzte.

Der kleine Bachlauf war versiegt, und Felsblöcke quollen aus dem eingestürzten Höhlenschlund. Der Hauptweg zum Drachenhort war verschüttet. Was war hier geschehen? War Grautaz in der Höhle eingeschlossen?

Wito beobachtete die Klamm.

»He, Gnom! Runter hier!«

Verwirrt blickte Wito sich um. Fast hätte man meinen können, einer der Steine dort unten hätte gesprochen. Mit Baskons Stimme! Er klang zwar leise und schwach, aber es war eindeutig der Wardu.

»Was ist?«, klang es aus dem Stein.

Wito sah genauer hin. Nun bemerkte er, dass es unter dem Staub und der Asche golden schimmerte. Das war kein Stein dort unten vor der Drachenhöhle, es war ein Helm ...

Werzaz, Baskon und Wito saßen vor dem Höhleneingang und beratschlagten. Der Goblin hatte sich den goldenen Helm, der ein Wardu war, auf den Schoß gelegt und hielt nachlässig eine Hand darauf. Baskon hatte ihnen von seinem Kampf gegen den Drachen erzählt: wie Grautaz ihn durch den Gang nach draußen gedrängt und ihm in der Kluft vor dem Eingang den Kopf abgerissen und den Rest seines Leibes den Wasserfall hinabgestürzt hatte.

Anschließend hatte Baskon noch mitbekommen, wie es im Inneren des Berges erneut laut geworden war, bis schließlich die ganze Höhle einstürzte und Stille einkehrte. Seither war von Grautaz nichts mehr zu hören gewesen, und selbst Baskon wusste nicht, ob der Drache nur in seinem Hort eingeschlossen oder ob er unter dem Berg begraben worden war.

»Wir müssen die Herzdiebe einholen, bevor sie das Tal verlassen«, schnarrte Baskons Kopf. »Sonst finden wir sie nicht mehr.«

»Wir wissen, wo sie hinwollen«, widersprach Wito.

»Fängst du schon wieder damit an?«, fuhr Baskon auf. Aber seine Stimme, die nur noch aus einem winzigen Metallrest drang, hatte viel von ihrer Kraft verloren. »Ich werde das Herz meines Herrn nicht aufs Spiel setzen, indem ich den lachhaften Fantastereien eines Gnoms glaube.«

Werzaz hob den goldenen Helm mit einer Hand hoch und betrachtete ihn nachdenklich.

»Also«, stellte er schließlich fest. »Ich würde eher dem Fliegenbein glauben als dir. Er hat immerhin Beine und sieht nicht aus wie der traurige Überrest eines geplünderten Zwergenschatzes.«

Baskons Metallstimme klang schrill vor Wut. »Du dämlicher Krummbuckel! Ich werde dir ...«

»Weißt du«, sagte Werzaz mit einem Grinsen, das seine Zähne entblößte. »Meine Mutter hat mir mal eine Geschichte erzählt. Ich war damals nicht viel größer als du jetzt, Goldschöpfchen. Ein Krieger schützte einst seinen Kopf mit einem teuren Helm, aber seine Beine achtete er gering und trat darauf herum. Bis die Beine ihn in der Schlacht im Stich ließen und die Feinde ihm einfach den Kopf abschlugen.«

»Was soll das?«, knarrte Baskon. »Deine Ammenmärchen interessieren mich nicht. Du wirst tun, was ich sage, du Sklave!«

»Nun«, sagte Werzaz gelassen. »Im Augenblick bin *ich* deine Beine. Und wenn du weiterhin so mit mir redest, rollt dein Kopf hier gleich den Berg runter.«

»Du weißt doch gar nicht, wie es ist, einen *richtigen* Kopf zu tragen ...«, fuhr Baskon ihn an.

Wito hatte genug gehört. Ob Daugrula auch so zumute gewesen war, als sie sich um den Trupp gekümmert hatte?

»Genug«, sagte er. »Baskon, kannst du dir wieder einen Körper schaffen?«

»Sicher«, schnarrte Baskon.

Alle schwiegen. Wito und Werzaz blickten den goldenen Kopf erwartungsvoll an.

»Aber nicht jetzt«, knirschte der Wardu. »Es fehlt mir an Substanz.«

»Wir können dich an den Fuß der Klippe bringen«, sagte Wito. »Dort müsste der Rest deines Körpers liegen, den der Drache hinabgeworfen hat.«

»Es geht nicht nur um diese Art Substanz«, erklärte Baskon widerstrebend. »Ich habe mich verausgabt. Ich kann nicht mehr Metall beleben, als ich hier habe. Und Leuchmadans Kästchen ist wieder verhüllt. Ich fühle es nicht mehr und kann keine Kraft daraus schöpfen.«

»Und?«, fragte Wito.

»Ich brauche Zeit, um zu wachsen«, sagte Baskon. »Ich kann meine Schwingung wieder aufbauen, meinen Klang nähren. Dann werde ich diesen Zauberer und den Fürsten, der an seinem Rockzipfel hängt, in Stücke schneiden. Sie werden sich noch wünschen, sie hätten das Kästchen beim Drachen gelassen.«

»Wie viel Zeit«, fragte Wito. »Stunden? Tage?«

Baskon schwieg einen Augenblick, dann antwortete er: »Eher Wochen.«

Werzaz lachte. »Hättest du den Helm wenigstens richtig geformt, Blechschädel«, meinte er. »Dann könnte ich ihn zumindest aufsetzen.«

»Sei vorsichtig«, dröhnte Baskon. »Ich drücke dir deinen Kopf zusammen, bis dein fauliges Gehirn zu den Ohren raustropft, Goblin. Und wenn ich wieder bei Kräften bin, werde ich ...«

»Ja, ja.« Werzaz tat die Drohung ab. Er warf Baskons Kopf neben sich auf den Boden und stützte sich mit dem Ellbogen darauf. »In ein paar Wochen. Bis dahin hat sich der Unkwitt vielleicht wieder aus seinem Loch gegraben und dich gefressen, Goldhäublein. Was kümmert mich, was in ein paar Wochen sein kann? Im Augenblick bist du für mich nur Ballast.«

Wito stand auf. Er zog den Knochendolch, trat beiläufig Werzaz' Schwert beiseite und blickte auf den Goblin hinab. »Es reicht. Hört auf zu streiten. *Ich* sag euch jetzt, was wir tun. Die anderen werden zu Leuchmadans Heimstatt ziehen, zum Quell des Blutes. Wir sind angeschlagen, aber wir können trotzdem vor ihnen dort sein, denn wir können auf geradem Weg durch die Berge dorthin gelangen. Ich war Kundschafter, und auch Werzaz kennt sich dort aus.«

Er blickte Werzaz fest in die Augen, bevor er weitersprach: »Unterwegs können wir uns erholen und gestärkt in den Kampf ziehen. Oder du verblutest unterwegs. Aber wir werden unsere Feinde in den Grauen Landen erwarten und uns hier nicht sinnlos opfern.«

»Wer hat dich zum Anführer ernannt, Gnom?«, fragte Baskon.

»Ich ernenne mich selbst zum Anführer«, sagte Wito. »Und ich sage euch auch, warum: Wenn wir hier versagen, triumphieren unsere Feinde. Sie vernichten das Kästchen, sie bannen Leuchmadan und lassen die Grauen Lande auf ewig leblos und leer zurück. Das ist schlimmer als alles, was ihr mir antun könnt, deshalb könnt ihr beiden euch eure Drohungen und Widerworte sparen. Im Augenblick bin ich nämlich der beste Krieger von uns allen. Und selbst einem Blechsch… *jedem* sollte allein dieser Umstand deutlich genug zeigen, dass wir keinen Kampf wagen dürfen. Also folgt mir oder bleibt hier und sterbt.«

»Hat was«, knurrte Werzaz. »Der beste Krieger führt. So will es der Brauch. Und …« Er schaute auf den goldenen Helm an seiner Seite hinunter. »… ich bin ein Krieger und kein Planer. Aber ich sehe trotzdem, dass *dein* letzter Plan noch blöder war als die Scheißhaufen, die ich in die Ecke setze. Diesmal folge ich dem Gnom. Und wir retten Leuchmadan, oder wir sterben zusammen.«

Wito war allein unterwegs. Von seinen Weggenossen waren nur noch Werzaz und Baskon übrig, und die würden niemals billigen, was er vorhatte.

Er vermisste Skerna und Darnamur und sogar Daugrula und Gibrax. Was wohl mit Gibrax geschehen war? Es hatte keine Anzeichen für einen Kampf gegeben. Der Troll war einfach fort. Wito musste sich eingestehen, dass ihm während der Reise sowohl die Nachtalbe wie auch der Troll zu Gefährten geworden waren.

Aber nun waren sie fort, und wenn es so weiterging, blieb er am Ende mit Baskon allein zurück. Wito erschauderte bei dem Gedanken, obwohl er den Goblin auch nicht gerade als seinen besten Freund bezeichnet hätte.

Und was für ein Größenwahn suchte ihn hier überhaupt heim, dass er den Wardu für einen Dummkopf hielt, für einen gefährlichen, unberechenbaren Wahnsinnigen, während er selbst davon überzeugt war, es besser zu machen?

Er hörte Stimmen zwischen den Bäumen und roch den Rauch eines Lagerfeuers. Sukan und Gulbert saßen davor auf einem umgestürzten dicken Baumstamm. Ein Hosenbein des Fürsten war aufgeschnitten, und darunter trug er einen blutigen Verband. Werzaz hatte ihn ordentlich erwischt.

Die beiden fühlten sich sicher und hatten jede Vorsicht aufgegeben.

»... sich doch wieder ausgräbt?«, hörte Wito Sukan sagen.

»Keine Sorge«, antwortete Gulbert selbstsicher. »Bis dahin sind wir nicht nur aus dem Tal heraus, sondern sitzen längst zu Hause am Kamin. Geratet nicht ins Wanken, Fürst. Denkt daran, was Euch erwartet: die Königswürde Eurer Vorfahren, wenn wir Erfolg haben.«

Wito trat in den Schein des Lagerfeuers.

Das Gespräch verstummte. Wito lächelte in sich hinein.

Als Fürst Sukan den Gnom erkannte, sprang er auf und griff nach dem Schwert. »He!«, rief er, und Wito duckte sich.

Aber beim ersten Schritt mit seinem verletzten Bein ruderte Sukan mit den Armen, kippte nach vorn und landete vor Witos Füßen mit dem Gesicht auf dem Waldboden. Der Gnom tätschelte ihm beiläufig den Kopf, dann ging er vorsichtshalber ein paar Schritte zurück.

»Bitte, Fürst Sukan. Eine so unterwürfige Begrüßung wäre nicht nötig gewesen«, sagte er. Über den gestrauchelten Fürsten hinweg blickte er auf Gulbert den Zauberer und entdeckte ein belustigtes Funkeln in dessen Augen.

Gut.

Gulbert war der gefährlichere Gegner, und anscheinend wollte der ihn nicht gleich erschlagen.

»Du konntest also entkommen, Gnom«, stellte Gulbert fest. »Ich nehme an, du bist nicht hier, um uns zu berichten, was in der Drachenhöhle geschehen ist?«

»Er ist herausgekommen, um hier zu sterben!«, zischte Sukan und richtete sich halb wieder auf. »Ich schaff uns diese Kröte ein für alle Mal vom Hals.«

»Lasst es gut sein, Sukan«, sagte Gulbert milde. Er stand auf und legte seinem Begleiter beruhigend die Hand auf die Schulter. »Ich habe die Albe sterben sehen, und Ihr habt den Goblin erledigt. Der Troll hat sich vermutlich irgendwo in den Höhlen verlaufen. Was soll's, wenn ein, zwei Gnome entkommen sind? Sie können uns das Kästchen nicht mehr streitig machen. Ich will mir anhören, was er zu sagen hat.«

Wito streckte eine Hand aus. Darin hielt er ein zusammengerolltes Pergament. »Ich habe eine Botschaft für Euch. Von Eurem guten Freund Chaspard.«

»Ach du meine Güte.« Sukan spie aus. »Was soll das denn werden? Haben sich alle abgebrochenen Zwerge zusammengetan?«

»Ihr habt Chaspard in eurer Gewalt und wollt ihn gegen das Kästchen tauschen?«, fragte Gulbert. »Da überschätzt du wohl den Wert meines kleinen Freundes.«

Wito schüttelte den Kopf. Vorsichtig beugte er sich hinunter, legte das gerollte Pergament auf den Boden und trat in den Schatten zurück. »Wir haben niemanden in unserer Gewalt. Ich wurde mit Chaspard zusammen verschüttet, im Gang zur Drachenhöhle. Ich kam heraus, er nicht. Aber er gab mir eine Botschaft mit, damit Ihr mir glaubt, und er lässt Euch bitten, ihn herauszuholen.«

»Einen Wichtel ausgraben?«, fragte Sukan. »Wir brauchen ihn nicht mehr. Wir müssen …«

»Schweigt!«, fuhr Gulbert ihn an. »Was auch immer wir tun müssen – der Gnom braucht es nicht zu wissen.« Er wandte sich wieder an Wito. »Warum erzählst du uns das? Willst du uns in eine Falle locken, wenn wir in die Höhlen zurückkehren? Hoffst du, der Drache befreit sich schneller, als wir unseren Gefährten herausholen können, und er erwischt uns noch, wenn wir herauskommen? Oder willst du behaupten, dass du Chaspard aus Freundlichkeit hilfst?«

»Ich helfe ihm nicht.« Wito lächelte Gulbert an. »*Ihr* sollt ihm helfen. Wenn Ihr Angst habt, dass ein Gnom Euch in den Höhlen auflauert, dann lasst es.«

Er wandte sich ab, blickte dann aber noch einmal über die Schulter zurück und sagte: »Euer Wichtel meinte einmal, dass wir Gnome mit unserer Fähigkeit nichts zustande brächten, was ein Wichtel nicht genauso gut könnte, ohne seine Größe zu ändern. Nun, er konnte nicht durch die Lücken zwischen den Felsen kriechen. Vielleicht habe ich seinen Brief nur überbracht, damit Chaspard das erfährt.«

Wito sprang wieder zwischen die Bäume, duckte sich und eilte rasch davon. Er traute den Menschen nicht. Von nun an war es ein Wettlauf. Er würde zu seinen Gefährten stoßen und auf geheimen, aber schnellen Pfaden zurück in die Grauen Lande eilen.

Wenn Gulbert seinen Wichtel ausgrub, verschaffte ihnen das einen zusätzlichen Vorsprung. Und Wito schätzte die Aussichten nicht schlecht ein. Gulbert wusste nicht, dass sie sein Ziel kannten. Und er rechnete nur mit zwei überlebenden Gnomen, die ihm möglicherweise folgten. In den Höhlen und am Berghang ließen sich solche Verfolger leichter abschütteln oder in eine Falle locken als im Wald, und ein Wichtel konnte bei der Abwehr von Gnomen-Kundschaftern auch nützlich sein.

Für Gulbert würde es also so aussehen, als könnten einige Tage Verzögerung sich letztlich auszahlen und ihm auf jeden Fall nicht schaden. Damit lag es bei Wito, Werzaz und Baskon, diese Zeit so gut wie möglich zu nutzen.

17. Kapitel:
Die Grauen Lande

Leuchmadan ging einst nieder als gewaltiges Geschöpf der äusseren Sphären, ein Wesen, welches sich jedem Verständnis entzieht. Seine Macht füllte die ganze Ebene, die er zuvor selbst aus dem Boden geschlagen und mit Bergwällen geschützt hatte, mit unheiligem Leben. Und während die Welt sich wandelte, ruhte er dort ungezählte Generationen lang – nur um dann in fast menschlicher Gestalt in Erscheinung zu treten? Das will nicht zusammenpassen.

Tatsächlich finden sich bei den Finstervölkern viele Legenden über die Zeit, bevor Leuchmadan unter sie trat. Man hört von Machtkämpfen und Magiern, von Artefakten und mitunter von einem unscheinbaren Stein, der rätselhaften Einfluss auf das verderbte Leben der Grauen Lande erlaubte. Es gibt Geschichten von einem Fae, der sich in einem Turm inmitten des Landes niederliess und vergessen wurde. Wer denkt da nicht an »Leuchmadans Hort«, düstere Höhlen, die angeblich in einer einsamen Felszinne gelegen sind?

Mich bringt das zu der Überzeugung, dass es sich bei dem Herz um einen Splitter des ursprünglichen Leuchmadan handelt, einen Brocken, der fortgeschleudert wurde, als der Rest von ihm in die Erde schlug. Während Leuchmadans Macht in den Boden sickerte, blieb dieses Bruchstück an der Oberfläche zurück, bis es eines Tages gefunden wurde. Es ging von Hand zu Hand, und viele Mächtige lernten, seine Kräfte zu gebrauchen; denn es stand weiterhin mit dem Ganzen in Verbindung, wiewohl es äusserlich getrennt war.

Aus dem »Almanach der Finstervölker« von Conzionarius Caezo,
Priester im Tempel der Sonne

Hoch in den Bergen nahm Wito einen vertrauten Geruch wahr. Der Wind blies von Süden heran und trug einen bitteren Hauch. Wito fischte einige feine graue Flocken aus der Luft. Die Grauen Lande waren nah.

Es war der Geruch seiner Heimat, doch nun würde er dabei immer an dessen äußerste Ausprägung denken müssen: an das Drachenfeuer und die verheerte Lichtung im Firnbachtal.

»Was ruderst du mit den Armen in der Luft wie ein Käfer auf dem Rücken, du Krabbelkönig?« Werzaz stieß Wito aufmunternd mit dem Ellbogen an, doch wegen des Größenunterschieds wurde eine Kopfnuss daraus.

Wito schrak hoch und sprang zur Seite. Werzaz lachte, und Wito verfluchte seine Unaufmerksamkeit. Selbst die Kameradschaft eines Goblins war schwer zu ertragen. Genau genommen fiel es schwer, einen Unterschied zu seiner früheren Grobheit festzustellen.

Trotz der anstrengenden Wanderung durch die Schraffelgrate hatte Werzaz sich gut erholt. Er blieb allerdings kurzatmig, und wenn er sich rasch bewegte, verzerrte er das Gesicht vor Schmerz.

»Noch ein paar verfluchte Hubbel, dann stehn wir in der Ebene. Dann sehn wir, ob dein Plan was taugt, Sterzkopf.«

Baskon war ebenfalls kräftiger geworden. Schon lag wieder eine Aura über dem Metall, das ihn barg. Unterwegs hatte er Werzaz auf ein längst vergessenes Schlachtfeld in einem verborgenen Tal aufmerksam gemacht. Es musste ein unbedeutendes Scharmützel gewesen sein, zwischen Zwergen und Goblins, aber Baskon hatte den Stahl in der Erde gespürt. Werzaz hatte einen Brustharnisch ausgegraben, in den der Wardu sich ausbreiten und weiter wachsen konnte.

Inzwischen musste der Goblin Baskon nicht mehr tragen. Er hatte ihn angelegt. Wenn Baskon sprach, klagte Werzaz allerdings über Kopfschmerzen, und tatsächlich nahm der Wardu inzwischen Rücksicht auf seine »Beine«: Er schwieg, solange sie unterwegs waren. Wito fragte sich, wie Werzaz überhaupt die ständige Eigenschwingung und die Furcht einflößende Aura so dicht am Leib aushalten konnte.

»Hoffentlich stoßen wir unterwegs auf eine Patrouille«, sagte Wito. »ich möchte dem Zauberer und Fürst Sukan nur ungern zu dritt entgegentreten.«

»Pah. Ich habe keine Angst vor diesen kahlen Ratten«, behauptete Werzaz. »Wenn du Verstärkung brauchst, hätten wir im Osten bleiben sollen. Da sind Festungen und Krieger an der Grenze.«

»Die wir aber erst nach unseren Gegnern erreicht hätten«, sagte Wito. »Wenn wir zu spät kommen, hilft uns die ganze Verstärkung nichts mehr.«

Während der Wanderung durch die südlichen Schraffelgrate hatten sie kaum eine Spur der Bewohner gefunden. Man spürte den Krieg. Leuchmadan zog einen Großteil der Finstervölker im Westen zusammen, und die, die übrig waren, schützten die östlichen Grenzen.

Wito wusste, dass er Gulbert aufhalten musste. Aber wie sollte er das schaffen mit einem angeschlagenen Goblin und einem halben Wardu?

Die Berge, die die Grauen Lande ringförmig umschlossen, blieben hinter ihnen zurück. Eine Wüste aus Asche erstreckte sich von Horizont zu Horizont. Das Jahr war inzwischen fortgeschritten, und bei Tag brannte die Sonne grell vom Himmel. Hitze flimmerte über der Ebene, und der weiße Staub warf das Licht zurück.

Wito hatte sich die Augen mit einem Lederband verbunden, das nur schmale Schlitze freiließ. Trotzdem war er bald wie geblendet, und die Tränen liefen ihm über das Gesicht. Werzaz hatte es leichter, denn sein Helm, der Baskon war, konnte das Visier schließen und sich so anpassen, wie es nötig war. Aber auch der Goblin war kein Geschöpf des Tages, und so wanderten sie bald wie zu Beginn ihres Marsches nur noch in tiefster Nacht.

Nach zwei Nachtmärschen erreichten sie eine Oase mitten in der Einöde. Ein tiefer schwarzer See prangte in der Wüste wie ein ausgestanztes finsteres Loch. Ringsum wucherten formlose Ranken und hielten einen Boden zusammen, der mit struppigem Grün bedeckt war, mit einigen Farnen und sogar mit bunten Blumen. Das Rankengestrüpp war so verfilzt, dass es aussah wie eine einzige Pflanze, die zügellos das Wasser umspann. Blätter sprossen wie Schuppen direkt aus den holzigen Strängen, und dazwischen wuchsen ein paar blutrote Beeren.

Wito kannte die Pflanze nicht, aber er steckte sich ein paar Beeren in den Mund. Das Land sorgte für die Seinen. Auch wenn Leuchmadan dem Land vor tausend Jahren die Lebenskraft wieder genommen hatte, war das wenige, was hier wuchs, immer noch freundlich.

Werzaz brach bis zum Wasser durch und ließ sich in den See plumpsen. Das Ufer fiel steil ab, und der Goblin ging in seiner Metallrüstung unter wie ein Stein. Prustend und schnaubend kam er wieder an die Oberfläche und zog sich ans Ufer. Dort blieb er liegen und ließ die Beine ins Wasser hängen. Der Helm fiel ihm vom Kopf und rollte ein Stück fort.

»Du Tölpel von einem Goblin«, fauchte Baskon. »Wolltest du mich hier versenken?«

»Nicht, solang ich dich am Körper trage«, erwiderte Werzaz. »Du rostest vielleicht hier im Wasser, aber ich bin halb ausgedörrt. Fast wär ich zu einem schrumpeligen kleinen Gnom geworden!«

Träge schlug er mit den Beinen das Wasser. Die Wellen liefen über den kleinen See und leckten am Ufer. Wito seufzte und sah sich um. Anscheinend war diese Oase im Nirgendwo nicht bewirtschaftet. Nur eine Anzahl seltsamer Vögel hockte zwischen den Ranken. Ein feiner Flaum schimmerte im Mondlicht an ihren wie nackt wirkenden Körpern – spärliches Gefieder, oder es waren gar keine Vögel und der Flaum bestand aus Haaren. Sie schienen zu schlafen, doch ihre schwarzen Knopfaugen verfolgten jede Bewegung der Neuankömmlinge. Wenn Wito einem der Tiere zu nahe kam, flatterte es auf und ließ sich anderswo nieder.

»Ich hatte gehofft, wir stoßen auf jemanden«, sagte Wito. »Wir brauchen Verstärkung.«

»Pah«, erwiderte Werzaz. »Der Norden ist leer. Das Leben spielt in Daugazburg! Seit tausend Jahren gibt's nichts mehr in der Wüste, was einen Goblin anlocken kann.«

»Das stimmt«, summte Baskon. »Die Fei hat Daugazburg und die Umgebung gehalten. Aber darüber hinaus waren die Grauen Lande entvölkert, bis Leuchmadan zurückkehrte und seine Getreuen zusammenrief. Nur Geliuna war noch da, als ich zurückkam ...«

Seine Stimme schnurrte so sanft, wie ein schnarrender Helm eben klingen konnte, und verlor sich dann ganz. Wito fragte sich, was für eine Geschichte diesen Wardu und Geliuna verband.

Er wandte sich zu den Vögeln in der Oase hin. Sie sahen nicht so aus wie die Fledermäuse, die in Daugazburg allgegenwärtig waren und die vielen Zauberkundigen als Boten oder Spione dienten. Aber das musste nicht heißen, dass sie nicht doch einem Herrn dienten.

»Seid ihr Geliunas Boten?«, rief er. »Oder Leuchmadans Geschöpfe? Dann sagt ihnen, dass das Herz unterwegs ist zu den Blutquellen! Der Feind will es vernichten, und wenn niemand ihn aufhält, wird das Land eine Wüste bleiben. Sagt es Leuchmadan ... Sagt es Geliuna, sie sollen ihre Leute zu den Blutquellen schicken!«

Krächzend stoben die Vögel auf. Sie zogen ein paar Kreise über der Oase, dann drehte der ganze Schwarm ab und verschwand in der nächtlichen Einöde.

Wito blickte ihnen nach. »Meint ihr, sie haben mich verstanden?«, fragte er, an niemand Bestimmtes gewandt. »Meint ihr, dass es Kundschafter sind, die hier im Norden Wache halten sollen?«

Werzaz planschte im Wasser.

»Verlass dich nicht darauf, Gnom«, schnarrte Baskons Helm. »Ich kenne diese Tiere nicht. Wir sind auf uns gestellt.«

»Da vorn kreisen Aasfresser«, stellte Werzaz fest. Er beschirmte die Augen gegen die Sonne, die sich in der Ferne schon über den Horizont schob.

Wito nickte stumm. Er sah die schwarzen Punkte, die dort über dem Boden schwebten. Was für Tiere es waren, ließ sich aus der Ferne nicht ausmachen – Vögel, Flugechsen oder seltsame Fledermäuse. Aber das Muster der Bewegung war unverkennbar, und ihre Aufmerksamkeit war auf einen Punkt am Boden gerichtet.

»Na und?«, fragte Baskon. »Nicht unsere Sache.« Er wies auf die Felsen, die sich vor ihnen schroff aus dem Wüstengrund hoben.

Inzwischen konnte der Wardu wieder aus eigener Kraft gehen. Mit untrüglichem Gespür hatte er jedes Gran Stahl in der Einöde aufgespürt – fortgeworfene Schilde, Klingen und Speerspitzen, die von längst vergessenen Gefechten übrig geblieben waren. Er hatte Brünnen und Verschläge von bleichen Gebeinen gelöst und Unze um Unze dem eigenen Leib zugefügt. Inzwischen hatte er sich einen löchrigen Körper geschaffen und lief wie ein stählernes Gerippe mit goldenem Haupt neben seinen beiden Begleitern her. Seine Aura umwehte ihn inzwischen wieder sichtbar, wie ein Mantel aus schwarzem Nebel. Aber noch war er nicht bei vollen Kräften.

»Hrm«, knurrte Werzaz. »Finde trotzdem, wir sollten da einen verfluchten Blick draufwerfen. Seit Tagen suchen wir eine Patrouille. Und da drüben regt sich was.«

»Geier«, brummte Baskon. »Worüber auch immer sie kreisen: Es ist tot oder wird bald tot sein. Für uns nicht mehr von Nutzen.«

Wito fühlte sich unbehaglich. »Es wäre nur ein kleiner Umweg«, wandte er ein. »Vielleicht ...«

»Es reicht, Gnom«, schnarrte Baskon. »Wir folgen deiner Geschichte bis zum Quell des Blutes, mitten im Nirgendwo. Ich führe dich sogar hin, weil du diesen geheimen Ort sonst niemals finden würdest. Doch weitere Irrwege wird es nicht geben. Dort drüben spüre ich kein Metall, keine gerüsteten Krieger – nichts von Bedeutung. Für ein totes Tier weiche ich nicht vom Weg ab.«

Er wandte sich an Werzaz: »Du, Goblin«, sagte er. »Wir brauchen dich nicht mehr hier. Geh in den Westen, nach Daugazburg. Gib Leuchmadan Bescheid oder der ersten Patrouille, auf die du stößt. Schicke Verstärkung zu Leuchmadans Hort.«

Werzaz schob die Brust heraus. »Ich werde nicht gehen«, verkündete er. »Ich bin Leuchmadans Krieger! Ich werde das Herz verteidigen. Wenn du einen schäbigen Laufburschen brauchst, schick den Gnom.«

Baskon blickte schweigend auf den Goblin hinab. Wito spürte die Spannung in der Luft, und unwillkürlich trat er einen Schritt zurück. Ein Summen wühlte dumpf in seinem Kopf, und Werzaz schien zusammenzuschrumpfen. »Ich bin der einzige Krieger, der hier noch vonnöten ist«, verkündete Baskon. »Und in Leuchmadans Hort werde ich noch stärker sein. Der Gnom mag als Kundschafter noch nützlich sein, und ich will ihn bei mir haben, um ihn zur Rechenschaft zu ziehen, wenn er uns umsonst hierhergelockt hat. Aber du bist so nutzlos wie ein durchstochener Weinschlauch, seit du dich von diesem Bitaner hast aufspießen lassen. Das Beste an dir sind deine Beine, und jetzt, wo du mich nicht mehr tragen musst, wird es Zeit, dass du diese Beine nach Daugazburg in Bewegung setzt und unseren Herrn wissen lässt, dass wir gescheitert sind.«

Werzaz starrte einen Augenblick trotzig auf den Wardu, dann entfernte er sich langsam.

Baskon hielt ihn noch einmal auf. »Lass hier, was du an Rüstung und Waffen noch hast«, befahl er. »Ich werde es für mich verwenden. Dich macht es nur langsamer.«

»Ich kann jede Last tragen«, widersprach Werzaz empört.

»Das ist mir egal«, knarrte Baskon. Er trat auf den Goblin zu, legte einen spindeldürren Metallarm auf dessen Brust und schloss drei Stahlklauen um eine Schließe, die sogleich mit ihm verschmolz. Das Eisen, das Werzaz noch am Leib trug, schien sich zu verflüssigen und kroch auf Baskon zu. Der nahm alles in sich auf und stieß Werzaz weg.

Dieser blickte den Wardu düster an, wandte sich dann ab und lief los. Nach wenigen Schritten fiel er in einen leichten Trab und endlich in unsicheren Trott. Wito hörte noch lange seinen keuchenden Atem.

»Wie ein durchlöcherter Blasebalg«, stellte Baskon fest. »Er hätte seine Niederlage nicht überleben dürfen. Er ist schwach, kaum mehr als ein Kadaver.«

»Er hat Euch fast den ganzen Weg bis hierher getragen«, gab Wito zu bedenken.

Baskon antwortete nicht darauf, sondern ging weiter.

Die Landschaft um sie her war schroffer geworden, und an vielen Stellen ragten steinerne Grate aus dem Wüstenboden, die manchmal zu regelrechten Felsrücken zusammenwuchsen. Doch eine einzige finstere Felsnadel unmittelbar vor ihnen beherrschte alles – die Sternenklippe, die Leuchmadans Hort barg.

Sie sah aus wie ein Schwall aus flüssigem Stein, der zu einer Fontäne hochgespritzt und in der Luft erstarrt war. Die höchsten Spitzen erhoben sich fünfhundert Schritt oder mehr, und viele Zacken und Grate standen in bizarrem Winkel von dem Berg ab. Die Wände am Fuß der Felsnadel waren stellenweise so steil und glatt wie ein Turm, und der dunkelgraue Fels schluckte das Licht der tief stehenden Sonne.

Auf halber Höhe sah dieser Berg aus, als wäre er von Insekten angefressen worden. Die Spitze ruhte auf einem Geflecht von bizarr verkrümmten steinernen Pfeilern. Sie glich einer finsteren, vielzackigen Krone, halb angehoben und bereit, herabzusinken – oder sich von dem Sockel zu lösen, über dem sie schwebte. Das Gebilde warf einen scharf umrissenen Schatten nach Westen, wie eine Sonnenuhr, deren Weiser sich irgendwo im Unendlichen verlor. Werzaz entfernte sich in die Richtung, die der Schatten wies, und Wito folgte Baskon eilig auf die Felsnadel zu.

Mit gesenktem Haupt trottete Werzaz dem eigenen Schatten hinterher. Eine merkwürdige Schwäche hatte von seinen Beinen Besitz ergriffen. Baskon hatte recht. Es wäre besser gewesen, wenn er den heimtückischen Angriff des Bitaners nicht überlebt hätte. Seitdem war er schwach und nutzlos.

Werzaz war bereit gewesen, einen ehrenvollen Tod zu suchen. Er hatte darauf gehofft, die Bitaner bei Leuchmadans Hort wiederzutreffen und Rache zu nehmen – oder zu sterben. Stark und ehrenvoll und als Krieger.

Baskons Befehl hatte ihn dieser Hoffnung beraubt. Jeder Schritt trug ihn weiter fort vom Ort des letzten Kampfes. Er würde den Bitaner nicht wiedersehen, sondern als schwacher Krüppel dahinsiechen und irgendwo in den Gossen von Daugazburg enden. Seine stolze Mission war gescheitert, und selbst wenn der Gnom mit seinen Plänen erfolgreich wäre, hatte er, Werzaz, keinen Anteil daran. Baskon würde den Ruhm als Kämpfer ernten, obwohl der Wardu sie von einem Missgeschick zum nächsten geführt hatte!

Werzaz blickte auf, und dabei sah er, dass sein Schatten zitterte. Die Umrisse wirkten unscharf und bewegten sich nicht im Gleichtakt mit seinen Schritten. Werzaz stutze.

Er hob den Kopf noch höher. Er hatte die Landschaft der Felsen und steinernen Grate fast schon hinter sich gelassen. Die grauweiße Ebene erstreckte sich endlos vor ihm und flirrte in der schwachen Morgensonne. Sein Schatten war darauf gezeichnet wie mit Kohle, eine lange, lange Linie, die sich weit vor ihm verlor. Aber dicht bei ihm bewegte sich ein falscher Schatten.

Werzaz drehte sich um.

Ein Reiter folgte ihm. Noch war er ein Stück entfernt, so dass sich in der noch tief stehenden Sonne gerade eben die Spitze seines Schattens über den des Goblins schob. Werzaz versuchte, mehr zu sehen. Die Gestalt auf dem Pferd stand vor dem orangegelben Ball, der dicht über dem östlichen Horizont schwebte und ihn blendete. Metall blinkte im Morgenlicht. Werzaz sah verschwommen die Umrisse einer Rüstung, eines Helms ... Der Reiter gab dem Pferd die Sporen. Der Fremde griff an!

Werzaz duckte sich und wollte nach den Waffen greifen, doch die hatte Baskon ihm genommen. Er spürte, wie steif seine Bewegungen waren. Schmerz zuckte durch die durchtrennten Muskeln und Sehnen an seinem Bauch. Er zögerte, dann wandte er sich zur Flucht. Er musste die Botschaft überbringen, das zählte mehr als sein eigener Stolz! Für Leuchmadan hätte er sein Leben geopfert. Auch seine Ehre als Krieger?

Werzaz lief. Am Anfang des Tages hatte er dieses Tempo nur wenige Schritte durchgehalten, aber als jetzt der Schmerz einsetzte, biss er die Zähne zusammen und rannte noch schneller.

Es war nicht unmöglich für einen Goblin, ein Pferd niederzurennen. Auf größeren Strecken jedenfalls, denn ein Goblin konnte länger durchhalten als ein Pferd. Allerdings galt das nur für einen gesunden Goblin.

Werzaz hörte den Hufschlag hinter sich näher kommen, bis sein eigener, winselnder Atem das Geräusch übertönte. Er richtete seine ganze Aufmerksamkeit auf den Schatten, der ihm verriet, wie weit der Gegner noch entfernt war. Überrascht stellte Werzaz fest, dass der Schatten nicht so rasch aufholte, wie er erwartet hatte. Ja, es kam ihm vor, als hätte das Pferd erschöpft gewirkt. Lieferten sich hier etwa zwei Krüppel ein Wettrennen?

Er lachte in Gedanken. Seine Reißzähne gruben sich tief in die Unterlippe, und der Schmerz trieb ihn voran.

Bei Leuchmadans fruchtbarer Keule – wo kam dieser Reiter her? Mitten in den Grauen Landen, ein Feind, der Goblins jagte?

Werzaz war versucht, stehen zu bleiben und sich zu stellen, um den Reiter noch einmal genauer in Augenschein nehmen zu können. Und um den grauenvollen Schmerz zu beenden, der tief in seinen Eingeweiden wütete.

Seine Gedanken zerfaserten, sein Schritt stockte. Der Atem brannte ihm in den Lungen. Zoll um Zoll schob der fremde Schatten sich über den eigenen, der Reiter kam näher.

Werzaz versuchte, gleichmäßiger zu atmen. Goblins waren gute Läufer, und er war einer der besten. Und er hatte ja nur ein paar Stiche in den Wanst erhalten, nicht in die Beine. Er war immer noch Werzaz!

Mit äußerster Anspannung setzte er einen Fuß vor den anderen, ließ sie auf den Boden trommeln. Verdrängte den Schmerz und dachte nur noch an die Beine. Er änderte den Rhythmus. Wurde schneller. Ganz allmählich gewann er an Boden.

Da verschwand der zweite Schatten mit einem Mal. Der fremde Reiter war stehen geblieben! Aber Werzaz erkannte an der flüchtigen Bewegung, dass der Angreifer den Speer hob. Werzaz wartete einen Augenblick, dann schlug er einen Haken. Einen Schritt neben ihm sauste der Speer durch die Luft und bohrte sich in den Staub.

Werzaz lief weiter. Der Reiter würde Zeit verlieren, wenn er seinen Speer wieder holte.

Werzaz dachte wieder an den einen flüchtigen Blick auf den Angreifer. Ein verschwommener Schattenriss vor dem blendenden Sonnenball.

Und plötzlich stockte sein Schritt.

Er kannte diese Umrisse.

Es war der verräterische Bitaner! Fürst Sukan! Wie kam er an diesen Ort, so schnell, obwohl die Gefährten doch eine Abkürzung durch die Berge gewählt hatten? Und wie, bei Leuchmadans seligem Hort, kam er an dieses Pferd?

Abrupt blieb Werzaz stehen und stellte sich seinem Feind.

Wito und Baskon stiegen höher und höher die Felsnadel empor. Sie waren die ganze Nacht gewandert und seither auch noch ein gutes Stück geklettert. Der Gnom keuchte und hatte Mühe, Schritt zu halten. Er vermisste Gibrax, der sich bei solchen Anstiegen immer um die kleineren Gefährten gekümmert hatte. Baskon kümmerte sich gar nicht. Vermutlich hätte er seinen Begleiter längst abgehängt, wenn er seine vollständige Gestalt wiedergehabt hätte. Aber ihm fehlte immer noch Metall, und sein Gerippe war kurzbeinig und linkisch. Wito hielt mit einiger Mühe Anschluss.

»Wie weit ist es noch?«, rief er hinter Baskon her, aber der antwortete nicht, blickte sich nicht einmal um.

Ein Pfad zog sich durch das Gestein, beschrieb Kehren und Biegungen und führte beständig nach oben. Er war verwittert, und manchmal ließ sich schwer sagen, ob sie die geborstenen Stufen einer Treppe emporstiegen oder ein Geröllfeld von kleinen Kieseln. Die weiße Ebene weit unter ihnen glänzte in der Morgensonne. Wenn ihr Weg an der Südflanke entlangführte, schaute Wito auf einen niedrigen Felsrücken hinab, der in einem weiten Bogen von der Sternenklippe fortführte und auf dem die Spuren einer Straße zu sehen waren, die halb von Asche überweht war.

»Der Zugang«, stellte Baskon fest, und Wito blickte auf.

Der Wardu hatte das breite Plateau erreicht, über dem sich die spitze Krone des Berges erhob wie von Dutzenden steinernen Spinnenbeinen getragen. Die Sternenklippe sah hier so durchlöchert aus, als könne sie jeden Augenblick in sich zusammenfallen, aber Baskon ging weiter, ohne zu zögern. Der Wind pfiff kalt um die steinernen Pfeiler, doch der dunkle Stein fühlte sich warm an.

Das Plateau zwischen den bizarren Felsen war ein Irrgarten, aber Baskon führte sie sicher hindurch. Endlich kamen sie zu einem finsteren Spalt, der tiefer in den Berg hineinführte. Abblätternde Fresken säumten seinen Rand. Sie standen vor Leuchmadans Hort, der ersten Wirkungsstätte des Finsteren Herrschers, wo er der Legende nach Gestalt angenommen und seine frühen Werke geschaffen hatte, lange bevor er sich den Finstervölkern offenbarte und ihr König geworden war.

Gleich hinter dem Eingang wendelte sich eine Treppe hinab, und man konnte nicht weiter ins Innere blicken als bis zur ersten Kehre.

»Diesmal werden wir kein Licht haben«, stellte Wito fest.

»Ich brauche kein Licht, und du wirst ebenfalls ohne auskommen«, summte Baskon. »Ich kenne den Weg.«

Dennoch blieb der Wardu reglos stehen und hielt das Gesicht starr auf den Eingang gerichtet. Wito setzte sich auf eine vorspringende Kante und atmete tief durch. Seine Beine waren so schwer, als hätte er sie von einem Troll ausgeliehen. Schade, dass sie nicht auch die entsprechende Kraft und Länge hatten.

Wie es schien, war der Marsch immer noch nicht zu Ende. Baskon wirkte unermüdlich, rastlos. Und doch – anstatt Leuchmadans Hort zu betreten, ging er jetzt vor dem Zugang auf und ab und legte den Kopf schräg. Endlich hielt Wito es nicht mehr aus, und er fragte: »Was ist?«

Baskon hielt inne. Er wandte sich dem Gnom zu. »Mir war, als hätte ich ... Nein. Ich fühle kein Leben. Aber dort drinnen ist Metall. Lass uns weitergehen.«

Die Erschöpfung holte ihn ein, und unwillkürlich sackte Werzaz ein Stück zusammen. Er keuchte und rang nach Atem. Sukan hob den Speer auf, stieg wieder auf sein Pferd und blickte misstrauisch zu dem Goblin hinüber.

Die elende Mähre, die er ritt, war ausgemergelt und ließ den Kopf hängen. Sukan musste ihr brutal die Sporen geben.

Der Fürst ritt vorsichtig an den Goblin heran, den Speer eingelegt. Werzaz bereute jetzt, dass er nicht schon früher innegehalten und die Waffe selbst aufgelesen hatte.

»Ich dachte, ich hätte dich gut gespickt«, sagte Sukan spöttisch. »Aber als ich deine Leiche nicht mehr in der Höhle gefunden habe, bin ich davon ausgegangen, dass wir uns wiedertreffen.«

Werzaz funkelte ihn an und schwieg.

»Und jetzt stehst du schon wieder da und willst dir kaltes Eisen von mir in die Schwarte stoßen lassen. Man könnte meinen, es macht dir Spaß«, sagte Sukan und hob den Speer.

»Wie ... seid ihr Maden nur hierhergekrochen?«, keuchte Werzaz.

Sukan zuckte mit den Schultern. »Genau wie ihr, nehme ich an. Nur dass wir reiten konnten, nachdem wir unsere Pferde wiedergefunden hatten, die beim Angriff des Drachen durchgegangen waren.«

Sukan senkte den Speer. Werzaz blickte zu ihm hoch. »Komm nur, du Talgbalg. Deine Stiche sind so schwächlich wie die einer

Wiesengnitze. Ich hab eine Rechnung mit dir zu begleichen. Mal sehen, ob du danach ebenso schnell wieder aufstehst wie ich.«

Sukan lachte, aber Werzaz sah die Unsicherheit in seinen Augen aufblitzen.

»Was willst du, Goblin? In der Drachenhöhle warst du wenigstens bewaffnet, aber hier draußen bist du nichts als ein Stück Vieh vor meinem Spieß!«

Werzaz fletschte die Zähne und hob die klauenbewehrten Hände.

Sukan stieß seinem Ross die Sporen in die Flanken, einmal, zweimal, dreimal, bis Blut und Schweiß vom zottigen Fell spritzten. Der Gaul zuckte zusammen und fiel in unsicheren Galopp. Sukan nahm sein Ziel ins Visier, aber sein Pferd lief so unruhig, dass die Spitze des Speers zitterte.

Werzaz rannte seinem Gegner entgegen und wich im letzten Augenblick zum Pferd hin aus. Sukan zögerte, folgte dann mit der Waffe der Bewegung. Aber er hatte nicht mit einem Ausweichmanöver in diese Richtung gerechnet und war zu langsam. Werzaz sprang.

Das Schlachtross des Fürsten hätte den Goblin einfach niederreiten können. Aber es war zu geschwächt und scheute. Werzaz hatte es richtig eingeschätzt. Er wich den schlagenden Hufen aus, rollte sich ab und kam wieder auf die Beine.

Er schmeckte Blut im Mund. Es war sein eigenes, und es kam von ganz tief innen – die alte Wunde war wieder aufgebrochen.

18. Kapitel: An der Quelle des Blutes

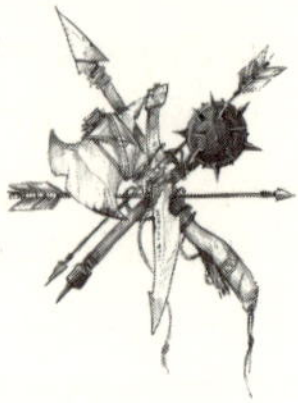

Was also, wenn jenes Fragment von Leuchmadan, welches wir heute sein Herz nennen, zu lange in den Händen eines Zauberers blieb – mag dieser nun ein Fae gewesen sein oder ein anderes Geschöpf? Abgeschieden von der Welt, verlor dieser Zauberer seine Seele, und Leuchmadans Macht ergriff Besitz von ihm. Das sterbliche Geschöpf und das Bruchstück von Leuchmadan verschmolzen zu einem neuen Wesen – zu dem Leuchmadan, den wir zu kennen glauben.

Mir will also scheinen, als hätte nicht Leuchmadan sich ein Herz erschaffen, sondern dieses Herz womöglich erst den Finsteren Herrscher, der uns gegenübersteht. Dieser wäre dann nur ein Schatten des eigentlichen Leuchmadan – ein einfacheres Geschöpf, welchselbiges sich mit Leuchmadans Geist verbunden hat und von seiner Macht zehrt, ihr zugleich jedoch erst die personifizierte Ausprägung verleiht. Leuchmadans Herz schüfe dann nur die Verbindung zwischen dem wahren Leuchmadan und seiner Erscheinung.

Wird Leuchmadans Herz vernichtet, so zerstören wir damit diese Verkörperung von Leuchmadan. Unser Krieg jedoch hat eben erst begonnen. Denn jene Macht, die hinter dem sichtbaren Finsteren Fürsten steht, haben wir bisher gar nicht wahrgenommen. Ich verstehe mein Werk als ersten Schritt, um das zu ändern. Mögen Lucan und die übrigen Götter des Lichts uns dabei zur Seite stehen.

Aus dem »Almanach der Finstervölker« von Conzionarius Caezo,
Priester im Tempel der Sonne

Sukan ritt weiter, aber das Pferd war zu langsam. Werzaz spuckte Blut, schlug mit den Klauen zu und erwischte das Tier an der Kruppe.

Das Schlachtross brach aus. Sukan grub die Beine in die Flanken und versuchte, das Pferd wieder zu beruhigen. Mit der Kante seines Schildes schlug er nach dem Goblin, brachte den Speer auf die andere Seite und stieß zu. Werzaz ließ sich nach hinten fallen und wich dem Stoß aus.

Das aufgeregte Pferd trug Sukan davon. Werzaz rappelte sich auf. Sukan bändigte den Gaul und riss ihn herum.

Werzaz schnappte nach Luft. Nur wenige Bewegungen, und er war schlimmer außer Atem als eben nach seinem Lauf. Ein Gefühl von Schmerz und Taubheit rann ihm in die Eingeweide wie flüssiges Blei. Aber er straffte sich und duckte sich dann, um sich gegen den nächsten Angriff zu wappnen.

Doch das Pferd brachte auch nur mehr einen schwachen Kanter zustande, sosehr Sukan ihm auch die Sporen in die Flanken drosch. Werzaz erwartete, dass der Gaul jeden Augenblick zusammenbrach. Sukans Lanzenspitze zitterte wieder, und diesmal kam die Unruhe nicht allein von dem erschöpften Streitross.

Als Werzaz wieder zum Sprung ansetzte, zuckte der Speer wie von selbst nach links. Aber Werzaz wich nicht aus. Er warf sich in den Angriff hinein und gegen den Schaft von Sukans Waffe. Er drückte die schimmernde Spitze von sich fort in den Ascheboden und landete mit dem ganzen Gewicht auf der Lanze.

Die Waffe bohrte sich tief in den Boden. Die Lanze bog sich, und Sukan musste sie loslassen, damit er nicht selbst aus dem Sattel gehoben wurde. Das hintere Ende schnellte vor, und das Holz schlug in Werzaz' Seite. Der Goblin spannte die Muskeln an, aber mehrere Rippen brachen bei dem Aufprall. Er spürte das hässliche Knirschen das Rückgrat entlang bis in die Zahnwurzeln.

Das Pferd trabte dicht an Werzaz vorbei und scheute. Sukan fluchte, und Werzaz hörte, wie seine Unterschenkel gegen die

Flanken klatschten. Doch dann war der Fürst vorbeigeritten, und die scharfkantigen Hufe entfernten sich.

Hastig rappelte Werzaz sich wieder auf und packte den Speer.

Sukan ritt einen Bogen, und Werzaz bereitete sich auf den nächsten Angriff vor. Wenn er nur lange genug durchhielt, um seine Rache zu bekommen und das Bitanerschwein mitzunehmen ... Er nahm allen Atem zu einem tiefen Brüllen zusammen und schüttelte herausfordernd die erbeutete Waffe. Dann holte er tief Luft und hörte den eigenen Atem wie aus weiter Ferne. Sein Kopf fühlte sich leicht an, und das Blut rauschte ihm in den Ohren.

»Ich habe deinen Speer, bitanischer Sauhirte!«, rief er. »Jetzt fehlt noch dein Kopf. Den steck ich darauf, damit Vögel und Maden sich drum balgen können!«

Keuchend hielt er inne und rammte den Speerschaft vor sich in den Boden. Dann stützte er sich erschöpft darauf, er brauchte eine Atempause. Sein trotziger Ruf hatte ihn Kraft gekostet. Bis der Fürst zum dritten Mal anritt, musste er wieder bereit sein.

Ein leichter Schwindel zupfte an seinen Sinnen. Erst jetzt wurde Werzaz bewusst, dass Sukan sein Ross nicht für einen dritten Angriff wendete, sondern sich nach Osten entfernte.

Sukan floh!

»Du feiger Werzelkäfer!«, rief er, aber es kam bloß als heiseres Krächzen aus seiner Kehle. Er lief hinter Sukan her, aber die gebrochenen Rippen schabten so hässlich aufeinander, dass sich Werzaz die Nackenhaare sträubten.

Werzaz wog den Speer in der Hand und zielte. Dann nahm er alle Kraft zusammen, tat ein paar Schritte und schleuderte die Waffe. In hohem Bogen flog sie hinter dem Pferd her, das sich in schwankendem Trab entfernte.

Werzaz biss die Zähne in die Lippen und verfolgte den Flug des Wurfgeschosses, die Hände auf die Knie gestützt. Der Speer sank auf den Bitaner hinab. Werzaz hatte den Wurf perfekt abgestimmt, aber die Entfernung war einfach zu groß, der Schritt des Pferdes zu unsicher. Der Speer traf Sukans Schlachtross hinter dem Sattel und drang tief in den Leib.

Das Tier scheute, schlug aus, dann brach es zusammen. Werzaz sah den Schaum von seinen Lefzen fliegen. Sukan riss den Fuß aus dem Steigbügel. Er kam neben dem Pferd auf, kippte nach vorn und fiel aufs Gesicht.

Rasch sprang der Bitaner wieder auf die Füße und wandte sich zu dem Goblin um. Blut tropfte ihm aus der Nase. Das Pferd lag heftig atmend daneben und wälzte sich im Staub. Weiße Wolken stoben auf und verhüllten Ross und Reiter wie ein Schneegestöber.

Werzaz fühlte sich so ermattet, als hätte dieser Wurf all seine Kräfte aus ihm herausgesaugt.

Schwerfällig setzte er sich in Bewegung. Er verengte die Augen zu Schlitzen. Das Sonnenlicht fing sich im wolkenden Staub und ließ die Luft flirren. Schemenhaft erkannte Werzaz in dem Gleißen eine Gestalt: Sukan.

Obwohl der Goblin den Speer geworfen hatte und nun unbewaffnet war, stellte der Bitaner sich nicht zum Kampf. Er floh zu Fuß weiter. Werzaz wurde schneller. Bei jedem Schritt scharrten die gebrochenen Rippen und bewegten sich unangenehm unter den Muskeln. Aber er konnte jetzt nicht aufgeben.

Als Werzaz zu dem Pferd kam, das inzwischen reglos dalag und leise schnaubte, hatte Sukan seinen Vorsprung noch vergrößert. Der Menschenfürst lief nach Osten und blickte sich nur dann und wann gehetzt nach seinem Verfolger um. Fast hatte es den Anschein, als käme Sukan zu Fuß schneller voran als zu Pferd.

Werzaz blickte auf das sterbende Pferd hinunter und erkannte, wie geschwächt das Tier gewesen war. Der Fürst musste ihm auf seiner Reise durch die Grauen Lande das Letzte abverlangt haben, während er selbst immer noch ausgeruht war. Ausgeruhter und kräftiger jedenfalls als der Goblin.

Mutlos ließ Werzaz sich fallen und blieb einfach hocken.

Es war vorbei.

Er war zu schwach, um den Feigling einzuholen. Der Rausch des Kampfes verflog. Werzaz war zumute, als würde sein ganzer Körper zerfallen und von ihm abblättern, bis nur der Schmerz übrig blieb.

Aber er war Werzaz der Goblin, und mit Schmerz konnte er umgehen.

Ächzend richtete er sich auf. Immerhin, er hatte seinen Gegner bezwungen und in die Flucht geschlagen. Und er hatte weiterhin einen Auftrag zu erfüllen. Er konnte sich ein wenig ausruhen, die Rippen verbinden, neue Kräfte sammeln. Und dann weiter nach Westen ziehen und seine Botschaft überbringen.

»Hörst du, bitanischer Schwammschwanz!«, rief er hinter seinem Gegner her, den er gegen die Sonne nicht mehr ausmachen konnte. »Ich bin Werzaz, und du bist geschlagen!«

Dann stützte er wieder die Hände auf die Knie und atmete dreimal tief durch. Das Pferd neben ihm schnaubte kurz und krampfartig in den flockigen Staub, der mit dem Speichel aus den Nüstern zu einem grauen Brei verklebte. Werzaz tat einen Schritt auf das Tier zu, zog den Speer aus dem Rücken und stieß ihn dem Pferd dreimal in die Brust. Die Atemzüge erstarben, und die Flanke sank herab.

Werzaz zog die Waffe heraus, setzte mit der Kante der Speerspitze einen tiefen Schnitt in den Pferdehals und trank das Blut, das hervorquoll. Als der Strom verebbte, riss der Goblin mit Zähnen und Eisen einen Streifen Haut ab und labte sich an dem warmen Fleisch darunter.

Auf seiner Wanderung zur Sternenklippe hatte er gedarbt. Aber das Blut und das Fleisch von Sukans Ross würden ihm Kraft geben, würden seine Wunden schneller heilen lassen und ihm helfen, sein Ziel zu erreichen: Daugazburg oder irgendwann vorher eine Patrouille.

»Danke für die Wegzehrung, du Knecht«, knurrte er ins Leere. »Du hast mich nicht aufgehalten, Sukan. Nicht in der Drachenhöhle, nicht hier. Lauf in die Wüste und brenne, hörst du mich?«

Dann wandte er sich wieder dem Mahl zu und hörte nicht auf, bis sein Wanst ihm schwer herabhing und fast in die Kniekehlen drückte. So erhob er sich wieder und setzte wankend den Weg fort. Den Speer hielt er fest in der Hand – endlich war er wieder bewaffnet und ein Krieger; auch wenn der hölzerne Schaft ihm im Augenblick mehr als Krücke diente.

Baskon führte sie die Stufen hinunter und durch in den Fels getriebene Kammern, die gewaltig waren, verwinkelt und verschachtelt. Es ging unentwegt bergab. Das spärliche Licht vom Eingang blieb bald hinter ihnen zurück. Gnome waren an Dunkelheit gewöhnt, und Wito erahnte genug von seiner Umgebung, um nicht gegen eine Wand zu laufen oder in eine der Spalten zu stürzen, die sich unvermittelt vor ihnen auftaten. Aber er hätte nicht zu sagen vermocht, ob die Gänge und Gewölbe um sie her verfallen wirkten oder eine gewisse Pracht ausstrahlten.

Der Wardu fand den Weg, als wäre er hier aufgewachsen. Er zögerte nie, sondern bog mal hierhin, mal dorthin ab, und es war klar, dass er ein Ziel vor Augen hatte. *Nun*, rief Wito sich ins Gedächtnis, *der Wardu hat keine Augen*. Also bedeutete die Dunkelheit ihm nichts.

Unterwegs kamen sie durch Kammern, in denen alte Waffen lagen, Werkzeuge, Truhen und Ausrüstung. Das Scheppern und Scharren hallte von den Wänden wider, wenn der Wardu Stahl aufnahm und in seinen Leib einfließen ließ. Wito spürte, wie sein Begleiter an Größe und Substanz gewann.

Ein Summen breitete sich um ihn aus. Wito spürte es tief in den Eingeweiden. Mit jedem Schwert, mit jedem Hammerkopf, den Baskon aufhob, wurde es kräftiger. Wito glaubte, Stimmen darin zu hören. Er verstand nicht, was sie sagten, aber wenn er sich darauf konzentrierte, haschten sie nach seinen Gedanken, setzten sich darin fest und nagten an ihm. Furcht kroch in seine Seele.

Unwillkürlich blieb der Gnom zurück.

Baskons Ausstrahlung war so stark wie früher, und seine Schwäche war vergangen. Schlimmer noch: Nie zuvor war der Gnom mit dem unheimlichen Geschöpf aus lebendigem Metall auf so engem Raum zusammen gewesen, dicht an dicht, allein. Ihm war, als wäre die Einsamkeit eine Leere, die der Wardu ausfüllen konnte und von der er sich nährte. Die Felsen ringsum warfen Baskons Aura zurück, und Wito schien der einzige Punkt zu sein, in dem sie sich sammeln konnte.

Aber Wito senkte den Kopf und drängte voran, dichter an seinen Anführer. Er wollte nicht zurückbleiben, denn er traute dem Wardu nicht. Baskon hatte zu viele Fehler gemacht, und ihre Mission war zu wichtig, um sie einem überheblichen Krieger zu überlassen, so kraftstrotzend und erfüllt von Magie dieser auch sein mochte. Wito war entschlossen, in Baskons Gegenwart nicht klein beizugeben.

Je tiefer sie kamen, umso heller schien es zu werden. Plötzlich war genug Licht da, dass der Gnom seine Umgebung sehen konnte, grau in grau und verschleiert. Baskon war ein verwaschener Fleck vor ihm im Gang. Schwarze Schatten wallten von ihm fort wie ein Mantel. Die Wände waren glatt, aber schmucklos; spitz zulaufende Gewölbebögen trafen sich hoch über Witos Kopf.

Der Gnom sah sich um. Das Licht schien von überall her auf ihn einzuströmen, wie in der Drachenhöhle, und doch anders. Es war so, als müsste irgendwo eine Lichtquelle sein, die sich den Blicken des Gnoms entzog. Dann und wann sah Wito einen blassen Schatten zu seinen Füßen, als brenne eine schwache Lampe hinter ihm. Wenn er sich aber umwandte, dann war da nichts, überall nur dasselbe verschwommene graue Zwielicht, das so nah an vollkommener Dunkelheit war wie ein einsamer Stern am leeren Firmament.

Seltsamerweise wurde es leichter, mit Baskon mitzuhalten. Das Summen betäubte die Sinne, und die Furcht sammelte sich zu einem einzigen festen Klumpen ganz tief in seinem Leib. Benommen trottete Wito hinter seinem Führer her.

Sie mussten inzwischen den ganzen Weg hinabgestiegen sein, den sie vorher am Berg hinaufgeklettert waren. Sie waren schon tief unter der Erde.

Irgendwann fand Baskon in einer verlassenen Waffenkammer ein Schwert und hob es auf. Es war so verrostet, dass es in dem Geisterlicht dunkler wirkte als die Wand aus nacktem Fels. Aber der Wardu schüttelte es, und der Rost fiel ab wie Staub. Die Klinge wirkte nun schmaler und ganz hell, und sie war so scharf, dass ein Lichtband die Kanten der Waffe säumte. Baskon schwang das Schwert, und die Schneide blitzte auf.

Wito kniff die Augen zusammen. Er konnte immer noch nicht

ausmachen, woher das Licht kam, und wollte schon Baskon fragen, was für eine Kraft den Fels und die Luft leuchten ließ, da ergriff der Wardu selbst das Wort.

»Dann wollen wir sehen«, dröhnte seine kalte Stimme, »ob diese Diebe mit dem Herz wirklich hier auftauchen. Bete, Gnom, denn mein neues Schwert muss in Blut geweiht werden. Und wenn du uns auf einen Irrweg geführt hast, gibt es hier zu diesem Zwecke niemanden als dich allein.«

Er steckte das Schwert ein, trat auf den Hauptgang zurück und ging weiter. Wito schluckte. Er wusste, was er auf Keladis gehört hatte. Aber er wusste nicht, wann Gulbert und der Bitanerfürst hier eintreffen würden ...

Hastig lief er hinter Baskon her.

Endlich, nach stundenlangem Marsch durch endlose leere Gänge und vorüber an Hallen, die mit modrigem Gerümpel gefüllt oder leer geräumt waren, blieb Baskon vor einer Felswand stehen. Hier endete der Gang. Wito glaubte, ein Murmeln unter Baskons allgegenwärtigem Klang zu vernehmen, deutlicher diesmal und unsicher. Der Wardu legte die Hand auf den Fels und tastete darüber. Wito trat vor.

Vor ihnen war keine Wand, sondern eine Tür aus massivem Stein. Sie schloss ringsum fugenlos ab, außer an der unteren Kante. Die war ein wenig verwittert, und Wito spürte dort einen feinen Luftzug. Wo Baskon sich am Fels zu schaffen machte, war ein winziges Loch zu sehen, und die abgeblätterten Reste eines Griffs und schwerer Beschläge.

»Die Tür ist unversehrt«, stellte Baskon fest.

»Wo sind wir hier?«, fragte Wito.

»Am letzten Tor von Leuchmadans Hort. Hier drinnen wirkte er seine alchemistischen Versuche. Hier schuf er das Kästchen und manches andere. Dahinter liegt die Kammer, wo das Blut der Erde die Luft berührt.«

»Die Quelle des Blutes«, hauchte Wito. »Dann wird der Zauberer mit dem Herz hierherkommen.«

»Wenn er es tatsächlich vernichten will«, sagte Baskon. »Nur in der Quelle lässt das Metall des Kästchens sich erweichen.

Leuchmadans Herz lässt sich gleichfalls darin auflösen, so sagt man. Aber natürlich hat das nie jemand auf die Probe gestellt, und das wird auch in Zukunft niemand tun.« Baskon klopfte auf das Heft seines Schwertes. Das Summen, das von ihm ausging, wurde tiefer. Eine Woge des Grauens wälzte sich durch den Gang, und Wito hörte einen Laut, als würden die Gewölbe selbst entsetzt aufkeuchen.

Er legte die Hand ans Ohr, aber da war nichts mehr.

»Wir warten hier auf die Menschen?«, fragte er.

»Wenn sie kommen«, schnarrte Baskon. »Oder wir warten darauf, dass der Goblin seine Botschaft übermittelt. Wenn Leuchmadan davon erfährt, wird er neue Befehle schicken.«

Und hoffentlich ist der Herr nicht so verbohrt wie sein Handlanger. Diese Worte blitzten in Witos Geist auf, bevor er sie zurückhalten konnte. Natürlich war es Frevel ... Aber was, wenn Leuchmadan den Gnomen ebenso wenig glaubte wie Baskon? Was, wenn er die Wachen wieder abzog, bevor Gulbert mit dem Herz hier war? Würde Leuchmadan die Zukunft der Grauen Lande verspielen, indem er irgendwo anders nach seinem Herz jagen ließ, weil er nicht damit rechnete, dass jemand es hier an seiner alten Wirkstätte vernichten wollte?

Ausgeschlossen, befand Wito. Leuchmadan war nicht so dumm. Er würde kein solches Risiko eingehen.

Er blickte in die Richtung, aus der sie gekommen waren. »Vielleicht sollten wir in die Kammer hineingehen«, sagte er. »Hier im Gang können die Feinde uns von Weitem sehen. Dort drinnen können wir ihnen unbemerkt auflauern!«

»Wir kommen nicht hinein«, antwortete Baskon. »Die Riegel und Schlösser der Tür sind aus demselben Metall wie Leuchmadans Kästchen. Sie sind im Blut der Erde gehärtet. Nur im Blut der Erde werden sie wieder weich.«

Wito blickte auf die Öffnung in der Tür, unzweifelhaft ein Schlüsselloch. »Ihr könnt Metall formen«, stellte er fest. »Warum bildet Ihr nicht einfach einen Schlüssel, der zu dieser Tür passt?«

»Du hörst nicht zu, Gnom«, knirschte Baskon. »Das Metall in

diesem Schließmechanismus ist ebenfalls im Blut der Erde gehärtet. Ich kann es nicht verformen, und kein Schlüssel passt dorthinein, es sei denn, er wäre im Blut der Erde getränkt. Leuchmadan hat sein Allerheiligstes nicht ungeschützt zurückgelassen.«

»Großartig«, stellte Wito fest. »Er hat eine Tür hinter sich zugezogen und den Schlüssel dazu innen liegen lassen.«

»Leuchmadan wollte nicht zurückkehren«, erklärte Baskon. »Die Tage der Vorbereitung waren vorüber. Er wollte in Daugazburg seine Völker sammeln, und der große Krieg begann. Aber deshalb waren deine Sorgen auch unbegründet. Diese Menschen wären ohnehin nicht zur Quelle gelangt.«

Wito blickte auf die steinerne Tür. War es so einfach? Vielleicht gab es einen zweiten Eingang zur Quelle, durch den die Feinde unbemerkt eindringen konnten, während sie hier draußen ahnungslos warteten ...

»Ich glaube, ich kann hineingelangen«, sagte er.

Baskon neigte den Kopf und blickte zu ihm hinab.

»Wie das, kleiner Gnom?«, fragte er. »Leuchmadans Tor ist unzerstörbar. Wie willst du ein Hindernis überwinden, das selbst einen Wardu aufhalten kann?«

»Da ist ein Spalt unter der Tür«, sagte Wito. »In meiner kleinen Gestalt kann ich mich hindurchzwängen.«

Baskon musterte ihn schweigend. Wito wurde unruhig.

»Gut«, sagte Baskon schließlich. »Wenn das so ist, könnte ich auch hinein. Ich könnte meinen Leib verflüssigen und einfach darunter hindurchfließen.«

Das könntest du vielleicht, dachte Wito bei sich. *Aber ich habe daran gedacht! Du würdest noch hier vor der Tür stehen, wenn die Grauen Lande wieder grün geworden sind.*

Wenn Baskon sein Grinsen bemerkt hatte, sagte er jedenfalls nichts. Vermutlich kümmerte den Wardu ohnehin nicht, was ein Gnom dachte. *Trotzdem,* schalt Wito sich selbst, *ich muss mir diese Respektlosigkeit abgewöhnen. Was auch immer der Wardu auf dieser Reise getan hat – er ist ein Großer. Ein Mächtiger gar. Er ist ein Herr.*

»Aber das würde Euch doch gewiss Kraft kosten?«, fragte er schließlich, als er seine Gedanken wieder geordnet hatte. »Ich könnte einfach hineinschlüpfen, vom Blut der Erde schöpfen und die Tür von innen öffnen.«

Baskon nickte. »Tu das«, befahl er.

Selbst in seiner kleinen Gestalt fiel es Wito schwer, unter dem schmalen Türspalt hindurchzukommen. Er musste auf dem Bauch kriechen und sich an einigen Unebenheiten der Steintürkante vorbeizwängen, die den Durchgang noch enger machten. Er geriet ins Schwitzen.

Dann, unvermittelt, hatte er es geschafft.

Wito richtete sich auf und drückte sich erschrocken gegen den Stein. Das diffuse Leuchten, das ihn die letzten Stunden begleitet hatte, war verschwunden. Hier herrschte die Finsternis. In seiner kleinen Gestalt bekam er nur eine vage Vorstellung von dem Raum.

Blitze zuckten in der Ferne.

Wito blinzelte.

Plötzlich flammten weit über ihm grelle Lichter auf und brannten ihm in den Augen. Wito schrie erschrocken auf und riss die Arme hoch, während es ringsumher heller wurde. Allmählich gewöhnte der Gnom sich daran und sah, wo er sich befand. Er nahm wieder die gewohnte Größe an.

Die Ausdehnung der Halle war schwer abzuschätzen. Hier am Eingang wölbte sich die Decke hoch über ihm, doch sie fiel nach hinten immer tiefer ab, bis sie sich schließlich mit dem Boden vereinte. Während der Boden hier vorn glatt war wie in einem gefliesten Zimmer, wurde er zum anderen Ende des Gewölbes hin immer zerklüfteter und glich dem natürlichen Fels einer Höhle. Erhebungen und Spalten bildeten sich dort, wuchsen den Zacken und Falten in der Decke entgegen.

Über die Decke liefen leuchtende Linien, verästelt und hell genug, um den ganzen Raum zu erleuchten. Auf den ersten Blick wirkten sie wirr verteilt, doch wenn man genauer hinschaute, ergab sich ein Muster. Alle Lichtlinien liefen auf einen einzigen Punkt am anderen Ende der Grotte zu.

Links und rechts der Tür zog sich die Wand fast zweihundert Schritte weit, bevor sie in sanftem Schwung in die Seitenwand überging. Ein langer Tisch erstreckte sich an der einen Seite. Seine Stützen und Platten waren teils aus Holz gezimmert, teils aus behauenem Stein gefertigt. Das Holz war schwer und dunkel, mit ölig glänzenden Flecken in tiefen Mulden. Ein Hauch von Moder stieg davon auf. Der Stein wirkte ebenfalls alt und brüchig.

Die Tischplatten waren mit Gerätschaften übersät, viele davon längst dem Zahn der Zeit anheimgefallen: alchemistische Apparaturen aus Glas, mit Kolben, Röhrchen und bauchigen Flaschen, die milchig trüb geworden waren und an vielen Stellen verformt oder zu Scherben zerfallen. Platten und Nadeln und Haken und Schalen aus Metall, vom Rost zu bräunlichen Schuppen zerfressen. Manchmal zeichnete nur noch roter Staub die Umrisse dessen nach, was einstmals da gelegen hatte.

Neben der Tür reihten sich Haken an der Wand, an denen etwa ein halbes Dutzend angelaufener, rostzerfressener Schlüssel hingen. Dagegen glänzten die Haken makellos, genau wie der Schließkasten an der Innenseite der Felsentür und die dünnen Riegel, die hervorstanden.

Die Steintür war eine Armlänge dick, und sie hing an winzigen Angeln, die mit feinen Stangen im Gestein verankert waren. Sie sahen nicht so aus, als könnten sie ein solches Gewicht tragen – aber wie Baskon gesagt hatte: Die Metallvorrichtung, die die Tür verschloss, war aus magischem Silber gefertigt und so unzerstörbar, dass weder Halterung noch Angeln noch Schloss besonders massiv sein mussten.

Wito sah sich auf dem Tisch um und entdeckte schließlich eine kleine Phiole aus geschliffenem Kristall. Sie funkelte wie ein Edelstein und wirkte unversehrt; selbst der feine Pfropfen aus trübem Glas schien noch zu schließen. Wito nahm die Phiole und ging vorsichtig tiefer in den Raum.

Die leuchtenden Linien unter der Decke gaben Wito die

Richtung vor. Sie sammelten sich am fernen Ende der Halle über zwei aufragenden Felsgraten, die mit der rückwärtigen Wand ein Becken formten.

Aus feinen Ritzen im hinteren Teil des Beckens quoll eine rotschwarze Flüssigkeit und sickerte in einen kleinen Tümpel. Das Blut der Erde. Zäh lief es über die Steine, und die kleinen Wellen, die es schlug, krochen über die Oberfläche wie von eigenem Leben erfüllt. Auch die Flüssigkeit im Becken war beständig in Bewegung. Strudel tanzten über die Oberfläche, Höcker wölbten sich auf, wie von Blasen hochgedrückt, und fielen wieder in sich zusammen.

Wito stand da und schaute gebannt. Hier schlug das Herz der Grauen Lande, und hier ruhte die Macht, mit der Leuchmadan sein Herz und das Kästchen darum geschaffen hatte, die Macht, die beides wieder vernichten konnte. Die Flüssigkeit schien sich aus eigener Kraft zu bewegen, spielerisch ins Becken zu perlen und an anderer Stelle, ungesehen, zu versickern und im Stein wieder aufzusteigen.

Vor seinem geistigen Auge sah Wito Adern, die überall durch die Grauen Lande liefen und Leben in die verdorrte Erde brachten. Aber der Strom war gehemmt. Leuchmadans Kästchen zog das Leben an sich, sog es aus dem Blut und sammelte es, schon seit eintausend Jahren. Diese Überfülle an Leben musste wirken wie Gift, wenn man das Kästchen in der Quelle auflöste und alles mit einem Mal an die Erde zurückgab. Das war der Grund, warum es nicht in der Quelle vernichtet werden durfte, so hatte Daugrula es erzählt.

Vielleicht war es Gift. Doch vielleicht wollten Daugrula und die anderen Mächtigen auch nur, dass er das glaubte, damit er das kostbare Behältnis vor diesem Schicksal bewahrte und es seinen Herren zurückbrachte, damit diese die Macht des Kästchens nach eigenem Gutdünken verwenden konnten. Vielleicht.

Und doch konnte Wito das Wagnis nicht eingehen. Denn es gab einen sicheren Weg: In den richtigen Händen konnte das Kästchen den Landen das Leben in gesundem Maße wiedergeben, nach und nach. Die Grauen Lande konnten ergrünen, ganz nach dem Willen dessen, der das Kästchen beherrschte. Man musste nur die richtigen Hände finden.

Witos Auftrag bestand darin, das Kästchen zu holen und Leuchmadan zu bringen, ohne Fragen zu stellen. Aber Daugrula hatte ihn etwas anderes gelehrt. Er stellte jetzt Fragen. Eine Frage zuallererst: Was wollte *er*?

Er hätte das Kästchen jederzeit vernichtet, und Leuchmadan mit, wenn das den Grauen Landen das Leben zurückgebracht hätte. Leuchmadan suchte sein Heil jenseits der Grenzen und würde das Kästchen zu diesem Zwecke nutzen. Schon einmal hatte Leuchmadan sein Reich verwüstet, um seine Feinde zu besiegen. Er würde das Kästchen niemals in Witos Sinne verwenden.

Doch draußen vor der Tür wartete Baskon, und der Wardu war der Anführer. Er würde sich den Eindringlingen entgegenstellen, ihnen die Schatulle abnehmen, und natürlich würde er sie Leuchmadan bringen. Es gab nichts, was Wito dagegen tun konnte.

Widerstrebend löste er sich vom Anblick der Quelle und betrachtete wieder das Glas in seiner Hand. Er kniete am Rand des Beckens nieder und streckte den Arm aus. Dann zögerte er. Er wagte nicht, das Fläschchen in das Becken zu tauchen, weil er dann unweigerlich mit dem Blut der Erde in Berührung gekommen wäre. Und er wusste nicht, was es bewirkte.

Erst jetzt fiel ihm ein, dass er das Blut der Erde nicht zu den Schlüsseln hätte bringen müssen. Ebenso gut hätte er einen Schlüssel mitbringen und in die Quelle tauchen können. Womöglich wäre das besser gewesen, denn es war fast unmöglich, die Phiole zu füllen, ohne dabei die Hände in das Blut zu halten.

Schließlich beschloss er, die Phiole nicht in das Becken zu tauchen, sondern sie mit dem Blut zu füllen, das an der Rückwand der Quelle herabfloss. Er klammerte sich mit der Rechten an dem Felsgrat neben der Quelle fest und kletterte so weit, bis er mit der ausgestreckten Linken über das Becken reichte. Er hielt das Fläschchen am untersten Ende und ließ das Blut in die Öffnung rinnen.

Wito hörte die Flüssigkeit unter sich leise plätschern, während er sich über den Tümpel reckte. Allmählich füllte sich das Kristallgefäß. Das Blut stieg dunkel in dem Glas empor, und eine Facette nach der anderen wurde trüb.

Wito war so darauf bedacht, die Flüssigkeit nicht zu berühren, dass er fast ganz in das Becken gefallen wäre. Sein Arm zitterte. Verzweifelt klammerte er sich fest. Er hielt die Augen starr auf das Fläschchen gerichtet, das quälend langsam volllief.

Seine Stiefelsohlen glitten an dem Fels ab, und hektisch tastete er nach Halt, während sein ganzes Gewicht einen Augenblick lang nur an seinem Arm hing. Mit hellem Klingen scharrte der Flaschenhals über den Stein. Wito ruderte hilflos herum. Er schaffte es gerade noch, mit der Hand nicht an die Wand zu stoßen, aus der das Blut sickerte.

Noch einmal hielt er den Hals der Phiole in den rinnenden Blutstrom. Er atmete schwer. Er bekam einen Krampf in den Fingern. Hastig schob Wito sich wieder zurück und blieb keuchend stehen. Dann nestelte er mit bebenden Fingern den Stopfen hervor und drückte ihn in die Öffnung. Die Phiole mochte zu zwei Dritteln gefüllt sein, doch das war genug.

Die Quelle des Blutes murmelte und gluckste munter. Wito hatte das Gefühl, dass das Geräusch lauter geworden war, aber vielleicht war es auch nur das Blut, das in seinen Ohren rauschte. Die feinen Wellen an der Oberfläche erinnerten ihn an winzige Zünglein, die sich nach ihm reckten und die am Saum des Tümpels leckten.

Im Blut der Erde steckte das Leben der Grauen Lande, aber Leben konnte auch hungrig sein. Wito trat ein, zwei Schritte vom Becken zurück, wandte sich ab und ging wieder zum Eingang.

Er nahm einen Schlüssel vom Haken, aber das Metall zerfiel ihm in der Hand. Entsetzt starrte Wito auf den rotbraunen Staub, der ihm zwischen den Fingern hindurchrann. Natürlich! Das mit dem magischen Blut verbundene Silber von Haken und Türbeschlägen mochte unzerstörbar sein, aber die Schlüssel konnten nicht aus demselben Material bestehen. Sie mussten ja hart bleiben, um die vom Blut benetzten und biegsam werdenden Sicherungsbolzen bewegen zu können.

Wito sah sich um, aber nirgendwo auf dem Tisch war Metall zu sehen, dem er getraut hätte. Baskon hätte aus dem Stahl seiner Rüstung einen passenden Schlüssel formen können, aber Baskon war auf der anderen Seite.

Baskon stand mit dem Rücken zur Tür und erspürte mit seinen Sinnen den Gang. Er konnte den Stein und die Luft fein schwingen lassen und empfing das Echo, das ihm jede Einzelheit aus seiner Umgebung zutrug. Er spürte das Leben, er hörte jeden Laut. Mit diesen Sinnen war er hier weit besser dran, denn aus der Erinnerung wusste er, dass die Gänge von Leuchmadans Hort vollkommen lichtlos waren. Nur an der Quelle des Blutes gab es ein Zauberlicht, das zum Leben erwachte, wenn jemand die Kammer betrat.

Aber als Baskon jetzt seine Sinne ausgreifen ließ, war er dennoch verwirrt. Er hatte das Gefühl, etwas wahrzunehmen, gerade unterhalb der Schwelle der Gewissheit. Da waren seltsame Laute wie ein einzelner halber Herzschlag, ein Echo im Gang, das keinen Ursprung hatte. Und er fühlte sich beobachtet.

Baskon hielt das Schwert blank in den stählernen Fingern. Wie konnte es sein, dass er sich bedroht fühlte? Er war der Wardu. Er war die Bedrohung und der Tod!

Dennoch ahnte er den Ursprung seines Unbehagens. Es lag in ihm selbst. Es verfolgte ihn, seit er in der Drachenhöhle aus dem Kästchen herausgetreten war. Er hatte es zurückdrängen können, im Rausch des Kampfes und in der Verbundenheit mit Herz und Kästchen. Doch als die Kraft ihn verlassen hatte, war es dagewesen, das Knistern und Knacken, das beständige Rauschen in seinem Bewusstsein.

Es nagte an seinem Selbst wie ein loderndes Feuer, und es wuchs mit ihm, während er neue Kraft aufnahm. Drachenfeuer. Es war niemals erloschen, es brannte in seinem Geist weiter.

Baskon hatte seinen Leib neu geschaffen. Wie konnte es sein, dass die Lohe des Unkwitt mit ihm in Leuchmadans Kästchen, neben Leuchmadans Herz überdauert hatte? Und doch war das Knistern seine erste Empfindung gewesen, als er zurück in die Welt getreten war, und seither war es nie ganz verstummt.

Er konnte es auslöschen, indem er etwas *tat.* Indem er sprach, indem er ein wenig von seiner Seele opferte und in die Flammen warf. Ein Teil von ihm wand sich beständig in den Qualen des Drachenfeuers, in stummen Schreien, die das Knistern übertönten. Doch nun stand Baskon allein in dem leeren Gang, sein letzter, unzulänglicher Gefährte war hinter der steinernen Türe verschwunden, und dem Wardu blieben nur die Flammen, die an ihm zehrten.

Baskon lauschte hinter sich, durch die dicke steinerne Tür. Was trieb der Gnom dort? Baskon meinte, ein Knacken und Klirren zu hören, doch das Feuer in seinem Inneren übertönte alles. Er schlug den Kopf gegen die Wand, aber wenn es in der Kammer hinter ihm irgendwelche Laute gab, waren sie zu fein, um das innere Brausen zu übertönen.

Er brauchte eine Ablenkung, Kampf und Blutvergießen. Aber da war nur die brennende Leere in dem langen, verlassenen Gang vor ihm. Und ein Gefühl wie von tausend gierigen Blicken, und ein Hauch von Magie, der unter seinen tastenden Sinnen zerstob und vielleicht, vielleicht aber auch nicht, nur der Wahnsinn in seinem Kopfe war ...

Da fühlte er, wie die Tür in seinem Rücken erbebte. Baskon fuhr herum. Der Stein hinter ihm hatte sich bewegt. Baskon steckte das Schwert wieder weg, legte die Hände auf die Tür und drückte dagegen. Sie schwang auf – der Gnom hatte es geschafft!

Baskon trat hindurch, wandte suchend den Kopf. Der Ort seiner Geburt – seiner zweiten Geburt! Reichte das Blut der Erde aus, um das Drachenfeuer zu löschen? Das Rauschen in seinem Kopf kam ihm plötzlich bedeutungslos vor. Hier hatte Leuchmadan seine Wardu geschaffen. Leuchmadan würde auch das Drachenfeuer aus seinem Kopf hinaustreiben können. Er musste nur seinen Auftrag erfüllen, er musste das Herz beschützen.

Vor ihm stand der Gnom in dem großen Saal, und Baskon

fühlte neben sich auf dem Tisch das Blut der Erde, das Metall an der Tür ... brüsk wandte er sich um. Er sah auf dem Tisch eine Phiole, noch halb mit dem Blute gefüllt, und die Riegel an der Tür waren verbogen. Der Gnom hatte nicht das Schloss geöffnet. Er hatte die magischen Riegel mit dem Blut der Erde getränkt, und sie waren weich und nutzlos geworden!

Baskon fuhr herum. Seine Aura summte wütend und erstickte das Drachenfeuer. Für einen Augenblick nur ... »Du Narr!«, dröhnte er Wito an. »Du hast den Riegel beschädigt. Wie sollen wir jetzt den Raum wieder verschließen?« Er ging auf den Gnom zu, und der wich angstvoll vor ihm zurück.

»Warum verschließen?«, stotterte Wito. »Wir wollten hier doch auf die Feinde warten.«

»Wenn die Diebe mit Leuchmadans Herz gar nicht erst hereinkommen, sitzen sie zwischen der Tür und unserer Verstärkung in der Falle. Ich wollte hier drin Wacht halten, aber ich wollte nicht das Tor zur Quelle des Blutes für sie offen stehen lassen.«

»Wir können den Riegel einfach wieder gerade biegen, solange er noch weich ist«, sagte der Gnom hastig. »Oder wird er nicht wieder fest, wenn das Blut darauf getrocknet ist?«

Baskon schwieg. Düster blickte er auf den Gnom hinab. Der hatte natürlich recht. Aber trotzdem ... Baskons Hand öffnete und schloss sich um den Schwertgriff.

»Oh, das ist nichts, worüber Ihr Euch noch Gedanken machen müsst, Herr Gnom«, meldete sich unvermittelt eine Stimme hinter ihm. »Wir sind ohnehin schon drin. Danke, dass Ihr uns aufgeschlossen habt.«

19. Kapitel: Das gebrochene Herz

Unsere Ignoranz gegenüber diesen Völkern ist bemerkenswert. In Daugazburg fand ich eine blühende Kultur, die weit vielfältiger ist, als der bitanische Bauernglaube sich das vorstellen kann. Dort wurde der Wüste eine Metropole abgerungen, angesichts derer ich mich bitanischer Kleinstädterei schämen musste.

Solange wir unser Wissen über Finstervölker und Graue Lande allein patriotischen Kompilatoren wie Tadus Meratis und fanatischen Eiferern vom Schlage eines Caezo entnehmen, wird es zwischen uns und diesen Kulturen niemals Frieden geben.

Ich möchte meiner Forschungsreise nach Daugazburg eine Exkursion zu den Trollen und den Goblins der südlichen Schraffelgrate folgen lassen. Und im Anschluss daran werde ich meine sämtlichen Ergebnisse in einem Buch niederlegen, welches nicht nur unseren Kenntnisstand über diese Wesen revolutionieren wird, sondern zudem einen wesentlichen Beitrag zur Völkerverständigung leistet. So viel kann ich vorab schon einmal versprechen.

Völkerkundler Sabir Kandor in seiner letzten überlieferten Ansprache an der Universität von Grestos

Leuchmadans Hort, 28 nLR, 6 Tage nach dem Lichtmond

Wito sah, wie Baskon herumfuhr. Und dann bemerkte er auch Gulbert den Zauberer. Gulbert stand hinter dem Wardu am Eingang, und Chaspard der Wichtel lugte hinter ihm hervor.

»Ihr!«, donnerte Baskon. Er tat einen Schritt auf Gulbert zu, aber der Zauberer hob die Hand zu einer besänftigenden Geste.

»Moment, Moment!«, sagte er. »Bevor Ihr etwas Unüberlegtes tut, solltet Ihr bedenken, dass ich Euch nicht mit leeren Händen entgegentrete.« Die Finger des Alten strichen über seine Kutte, so flink, dass das Auge der Bewegung kaum folgen konnte. Schon hielt er ein silbernes Kästchen in die Höhe.

»Leuchmadans Herz!«, dröhnte Baskon. »Das wird Euch nichts nutzen, Dieb. Ihr habt Euren eigenen Tod eingeladen.« Der Wardu zog das Schwert.

Gulbert wich zurück, wedelte beschwichtigend mit der freien Hand und reichte mit der anderen das Kästchen an den Wichtel hinter sich weiter. »Wartet, wartet – Chaspard, halt das mal eben. Tut mir leid. Man muss mich ja für senil halten. Ich meinte nicht das Kästchen. Sondern das!«

Aus den weiten Ärmeln seiner Kutte brachte Gulbert eine Bronzescheibe zum Vorschein. Er hielt sie an der umlaufenden Kordel und griff nach dem Metallstab, der daran hing.

Baskon zögerte und legte den Kopf schief.

»Ah«, sagte Gulbert. »Ihr fragt Euch, was das ist. Aber wenn Ihr kurz zuhören wollt ...«

Rasch tippte er mit dem Stab die Scheibe an, und ein Klang schwebte durch Leuchmadans Hort. Er war Wito vertraut, und doch ganz anders. Und er fand in Baskon einen Widerhall.

Ein blecherner Schrei entstieg der Rüstung des Wardu, und das Schwert glitt ihm aus der Hand. Der Klang des Bronzegongs schien in Baskons Stahl nachzuhallen und erschütterte ihn. Es knirschte in der Wehr. Eine Beinschiene löste sich, und dann löste sich das ganze Bein unter dem Knie. Klirrend zerfiel es in seine Einzelteile.

Der Wardu wankte, er versuchte, sich auf einem Bein aufrecht zu halten, und presste beide Arme gegen den Helm. Finsternis stob von ihm fort und zerstreute sich in der Höhle.

Gulbert schlug den Gong ein weiteres Mal an, härter diesmal. Der Klang erinnerte an den Hall des Wardu selbst, an den Ton, der Baskon stets umgab. Es war der Klang eines Wardu – auf seltsam verzerrte Weise.

Baskon ächzte. Eisen regnete von ihm herunter und hinterließ Löcher in seinem Leib. Sein zweites Bein splitterte, und der Wardu krachte zu Boden. Die Rüstung verlor ihren Zusammenhalt und zersprang. Zuckend und zitternd blieben die Teile liegen, bildeten vage den Umriss eines Menschen nach und versuchten mühsam, aufeinander zuzukriechen, sich wieder zu vereinen.

»Vor tausend Jahren tobte eine Schlacht auf der grauen Ebene vor Daugazburg«, erklärte Gulbert und sah auf den zerschlagenen Wardu hinab. Er ließ den Klöppel seines Gongs los, senkte die Hand mit der Bronzescheibe und strich sich mit der anderen nachdenklich den langen, weißen Bart. »Ihr werdet Euch vielleicht daran erinnern, Baskon. Die Priester des Lichts schufen damals einen Gong als Waffe gegen die Wardu. Ich habe die letzten Jahrhunderte genutzt, um diese Erfindung zu verfeinern.«

Ungläubig blickte Wito von Baskons Überresten zu dem Zauberer. »Aber wie …?«, setzte er an.

Gulbert blickte lächelnd auf ihn herab. »Ich sehe, ihr Finstervölker habt die Ursachen für eure Niederlage nicht hinreichend erforscht. Eine Einstellung, die ich höchst nachlässig finde.« Mit einer ausholenden Geste wies er auf Baskons Rüstung. »Leuchmadan versprach seinen treuesten menschlichen Gefolgsleuten ewiges Leben, wenn sie im Gegenzug sein Herz bewachen. Tatsächlich aber tötete er ihre sterblichen Leiber und fing den reinen Klang ihrer Seelen im Silber des Kästchens, in dem das Herz ruhte. Von dort aus konnte er den Klang immer wieder in die Welt hinausschicken, und die Seelen seiner Gefolgsleute ergriffen Besitz von allem, was sie zum Schwingen brachten.«

Wito nickte. »Ich … weiß«, sagte er. »Aber … *dieser* Klang …« Er zeigte auf den Bronzegong.

Gulbert hob die Scheibe hoch. »Ach ja, mein kleines Artefakt … Weißt du, Gnom, ein jeder Klang hat einen Gegenklang. Das fanden die Priester zu Zeiten des großen Krieges heraus. Sie schufen einen gewaltigen Gong, der die Gegenklänge zu allen sieben Wardu in sich barg. Wenn dieser Gong geschlagen wurde, verbreitete sich sein Hall und löschte die Seelenklänge von Leuchmadans Getreuen aus. Das Metall, das sie belebten, blieb tot und gereinigt zurück, und die Wardu waren gebannt.«

Gulbert schwang sein Instrument locker mit zwei Fingern. »Natürlich war dieser Gong vor tausend Jahren eine plumpe Waffe. Ich hätte ihn nicht in meinen Taschen unterbringen können, selbst wenn ich ein Taschentier gehabt hätte wie eure tote Albe. Ein nützliches Geschöpf übrigens. Wir haben es gefunden, als wir Chaspard herausholten ... Ich habe die Macht jenes großen Gongs in meinem kleinen Gong gesammelt. Leider kann ich damit nicht alle sieben Wardu zugleich bekämpfen, und sein Hall reicht auch nicht so weit. Dafür aber kann ich den Klang ändern, indem ich die Scheiben drehe. Ich stelle ihn auf den Wardu ein, der mir im Wege ist, und ...«

Er hob den Gong wieder, griff den Klöppel und schlug ein drittes Mal. Wito wich zurück und hielt sich die Ohren zu. Der Klang vibrierte in seinem Innersten wie die Aura eines Wardu, nicht so grauenerregend, aber schmerzhaft. Baskons Rüstungsteile erzitterten auf dem steinernen Boden. Dann lagen sie still da. Von dem mächtigen Wardu war nichts geblieben als ein Haufen verstreutes Blech.

»Natürlich ist das nichts Endgültiges«, stellte Gulbert mit einem Achselzucken fest. »Die Seelenklänge der Wardu sind ja in dem Kästchen verwahrt, so dass sie jederzeit in die Welt zurückkehren können. Zumindest, solange das Kästchen nicht durch Seide oder Magie abgeschirmt ist. Aber das ist nicht mehr von Belang.«

Er wandte sich dem Tisch zu, legte die Bronzescheibe weg und ergriff das Kristallfläschchen mit dem Blut der Erde. Diese Aufmerksamkeit sprach seiner zur Schau gestellten senilen Schwatzhaftigkeit Hohn. Gulbert hielt die Phiole hoch gegen die leuchtenden Linien an der Decke. Wito griff nach seinem Messer.

Nein, entschied er. Er konnte den alten Zauber nicht im Kampf besiegen. *Aber er musste etwas tun!*

»Das Blut. Wie schön!«, stellte Gulbert fest. »Das spart mir einen kleinen Weg, und ich muss meinen alten Rücken nicht über die Quelle beugen. Also, wo war ich stehen geblieben? Ach ja – bedauerlicherweise mangelt es Baskon wohl an Gelegenheit für eine triumphale Rückkehr.«

Wito spannte sich an. Was wollte der Zauberer mit dem Blut in der Phiole? Reichte diese kleine Menge schon aus, um das Artefakt zu vernichten?

Gulbert zog den Pfropfen aus dem Fläschchen und griff dann erneut unter seine Kutte. Er holte einen winzigen Schlüssel hervor und tropfte etwas vom Blut aus der Phiole darauf. »Chaspard, wenn du mir bitte das Kästchen anreichst ...«

Er schob den Schlüssel in das Schloss der Schatulle und drehte ihn herum. *Oh,* dachte Wito. Leuchmadans Kästchen war auf dieselbe Weise gesichert wie der Zugang zu seinem Hort. Das Schloss konnte geöffnet werden, wenn man es mit dem Blut der Erde benetzte!

Gulbert schlug den Deckel zurück. Wito reckte sich, um zu sehen, was darin lag. Chaspard hatte dem Zauberer das Kästchen entgegengestreckt, und erst, als der Wichtel es wieder sinken ließ, konnte Wito ins Innere blicken.

Das von außen glänzende Silber war innen matt, fast bleigrau. In der Mitte des Behältnisses schwebte ein schlichter brauner Stein. Er war unregelmäßig geformt, wie eine Kartoffel, und die Oberfläche war porös. Es gab schwarze Stellen mit einem eigentümlichen Glanz wie von Pechkohle. Der Stein ruhte auf einem sanften Schimmer wie auf einem durchscheinenden Kissen.

Wito hatte sich Leuchmadans Herz eindrucksvoller vorgestellt, als Edelstein, prächtig und glänzend. Und ebenmäßig geformt. Dafür hatten sie so viel gewagt?

Nein. Es ging nicht um diesen Stein. Das Kästchen war wichtig, denn darin ruhte die Lebenskraft der Grauen Lande!

Gulbert hatte inzwischen das Fläschchen wieder abgestellt und ein großes Tuch aus feiner Seide zum Vorschein gebracht. Das legte er nun über seine Handfläche und griff damit nach dem braunen Brocken in dem Kästchen. Als die Seide sich um Leuchmadans Herz schloss, erlosch das Schimmern, auf dem es schwebte.

»Oh weh«, sagte Gulbert. »Die Verbindung zwischen Leuchmadans Herz und dem Silber ist unterbrochen. Ich fürchte, ich habe Baskon und die übrigen Wardu endgültig ausgelöscht. Nun ja, ein unvermeidliches Opfer.«

Er streckte Chaspard das Seidenbündel entgegen, während er mit der Linken auffordernd nach dem Kästchen griff.

Die beiden tauschten ihre Stücke, und Gulbert drückte die leere Schatulle an seine Brust. Ein zärtlicher, versonnener Ausdruck zeigte sich auf seinem runzligen Gesicht. Er nickte in Richtung der rückwärtigen Höhlenwand und befahl: »Chaspard. Die Quelle des Blutes findest du dort hinten. Beseitige bitte Leuchmadans Herz, es ist hier nicht mehr vonnöten.«

»Leuchmadans Herz?«, fragte Wito. »Aber ... was ist mit dem Kästchen.«

»Oh, das Kästchen ...« Gulbert drückte das silberne Behältnis mit der Linken an sich und tätschelte es mit der Rechten. »Das behalte ich.«

Wito starrte ihn fassungslos an.

Der Alte lächelte.

»Komm schon, kleiner Gnom«, sagte er. »Was hast du gedacht? Das Kästchen war nie das Problem. Leuchmadans Herz ist es! All die Jahre haben die Weisen und die Zauberkundigen darüber gerätselt, wie man die Macht in Leuchmadans Kästchen für eigene Zwecke nutzen kann. Selbst der Unkwitt liebäugelte mit diesem Gedanken. Doch auch, wenn sie es beliebig lange in ihrem Besitz gehabt hätten – sie wären alle gescheitert. Denn Leuchmadans Herz ruhte in dem Behältnis und verband das Silber untrennbar mit seinem Herrn. So konnte man das Kästchen allenfalls von seinem Besitzer fernhalten, doch man konnte es niemals gegen ihn wenden.«

»Und nun«, stellte Wito fest, »habt Ihr das Herz herausgeholt.«

»Genau!«, bestätigte ihm Gulbert. In der Stimme des alten Zauberers lag ein Ton, als würden salbungsvolle Finger Wito herablassend den Kopf tätscheln. »Ich, ich ganz allein, habe erkannt, was man tun muss, um das Kästchen zu beherrschen. Nur hier war das möglich, denn das Blut der Erde wird gebraucht, um es zu öffnen. Man findet es allein an der Quelle, und man kann es auch nicht aus den Grauen Landen fortschaffen, ohne dass Leuchmadan es merkt. Man musste also das Kästchen hierherbringen.«

Chaspard verharrte unschlüssig, das Seidenbündel in der Hand. Er blickte zu seinem Herrn auf. »Ich geh dann mal …«, meinte er.

Gulbert nickte.

Chaspard schlurfte los und warf einen entschuldigenden Blick zu Wito. Der Gnom machte keine Anstalten, ihn aufzuhalten. Er richtete seine Augenmerk auf die Schatulle in Gulberts Hand.

»Ihr wollt das Kästchen gar nicht vernichten«, sagte er.

»Ganz recht«, bestätigte Gulbert.

»Sondern?«

»Ach weißt du, kleiner Gnom«, sagte der Zauberer. »Wenn Leuchmadans Herz in der Quelle des Blutes versinkt, wird auch sein menschenartiges Dasein vergehen …«

»Er ist nicht menschenartig«, wandte Wito ein. »Es heißt, er erscheint in Gestalt eines Nachtalben.«

»Einerlei.« Gulbert machte eine wegwerfende Handbewegung. »Jedenfalls wird der Thron der Grauen Lande vakant sein. Ich habe vor, ihn für mich zu beanspruchen. Mit dem Kästchen und mit der Macht, die es mir verleiht.«

Er beugte sich ein wenig vor, als wolle er sich dem Gnom nähern. »Und deswegen spreche ich mit dir. Wir können unseren Streit begraben. Betrachte mich nicht mehr als deinen Feind, sondern werde zu meinem ersten Untertan. Im Grunde bin ich schon jetzt dein König, auch wenn die Ernennung noch nicht ganz rechtskräftig ist. Bedenke die Triumphe, die ihr Finstervölker unter meiner Führung feiern werdet!«

»Niemals«, sagte eine raue Stimme hinter ihm.

Gulbert fuhr hoch. Er krallte mit den Fingern nach seinem Rücken, und das Kästchen fiel polternd auf die Steinfliesen. Ein Stöhnen entrang sich den schmalen Lippen des Zauberers. Dann sank er in sich zusammen, und seine Kutte legte sich über ihn wie ein Leichentuch.

Hinter dem gefallenen Zauberer wurde eine kleine Gestalt sichtbar. Unwillkürlich wich Wito einen Schritt zurück. Das Geschöpf war über und über braunschwarz und fleckig, die spärlichen Haare klebten fettig an seinem verkrusteten Kopf. Seine Kleidung wirkte starr und rissig und war von seiner schmutzstarrenden Haut kaum zu unterscheiden. Schorfige Klumpen blätterten von seinem Körper ab. Die Gestalt wirkte abgerissen, und in den Falten seines Gewands haftete ein flockiger, weißer Belag.

Das Wesen war unzweifelhaft ein Gnom. Und er hielt ein dunkel angelaufenes Knochenmesser in der Hand, mit dem er jetzt noch einmal auf den niedergestreckten Zauberer einstach. Darnamur war aus dem Grab zurückgekehrt, um seinem Freund beizustehen!

»Darnamur!«, stieß Wito hervor. Er streckte die Hand nach dem Gefährten aus, wich dann aber einen Schritt zurück.

Mit einem triumphierenden Schrei trat Darnamur gegen Gulberts toten Körper. Da fiel das graue Gewand des Zauberers in sich zusammen wie eine leere Hülle. Sein langer weißer Bart verschwamm und zerschmolz zu einem fettigen Nebel. Sein Leib löste sich auf. Darnamur wich zurück, die Knochenklinge auf die Erscheinung gerichtet. Wito hatte das Gefühl, als erlebte er einen Kampf im Totenreich.

Eine Dunstwolke kroch aus Gulberts Gewändern und sammelte sich zu einem grauen Umriss von menschenähnlicher Gestalt. Die Arme des Nebelwesens waren grotesk in die Länge gezogen, das Haupt war ganz verschwommen. Wo die Beine sein sollten, blieb der Nebel mit Gulberts Kleidung verbunden, wurzelte mit tausend dunstigen Streifen in den Falten und Fasern des Gewandes.

Ein dunkles Loch tat sich auf am Kopf der geisterhaften Gestalt. Drohend hob sie einen Nebelarm, streckte sich dann nach dem Silberkästchen, das neben Gulberts Gewändern auf dem Boden lag. Doch ein Sog erfasste die Erscheinung. Widerstrebend neigte sie sich der offenen Tür zu. Immer länger wurde die Dunstwolke, bis sie ihre Form verlor und aussah wie eine schwere Rauchfahne. Sie löste sich von Gulberts Kutte, wurde schneller und schneller, wie von einem unmerklichen Windhauch erfasst, und verschwand draußen im Gang.

Darnamur trat an das leere Gewand des Zauberers heran, und auch Wito kam näher. »Darnamur?«, fragte er wieder.

Das schmutzige Gnomenwesen blickte an Wito vorbei. Es hob die Hand und sagte heiser: »Pass bloß auf den Wichtel auf!«

Wito fuhr herum. Chaspard stand unschlüssig mitten im Raum, das Seidentuch mit Leuchmadans Herz in der Hand. Er starrte hinaus in den Gang, dahin, wo die geisterhafte Erscheinung verschwunden war.

Wito und Chaspard tauschten einen Blick. Der Wichtel zuckte die Achseln.

»Wag es nicht, dich zu bewegen!«, sagte Darnamur.

Wito trat auf Chaspard zu und streckte die Hand aus.

»Nun«, sagte Chaspard mit einem Seufzer und übergab dem Gnom das Herz. »Da mein Auftraggeber vorübergehend unpässlich ist …«

»Unpässlich?«, meldete Darnamur sich zu Wort. »Tot wie ein Bettvorleger, würde ich sagen!« Er stellte einen Fuß auf Gulberts Kutte.

Wito schaute unschlüssig von dem Wichtel zu seinem Gefährten.

Chaspard machte eine wegwerfende Handbewegung. »Unpässlich ist schon richtig«, stellte er fest. »Oder glaubt ihr, Leuchmadan und eure Nachtalben wären die Einzigen, die magische Herzen fertigen können?«

»Scheiße«, sagte Darnamur.

»Hast du gedacht, einer von uns Kleinen könnte einen Mächtigen töten? Gulbert wird eine Weile brauchen, bis er sich irgendwo einen neuen Leib schaffen kann. Oder bis er einen raubt. Was auch immer die Zauberer tun. Aber irgendwann wird er wieder an meine Tür klopfen, vermute ich.«

»Das mag sein«, sagte Darnamur. »Nur dass du dann nicht zu Hause sein wirst, weil ich dich vorher ... He!«

Das letzte Wort galt Wito, denn der ließ den Wichtel einfach stehen. Er hielt den Seidenbeutel mit Leuchmadans Herz in der vorgestreckten Hand von seinem Körper weg und ging auf die Quelle des Blutes zu.

»Was tust du da?«, fragte Darnamur. »Willst du das Ding nicht wieder in das Kästchen legen?«

Wito wandte sich zu ihm um. »Nein«, sagte er. »Ich werde den Stein in die Quelle werfen.«

»Aber ...« Darnamur sah verwirrt aus. Er war eben immer noch ein Gnom, so schlimm er auch aussehen mochte. Ein Gnom, der den Kampf mit dem Unkwitt in der Höhle irgendwie überstanden hatte. Ein Gnom, der übel zugerichtet war, aber lebendig. Wito war froh darüber.

»Unser Auftrag!«, brachte Darnamur hervor.

»Das *ist* unser Auftrag«, erwiderte Wito. »Zumindest war das der Auftrag, den Daugrula von Geliuna erhalten hat, wenn ich es richtig verstanden habe.«

Darnamur stand da wie benommen. Er ließ die Hand mit dem Knochenmesser sinken. »Aber ... Leuchmadan stirbt, wenn sein Herz in die Quelle kommt. Das habe *ich* verstanden. Wir haben einen anderen Auftrag erhalten!«

»Es gab viele Aufträge«, sagte Wito ruhig. »Werzaz' Aufgabe war es, Leuchmadans Herz und das Kästchen zu retten. Baskon hatte denselben Auftrag, und zugleich hat er durch seine Überheblichkeit beides in Gefahr gebracht. Daugrula sollte das Herz und Leuchmadan beseitigen und Geliuna das Kästchen bringen, aber in Wahrheit wollte sie es für sich selbst gewinnen. Gibrax ... wollte wahrscheinlich einfach nur Spaß. Verstehst du, Darnamur: Jeder hatte bei dieser Mission sein eigenes Anliegen.

Und was für ein Anliegen haben wir? Ich glaube, es ist an der Zeit, dass wir Gnome uns darüber Gedanken machen, anstatt nur die Aufträge zu erfüllen, die andere uns geben.«

Darnamur und Wito starrten einander an.

»Du machst dir viel zu viele Gedanken, Wito«, stellte Darnamur fest.

Wito antwortete nicht.

»Du hinterfragst alles und machst einfache Dinge kompliziert«, fuhr Darnamur fort. »Und jetzt willst du sogar Leuchmadan, den Herrn aller Finstervölker, den Gott der Grauen Lande vernichten? Einfach so, indem du einen Stein in eine Quelle wirfst?«

»Das jedenfalls ist *mein* Anliegen, denke ich«, erwiderte Wito entschlossen.

Darnamur grinste. Schmutz bröckelte von seinem Gesicht. Mit dem Knochendolch beschrieb er eine einladende Geste. »He!«, sagte er. »*Das* kann ich verstehen!«

Wito musterte ihn verwirrt.

»Ich habe einen großen Unkwitt erschlagen, und einen mächtigen Zauberer«, fügte Darnamur hinzu. »Du wirst dich anstrengen müssen, um weiter an der Spitze zu bleiben. Ein Finsterer Herrscher klingt verdammt gut! Ich würd's selber tun, wenn ich vorher daran gedacht hätte. Also red nicht so geschwollen daher, sondern gib einfach zu, dass du auch einmal etwas Großes umbringen willst, damit dein Leutnant dich nicht immerzu übertrifft ... Hauptmann!«

»Weißt du, Darnamur«, sagte Wito und lächelte. »Ich habe ja keine Ahnung, was mit dir passiert ist. Aber du bist noch immer derselbe Idiot wie früher.«

Er machte kehrt und ging zur Quelle des Blutes. »Und lass den Wichtel gehen«, rief er über die Schulter zurück. »Ich denke, wir haben keinen Streit mehr miteinander.«

Darnamur wischte sich die Füße und seinen Dolch an Gulberts Gewand ab. Doch es half wenig. Alles an Darnamur war voll von

Blut und zerquetschtem Fleisch von den schleimigen Überresten des Unkwitt, die an seinen Sachen klebten und in seine Sachen eingedrungen und getrocknet waren. Er würde das alles wegwerfen müssen.

Nein, erinnerte er sich. *Skernas Dolch!* Den würde er nicht wegwerfen. Geringschätzig trat er gegen Baskons Helm, ein toter Brocken Gold, der scheppernd über den Höhlenboden rollte.

»Ich könnte dich auch töten!«, verkündete er und baute sich vor Chaspard auf.

»Das mag sein«, erwiderte der Wichtel.

Darnamur kniff ein Auge zusammen und betrachtete sein Gegenüber. »Aber natürlich wäre es unter meiner Würde«, befand er dann. »Ich bin inzwischen Größeres gewöhnt.«

»Dann solltest du dich jetzt zur Ruhe setzen«, erwiderte Chaspard. »Aus der langen Geschichte meiner Familie weiß ich, wie wichtig es ist, seine Laufbahn auf dem Höhepunkt zu beenden – bevor es nur noch bergab gehen kann.«

»Nun«, sagte Darnamur. »Ich fürchte, *den* Zeitpunkt hast du verpasst. Du weißt, dass du nicht mehr wegkommen wirst? Ich meine, selbst wenn Wito dich gehen lässt?«

Chaspard lüpfte überrascht eine Augenbraue. »Wie kommst du darauf?«

»Immerhin befindest du dich hier in Leuchmadans Hort. Inmitten der Grauen Lande. Und ich glaube nicht, dass dieser Ort noch lange so verlassen bleiben wird, wie er jetzt ist.«

Chaspard machte eine wegwerfende Geste. »Ich komme schon raus«, sagte er. »Mein Vorfahr hat sogar Leuchmadans Herz von diesem Ort gestohlen, vielleicht sogar aus eben dieser Kammer.«

»*Du* wirst aus dieser Kammer jedenfalls nichts stehlen«, stellte Darnamur fest. Er senkte die Rechte mit dem Messer und streckte Chaspard die Linke entgegen. »Du hast da was, das … einer Freundin von mir gehört.«

»Oh«, sagte Chaspard. Er legte seinen Rucksack ab. Es war Daugrulas Taschentier, und der Wichtel hatte die Schnallen an den ursprünglichen Beinen der Echse so eingestellt, dass sie passende Tragriemen für ihn abgaben. »Schade«, fuhr er fort. »Ich nehme an, ihr habt einen Anspruch darauf. Aber es war praktisch. Man konnte hineintun und hineintun, und es wurde nicht voll. Auch wenn die Tasche für einen Wichtel etwas groß ausfällt, hätte ich sie gern bei meinem nächsten Raubzug dabeigehabt.«

Er zog das eigene, kleinere Ränzel aus Balgirs Innerem und gab das Taschentier an Darnamur weiter. Der nahm es entgegen und sagte grinsend: »Das kann ich mir vorstellen.« Er warf sich die Tasche am Schwanzgurt über die Schulter. Dann legte Darnamur die Linke ans Kinn, spielte mit dem Dolch in seiner Rechten und meinte. »Hm. Du weißt nicht zufällig, wo dein Herr sein magisches Herz verwahrt?«

Chaspard lachte. »Oh nein! Gulbert weiß es besser, als einem Wichtel zu verraten, wo er seinen größten Schatz versteckt hat. Sonst würde *er* bald für *mich* arbeiten.«

Darnamur fiel in das Lachen ein, dann verstummte er und meinte: »Weißt du, Wichtel, eigentlich bist du nicht so übel. Ein kalter Hund. Was muss man tun, um so zu werden?«

»Dreißig Jahre als Dieb für einen Zauberer arbeiten?«, sagte Chaspard. »Die heißen Sachen für ihn besorgen, an die er sich selbst nicht rantraut?«

»Ach, verdammt«, sagte Darnamur. »Warum tust du das? Warum tut *ihr Wichtel* das? Ihr gehört nicht zu denen, ihr gehört zu uns!«

Schlagartig verschwand die Heiterkeit aus Chaspards Gesicht. Er senkte den Blick, und eine Falte grub sich tief in seine Stirn. »Unsere Heimat liegt inmitten des Elfenwalds«, sagte er. »Da lag sie schon immer, und da liegt sie noch. Und da wollen wir auch bleiben. Die Geschichte der Goblins, der Gnome und der Nachtalben lädt uns nicht eben dazu ein, auf eure Seite zu wechseln.«

»Na ja, du und Wito, ihr seid vom selben Schlag«, stellte Darnamur fest. »Ich seh schon. Immer an alles und jeden zugleich denken ... Kein Wunder, dass ihr euch versteht. Aber ich wünsch dir Glück.«

Er nahm das Messer in die andere Hand und hielt Chaspard die Rechte hin.

Der Wichtel schaute Darnamur an und griff zögernd danach.

Doch Darnamur riss seine Hand hoch und tippte Chaspard vor die Brust, so dass der Wichtel erschrocken zurücksprang. »Ha!«, sagte Darnamur grinsend. »Und ich weiß es besser, als einem Wichtel die Hand zu schütteln! Also leb wohl. Und komm nicht auf die Idee, bei uns zu klauen!«

Wito trat an die Quelle des Blutes und fasste Gulberts Seidentuch an einem Zipfel. Er beugte sich über den Quell und streckte die Arme vor, doch dann trat er wieder zurück.

Das Blut der Erde barg die Lebensessenz der Grauen Lande. Es pulsierte überall unter dem Boden, und wenn das Kästchen nicht mehr davon zehrte, würde es oben das Grün sprießen lassen und die Ödlande in einen fruchtbaren Garten verwandeln. So war es früher gewesen, wie die alten Legenden zu berichten wussten, und es hieß auch, Leuchmadan wäre derjenige gewesen, der den Finstervölkern diesen Segen gebracht hatte.

Aber auch wenn das Blut der Erde ein Segen war, so sollte es den sterblichen Geschöpfen nicht so offen vor Augen liegen. Es war unnatürlich, hier mitten im Herz der Erde zu stehen und dieses Blut fließen zu sehen. Wito wusste nicht, was die Flüssigkeit anrichten konnte, wenn ein Geschöpf damit in Berührung kam.

Das Blut der Erde war zu mächtig für einen Gnom.

Wito hatte Angst, dass die Flüssigkeit hochspritzen und ihn benetzen könnte. Also suchte er Schutz hinter einem der beiden seitlichen Grate. Dann streckte er vorsichtig eine Hand aus und ließ den Stein aus dem Tuch in das Becken gleiten.

Er lugte über den Felsen und sah zu, wie der unscheinbare poröse Brocken in die dunkelrote zähe Flüssigkeit fiel. Das Blut der Erde spritzte in Fäden auf, die aber sogleich zurückgezogen wurden, so dass kein Tropfen das Becken verließ.

Wito hatte erwartet, dass das Herz unterging. Doch nein! Der Brocken schwamm an der Oberfläche! Er trieb in unsichtbaren Strudeln, drehte sich, und ganz langsam kroch die Flüssigkeit in jede Pore. Leuchmadans Herz barst und zerfiel und wurde vom Blut der Erde langsam verzehrt.

Wito verlor seine Angst. Während Leuchmadans Herz sich auflöste, wagte er sich immer weiter aus seiner Deckung hervor und blieb endlich vor dem Becken stehen. Versonnen blickte er auf die zähe Masse hinab, die bald wieder ungerührt gluckste und feine, träge Wellen schlug, als hätte nie etwas die Oberfläche durchbrochen.

Es hätte aufsehenerregender sein müssen, befand Wito. Feuer vom Himmel, ein Beben unter der Erde. Stattdessen ... nur stilles Vergehen. Hatte nun irgendwo im fernen Daugazburg Leuchmadan tatsächlich aufgehört zu sein? Und wie würde es weitergehen?

»Wie geht's nun weiter?«

Wito zuckte zusammen, als er seine Gedanken unvermittelt ausgesprochen hörte. Er brauchte ein paar Augenblicke, bis ihm klar wurde, dass Darnamur neben ihn getreten war. Und während Wito an das Schicksal der Grauen Lande und all ihrer Völker gedacht hatte, holte Darnamur ihn mit denselben Worten ins Hier und Jetzt zurück.

Wito legte Darnamur den Arm auf die Schulter und strich ihm über das Gesicht. Einen Augenblick lang war er versucht, seinen Gefährten in die Arme zu schließen, aber Darnamur roch tatsächlich, als wäre er gestorben und noch einmal aus dem Grab zurückgekehrt.

»Darnamur!«, sagte Wito. »Wie kommst du hierher? Ich dachte, du wärst in der Höhle mit dem Unkwitt eingeschlossen!«

»Das war ich auch«, bestätigte Darnamur. »Und der Wurm hatte äußerst schlechte Laune. Die er bevorzugt an Baskon ausließ, wogegen ich keine Einwände hatte. Aber leider stürzte dabei der kleine Nebengang ein, durch den wir gekommen waren, und kurz darauf auch der Haupttunnel. Ich hatte mit meinem Leben abgeschlossen.«

»Aber du bist entkommen«, stellte Wito fest. »Und du hast den Unkwitt erschlagen, hast du behauptet. Wie kann das sein? Selbst die großen Leute haben sich das nicht zugetraut.«

Darnamur trat von der Quelle weg und setzte sich auf einen Stein. Wito setzte sich neben ihn. Darnamur hatte das Kästchen bei sich, um dessentwillen sie die ganze Reise auf sich genommen hatten. Er stellte es auf seinem Schoß ab und sank ein wenig in sich zusammen. Dann erzählte er von seinem Kampf mit dem Unkwitt, wie er dem Drachen ins Ohr gekrochen war und sich mit seinem Messer zum Gehirn vorgearbeitet hatte.

»Ich habe nur darauf gehofft, dass ich dem Unkwitt auch einen Schaden zufügen kann, wenn ich in seinem Schädel zerquetscht werde. Ich meine, immerhin war ich unter seinem Panzer, was keiner von den Großen geschafft hat. Ich dachte mir, vielleicht sterben wir beide zusammen.

Aber ich bin nicht gestorben.«

Darnamur war eingeklemmt gewesen, als er im Schädel des Drachen groß wurde. Er hatte keine Luft bekommen, hatte gestrampelt und mit dem Messer um sich gestochen. Und als ihm flau wurde, als Lichter vor seinen Augen tanzten und sein eigener Kopf zu platzen drohte, da hatte er wieder seine kleine Gestalt angenommen.

»Sobald ich klein war, konnte ich auch wieder atmen. Ich schwamm auf Grautaz' Blut, in seinem Schädel. Überall um mich trieben Klumpen und Fasern, die ich selbst vorher abgetrennt hatte. Erst jetzt erkannte ich die Verwüstung, die ich im Kopf des Drachen hinterlassen hatte.«

Darnamur seufzte und richtete sich auf. Sein Blick ging ins Leere. Gedankenverloren strich er sich über die Kleider, die zu einer stinkenden Masse erstarrt waren und an seinem Körper klebten.

Leise sprach er davon, wie er mit dem Blut des Drachen irgendwann aus dem Körper in die Höhle hinausgeschwemmt worden war, durch die Ohren oder durch die Nase. Darnamur wusste es nicht genau, denn er war halb betäubt gewesen. Neben Grautaz' Kopf war er wieder zu sich gekommen, in einer Lache aus geronnenem Drachenblut.

Darnamur sah Wito an und rang sich ein Lächeln ab. »Ich habe seither ein paarmal gebadet und meine Sachen ausgewaschen, aber wie du siehst, hat es nicht gereicht.«

Darnamur erzählte, wie er in der Höhle nach einem Ausweg

gesucht hatte. Letztendlich hatte er sich wie Wito durch die Ritzen zwischen dem Geröll im eingestürzten Gang gezwängt, nur dass sein Weg länger gewesen war. Er hatte die freie Stelle und Daugrulas Leiche erreicht, als Gulbert und Sukan von der anderen Seite her den Wichtel ausgruben.

Darnamur hatte nicht gewusst, was mit den übrigen Gefährten geschehen war. Er hatte davon ausgehen müssen, dass er der Letzte war, der Gulbert noch aufhalten konnte – also hatte er sich an die Fersen des Zauberers geheftet.

»Das war nicht leicht, kann ich dir sagen«, seufzte er. »Ich habe gestunken wie ein Trollfurz, und dieser Gulbert und der Wichtel haben feine Sinne. Ich glaube, Gulbert hat damit gerechnet, dass er verfolgt wird, denn er war stets wachsam. Ich habe alles versucht, aber selbst in kleiner Gestalt und nackt und notdürftig gewaschen kam ich nicht an ihn heran – ein paar Schritte, und ich konnte spüren, wie der Zauberer und sein Wichtel unruhig wurden. Also blieb ich auf Abstand und wartete auf eine bessere Gelegenheit. Ich war dabei, als sie ihre Pferde wieder eingefangen haben …«

»Pferde!«, rief Wito. »Deshalb konnten sie vor uns hier sein. Während wir uns auf der Abkürzung durchs Gebirge geschlagen haben, kamen sie mit Pferden über die Ebenen und Pässe natürlich rasch voran.«

»Allerdings«, bestätigte Darnamur. »Sie haben die Tiere rücksichtslos angetrieben. Gulbert hatte es wirklich eilig.«

Darnamur erzählte, wie er sich käfergroß in den Taschen des Packpferds versteckt hatte. Aber kurz vor der Sternenklippe war Gulberts Pferd zusammengebrochen, und der Zauberer hatte das Packtier für sich beansprucht. Von da an hatte Darnamur den Feinden zu Fuß folgen müssen.

Er hatte beobachtet, wie Gulbert und seine Begleiter sich oben am Berghang versteckten und ihre drei Verfolger schon von Weitem kommen sahen.

»Sie haben die Zeit gut genutzt«, erklärte Darnamur. »Bis ich sie zu Fuß wieder eingeholt hatte, waren sie schon hier unten gewesen und wieder zurück. Der Wichtel erzählt ja gern von seinem Vorfahren, der das Kästchen geklaut hat – aber er selbst bekam die Tür zu Leuchmadans Hort nicht auf.«

Ihre Feinde waren also froh gewesen, als sie die drei Gefährten in der Ebene erblickten. Sie hofften, dass Baskon ihnen den Weg freimachte. »Gulbert lauerte euch mit Chaspard in den Höhlen auf. Sukan schickte er hinter Werzaz her!«

»Sukan!« Wito fuhr auf und blickte sich beunruhigt um.

Darnamur legte ihm beruhigend die Hand auf das Bein. »Keine Sorge«, erklärte er. »Der kommt nicht hierher. Er findet nie allein durch all die Gänge hier herunter.«

»Ich hoffe, Werzaz ist ihm entkommen.«

Darnamur zuckte die Achseln. »Wir können ohnehin nichts daran ändern. Und wenn sich Werzaz und der Menschenfürst erschlagen wollen, ist mir das auch recht. Jedenfalls sind die beiden anderen euch gefolgt, und ich war *ihnen* so dicht auf den Fersen, wie ich es nur wagen konnte. Gulbert hatte es da leichter. Er hat einen Zauber gewirkt, damit ihr ihn nicht bemerkt; irgendwas, um das Licht seiner Lampe zu zerstreuen ...«

»Das Licht!«, stellte Wito fest. »Ich habe ein seltsames Licht gesehen. Ich dachte, es wäre eine normale Erscheinung hier in Leuchmadans Hort, so ähnlich wie die leuchtenden Adern hier unter der Decke. Oh verdammt, ich hätte Baskon davon erzählen sollen.«

»Baskon.« Darnamur spuckte aus, vage in Richtung der toten Rüstung vorn in der Höhle. »Gulbert hat darüber geredet, dass der Wardu die Welt anders wahrnimmt als wir. Er konnte das Licht nicht sehen. Dich hat der Zauberer wohl nicht so ernst genommen ... Dabei war Baskon bis zum Schluss der Nutzloseste von uns allen. Er muss auch von den Pferden gewusst haben, denn er hat die anderen auf dem Pass gesehen. Trotzdem hielt er es nie für nötig, uns davon zu erzählen. Mach dir also keine Vorwürfe, dass du Baskon irgendwelches Wissen vorenthalten hast. Er hätte dich eher dafür geschlagen, als etwas Sinnvolles damit anzufangen.

Ich blieb jedenfalls hinter den beiden, denn nach hinten wirkte Gulberts Tarnzauber nicht. Ich habe nur darauf gewartet, dass der Wichtel vom Rockzipfel des Zauberers verschwindet und der Weg für mich frei ist. Als Gulbert seinen Sieg gefeiert hat, war er abgelenkt – ein schneller Stoß mit dem Messer, und die Thronfolge der Grauen Lande war wieder offen!«

Am Anfang seiner Erzählung hatte Darnamur noch bedrückt gewirkt. Aber je länger er redete, umso lebhafter wirkte er, und inzwischen hatte er wieder dieses wahnsinnige, aufgedrehte Grinsen in seinem Gesicht. Er schaute Wito an, stand auf und stieß seinen Hauptmann in die Seite. »So, und was jetzt?«

Wito stand ebenfalls auf und hob das Kästchen hoch. »Ich weiß nicht so genau«, sagte er. »Ich glaube, wir sollten Geliuna das Kästchen persönlich überreichen. Das verschafft uns einen guten Stand ... für andere Dinge.«

»Was für andere Dinge?« Darnamur knuffte ihn wieder. »He! Willst du dich etwa auf eine Stelle als Höfling zurückziehen?«

»Ich will ... etwas ändern«, sagte Wito. »Ich will etwas für die Gnome tun, und ich will, dass dieses Kästchen dem Wohl der Grauen Lande dient. Ich kann es selbst nicht benutzen, und ich glaube auch nicht, dass die Fei besonderen Wert auf meinen Rat legt. Aber ...« – ein wenig hilflos schwenkte er das silberne Behältnis – »... wir haben hier etwas in der Hand, und das sollten wir ausnutzen.«

»Ah ja«, sagte Darnamur. Seine Stimme klang schon wieder unbeschwert. »Ich kenne das Gefühl. Nachdem ich den Unkwitt getötet habe, dachte ich auch, jetzt kann mich nichts mehr aufhalten. Wir Gnome können alles erreichen! Und dann habe ich auch noch den großen Zauberer erledigt. Und du jetzt Leuchmadan. Also, was soll's! Wenn Geliuna sich uns in den Weg stellt ...«

Er schwenkte sein fleckiges Knochenmesser. Wito starrte ihn an. »Du bist verrückt«, sagte er.

Darnamur machte eine wegwerfende Handbewegung. »Ich folge nur dem Weg, den du gewiesen hast. Du hast recht, Hauptmann: Wir Gnome brauchen nicht die Missionen für andere zu erfüllen. Wir brauchen uns nicht von Goblins schlagen zu lassen. Wir können selbst etwas erreichen! Du denkst so viel. In

Ordnung, meinetwegen. Ich kümmere mich um die Taten. Wie immer. Dein treuer Leutnant.«

Er legte Wito die Hand auf die Schulter, und Wito bemerkte die Tasche an Darnamurs Seite. Mit einem Finger lupfte er den Riemen des Taschentiers. »Du hast Balgir mitgenommen!«, stellte er fest.

»Er ist alles, was von Daugrula geblieben ist«, antwortete Darnamur. »Ich dachte, ich bin es ihr schuldig.« Er kraulte den Nackenkamm der echsenförmigen Ledertasche und zuckte die Achseln. »Leider klappt es bei mir nicht. Ich werde einen Zauberkundigen finden müssen, um Balgir wieder zum Leben zu erwecken.«

»Aber das Drachenfeuer hat ihn erwischt. Wenn du ihn wiedererweckst, wird er unter dem Fluch leiden«, wandte Wito ein.

»Ich glaube nicht«, sagte Darnamur. »Der Fluch haftet nicht an Gegenständen, sondern nur an lebender Essenz. Deshalb hat das Drachenfeuer ja auch Baskon mit seinem Fluch belegt und nicht seine Rüstung. Balgir war Daugrulas Vertrauter, und ihrer beider Lebensessenz war verwoben. Als die Albe starb und Balgir als totes Ding zurückließ, gab es nichts mehr, dem der Fluch anhaften konnte. Daugrula hat im Tod den Fluch mitgenommen und ihren Vertrauten gereinigt.«

Wito musterte seinen Gefährten misstrauisch. »Du verstehst plötzlich viel von der Zauberkunst.«

»Ich bin nicht so dumm, wie du immer meinst«, erklärte Darnamur würdevoll. »Von vielen Dingen habe ich Kenntnis, und manches kann ich mir zusammenreimen und meine Schlüsse ziehen.«

Dann grinste er wieder, beugte sich vor und flüsterte Wito ins Ohr: »Und am besten kann ich lauschen. Beispielsweise, als Gulbert mit Chaspard über die Tasche sprach. Gulbert zog es vor, Balgir nicht wiederzubeleben. Aber nur, weil er befürchtete, dass das Taschentier seine neuen Herren nicht zu schätzen wüsste. Davon abgesehen fand er es unbedenklich.«

Wito schüttelte den Kopf und ging los. Darnamur lief hinter ihm her. »Übrigens«, fuhr er fort, »du solltest vielleicht nicht öffentlich verkünden, dass du derjenige warst, der Leuchmadans Herz gebrochen hat. Werzaz würde das vermutlich nicht gefallen, und manch anderem auch nicht.«

»Das ist richtig«, sagte Wito. »Wir erklären nur, dass wir die Schatulle retten konnten, aber dass wir für das Herz leider zu spät kamen. Niemand würde von einem Gnom mehr erwarten.«

Sie kamen an Baskons Überbleibseln vorbei, und Darnamur blieb stehen und hielt Wito am Ärmel fest.

»Weißt du«, sagte er. »Ich glaube, ich liege immer noch vorn. Ich habe einen Unkwitt getötet, einen Zauberer *und* einen Wardu. Das zählt zusammen doch mehr als ein Herrscher der Grauen Lande. Noch dazu einer, der vor tausend Jahren schon mal besiegt wurde.«

»*Du* hast den Wardu getötet?«, fragte Wito überrascht. »Komisch. Ich habe das anders in Erinnerung.«

»Was glaubst du denn, wer Baskon erledigt hat?«, fragte Darnamur zurück.

»Gulbert mit seinem Gong?«, schlug Wito vor.

»Genau!«, sagte Darnamur. »Und diesen Gong hatte ich in der Drachenhöhle schon mal in der Hand. Damals war Gulbert nicht so aufmerksam, und ich hätte das Ding verschwinden lassen können. Aber es klang so ähnlich wie ein Wardu, und ich dachte mir, was sollte dieser Zauberer dabeihaben, was wie ein Wardu klingt, wenn es keine Waffe gegen einen Wardu ist? Und deshalb habe ich es Gulbert wieder zurückgegeben. Denn ich hatte Baskon ja noch etwas versprochen.«

Wütend trat er gegen ein Teil von Baskons Rüstung, so dass es unter den Tisch flog. »Hörst du, Baskon«, rief er. »Ich habe dir gesagt, dass ich dich kriege, und da liegst du nun als ein Haufen loser Panzerplatten. Ein Gnom hatte das Leben des mächtigen Wardu in der Hand – und hat es ausgelöscht!«

»Du vergisst etwas in deiner Rechnung«, sagte Wito. Er grinste breit.

Darnamur schaute ihn an.

»Der Zauberer ist nicht wirklich tot. Er kommt irgendwann zurück. Ich fühle mich deshalb noch immer als Sieger in unserem Wettstreit.«

Darnamur blickte ihn fassungslos an. Wito hatte seinen Leutnant mit den eigenen Waffen geschlagen.

»Hmpf«, sagte Darnamur schließlich. »Man wird sehen. Und was soll's.«

Er ging weiter.

Wito blieb noch eine Weile stehen und blickte hinab auf das, was von Baskon geblieben war. Es war seltsam. Er empfand fast so etwas wie Bedauern. Der Wardu war so stumm und beiläufig aus der Welt geschieden wie ein Fleck, der mit einem Tuch fortgewischt wird. Aber er hatte Skerna getötet, und er hatte nur Unheil angerichtet. Anders als bei den anderen Gefährten, die sie verloren hatten, konnte man seinen Tod nicht bedauern!

Und doch hinterließ Baskon eine Leere, als wäre etwas Großes aus der Welt geschieden. Baskon. Die übrigen Wardu. Leuchmadan. All das ließ ihre ganze Mission und sämtliche Opfer und den gesamten Krieg seit Leuchmadans Rückkehr im Nachhinein erscheinen wie den Anhang zu einer Geschichte, die eigentlich schon vor tausend Jahren abgeschlossen worden war.

»Was ist?«, rief Darnamur, der beim Tisch am Eingang stand. »Kommst du?«

Wito blickte auf. Totes Metall und Geister der Vergangenheit. »Ich komme schon«, sagte er.

Und Wito ließ Baskons Überreste hinter sich und wandte sich der Zukunft zu.

Dramatis Personae:

Die Gefährten des Zwielichts:

Baskon, der Wardu
Darnamur, Gnom und Meuchelmörder
Daugrula, die Nachtalbe
Gibrax, der Troll
Skerna, die unbeschwerte Gnomenkundschafterin
Werzaz, der Goblinkrieger
Wito, der Hauptmann der Gnomenkundschafter

Die Vertreter der lichten Völker:

Bellacris, die Zwergin
Chaspard, der Wichtel und Meisterdieb
Gredin, Wichtel und altgedienter Handlanger
Gulbert, der Zauberer
Perbias, der Elfenkönig
Sebir, Wichtel und gewitzter Diebsgeselle
Sukan, der Menschenfürst

Gestalten im Hintergrund:

Balgir, Daugrulas Taschentier
Geliuna, die Schwarze Fei
Grautaz, der große Unkwitt
Leuchmadan, der Finstere Herrscher
Lucan, Gott des Lichts
Lukar, legendärer König von Bitan
Rujan, Mantikor und Baskons Reittier

»Gnome sind haarige Trollklöten.«

GOBLIN WERZAZ,
HAUPTMANN IN DAUGAZBURG

Alexander Lohmann
DER TAG DER MESSER
Roman
560 Seiten
ISBN 978-3-404-28532-7

Trolle, Nachtalben und Goblins, sie alle trampeln auf den Gnomen herum, den kleinsten Angehörigen der Finstervölker. Den Gnomen fehlt es an Macht und Stärke, doch durch ihre Magie können sie sich auf Spinnengröße verkleinern. Eines Tages lässt die Schwarze Fei den größten Helden der Gnome öffentlich hinrichten. Ein blutiger Aufruhr bricht los. Mit gezückten Messern stürzen die Gnome die Grauen Lande in eine brutale Revolution. Der Zeitpunkt könnte nicht schlechter sein. Denn die Völker des Lichts rücken vor ... zur entscheidenden Schlacht gegen die Finstervölker.

Bastei Lübbe Taschenbuch

Für alle Leser von Jim C. Hines und Makrus Heitz

Stephan Russbült
DIE OGER
Fantasy
496 Seiten
ISBN 978-3-404-28521-1

Mogdar ist ein Oger. Schon immer war er schwer von Begriff und führte ein einfältiges Dasein, das vornehmlich aus Fressen und Schlafen bestand. Eines Tages jedoch überfällt er einen Magier und erbeutet von ihm ein seltsames Amulett. Als er sich das Schmuckstück arglos überstreift, ist plötzlich alles anders als zuvor. Denn das Amulett besitzt magische Kräfte und verleiht Mogdar etwas, das ihm bislang völlig fremd war: Intelligenz ...

Bastei Lübbe Taschenbuch

Ein riesiger Rubin, eine uralte Prophezeiung und ein Oger, wie er mutiger nicht sein kann ...

Stephan Russbült
DER RUBIN DER OGER
Roman
480 Seiten
ISBN 978-3-404-28523-5

Tief unter dem Gebirge ihrer Heimat bauen die Oger roten Marmor ab, mit dem sie Handel treiben. Eines Tages finden sie einen gewaltigen Rubin. Der Edelstein weckt nicht nur die Habgier der verbündeten Zwerge, auch ein geheimnisvoller Fremder interessiert sich sehr für ihn. Mit gutem Grund, denn der Stein birgt ein Geheimnis. Ein Geheimnis, das nur der kluge Oger Mogda zu lüften vermag ...

Für alle Fans von DIE GOBLINS, DIE ORKS UND DIE ZWERGE.

Bastei Lübbe Taschenbuch

Werden Sie Teil der Bastei Lübbe Familie

- Lernen Sie Autoren, Verlagsmitarbeiter und andere Leser/innen kennen
- Lesen, hören und rezensieren Sie Bücher und Hörbücher noch vor Erscheinen
- Nehmen Sie an exklusiven Verlosungen teil und gewinnen Sie Buchpakete, signierte Exemplare oder ein Meet & Greet mit unseren Autoren

Willkommen in unserer Welt:

BASTEI LÜBBE www.luebbe.de

www.facebook.com/BasteiLuebbe

twitter www.twitter.com/bastei_luebbe

YouTube www.youtube.com/BasteiLuebbe